"我不会止步于现在的成绩，我能感觉到自己的身体没有到极限，我还有往上的余地，所以，我会继续尝试新的四周跳，在我的身体不能支持之前，我会不断冲击极限。"他对镜头露出自信的笑。"因为运动员就是要不断突破自己，现在我已经是3项世界纪录的保持者了，我的极限就是花样滑冰男子单人滑的极限，我觉得这个项目的上限还可以更高，所以我会去试的？

菌行 著

花滑

完结篇

湖南文艺出版社
HUNAN LITERATURE AND ART PUBLISHING HOUSE

博集天卷
CS-BOOKY

张珏

秦雪君

伊利亚

寺冈隼人

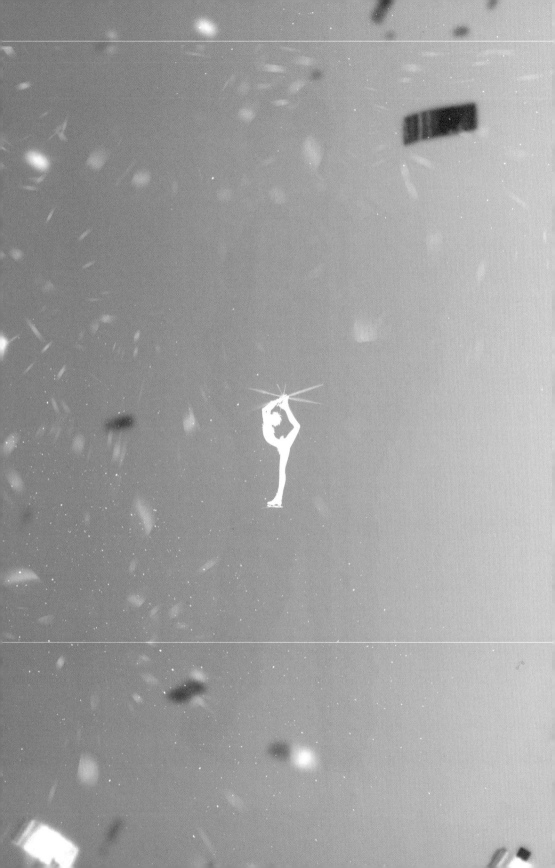

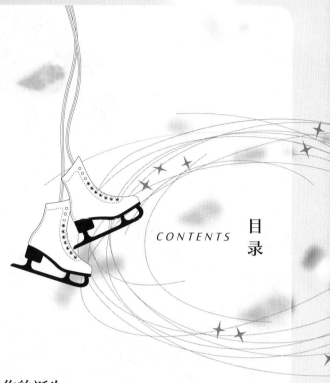

CONTENTS 目录

去吧，孩子，为了你想要的王座拼上一切。

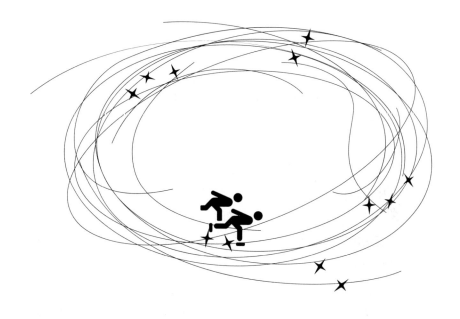

一　封神之作的诞生

1. 身板

短节目之王张珏再次打破自己的短节目世界纪录这件事，在不到四小时的时间里就在全世界冰迷中传遍了。铁杆鱼苗们自然喜不自胜。

要是别人这么轻易地破纪录，恐怕还会有黑粉蹦起来喊"你不就是仗着裁判喜欢你吗"，但换了张珏在拥有"脱水站"之称的中国站这么破纪录，所有人都心服口服。

没的说，这就是人家凭实力破的，难度和艺术表现力都是世界第一，厉害。

超级厉害的张珏在赛后肌肉会紧绷，需要队医过来帮忙按摩放松，还有进行赛后冷敷。

杨志远提前用袋子收集了细碎的冰碴，此时把袋子往自家一哥的关节上压。哪怕知道这是为了自己好，但无论这样压了多少次，张珏还是会感到不适，太冷了。

他开玩笑似的和教练们说："等我年纪大了，腿脚肯定不好。"

已经腿脚不好的老舅、沈流都呵呵一笑，花样滑冰运动员的腿脚不好一般和冷不冷没关系，大多都是伤病导致的。

秦雪君蹲在他面前，伸手。张珏利索地扒掉鞋袜，把脚一抬。秦雪君是跟着杨志远一起过来的，早就做好了给张珏按摩的准备。他从背包里拿出一瓶药膏，挤了一些在手上，双手用力摩擦，将掌心搓热，然后捏住张珏的脚丫。又练花样滑冰又练芭蕾的人自然是很难有一双漂亮的脚了，但两人都习惯了，所以都很自然。

看到这一幕，张俊宝向沈流感叹："还记得你小子小学的时候经常摔得和什么一样，下了冰又喜欢哭着去和你妈妈说脚累，我给你按了好多次脚。"

沈流很不好意思："师兄，那都是多少年前的事了，你怎么还记得这么清楚？"

听到他们的话，秦雪君低头询问张珏："你老舅和沈哥现在是住在一起吧？"

张珏不明所以地点头："是啊，你不是说长期孤独会导致年纪大的人老年痴呆吗？"

秦雪君："我指的是那种已经退休，没什么事干，也没有人可以交流的孤寡老人容易得老年痴呆。你舅舅白天要操心运动员，晚上还要经常加班加点制订你们的训练计划，带你们外出比赛……你舅舅哪里看起来像是会得老年痴呆的人？"

不是秦雪君吹，每次看到张珏老舅教训张珏时的精气神，他就觉得自己活不过张珏老舅。

张俊宝虽然比张珏大了 18 岁，今年 35，可以被称为中年人，但他天天锻炼，体脂不超过百分之十二，烟酒彻底戒了，一年到头难得生病一次，体检频率是三个月一回，体能强到跑十公里和玩似的，兴致来了还能跳个 2A，这不比百分之九十的年轻人强？

秦雪君做梦都希望自己在 35 岁的时候也能有这个状态。身为医学生，值夜班、站手术台边十几个小时对小秦同志来说是家常便饭，他时不时还要熬夜写个论文，偶尔还会碰上医闹，如果时运不济，说不定张俊宝还能被张珏扶着去他的葬礼上缅怀一会儿。

自然，秦雪君是不敢让张珏看出自己在吐槽他的心头宝老舅的，所以他只是面无表情地低头给张珏按脚。

过了一阵，有人过来通知张珏领小奖牌。这次俄罗斯万年二哥谢尔盖、比利时一哥大卫都来了中国站，他们的四周跳在比赛中的成功率高于百分之五十，跳跃质量都不差，表演也各有特色，金子瑄只能屈居第四，满脸羡慕地看着两位前辈和张珏一起去拿奖牌。

据说原本瓦西里也要来中国，但他的师弟伊利亚在训练中扭伤了脚，状态很差，作为伊利亚的大师兄与未来的主教练，瓦西里只能留在圣彼得堡带孩子，这次带谢尔盖来比赛的是他的编舞与副教练。

合影的时候，张珏和谢尔盖、大卫站在一起，摄影师挥着手，用英语大喊"亲密点，再靠近点"。谢尔盖很实诚地把手搭在张珏腰上，大卫长胳膊一抬，直接把张珏带谢尔盖都揽着，站在中间的张珏面带从容得体的微笑。除了张珏，在短节目中大比分落后的两位，笑容都不怎么真实。

不过大卫在领完奖牌后还是和张珏交流了一番，他和张珏分别是男单项目的"第一海拔"和"第二海拔"，高个子男单选手有他们自己才懂的烦恼。大卫知道自己的真实身高是一米八六，张珏对外宣称是一米八，但大卫觉得他比去年还是高了那么一点。只能说在这个普遍会把身高往高了报的世道里，单人滑是少数大家会使劲把身高往低了报的行当了。

大卫和张珏嘀咕："自从长高以后，我总觉得跳起来的时候轴心会往后倾，虽然进行核心力量训练可以改善这个问题，但还是不如那些矮个子跳起来方便。"

张珏："是啊，重心变高以后不好控制，而且我腿还特别长，所以跳跃重心有时都不在核心那一块，而是在靠近腿的部位。我费了老大的劲才调整过来，最开始稳不住，只能通过举双手的动作来辅助调整轴心，今年核心力量变强了才开始把手放下做跳跃。"

而且张珏发育那会儿体重冲得太猛了，举手可以让他更好地收紧身体轴心，提高转速，对那时候还没把跳法改成力量型的张珏来说，举手其实是有利的，现在他力量已经变强，举不举就无所谓，主要看心情。

大卫特别羡慕，他也是通过练举手调整轴心，进度却没张珏那么快，进成年组的时候低迷了好几年："北美那边有个叫奥莉弗的女孩也高，一米六八了，不举手都跳不了，做二连跳的时候都要举手。天哪，那个连跳节奏真是太差了。"

奥莉弗是美国站的女单项目的冠军，张珏知道这姑娘。他蹙眉，像他们这些选手都是幼时先学正确的常规跳跃，之后为了获取更高的 GOE 才开始举手，但他们的跳法肯定是规范的，而那个叫奥莉弗的女孩的跳跃轴心不正，这意味着她在落冰时，关节要承受更大的压力，长此以往会对健康不利，不过女单选手的花期短，如果是为了短期出成绩而放弃练习规范技术，使劲举手的话，也未尝不可。不过陌生人要怎么选择和张珏无关。徐绰之前打电话问过他这种做法的可行性，张珏就直接把小姑娘训了一通。

本来骨头就不好，还玩这种技术，小丫头是生怕自己不会骨折吗？老老实实去练规范的技术，扎扎实实地吃营养餐练肌肉！等什么时候轴心正了，举不举手随你！

张珏还打电话和徐绰的教练明嘉告了状，把徐绰偷偷练习的路都给堵死了。

蔡罕不花、闵珊、蒋一鸿也是老老实实从最规范的基础动作练起，跳跃技术和沈流一样规范，任何会对他们健康不利的不良技术习惯都被教练挑出来改掉，这么养出来的孩子不说能冲击一线，但肯定滑得比别人长久。

过了一会儿，庆子也加入了技术话题，她个子矮，技术与两位男单选手完全不是一个路数，却也是技术规范的代表，所以她能从索契滑到平昌。

庆子："现在很多女孩不顾技术规范和伤病强行上难度，就是为了在花期结束前拼出成绩，但如果技术不规范又想要高分，除非出身美、加、俄三国。"

那位奥莉弗要不是出身美国，凭她的技术本不该一升组就一飞冲天，尤其是那个表演分，那都不是"发大水"，是直接"水漫金山"了。

不过庆子还挺自信："那丫头最高难度的连跳也就是 3F+3T 了，3lz 还特别不标准，她才干不过我呢。"

接着他们又聊起中国和日本冰协正在准备的交流活动。众所周知，中国技术标准，擅长帮人出湖，王牌运动员张珏出湖后立刻变成刷新纪录的机器，挑战瓦西里时要不是裁判手黑就赢了，日本那边则擅长教授滑行，而且 A 跳技术独步世界。

此番日本冰协提出在休赛季派自家运动员和教练到中国这边待一个月，大家互通有无，等交流完毕，到时候大家再一起参加个商演，美滋滋。

中国冰协接到这份邀请时也很心动，双方从领导到运动员都乐意，这事能成的概率很高。

就在此时，张俊宝对张珏喊了一嗓子："小玉，快过来，你看看谁来了。"

张珏回头，惊喜地叫起来："爸爸！"

庆子顺着张珏的目光看去，就看到一个看起来三十出头、面容俊秀的帅大叔。

张珏蹦过去给许爸爸来了个拥抱。他是个一米八的大小伙，又满身肌肉，许岩被张珏一扑，下盘暗暗发力，熟练地扎了个马步，架住大儿子。

张珏雀跃："爸，你怎么来魔都啦？"

许岩一脸慈爱："爸爸弄了道新菜，有朋友吃着不错，就邀请爸爸来魔都参加一项厨师比赛。"

张珏好奇地问道："新菜？比豆豉鹅锅还好吃吗？"

豆豉鹅锅、酸菜豆奶鱼锅、果香火腿锅是他家饭店的三大招牌菜。

许岩掐了儿子一把："风味不同，无法比较。"

张俊宝把张珏从姐夫身上拉下来："姐夫开发的新菜是什锦素菌锅，参考了素斋，里面的食材都是你也能碰的，省得你每次回家都不能和家人一起吃饭。"

许爸爸是疼孩子才开发出这么一道新菜，但因为用料健康又味道极好，所以被某吃遍全国的老饕推荐到魔都比赛。厨艺比赛在下午 2 点就结束了，许爸爸拿了金奖，但他是个内敛的性子，从不和人炫耀自己拿了什么荣誉，只和张珏说正好他手头有没用完的食材，可以为儿子露两手。

他不仅要让儿子打牙祭，更要请张珏的教练、队友们吃一顿，感谢他们对张小玉的照顾。

张珏在省队那一阵，宋总教练掉光了最后的头发，沈流也天天用生发产品，张俊宝因为熬夜过多而有了慢性肝炎，鹿教练七十多岁的人了，执教张珏后瘦了十斤。

师长们已经为这孩子操了太多心，做父母的要感恩啊！

他们高高兴兴地一起走了。带队来魔都参加友谊赛、顺便看看侄子比赛的兰琨躲在某个绿化带后面，脸上愤怒与惊恐交织："许岩，他来魔都干什么？"

兰琨对许岩没好印象，那个家伙年轻的时候就特狡猾，在燕姐面前一副乖弟弟的模样，其实在燕姐和他哥结婚前特意提着拖把过来找他哥打过架。好家伙，那拖把被许岩舞得是虎虎生风，兰琨都不敢靠近，只能看着亲哥被打一顿，对方打完了，还要叉腰警告说"不许对燕姐不好"。后来兰瑾对张青燕动了手，许岩立刻推掉家里的相亲，跑过来挖他哥的墙脚，最可气的是燕姐还真就被挖走了，连小玉都被许岩当儿子养大。

人高马大的篮球少年们惊愕地看着教练蹲着，脸上是咬牙切齿的表情，不知道在想些什么。队长被队友们推出来，他愤愤地回头瞪了一眼，又深呼吸两下，才鼓起勇气唤了一声。

"教练，您还好吧？"

2. 关注

有爸爸在，张珏便是一只幸福的小鳄鱼，有美食吃都是其次，只要待在爸爸身边，他就特别安心。等吃得差不多了，张珏听老舅问爸爸："姐夫打算什么时候回 H 市？"

许岩语气温和："还没买机票，不过应该是明天走。"

张珏连忙咽下嘴里的食物，插话："别啊，爸你留下来看完我的比赛再走。"

许岩是主厨，偶尔出行时会将生意交给徒弟，但毕竟不能长久外出。他几乎从没看过儿子的现场比赛，此时见张珏眨巴着眼睛看着他，眼中满是恳求，许岩也犹豫起来。

张珏又丢给老舅一个眼神,张俊宝立刻懂了,他清清嗓子:"姐夫,这次难得你也在魔都,正好能现场拍些小玉的近照带回去给他妈妈看。"

许岩和张青燕感情好,自然知道妻子嘴上不说,心里却很思念大儿子,如果是为了小玉在魔都多留两天的话,想必妻子也会高兴,他踟蹰片刻:"好,那我留下。"

2014—2015赛季是平昌周期的第一个赛季,也是一个奇迹连连的赛季。

索契冬奥会过后,老将们纷纷退役,新秀们则开始发力,赛季开始不过两个多月,花样滑冰四个项目的世界纪录被刷新的次数加起来就超过了10次。

这是一个很罕见的现象,也可以说在温哥华周期过后,花滑的技术和竞争激烈程度就在不断上升,在平昌周期开始井喷式爆发。

毕竟索契周期的新秀们,在平昌周期都开始进入巅峰期了。

男单这边,18—22岁是巅峰期,伊利亚和寺冈隼人是19岁,张珏17岁,比利时一哥大卫21岁,法国一哥亚里克斯21岁,西班牙一哥罗哈斯19岁,他们都在本赛季有不俗的表现,比赛中的四周跳成功率没有低于百分之六十的。

百分之六十是个分界线,只有四周跳成功率超过这条线,才会被认可是顶级男单选手。

伊利亚·萨夫申科在本赛季的4T成功率是百分之百,4S成功率则是百分之五十。

啪的一声,伊利亚摔在冰上。

鲍里斯语气平淡地告诉弟子:"你的4S成功率还是不够,Jue在本赛季的四周跳成功率是百分之九十以上,他只在芬兰摔了一次4T,据说当时他忙着倒时差没好好吃饭,赛前一小时才吃了三个牛油果、两根香蕉、四个水煮蛋,才比完赛就下场去吐了。"

其他跳跃的话,无论是4T还是4S,张珏都没有摔过,可见其稳定性之强,而在花样滑冰中,稳定就是最大的武器。

伊利亚一边爬起来一边忍不住笑:"他肯定是吃完没多久就去热身,根本没给身体留出将食物消化一下的时间才会这样的,说不定还有水土不服导致的消化器官运转不佳。"

瓦西里不置可否:"谁知道呢?"

瓦西里也爱吃香蕉，以前在福冈参加总决赛时，他还因为乱扔香蕉皮让吃到芥末的张珏脚下一滑，最后被一个日本记者拍到了目前花样滑冰界流传最广的一张搞笑照片。

后来那张照片在网络搞笑照片大赛上拿了金奖。

可怜的小鳄鱼，数遍花滑界的顶级运动员，就数他的搞笑黑历史最多，好在这不影响张珏在众人心里的牛气形象。伊利亚很想赢张珏，所以在刃跳不稳的情况下，他决心攻克新的点冰类四周跳。

就在此时，鲍里斯提醒他们："中国站的比赛要开始了。赛丽娜和卡捷琳娜也要登场，你们两个要去看看不？"

瓦西里和伊利亚立刻换下冰鞋，跑到电视机前坐好，圣彼得堡和魔都的时差是 5 小时，魔都的女单自由滑赛事是下午 5 点开始，他们这边还在中午 12 点。

伊利亚随口说道："女单短节目的前三名应该是那个日本女孩、赛丽娜还有卡捷琳娜？"

瓦西里摇头："日本女孩是第一没错，赛丽娜第二，第三名是中国女孩，就是以前和小鳄鱼同一个教练的那个女孩。"

伊利亚："啊？她出湖了吗？"

如果能在分站赛上领奖台就算出湖的话，徐绰还真就出湖了，她在短节目中上了 2A、3S+3T、3lz 三个跳跃，难度不出众但完成度高，最后奇迹般地压过了出现失误的卡捷琳娜，拿了枚小奖牌。不过她、赛丽娜都输给了庆子，而且分差达到了 7 分以上，除非庆子在自由滑崩盘，否则这个分数很难追。身为当前世界上最好的女单选手，庆子不说无敌，赢其他人还是很轻松的。

徐绰今年的比赛节目都是米娅女士编的，自由滑是 20 世纪风靡一时的《百万朵玫瑰》，而且张珏看得出来，这丫头的滑行、旋转都好了许多，尤其是滑行进步巨大，表演层次感也出来了，如果有稳定的跳跃，徐绰冲准一线绝对没问题，一线也有可能。明嘉教练作为 H 省队的新任总教练，还真有两把刷子。

不过今年中国站强者太多，庆子、赛丽娜都不是省油的灯，她们的师妹也不简单，如果不是那位叫卡捷琳娜的小女孩失误的话，徐绰也拿不到铜牌。

张俊宝摸摸下巴，认为徐绰还需要再找回至少一个高级连跳才行，她不能总靠捡漏。可惜她身体底子不行，教练不敢让她上高强度训练，徐绰处于这种困境里也是很难办。

看到师妹在中国站失误，伊利亚就很担忧，瓦西里则理智些，才升组的小孩失误一下很正常，从瓦西里到伊利亚，顶级运动员怎么可能没碰到过挫折？卡捷琳娜已经 15 岁了，她随时可能发育，届时要面对更多问题，调整好心态是必要的。

女单之后则是双人滑的比赛，黄莺和关临今年的状态上升迅猛，中国站的双人滑也没什么厉害角色，他们非常轻松地赢下了冠军。鉴于之前这两人就在美国站拿了金牌，再加上中国站的金牌，他们已经拿下了一个总决赛的名额。

外面一片喧闹，老舅对张珏说："女单和双人滑都拿了牌子，你不赢可说不过去。"

张珏从包里翻出一把香蕉，摘了一根开始吃，一边脸蛋鼓起："明白明白。"

沈流忍不住说道："赛前还是别吃太多，吃完这一根就行了。"

他们还记得张珏比完赛就蹲在后台吐的窘样呢，偏偏当时寺冈隼人也参加了那场比赛，张珏吐的时候，寺冈还扶着张珏给张珏拍背，然后小村记者也在场拍下了他们的背影，后来那张照片被推特上的网友戏称为"鳄鱼崽吃多了吐，鸟妈妈在旁边满是担忧"。

想起自己的黑历史，张珏吃到一半就停住了。

鹿教练："吃完，不许浪费粮食。"

张珏："啊！"

在张珏之前，大卫和谢尔盖、金子瑄、克尔森纷纷登场，大卫今年的自由滑是电影《危险之至》的主题曲，《危险之至》是 1989 年的一部与滑板相关的电影，曾掀起中国初代滑板好手们对于这项运动的热情。

这部电影比张珏还大 8 岁，比大卫也大 4 岁，整个场馆里知道这部电影的年轻人少到几乎没有，但这并不妨碍大卫在冰上滑行时做出模仿滑板选手压低上身的姿态，加上他英俊的外貌和帅气的肢体动作，酷炫感十足。

谢尔盖今年的自由滑是电影《角斗士》的主题曲 "Now We Are Free"，同样是有人声的曲子。

在张珏出场前，他们分别是总分的第一和第二。

金子瑄的四周跳也都成了，张珏本以为他会拿到第三，但加拿大的新秀克尔森同样完成了两个四周跳配置的节目，而且克尔森的滑行、表演更胜一筹，压过了金子瑄。这小伙还是加拿大站的银牌得主，如果让他拿到这一站的第四名，他的积分是有可能送他进总决赛的。

乔教练对弟子的失误很是惋惜："子瑄这次没有抽风，却输在了表现力上。"

唉，看来今年这孩子又进不了总决赛了。

黄莺、关临的主教练是马教练，他和乔教练是多年好友，此时好心地劝说："孩子的表演还是有进步的，你看他把那种怅然若失演绎得多好，就是上肢太僵，但这个可以通过练舞去改善嘛。"能找对擅长的表演风格，对孩子来说就是巨大的进步了。

乔教练嘴角一抽："其实我都没想到他居然擅长演绎这种主题的曲子。"

金子瑄往年没啥主见，表演的曲子都是请教练帮忙选，今年他决定向张珏学习，自己选曲，然后就在张珏的建议下选了《色，戒》中的王佳芝主题曲。这次他还真演好了，乔教练心想：莫非自己的徒弟体内还藏着个满是纠结情愫的灵魂不成？那给他提建议的张珏难道也看出了这点吗？

乔教练觉得这事不能往深处想，不然他整个人都要不好了。

张珏登场的时候，会场的气氛已经达到了一种很高昂的程度，观众们仿佛将最热烈的情绪都留在了此刻，难得现场观看儿子比赛的许爸爸都被旁边小姑娘的尖叫声吓了一跳。

他看着自己的儿子穿着一身渐变蓝色的塔夫绸考斯腾站上冰，额前的刘海微微卷曲。

此时此刻，无数人将目光集中在张珏身上。

赵宁清晰地说道："张珏之前已经分别在山城、芬兰演绎过这套节目，他在节目中总共放了三个四周跳，分别是 4T、4T+1lo+3S、4S。"

江潮升："是的，值得一提的是，他的前半段仅有 4T、3lo、3F+3T 三组跳跃，其余五组跳跃都被压在了节目后半段。"

他们看着少年侧立于冰上，微微低头，双手环抱住自己，意大利钢琴家罗伯托·卡恰帕利亚创作并亲自演奏的浪漫钢琴曲 "Oceano" 响起。

张珏看起来分明是一副海洋王子的模样，他采用的曲目 "Oceano" 翻译成中文也是海洋，可他的自由滑名称却是《生命之树》。

清脆的点冰声响起，一个漂亮的 4T 被完成，这是理所当然的，张珏的四周跳成功率几乎是全世界最高的。

很多人关注的是他的第二跳。那个后外结环跳（lo），如果是张珏的话，完全可以多转一周吧。有人屏住呼吸，张珏在六分钟练习的时候练习了好几次

3lo，可他没有跳更高难度的。他会跳吗？他会选择在现在创造历史吗？就连张珏的教练们也不确定张珏会怎么做，从很久以前开始，张珏就独立决定要在比赛里放几个四周跳，要如何修改比赛时的跳跃构成。

在所有人的目光中，张珏进行他的第二个跳跃，这次他在起跳前的蓄力时间更长，在一个转三后，他双足交叉，臀、腿一起发力。

一秒不到的时间里，运动员完成转体，冰刀与冰面接触，发出清脆的声响。

这是世界上第一个在正式比赛中完成的 4lo!

∃. 怪物

连续两个四周跳，哪怕是张珏这种臀腿肌肉发达得让人侧目的顶级运动员，也会无可避免地感到肌肉疲惫。

三周跳和四周跳完全是两种东西，在三周跳里，3lo 并不是最难的跳跃，3F 才经常扰乱张珏的心态，但到了跳四周跳的时候，4lo 作为需要两腿呈交叉姿态才能起跳的跳跃，对核心力量要求极高，而且一旦起跳时轴心不正，立刻就能让人摔得很惨，反而比点冰跳还难为人。但张珏发现这点的时候，4lo 都快练成了，那还能咋办，先凑合练成呗，还能放弃这个跳跃咋的。

他在转体时腹肌用力到几乎要撕裂，才总算将一个足周的、稳定的 4lo 带到这个世界。

但在跳第三组跳跃，也就是 3F+3T 的时候，张珏难免有点力气不够，于是 3F 的落冰就不太好，这种情况下接 3T 一定会摔，所以张珏只接了个 2T。

张俊宝看到这一幕，不由得挥拳："可惜！"

根据他们在赛季开始前的计算，张珏要是能将一套拥有四个四周跳的自由滑 clean 下来，裁判下手也不是太狠的话，他的技术分应当在 120 分以上，但 3T 的基础分是 4.3 分，2T 的基础分只有 1.3 分，加上这组连跳质量不好，GOE 肯定不会高，所以张珏起码丢了有 4 分。

好在这组连跳后，张珏接下来的状态就像是神仙附体似的，每个技术动作都好得让人恨不得打 +2 的 GOE，或者是直接给他满分，给 +3。在 3F+2T 后，张珏又完成了一个 3A，这是他出于对自己体力的考虑，所以将一个跳跃移到了节目前半段，但跳跃质量非常棒。

而等他又轻盈地一跃，一组轴心正、用刃规范的跳接蹲转把不少人惊了一跳，他们惊讶于旋转不强的中国鳄鱼竟然把短板给补起来了！

但最可怕的地方在于，张珏很完美地兼顾了高难度的四周跳以及表演，他的每个跳跃都踩在了音乐的节奏上，穿着蓝色考斯腾的他就像是精灵，徜徉在海洋之中。

此时柔和而浪漫的钢琴声已经进入了尾声，琴声节奏一变，变成了杨·提尔森所作的钢琴短曲"Mother's Journey（母亲的旅程）"。

伴随着琴声，少年脚下的冰刀不断变化着，他的用刃清晰，滑行迅速轻盈，表演中含着一份温暖的情感。

为父母编一支舞，将自己生命中最重要的人铭刻在自己的花滑节目之中，是张珏早就有了的念头，但真的开始为此付诸实践，却是在今年的 4 月。

那时张珏才结束索契奥运赛季，从低谷爬出来重新成为世界顶级男单选手，并且进入了对高中生来说最为紧要的高三下学期。然后他告诉父母，希望考到京城的大学，因为他准备加入国家队了。他会在离 H 市很远的京城读书，而且就算放了寒暑假也不能回家，因为暑假正是花滑运动员备战新赛季的紧要关头，而寒假正处于赛季。

为了追求梦想，他要离开他们飞到遥远的地方。

张珏心里很清楚父母舍不得他，因为他们很爱他，但他们一定会支持自己去京城，同样是因为他们爱他。

在他 4 岁的时候，为了供他去学花样滑冰，妈妈才生完二德三个月就继续工作，然后二德被交给当时还在世的姥姥和姥爷，直到二德满一岁，家里的经济条件稳定下来，他们才将二德接回家。

张珏性格调皮，小时候闯祸不少，学了四年的花样滑冰说不想继续学就不学了，他的父母也依然是没有怨言地给他收拾烂摊子，尊重他做的每一个决定，哪怕那时候他还是个小孩子。

他们通过言传身教的方式，教会了张珏很多东西。许爸爸教给张珏什么是责任，什么是担当，还有对女性、老人、孩子以及生命的尊重与爱护，以及美食的美好；妈妈教给张珏知识的重要性，以及如何用倔强勇敢的姿态面对人生的挫折、困境。

没有他们，自小调皮捣蛋、天生一副暴脾气的张珏一定无法成为现在的样子。

所以他为父母编了《生命之树》，这是一个源于同名电影《生命之树》的节目，那是一部文艺片，冗长、节奏慢，虽然主演是布拉德·皮特、西恩·潘、杰西卡·查斯坦这样颜值演技俱佳的实力派，但大多数人都未必能耐心看完这部2小时19分的电影，哪怕它拿过戛纳电影节的金棕榈奖。

张珏看完了，他一边看一边重新思考了有关自身的童年、成长、父母、家庭等很多方面的东西。最后他觉得自己很幸运，他是在充满爱的环境里长大的，所以就算在襁褓的时候母亲便与生父离婚，张珏也从来没觉得自己得到的爱比其他孩子少。

也许他们会分开一段时间，但爱会将他们联系在一起，也许作为人，他们只是历史上渺小的一个，但张珏会将这份对父母的爱记录在自己的节目里。

等以后的人们提起世界上第一个4lo，提起这个节目所创造的新的世界纪录时，人们会说，是的，他们知道那个节目，那是张珏为了他深爱的父母而创作和演绎的节目，这份爱意会和张珏一起被铭刻于花样滑冰的历史上。

节目进入了后半段，音乐一转成罗伯托·卡恰帕利亚的"Wild Side"，张珏重新开始跳跃，而各个国家的体育台解说员不断报着张珏完成的动作。

"4S，漂亮的举手姿态。"

"4T+1lo+3S，Jue是世界上第一个能做4+1+3三连跳的运动员，他的动作标准得可以当教科书。"

"3lz+3T，我在今天之前从未见过节奏如此完美的连跳！"

全世界都是对张珏的赞誉之声，而他展现出来的状态、精湛的表演，则把正在电视前看着比赛的对手们都震住了。

显然，在索契冬奥会过后，张珏彻底调整好了自己的状态，他完全适应了新的身体重心、新的跳跃方式，他的技术在变强，表演越发打动人心，连寺冈隼人也不由得羡慕起他的表现力——tama酱情感丰沛、勇敢坦率，可以完全不羞怯地表达自己的爱意。

是的，明眼人都知道张珏在通过这个节目表达一种非常温暖的爱意，由内而外的情感通过他的肢体、神态表达出来，纯粹而美好。

当张珏完成最后一跳时，已经有许多观众迫不及待地站起来鼓掌，还有的冰迷喜极而泣。

在漫长的掌声和音乐中，张珏用贝尔曼旋转作为最后的动作，右手高高举起，食指竖起，比了个一。分数还没出来，张珏就知道，他赢了。

许岩站在观众席前排，看着他的儿子在赛场上光芒万丈，如同一位年轻的王，每当他向某个方向行礼，那里的冰迷们就兴奋得尖叫起来。

最后，那个孩子滑到靠近他这一面的冰上，扒拉着挡板朝他挥手。

"爸！爸！你快过来！"

许岩不明所以地凑过去，这孩子要干啥啊？

接着，张珏隔着挡板给了他一个热乎乎的拥抱。

张珏抱完爸爸，又将一个鳄鱼玩偶塞到他怀里，才高高兴兴地下冰去等分数。许岩抱着玩偶，嘴巴咧开，笑得甚至有点傻气。

见其他冰迷看着他满脸惊愕，许岩骄傲地指着张珏的背影："那是我儿子，滑得挺好的，是吧？"

一个穿着汉服的小姑娘看着这位俊秀的帅叔叔，嘴巴颤抖了一阵，举着大拇指憋出一句话："公……叔叔好，您儿子滑冰是这个。"

看到张珏滑得这么好，教练组也个个笑得合不拢嘴，张珏下场时，沈流将外套披到他身上："这场真不错，看到他在中国站能拿出这个表现，孙指导现在肯定特高兴。"

那些在中国冰协官网上盖千层高楼请愿张珏今年多参加两场中国本土比赛的冰迷肯定也高兴。

张珏浑身都是汗，他在穿衣服和戴刀套时一直喘着气，沉重的呼吸声还有浑身热力令人看得脸红心跳。等坐到 kiss&cry，他提着水壶仰头灌了两口水，喉结一动一动，接着张珏呼了口气，甩了甩头发，对镜头露出满是自信的灿烂笑容，又像是一个邻家男孩。

鹿教练问："四周跳质量都可以，就是那组连跳没跳好，怎么突然把 3A 换到前半段了？"

张珏："跳 4lo 的时候腰腹使了太多劲，跳 3F 的时候就酸，挪 3A 的位置是想后半段轻松点，我觉得如果一个节目里要有四个四周跳的话，前三后五就太费力了。"

鹿教练："你跳前四后四还是挺稳的，这个赛季就这么跳吧，回去多练练体能。"

就在此时，大屏幕上出现了运动员的分数，看到那些数字时，许多人都发出"哇"的惊呼声。

技术分：117.14

表演分：95.15

自由滑得分：212.29（WR）

新的自由滑世界纪录诞生了！而张珏在中国站创造的不仅有自由滑纪录，他的短节目105.96分同样是新的世界纪录，两者相加，张珏的总分318.25分同样是新的世界纪录！

三个WR摆在屏幕上，让张珏的对手们都失去了言语。赛季才开始，张珏居然就拿出了这种状态，他才17岁，但从青年组到现在已经破过10次世界纪录了！他是怪物吗？

此时是周末，京城后海的某家酒吧里，一群摇滚老炮凑在一起喝着啤酒，悬挂电视被调到体育台，正好播到张珏上领奖台的一幕，现场记者激动地说道："就在刚才，我国名将张珏取得了花样滑冰大奖赛中国站的冠军，他在自由滑中跳出了世界上第一个后外结环四周跳，并创造了三项新的世界纪录。"

"张珏夺冠的分数比第二名的比利时名将大卫·卡酥莱高了整整58分，现在我们看到运动员正在绕场致礼。啊，张珏把他的金牌摘下来扔到观众席去了，接到金牌的是张珏的父亲。"

记者看着这一幕，情不自禁地露出慈爱的笑容，虽然张珏扔金牌的姿势跟抛套马索的牛仔似的，而且才下场就被教练揪了耳朵，可谁能讨厌这种孝顺父母、会直率地表达自己爱意的男孩子呢？

"据说张珏这个赛季的自由滑是他为了父母而编的，我们可以看到这个大男孩很爱自己的家人，他和父亲的关系非常好，在滑完节目以后的第一件事就是去拥抱他的父亲。有这样可爱的儿子，想必他的父母也很幸福。"

镜头里的许岩虽然比张珏矮了小半个头，脸和张珏也一点都不像，但当他和张珏站一起的时候，没人怀疑他们不是父子。

兰瑾坐在吧台后，看着张珏的身影，内心不知是什么滋味。

羡慕许岩吗？那是肯定的，曾经的他太年轻，事业的不顺让他沉迷酒精，最终在酒意上头时，将满心的郁愤化作暴力，对才生完孩子没几个月的妻子挥拳。如果早知在那一拳后，妻子会带着孩子离开他，他一定不敢再喝酒，可人生哪有回头的机会。

兰瑾或许有很多缺点，暴力、嗜酒，好在良心还没坏透，脑子也清楚，他知道家暴男没有得到妻子原谅的资格，张青燕离开自己是应该的，他也不会因此怨恨前妻，即使最开始有点讨厌许岩，但老许这人心眼多，对老婆孩子却实诚，从没亏待过小玉，兰瑾也就想开了。

在犯错后，兰瑾也想过挽回，可是当他终于找到张青燕的住处时，他就看到许岩手上打着石膏。那时候许岩家的经济条件并不好，张青燕在工作时被上司占了便宜，许岩过去讨说法，和人打了一架，但就算受了伤，他也舍不得让妻子做家务，每天单手炒菜，把才怀孕的妻子、幼小的孩子都照顾得很好。

兰瑾和张青燕在一起的时候，从没想过为她做饭，也不喜欢做家务。

所以他知道自己输了，无论是作为丈夫还是作为父亲，他都彻底输给了许岩。

4. 收入

低迷多年的男单崛起，而且一起来就是花样打破世界纪录，张珏的领导们自然是乐坏了，他们之前对张珏的最大期望就是年年进大奖赛总决赛、挺进世锦赛前六、成为领奖台的常客而已。

像这种刷新了 10 次世界纪录的天才运动员，不管放在哪个项目上都会有巨大的影响力，何况花样滑冰只是人气不如球类、田径项目，但在冬季运动里，咱花滑也是皇冠上的明珠！

他们一乐，张珏就有事干了，因为日本站在半个月后，张珏起码要 10 天后才会启程前往大阪，在那之前，他先是接受了两次采访，其中包括一次时长达到两小时的专访，还被拍了不少训练时的素材。

据说那次专访最后会被剪辑成 15 分钟的短片，最后放到电视台上，当然是中央电视台。H 省电视台早在赛季开始前就过来拍摄了，而且每次张珏比赛中央电视台都会派摄制组跟拍他的后台热身画面，估计等到赛季结束的时候就会有新纪录片出来。

接受专访的时候，有人询问张珏："您现在的自由滑分数已经快比别人的总分还高了，会不会觉得自己已经到顶了？"

破纪录的时候不仅没有真正 clean 自己原先的配置，甚至还悄悄降了难度的张珏很诚实："我觉得我还可以更进一步。"

其实在中国站的比赛结束后，萨兰娜女士就在推特上说，因为第一次看到运动员这么神勇的表现，所以她打分时收了点，只给出 2 到 2.5 分的 GOE，其他裁判也是收敛着打分，怕张珏不小心把分数提到太高，以后又打不破，弄出个长达数十年都没人能破的超高纪录，所以小鳄鱼并没有得到他应得的分数。

但张珏本来就没上最难配置，所以他觉得自己还可以把分数接着往上提，而且六个四周跳才练成一半，另外三个他难道不练啦？尤其是 4A，那可真是个令人心动不已的跳跃。

别看在平昌周期的初期，大部分人都只有一种四周跳，一线选手才会有两种四周跳，但到了京张周期，没有三到四种四周跳，都没法去争 A 级赛事的领奖台……那会儿连女单都要开启四周跳大战。

竞技运动永远不缺有实力的年轻人冒头，想要保持长久的竞争力，就必须不断地和自己较劲，突破自我，永远冲在最前面。

在接受采访的时候，舒峰就询问过张珏："你觉得三种四周跳对你来说够了吗？你以后还会继续攻克其他四周跳吗？"

张珏当时就很肯定地回道："我不会止步于现在的成绩，我能感觉到自己的身体没有到极限，我还有往上走的余地，所以我会继续尝试新的四周跳。在我的身体不能支撑之前，我会不断冲击极限。"他对镜头露出自信的笑："因为运动员就是要不断突破自己，现在我已经是三项世界纪录的保持者了，我的极限就是花样滑冰男子单人滑的极限，我觉得这个项目的上限还可以更高，所以我会去试的。"

这话听着很狂，却是再实在不过的话。

向张珏发出代言邀约的人也不少，张珏倒也没有全部丢给白主任和白小珍处理，而是仔仔细细将这些商家筛选了一遍，这个质量口碑不好的拒绝掉，那个老板言行不当的推掉，张珏挑挑拣拣，只新接了两个代言，一个是国际著名运动品牌的中国区代言人，另一个是某手机。

两个牌子都干脆地出了不低的代言费，拍广告还有另外的费用，在中国，花滑运动员有这么高的代言费还是首例，把孙千领导的领导都惊到了。在花滑项目里，能拿到这么好的商业资源的运动员，张珏是第一个——是的，中国花滑以前就是混得有那么差。

来商谈这项合作的工作人员很坦诚地表示，他们不仅看中了张珏作为运动员的实力与潜力，还看中了他的身材和脸。张珏的颜值吊打百分之九十的模特和明星。而且虽然没人给他炒人设，但通过从索契冬奥会延续至今的观察，品牌方确信张珏是个教养极佳、洁身自好的年轻人，和张珏签约，起码不用担心代言人以后有什么影响销量的黑点。

最重要的是，张珏带产品销量的本事并不差，之前找他签约的商家在合约到期后，都很愿意和他续约，并主动提高给他的代言费。

总体来说，张珏要价没娱乐圈的明星高，带货能力只强不弱，身负 985 学霸、国家队运动员的光环，正处于上升期，真是把"物美价廉"四个字展现得淋漓尽致，还有比他更好的代言人吗？签下这项合约后，双方都觉得自己赚了，只等张珏比完大奖赛总决赛，品牌方就要拉他去拍广告海报。

对于张珏没接更多代言这事，许多人都在表示了遗憾的同时感到理解，多接代言就意味着要将更多时间投到商业活动上，而张珏正处于赛季之中，训练和比赛才是他的主业。

这位年轻人对自己的认知很清晰，他深知自己作为运动员的资本是实力，所以钱要赚，但立身之本更要紧。

不论如何，张珏的代言费、广告费、周边售卖抽成费等加在一起，已经成功达到了整个运动员群体里的前一百名。冰雪项目就是这样，能进福布斯运动员收入榜前一百的末尾就算不错了，往年能进这个排行榜的都是女单的顶尖选手，因为女单人气更高，张珏反超女单选手拿下冬季项目收入第一人的位置，也惊到了众人。

同队队友都对张珏的收入很是羡慕，但也只是羡慕一下张珏的商业资源，嫉妒是完全没有的，有啥好嫉妒的啊，人家拼命训练才有现在的实力，有这个实力才有那么多商家对他表示青睐，这都是人家自己搏出来的。

张珏把花滑的热度带高对行业整体有利。如今花滑商演市场早就没有 20 世纪末、21 世纪初的热度了，尤其是北美的商演市场热度逐年下降，有些人气不高的冰演上座率连百分之三十都不到，也就俄罗斯、日本的市场还行，中国的商演市场则一直冷淡。

但自从张珏崛起后，今年国内的花滑商演收益便明显上升。原本按如今花滑的商演市场，一线运动员顶多开个千人的场次，场馆上座率能到百分之六十就算体面了，两三千人就算大场，可如果有张珏参加的话，主办方就敢开五千人的大场，而且上座率不会低于百分之九十，连国外的商演品牌都争着请人。

国家队有句戏言，就是"今年大家如果比往年多添一双预算之外的新冰鞋，记得跟张队说声谢谢"。

而且张珏上个休赛季为了备战高考没怎么参加商演，冰迷们早就蠢蠢欲动，白小珍都说了，等张珏这个赛季结束，非要给他开个万人大场试试。如果张珏连万人的商演大场都撑得起来，他作为花滑人气王的地位就彻底无人能动摇了。

但是……金子瑄有点担忧地看着张珏的背影，在中国站结束后，张珏连续一周腹肌不适，队医杨志远水平高超，甚至在休赛季被送出去进修，据说进修期间还亲手解剖过人体，但面对张珏这种发力过度带来的损伤也没啥好法子，理疗做完以后就是让张珏休养。

张珏哪有养身体的时间，除非他现在退出大奖赛，不参加日本站，但如果不参加两站分站赛，他的积分就不足以进入总决赛，为这点小伤退赛也太过了，吃点止痛药不就没事了呗。

金子瑄听到孙指导和杨队医说着话："带伤训练难免影响状态，张珏两天前又把腰给扭了，他明天就要出发前往大阪，真的没问题吗？"

杨志远小声回道："这点伤不影响他进总决赛，但能不能继续拿金牌就看张珏的状态了。"

4lo是暂时不能上了，否则小伙子腰腹那块的伤甭想好。

也不知道是心理因素还是身体因素，张珏在日本站把4lo跳空成了3lo，接着又将3A空成了2A，外加摔了一跤，最后拿了银牌，而clean了自由滑的加拿大选手克尔森满脸惶恐地拿了日本站的金牌，总觉得自己可能要被张珏摆脸色。因为是华裔，之前在国内赛连续战胜其他白人时，小伙子遭过不少白眼。

张珏却和没事人似的，还能在拍照的时候主动搭着小伙子的肩膀："你的滑行和跳跃远度真的都非常出色，最近有练舞吗？我觉得你的上肢柔软了很多。"

他个子高，克尔森只有一米七二，张珏大咧咧地搂着人家，克尔森被他衬托得弱小无助。

加拿大小伙心想，Jue真的好壮啊！

就算成绩暂时比张珏好，但张珏就像是觉得自己随时能赢回来而太过自信，所以也没把暂时的失利当回事，这种顶级的自信和风度太令人向往了，难怪他的某位队友常和他们念叨，说如今花滑四项中，最帅的运动员还数张珏。

正如克尔森所想，张珏觉得自己只是暂时失利，能拿到总决赛的门票就不算失败，很想得开。但等下了场，面对教练们的黑脸，他还是眼神飘忽一瞬："那啥，分站赛不算什么，我总决赛赢回来。"

张俊宝拍了下他的腰："好好养伤吧，臭小子。"

张珏立刻转移话题，和队医抱怨："你给我的这个止痛药效力不够强。"

杨志远发怒："能让你恢复到可以比赛的程度就不错了，你还好意思挑三拣四？"

臭小子没伤的时候状态超神，有伤的时候除非拼命，否则就只能滑出普通一线的水准。但一个分站赛的重要性也就那样，他随便滑滑都能进总决赛，自然没什么斗志，也没有拼的必要。

杨志远心中暗叹，觉得自己肩上的责任越来越重，运动员最大的敌人就是伤病，张珏现在还年轻，受伤以后也好得快，只有一些小伤在身，但等过了20岁，恐怕队医就要成为全队责任最重的那个人了。

就在此时，张俊宝喊了一嗓子："张珏，你那个新代言的海报发过来了，过来瞅瞅。嘿，你和你闺女还挺上镜的。"

张珏连忙蹦过去看老舅手机，露出陶醉的神情："啊，我女儿真可爱。"

张珏接下的第三个广告是××牌宠物罐头，内含猫罐头、狗罐头、鼠鼠迷你罐头，而在鼠鼠迷你罐头的海报上，赫然是张珏捧着纱织灿烂大笑的帅气模样。

商家承诺，纱织往后一年的鼠粮都由他们包了。

可惜鼠粮寄到张珏家的时候，他还要参加日本站的表演滑。

张珏只好打电话给秦雪君："佩佳哥，赞助商给我送了点鼠粮做礼物，我把快递单号发你，你帮我拿一下。哦，对了，你上次说的那个财务很透明的癌症儿童的捐助基金的账户号码打听到了吗？给我发一下，我立刻把钱打过去，我又接了代言，最近发财啦！"

他的语气十分兴奋，沈流看着他的背影，和张俊宝嘀咕："他要捐钱？"

张俊宝："他说自己的带货能力有很大一部分是粉丝支持的，但他不想把粉丝当提款机，所以要捐一部分收入，带小孩们间接做慈善，算是给广大未成年粉丝做个好榜样。"

这份心是好的，张家从老舅到张女士都很赞同，觉得自家孩子虽然现在赚得多人气高，但心没飘，这是个好现象。

沈流："他打算捐多少？"

张俊宝比了个数字，沈流倒吸一口凉气，这怕不是要把秦雪君所在科室一年内所有做不起手术的家庭的医疗费用都包了。

日本站是今年六个分站赛中的最后一站，在大阪的比赛结束后，本赛季进入总决赛的名单也新鲜出炉。伊利亚和寺冈隼人分别以两块金牌进入总决赛，张珏、亚瑟·科恩、谢尔盖、大卫同样进入总决赛，双人滑那边的黄莺、关临同样是以两块金牌进入总决赛。

而且因为大奖赛的总决赛是青年组、成年组一起比的，所以张珏惊喜地发现，他今年可以和察罕不花、闵珊，以及童年挚友二胖、二胖的女伴一起去巴塞罗那啦！

C市，姜秀凌捧着刚拿到的前往巴塞罗那的机票，突然抖了抖。

5. 张门

冰天雪地论坛上，粉丝们正为了自家花滑运动员在今年大奖赛的表现欢欣雀跃。

【hot】壮哉我大张门

1L

今年张门太牛了，进总决赛的那几个人，成年组张队、莺妹、临哥，青年组珊妹、牛哥，二胖和宓妹。除了莺妹和临哥、宓妹，其他人全是张门弟子，就连二胖都是跟着鹿老头打的基础。

2L

二胖单跳很厉害了，他有3lo的技术储备，就是个子太高，天赋没张队那么好，干脆转了双人滑，但他技术真的规范。话说我国单人滑之前一直没崛起，莫不是和鹿老头一直在扫地有关？

3L

大胖二胖在首都机场喜相逢，看二胖那个惊恐的表情，还有比二胖更高的大胖，更矮的那个居然是双人滑男伴，而比双人滑更高的那位居然是世界最强男单选手，这魔幻的世界。

4L

张队小时候神坑哈哈哈，每次闯祸都有他，其实他在大萌神时期也是个调皮孩子，气得张教练天天追着他揍，经历了发育、沉湖以后才变得沉稳一些，难为二胖还和他做朋友啦哈哈哈。

…………

察罕不花、闪珊、姜秀凌上个赛季才进青年组，而张珏上个赛季的前半段一直在养伤过发育关，没有参加大奖赛，所以小朋友们今年还是第一次和大师兄一起参赛。

张珏今年的人气比往年高了很多，以往他比赛的时候还可以在场馆外面慢跑，现在却不行了，因为在日本站的时候，他差点被潜入会场的疯狂冰迷拍到换衣服的照片，吓得他老舅在比赛期间一直不肯离开他身边。

为了他的安全，中国冰协直接给他雇了四个保镖，一水的北方大汉，从身高到壮实的骨架都很能唬人，一米八的张珏走在他们中间都显得纤瘦起来。

才下飞机，就有热情的冰迷拥过来接机，场面乱成一团，张珏被保镖围着向前走，步伐快速又从容，头低着。14 岁的察罕不花拉着行李箱紧紧跟在师兄后面，他已经开始发育，却没师兄发育得那么凶猛，也就一个月冲一厘米，身高超过一米六四后就长势变慢，走在师兄身边像个孩子。

大奖赛总决赛是赛季前半段最重要的比赛，全世界最狂热的冰迷都在这时来了巴塞罗那。张珏原本还想和庆子、隼人他们在机场来个拥抱，结果两伙人直接被冰迷冲散，最后好不容易挤上大巴。

等到了酒店，张珏坐在行李箱上等着老舅办理入住手续。

老舅问他："张珏，房间不够了，有个人得住单间。"这意思就是张珏要不要单间。

张珏伸手："我和你住，单间给女孩子吧。她们是三个人，总有一个要住单间。"

老舅把房卡抛到他手里，张珏就提着行李箱去上电梯，西班牙和中国的时差是 7 小时，张珏在飞机上没睡好，进房间的第一件事就是洗漱换睡衣，然后倒床上睡个昏天黑地。他向来是个擅长睡觉的人，闭上眼睛不管不顾地睡的话，十几个小时的睡眠时间不在话下，让随着年龄增长逐渐觉少的老舅十分羡慕。

但这一次，张珏没能睡太久。他睡觉时还是巴塞罗那下午 6 点，但凌晨 1 点的时候，老舅就把他喊醒，然后大家跑到了一楼大堂，才知道酒店下面有人摄入了过多酒精，并在酒店大门口发出"我要烧了这里"的豪言。

那哥们还没清醒，没人知道他是否真的放了什么能把大家送上天的玩意儿在酒店里，此时正有人在进行排查，据说两小时后就能回去了。

酒店门口聚集了一群运动员、教练员还有他们的编舞、医生，大多数人被安排在酒店旁的一家餐厅里。12 月，西班牙并不暖和，总不能让这么一群人在室外等，冻坏了他们谁去比赛？

寺冈隼人走入餐厅里寻找着位置，很多青年组的小运动员都是迷迷糊糊的样子，依偎在教练身边，或者和身边的小伙伴搭着话，比如张珏的师弟察罕不花就被寺冈的师弟千叶刚士缠着说些什么，两个英语不行的孩子手舞足蹈地不知道在比画什么。

他在最里面的一处卡座发现了白叶冢庆子，小姑娘和她姐姐坐着。美晶正百无聊赖地捧着一杯热巧克力，旁边趴着个人，那人穿着法兰绒睡衣，头埋在胳膊里，黑发在暖橘色的灯光下显现出健康的光泽，手臂上有着可笑的马的图案，外面盖一件黑色羽绒服。

寺冈隼人忍不住去摸那一看就手感上佳的头发，被妆子拍了一下："嘘！他睡着了，别吵啊，张教练特意让我们帮忙看着他呢。"

庆子趴在桌上，侧着脸看张珏的睡相："tama 酱的倒时差计划受到了极大的干扰，也不知道明天还有没有精神去参加合乐呢。原本以为在机场可以请他吃糖呢，结果机场没见到，晚上见面的时候他又和游魂一样没有意识。"

寺冈隼人在另一边坐下，压低声音吐槽："他也参加了这么多年的比赛了，怎么倒时差的水平还是那么差。"

妆子捂着嘴笑，美晶往后一仰，眼神呆滞，他们安静地坐在这里，没人说话，庆子发呆了一阵也开始打瞌睡，就靠在妆子怀里闭上了眼睛。过了一阵，刘梦成过来，搂着美晶，有一下没一下地轻抚她的长发，脑袋也开始一垂一垂的。凌晨时分，谁都困。

过了一阵，伊利亚过来通知他们："检查结束，可以回去继续休息了。"他还是那口俄罗斯味英语，但大家和伊利亚都已经熟了，所以在对方放慢语速的情况下也没有语言障碍。

说完这句话，伊利亚把张珏推醒，把张珏身上的羽绒服拿走披好，寺冈隼人这才知道原来张珏身上的衣服是这北极熊的，难怪罩在张珏身上有点显小。

张珏迷迷糊糊地被过来接人的察罕不花牵走，没有外套的遮挡，他那身睡衣看起来越发搞笑了，妆子拿手机偷拍了一张张珏的背影，旁边背着美晶走过的刘梦成也入镜了。

对于这次突发事件，很多花样滑冰运动员都印象深刻，唯有张珏对此没什么记忆，第二天合乐时被朋友们提起，他满脸惊愕："啊？伊柳沙给我披了衣服吗？"

他高高兴兴地对伊利亚喊了一声"谢谢"，从自己的背包里掰了根香蕉递过去，伊利亚接过，看起来有些无奈："你对昨晚的事情一点印象都没有吗？"

张珏摇头："我只记得自己昨晚挪了一次睡觉的地方，后来又回去了。"

其他人纷纷笑起来："不愧是你，心真够大的。"

心大的张珏双手插兜在冰上滑行，过了一阵，他将手背在身后，助滑了几秒，右腿朝前一甩，左腿发力跃起，身体在空中轻松地转了两周半，其他人进行跳跃时都要双手收在胸前，最大程度地收紧身体，像他这种不收紧也能硬生生跳 2A 的跳法太过可怕，炫技成分十足。

鹿教练捧着保温杯："看来他那点小伤已经好得差不多了。"

接着他们就眼睁睁地看着张珏把一个 4S 空成了 2S，但那小子很快一个翻身，接了个 1lo，然后又跳了个 4S，2S+1lo+4S……这是什么难度的跳跃啊！为什么有人可以在连跳的第三跳接四周跳？

见小孩回来喝水，鹿教练问他："你最近摔跤比较少了，但跳空四周跳的问题还没好转？"

张珏无奈："有时候不太敢用尽全力转体，可能是受伤的后遗症吧，我会改的。"

就在此时，寺冈隼人在不远处试跳了一个四周跳，右脚点冰，左脚内刃起跳，这是 4F，虽然最后扶冰，但对运动员来说，既然他们敢在一群人面前炫这个跳跃，就代表他们在训练的时候已经成功过了！寺冈隼人可不是伊利亚那种刃跳不行的人，本赛季开始后，他的 4T、4S 成功率差不多，只是体力不行，所以之前上的四周跳数量不多而已。

张珏看着那个跳跃，立刻和鹿教练抱怨："我怀疑寺冈隼人想在比赛开始前搞我的心态，而且我有证据！"在 F 跳的跳法诡异，无论怎么蹦都要比别人多转 0.2 周的人面前跳 4F，太恶毒了吧！

教练组知道他在撒娇，不想吃他这一套，张俊宝指着冰场："继续练习，别偷懒！"

接着张珏又跳了一组 4T+1lo+3S+3T+3lo 的连跳，同样完成得轻松，虽然在花滑正式赛事中没有人玩这种五连跳，但他的跳跃能力在很多人看来都太过可怕了。

"不愧是最擅长连跳的运动员，今年练新招的人果然不只你一个，怎样，伊柳沙？"瓦西里看着师弟，眼中带着询问。

伊利亚对他认真地点头："我的扭伤已经好了，但那个新跳跃现在还没法拿出来，可能要到欧锦赛的时候，稳定性才能提升到可以放在赛场上使用的程度。"

在紧张的氛围中，2014—2015 赛季前半段最重要的 A 级赛事——大奖赛总决赛拉开了帷幕。

下午两点，青年组的男子单人滑短节目正式展开。今年参赛的小选手除了察罕不花，还有两位俄罗斯小将，以及另外三位分别来自加拿大、美国、日本的小选手，都是不超过 18 岁的年轻人，其中最小的是日本小选手千叶刚士，今年只有 13 岁。

察罕不花既不是最大的，也不是最小的，同时也不是技术最强的，他的柔韧性和外貌都不出色，唯一不可取代的优势只有一个，就是稳定的心态。和他的大师兄一样，不花也是个只要没伤病就不会失误的大心脏运动员，哪怕首次踏上这种重要的赛场，他依然看起来很沉稳。

张珏在师弟热身的时候就站在旁边看着，其间时不时看向千叶刚士。

弗兰斯·米勒也是察罕不花今年的短节目编舞，他好奇地问道："你很在意那个小朋友吗？他的跳跃和滑行都不错，不过身体太僵硬了，表演的灵气不足。"

张珏："他的潜力巨大，我想他以后会成长为很不错的运动员，而且表演这种事，和是否有人去挖掘适合他的风格、编出合适的节目也有关。"

弗兰斯："毕竟不是每个人都像你一样，生来便是表演天才。走吧，小牛是第一个登场的，没想到他穿白色的考斯腾居然不错。"

那个黑乎乎的壮小子穿上白色的衣服后，反而显得豪迈英气，是一种很男性化的英俊。弗兰斯是个颜狗，好看的运动员更能激发他的灵感，比如张珏，而察罕不花在今年也让他编出了不错的节目。

看着师弟摘刀套的模样，张珏伸手："你的难度和表现力都足以上领奖台，拿出训练时的水准就可以了。"

察罕不花嗯了一声，和师兄握手，黑白分明的眼中满是坚定。

凸. 提前

察罕不花的短节目音乐来自太阳马戏团，活泼而热闹。

不同于调皮的张珏，察罕不花一直是个懂事的孩子，所以哪怕知道他沉稳，张俊宝心里也发紧，生怕这孩子不小心在重要的赛事失败，影响他之后的心态。

好在年轻人很稳，3A、3F、3lo+3T 的完成质量都很高，节目还没结束，追直播的网友已经纷纷在视频上发弹幕。

【不花弟弟好棒，跳跃稳稳当当的，看他比赛就是心里踏实。】

【小白牛比他师兄稳当多了，一点也不浪哈哈哈。】

【不花可是沉着稳重的草原汉子。】

张俊宝、沈流、鹿教练也对察罕不花的表现很满意，虽然这孩子由于性格太内敛平稳，表演风格和太阳马戏团的主题契合度不高，即使他很努力，展现出来的也只是孩子的天真可爱，没法像张珏当年滑《大河之舞》一样带着全场热闹起来。

张俊宝原本想让不花尝试拓宽表演风格的，但选曲不够合适的话，还是会有影响。果然像小玉那样啥音乐都可以滑得有滋有味的孩子还是少，不花这孩子激情不足，过于活泼的曲子并不适合他。

沈流根据自己的经验判断着："对青年组来说，不花这场的表演已经够用了，幸好自由滑的音乐和他很搭。"

察罕不花的自由滑选曲还是张珏给的建议，最初大家都觉得又黑又壮的察罕不花滑那首曲子会怪怪的，但搭配着张珏剪辑的音乐还有弗兰斯的编舞，效果好得惊人。

他们家小鳄鱼的音乐品位真是没的挑，在选曲方面从不翻车。

察罕不花的短节目排名是第二位，他对此并不失落，脸上带着喜悦但不激动的笑对镜头招手，说了几句"妈妈哥哥，有在看我比赛吗"之类的打招呼的话。

这孩子的长相自带"老实""正直""憨"等特质，性格也温柔淡定，攻击性不强，却意外地有亲和力，很吸粉。

察罕不花对千叶刚士比了个拇指，大家都不太理解他这个举动，然后千叶刚士就噌的一下转头走了。

张珏满心疑惑，这两个小朋友怎么看起来已经认识的样子啦？

千叶刚士排名第三，少年满心不甘，面上也带着几分，看起来就像被霜打过的茄子，蔫巴巴的。

寺冈隼人安慰了他几句，他低着头回嘴，寺冈隼人就面露无奈。他单手叉腰，温和地劝说师弟："运动生涯有起伏很正常，你不要太过纠结一时的胜负啊，这个分数能追。"

千叶刚士："我不想输给那个家伙啊，前辈你搞清楚一件事，那就是不仅你代表日本一系的男单选手活跃在国际赛场上，和那头熊、tama 桑对抗，身为你的后辈，我也要对抗张门一系的 tama 桑的后辈！"这可是两个花滑门派的斗争，他才不要输！

寺冈隼人想：在赛场上进行运动员的较量就行了，扯什么门派之争啊！日本花滑就要和张门在休赛季合作了，他们明明是友好关系，寺冈隼人还觉得如果要和谁做对手的话，果然还是他更看不顺眼的那头熊。

他忍不住看向那两个俄罗斯小选手，短节目第一就是其中一位，等寺冈隼人再往观众席一扫时，目光正好和伊利亚对上，两个老对手立刻冷淡地别过头。

呵，青年组小辈的一时胜负算什么，等到了赛场上再让他好看！

气氛最好的还是中国的运动员们，张珏搂着师弟："不花，滑得好，走，师兄请你吃 Tapas 西班牙海鲜饭。"

察罕不花深知想吃这些西班牙特色美食的是大师兄自己，但他是个善解人意的好孩子，并没有戳穿这一点。

张俊宝提醒张珏："不要乱跑，就在酒店的餐厅里吃东西，还有，少吃点，你晚上比赛，赛前吃太多当心又吐。"

张珏："是——"

队长喊请客，黄莺、关临、姜秀凌、洛宓、闵珊都是要跟过来的，青年组的男单比赛后就是冰舞，双人滑和女单都在第二天，大家都闲着。

张珏和队友们坐在餐厅里时单手托腮，侧脸清秀俊美，偶有同样来比赛的运动员路过，都忍不住拿出手机拍上一张。国外的手机拍照时是不能静音的，张珏听得到自己有被拍，但他对此并不在意，那些人都很礼貌地没过来打扰他，这样就行了。

察罕不花反而有些不适应这样的环境，他挪了挪屁股，张珏歪头看他："怎么了？"

师兄只是用慵懒的语调随意一问，旁边的闵珊却觉得耳朵酥酥的，小姑娘偷偷捂耳朵，察罕不花则连忙摇头："没什么。"

关临看出了两个孩子被全餐厅目光集中时的不适应，他摸出手机，笑着说："张队，来，咱们合影一个，我得和冰迷们炫耀炫耀我和你吃饭的事。"

张珏顺手把姜秀凌搂到身边："咱们在国家队不是天天一起吃饭吗？来，一起拍啊。"

姜秀凌立刻回道："放开，我给小宓剥虾呢。"

当晚，成年组比赛开启。

亚瑟·科恩、大卫、谢尔盖先后登场。

第一个出场的亚瑟·科恩败给了压力，短节目不过三组跳跃，他摔了一次，扶冰一次，最终得分仅有 82 分，甚至不如他在青年组的成绩。这个比张珏还小 1 岁半的年轻人在 kiss&cry 抱着教练痛哭，连张珏也露出不忍目睹的表情。摔得好惨。

鹿教练和察罕不花说："科恩的 4S 起跳重心没压对，所以一开始就轴心不行，能足周但没法落冰，他跳法不对，你以后可不能学。"

张俊宝："这就是典型的管跳不管落，和沈流才升成年组那两个赛季一样。"

被提及黑历史的沈流很不爽："我后来就改了好吧！而且我那时候落冰不行是心态问题，但我的技术是对的！"

在科恩之后登场的大卫则发挥稳定，而因为抽风和伤病错过了索契冬奥会的谢尔盖则发挥神勇，技术与表现力同时爆发，现场观众们也给足了面子，掌声哗啦啦地响。

张珏在第四位登场，他登场时的造型几乎惊到了所有人。

少年双手扶在胯上，修长有力的身体被考斯腾包裹着，肩宽腰细，使得他的上半身形成一个倒三角，这是一具美观且极富力量的身体，各处都是为了更好地完成花滑表演而塑造的。

最惊人的地方是，他居然用一次性染发剂染成了红发，然后往后梳成了大背头，加上青春而奔放的热烈气息，英俊得极富侵略性。

他试跳了一个1T，戴着长手套的胳膊抬起，场馆安静了下来。

这是巴塞罗那的赛场，观众们大多来自欧洲，此时却被张珏变成了他的主场，每个人都将目光集中在他身上。

千叶刚士头一次看张珏的现场，这位中国前辈的控场能力与气势都镇住了他。

妆子对他说道："刚士，这就是当前花滑男单的最强者，你看他的造型细节，都和《红磨坊》很搭，对吧？"

千叶小朋友嘴唇抖了抖，挤出一句话："不可一世。"

妆子："啊？什么？"

千叶刚士心想，张前辈是个不可一世的人，他很清楚自己的魅力，并将其带到了赛场上。

小提琴的声音挑逗地响起，一支野性十足的探戈，就像是秋季的火红玫瑰一般绽放在冰上，又像是一颗璀璨的钻石，散发出耀眼的光芒。

张珏的表演风格和技巧流畅得不像一个17岁的孩子，他的扮相古典、热情俊美，明明打扮得很亮眼，却一点女性气都没有。他将《红磨坊》视为自己的转型之作，在这个节目中，他将挖掘出自己作为男人的魅力。

毫无疑问，他成功了，《红磨坊》是一个非常迷人的节目，但当成绩出来的时候，张珏并不满意，他的教练们也不满意。

鹿教练不轻不重地教训学生："104.86分，我早告诉过你，现在就把4lo加入短节目会影响到你的GOE，那个跳跃的质量并不好，如果是跳4S的话，你说不定就破纪录了。"

张珏看着出分的电子计分板，不甘地咬住下唇，又松开："没关系，下次我会做得更好。"

现在使用4S、4T、3A的配置固然可以让他平平稳稳地打破纪录，但竞技运动是会不断发展的，总有一天，男单选手们会在短节目中也开始拼4lo、4F、

4lz 这些基础分值在 12 分以上的高级四周跳。

既然如此，他干脆提前进入练习阶段，让自己早点适应这样的难度，让时代的浪潮永远无法抛下他。而且就算没破纪录，张珏也拿到了短节目第一啊。

高悬的屏幕上挂着三个高分。

104.86（中）

101.9（日）

101.15（俄）

三个超过 100 的高分让现场氛围高涨，但其实很多冰迷内心都蛮无奈的，因为大家发现三位顶级选手都不约而同地上了难度，而高难度的技术构成就意味着难以兼顾高完成度，所以他们都出现了不同程度的失误，只是三剑客都底子厚实，扛得住裁判给的减号。

有冰迷抱怨："但凡他们之中有一个 clean 了节目，新的世界纪录就要诞生了，结果他们都执着于上难度。tama 酱还好，怎么都不会让技术层面的瑕疵影响到表演，另外两位的失误可是直接影响到了节目的美感啊。"

有人解释道："没办法，竞技项目就是这样，一旦有人开始上难度，其他人就必须跟上，不然就会在竞争中被淘汰。"

伊利亚是世界上首个在短节目里放两个四周跳的运动员，张珏不仅跟上了，转头就往节目里放目前只有他才能完成的高级四周跳。看来张珏是和俄系男单选手杠上了，以前他和瓦西里打，现在又打瓦西里的师弟。寺冈隼人也厉害，之前的短节目是一个四周跳的配置，结果才进总决赛就立刻把两种四周跳都放进节目了，也是够拼。

喜欢运动员之间友情的冰迷看着这一幕内心满是悲凉。"他们斗得这么狠，光看都觉得火药味十足，难怪很多青年组时期关系很好的小运动员在长大后关系就淡了。冠军永远只有一个，他们永远是竞争对手，再好的感情都禁不起这样耗。"

这也是冰迷们误会了。首先在张珏那儿，比赛是比赛，在赛场上他比谁都拼得狠，下了赛场就瞬间变身社交牛 × 症晚期患者，比谁都友善，而寺冈隼人和伊利亚从青年组时期开始就没啥交情，不消耗交情，他们也互相看不顺眼。

他们的关系根本不会因为一场比赛就改变！

比赛结束后，张珏站在场边抱着小鳄鱼玩偶等候小奖牌颁奖仪式开始，候场时闲着没事，当然只能聊天了。

他兴致勃勃地和对手聊："我来之前就觉得这个赛季得到的应援特别多，刚才看到观众席还有日本冰迷的应援横幅，真是太精美了。"

寺冈隼人笑眯眯："毕竟你也算是大家看着长大的运动员，他们都对你很有感情，应援自然也用心啦。"

然后张珏又说："不过最让我吃惊的还是俄罗斯的冰迷，他们给我画的手绘海报好漂亮。真奇怪，明明瓦先卡、伊柳沙争金的最大对手都是我，为什么他们不像讨厌麦昆一样讨厌我呢？"

伊利亚解释道："我们讨厌麦昆，是因为他看起来就很讨厌，但你人很好。"

张珏一路走来拿到的荣誉都是用实力硬生生拼出来的，分数干巴巴，水分比所有一线男单选手都少，遇强则强，还有种身负重伤也绝不后退的坚韧，这种性格很得战斗民族的喜爱，以至于在索契冬奥期间，他被称为"瓦西里最伟大的对手"，加上张珏还在索契冬奥会举着瓦西里上领奖台，直接就赢得了很多瓦西里冰迷的好感。

寺冈隼人不甘示弱："刚士也很喜欢你，他是我的后辈，你可以和他合个影吗？"

张珏："可以啊。"

伊利亚不敢直视："鲍里斯说想在明年的休赛季约那些过往的冬奥会、世锦赛冠军，这一届的世青赛冠军聚集在一起，做一个 Champions on the Ice 的主题商演，你有世锦赛金牌，去那里绰绰有余，来玩吗？"

伊利亚没邀请寺冈隼人，因为寺冈隼人并没有冬奥会和世锦赛的金牌，也没有世青赛冠军，他不配！寺冈隼人心口一疼，拳头一硬。

7. 邀请

对张珏来说，赢比赛不是什么稀罕事，但是对在索契冬奥会后才入坑的粉丝们来说，他的每一场比赛都弥足珍贵。

从一开始不解"为什么他重复滑那两套节目"到后来能和别人解释"运动员的赛用节目就是一个赛季才换一次"，无数冰迷为了张珏去学习辨认六种跳跃，记各种旋转姿态的名称，还有顶着时差熬夜看他的比赛。

当张珏拿下总决赛的短节目第一时，粉丝们立刻欢天喜地地在微博发动态，给同好的动态点赞，将比赛视频发到某几个弹幕网站与其他冰迷分享，有些铁粉庆祝完了，还会喝一杯张珏代言的牛奶再去补觉，饭量大的加根甜滋滋一号玉米，与张珏一起支持扶贫事业。

这种超过千万的人追一个运动员的比赛动态，在过去是专属于明星们的待遇，虽比不得跨栏的刘飞人那样全民瞩目，也是冰雪项目的顶流了。

顶级运动员的号召力以及人气在张珏身上体现得淋漓尽致，以至于央视五台的早间新闻都播了他拿短节目第一的事。H省电视台更是在黄金档重播男单的短节目赛事，反正大奖赛总决赛的参赛人员只有那么几个，播起来并不费时间，收视率也不低，挺好，等比赛播完了正好把现场记者的采访也放上去。

记者当时去得也不巧，因为张珏拿完了小奖牌就回去洗头准备睡觉了，结果老舅砰砰砰敲门，叫张珏赶紧收拾好自己，家乡的记者过来采访他了。

于是张珏翻出一件格子大衣披好，顶着还在滴水珠的湿发坐在椅子上，却意外地并不失礼。大概是因为他阳光的微笑很能让人有好感，又或者是因为记者说夸赞之语时他骄傲的小表情，这段为时不到 10 分钟的采访气氛极好，张珏简单说了自己的比赛感想，又和记者闲聊了几分钟。

"发型是沈哥用发胶抓的，染发也是他做的。

"比赛时是有被冰迷的热情惊到，我觉得受宠若惊，因为我有一整个休赛季没怎么出来滑冰，当时还觉得自己消失太久了。

"而且睡到一半突然被喊醒，然后被告知有人要烧酒店，睡眠质量直接告负，第二天合乐的时候脑袋都是疼的。"

张珏的普通话其实很标准，但架不住采访他的记者是地地道道的东北汉子，于是张珏的东北腔也压不住了，采访间萦绕着一股浓浓的大碴子味，不仅记者和张珏觉着对方说话合自己口味，观众们也听着亲切。

采访末尾，记者伸手："祝你比赛顺利。"

张珏和他一握："谢谢，我会努力。"

第二天的巴塞罗那天空阴沉，沈流说今晚会有小雨，大家出门前只拿了一把伞，结果等大巴到场馆的时候，外面已经下起倾盆大雨。

张俊宝："小雨？"

沈流叹气:"看来外国的气象台也不准。"

总不能是他听错西班牙语的天气预报,沈流对自己的外语很有信心。

一把伞只能遮两个人,杨队医说他轮流带大家进去,张俊宝和沈流则表示他们不打伞也无所谓,只要运动员和鹿教练不淋雨就行。

运动员要是生病就麻烦了,鹿教练 72 岁的人了,在 12 月淋场雨也容易出事,沈流还顺手把自己的围巾围在鹿教练脖子上,老爷子想拒绝都不行,在他的健康问题上,全队的态度都是一致的。

最后还是隔壁路过的日本队帮了忙,寺冈隼人、千叶刚士、庆子、妆子也带了伞,他们很愿意与中国队共用一把伞。

张珏和庆子在一把伞下,他低声询问道:"你的膝盖怎么样了?"

庆子眨眨眼:"你注意到了啊?还好啦,一级韧带拉伤而已,没你当初那么严重。"

张珏:"我当初也是一级拉伤,后来带伤出赛,就加重成二级了,你悠着点。"

一级还可以通过休养康复,再严重就可能要做手术了。

庆子很愁:"我也想休息啊,但总决赛是 A 级赛事,在没有其他同国选手同样进入决赛的情况下,我是不可能退的。"

又不是只有中国才有指标这玩意儿,日本冰协对一哥一姐的要求也不低。比如去年索契冬奥会结束后,张珏为了高考不参加商演,上头也会由着他去,但庆子是被日本滑联命令参加了整整 35 场商演,她还签了经纪公司来获取更多广告资源,但公司和冰协一起抽成,导致她本人赚的并不多。

庆子的父亲早逝,光靠母亲供妆子和她滑冰,家里欠了外债,妆子的病又要治疗,她的压力很大。偏偏花滑运动员的收入和明星不能比,18 线小偶像单场出场费几十万,庆子作为世界级运动员,身价连人家的十分之一都没有。

张珏:"大概是明年 6 月,京城会举办一场商演,你有空过来吗?"

庆子开玩笑:"给多少出场费啊?少了我可不去。"

其实就算张珏不要钱,只要他肯包来往食宿的费用,小姑娘也愿意过来帮张珏暖场。

张珏回道:"一百万日元(大约六万人民币),包来往食宿。"如果后续门票卖得好,张珏可能还会送一些特产给运动员们作为礼品,但这种不确定的事他就暂时不说了。

商演前期投入，包括邀请那些顶级运动员的出场费，总共算下来就要500万人民币，张珏自己就负担了一半投入，而后续收益多少，要看门票的销量以及赞助商给多少钱。

赞助张珏的几位品牌方都是有钱的主，其中一个抬手就给了300万赞助，另一个不甘示弱，给了400万。除此以外，张珏老家的H省电视台也购买了商演的转播权，因为是第一次卖给电视台转播权，白素青主任只要了100万，但在开始卖票以前，这场商演就已经回本了。

金主们给钱肯定是希望有收益的，张珏就对商演的质量非常重视，要联系的运动员也都是表现力强、节目好看的，那种一套表演滑可以用好几个赛季的他都没考虑过。

庆子平时的商演出场费都是90万日元，而这已经是一流运动员的待遇了，瓦西里那样的大满贯得主去日本商演也就是120万日元的出场费外加包来往食宿而已。

张珏开口就给庆子提高了10万日元的出场费，这让他在庆子的眼中瞬间笼罩上一层土豪的光环。

她满口答应："放心，只要还能上冰，我就一定会去。"妆子吃的抗癌药不是一般的贵，为了姐姐的健康，庆子才不介意带伤表演或推迟手术时间呢。

寺冈隼人和伊利亚、瓦西里，早在昨天就答应了张珏的邀请，就连千叶刚士都被张珏顺手拉进队伍。

进了场馆，观众席上的运动员应援海报有百分之八十都属于张珏，看起来就像是所有人都希望他拿冠军一样，就算他的分站赛只是一金一银，不如拿着两块金牌进总决赛的寺冈隼人和伊利亚，但大家还是都认为张珏的赢面最大。

师长们对察罕不花的要求不高，上个领奖台就行，小朋友仍然觉得心理压力不小，张珏却是不拿冠军都不行。察罕不花上场前发现师兄还坐在椅子上翻专业课书籍，心里前所未有地佩服起师兄的心理素质。

张珏抬头："看我干吗？准备上场了，好好比啊。"

察罕不花摸摸头："哦。"

此时日俄两方的一哥正在给自家后辈打气。

寺冈隼人："刚士，看到对面那两头熊了吗？赢下他们！"

伊利亚："伊万、瓦格尔，看到对面日本那个小矮子了吗？输给谁都不能输给他！"

两边后辈都郑重点头，并一致决定上最高难度的配置。

年轻人的稳定性总是不怎么好，张珏青年组时期也经常浪翻车，而最高难度的配置本来就是运动员成功率最低的那套，所以日俄的青年组小选手完全不意外地在赛场上出现了失误。

察罕不花也上了最高难度的配置——双3A，他的自由滑配乐是纯音乐《风儿！请捎个信》，温柔宁静的语调，以及小运动员本身恰到好处的演绎，还有稳定的跳跃、旋转，用刀深且标准的滑行，让他最终摘下了金牌。

张俊宝欢天喜地地去举自己的徒弟，而拿了银牌的千叶刚士埋在教练肉乎乎的怀里擦眼泪，彻底坚定信念。青年组的熊都不能打，他的最大对手果然还是那头牛！

察罕不花领了金牌下来后，其实还有点恍惚，小朋友一直觉得自己天赋不出众，从小提升难度的速度就慢，除了稳没别的优势，对自己的定位就是"在同年龄段的A级赛事里上领奖台"，结果他居然是金牌？他怎么就金牌了呢？

张珏听到他的自我吐槽，走过来摸摸他的脑袋："你的提升难度速度慢是和谁对比的？"

察罕不花默默看着大师兄，张大师兄恍然大悟："你和我比？那就没必要了，这世上没几个人可以和我比天赋的。"

他是天才里的战斗机，察罕不花不如他很正常，但这并不代表察罕不花没有天赋。小运动员拿到A级赛事名额之前都要先击败国内一切竞争对手，察罕不花能一路冲进决赛，已经充分说明他拥有赛过同龄人的天赋了。

"小牛，你要搞清楚一件事，当初孙指导来挖人的时候，可不光是挖教练组和我，你、闵珊、蒋一鸿他都想要，这就充分说明了一件事，你们身上的潜力让一个国家队的总教头都眼馋。"

目前很多成年组男单选手的最高难度跳跃就是3A，而察罕不花14岁就把3A跳出来并稳住了，这哪里是天赋低？他明明就是天赋一流！张珏自己则是天赋这一块的顶点。

察罕不花接受了师兄的说法，并因此觉得更加自信了，但他还是觉得哪怕说的是实话，师兄依然看起来有点自恋，但不知道是不是察罕不花的错觉，他总觉得师兄自恋的模样有那种小鳄鱼叉腰式的萌感。有的人没有叉腰，但这个人心里肯定又腰了。

他们不知道 H 省转播了这次大奖赛的所有比赛，包括青年组的比赛，而从青年组男单比赛开始，H 省的收视率就开始一路上扬。

有一个编导对领导说道："组长，刚才收视率破 1.5 了。"

组长凝神看了一会儿："内蒙古那边的观众不少。"

很多人哪怕不关注花滑，得知自家有个小孩在欧美人才有优势的项目里得到好成绩，也是会去多关注一下的，有时候关注着关注着就入坑了。张珏和察罕不花就是这么得到了很多蒙古族和来自东三省的铁杆冰迷。

而到了晚上，成年组的男单比赛开始时，电视台的工作人员们目瞪口呆地看着收视率突破了 2，比很多大红的电视剧还高。

编导喃喃道："看来等张珏的商演出来的时候，台里那个时段的广告费也会提高不少。"

B. 封神

现在 H 省电视台也有了专门的花样滑冰解说员，请的是曾经的省队成员郑家龙，以及退役的双人滑前一姐金梦。

郑家龙扶着话筒说道："现在是六分钟练习时间，伊利亚跳了个萨霍夫四周跳，感觉还行，他这赛季的主要丢分点就在这个跳跃上了，比赛的时候可别再摔了。张珏试跳了一次 4lo，落冰比较勉强，毕竟是才练出来没多久的跳跃，磨合度还不够。亚瑟·科恩的 3A 又摔了，北美男单选手的命门就是这个跳跃，嘻，我们张珏的 3A 成功率几乎是百分之百，特稳。"

到底不是央视，郑家龙解说起来就比较随意，吐槽别国选手的缺陷也完全不留情。

金梦也笑着赞同："看张珏跳 3A，我几乎不担心他会摔，日本的寺冈隼人的 3A 也稳，不过日本选手的 3A 技术一直独树一帜，就和我国男单选手过发育关更加稳当一样，已经是一种技术特色了。察罕不花之前长了不少，技术却完全没丢。"

早就听闻张门带人过发育关是一绝，张珏那种地狱难度都捞得起来，察罕不花只是发育时长了 7 厘米，体重涨了 9 公斤而已，捞都不用捞，人家压根没沉湖，现在还拿到了大奖赛总决赛的青年组男单金牌，技术稳中有进。

金梦心中暗叹，要是她当年过发育关的时候有这么一群教练帮忙，最后也不至于摔出骨折，留下严重的伤病，直接影响到职业寿命。

短节目的倒数第一是亚瑟·科恩，他也是第一个上自由滑的人。小伙子还是摔了，八组跳跃里摔了两次，但最要紧的两个四周跳都撑住了，在一线男单选手里，这就属于合格线以上的表现了，年轻人的潜力总是比他们自己想象的还大。

第二位上场的大卫也发挥得很好，身为极限运动大师，既然能徒手攀岩、洞穴潜水，那么他的心理素质就不会差。身为欧系花滑男单选手的扛把子，他今年展现出来的水平也不比当年的麦昆差。

郑家龙中肯地评价道："花滑在发展，如果大卫想要爬到更高的位置，就必须开始挑战第二种四周跳，不过这对大卫来说一定是个很难的挑战，毕竟他有一米八六。"

俄系万年二哥谢尔盖这次难得争气一回，他的自由滑音乐来自电影《贝奥武夫》，开端是非常热血激昂的英雄式表演，到了结尾，却变成了一段柔和的女声吟唱。

金梦评价道："这是到目前为止我见过的最符合谢尔盖气质的一个节目，刚柔并济，跳跃也都完成得很好，是非常棒的一个节目。"

郑家龙："最重要的是他今天没摔，这位运动员其实能力很强，但之前因为伤病等原因错过了索契冬奥会，可以说是很遗憾。能看到他在总决赛这么重要的场合拿出这么好的状态，真让人为他高兴。"

张珏站在场边，小声和教练们说："他这个节目放到表演滑上也很合适。"

张俊宝："可以邀请他试试。"

张珏十分自信："我之前邀请过他了，瓦先卡和伊柳沙说只要搞定谢尔盖的猫入境的问题，就可以搞定谢尔盖。商演在明年五六月份，现在就可以开始给他办手续了。"

没人想问为什么谢尔盖的问题会是由瓦西里和伊利亚给张珏出招解决的，更没人想问张珏为啥可以开口就喊那两个人的昵称，毕竟在俄罗斯，昵称也是亲近的人之间才会喊的。

谁叫张珏人缘好呢。

伊利亚登场的时候，观众们的期待值明显比之前高。

之前俄罗斯男单在每个奥运周期都有一个强大的选手撑场子，可到了平昌周期，伊利亚反而不是三剑客里最出挑的那个，一是因为张珏太强，而且他还比伊利亚、寺冈隼人小两岁，在竞技运动中，年轻健康就是不折不扣的资本，二是伊利亚没找对自己的表演路子。

寺冈隼人是坚定的日本少年，风格偏古典，东西方的古典乐全能演，这是他的赛场标签，大家一听和风音乐，就知道是寺冈隼人来了。伊利亚却常常穿着不配他容颜的秋衣风考斯腾，滑着风格不契合的曲子，加上滑行比不过寺冈隼人，旋转没有张珏漂亮，落下风就是不可避免的事。

伊利亚表演的时候，瓦西里就和鲍里斯说等这个赛季结束了，一定要给伊利亚报专业的表演班打磨一下，光会跳跃在现在的男单赛场上已经不好使了，一个不小心就会被更强的人比下去，国籍优势也有拼不过实力的时候。

"不如让伊柳沙试试学习话剧和音乐剧？"

"好主意。"

相比之下，张珏就显得从容很多了，他的《生命之树》本就带着对父母的爱这样的情绪，节目从一开始就具备充沛的情感，而且张珏还有最高等级的肢体感染力来支撑他的表演，表演方面的优势就更大了。

在开始比赛之前，张珏不仅接受了国内记者的采访，还接受了一位外国记者的采访。当时对方并没有问张珏其他的问题，仅仅就自由滑的创作心路历程提了几个问题。

"你怎么会想到自己编舞？

"为什么要创作这样一个节目？

"还有，为什么要选择现在的配乐？"

身为运动员自己编舞并不是稀奇事，张珏可能是想拓展自己的路子，又或者是想省一笔编舞费用，还可能仅仅是想让自己更加厉害，所以他自己编了个节目出来。前两个问题的答案有很多，回答起来也很简单，直到最后一个问题，记者说，这个节目的名字是《生命之树》，可张珏选择了"Oceano"作为开场，接着是"Mother's Journey"，最后是"Wild Side"。

能够将这三支曲子剪辑到一起，衔接的部分顺畅自然已经不易，张珏还能让那些音符如此契合自己的表演，他是如何做到的？他为何要这么做？

那时张珏的答案是："生命从海洋中孕育，而我的父母便是我的海洋，我因他们而生。"

这就是他选择第一段音乐的缘由。

这么想着，少年双足呈交叉姿态，高高跳起，一个高飘远、质量优秀的 4lo 完成。

至于之后的两段音乐……选择"Mother's Journey"，是因为张珏认为自己和母亲有非常相似的地方，比如外貌、性格相似，这种相似让他在某些时候会做和母亲相似的决定，那是一种通过生活在自己身上观察到来自母亲的影子的感觉。

张珏认为，自己走过的道路，说不定有一部分也是母亲的老路，所以看到那支曲子的时候，就很自然地被打动了。至于"Wild Side"就更好解释了，当一个孩子出生，在母亲的指引下成长之后，他的道路就是离开海洋，展开翅膀，飞翔。对人类来说，飞翔是最疯狂的举动，明明没有翅膀，他们还是会向往和追逐天空。

总体来说，《生命之树》就是这样一部洋溢着张珏的个人风格，完全由他一个人的想法填充起来的节目，他表达的是对父母的爱，但滑来滑去，演绎的中心还是他自己。他展现的只是一个普通人的内心，会想要追求梦想，会深爱自己的父母，他出生、长大，仅此而已。

但就是这样一个故事，居然会被很有名的体育记者评价为"本世纪开始以来最感人的单人滑节目之一"。

对方没说这是最感人的花滑节目，是因为花样滑冰还有个项目叫冰舞，该项目没有跳跃，托举技术动作也不过肩，却以滑行和表演知名，而且双人滑的金梦、姚岚退役前也留下了经典的节目，年轻的张珏还排不上一个"最"。

但大家都认可一点，那就是张珏是在以跳跃为最大竞争点的单人滑项目上将表现力的优势发挥到极致的人。《生命之树》拥有即使观看的人不懂花滑，但在看到后依然会被触动的力量，撇开技术动作，这也是一个很好的节目，何况张珏的技术难度也是世界第一的。

掌声如同潮水席卷了整座场馆，掌声响亮到了足以淹没背景音乐的程度，但张珏的脑子里还在继续播放音乐，所以观众们的掌声没有影响到他。

最后一个音符落下的时候，张珏仰着头，汗水顺着他的脖颈滑下，然后他转头，对镜头露出一个大大的笑脸，就像一个热力十足的小太阳。

张俊宝有点纳闷："这小子很多地方都和我姐姐像，唯独这个地方不知道是像谁。"

沈流不解："什么地方啊？"

张俊宝："就是这种会热情地表达自己的爱，甚至用一个节目嚷嚷得满世界都知道的地方。"

妈呀，儿子创作这么一个直白热情地说"爸爸妈妈我爱你们"的节目，许岩姐夫看了肯定会感动，但姐姐看到的话，心里感动的同时还会很害羞吧。但在这个很多人都耻于说爱的年代，能够去爱也是一种才能。

张珏不吝于表达情感，所以他的表现力、感染力才强到惊人，他的节目内容纯粹饱满，跨越了肤色、年龄、性别，是只要看到的人都能理解的表演。

从这个节目现世开始，就有人称其为 21 世纪的第一部男单神级节目，最令人欣慰的是，演绎这个节目的运动员也正好处于最好的年纪，他年轻，而且健康，年轻让他可以做到比大人更坦率地情感表达，健康让他可以毫无阻碍地使用出最难的跳跃动作。

一切都恰到好处，才有了经典节目的诞生。这个冠军张珏拿得毫无悬念。

在这场表演结束后，本来只是在花样滑冰圈里被称为"无冕之王"的张珏再次破圈，自由滑视频转发数，仅在微博这一社交媒体上就突破了 200 万次，更别提在推特、油管等地方了，热度完全不输索契冬奥会时的经典对决。

高热度带来的就是高收视率，张珏的颁奖典礼收视率比起比赛时只高不低，无数粉丝打开视频或者将电视调到 H 省电视台。

年仅 17 岁的少年身披国旗，戴着金牌站在冰场上，周围是闪烁的灯光以及满场热情的观众。张珏，一战封神。

夕. 第一

在 2014—2015 赛季，张珏偶尔会产生一种"我变成世界中心了"的错觉。

因为从这个赛季开始，他拥有了远超所谓娱乐圈顶流的人气和知名度，好像走到哪里都有人认识他，在他所处的圈子里，大家看着他的眼神，就像是火一样热到灼人，他获得的喜爱甚至让他感到惶恐。

张珏领完奖牌，下场时跑到二胖姜秀凌身边坐着，嘴里嘀咕一些二胖不能理解的话，姜秀凌迷惑地看着童年玩伴："惶恐？被喜欢不是好事吗？这可是花滑第一人才有的待遇，之前花滑四项里的人气王都是女单那边的，你是首个越过女单热度高到这种程度的男单选手，这还不好？"

人气就是收益啊，张珏现在的人气明显超过那些作为他前辈的大满贯金牌得主，将来还会越来越高，收益也会相应增加，这就是好事嘛。看看现场所有人对张珏的喜爱，别人想要都没有呢。

最重要的是，张珏获得现在的人气并没有不配的问题，他是通过连续刷新世界纪录，不断赢下金牌，用经典的节目打动了无数冰迷，才获得现在的地位的，这样扎扎实实的人气，完全不用心虚啊!

张珏摇头："我不是心虚，可是他们喜欢我，我也必须给出回报才行，我是会因此有压力的。"冰迷嘛，想看到的肯定是越来越多精彩的节目，以及一个实力强大到可以满足他们期待的运动员，但张珏不会自大地说自己永远都处于巅峰期，总有一天，他是会下滑的。

张珏和二胖抱了抱："嘻，不说了，二胖，恭喜你拿到银牌。之前你才拿奖牌那会儿，我的比赛还没开始，教练他们一直让我好好调整自己，我也没来得及过来和你道喜，我喜欢你们的爵士舞。"

洛宓乖巧地坐在一边，她没听清楚男伴和张队之前嘀咕些什么，却知道张队对他们很好。因为接下来张队就说希望他们把表演滑改得更好看一点，然后把抛 3S 和抛 2A 练得更稳一些，并希望他们来参加他明年休赛季的商演。

等张珏离开，姜秀凌看着张珏的背影陷入了沉默。在很多人眼里，张珏有着初生牛犊般无畏无惧的天然野性，肆无忌惮地在冰上生出漂亮的花。但其实在这样的外表下，张珏是个思虑很多的人，他的思想比年龄成熟得多，从小就是这样，他永远想得比别人更多，有一堆姜秀凌无法理解的想法。

姜秀凌想，也是，如果张珏真是那种一根肠子通到底的直性子的话，就没法解释为什么他的表演可以那么细腻了，果然是小太阳外表下隐藏的艺术家人格什么的。

那场差点把他们淋得抱头鼠窜的滂沱夜雨来得快，去得也快，张珏领完金牌的同时，雨就已经停了，离开会场时，银牌得主寺冈隼人想去找张珏说几句话，就发现他一边走一边用脚去踩水，看起来幼稚得要死。

浅浅的水坑被踩得发出吧唧吧唧的声音，然后张珏蹲在地上，用撒娇的语气说了几句话，是中文，寺冈隼人分辨出他说的是不想走路。

大概是因为主教练是他老舅，张珏和他老舅亲近得不行，青年组时期还要教练背，女单选手都没有那么娇弱的，也就是那些和自己的男伴是情侣的冰舞、双人滑的女伴才会这样。

不过现在的张珏已经是大个子了，他小时候这么蹲着就是绝世萌娃，教练们嘴上会吐槽几句，实际上蹲下让小鳄鱼爬上自己背部的动作毫不含糊，现在他往那儿一蹲，体积依然不小，教练们却不会再惯着他。

张教练怀里抱着一束向日葵，那是来观赛的麦昆送的，他抽了一枝递给张珏："起来了，要犯懒等回酒店再说。"

张珏张口，将花叼在嘴里，慢吞吞地站起来，被教练牵着上了大巴。虽然背不动小孩了，其实 tama 酱的教练们还是有尽最大努力在宠着他吧。

在大奖赛的男单比赛结束后，张珏就进入了一种大赛过后，用拐杖抽都抽不回精神模样的慵懒状态，说懈怠也不至于，就是没精打采，暂时没能量了。

经历过大赛的运动员都明白这种感觉，比赛的时候已经拼尽全力了，榨干了几乎全身的精气神，现在便需要休养一阵才能把精力补回来。鹿教练都懒得抽张珏，就放任他用老教练平时都看不惯的懒散模样到处晃悠。

第三天是冰舞和女单的自由舞、自由滑，冰舞那边胜率最高的是尹美晶和刘梦成，他们的身体比老将朱林和斯蒂芬妮更健康，和张珏一样处于一种运动员最喜欢的上升期。他们的技巧已经炉火纯青，表演里有任何假 CP 都模仿不来的情深。

身为亚洲第一的冰舞组合，他们正在以往只有欧美选手才能上台的冰舞项目上越走越远。

女单则是众所周知的俄、日、美大战，赛丽娜的稳定性好，卡捷琳娜有 3F+3lo 连跳，庆子有 3lz+3lo 以及女单项目里最强的滑行，北美新晋一姐奥莉弗则是举手达人，只要能跳成一个跳跃，裁判必然给出 +2 的 GOE……懂的都懂。

好在俄系裁判大家更懂，北美系裁判和他们碰到一起，那真是棋逢对手，针尖对麦芒。张珏看奥莉弗比赛的时候，就发现这姑娘的出分速度都比别人慢一些，估计是俄美两边的裁判都在使劲摁计算器吧。

过了一阵，有一个裁判直接站起来，脱了鞋子朝另一个裁判扔去，场面一片混乱。脱鞋的那位战斗力奇高，好几个人一起上才让他停手，极有可能是俄罗斯汉子。赛事组委会不得不临时把技术组的卢金裁判叫过来帮忙打分，于是奥莉弗拿到了本赛季的自由滑最低分，整个场面比闹剧还乱。

张珏笑得乐不可支，觉得这群人让自己看了场好戏，也不知道小村记者有没有及时拍下这段名场面，之后就是俄罗斯双姝对战庆子了。

已经比完赛的寺冈隼人头上绑着一根红色的带子，手里举着"庆子最棒"的横幅。伊利亚不甘示弱一般，身披俄罗斯国旗坐在另一边，两只手放在大腿上，坐姿像是哪里来的老大爷。

张珏："你们可真是好队友啊！"

两个手下败将同时瞪着他："没有队友进女单决赛的人就闭嘴！"

张珏愣了一下："你们居然在这时候突然默契起来了？"

由于裁判组临时出了问题，卢金突然登场，使女单成了本届总决赛打分最公正的一场比赛。庆子在这场比赛中拿到了她有生以来第一个 4 级步法，GOE 被加满，加上力量型的高飘远跳跃，她凭借着 GOE 优势拉开第二名的赛丽娜整整 21 分，勇夺本届总决赛冠军，将世界纪录往上提了 3 分。

原本赛丽娜还有获胜机会的，但是架不住卢金眼尖手狠，抓起自家一姐的毛病也毫不留情，赛丽娜有两次跳跃落冰质量不行，就被他给抓得 GOE 只有零点几。

在比赛结束时，张珏低声和两个小伙伴感叹："卢金裁判打分的方式最舒服了，要是以后比赛都由他来打分就好了。"

寺冈隼人嘴角一抽："他太严了，除了中国站，其他站应该都不乐意请他吧。"

伊利亚："嗯，我们国内赛都不乐意请他。"

不然大部分技术还没练标准的小朋友都得被他打击到失去人生信心。

"行吧，反正赛季前半段已经告一段落，现在我们只剩下表演滑了。"张珏伸了个懒腰，一截腰线从外套下摆的缝隙里露出，隐隐能看到腹肌的线条。大卫瞥他一眼又一眼，还是没忍住，出言提醒他把衣服整理一下。

第二日，巴塞罗那时间下午 3 点，人声鼎沸的场馆内，聚光灯集中在那唯一立于冰上的人身上。穿着由纯粹的水蓝色"天女的羽衣"制作的考斯腾的少年仰起头，环视着人潮涌动的观众席，露出一个自信的微笑。

轻逸到极致的纱包裹着这具纤瘦而不失力量感的躯体，少年举起手，竖起食指，放在唇前。

10. 雪哥

秦雪君新的一天是从早晨 5 点的门铃声，以及被惊吓的大红、二红的咯咯叫声中开始的。

他趿拉着拖鞋跑到门口，一开门，就看到张珏坐在行李箱上，满脸憔悴地将手指压在门铃上，张嘴便是一句颤巍巍的"我饿"。

看他那萎靡的精神状态，秦雪君被吓了一跳："你没带钥匙吗？"

"出门前给忘了，雪哥，快给我吃的，我这次晕机特别严重，在飞机上都没吃啥，老舅也晕了，被沈哥扶回去休息了。"

雪哥："你老舅不是不晕机吗？"

张珏长长一叹："没法子，下飞机的时候才知道开飞机的是战斗民族。"

雪哥秒懂，俄系飞行员的飞行风格的确比较狂野，就没他们不敢飞的天气和姿势。

他把"玉老爷"迎进门，烧水准备煮面条，而张珏瘫在沙发上，提着要求："多给我切点葱，煮好了再撒点白胡椒面在面条上，我不要吃意大利面和荞麦面，就吃精细挂面。还有，给我煎个荷包蛋，要大红、二红亲自下的蛋，别的鸡下的蛋我不吃。"

秦雪君手上的动作停了停，他回头看张珏那副死相，对比张珏在冰上光芒万丈、魅力四射的样子，他心想真应该让冰迷来看看张珏日常是什么模样，保证偶像光环当场破碎，连渣都不剩。

张珏瘫了一阵，秦雪君将一碗面放在他面前的茶几上："吃面了。"

张珏抬眼："我还以为你会对我来一句'嗟！来食'。"他对自己提要求时的惹人烦程度有相当清醒的认知，不是亲近的人压根不会忍。

秦雪君："我没那么损，快吃吧。"

茶几不高，张珏就直接坐在地上吃面，秦雪君给他屁股底下塞了个有着卡通仓鼠图案的垫子，纱织还没睡，小仓鼠没上跑轮，只是优哉游哉地喝着水。

两人有一下没一下地聊着，比如大红、二红在张珏出门期间下了三个蛋，状态不行。纱织能吃能喝，就是精神不好，秦雪君带她去做了体检，各项指数都正常，应该是冬困。阳台上的菜长势很好，有些来不及吃完，就被秦雪君拿去做了泡菜。

张珏震惊："你还会做泡菜啊！"

秦雪君露出一抹自信的笑："俄式泡菜，我奶奶教的，过冬必备，你也能吃。"

张珏吃完面条，喝完面汤后一抹嘴，也说起了自己外出比赛的事。他破纪录夺金这事大家都知道，毕竟他在比赛期间光热搜都上了五回，连沈流都说他这场是封神之战，但有些比赛的细节就只有张珏自己明白了，这可是花滑王者的独家情报呢。

这次中国在总决赛的成绩很好。张珏、黄莺和关临、察罕不花都拿了本项目的金牌，二胖和洛宓拿了青年组双人滑银牌，闵珊则是青年组女单的银牌，每个人都拿了奖牌回家，以至于中国花滑显出浓浓的兴盛模样。

然而他们的板凳太薄，储备人才不够，一旦谁伤了，本项目就暂时没人可以顶到一线赛场了。比如青年组女单其实只有闵珊能看，成年组一姐徐绰血条太短，冰舞则是直接没人，双人滑也是只有"欢迎光临"组合一个可以看，等二胖、洛宓升组后才能喘口气。

"其实跳那个 4S 的时候，我的身体没收得足够紧，毕竟没举双手来进一步缩轴心，而我的个子又太高了嘛，所以跳跃轴心比较粗，落冰时能那么稳真是运气……"张珏吐槽自己差一点就失误，然后可能将金牌转手让给寺冈隼人的窘事，这事连张俊宝都不知道。

"还有啊，很多人都对我抱有很大的期待，这个让我压力山大，因为我已经不确定自己还能不能创作出超越《生命之树》的作品了。"张珏趴在茶几上唉声叹气。

《生命之树》当然是好作品，他自己也很满意，但这也导致他并不清楚自己下个赛季要创作什么了："我觉得我的灵感枯竭了，还有萨兰娜女士给我的那支曲子也很好，可是我滑不出感觉来，莫非我的灵气被耗干了吗？不要啊，我才17 岁！再这样下去，我肯定会让冰迷们失望的！"

秦雪君想起他滑《红磨坊》时的意气风发和冰迷的热情响应，怎么都觉得大家对他只有满意没有失望。

张珏觉得自己的技术上升期还没结束，表演却遇到了瓶颈，那种曾经只要拿到音乐，花不到一天时间就可以做出大致符合音乐的表演，精细打磨后可以轻易令大家惊艳的感觉正在逐渐消失。而他的对手们没有这个问题，他们同样在开发新跳跃，表演风格也正在走向成熟，反而是表演已经成熟的张珏不知下一步该去向何方。

莫非是因为自己老了吗？张珏今年17 岁，花样滑冰运动员进入24 岁就算老将，也就是说他的职业生涯已经走了一半，莫非这就是中年危机？

21 岁的年轻人秦雪君挠头："我还以为你的灵气正是多到无处挥洒的时候呢。"

张珏幽幽看他一眼。

秦雪君叹气，搬了个小板凳坐着，给冠军先生捏比目鱼肌："你该休息了，说不定缓一缓就有新灵感出来了呢，你看印度的数学天才拉马努金，他也有遇到不会做的题目的时候，但只要睡一觉，新的灵感就来了。你跳跃的时候，小腿还会痛吗？"

张珏："跳的时候还好，落冰的时候，偶尔会有点痛，还有接续步，今年的接续步是按 4 级编排的，持续做高难度的变刃还有高速滑行的时候，也会痛。"不过因为以前养得好，加上每天光是花在理疗保养上的时间就是两小时起步，所以疼痛的程度也在可忍耐范围内。膝盖和脚踝的话都很好，尤其是每天吃饱睡足，锻炼频繁，又长期处于照不见阳光的冰场里，张珏连青春痘都不长，排除训练比赛时的消耗，张珏的健康指数已经是人类这个群体里最好的那个档次了。

张珏逐渐睡着了，他靠着沙发，头仰着，秦雪君推了推他，也没见有醒的意思。以他的睡眠质量，加上长途旅行的疲惫，强行把他叫醒说不定还会发起床气，但也不能让他就这么睡在这里，姿势不对，醒来以后肩颈那一块会很痛的。

纱织捧着一个面包虫啃着，虫子在她的啃噬下渐渐失去生机，她黑溜溜的眼珠倒映着客厅里的两个两脚兽。其中那个块头比较大的两脚兽犹豫一阵，从卧室里翻出三床毯子盖在张珏身上，又出来将碗筷收拾到洗碗机里。

此时手机铃声响起，秦雪君快速接了电话："小荣被卢爷爷用热水壶砸了脑袋？毕竟化疗会让人很痛苦，我现在过去接小荣的班。"

秦雪君收拾好东西出门了，此时还是早晨六点半，他没来得及吃早饭，可以预计的是，等到了医院后，他也不会有吃东西的时间了。

中午 12 点，张珏爬起来，走进厨房里翻找吃的东西。他的动作很轻，没吵醒正睡得香喷喷的仓鼠闺女。冰箱里专属于他的那几格里有腌制好的鸡胸肉和鱼肉，加上阳台上的新鲜蔬菜，还有秦雪君攒的十二个大红、二红的鸡蛋，一袋全麦面包，怎么都可以吃饱。

他慢吞吞嚼着面包，有一下没一下地哼着歌，然后有一通电话打到他手机上。

张珏接起电话："喂……啊？雪君晕倒了？他又被打了吗？低血糖导致的晕倒啊，好，知道了，我现在去接他。"张珏匆匆忙忙给纱织添了清水，戴上口罩和红色的毛线帽，随意套了件绿色的大衣便冲了出去。

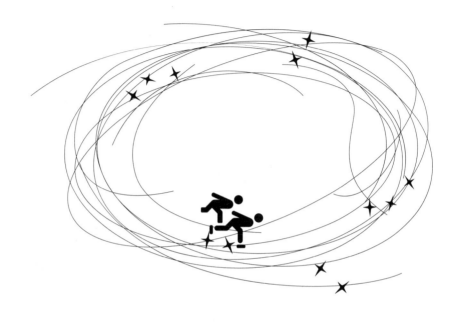

二　卫冕世锦赛金牌

11. 善良

秦雪君睁开眼睛的时候，张珏掰了根香蕉剥皮递过来："来，快吃根香蕉补补脑子。"

秦雪君是医学生，可他从没听说过香蕉能补脑。

张珏看出他的疑惑，语重心长："香蕉可补万物。"他还带了根甜滋滋一号玉米，含糖量高，特别适合低血糖人士。

说起来，低血糖也不是什么大毛病，所以秦雪君躺了一阵，被灌了糖水，之后又吃了张珏带来的食物，缓了缓，就揣着张珏给的巧克力重新上岗了。

冬季不仅是急诊部最忙的时候，而且由于昨天下了场雪，不少老人小孩走路时一滑，就得来骨科走一遭。秦雪君的导师是骨肿瘤方向的专家，他本人却没老师那么牛，于是在他导师和大师兄去另一家医院救台的时候，他要留在这里帮忙处理一些骨折的伤者。

救台就是一个医生发现某台手术自己做不下来，于是临时找外援来救场。

别看秦雪君以前挨过不少打，但他的医术真不差，尤其是一些受伤的儿童会害怕医生动手，家长也容易情绪激动。秦雪君不仅人高马大，面对某些素质不行脾气暴躁的家长时可以有点威慑力，还很神奇地在儿童面前拥有相当不错的亲和力。

张珏看了一阵，就发现秦雪君几乎没有歇口气的时候，思及他值夜班的频率，这人真是全靠年轻在死撑。

就在张珏背后的病房中，一个与他容貌略相似的高鼻梁中年帅哥手举吊瓶，鬼鬼祟祟地蹲在门后，贪婪地看着张珏的背影。兰瑾："是儿子！"

兰瑾的大侄子兰润一边向受惊的同房病友鞠躬致歉，一边把他往病床上拉，"大伯，快去躺着歇息吧！你感冒还没好呢。"

兰瑾踮着脚："我再看看，我能和你弟弟离这么近的机会不多，平时都只能在电视上看他。"

张青燕倒不是真的完全堵死兰瑾看儿子的路，只要他能戒酒一年，就可以和儿子见面，但问题就在于……张珏都从小婴儿长到这么大了，兰瑾依然没能戒酒。兰家还能有什么话说。兰瑾自己不争气，不能见儿子也是他自己的错。

张珏总觉得有人盯着自己，左右看看又没见到人，就在此时，他接到一条短信，便将食物包装扔掉，趁着秦雪君忙完的间隙，和秦雪君打招呼："我先走了。"

秦雪君顿了顿："去哪儿？"

"去找二德，我弟弟来了。"

正常父母开两个号，将会给工作生活带来巨大的压力，养孩子可不是光喂食买衣就够的，还得下力气去培养，品德、学习一样不能落下。

张家有一点好，就是张珏这个大号先天素质好，从小到大调皮归调皮，学习成绩从不让人操心，进了初中以后就一直免学费，拿奖学金，爹妈不给零花钱都不缺钱花，到年末还能往存钱罐里塞两千块钱存着。

等张珏在舅舅的指导下在世界级的赛场上闯出一片天地，有了养活自己，甚至是在京城购房的能力后，张家就成了爹妈哥三个人一起养许德拉。

张青燕和许岩都是勤奋工作的人，不需要大儿子贴补家里，每个月还按时给儿子打三千块钱，怕他还完房贷没钱花。张珏有样学样，每个月按时给许德拉塞零花钱。也不多，就五百，但对中学生来说已经足够了。

这次许德拉来京城，是来参加小提琴比赛。张珏到地方的时候，小朋友已经拿到了金奖，蹲在比赛场馆外面，和老师一起吃盒饭。

张珏才下车就看到他，冲过去心疼地问："你咋不找家店吃饭？蹲外头干什么？"

已经是 14 岁的美少年许德拉一看到亲哥，立刻开心地蹦过来："哥！"

张珏接住弟弟原地转了一圈，许德拉才落地，又腼腆地说："我……我们学校有个同学得白血病了，老师号召大家一起捐款，我和丁老师一起把钱都捐了。"

丁老师就是带他过来参加比赛的老师，一个看起来不到 30 岁的胖青年，张珏连忙和老师打招呼："老师好老师好，不好意思，我光顾着我弟弟了。"

丁老师努力咽下一口饭："没关系，要没你前天打给你弟弟的五百块钱，我和你弟弟到了京城都没饭吃。"

这话太辛酸，张珏十分不好意思，立刻把他们拉出去吃饭。他没动筷子，就看着弟弟和他的胖老师一起胡吃海喝，便忍不住问："缺钱怎么不和爸妈说？"

许德拉叼着鸡腿，含含糊糊道："上个月才把钱都给路边一个老爷爷了，妈说我留不住钱，有钱就要给出去，就帮我收着钱。"

胖老师："小许就是太善良。"

一年去掉个人所得税，把剩余的收入捐一半出去的张珏说："就是，好心也不是坏事，主要是你全捐了，没留吃饭的钱，才让妈妈生气的。对了，你那白血病的同学的钱够了吗？"

许德拉伸出手："还缺五万。"

张珏回忆一下存款数额，拍板："那我回头把钱打给你，你捐给他吧。"

许德拉立刻搂住哥哥的胳膊，开心地叫道："谢谢哥！"

张珏就喜欢弟弟朝他撒娇。他心里美得很，但还是面色严肃地提醒弟弟，不得在公众场合大喊大叫。咱们帅哥要有教养。

等把两人送到酒店，丁老师看着张珏的背影，不由得感叹，这人不仅正面侧面看着帅，背影看起来都风流潇洒。

二德满脸自豪："那是，我哥的体脂率可只有个位数，还有曾经的芭蕾舞团首席盯着他的仪态，站姿不好都要拿尺子去抽，身材和仪态是顶级的。"

丁老师叹气："运动员吃的苦啊，我这辈子是没法想象了。"

张珏是真的累，回家还要再蹦蹦跳跳自己做起码两小时的训练，电视里播着新闻联播，而他拿这个当背景乐疯狂跳绳。秦雪君被带着一起训练。

没过多久，楼下邻居就来敲门："大晚上的不睡觉，搁这儿抽什么风啊！"

秦雪君开门，来人看着秦雪君高大的身材，陷入了沉默，张珏这时也来问："发生什么事啦？"

来人看着张珏满身肌肉，露出友好的微笑："没什么，只是提醒你们，夜深了，快睡吧，来，这是我奶奶种的苹果，有机食品，绿色健康。"

张珏哈哈一笑："谢谢你啊。"见对方要走，他还叫住对方，回去掏了个热乎乎的鸡蛋塞过去："这是我们家鸡自己生的，也是纯天然无污染。"

邻居露出一个哭笑不得的微笑："谢……谢谢。"

次日，当听张珏提起他家邻居敲门送苹果，还提醒他早睡的事情时，沈流沉默了许久，欲言又止。小玉，你真的没发现自己和雪君在邻居眼里，其实是恶霸的形象吗?

12. 状态

2015年1月初,张珏顺利赢下了花样滑冰全国锦标赛的冠军,从13岁到现在,他都五连冠了,张珏觉得自己要是多在役几年,连冠纪录怕不是能到两位数。

当张珏的分数出来的时候,全场寂静了整整3秒,对手们纷纷仰望着这个神一般的少年。冰迷们张大嘴,一开始都没想起欢呼,事实上就连裁判都觉得自己是不是脑子出错了。因为当他们用一种公平公正的态度给张珏打分的时候,他们惊愕地发现这个分数比张珏在大奖赛总决赛创造的新世界纪录还要高7分,这还是人?

沸腾的人声差点把场馆都掀翻了,张珏和老舅对了一拳,老舅夸他:"状态不错。"

运动员也是人,大家都会有状态起伏,张珏技术方面的状态在大奖赛总决赛后有些下滑,滑全国赛时也只用了4T和4S两种四周跳,但表演方面的状态极好,虽没有总决赛那会儿强敌环伺导致的热烈,却多出了一份青年组时期才能见到的灵动。

在大多数人看来,一个人的灵气是有限的,随着时间慢慢流失很正常,米娅女士也说张珏在这个赛季使用了很多表演技巧,情绪投入却没有小时候热烈,《生命之树》其实还好,毕竟张珏对父母的爱意足够充沛,有这个问题的主要是《红磨坊》。

但现在的张珏像个天地灵石托生成人似的,连《红磨坊》的灵气都回来了。

石莫生和樊照瑛说:"你觉不觉得张珏就是中国男单抽了几十年才终于抽到的神卡?"

若不是全村灵气集于一身,这人怎能强到如此地步?

樊照瑛的回答则是:"封建迷信要不得。"

再说了,上头明明就没怎么注重过花滑,投入资金更多的难道不是球类运动和田径吗?

获得了本赛季后半段比赛名额的除了张珏,还有柳叶明和金子瑄。

消息出来的时候，近期网络上十分流行的一支名为朱雀乐队的摇滚乐队在网络上发布了一首"Sing to my baby"，突然就火遍了大街小巷。

因为歌曲的设计非常巧妙，前半段是汽车的引擎声以及有人跟着背景里的音乐哼唱，中段随着一句"将音量调到最高"，人声变大，然后正式进入歌曲。这种个性十足的曲子不知怎的就符合了年轻人的口味，偏偏复古的编曲风格又讨了不少怀旧中年人的喜，一下就扩散开了。

时间跑到了2月初，张珏提着行李前往首尔比了这一年的四大洲锦标赛，在机场的时候，一起下飞机的人的手机铃声都是这首歌，只是大家都带着微笑听歌，唯有张珏昏昏欲睡。

老舅推他："知道你坐完飞机不舒服，要睡也等去酒店再睡。"

张俊宝所料不差，张珏的状态是存在起伏的。从青年组时期开始，教练组就刻意将他在赛季的两次巅峰状态调整到总决赛和世锦赛，而在这两场比赛中间，张珏的状态就都不在巅峰上。

而花样滑冰恰好是最吃状态的运动之一，在滑溜溜的冰上做跳跃、步法、旋转什么的，状态不好，就算是顶级选手也有可能摔个四脚朝天。张珏在四大洲锦标赛勉强维持住稳定状态，没有出现大的失误，顶多就是有一个四周跳扶冰。出现了大失误的却是之前已经蝉联两届四大洲锦标赛冠军的寺冈隼人。

寺冈隼人拿出了4F，足周、落冰稳定的那种，但因为在自由滑的前半段完成了3个四周跳、1个3A和一组连跳，他在后半段完全是体力不支的状态，怎么跳怎么摔，生动地展现出何为"神一般的前半段，鬼一般的后半段"。

虽然和张珏一样都是四个四周跳的配置，但寺冈隼人都摔成那样了，张珏也就这么以10分的分差拿下了四大洲锦标赛金牌。

此时他已经集齐了本国全国大赛金牌、大奖赛总决赛金牌、四大洲锦标赛金牌、世锦赛金牌，只差一块奥运金牌，这人就要成为男单历史上第二位大满贯选手了。

他是平昌周期诞生的第一位预备役大满贯选手。

此时他们离下一个冬奥赛季还有两年半，张珏在回程的飞机上，认真地对教练们说，他要开发新的四周跳。

鹿教练眉心一跳："你的4lo+3T还没有稳下来，成功率不到百分之五十，现在就开发新四周跳是不是太急了？"

张珏很自信："练习新跳跃不妨碍我稳定已有的跳跃，而且如果是点冰跳的话，说不定练起来会比 4lo 轻松呢。"

4lo 不是四周跳家族里分值最高的，而且在进入四周跳的层次后，lo 跳的难度直线上升，就张珏个人的感觉来说，反而比点冰跳还难练一点。在这种情况下，练新跳跃对他来说会是一个比较划算的选择。

"加入四周跳的连跳的话，我已经练成了 4T+3T、4S+3T，还有 4T+1lo+3S，这不是够用了吗？"

沈流面露忧虑，可是世锦赛就在 3 月底，张珏现在开始练习新四周跳的话，万一受伤，会直接影响比世锦赛。

张珏一脸生死看淡的决然："如果练四周跳一定要出严重伤病的话，那么就算这个赛季不影响，下个赛季也逃不过。但我是一定会练新跳跃的，所以还不如早点开始，早一步练成跳跃，就有更大的机会在平昌冬奥会开始前稳定下来。"

沈流和张俊宝面面相觑，他们都意识到，张珏决定练新跳跃不仅是为了超过他的对手们，更是为了保证自己在平昌的胜利，虽然现在还是 2014—2015 赛季，但张珏已经看到了几年以后的事，并开始做准备了。果然，就算外表再嫩，若论深思熟虑和长远目光，张珏绝不输给那些老辣的老将和名教头。

这次张珏没有休息多久，他只用了两天倒时差和调整状态，就火速回归训练。他不放假，教练们也得陪着，在这个即将过年的日子里，杨志远却不得不从充斥着饺子香气的家里，被张俊宝喊过来给张珏上吊杆。

练新跳跃用吊杆是常见操作，但一米七的老舅、只比老舅高一点的沈流、73 岁的鹿教练都吊不动一米八的张珏，也就只有曾经滑过双人滑的杨队医可以胜任。

杨志远来服务张珏，老舅就去照顾闵珊和察罕不花。闵珊今年也开始发育了，但和发育迅猛的大师兄不同，闵珊娇小纤瘦，几乎没长什么个子，预计成年后也不到一米五五，所以小姑娘没丢一个跳跃，时不时还能蹦一蹦 3F+3lo，现在教练组在考虑让她尝试 3A。察罕不花则在练习 3A+3T 的连跳，并开始为练四周跳做准备，增肌等前置训练也都正式开始。

不远处不断传来摔跤的声音，虽然张珏在以往训练的时候也会摔，但摔得如此频繁，还是只有练习新跳跃的时候才会有。

孙千过来的时候正好见着这一幕，他的眼中流露出欣赏："明明已经算得上功成名就了，居然还狠得下心吃这个苦，小伙子真不错。"

张珏从冰上爬起来，抓起衣领擦拭流过眼角的汗水，杨志远问他："上五天吊杆就够了吗？"

"嗯，接下来不上了。"对张珏来说，用吊杆找好感觉就行，接下来只要尝试足周和落冰就可以了。

鹿教练沉吟片刻，在笔记本上写下一行字："张珏的状态起伏受情绪影响很大，当他的攻击性情绪占据上风时，跳跃质量会更高，稳定性会有轻微降低。"

孙千和他说："鹿老哥，今年的世锦赛在魔都，自己人的地盘，之前说的以张珏为主的商演名字也定下来了，叫 Possibilities on Ice（冰上的可能性），简称 POI。给这场商演注资的一家品牌的总公司就在魔都，他们老总到时候会到现场观赛，希望看看张珏的号召力。"

运动员的号召力就是看他们所处的赛场门票卖得如何了。

鹿教练："门票卖完了吗？"

孙千嘿嘿一笑："早卖完了。"

这届世锦赛的门票最低 300 块，最高 3000 块，据说位置好的黄牛票能炒到 8000 块以上，但就是这样并不算便宜的票价，却在预售开始的第一天就全部卖光了。

孙千想，这次最高兴的应该就是国际滑联了吧，毕竟之前滑联都是靠赞助商活着，但是据说从今年开始，滑联似乎开始接近收支平衡的那条线了，张珏的存在意味着中国的庞大市场注意到了花样滑冰这项运动。出于对金钱的尊重，他们甚至允许中国邀请严苛的卢金到现场打分，可谓前所未有。

13. 羡慕

魔都世锦赛开始前，花滑四项的一哥一姐们纷纷接到指标，男单和双人滑争取今年的世锦赛名次不掉出前两位，而冰舞和女单争取进个前十名，既然是在自家比赛，那表现就绝对不能差了，不然丢的是自家的脸。

张珏毫无压力，不管领导给不给指标，他都是要去争夺金牌的。教练们还在出发前纷纷给他做思想工作，什么稳着来，不要急着把还没练成的跳跃拿出去炫，也不要觉得不破世界纪录就是失败，毕竟今年世锦赛的裁判团阵容豪华。

比赛还没开始，魔都世锦赛的裁判团名单先放了出来，直接在整个花滑圈引起大地震，原因无他，阵容太神了。

男单那边，大家比较熟悉的卢金就不说了，其严苛的打分风格让作为他本家人的俄系运动员都胆寒，那些技术有瑕疵的看到他就恨不得绕道走。除他以外，还有日本的天野梦美女士，天野女士在 20 世纪 90 年代时期就已经开始做裁判了，而在长野冬奥会期间，她给自家一姐打分都是按照标准来的，于是最后日本一姐以微弱的分差排在了第五位。

那会儿花滑还是 6.0 打分制呢，这种打分制度比目前的打分制度更依赖裁判的主观判断，可以做的手脚也更多，但凡那小老太太给自家人打分时松一点，日本就该在长野拿到一枚女单铜牌。

关注这次世锦赛的资深冰迷们看完裁判名单，纷纷对主办方竖起佩服的大拇指。好样的，别人都是让会对自己人宽松的裁判上场，就你们净找这种吹毛求疵的老古板，有冰迷评价：中国今年搞了个天神级的裁判团，任何妖魔鬼怪在他们面前都得瑟瑟发抖。

比如和寺冈隼人同队的师弟，在得知天野女士做裁判后就苦着脸："中国是认真的吗？居然把天野叫过去，他们是嫌弃男单选手的日子太好过吗？"

小伙子也有练四周跳，主攻 4S，但周数有点不足，在全国赛的时候被天野老太太抓瑕疵抓得泪流满面，4S 硬是被降组为 3S，光基础分就降了 6 分不止。

看看人家北美系裁判，一姐奥莉弗在国内的比赛尝试跳 3A 时，因为转体能力不够，只转了两周半就摔在冰上，结果北美系裁判们硬是判定这姑娘跳的是 3A，摔倒以后扣 3 分 GOE，再加一分摔倒分，还能留个 4.5 分。

2A 的基础分只有 3.3 分，真按规则扣，他们一姐能一分不剩。

寺冈隼人淡淡道："只要技术标准，自然不怕那些严格公正的裁判，中国敢请这些人过去，是他们对自家运动员有信心。"

或者说，世界上除了中国，谁家还能在主办世锦赛的时候保持这种"我家运动员滑不好被扣分也活该，我们就是不会给他水分"的气魄？这种自信心其实也是运动员给的，更是出于一种骨子里的端正，寺冈隼人心里还蛮佩服的，在他和伊利亚斗得最激烈的时候，他也吃过俄系裁判的暗亏，看到魔都世锦赛的裁判天团，他还觉得心里舒坦呢。

看来中国市场真的很大，才让国际滑联捏着鼻子让这么一帮人来做裁判，而这个市场是因实力与美貌并存的 tama 酱的存在才催生出来的，从某种意义来说，他那张帅脸对花滑的意义也是超出所有人预料的。反正他、张珏、伊利亚都是不怕裁判火眼金睛的那类技术扎实的运动员，他们的后辈也早该经历这么一场脱水的考验了，总是被裁判惯着，风气都要坏了。

寺冈隼人回头问道："庆子，你会在这场比赛上 3A 吗？"

白叶家庆子果断回道："当然不上啦，本来那一招完成度就不高，只是因为奥莉弗有了 3A，但凡她能落冰，哪怕周数缺失 200 度以上，裁判也会判定她的 3A 成立，我才决定硬上的。现在裁判们都是很给力的类型，我就不为难自己的腿和腰啦。"

小姑娘揉了一下自己的腰，看起来心情还挺好，她也是个不怕严厉裁判的。

中国的大巴上，张珏也正回头问徐绰："你的跳跃恢复到什么程度了？"

徐绰握拳："3F+3T 已经恢复了！"在女单里，恢复一个高级 3+3 连跳，稳定性再高点，冲世界前十就不是大问题了。

张俊宝拍拍现任 H 省队教练明嘉的肩膀，明嘉回了个大拇指。他们都知道让一个骨密度超出及格线没多少的女孩子捡回 3+3 连跳有多难，不仅运动员要为此付出很多，教练也要花极大的心血。

明嘉为此掉了不少头发，特意问张俊宝平时用什么保养头发的，他看张珏的教练组里就数张俊宝头发最多，可他年纪也不小啊，奔四的男人还有这么多头发，怎么做到的？

张俊宝没好意思告诉他自己从没保养过头发，全靠先天优势，但他对奔四男人的称呼很有意见。

两人遂不欢而散，一个坐回原位，另一个蹭到沈流边上去了。

沈流为这两个人的对话做总结："阿明就不该和师兄说头发的事。"这不是自取其辱吗？

他们还聊了一阵步法，张珏早就发现徐绰这个赛季的滑行进步极大，在中国站时，她是全场唯一一个步法评到 4 级的女单选手，问了以后才知道她平时不能练跳跃的时候，就是和队里的冰舞组合一起打磨滑行。

张珏："我那个步法滑得腿打结，还是要练，但是一天的时间只有 24 小时，真不够用，也不知道啥时候能稳定 4 级步法的水平。"

徐绰羡慕地说道："我倒宁肯像你一样专攻跳跃呢，四周跳多炫啊。"

以前没发育那会儿，她也是挑战过四周跳的，虽然离足周还差 200 度吧，但也给了她一种"我能行"的错觉。现在她却连三周半都没指望了，没能过好发育关几乎毁了她的运动生涯。

等下了大巴，张珏才走进酒店大门，就看到寺冈隼人朝他挥手："嘿，tama 酱，嘿！"

张珏小跑过去和他击掌："嘿！"

两个人拍手了一阵，仿佛都是还没从幼儿园毕业的小孩子，庆子看着他们吐槽："适可而止吧，小村记者在拍照呢。"

张珏和寺冈隼人异口同声地回道："让他拍。"

徐绰过来伸手："庆子酱，嘿！"

庆子立刻伸手："欸！"

然后他们就聚会去了。关系好的运动员在比赛开始前聚个餐，一起快乐一下很正常，张珏以前不怎么去，是因为他到国外的第一件事永远是倒时差，有时候要是状态不佳，他至少需要花两三天的时间去适应，娱乐活动自然也少了。但在魔都比赛的话，时差的问题便不存在了，大家一合计，这次数日本队最阔气，直接包了个大套房，便干脆在那里聚。

聚会的成员都是单人滑选手，男单这边有张珏、寺冈隼人、伊利亚、大卫，都是新生代的大佬，女单有庆子、徐绰、赛丽娜、卡捷琳娜，崔正殊本来也要过来，但他被尹美晶拉出去一起玩了，而亚里克斯则被尤文图斯拉去，据说是尤文图斯要结婚了，他希望亚里克斯做他的伴郎。

他们都带了水果和酸奶、低脂豆浆之类的作为饮料和零食，没有酒精和膨化食品，运动员们但凡有点自制力都不会碰那些东西，哪怕是伊利亚这样的战斗民族都会克制自己。

之后大卫提议他们可以玩行酒令，作为喝酸奶的助兴游戏。张珏以为他们要玩的是中式的那种，于是也点头说好啊好啊，但实际上这群外国运动员认知中的助兴游戏和他以为的完全不一样。

他们的游戏是"我从不"，意思就是一个人说"我从来不喝酒"，如果其他人做过他说的这件事，就得自罚一杯酸奶。一帮年轻人有的瘫坐在沙发上，有的直接随意地盘腿坐在地上。

经过抽签，张珏排到了第一个，他咳了一声。"好吧，那我开头。"他举着酸奶瓶想了想，说道："我从来没有谈过恋爱。"

然后在他惊讶的目光中，现场只有大卫和赛丽娜喝了酸奶，其他人都没动静，这意味着在单身这件事上，其他人居然都和他一样。大家都带着震惊的表情面面相觑。

伊利亚瞪着寺冈隼人："好啊，你小子上次还说我这样冷冰冰的人肯定找不到喜欢我的姑娘，结果你自己不也是条光棍！"

寺冈隼人回瞪："本大爷就单身了，咋了！"

之后能扯的事情就更多了，比如我从没抽过烟，我从没偷看过漂亮的女生，我从没考试不及格过……最狠的还是大卫，他居然来了一句"我从来没有穿过女装"，除他以外的所有男单选手都干了一杯酸奶。然后庆子就用一种带着火光的眼神看着张珏和寺冈隼人，伸出她的手，要他们交出照片。

寺冈隼人羞恼地叫道："我只是在读小学的时候在校园祭演过白雪公主而已，当时不小心抽到公主，这种丢人的事我怎么可能留照片啊！"

张珏惊喜道："好巧啊！我当年穿女装是因为我演了白雪公主里的恶毒皇后！"

张珏演皇后？众人惊了，这人小时候长得多可爱大家都知道，那么一个萌娃对着镜子说"魔镜魔镜，谁是世界上最美丽的女人"的时候，台下还不得一群人在笑？而且这家伙可能是以前卖萌习惯了，所以很大方地掏出手机给他们看自己小时候的照片。

他很自豪地表示："我小时候长得可好看啦，幼儿园老师总是给我糖吃呢。"

庆子哈哈大笑："别说老师了，我们也喜欢你啊，我上次被教练领着去和天野女士打招呼的时候，她的钥匙扣就是你的小鳄鱼周边产品，而且我可以肯定那是正版。"

张珏一脸震惊："真的假的？之前我去小卖部买水的时候，还遇到了天野女士，我看她瘦瘦的，而且说的日式英语销售员听不懂，我就上去帮忙做翻译，结果她看到我以后冷哼一声，扭头就走了。"

他还以为自己的裁判缘很差，除了以审美品位高闻名所以很喜欢他颜值的萨兰娜女士，就只有卢金老大叔愿意和他说话呢，上次总决赛的时候，那位大叔还过来和他合影，说了一大堆话，总结起来就是他的技术是正道之光，要继续保持。

庆子心想，那还不是因为比赛即将开始，人家老太太要避嫌，她对其他日本运动员脸更臭，可她并不是不喜欢他们。张珏怕是不知道，在那些以公正严明著称的裁判看来，技术良心的他就是教科书级的优秀运动员。

中国特意请这么一帮人来，其实就已经是在保证公正的情况下，给了张珏最好的打分环境了。中国花滑在国际滑联里没什么势力和人脉，能做到这一步，想必中国冰协的领导们也费了很多心思吧。张珏果然是被全村捧在掌心里的宝贝呢。

身为日本一姐，庆子却有过被压着在休赛季频繁参加商演而且还被本国滑联、经纪公司拿了大把抽成的经历，她心中一叹。冰协甚至没有给庆子派靠谱的随队医生，她也不敢让那些手艺比兽医还差的人治自己的腿，有了伤病还得自己去医院，医药费自己承担，要不是已经成了一线运动员，她真的要卖房治腿了。

14. 假船

比赛开始的那天，很多冰迷早早地来到魔都东方体育中心，此时正是 3 月末尾，天气比最冷的时候还是暖和一点，有些冰迷就找到选手入场的通道等着。

张珏背着包，提着拖箱下车，他身后的张俊宝正问鹿教练："要扶吗？"

鹿教练豪气地将拐杖扔到沈流怀里："不用，我自己下。"

然后他就利索地自己下车了，看到这儿大家也明白了，鹿教练自从成功瘦身后，不仅颜值恢复到五官深邃帅爷爷的水准，连健康水准都提升到了每天可以走三公里的程度。老爷子以前拄拐杖是日常需要，现在带拐杖纯粹是为了对付张珏。

到底是年轻时做过职业运动员的男人，身体底子好得很。

孙千走在他们边上，嘴上说着："今年 7 月，要在马来西亚的吉隆坡投票决定 2022 年的冬奥会举办地，京城和张家口会联合申请。"

张俊宝掐指一算："2022 年初的话，我们张珏应该 24 岁多了，离满 25 周岁就差了 4 个多月而已。"

要是状态保持得好，也不是不能坚持到那个时候，不过这事说来也太遥远了，谁能说得清 7 年以后，花样滑冰又会发展成什么样呢。

温哥华周期连没有四周跳的人都可以拿奥运金牌，索契周期的顶级男单选手大多只有一种四周跳，现在新生代的三剑客却都争先恐后练新的四周跳，四周跳大战就在眼前。

孙千幽幽一叹："7 年以后，你小子就 43 岁了，真好奇你那时候是个什么模样，总不能还能继续冒充大学生吧，头发应该也要比现在少。"

张俊宝听出这位国家队总教练是在嫉妒自己了，他在心里摇头，唉，男人的嫉妒心真是丑陋啊。

张珏慢吞吞地跟着队伍，过了一阵，后方传来急促的脚步声，像是有靴子踩在地上，美国一姐奥莉弗穿一双尖头小皮靴快速经过他们，脸色不太好。

沈流和张珏嘀咕："在世锦赛开始前，美国那边有联系过我们，说是休赛季想让奥莉弗过来交流学习。"15 岁的女孩子开始发育了，美滑联就想把她送过来过发育关。这事说来也是不巧，人家才开始练 3A 呢，结果立马发育，运气太差了。

张珏："可是过发育关也有概率一说吧，他们这么做就像是神化我们帮人过发育关的能力一样。"万一不成功，难不成还让他老舅背锅？

沈流应了一声，说孙指导还在谈，如果对方有甩锅给他们的意思，这人就不能接。

张珏和徐缫能出湖和他们自己的素质也有关系，因为他们底子好，跳跃时从不偷周存周，甚至还能延迟转体，做什么都扎扎实实，恢复起来也会比较易。奥莉弗的技术瑕疵太多了，就算是跳三周跳，她都能先在冰上转半圈才起跳，偷周极为严重，发育后她连跳两周半都能摔，所以孙千才留着心眼，现在还和那边打太极。

这么一想，张珏就想起张门一枝花——闵珊。论天赋的话，闵珊和奥莉弗算同一水准，发育时间也差不多，不过闵珊技术扎实，现在能靠着稳定的 3lz+3lo 在青年组称霸。大奖赛那会儿，闵珊还只拿了银牌，但等她再稳点，教练组就打算让她去冲一次世青赛金牌，就连表演滑都是请了前中国女单传奇人物陈竹去编。

察罕不花也准备继续冲金，争取和他师兄一样混个青年组大满贯，不过有千叶刚士以及俄罗斯的双子星拦着，他那边的竞争比闵珊这边还激烈。

到了地方以后，张俊宝铺瑜伽垫，张珏站在边上，先活动了一下肩颈，接着是腿、膝盖、脚踝等关节，最后才在瑜伽垫上做猫式伸展。

张俊宝把一根弹力带扔到张珏身上："激活一下肌肉群。"

张珏将弹力带套在脚踝上，侧躺着抬腿，黄莺则站在一边吹气球，张珏看着她，不解地问关临："小莺在干吗？"

关临苦笑："她之前练抛四周捻转的时候不是摔了两次吗？我当时没接好，她受伤挺重的，有时候腹腔内部会疼，吹气球练一下呼吸可以缓解一下。"他一边说，还一边往运动饮料里加止痛药粉和维生素粉，拌好以后招呼黄莺去喝，活像一个操心的老父亲。

做双人滑女伴的风险很高，因为在练抛跳时，她们会被高速抛出去，并在空中转体后落冰，一旦男伴抛的时候轴心不对，她们就可能受重伤。张珏听伊利亚说八卦消息的时候就知道以前俄罗斯有一对双人滑选手关系不好，男伴就故意把女伴摔在地上，最后女伴就扔了那个男伴，转头找了个年轻脾气好的，并且自己出钱承担对方的训练费，以保证男伴在比赛里完美配合她。

由于好男伴稀缺的关系，国际双人滑的圈子里的确不乏这种女伴出钱培养男伴的情况，而像关临、姜秀凌这种除了训练，还会主动督促女伴写作业，并给对方补课的好孩子，在整个双人滑圈子里都是珍宝级好男伴。

江湖传闻，黄莺后来能不靠特招，而是靠自己拿到 J 省大学的录取通知书，关临功不可没。在嗑 CP 嗑到沉船的花滑圈里，这俩是少有的奔向终点还管售后的真船，别人是炒 CP 炒得冰迷头疼，这俩是朝着结婚生子儿女双全的道路狂奔。

张珏好奇地问："那吹气球对腰腹的伤势有帮助吗？"

关临："不知道啊，你可以试试。"

说着，他丢给张珏一个小气球，10 秒后，啪的一声响，惊动了热身室内的所有人，张珏不好意思地双手合十露出歉意的表情。"不好意思，我刚才吹气球吹猛了。"

张俊宝骂他："你对自己 8600 毫升的肺活量有点数吧，吹气球的时候悠着点。不然多吓人。"

队内体测的时候，张珏的肺活量一度让教练们以为自己培养出了个游泳运动员，但他们并没有刻意培养过张珏这方面的能力，最后只好归结于他天赋异禀。

话是这么说，其实就算张珏没把气球吹爆，偷偷关注他的人也不少，要知道这种国际比赛的热身室也是有镜头拍摄的，像张珏的热身视频甚至被冰迷做成合集发布到网上，转发量还不少，而张珏在抵达比赛会场之前，就已经先将头发染好了。少年顶着一头红发，却一点奇奇怪怪的感觉都没有，反而看起来无比自然，如同二次元里的美少年走到现实中。等感觉身体热起来，张珏戴上耳机，一边听着比赛音乐，一边做了几个探戈的舞蹈动作。

此时观众们也大多坐到了自己的位置上。

陈思佳和一位同学坐好，她们都是冰迷，因为在花样滑冰方面的共同语言成了好友。这次比赛开始前，她们一起拼手速在官网上抢票，然后用打寒假工攒的钱买下了票，不过出于一种微妙的心思，陈思佳并没有和别人说过自己曾和张珏是同班同学。

想到张珏，陈思佳陷入了思绪，说来她也有好久没见过张珏了，他现在的形象和她记忆里那个正直又很厉害的小萌娃越来越远了，尤其是今年的短节目《红磨坊》，张珏很直接地展现了一个红发舞者的形象。

同学从背包里拿出一个猪猪侠帽子戴好，又拿出团扇，最后将一个绘有红磨坊张珏的纸板拿出来放在大腿上："佳佳，今天先开始的是什么项目？"

陈思佳回过神来："是先比双人滑的短节目，然后才是男单。"

同学哦了一声，将纸板翻了个面，而纸板的背面是关临捧着一只小黄莺的Q版画。

这位同学显然就是传说中的大佬，她是铁杆冰迷，会将自己喜欢的花滑选手的形象画好，然后在有钱的情况下追着去看他们的现场比赛和商演，陈思佳也从背包里拿出两个黄莺布偶。

过了一阵，双人滑的第一组比赛就开始了，其中表现最亮眼的是一对哈萨克斯坦的新人组合，男伴18岁，女伴15岁，都年轻得很，滑的《罗密欧与朱丽叶》却甜甜美美，哪怕技术难度不高，也获得了很多冰迷的喜爱。

陈思佳双手托腮，露出姨母笑："好可爱的一对啊，果然这种题材还是要少男少女滑起来才最对味。"

张珏看着后台的电视，转头问尹美晶："那个编舞有点模仿你们的感觉啊。"

美晶："因为他们在编舞的时候就来请教过我们啊。"她提醒好友："别迷这一对，女伴不喜欢男伴的。"

张珏恍然道："哦，假船啊，谢谢提醒。"

其实尹美晶不提醒这事都没关系，因为张珏一直以来只迷过两组 CP，一组是尹美晶和她的梦成哥，另一组就是张珏的好队友黄莺、关临。

然后啪嚓一声，大家转头，就看到黄莺的水瓶落在地上，小姑娘泪眼汪汪，颤巍巍地问："这一对是假的吗？"

关临尴尬地咳了一声："莺莺从他们还在青年组的时候，就已经开始喜欢他们了。"

张珏心想："黄莺，不是我说你，你迷的那么多艘船都沉了，可见你就是个假船体质，怎么还不知道吃教训呢！"

15. 挥手

"中央电视台，中央电视台，这里是 2015 年魔都花样滑冰世锦赛现场，现在正在进行的是双人滑短节目最后一组的比赛，我们可以看到我国的黄莺与关临状态极佳。"

很多在前半个赛季关注这对选手的冰迷都激动起来，今年不仅张珏在总决赛大出风头，一滑封神，其实黄关组合也没差到哪里去，尤其是他们今年的选曲，比一贯"选曲从不翻车"的张珏还神奇。他们的短节目选择了贾斯汀·比伯的"Boyfriend"，别看黄莺各种嗑 CP 翻车，其实别人也嗑他们的 CP 嗑到飞起，穿着时尚青春风格考斯腾的少年少女站在冰上，一看就是一个充满狗粮味的故事。

用张珏的话说就是："你们两个今年的短节目，狗看了都觉得你们是一对。"

马教练看着他们的身影满脸欣慰："难为黄莺在后台哭了那么久，上场以后状态还这么好。"这就是另类的大心脏吧。

以往中国选手的选曲可以大致分为两类，要么致敬前辈，滑前辈滑过的曲子，要么滑《蝴蝶夫人》《图兰朵》等西方人能接受的东方题材曲目。但在近几年，大家选曲却都放开了，有些年轻运动员会直接选择喜欢的电影配乐，因为有电影剧情做底子，找起情绪来会更方便，还有的干脆把自己喜欢的动漫的音乐带上赛场，而流行情歌加入花滑大家庭，也就成了一件理所当然的事情。

张珏虽然是勇于创新的类型，但在开放人声曲目的这个赛季，他反而是少有的压根没选拥有人声的音乐的顶级运动员之一。他托着下巴，喃喃道："看起来不错，我要不要也在下个赛季尝试有人声的歌曲呢？"

不远处传来一阵音乐声，张珏转头，就看到寺冈隼人和庆子拿着手机在玩游戏。

他走过去询问："这个游戏的配乐听起来好熟悉，隼人，这是你的节目配乐吗？"

寺冈隼人举手："是，我今年的比赛音乐就是从这个游戏里找的，这段是本丸日常配乐，就是我音乐里比较平静的那一段，比赛前我会先玩一把游戏找找感觉。"因为他喜欢滑本国的传统音乐，所以这种带有日式古典风格的游戏音乐就成了他选曲的首选。

张珏转头问庆子："庆子也玩这款游戏吗？"

庆子连连摇手："我没空玩游戏啦，隼人才是游戏迷，我只是因为运气好，所以帮隼人抽卡而已。"

寺冈隼人露出悲伤的表情："我的刀帐里所有五花级别的刀都是她帮忙抽出来的。"

庆子："因为前阵子被人拍到帮忙抽卡的影像，别人还以为我也是这款游戏的粉丝，结果现在游戏公司找上门，说是要为这部游戏做一部动漫，让我去当宣传代言大使，也算是好事。"靠着出众的外表和不错的实绩，庆子成功进入了今年的日本女星人气排行榜，甚至排到了第四名，可见人气之高。

寺冈隼人闻言露出诡异的表情："可是他们要你穿着 cos 巫女的衣服，在一群宅男面前唱卖萌的歌。"

庆子比大拇指："只是卖萌而已啦，我没问题的！而且我已经开始学声乐啦！只要有空就会去卡拉 OK 练歌！"

寺冈隼人："你不觉得那些宅男对你大叫应援的样子很傻吗？"

庆子瞥他一眼："你在说什么啊，应援是他们的娱乐方式，而且我这么穷，有钱赚就是好事！"背负着生活压力、认为自己有养家的责任的庆子认为为了赚钱，她可以对无理取闹的日本冰协官员礼貌友善，也可以在赞助商之间左右周旋，对宅男卖萌自然更不是问题了，都是为了生活嘛，她姐吃的抗癌药可贵了。

她是如此现实，以至于张珏与她产生了强烈的共鸣："是啊，生活最重要。"

寺冈隼人："你们两个明明算得上是目前男单、女单的顶级运动员，自我定位却很低姿态呢。庆子就算了，tama 酱难道不是你们国家滑联的心头宝吗？"

张珏叹气："就算是心头宝，也要背房贷啊。"可惜他的运气差到诡异的境界，此生注定与抽卡游戏无缘，不然他也想找个人气爆表的抽卡游戏问问要不要签他做代言。

在他们聊天的时候，双人滑的短节目结束，黄莺、关临暂列第一。

运动员的比赛结束后，是有小分表可以拿的，上面记录着他们的打分细节，张珏凑过去看了一下，发现他们之所以能以 4 分优势拿到第一，主要是在 GOE 方面有极大的优势。

黄莺晃晃自己的小分表："我们的托举质量是世界上最好的，而且临哥的臂力很大，这次我们的抛跳也最高飘远。"

关临揉着她的头："其实抛 3F 那次轴心有点不正，好在你在落冰的时候救回来了，不愧是世界第一女伴。"

黄莺闻言高高地昂起头，双手叉腰挺胸。

张珏揪了揪自己额前的一缕鬌发，感叹："公正的打分就是好啊。"

"可不是吗。"他的好队友们也纷纷点头。实力派选手最喜欢这种打分了，恰好，中国国家队聚集了一群实力派选手。

轮到男单比赛开始时，场上有不少粉丝就将关临捧小黄莺的 Q 版应援横幅撤下，然后拿出张珏的应援横幅。

陈思佳和同学配合着拉开横幅，才发现这个横幅上不仅画着精美的张珏穿红磨坊考斯腾的手绘图，旁边还有五个大字——张珏大帅哥。而在她们隔壁的女孩子拉开的横幅上则是穿着生命之树考斯腾的卡通小鳄鱼，旁边则是四个大字——盘靓条顺。

陈思佳面露疑惑地问同伴："你们是商量好了吗？"

同学茫然摇头："没有啊，我之前没和任何人说过我做的横幅是什么样子的。"

接着他们就看到张珏撩开帘子，从选手通道里走了出来。他身上罩着一件红白相间的运动外套，胸前是一面红旗。他一手插兜，另一只手拿着根香蕉，一边吃着一边龇牙咧嘴。

同学叹气："哎呀，听说他这几天上火，嘴都脱皮了。"

就在此时，一个戴口罩的女孩子趴到栏杆上，将一管唇膏朝张珏扔去。

妆子："tama 酱，你的嘴唇状态太糟糕了，上了镜头会很丑，用我这个唇膏吧！"

张珏感激地对她挥手："阿里嘎多，妆子酱。"

鹿教练的拐杖是那种折叠的，展开就是一个三角凳，他把凳子打开让张珏坐在上面，老舅小心地给他涂了嘴唇。

沈流警告张珏："不许再吃东西了啊。要比赛了，比完再吃。"

倒数第二组的比赛结束后，排名第一的是法国一哥亚里克斯，他在比赛时完成了 4T、4lz，虽然 4lz 遗憾地摔了，但因为已经足周，在扣完 GOE 和摔倒的分数后，还是剩了 8.6 分。

张珏在上场前就对他伸出手掌："你的新跳跃很棒。"

亚里克斯和张珏击掌："因为我不甘心输给你嘛。"

这次世锦赛男单最后一组的出场顺序是：张珏（中）、罗哈斯（西）、大卫（比）、伊利亚（俄）、克尔森（加）、寺冈隼人（日）。

其中罗哈斯是之前的大奖赛分站赛积分排行榜的第七位，因 2 分的分差遗憾错过总决赛，与此同时，他还是大奖赛总决赛举办地西班牙的一哥，所以最后还是被邀请去参加了表演滑。他是个 20 岁的年轻人，据说也是圈子里的新晋花花公子，对女孩的热情不输麦昆，但因为实绩和外表没麦昆那么出众，也没有高情商、绅士风度的加成，所以人气也没那么高。

然而陈思佳不关心罗哈斯是谁，她只在乎自己国家的小鳄鱼。

最后一组的男单选手们纷纷摘掉刀套，开始上场了。报幕的女声一个一个念出他们的名字和国家，每个名字都引起了许多冰迷欢呼。

直到张珏出场时，陈思佳也忍不住站起来，和同学一起蹦跳着，手里的横幅一荡一荡的。

张珏看过来了，然后他笑着挥了挥手。

16. 天才

张珏在六分钟练习时间先是确认了自己的跳跃点，然后很冷静地观察着自己的对手们，脑子转得飞快。除了奥运赛季，世锦赛金牌就是最具含金量的奖牌，奥运赛季时大家都在为冬奥会拼搏，冬奥会前的那一个赛季，大家更看重的则是如何争取更多冬奥会名额，但是现在，最重要的还是世锦赛。

寺冈隼人刚才试跳了一次 4F，而且成功了，不能确认他是否会在短节目上新跳跃，但不能抱有侥幸之心，毕竟之前亚里克斯也在短节目挑战了 4lz。

张珏眯起眼睛，他是短节目之王，一直以来最擅长的就是从短节目开始便拉大分差，毕竟自由滑翻车概率比短节目高多了，对手们又都不好对付。果然还是要悠着点吗？

这么想着，他试跳了一次 4lo。还行。就这么办吧，这么想着，张珏转身，然后下意识地侧身往旁边一退，和罗哈斯擦肩。

西班牙人对他歉意地挥手："抱歉抱歉，我没想到你突然转身。"

张珏随意地挥手："没事。"

之后他又试跳了一次 4lo，感觉还行，但不知道是不是错觉，他总觉得罗哈斯不远不近地跟着自己，碍事。

沈流看得直皱眉："罗哈斯在干扰张珏的热身。"

鹿教练："没事，张珏已经注意到了。"

在完成两次成功的 4lo 以后，张珏就没有再进行过跳跃了，因为他很清楚一旦在高速滑行、跳跃时与人撞击会对双方造成多大的伤害。

他小时候曾经把二胖的门牙撞掉他会说？

而且他的启蒙教练可是曾经专门负责在冰球队里打架的鹿教练，老教练在张珏小的时候就看出这小子骨子里有股攻击性，十分符合冰球"只有活着才能赢球"的强硬气质，最初甚至有过把张珏培养成冰球高手的想法，避开冲撞的技巧也教了不少给张珏。直到发现大胖小朋友完全没有团队合作意识，鹿教练才翻着白眼彻底打消了教张珏冰球的念头。

虽然看起来大大咧咧的，张珏其实是个谨慎的人，他很有自知之明，知道自己是个身高一米八、体脂率个位数、一拳过去可以打穿木板的汉子，体形偏小的选手和他撞上，当场飞出去都很正常。所以在六分钟练习期间，他除了那两个 4lo，基本没有再跳跃过，滑速也被控制在自己可以稳定掌控的程度。

陈思佳看出了一点什么："张珏在控制速度。"

同学不解："控制？这不是滑得很快吗？"

不止一次看张珏比赛现场的陈思佳摇头："还可以更快，他的最高滑速比现在展现出来的快多了。"

妆子摸摸下巴，心想：上个赛季的 tama 酱为了改正自己在步法阶段用刃不清的毛病，也有特意控制过滑速，不过这个赛季的他已经解决了这个问题，现在控速是为了抵抗罗哈斯的干扰吗？不过等到了赛场上，这家伙也该恢复他花滑赛场第一速滑高手的名头了，妆子超喜欢他那种轻盈高速的滑行。

果不其然，当《红磨坊》的音乐再次响起时，张珏的起步就很快。

其他选手即使使用最易加速的压步，一步也顶多滑出五米，张珏却是一两个压步就能冲到十米外，这也是最初很多人认为"张珏滑行极强"的原因。比起上半个赛季，此时张珏的加速看起来更强，别的选手加速时观众可以明显地看到他们腰腿用力、上身前倾，张珏加速时根本没这些前置动作，喊加速就加速了，别人都不知道他是怎么办到的。

赵宁说道："现在登场的运动员是我国名将张珏，呵呵，不过他未满 18 周岁，说是小将也没有问题。他是索契冬奥会个人赛银牌、团体赛铜牌，上一届的世锦赛金牌得主，本赛季短节目是《红磨坊》。"

伴随着探戈音乐，张珏回头，弯曲的红色刘海垂在脸侧，嘴角微翘，便展现出一种诡秘之感。他的臂展接近 190 厘米，因此在张开双手的时候，修长的上肢就格外显眼，光是节目的起手姿势都有一种特别的味道。

冰场是洁白的，可冰上的少年神情中带着毫不掩饰的张扬热烈，硬是演绎出了一种行走在灯红酒绿中的华丽，而在节目中段，他还加了一个动作，那就是向前伸出手，五指缓缓握住，像是要抓住什么人的心，带着一种"我绝对能将你弄到手"的志在必得。

世锦赛版的《红磨坊》是让人挑不出哪一部分突出的版本，因为张珏的每个部分都很突出！无论是造型、神态、肢体感染力、滑行、旋转、跳跃等都达到了一个完美的地步。

因为他将每个动作都做得足够吸人眼球，所以就连理论上会因为蓄力时间太长、动静太大、看起来做得太费力而显得突兀的跳跃都显得与节目浑然一体。张珏跳了两个四周跳，一个是 4S+3T，还有一个是 4lo，还跳了一个举手的 3A，本应该难得让无数运动员折戟的跳跃在他做来却那么轻盈容易。

直到节目结束时，张珏扶着膝盖喘了几口气，才有人意识到这种难度的节目，即使是张珏这种体力大户要完成也不容易。而在他的节目结束的那一刻，别说是他的对手、冰迷们，以及那些经验老到的教练和裁判了，就连会谨慎发言的各国解说员都纷纷表示"这会是一个全新的世界纪录，而且分数会前所未有地高，高到吓人"。

毕竟这次给张珏打分的可都是不折不扣的实在人，说严厉是严厉，但该给运动员的也一点都不会少，如果张珏能跳到完美，他们就真能给张珏 +3 的 GOE！

有些数学好的教练甚至已经大概估出了张珏的分数，以这位运动员的表现，早在上半个赛季，他就该拿到 110 分以上了，这次的分数应该会超过 112 分。

坐在观众席上的麦昆暗想，中国请这么一帮裁判，简直就是在狂打那些打分不公的裁判的脸啊，但这次中国能促成这件事，和运动员本身争气到可以拓展花滑市场，甚至给国际滑联吸引了几个来自中国的赞助商脱不开关系。

而张珏的商业价值和他的脸扯不开关系，所以四舍五入一下，他这算不算一定程度地靠脸改善了花滑打分制度？麦昆摸摸自己的脸，突然叹了口气，唉，想当年，他也是个无与伦比的美少年啊，现在都已经踏上奔三之路了，相比之下，张珏的舅舅张教练依然青春年少的样子真是太令人羡慕了。

张俊宝打了个喷嚏，张珏递给他一张纸："感冒了？"

张俊宝揉着鼻子："没，估计是有人念叨我。"

他们看起来一点都不紧张。

连老成持重的鹿教练都说："这次跳跃的 GOE 都没有低于 2 分，滑行和旋转也评到了 4 级，上 112 分不是问题。"

张珏自信地说道："我觉得不止。"就在此时，大屏幕上出现了张珏的分数。

技术分：66.2

表演分：49.1

短节目得分：115.3

似乎只是一瞬间，世界纪录就高了近 10 分，而且无论是上一个纪录还是现在的新纪录，都是由同一个人创造的。

"好！有这样的优势，自由滑就可以轻松一些了！"张俊宝一拍手。

"未必，我不认为对手们会差我太多。"张珏起身对观众们挥手，脸上的笑灿烂又阳光，可是他说话的语调简直不能更冷静，仿佛刚才将世界纪录拉高那么多，对他而言并不是什么值得激动的大事。比赛还没结束，他的弦依然绷着。

此时广播里传来报幕声："接下来登场的是代表西班牙的罗哈斯·让。"

一个胖乎乎的教练站在挡板前，沉着地说道："罗哈斯，你的4S起跳重心还不稳定，就只用4T吧，咱们到了自由滑再拼。"

罗哈斯认真点头，为了给西班牙带回一块奖牌，为了让自己的事业更上一层楼，他会拼命滑好这一场，如果等到退役的时候，还一块A级赛事奖牌都没有的话，那么他预想中的30岁前财务自由的美好人生就无法达成了。

之前为了迎合部分冰迷的喜好，还有打入中国市场，他有尝试向张珏发出炒CP的邀请，结果对方压根没给他任何机会，看来他还是只能将目光盯准奖牌了。总之他绝不要像自己的生父一样，到退役都只是一个二线选手，退役后就只能做解说员，然后参加那些上座率连百分之五十都不到的商演。他要爬得更高，罗哈斯仰头深呼吸一下，狠狠一捶挡板。

大卫看着罗哈斯的背影："那小子斗志很足嘛。"但他也绝对不会输，同为欧洲选手，他们都清楚欧系裁判需要一个能够撑起颜面的一哥，并且会将打分时的资源全部倾注到那个人身上，连带着广告代言的资源也是如此，他和罗哈斯可是直接竞争关系。

伊利亚此时正听师兄瓦西里的训话："伊柳沙，我想你也不愿意一直被国内的冰迷说是完全配不上瓦西里执教、不如瓦西里之类的话吧？所以打起精神来，拿出你应有的实力。"

而克尔森则站在教练旁边，闭着眼睛念念有词，手里还握着一个十字架。

寺冈隼人低头拍着自己的身体，他是最后一个登场的，在那之前必须保持身体的活力。

张珏固然厉害，可他们难道会输？在走到今天的位置之前，谁还不是击败了国内所有对手的全国第一？每个能走到世界舞台上的运动员，仅论天赋，都是万里挑一的天才，心里的傲气都足着呢，尤其是这个周期正好迎来了技术井喷期，这群孩子的战斗力就更高了。

他们撞在一起，就是四周跳的修罗场！

这一天的比赛无疑以男单比赛为最大看点，万众瞩目的张珏不负众望地拿到最好成绩，他那群战斗力奇高的对手则表现各不相同，有的爆发，有的不温不火，还有的出现了小失误。

爆发的人是克尔森，而不温不火的则是练习时跳成了4F，但在比赛里只用了4T和4S的寺冈隼人，他下场时，张珏向他投去了"我觉得我被骗了"的眼神，而他直接走过来伸手："绝招果然还是留到自由滑再用比较好。"

张珏哼了一声，别过脸继续喝水，他待会儿还要去尿检。

在跳跃时扶冰的伊利亚沉默地在后台找了把椅子，把自己缩成了一个蘑菇，他坚定地低声说道："自由滑，我会追回来！"

瓦西里冷静地回道："你能做到就再好不过了，我们一直期待着你的崛起，伊利亚，别让我们等太久，如果你在这里的成绩太差的话，可是会让俄系男单背上如果没有裁判偏袒就谁也赢不了的恶名啊。"

17. 名片

世锦赛会持续三天，第一天比双人滑、男单、冰舞三个项目，秉着"人气越高的项目越要往后压"的理念，双人滑和男单的自由滑都被压在第三天。其实这也是一种策略，那就是让中国实力强劲的双人滑选手、男单选手都能获得足够的休息时间。

本届世锦赛就在国内，董小龙这次就和几个学生一起到了比赛现场观赛，其中一个还成了冰童，负责在比赛结束后，将观众们扔在冰上的玩偶、花束都收起来。他对孩子们解说完时间安排的玄机，感叹着："如果是以往的话，主办方都未必会为了男单花这样的心思，但此一时彼一时啊，我们的男单终于起来了。"

虽说无论是双人滑还是男单，一线都只有一哥一姐撑着，可到底还是和以前不同了，而且他们也不是真的后继无人，等察罕不花、姜秀凌、洛峦升组，成年组也能喘口气了。

听到这些话，孩子们便不由自主地露出向往的神情。张珏，中国所有花滑儿童崇拜的对象，大家不是想靠近他，就是想超越他，反正总要拿他做目标。不过由于粉丝太多，其实除了张珏的队友、教练组、对手，能接近他的人并不多，因为被冰协请过来保护一哥的保镖们觉得这样不好。

小村记者、舒峰是本次世锦赛中少有的成功采访到张珏的记者，两段简短的采访都成功带动了收视率，并且在社交网络中拥有极高的点赞数和转发率，这两段采访一段是中文的，另一段则是英文的。

在接受采访之余，张珏也和在现场观赛的冰迷们交流过几句，冰迷们热情地询问他："珏哥，你有考虑在来年商演中演冰上剧目吗？俄罗斯那边有冰上的《睡美人》《胡桃夹子》，日本有冰上的《源氏物语》，咱们中国什么时候也可以有一个？"

张珏的回答是："好提议，我会考虑的。"

给冰迷们签了名，白主任又过来提醒张珏："等比赛结束以后别急着走，你还要和短道速滑那边几个王牌一起拍一个宣传片呢。"

张珏："啥宣传片？"

白主任："申奥宣传片呗，你好歹也是咱们冰雪运动的一张名片，配合宣传是你的义务。"

张珏掐指一算，京张冬奥会的时候，他应该还没退役，顿时心里美滋滋的。在自己家比赛的快乐他已经通过这届世锦赛充分感受到了，也不知道自家的冬奥会比起来多快乐。

第三天的比赛顺序是冰舞自由滑、双人滑自由滑、男单自由滑，张珏要到晚上7点才能开始自己的比赛，在那之前只要在副场馆里适当地合乐保持状态就行了。

在喝水的时候，瓦西里靠到他边上："哟，你现在也是申奥大使了吗？"

张珏被呛了一下，他连连摇手："没有没有，我只是个打辅助的，大使是金梦姐和姚岚大哥。"

"是吗？"瓦西里将手机放在他眼前，"不过就我在社交网络上看到的，冰迷们都更关注你会不会帮忙申奥呢。不过不管你有没有正式担任什么职位，既然有这份关注度在，你肯定也会接到不少工作吧。"瓦西里笑起来，玫瑰般的面容上带着温柔的神情。"加油吧，我以前也有过类似的经历，看着自己的国家拿到冬奥会举办资格，是很棒的一件事呢。"他拍了拍张珏的肩膀。

张珏从口袋里摸出一根巧克力棒："吃吗？"

瓦西里："吃。"

不远处，谢尔盖哼了一声，和伊利亚说："你看看瓦西里，他从来没对我们这么温和过！"

瓦西里对师弟们只有严厉和管教，现在更是升级成教练，谢尔盖也不是酸，就是觉得瓦西里既然可以这么亲切，为什么对他们就吝啬露出笑脸呢？两面派！

伊利亚："谢廖扎，寺冈隼人说过，男人嫉妒的嘴脸是很丑陋的。"

18. 筋膜

虽然是男单项目的老大，但张珏很喜欢冰舞。

很多新入坑的冰迷会更喜欢看有跳跃、抛跳的单人滑、双人滑，对冰舞兴趣不大。很多人也分不清冰舞和双人滑，但等把单人滑、双人滑的节目看完，对花滑有个大致理解之后，表现力强悍的冰舞的魅力才会体现。在花滑行业，许多大佬级的编舞在役时都是冰舞选手，他们的存在，便是冰舞项目艺术性的名片之一。

张珏靠在栏杆边，看着下方的赛场："美国那对王牌冰舞组合还真就拿了奥运金牌就跑了啊，我还想看他们多比几年呢。"美国王牌冰舞组合在索契赛场以神级节目《天方夜谭》夺冠，但他们在冬奥会结束后就火速退役，让张珏很失落。

沈流给他后脑勺来了一下："人家都是老将了，再滑下去身体都受不了，你以为一直维持顶级的竞技状态这么多年很容易吗？"美国那对冰舞组合退役时都33岁啦！年轻人就是不知道老将的苦，唉，不知道也好，他最好一辈子不知道。

在索契夺冠的那对美国王牌冰舞组合退役，拿了银牌的加拿大冰舞组合却是一起进了医院养伤，今年最能打的冰舞组合就成了哈萨克斯坦的"美梦成真"夫妇，这被众多冰迷戏称为"真船的胜利"。

这一对今年的节目也好，短节目选自诺兰的电影《星际穿越》中汉斯·季默大神创作的配乐《原野追逐》，自由滑则是安德烈·波切利演唱的《坠入爱河》，前者风格前卫，连考斯腾都带是带有科技感的金属色，后者则浪漫甜美。

两套节目，充分展现了两位运动员对于不同风格音乐的把控。而在冰舞项目里，刘梦成差不多是最好的男伴了，他的托举技术非常好，万一失误了，也是宁肯自己垫在下面也绝不让女伴受伤的。

明嘉也带着徐绰观赛，他随口说道："这一对今年赢定了。"

徐绰才在昨天的比赛中拿到第七名，正是心情好的时候，此时连连点头：
"嗯，我觉得他们完全可以在平昌争夺金牌。"

奥运金牌啊，想到这事，明嘉心里一叹，如果他没预料错的话，平昌恐怕
也是"美梦成真"组合唯一有希望夺冠的一届冬奥会了。

北美系冰舞虽然美国前一哥一姐退役，接班的那对是能进大奖赛总决赛的
水平，但这一对属于那种有钱人家的小夫妻到花样滑冰混个名声、表达一下爱
好，女伴在上个赛季才生完孩子，身体没调整好，以后能恢复到什么程度也不
清楚，加拿大那对虽然也是剑指平昌，但他们伤病多。

也就是说，"美梦成真"最难对付的对手身体都有问题。俄系冰舞则正处
于低迷期，但他们的底子雄厚，从 1985 年称霸到 2000 年的那批冰舞大佬有不
少都退出了商演，开始进入教练领域，他们的小选手多到可以去举办综艺节目，
而且有不少真的实力出色，所以到了京张周期，年纪上去又面对强大后辈冲击
的"美梦成真"组合会很吃力，他们没有国籍优势，想拿奥运金牌就只能在平
昌拼一把了。

至于张珏，明嘉看向张珏，这个孩子非常争气，中国冰协一直把他当宝，
而随着他不断取得好成绩，他的人气也反哺了本国冰协，因此中国冰协也会为
他谋划，最后形成一个良性循环。

冰舞的冠军果不其然是"美梦成真"，在颁奖的时候，庆子调侃张珏："现
在你们一样集齐了大奖赛总决赛、四大洲锦标赛、世锦赛的金牌，还有奥运
银牌。"

张珏双手合十，做出一个祈祷的姿势："阿弥陀佛，我希望我的下块奥运奖
牌是金色的。"

同样想要奥运金牌的寺冈隼人吐槽："你能别在我面前说这话吗？不然我会
觉得你当我不存在。"

张珏："你要是不存在，就算我不祈祷，那块金牌也是我的。"

他一边揉着肚子一边往教练那边走，寺冈隼人和庆子嘀咕："他又在比赛前
吃了很多东西吗？"

庆子："我怎么知道？"

有的人揉肚子是因为吃多了，有的人揉肚子是因为腹肌疼，比如张珏。身
为一个可以带着杠铃做负重臀桥的汉子，张珏的核心力量真的已经很强了，他

的腰力也强得很，哪怕状态没到顶峰，都可以跳 4T+1lo+3S+3T+3lo+3lo 这样的连跳，但四周跳带来的磨损他是永远避不开的，他终究只是人，而非钢铁之躯。

在合乐的时候，张珏尝试着跳了两次 4lz，都算成功，他在学习这个点冰跳的时候并不吃力，在上赛季休赛后，他就开始练习这个跳跃了，练了大概 8 天，他就成功落了第一个。到目前为止，他的 4lz 在训练中的成功率是百分之六十。

只要一种四周跳的成功率达到百分之六十以上就属于一线男单选手，这玩意儿成功率就是这么玄乎，失误才是常态。张珏已经是最稳的那种了，真正让他发愁的还是 4lo，他怎么都没想到自己在比短节目时没出任何问题，反而是合乐时的训练让他的腹肌又扯了一下。

在比赛开始前，杨志远给张珏做了一次检查："问题不大，要不你别上 4lo，直接上 4lz 吧。"

沈流立刻反对："他之前还没在正式比赛里用过这个跳跃，上来就放到世锦赛里使用？太冒险了！"

张珏平静道："我没问题。"

教练们在讨论，张珏依然嚷着让我跳让我跳，最后张俊宝无奈地回头看他一眼："随你，反正你经常自作主张，我们反对也没用，你专心热身吧。"

张珏这才乖乖地跑去一边，跪坐在瑜伽球上活动着肩膀，整个人稳稳当当的。

张俊宝回头和鹿教练商量着："张珏的骨架太纤细了，他的体重极限就是 73 公斤，再进一步增肌导致体重上升的话，他落冰时的关节压力就太大了。我准备给他加强筋膜训练作为力量训练的辅助，提升整体核心……"

如果张珏这会儿听到他老舅的话，他肯定会非常惊讶，因为筋膜训练其实是近年来才渐渐流行的新运动概念。筋膜本身是一种人体结缔组织，包裹缠绕着人体肌肉、器官等，有些运动员出现运动损伤，伤的其实也不是肌肉，而是筋膜。所以加强筋膜锻炼，以及训练后的养护，可以加大人体对于伤病的承受力，以及增加力量、灵活性，进一步完善运动员的身体素质。

别看老舅常常带人去练力量，但他从来都不是那种只让人呆板地使用器械的教练，相反，他本人是更青睐动态训练的，因为花滑是综合运动，会同时考验运动员的协调性、力量、耐力甚至表演，光用器械练出特定部位的肌肉群没啥用。

鹿教练虽然岁数大了，但他也是个一直坚持看书学习的勤奋老头，对于张俊宝的训练理念十分赞同。唯有沈流露出微妙的表情，张俊宝的训练理念先进而精密，麾下小孩既能出难度又伤病少，像蒋一鸿第一次来训练的时候，心跳一度超过每分钟 180 次，但小孩跟着张俊宝这么几年下来，水平日益提高。

张师兄真的是个好教练，但他之前举着靶子让小玉用踢腿来增强腿部力量这事也就算了，小玉能一拳打穿木板也算了，但是小玉的训练菜单，其实就是国家队其他男单选手的模板和目标，再这么搞下去，他们国家花滑队该不会多出一群能打穿木板的猛男吧……

师兄真不知道现在张门因为实力强悍、气场自信、称霸国内比赛而被戏称为自带"全员恶人"气场吗？网上甚至还有人用《乱世巨星》《饿狼传说》等歌曲给张门剪视频的，沈流总觉得他们的形象已经不知不觉转到诡异的方向。

在他们商量张珏训练菜单的时候，双人滑的自由滑比赛也结束了，黄莺关临顶着主场作战时全场一万多观众的期待，扛住了心理压力，clean 了自由滑，一举拿下金牌。

张珏跪坐在瑜伽球上一边活动关节，一边死死盯着电视屏幕，等看到比赛结果，他兴奋地一挥拳，这是真船的胜利！下一秒，他失去平衡，从瑜伽球上滚了下去，咔嗒一声，张珏转头，本以为会看到寺冈隼人收回手机，谁知寺冈隼人正在用旋转板练转体，而收回手机的，是伊利亚。因为瓦西里告诉过张珏伊利亚的社交网络小号，所以张珏知道这人给自己打了个马赛克，然后在小号上发他的图——鳄鱼滚地。

直到男单自由滑的倒数第二组开始，电视前的运动员多了起来，尤其是法国现任一哥亚里克斯上场时，大家的目光都落在他身上。哪怕隔着屏幕，大家都看出这个小伙子非常紧张，看起来简直恨不得一头撞死在挡板上，喝水的时候还把自己呛到了，而他的师兄兼副教练马丁冷静地看着他，严厉地呵斥几声，这人立刻挺直腰背。

作为师弟，虽然都有一个严厉的师兄，但伊利亚摸摸下巴，还是觉得自己比亚里克斯更幸运，因为瓦西里虽然脾气严厉，却有一张焦糖玫瑰般的脸，神色稍微柔和点就会显得很温柔了。

寺冈隼人说："完了，亚里克斯被吓成这个样子，肯定又要失误了。"

张珏点头赞同："他总是很容易紧张。"

三剑客一致觉得亚里克斯这一次要崩，接着他们就看到这哥们儿在万人瞩目的赛场上跳了个质量好到前所未有的 4lz，clean 了自由滑。

亚里克斯，法国现任一哥，一个总是出人意料的奇男子，在所有人都希望他行的时候，他不行，而在所有人都以为他不行的时候，他又行了。虽然他的自由滑只有三个四周跳，自由滑分数却一举突破了 195 分大关，冲到了总分第一的位置。

寺冈隼人推了推伊利亚："嘿，他的勾手四周跳质量比你的还好。"

伊利亚因为短节目的失误，自由滑也是倒数第二组出场，他一撸袖子，气场强势，看起来如同一头英勇无畏的钢铁之熊。

"等着，我这就去赢他！"

张珏拍下他的背影，打上一团马赛克，发在自己小号上，配文——熊熊出击。

19. 伯仲

钢琴家里赫特版本的《C 小调第二钢琴协奏曲》，是历代最有力的版本。

张珏震惊地看着场上的伊利亚："他原来可以和古典曲目这么配的吗？"

虽然都说俄罗斯人的艺术细胞强到惊人，这也太惊人了。

伊利亚，一位自青年组开始就备受期待，却在升组后屡次因为表现力不够成熟、找不准表演风格、技术动作失误等原因，不仅被小自己两岁的张珏压得死死的，就连国籍优势不如他的寺冈隼人他都比不过。虽然从没升青年组开始就备受瞩目，大家都说奥运夺金是登基，所以不少冰迷甚至戏称伊利亚为俄系太子爷，但实际上时至今日，俄太子的登基之日遥遥无期，头上还坐了个无冕之王，隔壁日本太子还虎视眈眈。

想想都觉得好惨，也有人说，三剑客里就俄太子最不争气，俄冰协裁判都快把分数喂到他嘴边了，可他就是差那么一口气。完全没裁判喂分的小鳄鱼和他一比，硬是被衬托出一种乡下出身，白手起家，靠自己打下半壁江山的励志。

说话的人是黄莺，听众张珏表示他本来就很励志啊，难道他现在的江山不是靠自己打的吗？双人滑好歹还有金梦、姚岚两个前辈带，祖师爷是国家队总教头孙千，教练也是曾经的世界冠军，相比之下，他这个中国男单耗几十年灵气才抽到的神卡，才是真的只能靠自己吧？

黄莺用一种嫉妒的眼神盯着他："可是你有那么好的教练天团。"

教授滑行、旋转等基础技术并擅长改善技术缺陷的鹿教练，教跳跃的沈教练，提升力量和表演能力的张教练，这三个人简直就是目前国内男单的铁三角，他们给张珏设计的训练菜单以及思路共享出来以后，其他教练都要学。尤其是张教练，他做训练计划的精度是黄莺见过的 No.1，而这么一群人以张珏为团队核心围着他转，除了张珏谁还有这个待遇？他甚至还有愿意跟着他到国家队的营养师，有博士学位的那种。

张珏面露腼腆："你这么一说，孙指导之前还说过等到休赛季，要请什么春田学院的体能训练专家来我们队里进行教学。"

据说花了不少钱，但愿能物有所值吧。主要是张俊宝之前就嚷嚷着要去国外进修，但今年日本冰协要过来和他们交流，张俊宝又去不了，而沈流以前就去日本进修过，鹿教练的话，73 岁的人了，走不动，他们只能把那人请过来。

做完最后一次拉伸，张珏起身，抬脚就来了个陆地 3A，他现在力量足，起跳落地都充满了小钢炮一样的力量感，关临看着他的大腿肌群吹了声口哨。

"好家伙，蹦得真高。"

黄莺双手托腮："他有力量嘛，而且力量充足也代表他有余地让自己的跳跃看起来更加轻盈轻松。"

看着张珏轻松地完成四周跳，很多人都会误以为四周跳很简单，但实际上如果没有童子功的话，一个人一天到晚训练，也顶多练到三周跳的程度，有稳定四周跳的男单选手在全世界仅有 12 位，都是大奖赛分站赛的领奖台成员，除三剑客外，其他人能不能冲进决赛，一看自身状态，二看国籍优势。

倒数第二组的比赛结束时，伊利亚成了全场第一。在最后一组登场前，会场会整理一次冰面，加上张珏是最后一组最后一个登场，所以他现在有相当充足的时间换衣服。

之前为了滑《红磨坊》，他不仅用了一次性染发剂，还将头发烫卷曲了，现在颜色是恢复了，头发却还没直回去，搭配考斯腾，看起来就更有异域风情了。

张珏捋了下卷曲的刘海："嗯，全场最帅的男人就要登场了。"

都说男人一旦开始知道自己帅，并因此耍帅，就可能会变得油腻，但可能是因为大家看这小子在小时候挺肚子看多了，所以他一露出这种骄傲的表情，就仿佛自带 Q 版鳄鱼挺肚子的画面，耳边甚至隐隐响起"沙皮沙皮"的背景音乐，也是挺神奇的。

沈流闻言不由自主地感叹："比起海洋王子，其实你小子更像那喀索斯。"

张珏："可是我又不自恋。"他刚才只是陈述事实。

沈流：是是是，你只是自信过头而已。

> 短节目排名如下
>
> 张珏：115.3
>
> 寺冈隼人：107.65
>
> 谢尔盖：104.55
>
> 大卫：102.8
>
> 克尔森：100.8
>
> 金子瑄：99.6

六个人里有五个分数都超过了一百，甚至还有一个新的世界纪录，今年的世锦赛不负修罗场的美誉，以及——是的，大家没有看错，金二哥今年在世锦赛短节目中爆发了！

他在短节目中上了 4S、4T+3T、3A，以惊险的分数擦边进入了最后一组，也因此成了继沈流、张珏之后，第三位可以在世锦赛杀入自由滑最后一组的中国男单选手，大家看到这个结果的时候都惊呆了，这……这是金二哥？他今天是行了吗？！

在跳了好几年冰上广播体操后，金子瑄痛定思痛，在张俊宝的推荐下去一个舞房报名开始学拉丁舞。老师据说是张珏老舅的大学同学，好像是什么艺术学院舞蹈系的系草，去黑池拿过金奖，除了学费太贵没别的毛病。

小金也确实很努力，他的钱只够每周上四小时的课，但每周泡在舞房里练习的时间超过 8 小时，现在滑行时的上身姿态明显舒展了许多，表演分也跟着上去了。动作变好看的前提就是要吃苦，小伙子自己吃了这份苦，再看到张珏优美的滑行姿态时，也会跟着感叹一句"他这是吃了多少苦啊才有今天啊"。

他在自由滑第一位登场，节目是拉丁舞名曲"Sway"，有熟悉他的冰迷交头接耳。

"短节目爆发的话，自由滑恐怕要崩了吧。"

"是啊，二哥在短节目和自由滑里总要崩一个。"

"唉，他今年进步真的挺大的，跳跃稳多了。张教练进国家队后，单人滑这边不管是成年组、青年组都有起色了，之前他一直待在省队实在是浪费。"

"可不吗？"

"Sway"的音乐响起，前半段以正常节奏的人声歌曲为主，金子瑄趁这个时候完成了大部分跳跃，等到了后半段，音乐加速，他就开始做步法和旋转，然后在节目的末尾上了一个3A。他在节目里放了3个四周跳，两个4T，一个落冰歪了的4S，就算落冰质量不行，但小伙子都很坚强地撑住没摔！金子瑄，21岁，中国男单二哥，著名"抽风机"，在clean了短节目后，自由滑也没有崩！在大家以为他今年也不行的时候，他在最重要的世锦赛行了两次！

小伙子下冰的时候一边穿外套一边哭，坐到kiss&cry的时候又擦好脸，对镜头比爱心，嘴巴一咧，露出整整齐齐的牙齿。

张珏看着他的反应，忍不住说道："这也太夸张了吧。"

沈流和张俊宝一致摇头："不夸张。"

人家明明实力不差，却因为表现力和发挥不稳定那么多年，今年终于好了，可不得激动一下吗？像张珏这种从青年组时期辉煌到现在的神人，理解不了金子瑄的激动也正常。

张俊宝心中摇头，可惜，小金这孩子没有高级四周跳，在三剑客都在开发出高级四周跳，争做"五四青年"的现在，小金就算提升了表现力，也很难和这三个人竞争，不过中国以后在四大洲里的夺牌点多了一个也是好事。

孙千想得更多，如果将来张珏的身体伤病变多，那么他就可以只让那孩子在更重要的赛事登场，在必要的时候，比如冬奥会的团体赛时，就可以由金子瑄、察罕不花去顶住，让张珏可以保存精力去专注于单人赛。可以打的牌变多就有这点好处，就算王牌血条会随着年龄、训练磨损变短，孙千也有了调整和布局的余地。

如果说金子瑄的表现有什么遗憾的话，就是他的考斯腾和秋衣差不多，用黄莺的话说，金哥要是把衣领开低点，把款式调成显腰身的那种，再学张珏多搞点亮钻和珠子，上点发胶，用遮瑕膏遮个痘印，保管比现在帅十倍。

关临表示："不是每个人都和张珏一样是乌鸦审美，喜欢把自己弄成亮晶晶的。"

被吐槽的张珏打了个喷嚏。

在金子瑄后登场的克尔森同样只有两种低级四周跳，但小伙子的滑行非常强，换上冰舞的鞋子就能去和一线冰舞选手拼脚下功夫。到目前为止，他是少有的只要上场比赛，步法一定能评到4级的花滑运动员。

不过之前伊利亚爆发了，总分高达305.9分，金子瑄和克尔森的总分都没有超过他，其中克尔森的分数又在亚里克斯下头。大卫登场以后，他的自由滑分数比亚里克斯低一点，却凭着短节目优势而在总分上超过了亚里克斯。

在谢尔盖登场后，分数排名第一的又成了谢尔盖。

这位最后一组中年纪最大的老将也处于职业生涯末期，而且他这人一直被困在"其他比赛没关系，但关键比赛我常常因各种原因掉链子"的处境中。

他同样有两种四周跳，其中4S还是这个赛季才终于练出来并渐渐稳定的，但让人没想到的是，他凭着4T、4S两个低级四周跳，以及四个四周跳的配置，竟是滑出了超过伊利亚的分数。

谢尔盖的自由滑也是舞曲"Oyeme"，这是一支爱情主题的伦巴，在GOE和表演分方面，这位老将成功地牢牢压住他的后辈。

瓦西里站在场边，眼神温和起来："身为运动员，你早就该拿出这种拼命的态度了，不过现在也不晚，滑得好，谢廖扎。"

他在谢尔盖下场时亲自给对方披了外套，谢尔盖受宠若惊，下意识地说道："呃，我在世锦赛结束后准备买朱莉王的香料回家，清理我的屋子，你也要吗？"

朱莉王是俄罗斯综艺节目《通灵人大战》的冠军，她的香料据说具有驱魔效果，谢尔盖这么一说，瓦西里的脸色立刻冷下去。他看起来是需要被驱魔的样子吗？蹲在一边的伊利亚心想，这就是瓦西里总不给你好脸色的原因，谢尔盖，你有时候真的不会说话。

等到寺冈隼人登场时，气氛紧张起来，因为他是大家公认的有力的金牌争夺者，他是世界上第一个完成4F的运动员，滑行和旋转出色，表演风格独特而古典，心态稳定。

鹿教练沉声说道："他和张珏都能上领奖台，谁的状态更好，谁就能拿金牌。"

其实这两人的实力在伯仲之间，张珏虽然开发出了最多种类的四周跳，且表演分极高，但他的极限也是往自由滑里放四个四周跳，多了稳不住，或者说无法兼顾表演和跳跃。何况张珏还在合乐的时候不慎拉伤了腹肌，状态应该没寺冈隼人那么好。

不仅鹿教练这么说，各国体育台的解说员也是这么认为的，这两个人六四开，看他们各自的发挥了。

然而在开场的第一跳，寺冈隼人的 4F 就出现了严重失误。他摔了一跤。

20. 抱抱

"索契冬奥会男单银牌、上一届世锦赛金牌得主，现在 17 岁零 8 个月的我国名将张珏，在本赛季一往无前，夺下了之前参与的所有比赛的金牌，截至本次比赛，他刷新世界纪录的次数已经积累到 13 次。"

张珏之前在短节目把纪录拉高到 115.3 分那次，其实已经是他第 13 次刷新世界纪录了，而这就是为什么现场一群粉丝用狂热的目光看着他，因为他已是冰上的新王。

给张珏设计考斯滕的那位美院老教授也不知道咋想的，只要抓住机会，就会给张珏上那种显腰身的设计，偶尔还要露个肩，背后深 V 是常见操作，飘逸的肩部飘纱也不少。

许多诚实面对内心的观众专注地看着他的身形，而张珏习以为常地站在无数人的目光下听老舅训话、和教练对拳，转身随意一发力，就滑出去老远。

寺冈隼人擦干净眼泪，看着张珏的身影，做出判断："他没有受到我失误的影响，很沉得住气。"越能在压力、荣誉面前沉得住气的人越能成大事，光是看张珏上场的神情和气场，许多冰迷就觉得心跳也跟着平稳下来。

有人说："到底是一哥，看他比赛比看二哥比赛放松多了。"

另一人反驳："我可不这么觉得，二哥输赢都没大问题，反正碍不着什么，一哥要是输了，我能哭三天三夜！"

二哥输了没事，是因为他前头有高个子顶着啊。好在至今为止，张珏基本不会因为输比赛而让人哭，索契冬奥会那会儿哭的人不少，但也不是因为他输了，而是裁判自己的人品输了。

张珏活动着肩膀，一只手扶在腰上，慢吞吞地滑到中央。他深呼吸，腹肌的拉伤隐隐作痛，但影响不大。当然，如果这处拉伤真的会严重影响到他，张珏早就申请打封闭了。

有解说员说道："现在登场的是目前世界上综合能力最强的男子单人滑运动员张珏，他的表演总是最精彩的，全场的一万多名观众都期待他在自己祖国的土地上献上精彩的表演。他是目前短节目世界纪录 115.3 分、自由滑世界纪录 223.96 分、总分纪录 328.82 分的保持者，后两个纪录是他在本赛季的大奖赛总决赛创造的，说实话，我觉得这些分数已经很难再超越了。"

张珏微微低头，右手扶肩，左手轻轻放在右腹上，是一个拥抱自己的姿势。伴随着钢琴声，他才缓缓抬头，朝前小跑几步，随着一串步法，他的速度一下提了起来，在大约不到 7 秒的助滑后，他右足冰鞋前段的刀齿在冰上一点，冰花溅开，左脚压成崴脚一样的外刃姿势起跳。

一个高高的 4lz 落冰。

寺冈隼人抓紧这个机会戳伊利亚一下："嘿，他的 4lz 质量也比你好，还用了 Rippon！"

Rippon 就是举双手的姿势。伊利亚这赛季也在死磕 4lz，但他没练成举手 4lz。寺冈隼人这下把他刺激得拳头握紧，恨不得将这个日本小子揍一顿。

张珏是第一次在正式比赛里上这个跳跃，但他的跳跃质量把不少人都惊到了，张俊宝却摇摇头，臭小子还是被腹肌拉伤影响到了，才需要举手收紧核心来完成这一跳，要是没受伤的话，他不举手也照样能跳 4lz，而且还能用延迟转体。

沈流皱眉："起跳时就开始收紧身体吗……"

虽然尽早收紧核心是一种完成四周跳时常见的技术，但对张珏来说，这就是他没有办法游刃有余完成这个跳跃的铁证。沈流在心中默默祈祷，希望张珏接下来的跳跃不会受伤势影响。

在这个跳跃后，张珏又跳了个 4T，这次就跳得放松许多，有种从容的味道，起跳和落冰都和音乐的节奏稳稳合上，和前面的 4lz 形成鲜明对比。他的第三跳 3F+3T、第四跳 3A 同样平稳自然，四组跳跃后，背景乐竟是一声空灵的叫声，像是来自什么海洋生物。

那是座头鲸的歌声，仿佛来自遥远的深海，神秘而悠远，搭配着一同响起的海潮声简直太美了，接下来还有怦怦的声音。

陈思佳惊愕地瞪大眼睛："这个声音……"

这个声音怎么那么像是胎心音。在乐坛中，天后级的歌手碧昂丝曾将她女儿的胎心音放在一首名为"Blue"的歌中，而张珏也通过秦雪君的帮助，通过协商从一对即将成为父母的夫妇那里得到了这段心跳声，编入了自己的自由滑中。

他始终记得这是他献给自己父母的节目，而在这段音乐中编入胎儿的心跳声，也算是一段巧思吧。恰好与这段音乐搭配的是一组跳接蹲转，蹲转渐渐变为直立旋转，就像是树的种子生出绿芽，渐渐成长为小树苗。这一段，喻示着新生的到来。

胎心音衔接的音乐是名为"Mother's Journey"的钢琴独奏，音符扩散开来，张珏进入了步法。这段步法不能说是华丽，编排却明显比赛季前半段更加严谨与优美，难度绝对有提升，但情感也更真挚深刻了，观者甚至能感受到这段步法在表达什么——张珏被一个人牵着走过漫漫长路。

搭配音乐的名字，一些冰迷已经明白那个牵着他的人是谁了。

孩子对母亲的爱意是如此温暖而美好，而如此巧妙的音乐剪辑，还有运动员全力以赴的演绎，都显示这是一个从编排到表演都走心的经典节目。

瓦西里叹了口气："不愧是连续刷新世界纪录的神作。"

如果张珏在索契时拿出的是这一套节目，裁判就是往死里压分，可能都压不住他，由此可见在索契之后，张珏付出了多少来使自己更进一步，而在这个赛季，张珏也的确是凭着这个节目称霸所有赛场，一往无前，再无败绩。

张珏后半段的跳跃是 4S、4T+1lo+3S、3lz+3T、3lz，他的四周跳完全没有失误，但在跳 3lz+3T 的时候出现了意外。他的第一跳落冰时明显没有站稳，整个人晃了一圈才重新稳住，而后面的 3T 显然也是接不起来了。

观众席上响起一片惊呼，但是很快，张珏就调整好自己，他在跳最后一跳的 3lz 时又接了个 2T，算是把连跳补了起来。

场边的教练组的心都跟着提了起来。张珏的连跳能力是当之无愧的中国最强，像 3T 这种点冰跳在状态好的情况下，他可以连续连上 10 个！他到底没摔，有一个单跳的 GOE 难看点都不是个事，等到他下场的时候，张俊宝小声问他："刚才怎么了？是不是扯着哪儿了？"

张珏同样小声回道："跳最后一个四周跳的时候，左腿扯了一下，所以后来就跳不了 3T 了。"

张俊宝："就是你那块比目鱼肌？"

张珏苦笑："是啊，就是它。"

因为张珏没有 clean 节目，所以在等分那会儿，不少冰迷都双手合十祈求各路路过的神仙保佑他们家珏哥。张珏本人还算平静，甚至有点胜券在握的笃定。

等到分数出来，许多人都失落地叹了口气，张珏的自由滑分数是 210.95 分，比伊利亚要低一分，他是自由滑排名第二，但是与此同时，看到这个分数的张俊宝狠狠松了口气，他站起来一挥拳："赢了！"

张珏也舒了口气："赢了。"

没错，张珏赢了，啥？为什么他自由滑分数只排第二位却拿了这一届世锦赛的冠军？那当然是因为世锦赛的排名是看总分的啊！张珏的短节目得分是 115.3 分，比短节目排名第二的寺冈隼人还多了 7.65 分。

而总分第二的谢尔盖在短节目的得分是 104.55 分，被张珏甩了 10.75 分，这么大的优势摆在那里，除非张珏的自由滑崩盘，否则谁也越不过他，何况 210.95 分也不是什么低分了，在当今的花滑史上自由滑最高分的前十名里，210.95 也是可以排在第四名的。

张珏就这样在比第二名高了整整 12 分的情况下，成功拿下了这次世锦赛的金牌。

赵宁激动地说道："各位，让我们恭喜张珏，他成功卫冕了自己的世锦赛冠军，并且保持了一整个赛季的不败战绩！这是中国男单在国际赛场上的新篇章，他用坚韧不拔的毅力、过人的应变能力顶住了所有困难和压力，成功写下了属于自己的历史！"

反应过来的冰迷们这时候也高兴起来，他们纷纷鼓掌尖叫，还有激动的冰迷直接把自己的帽子一掀往上面一抛。

几乎所有人都在为张珏高兴，之所以说是几乎，是因为鹿教练和沈流、张俊宝互相握手拥抱的时候，嘴里都说着"不错不错，这次臭小子用短节目的优势把金牌保住了，下次还不知道有没有这样的好事，以后还是得让他的自由滑也和短节目一样那么稳定才好"。

张俊宝说筋膜训练要尽快开始。

沈流说好好好我帮你。

鹿教练说以后还要继续延长张珏的理疗时间，让杨志远多卖点力。

因为学生总是打破世界纪录，一块世锦赛金牌已经不能让他们满足了。

才创造了新历史的张珏想：喂，你们能不能不要现在就开始商量怎么折腾我？我才拿了金牌啊，你们为什么不先抱抱我！

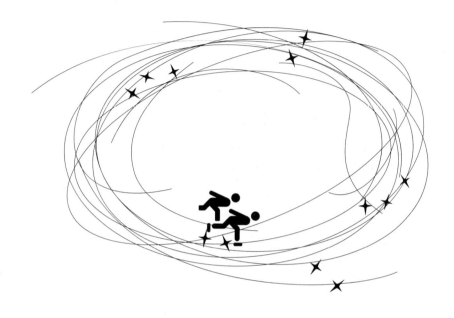

三 无法逃避的伤痛

21. 振奋

张俊宝正和沈流说着话呢，背上突然多了个沉重的生物。

"舅舅我们来合影啦，沈哥来给我们拍！"

张俊宝正要训斥他几句"大人说话小孩别插嘴"，但沈流立刻意识到了这是熊孩子在寻求大人的关注，他举起手机："来，茄子——"

张珏搂着舅舅的肩膀，比了个胜利的手势，张俊宝本也是堂堂肌肉男，被他外甥这么一搂，硬生生显出一种娇小。老舅的脸上严肃中透着无奈，但到底也举起手比胜利的手势。

有关注这边的冰迷哈哈哈笑起来，还有人朝他们指指点点。

"看啊，就算珏哥一米八几了，张教练还是好宠他的样子。"

"亲情组最棒！"

伊利亚看着那边："Jue 今年应该又长高了。"

瓦西里："他还不满 18 周岁。"

张珏能在进行高强度的四周跳训练的同时还能长这么高，要是不练四周跳，说不定会长到能当篮球运动员的高度吧，那孩子现在和双人滑、冰舞的男伴们站在一起，除了看起来没那么壮，几乎没有不和谐感啊。

有的人不仅是目前世界上实绩最辉煌的在役男单选手，还是这个项目中最高最帅商业价值最高的，而且不满 18 岁，这就意味着这样的辉煌说不定能持续一整个平昌周期。其他比他还大一点的同龄人只能追着他跑，让人连嫉妒的意思都没有了，就是他无论走到哪里都自称"我就只有一米八"，长了眼睛的人都知道张珏是在谎报身高，只是懒得戳穿而已。

左腿比目鱼肌的伤势会导致张珏短期内跳不好 4T、3T，而腹部的伤势会导致他短期内没法跳好 4lo 和 3lo，但对滑行、旋转以及跳跃没什么要命的影响，也不影响他靠自己上领奖台，张珏也就接受了表演滑的邀请。

被邀请参加表演滑的不仅有作为男单金牌得主的张珏，还有银牌得主谢尔盖、铜牌得主伊利亚、第四名寺冈隼人以及第五名大卫和作为本土选手的金子瑄。

女单金牌得主庆子、银牌得主卡捷琳娜、铜牌得主赛丽娜，还有双人滑冠军"欢迎光临"组合，以及银牌铜牌得主、冰舞的"美梦成真"和另外两对上了领奖台的组合也是要参加表演滑的。

顺便一提，男单、女单、双人滑的金牌得主全是亚洲人，而银牌铜牌得主全是俄罗斯人，只有冰舞的银牌、铜牌得主分别来自法国和北美。由此可见，现在花滑最大派系其实还是俄系，他们差不多是以一己之力挑战所有项目的高手，要不是张珏、庆子、黄莺、关临这些顶级选手正处于当打之年，还真未必压得住这战斗民族。

最可怕的地方在于，除了男单，俄罗斯在其他项目都有数量庞大的后备军团，这就意味着黄莺、关临、庆子这一辈可能是世界第一，但是他们的后辈有能和俄系军团抗衡的吗？这是个运动员暂时不操心，但他们的教练头疼得不行的问题。

起码现场观赛的闵珊看着卡捷琳娜就是跃跃欲试中带着强烈的忌惮。她比张珏小3岁，也就是明年升组，而庆子比她大，其实不属于一个辈分的女单选手，而仅仅比她大一岁的卡捷琳娜却是她长久的对手。

孙千神色凝重起来："我们连原来最有优势的双人滑都是一直靠历代独苗在支撑，果然还是需要多培养人才啊。"总不能等到张珏、黄莺、关临这一批人退役后，他们就没人可以接班了。身为总教练必须为中国花滑的未来着想，现在孙千最庆幸的就是自己把张门全部挖到了国家队，只要有好教练在，就不至于后继无人。

从某种意义来说，除非张珏退役后也去做教练，而且干得比他的老舅还好，否则张俊宝对于中国花滑的长远价值，甚至还要胜过张珏一点。张小玉排第二，毕竟要是没有他，中国的花滑商业市场不会拓展得这么快，今年中国冰协也收到了前所未有地多的商业赞助联系呢。

对中国花滑贡献惊人的张珏在比赛结束的当晚干了件好事——他和小伙伴们聚集在一个房间里，用手机直播一群世界级花滑选手开鲱鱼罐头。

灵感是庆子出的，她说妆子之前在京城的时候就吃过臭豆腐，但是没成功，而她自己受不了榴梿的味道，所以对能吃榴梿的张珏十分佩服，于是张珏决定带她们玩个比臭豆腐、榴梿更刺激的东西，以毒攻毒，只要她们能适应鲱鱼罐头，其他臭臭的美食就不在话下了。

这次直播的观看人数多到服务器都差点被挤爆，而花滑选手们不怕死的精神，以及他们集体冲去呕吐的惨烈下场，也让观众们印象深刻。虽然一个个都有着美丽的外表，但他们只用了一场直播，就使自己憨货的本质暴露无遗。

张珏虽然是这场活动的发起人，但他是除嗅觉敏锐的关临外第一个被熏走的。最坚强的则是伊利亚，小伙子硬是舔了一口鲱鱼才终于吐了，当时直播间里一片密密麻麻的"还是战斗民族勇敢"的五颜六色的弹幕。

等教练们发现直播间，然后冲过来逮人的时候，这群家伙都各个一副蔫巴巴的模样。因为那间房子太臭，没人愿意进去住，最后只能空置，而房屋的原主人张珏只能厚着脸皮去老舅屋里借地方睡，老舅还嫌弃他臭，张珏不得不在浴室里洗了半小时，外加喷花露水才被许可上床。

除了张珏喷花露水，其他的运动员也大多有自己用惯的香水，他们的包里都会放置除汗剂或者香水，所以这群人上表演滑的时候总算没有一身臭味。

在过了一晚后，大家都恢复为花滑精灵的模样。

这一次张珏的表演滑和他的正赛一样，令所有人惊艳，没人知道这个小伙子曾经多么纠结于自己无法将萨兰娜女士推荐给他的这支曲子演绎好，更没人知道他在此期间经过了什么心路历程，但他这个赛季进步的不仅是技术和对赛用节目的演绎，在赛季末，他表演滑的可看性也上了一个台阶。

轻柔到近乎悲伤的曲子响起，张珏换上了他在赛季过半的时候新做的一身考斯腾，以银灰色为底的"天女的羽衣"包裹着他，后背有一条斜斜的粉色亮钻镶出的图案，就像是在河流中沉浮的桃花水母。而作为表演者，张珏这次展现出了一种简约而现代的风格，运动员的滑行、旋转、跳跃都是动态的，而张珏呈现出来的情绪柔和而安静，即使跳跃难度不高，甚至只有寥寥四次跳跃，其中两次还是一组单跳，但拥有打动人心的力量。他的表演太美，以至于让人下意识地屏住呼吸。

推荐曲子的萨兰娜女士直接激动地捂住脸，苍老的眼中浮现一抹少女情怀："这就是我想看到的，美丽的曲子就要让美好的人来演绎，米娅的眼光真好，这孩子的艺术感太棒了。"

米娅女士以前是某芭蕾舞团首席，而萨兰娜女士曾观看过她的比赛，并和她在某个晚会上交谈过，算起来也是熟人。

等到比赛结束，选手们还要参加赛后晚宴，也就是 banquet。张珏换上深蓝色的西装，笔直地站在宴会角落里偷喝了几口葡萄酒，加了冰的葡萄酒很好喝，唯一让他不快的地方只有身上的衣服有点紧，明明是赛季开始前两个月定做的衣服，居然又紧了。

寺冈隼人抱着一瓶果汁站在旁边："未成年喝酒不好吧？你也学学我啊，未到喝酒年龄就坚决不碰酒精。"

张珏左右看了看，在嘴前竖起食指："你别说出去。"

他平时盯着老舅不许老舅碰一丁点酒精，他自己也要以身作则，所以想偷喝两口都得避着人。

伊利亚蹲在一边连干几杯香槟，面不改色。张珏听瓦西里说过，谢尔盖、伊利亚只是看起来乖，其实都背着教练和师兄在房间里藏了伏特加，甚至有过偷医务室酒精泡水果的不良行为，后来被他揍了一顿才老实。

瓦先卡同学作为大师兄的行事作风显然比张珏凶残，张珏教训师弟师妹们的时候顶多轻轻揪脸或者揪耳朵，瓦先卡那是会正儿八经把皮鞋脱下来揍人的，也难怪他的师弟们看着他就怕怕的。不过伊利亚也 19 岁了，喝点对他来说和水差不多的香槟解渴，是任何俄罗斯人都会理解的事情，所以他现在喝酒已经不会挨打啦。

张珏歪歪头："所以呢，你们两个躲在我这里干什么？外面有不少赞助商都对你们感兴趣，尤其是那个 ×× 游戏公司，他们正想找金发的外国人代言游戏，伊利亚你去和他们交涉的话，成功率很高。"

伊利亚应了一声："谢谢提醒，我等下叫瓦西里陪我过去，我的英语口音太重，一个人没法和人交流，我来这里是为了通知你一件事。"他轻咳一声："谢尔盖这次世锦赛是打了封闭上的，拿到一块银牌也算不错，所以他说要退役了，他的退役表演会在国内做，第二场想放在你的 POI。"

退役？还是伤退？提到这个话题，张珏沉默一瞬，然后绽开笑脸："可以，我很欢迎，并且很感激他愿意这么做。"

寺冈隼人感叹："如果我将来退役了，一定要穿着索隆的衣服在冰上滑'We Are'。"

张珏鼓鼓掌："需要路飞串场的话，我可以帮忙，正好我是黑头发，伊利亚可以扮演山治，你染个绿毛，我们三个可以组草帽三巨头了。"

伊利亚微笑起来："虽然听起来是很久远的未来才会发生的事情，不过，好像也不是那么远，希望那一天晚点来就好了。"

2014—2015赛季结束了，已经手握两枚世锦赛金牌的张珏握着盛有红色美酒的高脚杯，轻轻晃了晃。他在这个赛季分明满载而归，但内心有点惆怅。或许是因为伤病吧，像这样一往无前的日子还不知道剩多少。

张珏垂下眼眸："又过了一个赛季呢。"

不过对运动员来说，顺风顺水其实才是罕见的，大家一起磕磕绊绊却还不放弃才是常态啊，这么一想，张珏的心情又好了起来。他靠着栏杆，看着窗外的月光，心想：下个赛季，我该表演什么，才能让大家再次露出"哇——"的惊喜表情呢？

一想到这件事，他就振奋了起来。

22. 秘法

3月底的京城已经渐渐温暖了起来，室内的暖气也开始扯下了，秦雪君下班回到家里，就发现纱织的食槽里已经换上新的清水和食物，小仓鼠正捧着一只活面包虫啃着。

一看这情境，他就知道一家之主回来了。

他们客厅的沙发是背着门的，另一边直接对着一面窗，有阳光从那边照进来，然后秦雪君就看到老长一条腿垂在沙发边缘，走过去一看，好嘛，这人直接枕着鼓鼓的背包睡得呼呼响，连被子都没盖。

秦雪君连忙把外套脱了罩在张珏身上，然后去张珏的房间开加湿器，将被子掀开，又回来把张珏扛起运到主卧的床上，帮忙脱了鞋子盖好被子。接着他又将热水灌进保温杯放在张珏床头，之后秦雪君还开了个定时空调，提高室内温度，省得张珏着凉。

就在此时，大红、二红咯咯叫了起来，他将门轻轻关上，走到阳台一看，明明窝里只有一个蛋，两只鸡却都叫得欢。

他蹲下，指着两只鸡："叫什么，不知道主人回家了正在休息吗？你们主人才过完一个赛季，正是要多喝老母鸡汤补身子的时候，再吵当心你们鸡命不保。"

秦雪君熟练地把两只鸡训了一通，回去收拾客厅，才发现客厅的茶几上摆着一沓体检单。

运动员经常体检，查出来个小毛病也不算什么。秦雪君平时闲着没事，也是会亲手用家传的针灸推拿手艺给张珏那具负荷极大的身体做保养的，而且凭两个人的默契，张珏把东西丢在这里，那就是可以看。所以他很自然地拿起体检单翻了翻，微微皱眉。

腹肌拉伤是不出所料的事情，但比目鱼肌的伤势复发了。

花滑运动员一般都是伤右腿，毕竟他们的 F 跳、lz 跳还有落冰都是靠右边，除非是点冰足、落冰足、转体方向与众不同的左撇子选手才会反过来。

张珏的比目鱼肌之所以有伤病，和他在发育关那一年为了参加大赛，不停地练习左脚点冰的 4T 有关，这也是目前为止折磨张珏次数最多的地方，反反复复，比腰腹肌肉劳损、脚踝膝盖磨损和韧带的旧伤还折腾人。好在这次张珏的伤势是在赛季末复发的，且不严重，所以他在没打封闭的情况下依然拿着世锦赛金牌圆满结束了这个赛季，但从他的世锦赛自由滑差点崩盘就看得出来，他是受了影响的。

秦雪君有自己的工作，张珏比赛的时候他还站在手术台边，但这不妨碍他看比赛重播时内心满是担忧。伤病反复发作，因为持续的训练与比赛而导致伤处越来越严重，是许多运动员的退役主因。

真庆幸张珏已经进入了休赛季。

秦雪君叹了口气，将膏药翻出来放在桌子上，又从阳台的盆子里摘出张珏最喜欢吃的蔬菜洗干净放在厨房里。他本来是想好好歇一阵的，但因为市内有个街口在下班高峰期出现了连环车祸，于是他只来得及用冷水洗了把脸，就又冲了出去。

张珏醒来的时候已经是第二天早上七点了，他慢吞吞地爬起来，煮了紫薯、鸡蛋、半颗西蓝花作为早餐，又喝了一杯牛奶，接着开始煮鸡胸肉和胡萝卜、紫甘蓝等午饭，准备带到大学当午餐。开冰箱拿牛奶的时候，他看到冰箱门上有一张字条。

加班，近两天都不在家里。

秦氏"肝帝"于 2015 年 3 月 31 日留。

张珏：又是加班又要写论文，可不就是"肝帝"吗，这个人对自己的认知很精准啊。

说起忙，其实张珏也挺忙的，毕竟现在都 3 月底了，大学早就开学了，而他为了比赛几乎没怎么好好上过课。好学生连忙收拾了东西冲去农大，坐地铁去的。他本人还没到可以考驾照的年纪，即使已经拿了好几个世界冠军头衔，破了十多次世界纪录，他离满 18 岁也还有三个月呢。这么一想，报考驾校的事情其实已经可以准备起来了，暑假正好可以参加考试，张珏这么想着，走进大学的大门。

早上第一节课是思政大课，阶梯教室里坐满了人，张珏到地方的时候，已经只剩最后几排以及第一排还有空位了。张珏戴着口罩，灵活而隐秘地蹲着挪到最后一排，然后在隔壁同学惊异的眼神中，双手按在书桌上，一张帅脸从桌面边缘升起。

小鳄鱼冒头。

虽然迟到了 2 分钟，张珏还是幸运地赶上了点名，就是教授喊完他的名字后，现场许多人都向他投来了目光。

在他归校后，甜滋滋二号研究组也不需要再让学长们去四处讨屎了，隔壁搞畜牧的师姐们主动推着小推车将肥料运了过来。

带他的师兄感叹："亲自运屎只为了和你告白，这是真爱啊，你怎么拒绝人家？试试嘛，难道是嫌她不好看？"接着就语重心长地和张珏说道："女人的外表其实没那么重要，重要的是内涵，三观和你合得来，反正再好看都好看不过你啊，年轻人要求不要太高，你那句退役前不谈恋爱的话也太绝对了，万一退役前你就遇到真爱了呢？"

"我没空恋爱，训练和学业已经够折腾我了。"张珏扬起手中的资料，"师兄要是闲着没事干，不如去瞧瞧 2 号的育种情况。"

师兄："那你呢？"

张珏推着满是肥料的小推车，幽幽回道："去给试验田里的祖宗们施肥。"

在回来的第三天，张珏就被通知要去接受表彰，领导们很高兴小朋友可以在索契过后的第一个赛季拿出这么漂亮的战绩，他们要鼓励张珏再接再厉，接着又是专访和几个商业活动。活动之余，张珏还要发消息，表示自己因伤退出 4

月初的世团赛，由金子瑄、柳叶明、樊照瑛去出赛。

世团赛又称世界花样滑冰团体锦标赛，最初是日本搞起来的带有娱乐性质的比赛，赛事主办方会邀请世界积分排名前六的国家参加比赛，也是冬奥会花滑团体赛的前身，从 2013 年开始，世团赛是隔一年搞一次，今年的 4 月就有世团赛。

张珏本来是打算参加世团赛去和朋友们闹一闹的，但今年不行，队医很严肃地告诉他，想要把比目鱼肌的伤养好，他最好停起码半个月的跳跃训练。

综上所述，张珏只能退赛养伤，顺便给庆子、妆子、隼人他们打电话表达失约的歉意。在回来之前，他都没想到自己的问题严重到需要退赛。

都是运动员，朋友们自然给了张珏百分之百的理解。

一哥张珏暂时歇业，作为张门大师兄，他还要继续看着师弟师妹们训练。精通外语的沈流现在要去和日本冰协协商休赛季交流活动的安排，而张门的跳跃训练，就要另一个精通四周跳发力方式的人去盯着。

君不见无论中外，很多花滑名门的大师兄都有带师弟师妹，将师弟师妹们带成青出于蓝而胜于蓝的优秀运动员的传统？比如瓦西里给谢尔盖和伊利亚做教练，马丁做亚里克斯的副教练。

张珏翻翻沈流塞给他的训练资料，抓着吊杆上冰，对闵珊招招手："珊珊过来，今天师兄带你跳 3A。"

闵珊乐呵呵地滑过来，张珏问她："珊珊，你的 3A 练到什么程度啦？"

闵珊甜甜地回道："沈教练说过我再练几天就可以试着脱杆自己跳啦。看，师兄，我很棒对不对？"

张珏却纳闷，这姑娘从赛季开始前就开始喊要练 3A，怎么直到现在都还没脱杆？不对啊，他当初出 3A 也就是两个月不到的事，珊珊都这么久了还没把 3A 练出来，肯定是哪里不对，但她的体检报告单显示她壮得能打死一头牛，可见不是伤病的问题，难道是老舅和沈哥他们不知道怎么带女选手出 3A 吗？

张珏一拍手："行吧，快脱杆就离成功不远了，来吧，今天我教你个速成法，这招我当年练 3A 的时候就使过，特别好用。"

闵珊无视了张珏那句不符合正常人训练进度的"快脱杆就离成功不远了"的屁话，大眼睛闪着光，里面满是惊喜。大师兄的 3A 是全世界最漂亮的，而且13 岁就能完成 3A 的他使用的速成法，肯定是什么了不得的秘籍吧？不仅是闵珊，就连站在不远处的鹿教练都竖起耳朵，好奇这个天才到底有什么快速出 3A 的秘法。

张珏清清喉咙，将手中吊杆一举，满脸骄傲地为他们解惑："我的 3A 速成法，就是你现在开始练习四周跳，4T 还是 4S 随你自己选，能不能落冰也不要紧，你要做的只是把四周转完，等什么时候你可以在空中转完四周的时候，转三周半不就轻而易举了吗？我当年就是采用了跳 4S 的方式带动 3A 完成度的方法，超好用！你先跟着我练，最好在日本冰协派来的交流生到来前把 3A 练成，然后展示给他们看！我要让妆子、庆子和隼人他们知道，不是只有日本女单选手才能出 3A 的！"

闵珊脸上的笑容渐渐消失，她张了张嘴，实在没好意思说"你太瞧得起我了"。她有出 3A 的心气，可日冰协的交流人员 5 月就会来京城，一个月的时间就练成 3A，这种事情师妹真的做不到。

鹿教练直接一翻白眼，提着拐杖向张珏走来。

老教练抽完张珏，警告他不许再给师妹施加"快点完成 3A"的压力，但没拦着他带闵珊练那个"3A 速成法"，而张珏教师妹的时候，还时不时自己亲身上阵蹦个 3A 做示范。

3A 不用左脚点冰，落冰也是右脚，转体强度对他来说也很轻松，不会影响到腹部那块被拉伤的肌肉，顶多算适当活动，张珏随便跳，连队医都不管，而闵珊还真就在几天后磕磕绊绊地第一次在练 3A 的时候转足周，只是还没法落冰。

张门小师弟蒋一鸿在此期间跟师姐一起练 3A，离足周仅有 80 度，还顺便把跳 A 跳时举手的技巧练出来了。老实孩子察罕不花一边练习自己还不稳定的 3A，一边被师兄吊着去练四周转体，腰腹处的肌肉块块分明，仅看体形，比张珏还像张俊宝。

和日冰协谈完事情回来的沈流看着张门一枝花被吊杆吊着唰啦一下来了个 4S，目瞪口呆，他嘴巴颤抖着："我……我只是几天没管她而已，这丫头居然开始练四周跳了？"原来珊珊是这么有雄心壮志的女孩子吗？沈流深刻地发现，自己以往还真是小瞧这姑娘了。

鹿教练面无表情地给他后脑勺上来了一下："这只是一个误会。"不要一看到自己的徒弟练习四周跳就眼冒绿光，沈流，你清醒点，闵珊是个女孩！

23. 热流

世锦赛之后没几天，世青赛就开始了，今年中国派出了闵珊、察罕不花、姜秀凌和洛宓去比赛，冰舞也有一对兄妹参赛，是一对叫作赛澎、赛琼的兄妹，他们之间有四岁的年龄差，这让哥哥可以托举妹妹，而亲兄妹的默契又让他们的捻转同步率极高。

比赛地点定在了爱沙尼亚的首都塔林市，和中国有 5 小时的时差。

张门除了张珏，其他孩子都没有倒时差困难的毛病。闵珊到地方以后先将考斯腾翻出来，一件一件挂好，保证这些精贵的衣物穿起来平整无褶皱，接着又打理她心爱的拍摄器械，准备出去拍摄塔林的老房子以及天边掠过的海鸥。另一边，察罕不花挂好衣服以后还去敲张俊宝和沈流的房门，询问有没有什么事情需要他帮忙的。

张教练是这次的带队教练，沈流负责翻译。冰舞那边的郑教练第一次带孩子们出国比赛，这会儿还在给赛琼的额头抹清凉油帮忙缓解晕机。而带着姜秀凌和洛宓的马教练正在给黄莺和关临打电话，提醒他们即使教练不在国内也要努力训练。

张俊宝和沈流看到小牛崽都欣慰得不行，瞧这孩子多体贴啊，要换了张珏，别说主动过来帮忙了，那小子不被时差、晕机的毛病折腾得直接趴下，让教练帮忙挂衣服收拾行李都算不错了。

老舅拍拍察罕不花的肩膀："收拾一下，咱们先去吃晚饭，然后好好睡一觉。"

闵珊虽然还没练成 3A，但经过她的大师兄那在许多人看来都超级胡来的四周跳训练后，小姑娘跳 3lz+3lo 时已经绰绰有余，加上旋转好、表演棒，她在女单青年组里完全可以横着走，这次就是冲金牌来的。

张门一枝花的目标是以一己之力，干翻俄罗斯女单选手在青年组的优势。察罕不花这边就险一点，他的 3A 才稳下来没多久，纸面实力和日本的千叶刚士差不多，但步法没对方那么好，而俄罗斯的那两个男单选手分别是 16 岁和 17 岁，最近都有在练四周跳。他最大的优势是大心脏与健壮身体带来的稳定性，鉴于他的对手都稳定性平平，他们失误，察罕不花的金牌才能稳。

相比他们，双人滑那边的压力更大，他们要与三对出色的俄罗斯双人滑选手竞争。唯一没压力的大概就是冰舞那对了，郑教练对他们唯一的要求，就是完完整整滑完节目，别失误，还有，别在比赛开始前打架，这对兄妹虽然实力不错，但他们时不时就互揣的毛病实在太让教练心累了。

世青赛这边的男单比赛是下午开始，结束的时候，中国这边都晚上 11 点半了，张珏这时候早就收拾完鸡笼、菜盆、纱织的笼子，爬到床上睡觉了。

这时候手机响起，一只手从被子里伸出来抓过手机，又缩回被子里。

小白牛：师兄，我这次还是靠对手失误才赢得金牌，我不想总是指望对手失误了，回去以后，你能帮我劝沈教练允许我开启四周跳训练吗？

张珏慢吞吞地回了个"可以"，双眼一闭，终于安心沉入梦乡。

遵循各花滑派系的传统，张珏也有很努力地指导自己的师弟师妹们，这次察罕不花和闵珊出国比赛，张珏在跟着鹿教练训练之余，也会帮蒋一鸿攻克3A。

中国的青年组小选手在世青赛的男单、女单项目同时拿到金牌，在双人滑拿到银牌，冰舞拿到第四名的战绩，令国内冰迷们振奋不已，与此同时，世团赛也紧锣密鼓地开幕了。

除了张珏，今年在世锦赛拿奖牌的运动员都抵达东京参加了世团赛，因为目前是俄罗斯的花滑综合实力最强，所以最后夺冠的也是他们，而张珏人不在现场，却用行动彰显了自己的存在感。

这一届世团赛的群舞音乐是妆子定的，小姑娘身体养得差不多了，便一边读大学一边在花滑领域做些工作，做做编舞和解说员。能出来赚钱说明她的身体养得不错，朋友们对此都很高兴。

张珏的存在感来自群舞的音乐，他推荐给妆子选用一支叫作"It's Raining Men（天上下男人）"的神曲。群舞的开场是一群英俊帅气的男单选手出场来了一段炫舞，接着又集体跳 3T，搭配着音乐中女声欢快的"汗如雨下"的歌声，那叫一个热闹！

知道这曲子是张珏推荐的人还不少，于是等表演滑一结束，张珏的社交账号下面就有人对他竖大拇指："你好懂啊！"大拇指的楼盖到一万层，成为张珏超话里的经典一景。

在世团赛结束后，一场退役花滑演出在圣彼得堡开展，鲍里斯门下那些已经退役的弟子，以及还没退役的伊利亚、赛丽娜、卡捷琳娜都会参与。

谢尔盖退役了，虽然没有参加过冬奥会，虽然最好的国际成绩就是退役前一个赛季才到手的世锦赛银牌，在老鲍里斯所有的学生之中，谢尔盖都属于成绩垫底的那一类，但喜欢他的人出乎意料地多。

原因很简单，这哥们儿在社交网络上很活跃，喜欢用直白的语句抨击他看不惯的那些水货选手，并从来不吝啬夸赞自己的对手。除了俄系永远看不惯的麦昆，他甚至能和对手做朋友，所以中国冰迷送他外号：炮熊。

俄罗斯一个连冬奥会都没参加过的运动员办退役演出，中国这边的电视台自然是不会转播的，张珏只能通过网络上的粉丝才能看到直播。

谢尔盖哭了，这个其实也只有 26 岁的年轻人有一个很不如意的职业生涯，他几乎没有在 B 级赛以外的地方拿过第一，年轻时被瓦西里压着，老了又在国内赛输给伊利亚。可他从未嫉妒过优秀的同门，甚至曾经在其他前辈口头欺负伊利亚时，站出来直接喷回去。

他或许不是瓦西里那样光芒万丈的大满贯冠军，可他是一个拥有扎实技术与优秀人品的好运动员。没有俄系以外的运动员参加这场冰演，张珏原本是答应去的，但瓦西里认为要是张珏出场，就没人注意这场退役冰演的主角谢尔盖了，张珏就被排除了。

等到差不多是五一小长假开始的前两周吧，这群外国运动员便陆陆续续抵达京城，住进了靠近首体的一家酒店，包括才退役的谢尔盖，总共来了 20 多个人，男单的前十名、女单的前六名、双人滑前六、冰舞第一都来了。其中一半都和张珏开过鲱鱼罐头。

张珏才走进酒店大堂，就有人喊道："tama 酱——"

这声音拉得还挺长，张珏站在那里，看到寺冈隼人跑过来，他下意识地伸手，寺冈隼人也下意识地抓住他的手。

两人对视片刻。

张珏："我不是要举你。"

寺冈隼人尴尬道："我知道，我也只是顺手，对了，小村记者去故宫拍摄了。"

张珏哦了一声，两人松开时，只当无事发生，熟稔地说起话来。寺冈隼人说他带了一盒温泉蛋过来，张珏感激不尽，回赠了一盒京八件与几张京剧脸谱。

这是张珏的安排，对于每个来参与商演的表演者，他都准备了一套小礼物。

妆子举着手里的 U 盘："tama 酱，音乐已经拷贝好了。"

妆子是 POI 首演的总导演，在拿到这份邀请前，妆子一直以为自己只能作为观众来参与 POI 的首演，而弗兰斯才是首选，因为商演总导演这种职位，有不少都是由著名编舞担任的，弗兰斯也有过相关经验。接到邀请的时候，妆子还很忐忑地问过张珏："你真的是看中我的才能，而不是因为人情才叫我来的吧？"

张珏回道："我才是事实上的总导演，总导演这个位置上的人只要辅助我完成想法就行了。弗兰斯最近在一个音乐节遇到真爱，正沉迷于爱情中，说 6 月之前都不接工作了，所以才喊你来顶班。"

妆子闻言大窘，遂欣然应约而来。

弗兰斯和老舅一个年纪，如今想找个稳定对象定下来也好，作为朋友，张珏非常支持他找到幸福。万一他将来结婚，张珏还得去做伴郎。

张珏内心很为难，如果将来伊利亚、隼人他们结婚的话，他这个伴郎的位置也是跑不掉的，而他自己要结婚的话，不组个 20 人规模的伴郎团，都肯定有人觉得他没把自己当朋友，可他至今都没找到对象。

在招待完这些来捧场的朋友们后，张珏在回家的路上顺便买了份烧腊饭，送到了秦雪君工作的医院，他去的时候，秦医生正在给小朋友打石膏。张珏耐着性子坐在走廊的椅子上等了两小时，在这期间去护士姐姐的办公室将饭又热了一遍，那边才终于闲下来。

张珏在门板上敲了敲："秦哥，吃饭啦。"

秦医生收拾着东西，闻言抬头，微微一笑："有酸豆角吗？"

张珏："有啊，还有豆汁呢。"

两人的对话充斥着吃什么的朴素疑问。

他将东西放办公桌上，人往另一张椅子上一坐，扯着衣领抱怨道："你说这还没到 5 月呢，怎么就已经热起来了？"

秦雪君掰开筷子："城市热岛效应，到了 7 月会更热。"

张珏眯起眼睛："幸好我从事的是冰上运动，到了夏天，我就天天躲在冰上。我手心出汗，借你地方洗个手。"说着，他走到水池边开水龙头，将手掌往水流下一放。

秦雪君说："张珏，你觉不觉得你现在说话和我一样有点京腔？刚见面的时候你还是地地道道的东北小孩，喏，只有这么高。"他伸手比画了一下。

张珏："可不是吗，现在我都是世界冠军了。"

24. 撩人

"张珏！"

金子瑄叫了三声，张珏回过神来，揉揉胸口，又揉额头。

金子瑄担忧道："你不舒服？"

张珏摇头："可能是我昨晚没睡好。"他昨天练了两小时的四周跳，做了90分钟的器械训练，训练完后累得直接吐出来，肺也因大口呼吸感到轻微疼痛，以至于昨晚睡觉时他胸口都轻微发疼。张珏下意识地觉得是练狠了，心里默默决定和教练组商量一下调节运动量的事。

金子瑄身上穿着群舞出场时的统一服装，衣服还是那位老教授设计的，是黑白相间的水墨画风格，女选手的袖子都是偏长的水袖，男选手们则是英气一些的箭袖。

唯有张珏是穿着浅绿色的表演服，他对金子瑄点头示意自己听到了，然后转身对着镜子，伸手去拉后背的拉链。这种拉链一般需要别人辅助去拉，金子瑄上前一步想要帮忙，却发现臂展比身高多出6厘米、肩部关节灵活的张珏轻轻松松就自己拉好了，他又套了件红色的皮夹克。

金子瑄调侃："到了冰上可别走神了。"

张珏挑眉反问："你开玩笑吧？我在冰上比任何人都认真，你才是要认真点。"

金子瑄愣了下，结结巴巴地回道："我……我演出会很认真的。"

张珏轻笑一声，胳膊一抬便搭在金二哥的肩膀上："走吧。"

以张珏为主演的冰演POI即将开始，据说门票在预订的一小时内就卖完了，官网服务器也被挤坏了，那可是一万七千张票。

妆子小跑到他面前，用英语急切地说道："你现在就要出去了，快点，乐队已经在等你了。"

张珏应了一声，提着冰鞋就跟着白小珍往那边跑，而妆子留在原位，指挥着运动员："等到tama酱唱完第一段后，等他一喊名字，双人滑的两对先一起出场，然后是梦成、美晶，你们带艾米娜、哈尔哈沙跟上。单人滑人数最多，大家一起出去就好了，同国的在出场时就靠近点，按照彩排的来。"

与此同时，张珏跑到通道口，此时观众已经差不多完成了入场，还有2分钟就要开始演出。乐队的几人都站在那里，兰润正和队员们击掌，注意到张珏时眼睛发亮。

"张珏，咱们马上要一起演出，兴奋不？"

鉴于运动员和摇滚乐是八竿子打不着的关系，兰润曾一度以为自己这辈子都没法和堂弟一起站在舞台上，两人的关系仅限于陌生人。不想POI开始筹备时，花滑中心却找到了朱雀乐队，让作为队长的兰润惊喜不已。他要和堂弟一起表演啦！

张珏对这位高大英俊的贝斯手也莫名地有好感，他应道："嗯，等会儿我们一起加油。"

两人交谈了一会儿，随着时间接近开始，兰润对张珏打了个响指："冠军，走吧？"

张珏露出一个跃跃欲试的笑。"走！"

为了观看心爱的小鳄鱼的演出，三条美里与她的好友麻生太太早在一个月前就买好了POI京城场的门票，并在演出开始前三天就赶到了这座城市。她头戴猪猪侠帽子，坐在可以容纳1.75万人的首都体育馆，惊讶地发现这里居然差不多坐满了。

麻生太太头戴小鳄鱼帽子，惊叹道："好可怕的上座率，不愧是花滑四项的人气顶流。"

就在此时，许多没有买到票的冰迷也将电视转到H省卫视。作为张珏在电视台界的"亲爹"，每逢张珏比赛，H省卫视必然直播，而且第二天还一定有重播，早在商演开始前，他们就说了会实时播出POI首演，反正盯着H省卫视就对了。

晚上6点，接近黄金档时段，H省电视台的摄制组扛着器材进入首都体育馆后台，7点58分，电视机前的观众惊喜地发现广告终于宣告结束，屏幕中出现首都体育馆的冰场，7点59分，场馆一下子暗了下来。

沈流喝了口水，扶好麦克风，先用普通话说开场白，再说英语版开场白："女士们，先生们，欢迎来到Possibilities on Ice 2015京城站，让我们欢迎朱雀乐队！"

说到朱雀乐队，外国冰迷不知情，本国的冰迷却都激动起来。朱雀乐队是近两年崛起的摇滚乐队，去年办的"凤飞九天"主题演出，从魔都到山城一直人气爆表，也被称为目前国内的摇滚乐队扛把子，在乐坛俨然已经是一线乐队！

最重要的是，这支乐队几乎不唱情爱主题的歌曲，据说是因为写歌的老师母胎单身不识情爱滋味，他们的歌以励志、人生、希望、梦想为主要元素，激励了不少人，歌迷也成功覆盖了老中青三个年龄段。

而且他们背后的经纪人也不知道是因为什么事开了脑洞，居然通过不知道什么路子把乐队推荐过去拍推销农产品的广告，该广告每天准时准点在央视黄金档播 20 秒，以至于该乐队代言费没怎么赚，知名度却涨得飞快，外号"蘑菇乐队"，因为他们代言过某贫困县特产的蘑菇。

朱雀乐队名声不小，业务能力好也是公认的。他们的鼓手点了几下镲片，兰润和队友对视一眼，同时拨动琴弦，灯光打在他们所处的舞台上，在他们身后，张珏一步一步踩上台阶，走到他们中间，话筒被他潇洒地从左手扔到右手。

这家伙若无其事地开始唱歌，唱的还是以前从没出现过的新歌。他唱功还奇好，高音升上去轻轻松松，低音接得自然，甚至在副歌前还来了一串真假音变化。

庆子看着外面，一副死鱼眼："tama 酱说他小时候考虑过长大以后去当偶像歌手，并为此做过准备，居然不是在开玩笑。"

以他现在展现出来的唱功，完全就是实力派唱将，有这唱功他还来滑什么冰啊！靠那张脸和高水准的唱功去混歌坛，不出一年就能爆红了吧？

本来只是想来看场花滑表演的冰迷们也目瞪口呆，接着大家就被张珏的歌声带得情绪上扬，激动地摇起荧光棒，现场瞬间比演唱会还像演唱会。

而张珏唱完第一段，一只手高举，情绪高昂地叫道："谢谢大家来到这里观看 Possibilities on Ice 的首演，非常感谢！"

迷妹们配合地发出尖叫声，张珏咧嘴一笑："现在，让我们用热烈的掌声欢迎本次演出的表演者们！"

他就这么接过报幕的工作，在参加商演的选手们陆续登场时报出他们的名字和头衔，比如索契冬奥会双人滑银牌得主黄莺、关临，索契冬奥会男单金牌得主瓦西里，××届世锦赛金牌得主白叶冢庆子，被他叫到的选手也会配合着做出标志性的技术动作，比如托举、跳跃。

特意跑到现场的孙千特别高兴："这小子控场的能力很强嘛。"

之前决定给他这么大的场馆的时候，领导们心里还有点忐忑，生怕张珏控制不住，一旦演出质量不够的话，说不定就要被吐槽是靠迷妹撑票房，实际上POI根本不值那么高的票价。

现在看来，张珏一点也不需要他们操心，因为从他登场开始，气氛就一直在高潮，一直没有下来过。等群舞结束后，场馆又黑了，张珏火速和朱雀乐队撤回后台，趁着黄莺和关临表演期间，他换好冰鞋，将皮夹克一脱，张俊宝蹲在他面前，将一个鹿角一样的额饰给他戴好。

等他再上场的时候，场上响起一阵阵惊叫声。

"是四月春神！"

"'April's Love Story'！"

这是张珏升入成年组第一个赛季时的自由滑，那会儿他甚至还没发育，是个经常被举来举去的娇小萌娃，而此时此刻，他重新演绎这个节目，却多出一份成熟男性的从容，脚下动作也比那时流畅得多。

在节目后半段，小李子版《罗密欧与朱丽叶》中的"Kissing You"响起，张珏做出推门的动作，就像是隔着鱼缸望见朱丽叶的罗密欧，直至此时，许多冰迷才恍然大悟，这个少年不仅是跳跃与表演强，他的滑行也很好。他在冰上奔跑、滑行、飞翔，在乐声的末尾，张珏做了一个贝尔曼旋转，然后对场边做出邀请的姿态，刘梦成与尹美晶穿着他们以前滑《罗密欧与朱丽叶》时的考斯腾奔上冰面，场上的表演者自然换成了他们。

《罗密欧与朱丽叶》本就是浪漫唯美的爱情题材，加上三位演绎者都是难得的帅哥美女，且表演情感真挚，便有不少观众被震惊得发出"哇——"的声音。而张珏回到场边，突然看向在场边拍摄的H省拍摄组，他对镜头眨眼，看起来格外俏皮。

在这场为时90分钟的商演中，张珏总共出场了三次，除了开场的歌舞、之后的"四月春神"与"罗密欧与朱丽叶"的节目，他还是结尾群舞的领舞，跳完舞又拿着话筒对观众们大声道谢，引得无数粉丝落泪。

如此大强度的演出，加上张珏要时刻注意演出的进度，对各方面进行调控，哪怕是张珏这种体力大户也难免觉得疲惫。好在功夫不负有心人，POI首演的收视率达到了2.3%，远超同时段的电视剧，被誉为国内冰上演出的奇迹，连带着之后魔都站、羊城站、山城站的门票也销售一空。

作为POI的当家台柱，张珏也是主办人之一，因此其他参与商演的运动员拿的是固定薪酬，张珏却是直接参与分钱，算是老板。后来有人统计，张珏在休赛季的几场商演，恐怕就给他带去了超过八位数的收益。

证据就是张珏交完税后在京城二环以内买了个铺子，小伙子还挺有理财意识。

25. 选曲

从5月初到6月中旬，有50天的时间里，张珏时不时就出门跑次商演，不仅以他自己为主的POI，他还会去朋友们的商演撑场子。

他具体赚了多少，除了税务局人员大概没人清楚，毕竟他不仅是参加商演，代言和广告也是能赚钱的啊，等买完新房，他手头还留了一百来万的现金。

张珏的存款之所以能突破八位数，和张青燕给他打了钱也有关。据说今年饭店收益好，所以张青燕将家里的存款整理了一番，三分之二拿出来，给张珏和许德拉对半分，还有三分之一他们自己留着做开新店的创业资金。是的，张女士觉得H市的两家饭店已经不够她玩了，所以那两家店交给了许岩的两个徒弟打理，他们两个要来京城创业，正好儿子在京城不是给他们买了300平方米的铺子嘛，铺子后头还自带两室一厅，够他们折腾了。

张珏收到那笔钱后连夜打电话给亲妈："妈，你给我钱干什么呀？我又不缺，你给二德啊！而且你们开新店不费钱吗？"他要房有房，要车有车，事业方面更是正处于巅峰期，家里与其给他打钱，还不如多操心弟弟。

谁知张女士很平静地说："我不能因为你有就不给你，我看过不少书，知道父母对两个孩子不一碗水端平的话，会对孩子造成很大的伤害。你爸说了，要是以后我们还能赚大钱，会继续让你和二德对半分。"

张珏哭笑不得："这个真没必要，你们还年轻，有钱自己留着花嘛。"

张女士的语气一下就变了，她叮嘱道："你这是什么话？赚了钱也别乱花啊，我知道年轻人喜欢买奢侈品显示什么品位，你不要搞那些花里胡哨的，消费主义都是拿来唬小孩的理念，你有钱可以做投资，捐出去也行，知道吗？还有，我和你爸下周一到京城，你来接一下，我们东西挺多的，你租辆能装的车过来！"

结束和父母的微信视频对话，张珏愣了好几秒。其实听妈妈的话，他有品出一个信息，那就是爸爸也是赞同妈妈这么安排的。

秦雪君原本坐在旁边给张珏削苹果，现在动作停了下来，这就是父母的爱吗？真好。

可能是作为表演者本就情绪丰富，这一刻张珏脑子里闪过很多画面，有小时候妈妈牵着他的手送他去上学的画面，也有下雪天被爸爸许岩背着走过湿滑的街面的情景，最后他想到了几十年后，父母垂垂老矣，他想，那时候他也很愿意背着父母去任何地方。

他说："秦哥，我终于有了关于新节目的灵感了。"

秦雪君揉了揉他的头发："你的节目是被爱意灌溉出来的。"

张珏轻轻说道："这个节目，可能会有点压抑。"

他一直是个幸运的孩子，从小到大最不缺的就是爱，所以他才能创作出《生命之树》这样的节目，并将之演绎成经典，这份经典是由爱意堆砌的。

所以如果离开这么美好的家人，张珏一定会痛不欲生。每个失去父母之爱，不得不离开父母的孩子，都是很痛苦的，如果父母失去了孩子，他们也会很痛苦。

秦雪君眨眨灰色的眼睛，转移话题："对了，你爸妈什么时候来，我好请假。我们是不是还要提前去打扫那边的屋子，租车的话，我治过的一个病人就是干这个的。"

秦雪君请假和张珏一起去帮忙接张珏的父母，等帮张青燕和许岩搬好家，时间也走到了 7 月份，张珏满 18 岁了，亲人都在京城，张珏这场生日办得格外热闹。虽然只是家里人吃饭，而且有忌口，张珏不碰蛋糕，只吃老舅从食堂拎出来的鸡腿和牛肉。作为寿星却是桌上吃得最清淡的人，实在有些心酸，但能一家团聚便让他心情大好。

秦雪君和沈流分别作为张珏和老舅的室友也被邀请参与这场家宴，秦雪君送了张珏一对新耳机作为礼物，而沈流送了张珏一本《可爱的骨头》。

他轻描淡写地说："我看到你在微博发《可爱的骨头》的观影感想了，这是原著书籍。"

张珏惊喜地收下："谢谢,这正是我需要的东西。"

许德拉趴在张珏肩上："哥,你怎么突然看这个?这个电影好压抑,我看一半就看不下去了。"

张珏拍弟弟脑袋一下："我有用,下赛季我想滑这个题材的节目,原本是想放在表演滑的,但在编了一个框架后,我觉得还是放在短节目比较合适。"

张俊宝和沈流对视一眼,明白他们的工作来了。演绎一个新节目不仅是运动员自己的事,作为教练,他们也必须做功课才行。之前张珏一直没选好曲子,拖到前几天,已经让总教练孙千都开始过问了,再不选好曲子的话,他们就要卡死线了。

"你的自由滑挑好了吗?还有,这个节目如果放在短节目,表演滑你又打算滑什么?"张俊宝问了一串。

张珏组织了一下言语："自由滑打算滑《纪念安魂曲》,表演滑的话,我想试试中国风,你觉得加入京剧元素怎么样?"

"京剧?"许岩回头,"小玉你想滑京剧啊?"

张珏点头应了一声："我想滑《霸王别姬》,觉得那个特有意思,就是我之前没练过,怕滑不好。"

沈流笑起来："怕什么,我们可以找白小珍给你请老师嘛,他不是路子广吗?"

他们三言两语就定下了之后的事情,张珏心里排着自己的计划表。他早就参加完了期末考试,成绩不错,年级前十,同校的同学把他的成绩放到网上,又引起粉丝对他夸赞。

但因为时间比较紧,《可爱的骨头》他自己编需要大约半个月,而自由滑交给弗兰斯,加上练习表演滑的编排与京剧学习,他这个暑假恐怕是没时间去考驾照了,唉,忙啊。

张青燕和许岩对视一眼,许岩有些为难,张青燕握住他的手捏捏,用口型说:"没事,孩子能自己处理好,不用你帮忙。"

张珏,花滑界行走的刷新记录机器,制造经典节目的人形工厂,从青年组到现在,每每出新节目必然是精品中的精品。

在花滑界,选手们本就有将自己选定的曲子在社交网络上公布的传统,有时候还会连着编舞一起公布。对于张珏的新赛季选曲，大家都充满了期待，就连微博上面都开始盖请愿楼，希望鳄鱼老大早点把选曲告诉大家。

当然，也有选手会将新节目保密到赛季开始，省得被对手看到，直接选个一样的曲子来打擂台，到时候硌硬得慌，所以也有体贴的冰迷说"老大你不说也没关系"。

张珏哼一声，他可是花滑界最不怕和人撞曲的那种人，对自身表现力极度自信的他直接在生日当晚发了条微博和推特。

小鳄鱼张珏

短节目自己编，自由滑的编舞还没找好，现诚招靠谱编舞，包吃包住包来往路费，薪水私聊。下面是几张照片，是《可爱的骨头》的女主的海报，《霸王别姬》的海报。

没过一阵子，孙千也转发了他的推特，并补充了一句"其实我们一鸿和珊珊的短节目也没编好"。

张俊宝和沈流、鹿教练也跟着转发。

张门麾下四大弟子，张珏永远不差编舞，察罕不花的节目由张俊宝亲自编，蒋一鸿和闵珊的自由滑由米娅女士负责，短节目则没着落。虽然国家队有经常合作的知名编舞师，但人家是专门编双人滑的，单人滑的节目编排水准仅在及格线上，却没出过精品。

这会儿教练们也是借小鳄鱼的名头招靠谱编舞了。

接着张珏立刻接到了几条推特私信，翻开一看，好家伙，全是一线编舞。

所有人的私信总结起来就三个字——快选我！

纵观现在的花滑行业，有哪个编舞不想和张珏合作出新的经典代表作品的？看看弗兰斯吧，这人和张珏合作了几个赛季，房子都买了，最近还去了南极度假，他要是不去南极，张珏也不会费工夫招新编舞了。

张珏一时间生出了一种皇帝选妃的错觉，他是皇帝，编舞们是秀女，每个人都在朝他抛媚眼，而他已经陷入了纠结。这些编舞都有过很不错的作品，他该选谁好呢？

一小时后，一位女士私信了他。她自称达莉娅，俄罗斯人，曾经练习过花样滑冰，后来转项目练花样轮滑，拿了世界冠军后伤退，现在是轮滑教练，有过给学生编舞的经历。她给了张珏一个邮箱，里面存了她编舞的视频，以及她的履历和薪酬要求。

花样轮滑和花样滑冰是近亲，两者都有跳跃和旋转动作，只是花样轮滑是旱冰，而且花样轮滑的赛事保留了早被花样滑冰淘汰的规定图形项目。说实话，这位达莉娅女士要求的薪水不高，但真正让张珏看中她的是她的编舞质量。

而且达莉娅·索林科娃这个名字，张珏打开电脑，输入"纪念安魂曲""冰舞"两个关键词，页面跳了出来，最上面的就是一张合照。

那是一对凭《纪念安魂曲》在 1998 年长野冬奥会夺冠的冰舞组合，而男伴的名字叫作索林科夫，这两人在 1996 年就结婚并生育了女儿，然后在女儿 3 岁后离婚，接着在女儿 5 岁时复婚，7 岁时又离婚。那对选手放在热爱上演狗血人生的俄系花滑选手里都是出了名的，这么多年来分分合合，唯一不变的就是他们对自己女儿的保护力度很大。

张珏：我原本只是想找个编舞，结果却把那两个冰舞大神的亲女儿招来了。

就在此时，白小珍给他打了个电话："祖宗，你真要推掉一切商务活动吗？"

张珏用肩膀和脑袋夹着手机，一边敲键盘给达莉娅女士回复，一边应道："是啊，我要闭关创作新节目，在明年世锦赛结束前都不接商业方面的工作了。"

白小珍一阵憋气。他早就看明白了这人简直是个完美运动员，自律，个人形象优秀，无论是学习还是比赛的成绩都过硬，本人也很有拼劲和事业心。和这小子合作开始后，白小珍就没有谈不下来的代言和广告，哪个经纪人不喜欢这样的年轻人？

可惜张珏也太有事业心了，所以他坚决要求身上的商业代言不超过 10 个，其中还有不赚钱的扶贫农产品代言，以此将商务活动占用的时间压到不影响训练和学习的程度。

现在他说 7 月以后以及赛季期间都不干活，也就是说他以后一年里会出席商业活动的时间只有 4、5、6 三个月，以这人的商业价值来说，真是暴殄天物。

但正如白小珍想的那样，张珏就是那种一旦定下什么事，其他人都没法阻止的祖宗，所以白小珍只能硬着头皮按张珏的要求去安排。

定下曲目，考斯腾的设计和制作也排上日程，闵珊的爸爸闵小帅亲自带人到国家队给女儿、女儿的大师兄量尺寸。

与此同时，白小珍也真的给张珏找到了一位不错的京剧老师，据说是什么许派当家，人称许二爷，经常上央视 11 台的那种，年轻的时候演刀马旦，年纪大了以后由武转文，演《贵妃醉酒》《霸王别姬》也没有问题。

老爷子看起来很清瘦，第一次见面的时候就笑呵呵的，张珏只觉得他很面善，直到第一节课上完，被收拾得身心俱疲的他才意识到，这老爷子恐怕和鹿教练是一个路数，治熊孩子的本事一流！

张家的日历是那种厚厚一本、每天撕一页的类型，随着哗哗的撕纸声，时光飞速跑到了 9 月。新赛季要开始了。

26. 风格

寺冈隼人，日本男单一哥，本赛季正式踏入 20 岁，进入了理论上的男单选手的黄金岁月。

在因为伤病错过了许多次夺牌甚至是夺冠的机会后，他痛定思痛，在休赛季直接去找了神奈川最贵的理疗师调养身体，并咬牙花了赛季一半的收入，聘了一位医生跟自己一起出门比赛。毕竟并非所有运动员都和中国的一样身处体制之内，出门有队医跟随，像寺冈隼人这种情况，要队医随行是需要自己出钱的。

赛季开始前，庆子打电话询问他是否参加 B 级赛作为赛季初的热身。

隼人回道："我肯定要去啦，今年的我准备了可以作为职业生涯代表作的节目，必然要多磨合几次，然后以最好的状态去迎战那个家伙啊。"

他们都知道隼人口中的"那个家伙"是谁，作为一个有志气的运动员，寺冈隼人当然是以世界冠军作为最大对手的。他们最终决定参加雾迪杯，而且张珏去年也参加过雾迪杯，谁知道他今年会不会继续参加，如果能提前交手就最好了，寺冈隼人想多和张珏斗上几场。

而在京城，张俊宝神色凝重地问杨志远："怎么样？"

杨志远摇头："要养起码半个月。"

沈流敲了敲张珏的脑袋："你啊你，我早说了你才换冰鞋，要小心，怎么还是摔了？"

张珏蔫蔫地坐着，右脚踝上压着一包冰块，他努力解释道："就算没换冰鞋，那我也有摔的时候啊，摔不摔是不由人的。”

冰滑多了总有摔跤的时候，因为节目编得晚，教练组本打算让张珏早点开始比赛，多滑几次提高他和节目的契合度，结果今年18岁的张小玉的脚却在不知不觉中长到了43码，他们不得不给张珏换冰鞋，然后张珏就毫不意外地再次在才换冰鞋不久摔了个狠的，把右脚给崴了，脚肿得和包子一样，两周以内都不能下地走，保守估计也要20天才能恢复训练。

好在他受伤的时候是8月底，大不了放弃赛季初作为热身的B级赛，不影响到后续的大奖赛就好。

在张珏的许可下，白小珍本来已经做好他本赛季的赛程表格、比赛时间和购票方式、链接，只等赛季开启就发到社交网络上，方便各路冰迷追看张珏的比赛。如今张珏一受伤，原本已经申请好的B级赛也只能退赛，这让雾迪杯的赛事主办方好一阵叹气。

张珏要是来，他们的票能卖光，他不来，雾迪杯的上座率能有七成都算不错了，但是令主办方吃惊的是，来到雾迪杯现场的冰迷依然有百分之十左右的人来自中国。张一哥受伤退赛，但是他的师弟察罕不花、师妹闵珊都是今年升组，大师兄歇着了，张教练和沈教练可还要继续带着师弟师妹们出门比赛呢。

寺冈隼人看到察罕不花的时候，脑袋还往他们后面探。"tama 酱真的没来？"以他对张珏的了解，只要伤得不重，对方都是会尽力出赛的，这是伤得多重啊？

察罕不花友善地回道："师兄说要到大奖赛再和你碰面了。"

庆子从隼人身后冒头，她鼓鼓脸颊道："可是大奖赛主办方又不会把 tama 酱和隼人安排在一起，那他们最后只能在长野见面了。"

长野就是今年的大奖赛总决赛举办地。

隼人也失落地说道："是这样没错呢，话说 tama 酱真的伤得不重吧？不会连大奖赛也退赛吧？"

察罕不花心想这要他怎么答？都两周不能下地了，那伤肯定不轻，可是因为没有伤到韧带和骨骼，养好以后也不会留下什么大的后遗症，单纯的小牛崽也不知道大师兄的伤势到底重不重。

张俊宝这时候出场了，他看到两个年轻人蔫不唧的样子，莫名想起家里那只崴了脚还要单脚蹦到厨房翻黄瓜吃的小鳄鱼。他拍拍手，说："好了，你们与其担心小玉，还不如先去琢磨自己的节目。隼人，我记得你今年的选曲主题很宏大？感觉到底找好了没有？庆子，女单短节目就要开始了，你还不去化妆吗？"

在休赛季时，中日冰协曾举办了一次交流活动，日冰协的运动员们和教练们一起抵达京城，在国家队的训练场交流学习了半个月，分享他们的滑行和 A 跳技术。张俊宝作为中方的教练代表，大大方方地传授了他们张门独有的落冰缓冲技术，并辅助小选手们寻找表演的情绪。

寺冈隼人学到这项技术时，完全是如获至宝的心态，对于张俊宝十分尊敬，他和庆子立刻站得笔直，恭恭敬敬地给张教练鞠躬打招呼，客套了几句后乖巧地走了。

等他们走了，闵珊才拉着张教练的胳膊兴奋地摇了摇："教练，他们都是冲师兄来的？我还以为师兄只是在冰迷之中有人气，原来他的对手也这么喜欢他啊？"

沈流按住两个徒弟的脑袋："因为你们师兄是最强的，而在竞技项目里，所有人都会盯着最强者，他就是这个项目的焦点。"这就是顶级运动员所能得到的声望与关注。

像张珏一样因为身体、换冰鞋、状态没调整好等各种原因而没有参加 B 级赛的运动员还有很多，所以雾迪杯的男单除了寺冈隼人也没什么高手了。察罕不花知道，只要自己稳住两个 3A 的配置，上个领奖台并不难，但他想要的胜利不是那样的。

他也是运动员，他也希望像师兄一样，堂堂正正地带着世界顶尖的技术，还有超一流的表现力去挑战那些强大的前辈，最终用实力获得他们的认同和尊重。

小牛很喜欢很喜欢师兄，可他不想一辈子做"张珏的师弟"，他希望别人在提起张门时，能说一句"张门的所有运动员都很强悍"，所以四周跳对他而言就是必须的。

小朋友在拿完青年组金牌满贯进入休赛季后，就一边跟着师兄参加商演赚钱，一边在张教练、沈教练、鹿教练、大师兄的指导下开始练习 4T。他骨骼健壮、骨架偏宽大，一直以来都是力量型选手，空中转体速度并不高，他出四周跳比起其他同龄的运动员要艰难得多，练了好几个月才堪堪将 4T 的成功率提高到百分之四十,一旦训练量不够,或者是状态不佳,这个数字还要跌。

如果可以再给他一年的时间就好了,那时候他一定能将这个跳跃稳下来。察罕不花咬住下嘴唇。时间,他真的需要时间,健壮的身子骨让他不易受伤,但也成了他出难度的最大障碍。

他看向冰场外,张教练对他握拳鼓劲,闪珊戴着一副牛角,蹦跶着给他加油。他想要金牌,即使对手是世界排名前三的寺冈隼人也无所谓,他本人天赋不高也无所谓,察罕不花想要赢,所以不管技术如何,他要全力以赴!

张珏蹲在电脑前追比赛:"小牛很拼嘛,赛季初就把状态提升成这个样子,打鸡血啦?"

察罕不花的舞蹈基础不错,情绪把控优秀,表现力一直很好。这次的表演滑是《春之祭》这种超有气势的曲子,但他本身那种"我拼了"的气场的存在感还要超过他的舞蹈表演。

张珏很看好自己的二师弟,不仅因为这孩子心性沉稳,天生皮厚,更因为他很有志气。像金子瑄,他从青年组开始就一直被张珏压着,到如今已经没了和张珏竞争的心思,也就是竞争的心气都被张珏压没了。察罕不花却并非如此,他很清楚自己与大师兄的差距,却从没放弃过赢他的念头。

想赢和敢拼是好运动员的标志性格,没这股心气,哪怕天赋再好也冲击不了世界冠军的宝座,察罕不花就是这样一个孩子。张珏非常欣赏这种性格,可惜的是,察罕不花最终没有在雾迪杯完成他的4T,反倒是闪珊给了大家一个惊喜。

小姑娘在自由滑里排了一个3A,但能不能成其实谁也不知道,因为她的3A成功率仅有百分之三十,在赛场上跳成3A的概率更低。教练组也叮嘱过她,如果觉得状态不对,就放弃跳3A,换成2A也挺好。闪珊自觉状态良好,抬脚就跳了,而且跳成了。

她成功地让自己成了继白叶冢姐妹后,又一位掌握了3A大杀器的女单选手,这也是目前女单项目分值最高的单跳,有了这一跳,她的价值也会与往日不同。与她在同一个赛场的美国一姐奥莉弗虽然有国籍优势,在她面前也弱小得像个孩子。

闪珊这孩子的发育关早在青年组就过完了,以她的状态,只要没有伤病,说不定在平昌冬奥会可以大放异彩呢。

相比起两位师兄今年都挑选了严肃主题的乐曲，闵珊选了轻快俏皮的风格，她在张俊宝的推荐下，选择了水果姐的代表曲"Teenage Dream"作为自由滑曲目，现场的气氛完全被她带飞了。

张门两位新秀一升组就展现出了惊人的表演才华，他们的存在就像是告诉世人，张珏表现力好不仅仅是天赋，教练组也给了他很大的帮助，所以他的同门也十分出色，因为对优秀的教练团队来说，好运动员是可以被量产的。

最可怕的是，他们能量产优秀运动员，能培养出张珏这种优秀运动员里的极品，而且这些孩子的表演风格还不相同，这充分说明了教练组是多么用心地针对性地挖掘他们的才能。

原先在徐绰离开张门时，由于某些因素，冰迷曾一度抨击张俊宝的执教方式，而现在，风向一转，走向了另一个极端。

一种声音开始在中国的冰迷内部流传，并有逐渐扩散的趋势，那个声音就是张俊宝是国内首屈一指的挖掘并培育优秀单人滑苗子的超级高手，带人练技术、教人表演的能力都是一流的，连外国选手和他进修过后都会超级尊敬他。张教练，永远的神。

张珏作为运动员封神是在上个赛季凭借《生命之树》连续刷新世界纪录的时候，张俊宝作为教练封神，却是在这个赛季，也就是他除张珏外的其他弟子陆续升组的时候。

看到这些言论时，无论是张俊宝还是张珏，都只露出了"哦，我知道了"的不在意的表情。都是历经世事的人，他们很清楚，现在如此吹捧张门的人，跟当初那批黑张教练的人未必就没有重合的。作为运动员和教练，他们不需要太在意外部想法，做好自己，拼出更多的好成绩才是他们的本分。

在察罕不花与闵珊被张教练、沈教练带着外出比赛期间，张珏与鹿教练一起接过了张门小弟子蒋一鸿的训练任务。小伙子今年14岁，因为生日在11月，直到本赛季才进入青年组，却已经有了稳定的3A，甚至能在3A后头接3T，高级连跳练成了4个，目前已经开始练习四周跳。

张珏拄着拐杖单脚站在冰场边说："一鸿的跳跃天赋比不花高得多。"

但这孩子的性格中没有像师兄师姐那样强烈的攻击性，这就导致蒋一鸿的稳定性并没有师兄师姐们那么高，因为他对自己不自信。不过能练出3A并练习四周跳，就代表这个运动员体内绝对存在着向上走的意愿，否则无法解释他用什么撑着自己完成那么多艰苦的训练。

鹿教练问张珏："一鸿的性格更适合慢一点的深情风格，你让他滑现在的曲子，是为了更好地挖掘他的表演？"

张珏耸肩道："我只是想测试一下。"

蒋一鸿的新赛季自由滑曲目是《巴黎圣母院》，这是张珏推荐的。当张珏让他选择自己在节目中应该演绎哪个角色的时候，蒋一鸿出乎意料地没有选择情深的卡西莫多，反而选择了作为反派的主教弗罗洛。在演绎这个有点阴暗偏执的角色时，蒋一鸿的表演明显变得有层次起来。

张珏摸摸下巴："他这个表演风格有点意思。"

27. 师兄

如果说张珏在其他地方养伤，是正儿八经地养伤的话，在父母身边养伤，那就是享福。

他闲着没事就看书写作业，偶尔打一把游戏，状态好了还能去游泳池里游个几圈，或者去戏院看京剧。许二爷对他特别好，有时候甚至会带张珏去后台，张珏的相册里就这么多出了好几张与名角的合影。

吃好喝好休息足，张珏的状态越来越好，皮肤都光滑了不少，等到回归训练时，那叫一个容光焕发，如同一只被养得皮毛光滑的猫科动物。

正好此时去雾迪杯的那几个人也回来了，察罕不花因 4T 失误拿了铜牌，而闵珊就高高兴兴地拿了金牌回来。

女儿在成年组第一个赛季的首战告捷，她爸闵小帅还特意送了一个花篮给教练组，在自己的社交网络账号上发表了对教练和师兄们的帮助的感谢。

作为张门家长，闵珊的父母对孩子的师长给予了最高程度的尊敬与友善，就连察罕不花的妈妈哥哥逢年过节也会提着猪腿、牛腿上门，这是他们朴实的感激。

正是他们作为父母的态度实在太好，而师弟师妹们也很可爱，张珏作为大师兄，才会那么大方地把自己的独门绝活都教了出去。看到闵珊的金牌，张珏十分得意，他朝舅舅显摆："怎样，我说过我这套练 3A 的方法很棒吧？"

教练组沉默几秒，沈流揪了他脸蛋一下："傻小子，要不是你师妹的天赋也很高，几乎和庆子不相上下，你以为你这种方法她用得了吗？"他们不否认张珏的方法很好用，但前提是用这套方法的人天赋要高，所以蒋一鸿和庆子能用，而察罕不花就不行。

沈流提醒他："去热身，然后上冰跳几次，好久没动了，肯定对技术有影响。争取在大奖赛开始前把状态找回来。"

张珏顺手拿起一根绳，唉声叹气："是是，我不聊天打屁也不和你们邀功了，我去训练。"

张珏去热身，沈流又看向蒋一鸿，脸上浮现温和的微笑："一鸿，张珏和我说了，你的4T能落冰了是吗？"

蒋一鸿有点羞涩地点头："是，都是师兄教得好。"

对于张珏教导师弟的方式，沈流不予置评，他只和张珏聊些外出比赛所需要的准备，比如要带什么行李、记得带备用冰鞋，考斯腾要怎么放才不会起褶皱和被弄破。自从网络越发发达后，教练们就会在孩子们训练时，将他们完成的跳跃录制下来，如果质量可以，他们还会发到网上，展示一下"我们家的孩子又攻克了一个新跳跃"。

对本国冰迷来说，得知自家小孩练成新的技术，其实是一件挺振奋人心的好事，这也是冰迷们在休赛季最喜欢看的视频类型之一。

遗憾的是，目前在国内可以做到一个短视频就让冰迷们高兴不已的花滑教练只有两个，一个是张俊宝，中国目前最牛的单人滑教练，虽然手下只有四个人，但全是精英；还有一个就是马教练，他麾下的两对组合是目前世界上少有的可以完成稳定的抛四周捻转的组合。

遗憾的是不知道怎么回事，无论是黄莺、关临，还是姜秀凌、洛宓，他们的伤病都没有断过。

根据杨志远的判断，这是因为两位男伴都不是那种特别高大的类型，关临只有一米七，女伴黄莺一米五五，姜秀凌一米七七，女伴洛宓一米六。而在国外那些一线的双人滑组合里，男伴超过一米八五，女伴不到一米六才是常态。他们的身高差不够，这就意味着男伴在抛跳、托举时更费劲，肩背的伤势没断过，而女伴们也会无可避免地承担更大的伤病风险。

因为这一点，马教练在休赛季去选材的时候，就十分注重观察男孩、女孩的骨龄测试数据，他还和张俊宝感叹过："如果你们张珏来练双人滑的话就好了，他力气那么大，个头也高。"结果他差点被站在旁边的鹿教练打一顿。好样的，敢和张门抢人！挨揍都不冤！

在张珏恢复训练的第二天，今年的分站赛名单也下来了，今年的大奖赛举办顺序是日本东京站、俄罗斯莫斯科站、中国魔都站、美国普莱西德湖站、法国巴黎站、加拿大伦敦站，总决赛在12月上旬于日本长野举办。

张珏报了俄罗斯站和法国站，第一站的时间是10月中旬，察罕不花和闪珊则报了中国站和法国站。原本他们想和师兄上同样的分站的，这样互相有个照应，但冰迷们很希望张门两位新秀的成年组首秀在本土，他们的第一站和张珏不在一起，蒋一鸿却是也要到俄罗斯比青年组大奖赛分站的第一站的。

张珏看完赛程表，向教练组提议道："既然一鸿要参加的圣彼得堡站比赛只比成年组的莫斯科站早五天，正好我也要提前到俄罗斯倒时差，那我可以和他一起坐飞机去圣彼得堡，看完比赛再去莫斯科。"

圣彼得堡站的比赛在10月6号开始，正好处于中国国庆节长假时期，张珏那时候出发也不会耽误学习。

张俊宝："可以，我也正有此意。"

蒋一鸿还是紧张，他的短节目由国际一位知名一线编舞完成，自由滑则是张珏亲自剪了音乐，又去日本找了一位叫宫本的编舞大神编出来的，两套节目和考斯腾都费用不菲。教练组在休赛季放在他身上的关注度也比往年更高，他知道，师兄师姐都升组了，以后张门在青年组的国际赛事上的担子就由他打了。

这次带队的是沈流，而张俊宝将要留在国家队继续带另外两个弟子，而且根据孙千的意思，不出意外的话，即将有几个11岁、12岁的小朋友过来试训，他们都是今年俱乐部联赛少年组男单、女单项目的夺牌选手。

如果张俊宝看完他们的训练表现后没有意见，张门就要有新徒弟了。

教练们的精力还有队里的资源是有限的，运动员能分到多少，和他们自己在大赛中的表现也有关系。蒋一鸿是个想得多的孩子，他知道自己在训练里成功让4T落冰不算什么，要大赛表现也稳定，才能保证自己在同年龄段里是最受重视的那个小选手。

就在此时，有人按住他的肩膀，说："别紧张，你很优秀，只要做好自己就没问题。"蒋一鸿抬头，看到大师兄对他露出一个鼓励的笑，小朋友的压力便更大了。

10月3日，沈流、杨志远带着张珏、蒋一鸿抵达机场，他们会在这里坐飞机去圣彼得堡，蒋一鸿的妈妈也在队伍里。

她惊讶地看着张珏推着一辆装有行李的推车去办行李托运，问儿子："鸿哥儿，你师兄怎么带这么多东西啊？"

蒋一鸿挠头："也不多吧，就五个箱子而已，他今年的表演滑是京剧元素，要带行头过去的嘛。"据说那套行头特别贵，有些首饰是张珏找京剧老师借了他们那一派传下来的老物件，然后找匠人仿制的，真货不能带出国。

蒋一鸿的妈妈也是冰迷，听儿子这么一说，顿时对张一哥今年的表演滑产生极大的兴趣，她感叹道："你师兄是真心爱花样滑冰，要论对节目的用心程度，你们谁都不及他。"然而在抵达后，蒋一鸿妈妈就发现张珏带那么多行李折腾的不是他自己，而是教练，因为这人在飞到一半的时候就开始晕机，落地的时候已然半瘫，晕机加时差让他在机场就开始昏昏欲睡。

杨志远架着这个浑身肌肉、身高一米八几的臭小子往前走，两个高壮的保镖帮忙推着行李，这大师兄出门比赛居然还带保镖！

而到了酒店后，张珏躺在床上一秒就入睡，沈流忙忙碌碌地给他整理好行李，设定好闹钟才悄悄地离开。蒋一鸿和妈妈收拾好东西，等到第二天，睡醒以后依然没啥精神的张珏慢吞吞地吃三明治，附近几个小孩子互相推着，然后一起跑到他面前要签名。

为首的是一个金发女孩，她是唯一没有要签名的，小姑娘睁着蓝蓝的眼睛望着张珏："嘿，你还记得我吗？"

张珏眨眨眼，递给她一颗糖："当然，你是拉伊莎，我们在索契见过。"

小姑娘露出骄傲的笑容："我现在已经可以做3+3连跳了，Jue，我们能合影吗？"

张珏起身："当然可以。"

他对蒋一鸿招手："一鸿，来帮忙拍个照。"

蒋一鸿这才回过神来，他小跑过去帮忙拍照，然后看着师兄熟练地应对这些崇拜他的孩子。

临走前，拉伊莎还乐呵呵地和张珏说："我是这场比赛的冰童，不过有些选手的水平还没我好呢，等我进入青年组，我一定是最厉害的那个，你的师妹很厉害，我会以她为目标努力。"

张珏鼓励道:"嗯,加油!"

等到他们离开,张珏还没怎么样呢,蒋一鸿先松了口气:"可算走了。"

张珏不解地看着他:"啊?小孩子不是很好玩吗?你不喜欢小孩?"

蒋一鸿连忙摇头:"没有,我喜欢小孩,我只是不擅长和他们相处。"蒋一鸿露出失落的表情,他也希望自己有很多朋友,但是比起和一群人交流,他更擅长通过独处来恢复能量。

张珏露出恍然的神情,他搂着师弟的肩膀坐下:"没事,每个人的性格不同,有的外向,有的内向,不管性格是什么类别,在我看来你都挺好的。"

或许是张珏的语调太轻松随意了,蒋一鸿露出一个笑,随着比赛临近而越发沉重的内心莫名舒缓了一些。

蒋一鸿并没有在圣彼得堡站完成4T,因为在自由滑的赛前六分钟练习时,这个本性稳重的少年确定自己的状态无法完成四周跳,所以他只上了两个3A的配置,并以此拿下冠军。对他来说,没能在比赛里发挥出自己的全力自然令他遗憾,但他自己出乎意料地没有对此耿耿于怀,反而迅速地调整好状态,开始跃跃欲试,请妈妈调整相机镜头。

成年组的俄罗斯站就要开始了。

在这一站,张珏将要迎战瓦季姆、大卫、罗哈斯、哈尔哈沙四位世界排名前十五的运动员,其中瓦季姆的实力并不算强,但架不住人家是本土作战,勉勉强强也可以当对手看了。

他们抵达位于莫斯科的酒店的时候是下午6点,沈流去办理入住,而张珏坐在沙发上喝着热牛奶,蒋一鸿陪在他边上,两人都对周围的快门声习以为常。

就在此时,蒋一鸿听到有人叫师兄的姓氏。

"Zhang。"他们回头,就看到一个很精致秀气的男人站在他们面前,居高临下地俯视着坐着的张珏,"很高兴能再次与你交手,听说你的脚踝受伤了,但愿不会影响比赛。"

蒋一鸿认出这个人是俄罗斯现任成年组三哥瓦季姆,他是典型的有着浅色头发、细窄鼻梁的斯拉夫帅哥的长相,但有点阴柔。不知道是不是错觉,蒋一鸿总觉得瓦季姆说话的语气有点怪怪的,说挑衅似乎算不上,但总有点想引起人注意的味道。

张珏抬眼看瓦季姆,分明因为坐着在视觉上看起来矮瓦季姆不止一头,气场却远胜站着的对方，他漫不经心地回道："哦，是你啊，如果你的跳跃周数能再足一点，或许你的国际排名能再高一点。"

张珏起身，修长健美的身材将瓦季姆衬托得像个还没发育完全的小孩："一鸿，走了。"他提起包离开，蒋一鸿跟在他身后，内心满是好奇。他的师兄是一个非常擅长与人交友的高情商人士，不管是最大的对手伊利亚、寺冈隼人，还是那些严厉的裁判，在和他交流时大多会抱有最温和的态度，师兄也一直对所有人都保持着尊重和友善，即使面对不喜欢的人也不会轻易表现出来，像这种略微轻蔑但又不失礼的态度，在张珏身上是很少见的。

但蒋一鸿又下意识地觉得，那个瓦季姆应该对师兄好感值很高，只是师兄完全瞧不上对方。一鸿小朋友不知道的是，随着他在圣彼得堡夺冠，还有张珏一直带着他，花滑界的其他人就像是通过张珏关注到察罕不花和闵珊一样关注了他。

一晚上过去，他的推特账号粉丝就涨破了六位数，而在比赛当天，本应该在备战中国站比赛的伊利亚以及他的教练瓦西里也出现在观众席上，当镜头转到他们身上，大屏幕上出现他们身影的时候，许多人都惊喜得叫出来。

张珏对他们的方向挥手，瓦西里落落大方地握拳做出鼓励的姿势，两代王者的短暂交流，还有本国一哥直接举起小鳄鱼团扇的做法也影响到了俄罗斯的本土冰迷。

张珏在六分钟里完成一个跳跃时得到的欢呼声还要胜过瓦季姆，大家渴望着看到张珏的胜利，那份期待甚至已经胜过了对本国选手的期待。

这种惊人的人气让蒋一鸿的妈妈十分不解："我记得俄罗斯冰迷不是在瓦西里、麦昆争锋的时候特别讨厌麦昆吗？张珏从瓦西里斗到伊利亚，怎么这些人都这么喜欢他？"

蒋一鸿却悟了，他坚定地说道："因为师兄是万人迷。"

蒋一鸿妈妈："啊？"

在他们谈话之时，张珏脱下外套交给沈流，他今年的短节目考斯腾以白色的"天女的羽衣"为底，外面罩着一层白纱，纱内有隐约的点点鲜红，背部是一个深 V，V 字两边是雪白的羽毛，看起来甚至有些凄美。

而且张珏在赛季开始前并没有按照惯例增重，反而是将体重控制在了 65 公斤，这让他看起来较往年更瘦，锁骨与肩胛骨在运动时格外明显，再没有比他更像漫画里走出的美少年了，这份近乎天使般圣洁的外貌让他从出场开始便吸引了所有人的目光。张珏闭上眼睛，深深地呼吸，最后一次调整状态。

瓦西里微微皱眉："他的短节目是《可爱的骨头》？还是和电影相关的题材？"

在看过张珏发布的那条推特后，许多运动员都将《可爱的骨头》与《霸王别姬》这两部电影看了好几遍，看完以后，许多人都觉得张珏本赛季会走治愈风，就是那种黑暗中带着希望的类型。因为张珏就是这样的人，他的表演永远生机勃勃，带着太阳的热力与发自内心的对希望的信赖，但瓦西里有种预感，如果是张珏的话，他一定会不断地突破自己，绝不会将自己困在一种演绎风格里。

他低声说道："你会怎么做？你接下来要给我们怎样的惊喜？"

28. 致郁

张珏垂着眼眸，他的骨架比例好，增肌时会显得男性气息爆表，减重后就清瘦苗条，少年感十足，无论怎么看都好看。

解说员正在报节目："张珏的短节目是《可爱的骨头》。"

音乐的最初是一阵女声的吟唱，幽深，不祥，伴随着风声与脚步声，这就是节目的开头，表演者像是从墓地奔向迷雾中，又像是从象征着死亡的地窖奔向天堂与地狱的交界线。这是非常迷幻的一段步法表演，运动员本身完全沉浸在情绪中。

张珏的肢体感染力和用刀技术非常好，使得表演从一开始就具备相当的美感，可就是这样美的冰上舞蹈，却莫名让人感到不适。就像是灵魂被压着浸入深海中，令人窒息和想要挣脱，这段表演的艺术性很高，却完全不能让人享受。

坐在观众席上的伊利亚捂住心口，他就很不舒服，而且他很清楚一点，那就是如果作为观看者的自己都是这种感觉的话，作为表演者的张珏现在的情绪，恐怕……

冰刀落在冰面上，发出清脆的砸冰声，张珏完成了一个3A，接着又是4lz。

沈流有点紧张地抓紧手中的小鳄鱼，以跳跃教练的眼光来看，张珏的4lz落冰非常勉强，以至于落冰的滑出几乎没有。这实在太古怪了，张珏的状态应当是很好的，否则没法解释他这次的感染力为何如此惊人，可他的跳跃质量跟不上表演质量。

张珏进入燕式旋转，接着是蹲转，最后他在直立旋转中扯开肩部的丝带，白纱落下，露出绣有红色亮钻、如同血衣般的内在。这件制作巧妙的考斯腾竟是可以改变样式和颜色的！

也是从此刻开始，节目中压抑的氛围被从空气中抽离，就像是微风与阳光一起拂过稻田，将暖意带回人间。

当少年穿着白衣的时候，他的情绪里仿佛充斥着罪恶与怨恨，就像他真的成了一个被罪犯杀死在 14 岁的幽魂，因为内心的不甘以及对家人的不舍徘徊在生与死的边界，然而当他换上那身血衣时，他的表演拥有了温情。

电影《可爱的骨头》并不是一部亡魂复仇的电影，而是一个被杀死的女孩最终选择放下和宽恕，走向解脱的故事，张珏的演绎也是如此。已经 18 岁的张珏，成功在步法中表现出了一个 14 岁的孩子应有的青春与纯真，也让不少冰迷在此刻明白了为何这位选手今年看起来格外清瘦。

因为少年在许多人心中就是这样纤瘦的模样，他们没有成年人那样饱满的身躯，却轻盈而灵活，这就是为何瘦下去以后更有少年感。接着又是一组轻盈的 4T+3T，直至此刻，节目似乎是释然的，但是当张珏完成最后一组旋转，单膝跪地，上身无力垂下如同死亡时，观众产生了一种如此美好的人不该如此离去的意难平。

这一刻全场寂静无声，人们最开始并不确定应该给这样一个节目怎样的反应，这节目太美，也太致郁了，简直让人不知道该鼓掌表达对美的赞赏，还是该找个地方发泄一番心中的郁气。唯一毫无疑问的只有短节目第一的位置已经确定这一件事。

张珏看起来前所未有地疲惫，他下场时还在不断喘气，沈流为他披上外套，低声问道："你不是滑得挺好吗？赛季初战有这个水平不错了，是不是哪里伤到了？怎么脸色这么难看？"

张珏摇摇头，示意自己没有受伤，他俯身戴好刀套，低着头走到 kiss&cry。对于这位在艺术表现力方面再次震惊到众人的运动员，裁判团并没有太吝啬，他们给出了一个全场最高分——106.77 分。

短节目第二的大卫拿了 98.52 分，比张珏低了 8 分有余，除非张珏在自由滑崩盘，否则这个分差根本没法追回来。张珏展现了他的绝对实力，情绪却没有往日的高昂。瓦西里看着张珏的身影，眉头紧蹙，他想，小鳄鱼的状态不对劲。

伊利亚也疑惑道："他不是那种就算在节目里出现失误，也绝不会表达出自己的负面情绪的人吗？怎么今天赢了比赛，却表现得比输了还难过？"伊利亚心中不由得生出一分担忧，他本就是行动力很强的那种人，所以在离开赛场后就立刻给张珏打了电话，然后提着一串香蕉、一台笔记本电脑跑到酒店敲张珏的房门，准备好好关心友人一番。

张珏打开房间门时还浑身湿着，他穿着一件自带的深蓝色浴袍，头上罩着毛巾，眼睛也很湿润，他惊愕地叫道："伊柳沙，你怎么想到来看我？"

这人现在的状态看起来又似乎是没有事了，伊利亚压下担忧，提起香蕉和手机："找你联机打游戏。"

张珏："我不打游戏。"

伊利亚果断道："没关系，我教你，你有带电脑吗？"

张珏定定地看了他一阵，转身从行李箱里翻出一台外星人牌笔记本，他莫名其妙地和这头熊玩了差不多四小时的《求生之路》，最后忍不住困意嚷着要睡觉，伊利亚才终于离开。从张珏只用了半小时就成功上手了，接着一路带领整支队伍，甚至把《求生之路》玩成《杀生之路》来看，伊利亚确认这位友人的状态绝对好得不能再好了。

唯一让他不解的也就只有"为什么这个世界上有人滑冰是顶级，连打游戏的意识都那么好"这个问题，但这不重要，如果不是张珏人在中国，不方便跨国和他打游戏，伊利亚倒是十分希望以后打任何游戏都让张珏带着。经常在游戏里死掉、拖队友后腿的菜鸟总是格外喜欢那种脾气好、愿意带着累赘的大神。

伊利亚脚步轻快地离开酒店，自己开车回公寓，却不知道在他睡着后，有记者将自己在比赛场馆后台拍到的一张照片在自己的小号上发了出来，照片里的张珏坐在一条长椅上，神色倦怠，气场阴郁沉寂。照片上方是一句猜测——"小鳄鱼在短节目结束后，在角落里坐了半小时，才看起来精神了一点，起身和教练离开，说实话，《可爱的骨头》是一个艺术性极高的节目，但他似乎难以从表演的情绪中抽离"。

这句话翻译一下，就是记者在怀疑张珏，莫不是滑致郁系节目将自己滑到抑郁了。其实那天看到张珏坐角落里发呆的人不少，也不是没有人心生担忧，但张珏作为目前花滑顶尖选手的身份太给人距离感了，并不是每个人都敢走到他面前，而且他的教练一直跟在他身边，大家既不敢上前去关心他，也觉得这事轮不着自己。

大卫作为张珏的朋友有上前关心的资格，但他在练新跳跃的时候膝盖韧带拉伤，现在自顾不暇，虽然拿了短节目第二，但他比赛结束后的表情也没比张珏好到哪里去。

蒋一鸿也看到了此类言论，但师兄的表情在第二天就变回来了，他甚至有心情指导师弟如何享用带果仁的黑麦列巴，他说："如果在两片列巴之间夹牛蒡丝、西红柿片、煎蛋和牛肉的话会很美味。"

沈流笑呵呵地问："这是瓦西里教你的，还是伊利亚教的？"

张珏："都不是，是谢尔盖教的。"

谢尔盖？沈流和蒋一鸿面露惊讶，就连坐在一边的杨志远和蒋一鸿妈妈都愣住了。谢尔盖不是才退役的那个俄国的花滑界嘴炮王子吗？张珏怎么看起来和谢尔盖的关系都搞得很好？

说起这件事，张珏解释道："我之前不是代言了一个宠物用品和罐头吗？然后在谢尔盖带着猫到中国商演的时候，我就送了一箱猫罐头给他。"

和谢尔盖的相处秘诀就是想要搞定这个人，就先搞定他的猫。

沈流、蒋一鸿、杨志远、蒋一鸿妈妈一起陷入了沉默。连谢尔盖都搞得定，不愧是你！

不管外界如何猜测张珏的心理问题，他自己还挺从容的。趁着自由滑没有开始，他在今年的自由滑编舞达莉娅的引荐下，和她爸爸，也就是《纪念安魂曲》昔年的演绎者之一索林科夫先生见面了。

见面前张珏还偷偷问达莉娅："你妈妈不来吗？我只请你爸爸吃饭讨教演绎《纪念安魂曲》的心得是不是太好啊？"

达莉娅十分淡定："哦，他们最近又要第六次复婚了，我妈在挑婚纱，没空管其他事，你问我爸就可以了。"

张珏大窘，索林科夫先生年轻时是著名的美男子，长得和如今大火的好莱坞男星塞巴斯蒂安·斯坦颇为神似，还有一双大长腿，遗憾的是俄罗斯美男有个共同特征，就是经不住岁月摧残，不少人的发际线在 30 岁以后就没救了。

好在人老了，气质还在，索林科夫先生气质文雅，谈吐有风度，给了张珏不少管用的建议，也让张珏暗暗松了口气。太好了，见面之前他还以为这位前辈有多难缠呢，毕竟根据传言，这位前辈当年有过开车把追求女伴的某位富二代撞飞的事迹，张珏原本都做好对方比谢尔盖更难缠的准备了。

而他给予张珏最重要的帮助，就是将创作《纪念安魂曲》时的想法以及情境预设告诉了张珏："在1995年的时候，我和奥科萨娜共同的友人，双人滑的格林因为心脏病去世了，《纪念安魂曲》是为了纪念他而创作的，带着对亡者的追忆与祝福。有人说那个节目看起来就像从绝望中逃出生天，但是最初，我和奥科萨娜曾以为，我们能将这个节目演绎得更加神圣、庄重，富有神性的威严。"

索林科夫先生一边这么说，一边打量着张珏。张珏的长相在国内一直被广大粉丝们奉为"仙尊颜"，而在外国人看来，张珏自带一种天使长般高贵圣洁的气质，仅看这个年轻人的长相，索林科夫就知道张珏选择《纪念安魂曲》作为自己的节目是个超级棒的决定。

张珏若有所思，他最初对《纪念安魂曲》的设想也是将它演绎成一个人在绝望中挣扎、最终奔赴希望的样子，但《可爱的骨头》已经让他精神压力很大了，如果在演绎《纪念安魂曲》时再绝望一回，他也会觉得很辛苦，也许他该将自由滑的情绪换成更轻松的那种。

即使是张珏，他在节目里展现一段情绪前，也一定是在训练场上练习过无数次的，临场换表演情绪，而且是之前没有设想过更没有练习过的那种的话，就算是他也会出现失误，于是在自由滑的时候，他的表演和跳跃与音乐出现了强烈的不和谐感，就好像他的表演和技术是分开的，完全没有以往表演时，整个节目的技术与艺术都圆融一体的舒适感。

他依然拿到了这次分站赛的金牌，但他的自由滑表演分只有88分，张珏本人很清楚这种情况的原因，也已经想明白应该如何改善这个问题，但是其他人都不知道他的想法，于是网上开始出现一种言论。

"花滑TOP1的新短节目《可爱的骨头》是个艺术性极高的经典节目，但这个节目的后遗症就是情绪无法抽离，以至于影响到了他自由滑的表现。"

29. 低迷

许德拉这一辈的年轻人都是喜欢玩微博的，加上他本人高低也是个知名小提琴演奏者，在社交媒体上拥有加 V 大号，时不时发布动态都是正常操作。这也就意味着，他会逛自己亲哥的微博超话，甚至会用小号点赞。

张珏超话目前热度最高的推特来自画手脉脉星。

脉脉星

他是当前世界上最出色的花样滑冰男子单人滑运动员，拥有现役运动员中无人可比的艺术表现力，他不断地挑战自我，不断地开发新的风格，而在本赛季，他为了演绎出完美的《可爱的骨头》，付出了巨大的代价。

在这条推特下方是脉脉星才画出来的一张画，画中的张珏正是短节目结束时单膝跪在冰上，上身无力垂下的姿势，而他的背上被画了一对染血的翅膀。

点赞网友无数。

这画看起来既让人想流口水，又让人想将这位染血的天使抱进怀中好好疼惜。被冰迷们惊人的才华以及热情吓到的二德将手机放到床头柜上，端端正正地在床上躺好，双手握拳放在小腹上。睡觉！

不过有关《可爱的骨头》的话题，在俄罗斯站表演滑开始后便戛然而止，所有人的关注一夕之间全被拉到了《霸王别姬》上。

大家都知道张珏为了今年的表演滑特意找了京剧老师，并且定做了一套非常专业的行头，但大家都没料到此人扮上以后，会是如此合适。他并没有选用《霸王别姬》电影主角所唱的《当爱已成往事》作为主题曲，而是直接搭配京胡演奏的《夜深沉》，正儿八经地来了一段虞姬舞剑。

张珏本就底子好，有正统的舞蹈基础，加上许二爷的调教，舞剑不说和名家媲美，也像模像样。许二爷那一派是祖传的戏，虽到如今这一代，没了先祖那般雍容以及时代带来的独特韵味，一些精髓却还是传了下来。他们的祖师是个对戏很用心的人，唱戏时的一举一动都花了小心思，许二爷细细地教了张珏几个月，张珏也是受益匪浅，别的不说，他旦角的扮相，是已经不会让人出戏的了。

跑到现场观赛的俄罗斯一姐赛丽娜、二姐卡捷琳娜一起目瞪口呆："好……好帅！"

虞姬的扮相自然是旦角，张珏的扮相便是既美且贵，若说美，便是赞这位大美女一句风华绝代、倾国倾城也无不可，难得的是"她"的美优雅大气中带着凌厉，其非凡气度令人惊艳，风流妩媚却没有丝毫低俗气。

何况这人本就有一双好看到出了名的眼睛，那眼波流转间，还真隐隐有种将那位于历史长河中留名的虞姬的风韵带到 21 世纪的感觉。许二爷教张珏时说过他天赋极佳，可惜张俊宝不肯放人，张珏也对转行没兴趣，否则这块好料子，当真是任何人看了都心痒痒。

直至张珏将剑置于颈侧，许多人都站起来伸手。

使不得啊！

可能是张珏表演时太投入了，连带着大家一起入戏，看到他把剑这么一搁，不少人都怕他的手真那么一抖。然而这把剑其实是没开刃的。张珏把剑放下，对观众席行礼，然后下冰，他用食指点着脸，对沈流抱怨道："这个妆太厚了，我不舒服，能现在就卸吗？"

这人一张嘴就是带点儿化音的东北腔，只要说话，绝世美女的形象就彻底化作梦幻泡影。

沈流伸手想扇小孩后脑勺，发现他头上还有假发和首饰，不得不放弃吐槽："待会儿还有群舞呢，你等群舞结束再说好吧。"

结果群舞结束后，张珏也没能及时卸妆，因为这次来找他合影的运动员真是格外多，不仅是同场比赛的运动员，还有裁判、其他国家的教练。你来拍一个，我来拍一个，大卫甚至捧着一束花，单膝跪在冰上对他念情诗。

张珏活了这么久，还真是头一回被一群人这么热情地对待，他心想，莫非这就是美女的待遇？但他还是喜欢做男人。

三小时后，他才终于把脸变回原来清爽的素颜模样，张珏搓搓脸："还是这样舒服。"

沈流看着他，突然感叹了一句："其实吧，看到你小子扮虞姬的样子，要是燕姐当年把你生成个闺女，大概也会挺好看的。"

张珏闻言也不恼，他爽朗一笑："我要是女的，花样滑冰就只能永远地失去我了，你见过身高一米八以上的女单选手吗？"他要真是个姑娘，还滑什么冰啊，直接上 T 台走秀，或者去踢足球也不错。张珏一直觉得自己是个难得的足球奇才，可惜早早和花滑订了终生。

沈流沉默，心想："听你这话，我怎么觉得你还真想过如果自己是女性的人生呢……"不过看张珏又能露出嘻嘻哈哈的调皮表情，沈流也松了口气，看他这模样，应该是把情绪调节回来了。

他不知道的是，张珏在回到京城的家后，在沙发上呆坐了好一会儿，用手轻轻敲了敲脑袋，起身进了卧室，一头栽进了柔软的床垫里。张珏其实还是有点没法从《可爱的骨头》的情绪中抽离，《可爱的骨头》是张珏到目前为止演绎得最致郁的节目，甚至比在舞台上演绎的《负重一万斤长大》还要致郁。

他想演绎好这个节目，于是他把所有的情绪乃至灵魂都投入了。现在他有点不知道如何脱身，可是他又不想让大家担心他，所以他就把这份异常藏了起来。

这一觉张珏睡得并不舒服。他经常运动，吃得健康，身体也倍儿棒，以往的睡眠质量都很好，一夜无梦到天亮是常态，唯有这一次，他的梦里有很多杂乱的画面闪过。

他感觉自己奔跑在迷雾中，身后有人在追逐他，可他不知道如何摆脱对方，还有一只手即将抓住他的脚踝。周围的季节变化飞快，他跑到了一个又一个地方，却躲不开背后的噩梦，找不到家人在哪儿。

就在此时，有人握住了他的手，很温暖。

张珏紧闭双眼，喃喃道："我要被人抓住了"。

"没有人能抓住你，因为你是冰上的飞鸟。"

张珏并不清醒，他只是迷迷糊糊地顺着对方的话说下去："鸟不能一直飞。"

"那就落下来，我会接住你，我会在你身边永远保护你。"

张珏的呼吸渐渐均匀起来，他后来是被一阵勾人的煎蛋香气勾醒的，他睁开眼睛，看着既熟悉又陌生的房间，蓝色的方格窗帘，深蓝色的床单和被子，占据了一整面墙的书架上是满满的书，床对面的电脑桌上摆着一个相框，里面是一只挺肚子的"小鳄鱼"。

有人推开门，手里端着个小托盘，上面是两个盘子，分别装着蔬果和夹着鸡蛋、鸡肉的三明治，还有一大杯鲜榨橙汁。

秦医生问他："你有多久没做口腔健康检查还有洗牙了？"

张珏只觉得莫名其妙，咬了一口三明治，回想了一会儿，含糊不清地回道："大概有8个月没做检查了吧，上次洗牙是在去年10月，隔了一年。"

秦医生："那你今天有没有空？"

张珏和他对视一眼："有啊，怎么，你要带我看牙齿啊？"

"嗯，我们一起去。"在张珏疑惑的时候，秦医生补充道："我的老朋友老徐在追暗恋的女生时痔疮发作，最后让女生亲手做了手术，整个人社会性死亡，无颜再见女生的事情你还记得吧？"

张珏点头："我记得，怎么啦？"他从秦雪君那里听到过不少老徐的糗事呢，这只是其中无关紧要的一部分。

秦雪君幽幽地说道："他最近相亲，遇到了一名牙科医生，两人约好一起去美国旅行，结果旅程中发现一颗牙齿有蛀虫，需要拔了。你知道的，拔牙要麻醉，他麻醉以后就失了智，把自己12岁时还在尿床的事情说出来了，回来以后和我说了很多牙齿健康十分重要之类的话，我觉得有道理，所以想约你一起去做检查。"

张珏："这……"

回国歇了一阵子，检查了牙齿，张珏又在半个月后前往法国，在第二场分站赛用《可爱的骨头》第14次刷新了世界纪录，成为张门在本赛季第一个以两块金牌进入总决赛的运动员。

遗憾的是张珏的自由滑依然没有clean，但这次表演分重新冲上了95分，而且张珏之所以在自由滑失误，也不是因为伤病，而是法国站的冰面过于湿滑，导致男单、女单、双人滑的选手都在这一站出现了失误，张珏都算摔得最少的了。

像闵珊这种大赛经验不够丰富的小姑娘，直接在自由滑跳3A时摔了，要不是其他跳跃都成了的话，这位成年组初战就战胜北美一姐奥莉弗的姑娘，怕是连总决赛的名额都能摔没了。

察罕不花倒是只有一个4T摔了，不过在如今的成年组男单选手中，只有一种四周跳是不足以进入世界前六名的，所以察罕不花摔不摔都不影响他能否进入总决赛，反正都进不了。

张珏还是有难以从情绪里抽离的问题，好在教练组特意交代了让秦医生一直陪着他，陪他一起熬夜看电影，去KTV唱歌，开车去海边看日出。教练组也是各显神通，张俊宝差点就要松口允许张珏吃烧烤了。

11月下旬，2015—2016赛季的男单总决赛名额出来了。

张珏（中）、寺冈隼人（日）、伊利亚（俄）、大卫（比）、克尔森（加）、亚里克斯（法）。

与此同时，闵珊进入了成年组女单的总决赛，黄莺、关临进入了成年组双人滑总决赛，而蒋一鸿、姜秀凌和洛宓也杀进青年组总决赛。

他们的入围不出国内冰迷们的预料。本赛季中国最让人惊喜的花滑选手，却是以往都没什么存在感的青年组冰舞组合——一对叫作赛澎、赛琼的兄妹组合，他们同样进入了大奖赛总决赛！

知道这个消息的中国花滑人士都震惊了，不得了了！低迷了几十年的冰舞今年居然不低迷了！

30. 递补

赛澎和赛琼跟着董小龙走入国家队的那一刻，内心满是激动。

说来也怪，他们跟着前教练的时候其实也滑得不错，只是总差那么一点意思。因为他们不擅长表演，而冰舞的看点就是运动员的表演，直到上赛季前教练休产假去了，董小龙接手了他们，反而将两兄妹最不擅长的表演给补了起来。

然而冰舞选手还不能只有表演，他们还需要好的滑行、优秀的托举，于是他们的教练在俱乐部联赛后主动去找孙千，让他们以后就跟着滑行教练江潮升训练，成为国家队的队员。

江潮升其实是新中国第一代冰舞选手，脚下功夫十分扎实，他也是科班出身的教练，考过裁判证，平时会受邀去做单人滑比赛的裁判，也会做解说，是那种没有张俊宝名气大，但肚子里也有货的人。

整个国家队历代一哥一姐中有哪个没和江教练练过滑行呢，尤其是金梦、姚岚那一对前双人滑一哥一姐，当年可是少有的以滑速惊人、脚下功夫漂亮而知名的顶级双人滑运动员，他们也是江潮升带过的。

走进冰场的时候，张珏正带着师弟师妹们在鹿教练的督促下做滑行训练。

赛琼看了一下，小声和她哥嘀咕："张珏的冰上加速真的和传说中一样独特。"

别人加速还可以看到关节、腰、肩等部位的配合，这人的舞蹈动作不变，脚下嗖的一下就把速度加起来了，真不愧是世界顶级的天赋流大佬。

赛澎满脸疑惑："他到底是怎么进行冰上加速的？"为什么他这个冰舞选手

近距离观看都发现不了端倪？张珏怕不是天生就在脚下装了个加速器。

冰场上除了张门四大金刚张珏、察罕不花、闵珊、蒋一鸿，还有三个年纪不大的女孩，她们分别是今年俱乐部联赛少年组的金银铜牌的获得者，分别叫孟晓蕾、秦萌、陆秋，前两个都是11岁，陆秋9岁，都是在张门试训成功后留下来的。

孟晓蕾是南方过来的女单选手，说一口好粤语，普通话口音略重，拥有一张清丽的面庞，跳跃天赋很强，滑行和旋转基础略差，肢体偏硬，表演时不够好看。

而秦萌容貌古典秀美，是双人滑大省J省出来的女单选手。她的父母想培养她练双人滑，但小姑娘认为自己练单人滑更有前途，在气跑了两个男伴后，用俱乐部联赛银牌证明了自己。

陆秋年纪最小，是个棕发蓝眼的混血儿，父母据说是海归教授，现在还只是听得懂中文，但普通话说不连贯。幸好张俊宝和沈流、鹿教练一个比一个英语好，带她时都是英语普通话混着说。

这三个女孩的共同特点就是好看，特别好看，等长开后，就算拿出去和白叶冢姐妹、赛丽娜、海伦娜等有名的花滑界美女相比也不会逊色的那种。

令人遗憾的是，今年在俱乐部联赛中夺牌的三个男孩，金牌得主因为父母准备送他去国外留学，连试训都没来，银牌得主觉得自己还是更想跳芭蕾，铜牌得主有点懒，吃不了张门训练的苦，所以这次张俊宝硬是没挑到合适的男单苗子。

有察罕不花和蒋一鸿在，大家暂时不用担心男单断档的问题，但张门因为这一次招新而变得女多男少。不过小孩子其实没心思想那么多，既然进了队伍那就好好训练，张俊宝虽然注意徒弟的健康，从不让他们节食，会按时带着一群娃娃去做很疼的理疗、针灸，但真下起狠手来也不留情。

并不是所有小孩都像张珏一样嘴上爱撒娇，实际自制力强得可怕，有不少还是需要教练用严厉的态度督促，在作风比较狂放的俄系鲍里斯门下，瓦西里甚至会揍偷懒的师弟。

体力较弱的陆秋第一次来训练时，心跳直接突破了每分钟180次，鬟发无力地耷拉在脸侧，秦萌直接趴地上，唯有力量型的孟晓蕾看起来还不算太狼狈。

而作为体力大户，早在十三四岁的时候就适应了这种强度的张珏还能继续做跳跃。

他完成了一组 4lz+3T+1lo+3F+3lo，然后在最后一跳滑了一下，整个人摔得来了个大劈叉，但他又利索地爬起来，想再做一组 4+1+4 的连跳。少年想以 4S 作为这组夹心跳的开场，结果却空成了 2S，不过张珏还是很稳地接了个 1lo，接着又来了个 4S。

沈流评价："他现在跳 4S 已经可以直接起跳了，看起来比发育前还要轻盈一点。"

闵珊也是个傻大胆，她滑到师兄旁边，也想来个 4S，然后摔了个四仰八叉，她在冰上一边笑一边捶冰："师兄，我的四周跳还是离足周差了 120 度。"

"没事，你先把 3A 稳住就行了。"张珏把她拉起来，大家继续练。

运动员在赛场上展现的跳跃其实都是成功率偏高的那一类，而在训练场上，他们会尝试各种稀奇古怪的跳跃组合。比如说对新入队的孩子来说，他们也是看完张珏的训练后，才知道对张珏而言，4+1+4 的夹心跳已经进入了他的技术储备，他还会 3A+4T，当然，他还练习了需要转体 4.2 周的 4F，而且这些跳跃的成功率并不是很低，百分之四十绝对有了。

闵珊的跳跃能力也不差，之前白叶冢妆子曾在正式比赛里完成过 3A+3T，成了世界上在正式赛场上完成这一连跳的女单选手，庆子也可以做到，如今闵珊也可以完成，这意味着她们都有在自由滑上两个 3A 的能力。

看到师兄师姐如此强大的跳跃储备，新入门的三个女孩满心羡慕，她们的实力都不差，但如今跳跃难度最高的也只有 3F+3T，也只有孟晓蕾一个人会。

而等累死人的训练结束后，小孩们还要去学习文化课，总不能运动员做久了，将来连个大学都考不上。因为老舅的这种态度，家长们把孩子送过来的时候都特别安心。

张珏没有文化课的压力，便先去医务室，进门脱了鞋袜检查着自己的右脚大拇指外侧，那里被磨出个血泡，现在已经破了，外面贴着创可贴，但还是疼，后脚跟也在训练时破了皮。

他曾经是最讨厌在关节处打运动绷带的人，现在面对各种各样的损伤，也不得不向现实低头，用绷带把脚绑好，而且每次训练完后他都要来换，比如此时，他的左脚顶端的绷带也染上了血迹，指甲里都有血丝，那是他做 4T 训练时的代价，右脚也一样。

最严重的地方还不是这些皮外伤，而是膝盖。

杨志远给他处理好血泡和后脚跟，又跪着给他按摩膝盖："膝盖磨损是不可避免的运动损伤，你这个没什么别的法子救。"

张珏："我知道，运动员嘛，有点磨损很常见，不影响比赛就行了，我也会在总决赛开始前和教练他们分配好训练量。"他很想得开，在同年龄段、同水准的运动员里，张珏可以自夸一句"我的身体是最好的"，这就足够了，拼健康的话他不会输给其他人。

他又问："不花的腰好点了吗？"

杨志远回道："放心，他那只是被法国站冰面坑出来的小伤，养好以后，他依然会是队里最健康的人，论筋骨强壮，他甩你十条街。"

要不是被拐进花滑项目，察罕不花那个骨架去练举重都没问题。张珏也不怎么纤细，光一条腿的腿围就有 58 厘米，和细韧的腰形成鲜明对比，流畅的肌肉群展现着力量，有时候杨志远也不知道张珏怎么就突然从一个小学生形态的萌物长成大人模样。杨志远问张珏："你最近还失眠吗？"

张珏想了想："才滑完短节目的时候还是会情绪不好，但回到京城以后就会恢复过来，也不会再失眠。"也就是说，他在外比赛滑《可爱的骨头》的时候，还是会失眠的。

杨志远："你要不直接换短节目算了，反正赛季中途换节目的人也不是没有，你从现在开始磨合，还能赶在世锦赛之前完成。"

张珏坚定地摇头："不，《可爱的骨头》还有继续深挖的余地，我不能因为它难就放弃它。"他看起来是打算把致郁风进行到底了。

站在队医的角度，杨志远愿意帮助主教练劝说运动员不要和自己的心理健康过不去，但张珏总是这样，一旦他决定了什么事，就没人可以改变，杨志远在这方面帮不上什么忙。他叹了口气："你知道的，因为你是运动员，我不会轻易给你开安眠药，以后外出比赛时就多喝点牛奶助眠吧。"

张珏不觉得牛奶管用，他和秦雪君抱怨了这件事："如果牛奶有用的话，我也不至于连续两次分站赛都失眠了。"

秦雪君提议："那你快睡着的时候放个英语听力音频，我记得你舅舅要求你在本学期考完六级。"

张珏不喜欢英语，他果断压下帽子遮住半张脸，开始逃避现实。

　　然而就在这个顶级花滑运动员准备前往长野的时候，突然出现了三场意外：伊利亚因为进行 4lz 训练导致韧带严重拉伤；大卫出了车祸，其他毛病没有，就是脑震荡；张珏的右腿出现应力性骨折。三人同时退赛。积分榜上第七位的罗哈斯、第八位的哈尔哈沙、第九位的察罕不花被临时递补进了总决赛。

　　张珏也去不了长野了。

　　直到很久以后，察罕不花都记得那个画面。

　　他的师兄像以往一样高高跳起，高速转体，他的起跳时机完美，跳跃轴心很正，空中姿态漂亮。这本该是一个很棒的 4lo，然而在落冰的那一瞬，张珏没能站稳，摔落在冰上。他发出短促的惨叫，抱着右侧小腿，在冰上蜷缩成一团。总是带着微笑的张俊宝教练面容苍白，冷汗从额头上滑下。教练们惊呼起来，场边的队医立刻让人叫救护车，然后冲过来检查他的腿，并做了紧急处理。

　　所有运动员的噩梦——伤病，再次缠上当前世界上最出色的男子单人滑选手，他的师兄。

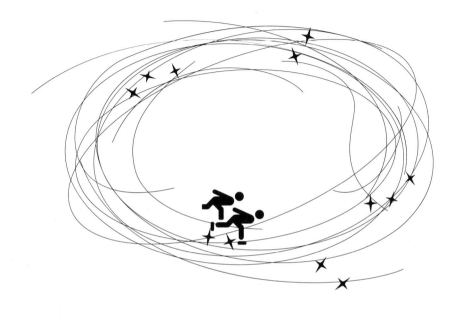

四　知己、挚友与劲敌

31. 出走

花滑赛场上向来有一群运动员在同一个赛场上一起摔的传统，也就是传说中的扎堆失误，结果今年男单项目居然还能扎堆出事故，出事的三个人还都在不同的国家，这种级别的巧合只能用魔幻来形容。

伊利亚练 4lz 导致韧带拉伤还好说，这是花滑最常见的伤病之一，应力性骨折也是这样，太常见了，如果受伤的不是张珏，可能大家都只会感叹一句"这个运动员不容易"。伊利亚那个韧带伤其实比张珏还重点，因为他需要去做手术，而张珏不需要。

至于大卫，他受伤就真是有点倒霉了，据说当时他正在停车，结果某个醉鬼在倒车进停车位的时候，把他的车给撞飞了，这运气，用"倒霉"都不足以形容。

其实如果倒霉的只有自己的话，头一回骨折的张珏说不定真要忧郁一下，但在知道还有另外两个倒霉蛋和自己一样出了事后，他的好心态就回来了。他既不是最倒霉的，也不是伤得最重的，一下子就心理平衡了。

应力性骨折说严重也不严重，打好石膏回家养就行了。许岩和张青燕都是疼孩子的爹妈，如果想拿个什么东西，张珏眼神一瞟，许德拉就立刻帮忙拿过来，除了受伤的地方疼，日子过得比没受伤的时候还舒坦。

察罕不花代替张珏去了长野，虽然有点失落，但张珏还是在比赛开始时准时坐在电脑前看直播。小白牛没有技术优势，从一开始就没有竞争领奖台的希望，但小孩的眼神坚定，一看就知道斗志高昂。

电视里传出优美的女声："现在正在上场的是我国小将察罕不花，一位可爱的蒙古族小伙。"

张珏好奇地问许爸爸："爸，这个解说员是谁啊？"

许爸爸拍拍他的脑袋："她是赵宁啊，傻小子，人家可是解说了好多场你的比赛，从青年组到成年组就没落下过一场，她可是出了名地欣赏你呢。"

赵宁是一位声音动听、专业知识过硬、言辞优美严谨的女解说员，在张珏完成一场比赛后，她总是不吝于给出最多的赞美之词，她甚至在张珏滑 "Rain, in Your Black Eyes" 时说过 "冰上有佳人，倾国又倾城"，所以被国内冰迷戏称为鱼苗在央视的分部部长。

张珏恍然大悟："是她啊，我以前一直都是比赛的那个，事后也懒得看比赛视频，我原本以为这种坐在家里看比赛和听人解说的日子，要到我退役后才有呢。"

说到这里，他怔了一下，又转移了话题，说是想一边吃零食一边看，许岩看他一眼，将一个苹果塞在他手里作为安慰。

张珏在看直播时还发现一件事，那就是随着花滑赛事的人气上升，现在国内电视台在直播比赛时，还会在屏幕右下角开个小框，里面是教练的脸，大概是想让观众们看到教练观看运动员比赛时的实时反应吧。

察罕不花在比赛中完成了 4T，虽然只有一个四周跳，但在他起跳前，沈流就压低身体，紧紧地看着冰上的察罕不花，等这个跳跃完成，沈流也跟着跳起来，一挥拳，然后和张俊宝一起鼓掌。他们看起来很高兴，那么在张珏完成一个跳跃的时候，场边的教练们也是这样的吗？张珏不知道，因为他在赛场上关注的永远只有自己，只有节目。

察罕不花拿了第五名，而寺冈隼人则用一个叫作《仁医》的节目，以他的职业生涯最高分，拿下了这一场总决赛的金牌，这是他在总决赛的第一枚金牌，银牌得主则是加拿大的滑行高手克尔森，铜牌得主是法国一哥亚里克斯。在赛后采访里，他对镜头说："我等你们回来。"

原本张珏觉得自己的心态很好，可是在看到这一段的时候，一种焦躁的情绪在他心里升起。他直接关掉了电视，拄着拐杖回到房间，脸朝上栽在床上。

运动员本来就是饭量特别大的群体，张珏饭量下不去，又戴着石膏，啥运动都不能做，只是短短一周，体重就上涨了 5 斤。

来给他体检的杨志远说："你这样不行，等伤养好以后，光是减重就够你折腾的了。"

张珏面露无奈："那我能怎么办啊，我是易胖体质，现在连下水游泳都不行，没有有氧运动减脂，控制体重是不可能的事。"

来探望他的宁阿姨将一本菜谱摆在张女士面前："减少他的碳水化合物摄入量，蛋白质用鸡胸肉、牛肉补，但也要适量。如果他还没饱，就给他使劲吃热量低的蔬菜，牛奶要喝脱脂的，这是给他的钙片和维生素补充剂。"

张珏没享几天福，就被他的队医、营养师一起安排好了食谱。

他大声抗议："你们不能这样，我还没吃够！"

而他的队医和营养师异口同声："花滑运动员不配吃够！"

张珏撇嘴，黑亮的眼珠子骨碌碌地转，熊孩子的叛逆劲立刻上来了。

哪怕他知道大家是为了他好，但他还是决定用行动表现自己的不满，加上他本就是那种行动力超强的人，所以他立刻打通了秦雪君的电话。小鳄鱼用骄傲而庄严的语气宣布自己只用三秒钟就做好的决定："我要离家出走，哥，你得帮我。"

秦雪君本来蹲在家里炖鸡汤，接到电话时，大红正在锅里，二红带着三红吃饲料，纱织在窝里睡得昏天黑地，而他缓缓打出一个问号。

张小玉，中国花样滑冰国家队王牌，男单项目 Top1，预备役 GOAT，因为经常出国比赛和商演而各类证件齐全，已经成年所以可以自己越过国境去外国旅行，拥有无底线溺爱他的弟弟帮忙收拾行李箱，以及愿意帮忙买机票、开车送他去机场的秦医生。

这么一个人想离家出走简直太轻松了，他吃完秦雪君送来的大红牌鸡汤，啃完鸡腿一抹嘴，要求对方帮助自己离家出走。

秦医生给他预约了机场轮椅服务，所以张珏从进机场开始，就被服务人员一路推上飞机，行李则是一个箱子，被秦雪君提早送去托运了，万事不用自己操心。

临上飞机的时候，秦雪君蹲着叮嘱他："出门在外看好证件和钱包，有什么事给我打电话，玩够了就回来。"

张珏听他说了 10 分钟，受不了："行了，照顾好你自己和纱织，等我玩够了回来。"

然后他对空勤人员点头，就准备上飞机。

秦雪君仰天长叹，心想张珏跑路跑得干脆，他还不知道要怎么应付张俊宝和沈流呢。

张珏的第一站是长野，他先坐飞机抵达东京，然后乘坐新干线，大约两小时就可以抵达长野了。

这里是 1998 年冬奥会的举办地，说起那一年的冬奥会，最令人津津乐道的当然是冰舞的众神之战，前六名的六个组合每个都有 A 级比赛的冠军头衔，但对中国的花样滑冰项目来说，他们记忆最深刻的，却是女单选手陈竹在经历了发育、伤病、换教练等种种波折后，终于拿下了职业生涯中的第二枚奥运铜牌。

如果是他在比赛里拿到铜牌的话，虽然他不会明着将自己的负面情绪表达出来，但也一定会觉得很失落的。张珏只喜欢金色的奖牌，其他的都不行，但是对于自己能不能在两年后的平昌冬奥会拿到金牌，还有以后能不能参加京张冬奥会，他的内心也是不确定的。

冰上有无限的可能，有可能命运会给他一个惊喜，让他在赛场上再次进入神一样的状态，也可能会让他再摔一跤。

张珏逛完景点，就在附近找了个商场坐着，手里捧着一杯大麦茶。

日本的冰上运动普及率不低，商场一层中央也有一座大小足以举办专业赛事的冰场，此时那里正在举办儿童比赛。

一个个看起来都是小学生的孩子穿着鲜艳的服装上冰，他们大多连三周跳都没有，滑得也可以说是磕磕绊绊，少有的几个滑得流畅的可以做 2lz+2T 的连跳，而在他们完成技术动作的时候，哪怕是不懂花滑的路人，也会跟着一起鼓掌。

张珏也跟着鼓掌，眼中带着羡慕，他也好想上冰滑一场，两周没能上冰，他觉得自己都快生锈了。如果能像这些小朋友一样，还有着健康的身体，没有尝过伤病的滋味，不会为了未来可能出现的更多伤病而忐忑就好了。

就在此时，有人惊讶地叫道："张珏？"

日本的冰迷和运动员都是喜欢叫张珏 tama 酱的，来人却用标准的中文发音叫张珏的名字，以至于他回头时也很惊讶："你是……千叶刚士？"

来人正是千叶刚士，今年的花滑大奖赛总决赛青年组男单金牌得主。张珏并不怎么关注青年组的事情，他之所以记得这个孩子的名字，是因为他才在青年组总决赛中，以两个 4S 的自由滑配置，打破了张珏昔年留下的青年组世界纪录。

他好奇地问道："长野的比赛已经结束了，你怎么还留在这里？"

千叶刚士打量着这位无数人崇拜的前辈，发现对方在日常生活里，除了那过人的身高，居然没比自己看起来大多少。这家伙其实有一张和张俊宝教练一样的娃娃脸，看起来完全能冒充中学生。千叶刚士心里吐槽着，坐在了张珏对面的椅子上，说道："我就是长野市人，才结束完一场大赛，教练允许我在家里休息一周再回去训练。"

他转头，用温和的眼神看着正在上冰的女孩："正好我妹妹今天要参加比赛，所以我就跟过来了。"

张珏哦了一声："原来那个滑得最利索的女孩子是你的妹妹啊，她的旋转和滑行都很不错，3+2的连跳还有点周数不够，但用刃很对，好好培养的话，应该会有不错的前途。"

千叶刚士面露意外："你认真看了吗？我还以为你看不上这种小比赛呢。"

他在和张珏搭话之前，其实已经在暗地里观察了张珏一阵，张珏一直都看着冰面发呆，情绪也不是很高的样子，结果是在认真看比赛吗？

千叶刚士说张珏看不上小比赛也是有理由的，众所周知，张珏曾经从滑冰转到芭蕾项目，过了好几年才被他老舅哄回冰上做运动员，恢复训练不到一年就上了国际比赛，并在第一个赛季拿下了世青赛冠军。像他这种连俱乐部联赛都没滑过，申请个B级赛都有一群赛事主办方祈祷他能看上自己的人，本该从不关注王座以下的人。

张珏不满地敲敲桌子："什么叫看不上小比赛，我虽没参加过这种比赛，但花滑的未来就藏在这些比赛里不是吗？"

他转头看着场上穿着粉色中国旗袍样式考斯腾的包子头女孩，露出期待的笑容。

"之前我的确没怎么看过小孩子的比赛，但是他们出乎我意料地很有灵气，等他们长大了，我希望能和他们交手。"

如果他能滑到那个时候。

32. 周游

事实证明，会正儿八经叫张珏名字的日本人只有千叶刚士。

千叶刚士的妹妹结束比赛后，跑到二楼来看哥哥，结果就被猝不及防进入自己视野的张珏吸引走了全部的注意力，她尖叫一声："tama酱！"

张珏内心波澜不惊，他微微一笑，抬手打招呼："嘿。"

千叶刚士面无表情地看着自己的妹妹向一个帅得让人连嫉妒之心都没有的男人献殷勤，要签名和合影，而他这时候除了做个帮忙拍照的工具人，一点存在感都没有。

张珏现在已经很会应付这些崇拜自己的小冰迷了，但他也没有久留，作为现在的花滑Top1，他很清楚自己露面会引起怎样的轰动，所以他算好时间就起身告辞，拄着拐杖走了。

千叶刚士本以为这是他与最强男单运动员不经意间的一场偶遇，对方因为受伤而暂时休赛，然后外出旅行调节心情，而他则是在家乡陪伴家人。谁知没过多久，他们就有了第二次相遇。

这次张珏穿着衬衫、风衣，一身都是黑，还戴个墨镜，要不是拄着拐杖，那真是一个响当当的 cool guy，他坐在训练冰场的旁边和白叶冢妆子说话，而寺冈隼人坐在一边给他们剥橘子吃，三人还时不时对着场上的庆子指指点点，说她 3A 跳得不够远。

庆子不堪其扰："你们好烦啊！有本事自己上来跳一个啊！"

寺冈隼人："跳就跳，谁还不会 3A 了？"

张珏豪爽一笑："等我把腿养好了，别说 3A，4A 我都跳给你看，就是落不了冰，届时请你多担待。"

众人沉默，还 4A 呢，你小子跳个 4lo 都能变成这副衰样，再挑战需要转体四周半的 4A，你的脚受得了吗？他们不知道的是，张珏还真试过 4A，就是暂时不能足周。

空中转足四周已经够许多运动员奋斗大半个职业生涯了，何况是四周半呢，就算是可以完成 4+1+4 夹心跳的张珏也很难完成这种超难的跳跃。

虽然不知道这家伙是来干吗的，但在去年休赛季的中日花滑交流活动中，千叶刚士也被张教练指导过，大家都知道张门有干货，而张珏更是这些干货的嫡系传人，甚至一些训练技术都是教练通过张珏摸索出来的，所以当寺冈隼人拉着张珏，请他帮忙看看千叶刚士的跳跃和表演时，千叶刚士嘴上不说，心里却认真起来。

张珏无所谓："那就让他把这个赛季的自由滑滑一遍给我看看吧。"

千叶刚士咬住下唇，配合着音乐，以比正式比赛的态度将节目滑了一遍，节目结束的时候，张珏一开始没说话，只是看了他一会儿，等到寺冈隼人下意识地紧张起来的时候，张珏突然拍着大腿笑了起来。

"你滑得好紧啊，是不是很紧张？"

妆子嗔怪地拍他一下："他还只是青年组的小孩子，被你看着不紧张才怪。如果你以自己的跳跃质量为标准来判断他的水平的话，他可能会被你批评得体无完肤吧。"

"我看起来像是会对小孩子那么苛刻的人吗？"张珏眨眨眼，转头看着千叶刚士，鼓了鼓掌："跳跃技术很不错，周数在青年组选手里算得上足了，不愧是能打破我留下的纪录的人。"

他说的是好话，千叶刚士心里咯噔一声，他的确有点怕张珏狠狠把自己批评一顿，可是如果张珏不咸不淡地说点好话，就把这一页轻轻揭过的话，他也不会甘心。

然后他就被张珏毫不客气地挑了技术的缺点。

千叶刚士：说好的不是对小孩苛刻的人呢？

然而张珏真没觉得哪里不对，因为他平时就是这么对自家师弟师妹的，而且他其实比张俊宝、沈流、鹿教练都要温柔一些，所以孩子们都乐意听他说话。至于他自己，从回到冰上到现在，被教练组骂得狗血淋头的时候也不少，他挨骂的时候，其他人也都是见怪不怪的样子。

张珏显然没有意识到，中日花滑交流那阵子，张俊宝对外国友人们有多温和，毕竟他那时候一边训练一边上学，还要忙商演的事情，顾不得那么多，他还以为这群人习惯了老舅的"狂风骤雨"，面对他这点"和风细雨"应该是习惯的。

张珏说完技术缺点还不够，喝了口水，疑惑道："你都不带个本子什么的吗？我在冰上挨骂的时候，都会用小本本将问题记下来，以后一个个地改哟。"

千叶刚士吸吸鼻子，拿起隼人师兄递过来的本子把问题记好，张珏又给了几个表演方面的建议，最后他站起来，拍着千叶刚士的肩膀，用无比真诚的语气说道："你是个未来可期的年轻人，要加油啊，我期待着以后和你在赛场上见面。"

张珏来这么一下，千叶刚士的悲伤立刻就消失了百分之八十，其他人内心大呼好家伙，这就是给一巴掌再给个甜枣吗？

张珏还给所有朋友们都送了礼物，以至于他们只要看看自己收到的是什么礼物，就知道张珏此时又到了什么地方。张珏在日本玩了10天左右，好吃好喝不说，还在富士山下购买了一堆特产和明信片，在附近的邮局一口气寄了回去。

他走的那天，寺冈隼人亲自开车送他去机场，大家都以为这人应该要回国了，结果一看机票，张珏的下一站是圣彼得堡。

白叶冢妆子嘴角抽搐："tama酱，你还没玩够吗？"

张珏不明所以地回道："这不是明摆着的吗？我当然没玩够啊，这次因为受伤休息，加上孙指导帮忙才拿到了外出的许可，当然要趁着这个机会好好玩个够啊。"如果他以后不再出现这种严重得需要通过散心来调节心情的伤，下次再这么到处跑的机会，就要等到退役后了。

寺冈隼人满脸敬佩："挂着拐杖还这么能跑，你也是个人才，不怕回去以后被教练揍吗？"

张珏用快活的语气回道："正因为回去以后会挨揍，所以才要玩够本啊。"

他开开心心地上了飞机，看着他飞上天空，好友们纷纷在心里对张珏的教练组表示同情，有这么一个王牌，tama酱的教练一定都很辛苦呢。不过仔细一想，这家伙还挺让人羡慕的，不管是这种说走就走的魄力，还是无论走到哪里都有人接机的好人缘。

圣彼得堡，伊利亚·萨夫申科已经做完了手术，住在医院里调养身体，然后在某天，那位对所有顶级花滑选手如数家珍的护士站在门口，用惊喜的语气对他说了句话。

"萨夫申科，看看是谁来啦？"

伊利亚不解地抬头，就看到一只修长白皙的手扒住门框，然后手的主人扶着门单脚蹦进他的视野。

"当——伊柳沙，我来看你啦！"

本性温和的憨憨熊瞪大蓝眼睛："小……小鳄鱼？"

小鳄鱼哈哈哈笑了起来："被我吓到了吧？"

伊利亚忍不住笑起来："是啊，真是被你吓坏了。"

张珏挂着拐杖走进来，十分自然地找了个椅子坐好，然后在口袋里掏了掏，掏出一个木质的熊本熊递过来。

"喏，这是吓坏你的赔礼。"他这么说着，伸手轻轻地摸了摸伊利亚的腿，这个举动把还站在门口的护士吓了一跳。但张珏的力道真的很轻，伊利亚没觉得不对，更没有躲闪，眼里满是对张珏的信任。

"痛不痛啊？医生说什么时候可以恢复？"

伊利亚把医生说的术语复述了出来，但因为他的英语总带着弹舌音，有些专业的词他也不知道怎么翻译，张珏便听得半懂不懂，只知道伊柳沙应该可以在2月份恢复训练。

张珏一拍手："太好了，我也是2月恢复训练，看来我们都能赶上世锦赛，可惜四大洲锦标赛我是赶不上了，你也赶不上欧锦赛吧？我师弟也是够倒霉的，原本作为师兄的我应该多担负一些责任，结果他才升组就要一个人参加那么多大赛。"

伊利亚静静地听着，评价道："没关系，年轻运动员就喜欢出场比赛，多磨炼一下不是坏事。"

张珏撇嘴："那是你们国家的人才储备厚，我家就没这么好啦，我教练这次在少儿组的比赛里都没找到合适的苗子，青年组更是只有一鸿一个独苗。"

说句实在话，这种历代都只有独苗一哥支撑的情况，会给教练组、运动员带来巨大的压力。身为运动员不狠练肯定出不了成绩，可是一旦练出了伤病，好好一根独苗就有废掉的风险，连带着冰迷们看比赛时心都是悬着的。

他们聊了一阵，伊利亚问清楚张珏的住处，发现这人出门在外，为了饮食安全，打算用自己买的安全的食材去做饭，他的食谱是宁阿姨通过跨国电话告诉他的，这也有让他出门在外记得控制体重的意思。

伊利亚却觉得这样不行，小鳄鱼还伤着呢，这时候就要吃点好的啊！伊利亚当机立断："你把我轮椅推来，我带你去靠谱的餐厅吃饭。"

张珏立刻露出灿烂得像小太阳的笑脸："真的呀，那太好了，谢谢你，伊柳沙。"

被那双亮晶晶的眼睛看着，伊利亚内心涌起强烈的责任感。小鳄鱼是他的挚友和竞争对手，既然这人来了自己的地盘，他就一定要让小鳄鱼舒舒坦坦的，尽地主之谊。

伊利亚显然不知道抱有这种心态的人不只是他，寺冈隼人、白叶冢姐妹也是这么想的，所以张珏自从出门以后，他几乎没为吃饭的问题烦恼过，宁阿姨会隔空替他操心，还总有人请他吃饭。从日本到俄罗斯，他自己在伙食方面花的钱还没超过100块，买杯果汁都有千叶刚士那样的后辈抢着付账。

在圣彼得堡，伊利亚、瓦西里、谢尔盖甚至是鲍里斯，都很自觉地像家长一样照顾张珏，这次他连买特产都没有花什么钱，因为瓦西里很实在地送了他一堆，除此以外，他还参加了谢尔盖的婚礼。

谢尔盖有个从青年组追到退役才追到的女朋友，据说是位兽医。

张珏参加婚礼的时候，发现新娘子身高一米八五，比谢尔盖高了10厘米，穿了高跟鞋以后，场面就更搞笑了，但谢尔盖完全不觉得哪里不对，嘴巴一咧，高兴得像个傻子。

他们看起来很幸福。

张珏虽然没带什么礼物，但人家也不讲究这个，等张珏上台唱了一首魔力红的"Sugar"以后，他就成了最受欢迎的客人，合照的时候，要不是张珏主动往边上站，谢尔盖和他妻子恨不得直接把张珏扯到 C 位。

之后张珏又去了哈萨克斯坦、比利时、法国……每到一个地方就停留大约五天，甚至还在德国最好的骨科医院，通过和金梦、姚岚同时期的双人滑对手的介绍，检查了一下自己的脚。

那位检查他的医生给张珏的评价就是："虽然你的身体有运动过量留下的磨损问题，但你已经是我见过的最健康的世界冠军了。"

医生可以肯定，张珏的饮食、理疗等待遇绝对是世界顶级水准，他以往只在那些欧美的大牌运动员身上看到过这样的状态，而那些运动员通常是收入过亿，可以私人聘请一整个团队服务自己一人的土豪。而在冷门的冰雪运动里，张珏的待遇相当罕见。

小伙子好好养伤，可以恢复的。

张珏高兴不已，把检查结果往老舅那里一发，虽然老舅只回了一个"好"字，但张珏知道他肯定也是为自己高兴的。

差不多是 1 月下旬的时候，张珏才终于心满意足地回国，也不是他玩够了，只是张女士下了最后通牒，警告张珏要是在没有比赛的情况下还不回家过年的话，她就要收拾他了。

亲妈的威慑力永远是最大的，张珏火速回国。

此时张珏家里的各国特产已经多到需要把客房、杂物间都清扫出来才装得下的程度，与此同时，因为张珏每到一个地方，都有人去接机，他也不可避免地和这些对手的师弟师妹打了交道，甚至给了指点，顺便提前看了一下以后会在成年组掀起风雨、现在却还是小屁孩的著名选手的青涩模样。

他觉得还挺有意思的。

33. 碳酸

后来有人问张珏回国的时候挨揍了没有，他很诚实地说，挨了。

像他这种级别的运动员要出国是必须向上头打报告的，这次也是孙千动作快，才让张珏出国到处玩。但偷溜这事，张珏和孙千说了，却没和教练组说，这就足够老舅和鹿教练把他收拾一顿了。不过张珏是伤员，教练们下手的力度有限，所以张珏挨完揍，还能十分淡定地拍拍屁股去和师弟师妹们分他从国外带回来的果脯。

沈流看着他的背影发愁："幸好这小子是跟了我们这些通情达理的教练，但凡换到严一点的项目，他这样的都要被记过了。"

张俊宝还气哼哼的："他就是仗着自己是项目独苗，可劲地作死呢。"幸好张珏也就是到处乱跑，没惹出其他事来，不然张俊宝可就不是打外甥一顿那么简单了。

鹿教练也是这样，老爷子咬住张珏带回来的马肉干，头一甩，撕下一块肉来，光看吃肉的动作就知道他心里火气有多大了。沈流说老爷子牙口挺好，孙指导都已经有了三颗假牙了，鹿教练还有满口健康的好牙。

杨志远听到沈流的话，应和道："可不是吗，张珏因为蛀牙都去牙科医生那里补过牙了，现在连甘蔗都不啃，就指望那口牙齿能多陪他几十年，反观鹿教练，前天我还在食堂看见他啃排骨呢。"

拆掉石膏的时候，张珏又做了一次检查，医生给出的结论和德国那位业界出名的大佬的结论一样："你恢复得非常好，简直是我治疗过的体质最好的运动员了。"

张珏十分谦虚："哪里哪里，都是教练和营养师他们照顾得好。"

医生心想：可不是吗，国家队养小鳄鱼的技术简直绝了，就没见过应力性骨折的病人可以恢复得这么快的，出国玩一圈回来，这个精气神还有恢复进度把他都看愣了。

他轻轻咳了一声："但是既然有了应力性骨折的病史，你以后也要注意一点，我知道你的营养师很注重给你补钙，但补钙的力度还可以大一点，还有，尽量把有氧训练的项目改一下，游泳可以，跑步可以免掉，陆地上的有氧运动对身体的损耗到底比在水里的大一些。"

医生说了一堆，张俊宝在旁边疯狂记笔记，张珏嗯嗯啊啊地应着。

等出了医院，一通电话打过来，要求张珏准备一个节目。

张珏："啊？"

张珏唱功出色不是秘密，毕竟能在自己的商演上拉着乐队玩摇滚这事目前在花滑运动员里也只有张珏做得出来。加上国家已经成功申请到了2022年京张冬奥会的举办资格，自然需要先将冬奥会的热度、关注度拉上去，正好，张珏多才多艺、颜值超高是冰雪项目里出了名的，所以……

张珏眼睛亮亮的："我是要上春晚了吗？"

孙千："你想得美，春晚没有，元宵晚会有一个，你和朱雀乐队一起上去唱一首《乘风而起》吧。"

朱雀乐队现在正是华语乐坛最火的摇滚乐队，能上春晚也能上元宵晚会，上头对张珏的唱功认知不足，觉得就算他在普通人里算唱功不错的，但和专业的没法比，要个厉害的队伍带一带，正好他和朱雀乐队有合作史，这就正好了。

张珏惊讶道："润哥他们已经火到这个程度了吗？"

可能是张珏的蝴蝶翅膀太有力了，兰润和乐队成员如今越来越火，甚至在去年的摇滚音乐节人气大涨，专辑都卖到海外去了。不仅如此，他的富二代老板万泽在娱乐圈的事业也越来越兴旺，前阵子甚至得到了来自父母的注资。

张珏应下了，但还是希望这事不要耽误他的训练，白小珍满口答应，表示张珏只要负责好训练，然后在他们需要的时候，坐上经纪人白小珍开过来的车子去排练就好，至于其他的造型、人际交往之类的糟心事，张珏一律不用操心，有的是人为他代劳。

身为顶级运动员，张珏的资本就是他的实力，这点大家都已经认识得很清楚了。

恢复训练的进度并不是特别顺利，才恢复上冰的时候，张珏甚至有点站不稳，毕竟他坐了挺久的轮椅，挂拐杖时全身的重心又压在没受伤的脚上，这让他的重心发生了很大的变化。更何况他在养伤期间还胖了不少，体重从赛季的68公斤涨到了72公斤，要减整整4公斤。

所有人都看着张珏，而他在众目睽睽之下试跳了一个3S，起跳很顺畅，但落冰摔了，好在没受伤，他爬起来拍拍屁股，又来了个3S，这次就成功了。大家都松了口气，闵珊、孟晓蕾、秦萌、陆秋四个师妹都啪啪鼓起掌来。

张珏咳了一声："只是个三周跳，鼓掌就不用了。"

沈流询问了一下他的感受，确认张珏完成跳跃后之前骨裂过的右脚踝没有不适，才放心地把他丢给鹿教练。大家都看得出来这人是重心出了问题，外加体重超标，那当然是鹿教练来接手。

只是五天没见，当白小珍来接张珏的时候，他就面露震惊："你到底经历了什么?!"

张珏挠头："我没经历什么啊，就正常训练，我怎么了?"

白小珍上前，双手在张珏腰上比画了一下，绕着他转了一圈。张珏不明所以，白小珍严肃地问张珏："你瘦了几斤，负责帮你减脂塑形的那位教练是谁?"

张珏顺口回道："我瘦了4斤，帮我减肥的教练当然是老舅和鹿教练啦，宁阿姨也帮我调整过饮食，怎么啦?"

运动员本来就运动量大，一天消耗几千卡路里和洒洒水似的，简单得很，只要加大有氧运动的比例，再少吃点，5斤以下随便减，而且这几天减下去的重量还包含了水分，张珏深知自己的减脂之路连一半都没走完，想把体脂率压回原来的百分之七还不知道要费多少劲呢。

白小珍却一下竖起大拇指："张教练，鹿教练，永远的神!"

真该让控制体重困难户来看看张珏的瘦身效果，好家伙，瞧瞧这锁骨，这隔着一层衣服都能隐约看到线条的胸肌和腹肌，还有冷白皮肤，高冷气质，笑起来像小太阳，还有花滑运动员那健美而不笨重的身材，啧啧啧。

张俊宝冲出来，将一件羽绒大衣扔到张珏脑袋上："臭小子，也不看看现在是什么天气，一件运动外套顶个屁用，还有，把拉链拉好，敞着不怕着凉啊!"

张珏哦了一声，将那件红色的羽绒服穿好，本就白里透红的好脸色被衣服一衬，莫名就喜庆起来。

白小珍开过来的是一辆纯黑的保时捷，车内空调开得足，坐在后排的张珏没多久就开始扯衣领，白小珍通过后视镜看到他的动作，提醒道："到了外面还是注意点，不要随便脱衣服。"

张珏："知道啦，我不会让自己着凉的。"

白小珍想：我让你别脱衣服也不是只有怕你着凉这一个理由，还因为……算了，不说了，大不了自己看紧点，就张珏那个战斗力，旁边还有人高马大的兰润盯着，想必也没谁可以占他的便宜。说来兰润和万总似乎都是张珏的粉丝，但凡张珏在国内有比赛或者商演，他们都会去看，这小鳄鱼的粉丝也算遍布各行各业了。

到地方的时候，一个穿着黑色皮夹克、发尾挑染了紫银色的大长腿帅哥站在门边，一米七三的美少年许德拉在他边上，捧着一根热气腾腾的玉米小口吃着，看到张珏时，两人都绽开一个灿烂的笑容，大幅度地挥起手来。

"张珏，这里。"

"哥，你来啦。"

张珏小跑过去："润哥，二德，你们干吗不进屋里啊，外面这么冷。"

就这说话都冒白气的天气，待在室外太伤身了。兰润没说什么，只笑着递给他一瓶矿泉水，许德拉则拉住他哥的胳膊，一起往里面走。

在今年以前，张珏的人生重点就是训练、比赛，真正参加晚会的时间很少，也就中学的时候会去学校舞台上献唱。不管是白小珍还是兰润都做好了张珏对大舞台不熟、要多带带他的心理准备。

谁知道张珏就像是上了无数次舞台一样，不管是化妆、梳头发都没二话，他是运动员，造型不需要多华丽，到时候穿着国家队队服上去，让人一看就知道是个运动员就行，上妆、梳头发也只是为了看起来更精神。

等他上舞台唱歌时，那姿态气场也落落大方，他一开嗓，场边立刻有人惊叹。

"嗬，这位运动员唱功很好嘛。"这分明是一线唱将的水准啊！这次导演元宵晚会的是国内的女导演，叫卢雪云，她一听张珏这嗓子，就拍着儿子的肩膀："云思，你看，如果将来你想做歌手的话，有这个唱功就绝对稳了，云思？"

她叫了几声，发现自己的儿子看着台上的张珏发愣。

这次张珏还是和朱雀乐队合作，兰润也跟着上去了。万泽提着兰润的外套站在旁边看着，不住地赞叹："到底是有血缘的兄弟，张珏很有明星相，要是当初润哥组乐队的时候张珏也在，我也不至于跑去音乐学院挖人当主唱了。"

白小珍咳了一声："万总，这人咱们挖不动。"

万泽豪迈一笑："我也没打算挖他，这世上歌手千千万，我国花样滑冰却只有这么一个世界冠军级别的男单选手，谁还和国家抢人啊。"

他左右看了看，小声和白小珍说："对了，我爸的公司又设计了一款新跑车，已经通过检测，是性能挺好的那种新能源汽车，正缺代言，你帮我和冰雪中心谈一谈。"

白小珍很纠结地说："可是最近冰雪中心说是不接单人广告了，不然所有广告商都只想找张珏一个人，不好。他们想把另外三个冠军种子运动员和张珏一起打包，价格可能会比较高。"

万泽大大咧咧道："没事，我爸不差钱，你尽管去谈，一切好商量。就算他们要把张教练一起打包进来都没事。"他看起来似乎对此事还挺乐意的。

张珏唱完一首歌下了台，兰润兴奋地搂住他肩膀："你小子，嘿，你小子这唱功可真行，而且你刚才那个唱法和歌剧的唱法好像，好家伙，我离得近了，耳朵都被你震得响。"

张珏很不好意思："我是运动员嘛，身板好，气比较足，嗓子打开以后就声音比较大。"

他们乐呵呵地说着话，显然是都觉得舞台效果不差，这一次稳了，张珏一边回答兰润的问题，一边找水喝。

就在此时，有人将一瓶可乐递给他："给你，你是口渴了吗？"

张珏抬头，微微一顿，半晌，他微笑着回道："谢谢，我不喝碳酸饮料。"

34. 晚会

张珏用一种礼貌而生疏的态度拒绝了那瓶碳酸饮料，运动员但凡自律点都不喝这玩意儿，何况他还曾经补过牙以至于连甘蔗都不啃，更别提这种对牙不好的饮料了。

最重要的是，作为运动员，张珏是不会轻易让外人给的东西入口的，这是队里的领导提醒过的事情，尤其是冠军运动员，但凡他们不小心入口了什么不好的东西，然后 WADA 正好搞突击检查的话，事情可就大了。

因为长着一张仙气飘飘的脸，当张珏把架子端起来，神情和语气一起冷淡的时候，别人不仅不会觉得不对，甚至觉得他看起来更帅。

等他走开，云思拉着一个认识的男星："元哥，他是谁啊？"

元钦瞟那边一下，满眼厌恶："一个冷门运动项目的小运动员，连奥运金牌都没有，就是靠着脸所以网上人气高了点，小思，别理他。"元钦是瞧不起运动员的，因为运动员的高收入时间是短暂的，成绩好就有钱，成绩不好或者退役了就下滑，接个广告还要被管，远不如顶流偶像们拍一部综艺节目，或者是拍一部戏来钱快。

自诩顶流的元钦可不觉得对方和自己是一个层次的人，偏偏张珏又和自己的死对头朱雀乐队关系友好，那他就更看不惯了。

而已经结束彩排的张珏则和朱雀乐队的成员们比画着身高，男人嘛，总是会对自己的个子有点在意，毕竟觉不觉得自己比一些男明星帅还和这人自不自信有关，身高却是硬性数据，自信也改变不了。

张珏自称一米八，但他站在一米七五的朱雀乐队主唱面前高了起码半个脑袋，朱雀乐队的老板万泽笑呵呵地说："张珏以后可不能站在真的一米八的人身边，不然一定会露馅。"

张小玉不好意思："没办法，我们这个项目个子不能太高，我的身高已经严重超标了，偏偏还在长，所以为了让冰迷安心一点，我干脆就不把新长的那几厘米说出来了。"

兰润搂着他的肩膀，亲亲热热地调侃："那你可不能站在元钦身边，他一米七五，但对外宣称一米八，你站在他身边，他矮了你不只一点，到时候全世界的人都知道他那一米八是假的了。"

张珏想：原来如此，我说元钦怎么一上舞台就避着我走呢，说起来那个人的确是对所有比他高的帅哥都没好脸色。

这么一想，他似乎了解了为什么元钦最看不顺眼的人不是朱雀乐队的主唱，而是作为贝斯手的兰润了，因为兰润有一米九八，还超级帅，自从朱雀乐队在外国的摇滚节一炮而红后，他甚至有了亚洲最帅贝斯手的称号。

在彩排结束时，总导演卢雪云带着儿子云思找到张珏，她是个妆容精致、脸上总是带笑的职业女性。"张珏啊，不忙的话，一起出去吃个饭，我们云思说特别喜欢你，经常追你的比赛呢。"

其实这是胡诌的，她儿子平时最喜欢关注的是时尚杂志，对竞技运动一点兴趣都没有。

张珏面不改色，白小珍看他一眼，立刻发现这位祖宗表情里的不情愿，经纪人领会到了祖宗的需求，立刻站出来，同样笑着回道："不好意思，卢导，运动员一般是不吃外食的，张珏平时在大学上课都要自己带饭，这真是不好意思啊。"

云思插话道："可是××项目的×××不是还和女朋友一起去吃饭吗？没那么严吧？"他说的是某个和女明星有过绯闻的男运动员，原本大家还觉得那段绯闻是记者胡诌，被云思这么一说，立刻就确定了。

白小珍还是满脸笑容："没法子，谁叫我们张珏是易胖体质。他之前养了几个月的伤，体重涨了不少，现在队里管得特别严，都说要他在世锦赛前瘦回百分之七的体脂率，孩子减脂压力大，队里也说绝对禁止外食，等瘦完了再说。"

卢雪云感叹："这样啊，运动员真是不容易。"

白小珍跟着点头："是啊是啊。"

云思还不放弃："可他在比赛的时候也会和其他运动员聚餐啊。"

白小珍："就因为聚餐的都是运动员，大家可以一起喝白开水、吃鸡胸肉，谁也不会笑话谁啊。"

他们客套了一番，卢雪云才带着儿子离开，云思离开时回头了好几次，发现张珏的注意力一直在朱雀乐队身上。他咬住下唇，不满地哼了一声。

当晚，网上就出现了张珏耍大牌，拒绝元宵晚会总导演约饭的流言，结果第一时间就被某位喜欢吃瓜的女粉发现，并带着其他鱼苗压了下来。

某粉丝上百万的科普圈大 V 吐槽：运动员不会轻易吃外食是常识！而且人家沈教练前天才发过督促张珏减脂的动态，这都能黑，有没有脑子啊？

那拨黑子还不放弃，又接着黑张珏没成绩，热度却远超那些拥有奥运金牌的运动员，鱼苗肯定都是颜粉。

这直接招惹了张珏的男粉丝，某运动圈头号大 V 直接回应：是啊是啊，虽然没有奥运金牌，但上一届冬奥会的同项目金牌得主可是认定他是下一个时代的王呢，珏哥刷新世界纪录的次数是花滑项目的历史第一，也是我们国家在下一届冬奥会最重要的夺金点之一，这还叫没成绩？

黑子继续努力，准备伪装成鱼苗，拉踩其他奥运金牌运动员，骂他们没成绩，凭什么和自家偶像比，谁知才动手就被人抓住了。

万泽可不能容忍别人黑自己喜欢的运动员，何况张珏是个正儿八经靠成绩说话的运动员，也不该被这些娱乐圈的事影响到。等查出幕后黑手是元钦后，万泽立刻认定张珏之所以会被黑子缠上，跟他与朱雀乐队关系太好有关，毕竟元钦和他们是对手，而张珏在万泽眼里就成了被连累的小可怜。

万老板别的没有，就是钱多，而且父母那一辈留的人脉特别广，真下了狠手去抓，直接就让对面吃了个大亏，还被挖出了扎扎实实的黑料。

唯有张珏，他是真被鹿教练还有宁阿姨的减脂训练折腾到精疲力尽，每天训练完回家，第一件事就是翻书看论文，看着看着就睡了过去，整个人被迫进入了无网络状态，这就导致当察罕不花千辛万苦跳成第一个四周跳，在四大洲锦标赛拿了个铜牌的时候，张珏都是通过师弟蒋一鸿的直播才知道的。

因为伤病，张珏错过了全锦赛和四大洲锦标赛，虽然上头在得知他的伤养好后，二话不说就把世锦赛名额给了他一个，但面对全锦赛、四大洲锦标赛连冠机会的失去，他也不是不失落的。

说来往年他也常常在全锦赛、四大洲锦标赛这个时段出伤病，尤其是四大洲锦标赛，莫不是天生和这个比赛犯冲？

直到元宵晚会开始前，张珏的体脂率终于被压到了个位数，等他到后台换衣服的时候，他把外套一扒，露出只穿了一件略紧的白衬衫的上半身。看到那戴着手表的手腕，肌肉饱满的胳膊和臂膀，微微隆起的胸肌线条，路过的人就没有不回头的。

然后他把国家队队服一套，行了，这就是他上台的装扮。不是不能打扮得更精致，事实上看到张珏这个颜值，少有造型师不手痒痒的，但架不住上头就是希望张珏以运动员的身份上台，为了这个，张珏硬是穿得比在比赛的时候还朴素。

就算如此，当他上台的时候，电视机前还是有人惊叹道："这个帅哥是谁啊？怎么以前没见过，看起来比元钦还帅。"

等张珏开始唱歌，本次元宵晚会最高质量节目排行榜上，朱雀乐队与张珏合作的《乘风而起》的排名立刻嗖嗖地上涨。毕竟是以运动员的身份上台，张珏早早地打消了又唱又跳的想法，只是站在那里唱歌，但就算这样，他照样是全场 MVP！张珏的上台并没有被保密，但在看到他登场时，还是有许多冰迷激动起来。

冰天雪地超话

【喵喵子：啊！我珏哥有那么帅，而且他唱《乘风而起》的副歌时还能听到一点带笑的气音，感觉耳朵都听得酥酥的，这是真唱啊，绝对是真唱！】

【哈哈哈，珏哥的身高又露馅了，吉他手一米七九，站在他身边明显矮了一截，好家伙，这要是只有一米八，我能生啃键盘！】

【看到珏哥能站着唱歌真的好欣慰，据说之前他拄了好久的拐杖，去国外散心的时候，有时候懒得走路还直接坐轮椅，让好朋友们推着走，现在他都能出来表演了，想来是恢复得不错，这样世锦赛又值得期待了！】

【轮椅那件事我看到的时候就笑吐了，鳄神的朋友都好惯着他，之前真是没想到给小鳄鱼推轮椅的照片都能排个九宫格，格子里的每个人都有 A 级赛事金牌，没有金牌的都不配进照片了是吗？】

【珏哥加油！我已经买好了世锦赛门票，就等着和你在波士顿相会啦！】

35. 忧虑

在很多人看来，2015—2016赛季是一个充斥着不甘与意难平的赛季。成年组各种出状况，男单有两个顶级选手、一个一线选手出事，而且无论是成年组还是青年组，赛况都激烈又意外频出。

首先说四大洲锦标赛，察罕不花比张珏想象的提早了好几年完成4T，摘下了铜牌，但他输给了寺冈隼人和克尔森，而拥有3A、3lz+3T的闵珊被庆子在表现力、旋转、滑行等方面压制，只拿到了四大洲锦标赛的银牌。

闵珊在升入成年组后一直无往不利，结果大奖赛总决赛的时候输给庆子，到了四大洲锦标赛继续输，要不是她属于那种比较大大咧咧的类型，这会儿心态怕是都要崩了。

再说欧锦赛，今年的欧锦赛男单赛事收视率不高，毕竟欧锦赛的前冠军大卫、现任冠军热门伊利亚都在医院里躺着，剩下的几个战斗力都不怎么样，与其看他们滑，还不如看四大洲锦标赛的转播，好歹那边还有张门与日系选手的大战可看。

而2016年的世界青少年花样滑冰锦标赛在3月16日于匈牙利举办，张门青年组独苗蒋一鸿完成了4S，夺下了世青赛金牌，因为在2015年7月前未满15岁而没能升入成年组的千叶刚士这下也心态崩了。

察罕不花没升组那会儿，千叶刚士就总是在技术占优势的时候因为发挥不稳定输比赛，结果察罕不花升组了，他的师弟进青年组，千叶刚士又因为发挥不稳定输了。输给察罕不花还情有可原，连比自己更小的察罕不花的师弟都赢不了，千叶刚士意难平！

在许多人都高兴不起来的时候，张珏依然是最惨的那个，因为他需要在世锦赛开始前把体脂率减到百分之七，还要恢复技术，然后要吃钙片和各种维生素片、蛋白粉来保证身体健康。吃饭成了一件痛苦的事，每天到了吃饭时间他就变得蔫巴巴的。

连饭都吃不香了，这日子还能过吗？

世锦赛开赛前10天，看着张珏的身体数据，教练组终于露出满意的表情。

"68 公斤，体脂率百分之七，不错，总算瘦回来了。"

张珏面如土色："我现在总算可以恢复以前的饮食了吧？"

宁阿姨："可以了，只要你的体重不反弹就行。"

为了庆祝张珏成功瘦身，宁阿姨奖励了他一顿手撕鸡，当然，是少油少盐版本的，吃起来柴得很，张珏吃得生无可恋。

他抱怨道："这么柴的肉，吃起来还塞牙，我吃完以后还得用牙线清理牙齿。"

宁阿姨笑着摸他的头："毕竟你要是吃得好点，体脂率肯定会立刻蹦回两位数了，你减肥也挺辛苦的，阿姨可不能在饮食方面拖你后腿。"

张珏快哭了，这鸡肉干巴巴的，还不如让他吃水分充足的蔬菜呢，偏偏他还不能不吃，不补充蛋白质和钙质的话，他那骨头万一再来一次应力性骨折，肯定吃不消。

体脂率百分之九的察罕不花、体脂率百分之十的蒋一鸿都悄悄抖了抖，身为未成年运动员，考虑到生长发育的问题，他们的体脂率都没大师兄那么低。

虽说师兄在他们这个岁数的时候，体脂率就已经很低了，但那是因为他当时就需要以一哥的身份去和那些顶级选手竞争，所以必须尽可能地减重，最低的时候甚至会把体脂率压到百分之六。

女孩们则满心庆幸，幸好女性体脂率过低会导致不来月经，所以教练组对她们的体脂率要求在整个花滑项目里都算不上苛刻，真像大师兄一样被教练组盯着减肥，这日子就太悲惨了。

2015—2016 赛季的世锦赛举办地在美国的波士顿，3 月 28 日开赛。京城和波士顿的时差是整整 12 个小时，看到这个数字时，张珏还没来得及说什么，教练们先做了决定——他们得提前起码一周去波士顿，给张珏留出充裕的调整时间。

他们差不多是最先抵达波士顿的那批人，张珏、察罕不花、金子瑄是男单的三位参赛人员，女单那边有闵珊、徐绰两人，双人滑有黄莺、关临以及另外两对组合，姜秀凌和他的女伴洛宓要明年才升成年组，拿完世青赛冠军后就没事了。

冰舞还是花泰狮、梅春果组合上场，而青年组的赛澎、赛琼兄妹的情况与姜秀凌那对一样，拿完世青赛铜牌后，他们的赛季已经结束了。能有这么多人出门参加世锦赛自然是好事，孙千亲自将他们送到了机场，满脸慈祥地叮嘱着。

"看着点孩子们，尤其是未成年的，没比赛的时候别乱跑。"

作为领队的张俊宝郑重应下。

"不许乱吃东西，别人给的食物不要碰，还有，让张珏比完赛以后也悠着点，不要再聚众开鲱鱼罐头了。"

张珏举手："那如果是其他人带了鲱鱼罐头叫我去开呢？"

孙千："也不许，鹿哥，你盯着这小子，他就怕你。"

鹿教练点头。

孙千看着孩子们上了飞机，内心又是欣慰又是惆怅，身为老滑冰人，他等待中国花滑崛起已经等待了太久了，从20世纪90年代到现在，他已经做了26年的国家队总教练。

能在退休前看到京张冬奥会申办成功，对他来说也算是功德圆满，只看什么时候张珏、黄莺和关临他们再拿块奥运金牌回家，他就心满意足了。

就像这阵子张珏被黑时网络上很多人说的那样，就算拿齐了总决赛、四大洲锦标赛、世锦赛的金牌又怎样，差一块奥运金牌，就少了那么点意思，没有人会在乎得奥运银牌多牛，他们只看金牌。

唉，也不知道应力性骨折导致的三个多月的训练空窗期，还有伤势留下的后遗症会不会影响张珏的比赛。

孙千满心忧虑，在伤势痊愈后直到现在，那孩子一直没能把4lo找回来。他可以跳4lz，但最需要平衡能力以及消耗腰腹力量，并且在之前让他骨折的4lo，现在已经没法完成了。

跳一次摔一次，都不知道是身体因素更大还是心理障碍没消退，就这么把他送到世锦赛的赛场上，也是因为他们没有其他的顶级男单选手可用了，国内只有张珏一人不仅拥有4T、4S两种基础四周跳，甚至练成了4lo和4lz两个高级四周跳，而且他的稳定性最高，再崩都不会下领奖台。

所以只要张珏能滑，哪怕他其实没有参加全锦赛获得前三名，甚至他的出赛会挤掉本属于全锦赛第三名的柳叶明的比赛名额，上头也只会优先考虑他。

波士顿是一座邻近大西洋的沿海城市，可能其他人想到这座城市时第一个想到的是哈佛和麻省理工两座著名学院或者是发达的医疗技术，但张珏对这座城市的印象只有两个字——龙虾。波士顿大龙虾超级有名，而且这种食材属于海鲜，高蛋白、低脂肪，张珏是可以吃的！

被限制饮食许久的张珏才下飞机，连时差都来不及调整，就蹦着说要去吃大龙虾，被张俊宝以强大的臂力拖回酒店睡觉。

拦得住初一拦不住十五，第二天，寺冈隼人和白叶冢庆子一起来敲他的门："tama 酱，我和庆子要去吃大龙虾，你去不去？"

张珏："去去去！"

在餐厅里，他还看到了伊利亚和大卫。这三位凑到一起，那真是有说不完的话。大家先是互相恭贺了一下伤势痊愈，然后又恭喜大卫找到心上人，接着伊利亚夸张珏减肥成功，身材特别苗条，张珏则夸伊利亚头发浓密有光泽。

鉴于张珏以前有过韧带伤势，也做过手术，所以他可以和伊利亚分享术后恢复心得，而大卫也骨折过，说起骨折对运动员的损伤，两人同样颇有共鸣。

大卫还神秘兮兮地和张珏念叨："你知道崔正殊吧？就是那个韩国男单选手，现在在加拿大跟着萨伦训练的那个，他在训练里出了 4S，结果因为腿受不了，现在也住院了，说是想要退役呢。"

张珏一拍大腿："我知道啊，正殊出四周跳好不容易，就这么退役真是可惜。"

大卫继续说道："还有啊，冰舞的尹美晶和刘梦成是想在平昌冬奥会冲击金牌，所以为了避免意外怀孕，刘梦成直接去做了结扎手术，虽然这个可以恢复，但他也是够疼美晶的了。"

毕竟节育手段不止让男方结扎，还有让女方上环，上环比结扎带来的伤害大得多。刘梦成能做到这一步，也说明尹美晶没看错人，起码他知道女方去上环伤害大，干脆自己上手术台。

张珏："梦成哥一直对美晶很好啊，如果他不是好男人，美晶当初也不会为了他不顾一切，甚至是带着他转籍哈萨克斯坦了。"

大卫是个爱听八卦新闻的人，而且各路消息特别多，他继续和张珏聊："说起哈萨克斯坦，哈尔哈沙你知道吧？他在练 4F，结果把脚给扭了，但他们国家没别的厉害的男单选手，所以他还是只能继续参加世锦赛……冰舞的朱林要和女朋友订婚了，对象不是他的女伴斯蒂芬妮……"

大家聊着聊着，话题就落到了明天的抽签会上，提到这里，大家看向张珏，张珏叼着一块西蓝花，满脸无辜地眨眨眼睛。

今年参加世锦赛的男单选手共有 42 人，他们分别来自 29 个不同的国家，短节目时，他们将会被分为七组，每组六人，而张珏抽到了最后一组第一位出场。

张珏捧着号码球，心想，这也算是他的固定出场位次了吧，总觉得有点压力啊。他挠挠头，毕竟在第一位出场本来就容易被压分，如果发挥得不好的话，还不知道短节目排名要落到什么地步呢，落得太多的话，要在自由滑追就更不容易了。

教练组看到这个出场位次时也毫不意外，鹿教练和张俊宝、沈流对视一眼，都看到了对方眼中的忧虑。在来到波士顿之后，张珏总共在合乐中将短节目和自由滑各滑了 4 次，clean 的次数是 0。

沈流低声说道："寺冈隼人在四大洲锦标赛尝试了五个四周跳的自由滑配置，四周跳全部成功，只是在节目后半段失误了两次，这是体力问题，但他的技术很强。"

而寺冈隼人为本赛季准备的自由滑节目《仁医》，更是被誉为他出道以来最经典的一个节目，这就意味着张珏要在还没完全恢复的情况下，面对处于巅峰期的敌人。

这注定是一场鏖战。

36. 稀奇

因为有 12 个小时的时差，波士顿世锦赛开始的时候，中国正是凌晨四五点，但依然有真爱粉爬起来，通过央视的 app 看直播，秦雪君在凌晨 3 点的时候才下夜班，就给正处于下午 3 点的张珏打了个电话。

秦医生："比赛要开始了吧？你现在怎么样？时差调整好了吧？右脚踝感觉好不好？赛前需不需要吃止痛药？"

张珏："状态挺好，现在不用吃止痛药，时差早就调整好了，你怎么这时候给我打电话呀？"

秦医生："有个小区的物业乱来，要求业主要么买他们的车位，要么就不许停车，连租车位的业务都取消了，业主就和他们的保安打了架，搞得医院骨科来了十来个病人，有个现在还在手术室里修补脾脏呢。"

呃……听雪哥这么一说，张珏特庆幸自己买房之前特意问了一下物业费，以及物业干活的风格正不正派。

由于已经十分疲劳，秦雪君没有自己开车回家，而是选择打车，等回家以后，他火速洗漱换衣上床，睡觉之前开了手机。

第一个开始比赛的项目是女单短节目，之后才是男单，所以在比赛开始后，镜头便对准了开始上场进行六分钟练习的女单选手们，但在开头，还是有镜头对准了张珏。

"中央电视台，中央电视台，欢迎收看 2016 年花样滑冰的世锦赛，这里是波士顿世锦赛的现场，即将进行的是女子单人滑短节目赛事，我们可以看到很多选手都在热身区进行热身，大家关注的张珏也在进行拉伸。"

镜头之中，张珏劈了个叉，右手带动上身向左边倾斜，最后指尖触碰到了脚尖，接着他像是感觉不舒坦，直接将衣角往上面一掀……嗯，里面还是一层衣服，而且依然是长袖。

运动员是不能感冒的，尤其冰上温度还低，所以在没有换考斯腾的时候，张珏总是会穿一层又一层的衣服，那衣服本来就贴身，他还偏好黑色，这样就特别显瘦，皮肤也被衬得特别白。镜头在张珏身上停了好一阵子，才不情不愿地转移到了冰上。

今年参赛的女单选手共有 39 名，她们的比赛将会持续 180 分钟左右，也就是波士顿时间晚上 7 点 20 分的时候，男单的比赛才会正式开始，等到最后一组登场的时候，怕是都要到晚上 10 点了。

比赛时间这样安排，张珏在适度拉伸后，就直接钻进睡袋，准备小睡两小时，等到师妹要比赛的时候再爬起来。看到这一幕的人都陷入了沉默。

庆子吃着香蕉吐槽："他是怎么在世锦赛这种紧要关头还睡得着的？"

寺冈隼人："这已经不是大心脏可以形容的了，仅看抗压能力，张珏已经是四皇级别了！"

庆子："不，应该是海贼王级别！"

张珏的入睡速度一直很快，闭上眼睛，调整心跳，放缓呼吸，一分钟以内就可以成功入睡了。

张俊宝盘腿坐在他边上，眼睛一直放在闵珊身上，娃娃脸的他严肃起来莫名地有压迫感，看起来就像是一只随时准备把雏鹰扔下山崖的老鹰。徐绰在教练明嘉的辅助下，艰难地压腿压腰，心里也有点佩服在张教练的紧盯下进行热身的闵珊。

众所周知，张珏不怕教练，甚至会靠着教练撒娇，只有鹿教练能管一管他，但这不代表张俊宝就是温柔好说话的性格了，恰恰相反，他对学生非常严格，被他盯着的学生，除张珏以外都会下意识绷紧自己的弦。

徐绰对张教练也是又敬又畏的，沈流才是张门里唯一一会对学生们温温和和的人，队医杨志远、食堂的宁阿姨也很会哄孩子。

砰的一声，庆子高高跳起，完成了一个陆地 3A，就像是一个小钢炮，接着闵珊也较劲似的来了个陆地 3A，但她的跳法明显更为轻盈。别看张门总是出力量型的运动员，但闵珊的体质和体形都决定她只能是转速流，跳法看起来更像是没有发育时期的张珏。

两个顶级女单选手隔空对视一眼，又沉默地扭头，气氛尴尬了起来。

张珏依然安稳地躺在睡袋里，呼吸均匀，面色红润，嘴角甚至微微翘起，偶尔吧唧嘴，还不知道做了什么美梦。鹿教练默默将一件外套盖在张珏身上。

哪怕是到了京张周期，其实世锦赛女单的前三组里，选手们也大多只会上 3+2 的连跳，或者是 3T+3T 这种最简单的连跳，有的选手甚至只需要 3S、3T+3T、2A 这样的跳跃配置就可以进自由滑，只有最顶尖的那批女单选手才会今天你上 3lz+3lo，明天我上 3A，将花样滑冰拼出新高度。

张珏掐着时间点定好闹钟。波士顿时间下午 6 点半，宝可梦的主题曲响起，张珏迷迷糊糊地将闹钟一按，闭上眼睛继续睡，张俊宝直接把他身上的外套拿开，将睡袋拉链拉开，打开手机的音乐软件，点了首喧闹的摇滚乐，又将手机放在张珏耳边。

一分钟后，张珏爬了起来，他用一种很乖的跪坐姿势将睡袋收拾好，然后从自己的背包里拿出牙膏、牙刷和毛巾。

看到这一幕的其他国家的运动员已经不想说什么了，张珏这种表现简直给人一种他不是在参加世锦赛，而是在野营的感觉。他难道是没有长那根感受到紧张的神经吗？

过来拍摄的记者问张珏的教练们："我有一个拍摄设备一直对着张珏，把他睡觉和收拾东西的画面都拍下来了，你们介意发出去吗？"

沈流问张珏："小玉，你介意吗？"

张珏应了一声："随意，我先找个地方漱口。"

他完成洗漱，吃完教练们递过来作为晚饭的烤土豆、三明治、水煮蛋，又服用一杯牛奶，张珏彻底清醒过来，找了个瑜伽球坐着，认真地看完师妹和庆子、卡捷琳娜、赛丽娜的中日俄三国女单大战。

庆子是最强的，拥有 3A 和 3F+3lo 同时又表现力出色的她是现役女单霸主，闪珊的表现力、滑行还是差她不少，这是需要时间去打磨的，急不来，不过闪珊在确认短节目排第二后，表情并不好看。果然连续输给同一个人还是会影响到心态。

卡捷琳娜的举手很好看，就是表演用力过猛，赛丽娜的柔韧性和表现力不错，但跳跃轴心有点歪，和闪珊是同一个层次的选手，但因为有国籍优势，所以能够拿到只比庆子低 3 分的高分。

张珏问察罕不花："徐绰排名第几？跳跃怎么样？"

小白牛回道："她的跳跃配置是 3F+3T、3lz、2A，clean 了，滑行 4 级，但旋转只有 2 级，排在了第七位。"

张珏满意点头："不错。"

女单短节目一个第二一个第七，排除目前国内其实只有这两个拿得出手的女单选手这一残酷的事实，光看成绩，中国也可以自称一声花滑女单强国了。

还记得在以前的世锦赛，因为中国女单选手经常只能上 3+2 的连跳，解说员连夸都不知道怎么夸，最后只能说运动员技术多么规范、多么努力，但其实也是因为其他地方都没法夸了。现在的女单选手却不需要解说员再绞尽脑汁地吹捧，因为她们已经真的牛起来了。

徐绰看起来对自己的成绩是满意的，而闪珊很是不甘，张俊宝陪着小姑娘，正在说话安慰她。

张珏起身，戴着耳机往水瓶里加止痛药，喝了几口，闭上眼睛，深深地吸气。再次睁开眼睛的时候，他的神态冷漠起来，就像是一个在阴雨连绵的天气中于枯叶林里独自伫立的人。

他沉浸在自己的世界里。

《可爱的骨头》是一个令观者难过、令演绎者抑郁的节目，自从这个节目问世，没有人能否认它的艺术性，世界纪录也拿过，但这个节目也是公认的张珏所有的节目里播放量最低的。

有人评价过，每次看张珏演绎这个节目，都会觉得他仿佛和电影中的主角一样死掉了，演绎者为了投入节目中，主动在精神层面杀死了自己。

过了不知道多久，张俊宝带着眼圈红红但精神许多的闪珊回来，他冷静地招呼张珏。

"走了，该你上场了。"

张珏应了一声："好。"

沉默的少年穿着白色的考斯腾，踏上冰，熟悉的感觉席卷他的身体。

张俊宝什么话也没说，以免打扰张珏酝酿情绪，但看着那孩子离开冰面，他的心中带着忧虑，放任张珏继续滑这个节目真是太让人不安了，因为短节目情绪沉浸过度，导致自由滑无法 clean 的问题贯串于张珏未受伤前的前半段赛季。可是作为教练和舅舅，他也无法阻拦张珏追求自己的艺术。

赵宁解说："现在上场的是我国名将张珏，他今年 18 岁，是前两届世锦赛冠军，索契冬奥会银牌得主，之前因为骨折的伤势错过了大奖赛决赛、全锦赛和四大洲锦标赛，这是他伤愈后的首秀。"

"希望张珏能够不受之前伤势的影响，发挥自己原来的水准。"

赵宁话音刚落，冰上的张珏就跟跄了一下。

沈流紧皱眉头："杨志远说过，等到赛季结束后，我们要尽可能地减少张珏参加商演的次数，增加他的休养时间，他的右脚踝必须好好养一阵。"

鹿教练更干脆："如果他恢复不过来，就禁止他在商演的时候上冰，在旁边唱歌就行了。"

明年的 2016—2017 赛季的世锦赛将会决定各国参加平昌冬奥会的名额，到时候有的是硬仗要打，他们不能让张珏越来越少的血条消耗在其他无关紧要的地方。

而张珏跟跄了那一下后，却像是清醒过来了，他动了动右脚，做好起始动作。此时是波士顿时间晚上 9 点 50 分，国内是早上 9 点 50 分，加上是周末，许多冰迷都能直接打开央视五台看他的比赛。

比起赛季前半段，张珏这次呈现的《可爱的骨头》更多出了一份迷幻的颓废美，看到张珏此时的表演，有人会觉得自己身处梦境之中，一切都不是真实，而是幻想。

啪的一声，3A 落冰，张珏在落冰时上身前倾严重，这代表着运动员落冰时重心不稳，才会以这样的姿势来调整以保证不会直接摔倒。

整个节目之中，张珏没有失误过一次，可他的每个跳跃落冰都算不上完美，《可爱的骨头》的表演自然是精彩的，但张珏罕见地在短节目比赛结束后排到了第四位，分别比第一位的寺冈隼人、第二名的克尔森低了 6 分和 4 分，比排在第三位的亚里克斯少 1.1 分。

这将是张珏升入成年组后，首次没能在世锦赛里领小奖牌。

张俊宝双手抱胸："真稀奇啊，你平时都是短节目第一的，不过也是，看了你那个落冰，我是裁判也不会给什么比较好的 GOE，情绪沉浸得再好，技术跟不上也没用。"

张珏很轻松地回道："这不是还可以用自由滑追回去嘛。"

张俊宝："脚怎么样了？"

张珏看他一眼，比了个胜利的手势："没问题，比赛的时候没痛。"

看到他这个模样，老舅心里松了口气，因为大外甥之前才伤过，能在骨折后短时间内恢复到这个程度，张俊宝已经很满意了，目前这小子状态不错，连情绪都很好，没有被短节目折腾得影响到之后的比赛。

看来张珏的神级被动技能——大心脏，在他们没有察觉到的时候又进化了一次。

37. 年纪

男单短节目的成绩出来后，网络上骂声一片，但挨骂的不是张珏。

毕竟他才从骨折伤势中恢复，短节目还能完成三组高难度的跳跃，虽然有失误但硬是没摔，做到了表面上的 clean，最后排在第四位，已经很不容易了，懂行的都不忍心责怪他。

挨骂的是他的二师弟察罕不花，以及男单三哥金子瑄。察罕不花的四周跳还是不稳，在短节目里摔了一下，最终排在了第十七位，而金子瑄虽然在短节目里跳成了 4T，却在连跳中的第二跳摔了，排在了第十二位。

网友们不高兴的就是这点，明明这两个人健康状态都不错，结果居然还比不过才恢复的一哥，要你们有何用！更有过激网友声称，他现在怀疑张门的名声是瞎吹的，明明现在男单还是只有张一哥扛得住，其余人动不动就翻车，幸好闵珊十分争气的表现让其他冰迷立刻把这家伙压了下去，否则张教练的执教水平又要被怀疑了。

但就算如此，还是有人忧心忡忡地表示，张门教练对于其他徒弟是否过于温和。

众所周知，张珏当年的处境很难，因为成年组男单的断档，他不得不踩着年龄线升组，且在发育关、伤病一起到来时，为了拿到索契冬奥会的名额，一直强行将体脂率压到最低水平，打封闭去比赛，导致之后也伤病不断。

因为这件事，张门对于张珏下头的师弟师妹要求便没有那么严苛，有个厉害的大师兄顶着，下头的孩子不用在没成年时就把体脂率减到可怕的程度，也不用早早去挑战消耗身体的高难度动作。

可竞技运动不就是要拼吗？如果这种温和的对待会让孩子失去拼劲的话，很可能这样温柔的环境会让他们直到退役时都达不到张珏的高度，本来做运动员要是不拼到出伤病的话，就会被质疑不够努力，教练们对孩子下手要狠点啊！

张珏是会上网的人，他在看完这些评论后陷入了一种诡异的沉默。教练组对孩子们真的很严了，察罕不花没出伤病是因为他身体好到令人匪夷所思，金子瑄也不是没伤病，只是这个赛季没发作而已，而闵珊、蒋一鸿之所以看起来没事，则是他们足够年轻。

而且就算他们玩命训练，练到吐血，也很难达到张珏这种程度。

张珏的天赋是超越众人的，而在花滑男单项目，能和他拼天赋的人寥寥无几，已经退役的瓦西里算一个，千叶刚士也算一个，寺冈隼人和伊利亚虽然也厉害，但寺冈隼人身体天赋不如张珏，伊利亚的表演天赋不行，还是差张珏那么一点。

但如果张珏用这种大实话去反驳那些黑子的话，可能接下来骂他的就不是黑子，而是领导了，大家都知道他天赋很牛是一回事，但张珏自己说其他人再努力也比不了自己，那就是另一回事了。

去看看老舅吧，张珏这么想着，慢吞吞地出了房间门，然而在走廊的拐角，他看见察罕不花站在老舅门口，似乎在犹豫是否要敲门。

张珏立刻躲回阴影处，就在此时，闵珊的声音在身后响起。

"师兄……"

闵珊才张嘴，就被张珏捂住嘴，闵珊立刻举起双手，示意自己不会再出声，然后两人一起鬼鬼祟祟地偷看察罕不花。

张俊宝此时正在浏览着网上的消息。

【珏哥拿了短节目第四，真是破天荒了！】

【今年的寺冈隼人是神级状态啊，他那个表现的确精彩，而且难度高得

恐怖，4F、4T+3T、3A，这样的配置得是巅峰期的珏哥才能压制住的，现在的珏哥还真的很难比过。】

【他伤得太不凑巧了，赛季中期骨折，还没好全就要恢复训练，上了世锦赛就要直接打最强 Boss，这谁吃得消啊，不怪珏哥，大家千万别失落，作为本赛季三大伤员之一，珏哥已经很棒了！】

老舅想，自己也许是真的年纪大了，他年轻的时候，电脑远没有现在好用，《仙剑奇侠传》才面世，成为国产单机游戏之光，那时候张俊宝还拉着沈流一起玩《大航海时代》，现在想想，都是很久以前的事了。

现在像张珏这种九五后，察罕不花、闵珊那批〇〇后，他们似乎都不怎么玩电脑，手机才是他们最主要的"玩具"。或许他们唯一相似的地方，就是对花滑的热爱了。

敲门声响起，张俊宝去开了门，就看到察罕不花站在门口。"教练。"

"小牛，还没睡呢？"张俊宝招呼着孩子进屋坐下，给他倒了一杯水。

察罕不花腼腆地说道："对不起，教练，我睡不着。"又崩了一次四周跳，随便拿起手机看看花滑新闻，都能看见网友吐槽自己不行，这谁睡得着啊。

小白牛低着头，缓慢地提出自己的请求："教练，我想再提高一次训练强度，开始练习 4T+3T 的连跳，还有开始训练 4S。"一边练着 4T 的连跳，一边练 4S 单跳张珏是试过的，而且他练得很好，察罕不花想斗胆一试。

说到底，这孩子也不过作为运动员想要更进一步罢了，何况运动员年轻的时候个个精力充沛，觉得自己潜力无限，他们愿意用伤病去换成绩。

张俊宝经历过这个时期，他懂察罕不花的想法，他搂过察罕不花的肩膀："你是真的想不顾健康加训，还是仅仅因为这次比赛失利，满心不甘不知道如何发泄？"察罕不花目前的训练强度已经达到了他身体能够承受的上限，这是教练组早就和他说过的事情。

察罕不花别开脸，张俊宝也不勉强他回答自己，只是搂着这个孩子，抬头看窗外的夜景。他们住在酒店 25 楼，透过落地窗看外面，可以俯瞰大半座城市是如何从喧闹走向寂静的深夜。

"教练，你知道龟兔赛跑吧？"

"知道。"

"龟速赛跑里的兔子躺下睡觉，而乌龟一直坚持往前，所以它才赢得了比赛。我一直都觉得自己不聪明，天赋不出众，如果没有乌龟的精神，可能我这辈子就是庸庸碌碌过一生，而不是站在赛场上享受风云，我不是天之骄子，从来都不是。"

察罕不花紧握双拳："可是在来到成年组的赛场，和那些一线选手竞争后，我发现这里没有一只会偷懒的兔子，他们都在不停地奔跑，我追得好辛苦。也许终有一天，我还是会落后到看不见他们背影的程度，然后我就会被淘汰。我不想被淘汰，我喜欢滑冰。"

"我懂，我懂。"张俊宝回应着，"你现在经历过的一切，就是我以前经历过的。"

张教练在役时唯一一次国际比赛只有四大洲锦标赛，排名还不高，要知道自从张俊宝成为一线教练后，他就成了冰迷们口中"好教练不一定要是好运动员"的铁证，可见广大冰迷们也觉得他在役时期的成绩不怎么样。

"可就算跑得慢，乌龟还是不想停下，因为只要跑下去，只要腿没断，就可以抵达终点。"张俊宝起身，走到察罕不花面前蹲下，他按住弟子的膝盖，用坚定的语气说道："察罕不花，你有一双非常结实的腿，你在健康领域就是兔子，其他人都比不了你，你有很强的天赋，有充足的资本，不要着急，教练发誓，我一定会把你送到终点去！一时的输赢算不了什么，你现在很棒，这个项目的竞争还没有残酷到连你这样优秀的孩子都会被淘汰。"

听到这里，察罕不花忍不住垂着头哭了起来，他捂着眼睛："教练，我真的好想赢。"

他靠着张俊宝哭。靠在门缝边听了半天，只听到断断续续对话的张珏和闵珊对视一眼，都觉得事情恐怕不太妙，察罕不花是多坚强的性子啊，张珏有时候都会因为摔得太疼流点眼泪，察罕不花却从来都不哭。

出于对教练的信任，他们没有直接闯进去，而是躲到离房间比较远的地方，给察罕不花发了条"要不要一起出去吃夜宵"的短信。

万一张俊宝把小白牛训哭了，这条短信就可以让不花找理由离开，如果张俊宝火气特别大，这条短信还可以让他的火气直接转移到大晚上了还想找东西吃的张珏和闵珊身上。

所以这是一条充满了同门之爱的短信。结果那边回的短信是："给我和不花也带一份。"

师兄师妹再次对视。这个回答的语气明显是老舅啊！既然一向严格的张俊宝对他们吃夜宵这件事都没有意见，可见他心情不坏。

闵珊眼珠子滴溜溜地转："我们不能花太多时间的，免得他们要等太久，也不能是热量高的，不然我们要挨骂。"

张珏："那我们去弄几盘沙拉吧。"

花样滑冰运动员这个群体里，又有谁没做过"沙拉精"呢？吃这个绝对不会挨骂。

张俊宝的确没骂他们，就是嫌弃他们不够机灵，居然不知道带几杯饮料上来。

张珏盘腿坐地上，被舅舅批评："你也是，大晚上的不睡觉，带着师妹找吃的，是生怕你们体脂率涨得不够快呢？闵珊也是，我不是让你去把《哈利·波特》的配乐再听一遍吗？再不好好听，你确认自己的节目灵感找得准？还是你打算在自由滑中继续被白叶冢庆子用表演优势压制？"

原本还在看戏的闵珊乖巧地应着，唯一一个没挨骂的察罕不花坐在旁边，看着自己的同门，内心涌起一阵温暖。

直到送师弟师妹回房间休息，张珏站在走廊里伸了个懒腰，他笑着问老舅："你看过网上的评论了吧？心情还好吗？"

张俊宝翻了个白眼："不好，但不管他们怎么说，我还是坚持我的执教方式。"

张珏两只手都竖起大拇指："你是对的，我也觉得你的执教方式最适合我们了。"

老舅愣了一下，摇头失笑："我也没那么神，我只是北体大的本科毕业生，在役时成绩也一般，好多东西都是在训练你的时候才琢磨出来的，因为以前经验不够，好几次可以帮你避免伤病的时候，我都没有及时提醒你。"

张珏打断了他的话："舅舅，你很优秀，你是我见过的最棒的花滑教练之一，你不比鲍里斯、萨伦那些有名的教练差，在这点上你大可以相信自己。我可以说，如果你没有成为国家队的教练，说不定到了京张周期，我们国家都出不了像珊珊、小绰那样可以稳定输出高级 3+3 连跳，甚至是完成 3A 的女单运动员，也不会有我这样可以稳定跳出高级四周跳的男单运动员。"

张珏说的是真话，作为教练，张俊宝已经属于可以帮运动员逆天改命的那种大佬了。

遗憾的是老舅把张珏这番话当作安慰他的夸张语言，虽说被拍了好几下肩膀，但张俊宝还是没有改变"自己作为教练并不是顶级，顶多算一流"的想法。唉，看来他还是要多看着点老舅，免得他太过努力，总是熬夜看书翻论文，最后把肝熬坏。

第二天是冰舞、双人滑的短节目比赛，而女单的自由滑也会在这天举行，总之暂时没男单的事了，张珏过来也只是陪队友。

黄莺练抛四时留下的伤病还没好，此时正靠着关临吹气球缓解身体内部的疼痛，张俊宝和鹿教练则一起给闵珊做赛前指导。

张俊宝："白叶冢庆子的举手没你厉害，所以你要在保证不失误的情况下多举手，看看能不能拿到更高的 GOE。"

鹿教练："这次就用 B 方案，就是把 2A 和 3lo 都挪到后半段的那套跳跃构成，这样你就多两个跳跃的基础分可以乘以 1.1 了。"

张俊宝："在你的比赛开始前，我不允许你看其他运动员的比赛，专注自我。"

鹿教练："让你单独热身的地方已经找到了，就在隔壁走廊，我们帮你看着周围，走吧。"

这种被教练组一起围着的待遇在以往只有张珏有，第一次参加成年组世锦赛的闵珊这会儿也有了这个待遇。她既享受教练们细致的照顾，又有点忐忑，大师兄比赛的时候，教练们可不会和他说这么多增加胜算的小窍门和战术。

闵珊当然不知道，教练们之所以不和张珏说这些话，是因为他们想得到的张珏也想得到，甚至比他们更敢为了胜利去思考和拼搏。战术思维早就成熟的张珏并不需要教练组的指导，他们只要在旁边辅助，偶尔提个建议就行了。

闵珊妈妈也跟在旁边，全力配合教练组的工作，一句话不说，却承担起给女儿背包、提外套的工作。这里没自己的事，张珏干脆跑到观众席上看比赛。

今年尹美晶和刘梦成的短舞音乐来自电影《歌舞青春》中女主角演唱的"When There Was Me And You"。甜美的女声响彻场馆，而被戏称为花滑第一甜的真船"美梦成真"组合正在冰上互相追逐，用肢体语言表达着爱意。

看到他们的时候，人们总是要感叹一句，这是真正的爱情啊。

张珏靠着椅背，突然想到，自己是不是也到了可以滑爱情主题的年纪了？

38. 闵珊

虽然俄系裁判、北美裁判的偏心是世界闻名，但北美厉害的冰舞组合退役了，俄系的冰舞组合暂时还没崛起，裁判想捧人都无人可捧，所以现在最牛的还是"美梦成真"组合。

他们没有对手，也没有太严重的伤病，加上节目编排精彩，运动员演绎得好，在第一场比赛中拿下第一名也在大家的意料之中，相比之下，双人滑便惊险得多。

中国双人滑项目的一哥一姐状态一点也不好，黄莺吹了好几个气球，而关临长期超负荷力量训练留下的伤病也不轻，偏偏他不这么练还不行，因为一旦力量不足，作为女伴的黄莺受伤的概率就会越来越高。

就在大家已经做好他们要翻车的心理准备的时候，这两个在合乐时跳跃沉重、抛跳轴心不太行的运动员，却硬是撑起一口气，将短节目给 clean 了。

马教练作为他们的主教练，站在场边看着他们的表现，眼泪都快下来了："成了！成了！莺莺的单跳在合乐的时候没有一次成的，我都做好让他们降低单跳难度的准备了，他们居然连 3S 都跳成了！"

才四十不到，但因为操心太多而长了不少白头发的马教练从抽纸盒里抽了几张纸擦眼睛，提着刀套、外套、毛巾候在场边，等着自己的弟子归来，如同一个慈爱的老父亲。

沈流就笑呵呵地和张俊宝感叹："老马现在的心情，和当年我们看着张珏在 2013 年世锦赛时 clean 自由滑时的心情八成是一样的。"

张俊宝赞同地点头，那时候张珏因为发育关、换冰鞋、伤病等因素，一个赛季打了三针封闭，等他在世锦赛完成自由滑的时候，张珏站冰上直接哭出来，而张俊宝、沈流也眼圈发红。

当时大家都觉得张珏要离开冰面了，幸好他自己没放弃，一直控制着体重，又在商业冰场碰上了能帮助他改善技术的鹿教练，赶上了冬奥会，最终重回巅峰。

黄莺和关临过完了发育关，但伤病关比发育更可怕，张俊宝和沈流也是看着这两个孩子长大的，内心同样期盼着他们早日渡过这个难关。

也许是巧合吧，近几年国内带队成绩优秀的花滑教练，对学生的态度都和带孩子差不多，他们也许不通官方层面的事情，像张俊宝一开始甚至不会和上司谈工资待遇，人情往来的事务全是孙指导和江潮升扛起，但他们对手下运动员投入的心力都是扎扎实实的。

不论是熬出白发的马教练、被张珏押去医院开护肝中药的张俊宝、背着大家偷偷吃生发片的沈流，还是七十四岁高龄仍在继续钻研人体解剖学以精进专业能力的鹿教练，都是值得尊敬的好教练。张珏深知，若不是他们的存在，中国的花滑绝不是现在这般逐渐兴盛的模样。

曾经国内的花滑后备力量比现在少得多，男单只有察罕不花这根独苗，其他项目根本没有像样的人来接班。因为练体育这条路太难走了，尤其是花滑投入大，却未必能出成绩，一旦没滑出头，沉没成本太高，这就和张青燕女士一直让张珏念书一样，就怕孩子滑冰伤到了身体，书也没读好，退役以后会没着落。

如果国内没有标志性的强大的运动员来展现滑出头后能有多大利益，那么那些有钱供孩子练花滑的家庭，就算看到了孩子有天赋，内心也是宁肯自家孩子去念书，起码稳定一些。

也就是说，如果张珏没有现在的名声和收益，像闵珊、蒋一鸿、孟晓蕾、秦萌、陆秋、赛澎、赛琼等优秀的孩子的家庭，也不会考虑让孩子走上职业运动员的道路，这么一想，其实张珏也可以自称让国内花滑渐渐兴旺的大功臣了。

冰舞和双人滑结束，女单的自由滑也开始了。

然而就在大家都以为庆子稳拿金牌，闵珊会在成年组的第一年就获得银牌时，一句花滑界的俗语又一次在今天应验——女单的比赛就是不到最后，谁也不知道是个什么剧本。

白叶家庆子在自由滑前半段表现得非常紧绷，第一跳 3A 落冰时直接身体一歪，需要用手撑冰站稳，这就扣掉了 3 分的 GOE，第二跳 3lz+3T 同样出现了失误。女单在自由滑总共有七组跳跃，而她有三组跳跃的 GOE 都吃了减号。

寺冈隼人看到这一幕，眉头皱得死紧："她在短节目拿到了很大的优势，但如果其他人争气点的话，庆子说不定要下领奖台了。"

庆子今年 17 岁，在索契周期结束后，一直都是女单项目的霸主，谁知道她今天的状态这么差。

张珏一眼就看出了问题："她的压力很大，失误不是因为伤病或者别的原因，就是心理因素导致的。"

但心理状态本来就是说不清的，庆子本人也很无奈，她的体脂率是百分之十四，经期一直不稳定，结果自由滑当天突然来了月经，小腹疼痛外加情绪低落一起来袭，这种事谁控制得了？偏偏这种原因她还不好意思和别人说，只能接受临场心态崩盘这种失误原因。

俄罗斯的赛丽娜看到这一幕眼睛都亮了，她原本以为自己这次顶多上个领奖台，没想到庆子突然倒下了，这是机会啊。这位金发美人一咬牙一跺脚，下定决心要拿出自己的最大难度，在赛场上尝试了 3F+3lo，然后摔惨了，后半段也跟着一起崩掉。

作为教练的瓦西里睁大眼睛："她怎么回事？"

这丫头干吗突然在这种只要稳定发挥就能拿奖牌的时候放大招？

赛丽娜苦着脸下场，小声回道："可是以前我看小鳄鱼比赛的时候，他只要看到对手失误，就会冒险上大难度，而且总是能 clean。"

瓦西里一阵无语："你怎么和他比？我和他在商演的时候聊过，他平时在比赛里只会用成功率在百分之六十以上的跳跃，那些在冒险时上的高难度动作成功率也在百分之五十以上，你的 3F+3lo 成功率只有百分之四十，也没他那种大心脏，你怎么敢？"

张珏的技术储备和心态那是常人能比得了的吗？他的教练沈流甚至在网络上发布过张珏完成 4lz+3T+3lo+3T+1lo+3S+3lo+2lo 的连跳短视频，虽说配字只是一行短短的"小玉今天状态不错"，但也可以说明张珏的技术储备多么深厚，只要没伤，那小子就是弹簧腿。

赛丽娜要是能和张珏比技术储备和心态的话，早在两年前就该成为索契冬奥会的女单冠军，而不是让前一姐在身患厌食症的情况下还硬上了。

卡捷琳娜看到师姐摔到远离领奖台时也很蒙，小姑娘才 16 岁，心态并没有那么坚韧，她心想师姐拿不了奖牌，自己总不能跟着继续翻车吧？小姑娘心一横，放弃了冒险上高难度的打算，而是使用了自己为避免受伤而准备的另一套稳定度极高的跳跃构成。

稳定度高就意味着难度不高，卡捷琳娜滑了一圈下来，clean 是 clean 了，情感表达也不错，就是分数也比较平凡。

瓦西里震怒："你怎么不和我说一声就降难度了呢？"

这两个丫头怎么回事啊？今天抢着给他气受呢？

运动员自作主张的前提是这个主张可以帮她拿到更好的成绩，比如张珏，他现在随便浪都没人管，就是因为他有辉煌的成绩撑着，但其他运动员敢这么干，等着的就是教练的暴怒了，而正被鹿教练、张俊宝、沈流一起盯着的闪珊对此一无所知。

毕竟，张俊宝已经发现自己的学生很容易受到对手成绩的影响，干脆禁止她看别人的比赛，等滑完再看别人的分数与排名也不迟。他们防止闪珊偷看对手滑冰，甚至到了恨不得将她塞进楼梯间里热身的程度，反正跳绳、压腿这些不需要宽敞的地方也可以完成嘛，所以闪珊真的是在楼梯间完成的热身。

小姑娘为了比赛，特意请妈妈把自己的头发烫卷曲，然后化了淡妆，穿着黑色底色，有金红色点缀的格兰芬多院服风格的考斯滕上了冰。

家里有钱，闪珊的考斯滕便也使用了"天女的羽衣"为材料，看起来极为飘逸。她是那种发育以后也依然娇小的类型，脸也秀丽可爱，走到肌肉饱满的张俊宝身边，看起来就特别萌。

尹美晶和刘梦成坐在张珏身边，见到这情境，就和张珏感叹道："每次看到珊珊，我就想起青年组时期的你。"

刘梦成调侃："我记得日本那边把小鳄鱼称为冰上第一萌神，珊珊就是冰上大萌王，你们都很受欢迎。"

张珏不好意思："哪里哪里，我小时候是很萌，说第一还是夸张了。"

美梦成真：你还真不谦虚啊。

就在此时，场上的闪珊完成了一个轻盈的3A。

很多经验丰富的运动员，在看到对手第一跳的时候，就已经可以大致判断出对方这场比赛的状态了，比如庆子，在看到闪珊的3A后便露出无奈的笑，看来张教练在带出张珏这位中国男单之光后，又要将闪珊送上女单顶峰的位置了。

寺冈隼人的胖子教练长叹一声："说来上次中国女单在世锦赛夺冠还是在1995年呢，离现在20年了，张教练又要创造历史了。"

这位经验丰富的教练看得很清楚，张俊宝在花滑教练这个行业里的地位正在急速攀升，或许将来有机会成为中国版本的鲍里斯。

闪珊一直都是可爱的表演风格，硬要找个相似的人来更具体地形容她的风格的话，她就像是2008年维密大秀中为pink板块开场的超模小南瓜，她很擅长表达自己，当她完成了前半段的跳跃，做出骑扫把的动作时，既可爱又搞怪，观众们忍不住笑出来。

与此同时，闪珊还拥有不错的稳定性，跳跃失误的概率很低，柔韧性上佳的她的旋转也很不错。她和赛丽娜一样，都是可以在做贝尔曼旋转时将浮腿完全伸直，也就是能完成烛台贝尔曼的选手。虽然滑行比庆子差了不少，但托鹿教练的福，她也达到了一线女单选手的平均水准。

就在当晚，15岁的女单选手闪珊，在进入成年组的第一个赛季，拿到了一块亮闪闪的世锦赛金牌。

在自由滑结束的时候，闪珊就知道自己这次的排名会很不错，毕竟她可是clean了节目，但她怎么都没想到自己会夺冠。在看到自己排名的时候，小姑娘整个人都愣住了，她张大嘴，指着自己，转头问教练："我赢了？我第一啊？"

张俊宝满脸喜悦："是啊，珊珊，你赢啦！"

沈流喜气洋洋地补充道："而且你的自由滑和总分都离世界纪录只有3分！"

那3分的差距主要是差在滑行和表演上，但这已经不重要了，大家都高兴得不得了，闪珊的妈妈更是高兴得在观众席上哭了出来，她举着手机一边拍摄，一边对手机喊道："宝贝，你看到了吗？咱女儿夺冠了！"

手机那边立刻传来更大的哭声，闪老板激动地回道："我看到了！老婆，你快帮我给张教练送束花，咱们得好好谢谢人家！等你们回国了，我们请教练组吃饭。"

张珏坐在位置上鼓掌，等教练组和闪珊说完话了，他提着一束花走到前排，朝那边一扔。

鹿教练敏捷地接过花束，闪珊回头，就看到张珏对他挥手。

闪珊眨眨眼，走了过去，仰头看着张珏，她叫道："师兄。"

张珏应道："嗯？"

闪珊咧开一个大大的笑容："谢谢你教我跳3A。"

张珏也笑着回道："不客气，你现在得到的一切荣誉，都是你自己努力得来的。"

另一边，徐绰的爸爸搂着女儿，红着眼圈安慰道："小绰，你已经很棒了，爸爸从没想过，我的女儿在经历了那么多挫折后，还可以重新滑进世锦赛前十，你可是世界前十的女单选手呢，可厉害了！"

徐绰破涕为笑，两只手打开，用力抱住父亲和旁边的明嘉教练，她用带着哭腔的声音认真地说道："谢谢你们，爸爸，教练，我以后还会继续努力的！"

或许骨密度不够高将会限制她的训练强度与上限，让徐绰这辈子都爬不上个人赛的领奖台，但是没关系，她还想参加平昌冬奥会，到时候，她可以争取和队友们一起竞争团体赛的奖牌。

只要还能继续滑下去，只要她的梦想还未终结，未来便有无限可能。

39. 劲敌

从闪珊夺冠开始，国内的微博花滑超话上便是一片喜气洋洋，到处都是"喜报，我国小将闪珊于世锦赛夺冠"，甚至还上了一回热搜。

许多花滑路人粉之前都只是因为张珏的颜值而关注过这个项目，听到闪珊这个名字就蒙了，他们问："闪珊是谁啊？"

冰迷们便回道："是和张珏同教练的师妹，今年 15 岁，才升入成年组第一个赛季就在世锦赛夺冠了呢，咱们闺女真争气。"

众所周知，所谓的路人粉，其实大多不怎么了解花滑，分不清六种跳跃，搞不清算分方式，不少都是为运动健儿获得好成绩而高兴，或者是喜欢运动员的好身材和颜值。

而张门弟子一直被人吐槽"教练组选材时怕不是把脸也纳入考虑因素了"，所以闪珊的颜值也相当不错，小姑娘圆脸圆眼睛，十分可爱，立刻又为花滑吸了一批粉丝。

女单选手发挥出色，使得更多人对理论上来说更强悍的男单选手张珏抱有更高的期待。

这不是好事，因为在出发前，教练组还有一些国内的资深冰迷就做好了张珏这次夺不了冠的心理准备，张珏的右脚踝可是在去年 12 月才应力性骨折过啊。啥也不懂的路人在没搞清楚情况的时候，就擅自寄予过高的期待，这根本就不算好事。

大家高兴完了，教练组就开始担心张珏会不会感觉到有压力，结果找到他的时候，这家伙正在某视频网站一个一个地举报弹幕。

张珏可是老冰迷了，他在某些弹幕网站上看比赛视频的时候，就见过一些品德低劣的人在未成年女选手的比赛视频里发"哥要娶她做老婆""我冲了""也没多了不起""提起裤子"之类的评论。

美丽无错，欣赏美丽也是人之常情，但将猥琐当作幽默，将这种丑陋的弹幕发出来就过分了。这件事后来引起了冰迷的公愤，很多人，包括不少男性冰迷一起连夜举报弹幕，才让那个视频的弹幕干净了不少。

张珏很清楚闵珊是一个颜值不低的女孩子，作为师兄，他不能忍受自己的未成年师妹被别人骚扰，所以他干脆开了小号给师妹清弹幕，顺便给发视频的博主发了私信提醒。

做完这些事，他才跑去吃饭。闵珊才赢了比赛，张俊宝特意借了酒店厨房给她做了一碗面条，里面加了虾肉、鸡肉丸、荷包蛋、蔬菜，香喷喷的，张珏跟着蹭了小半碗，耳边是老舅对张门一枝花进行赛后训话的声音。

张俊宝实事求是地分析着："你这次是因为庆子失误，俄罗斯那两个一个崩盘、一个滑得太保守才赢的，但凡她们之中有一个正常发挥，光国籍优势就把你压死了。"

闵珊连连点头，十分清醒："我知道，我的实力还不够强，对上她们之中的任何一个都不是稳赢的。"如果不是教练组在赛前不许她看对手的表现，让她保持一个可以爆发的心态的话，闵珊觉得自己也未必能拿下这块金牌。

沈流笑着说道："不过金牌到手了就是你的，毕竟别人都没滑好，你滑好了，那你这块奖牌就是实至名归，拿得一点水分也没有。"就算一群人说闵珊靠运气赢了这一届世锦赛，可她的奖牌也不是偷来的，那 GOE 和表演分都干巴巴的，多实在的分数啊。

等张珏蹭完夜宵离开的时候，沈流特意拉着他小声说："张珏，明天别有压力，你脚踝是那么个情况，也不要太拼命，咱们留着劲到明年、后年使也可以。"

"我懂的。"张珏拍拍沈流，"放心，我有数呢。"

他一直是个赢得起也输得起的人，竞技运动必然要面对沉浮，张珏做好了接受失败的心理准备，然后用全力去拼搏，这就是他对这次比赛的态度。

男单自由滑比赛开始了，不知道是张俊宝的心灵鸡汤管用还是怎么着，在短节目排到第十七位的察罕不花表现优异，他在自由滑跳成了 4T 和 4T+3T，在最后两组选手没出场的情况下，硬生生追到了总分第一。

等倒数第二组比完以后，察罕不花的排名依然排在第三位，这意味着不管最后一组的选手多强，他都起码能拿个第九，这真的是很不错的成绩了，无论是教练组，还是远在中国熬夜看比赛的孙千都心满意足。

小白牛第一次比世锦赛就进了前十名，如果他能稳住这个水平并继续进步的话，就算将来哪天张珏伤到没法上冰，察罕不花也能滑进前十，为中国男单赚到参加重要赛事时的两个名额。而且他身体结实，比赛表现再稳点，以后中国就能形成张珏冲击上限，他保住下限的双保险局面。当然，张珏能一直稳定地屹立于顶端才是最好的情况，毕竟在竞技项目里，再多的一线选手，都比不过一个能争夺 GOAT 名号的世界冠军。

大卫是短节目第七，身为本赛季男单伤病三人组之一，大卫同样在自由滑崛起了，他是倒数第二组最后一位出场，当他 clean 了 3 个四周跳的自由滑，总分第一的名字立刻换成了他的。

沈流叹息道："可惜大卫的个子已经高到了影响上限的程度，能练出 4T 和 4S 就很不容易了。"

不过在经济条件变好，不用再去通过直播极限运动换取资金进行训练之后，大卫的稳定性也追了上来，想来只要以后他不再乱冒险，他就会是稳稳的一线男单选手。

短节目第六的伊利亚这次抽到了最后一名登场，短节目排名第五的哈尔哈沙头一个登场，他的节目是大马金刀风格的进行曲。古典乐搭配阳刚风格的演绎，为哈尔哈沙赢得了男单最阳刚男士的称呼。

寺冈隼人是第二位登场，在他上冰的时候，不仅是全场观众，张珏、伊利亚的目光也集中在他身上，在短节目时，隼人用和风探戈曲"さらい屋五叶"击败了拥有短节目之王外号的张珏。而他的自由滑，则是目前唯一一个难度构成达到了五个四周跳的《仁医》，编舞为宫本。《仁医》是一部播放时成绩辉煌的日剧，虽然主线故事是一名脑科医生穿越到幕府时代，看似是科幻设定，但作为历史剧的质量同样很高。

寺冈隼人的表现力一直不差，只是伤病与时运不济，一直拖累了他的成绩，但在索契周期，张珏是过完发育关才在奥运赛季崛起，在张珏杀回赛场前，寺冈隼人甚至一度压住了伊利亚，被认为是新生代男单选手里最强的一位。

而且他和张珏一样，拥有四种四周跳：4T、4S、4F、4lz。

没人知道寺冈隼人究竟在休赛季经历了怎样的努力，才在新赛季拿出了这一套节目，甚至练出了 4lz，人们知道的，只有他看起来比上个赛季瘦了一圈，体脂率极有可能比张珏还低，就像是一条蛇强行蜕下自己的一层皮，只为了将一个全新的自己带到这个世界。

那一定很疼。

虽然知道不应该，但内心期盼着师兄能赢的闵珊，还是在寺冈隼人的比赛开始后，悄悄双手合十祈祷。她要求不高，让这位大佬失误一下就好，她师兄可是已经连续两年夺得世锦赛金牌了，只要这年继续夺冠，他就是三连冠了。

就在此时，点冰的声音进入他们的耳朵。一个后内点冰四周跳（4F）。

张珏看着寺冈隼人的身影呢喃道："你一定很想拿冠军。"

闵珊怔了一下，抬头看着师兄，就看到了他脸上的微笑，这真是太奇怪了不是吗？他们明明是对手，可是这一刻，闵珊却在师兄的脸上看到了非常纯粹的祝福与期待，就像是一缕光照进了她的心口，让她浑身温暖起来，让她直到很久以后，都忘不了师兄的眼神。

那是被好节目打动的眼神，也是跃跃欲试着要去战胜对方的眼神，是一个拥有运动精神，热爱着花样滑冰这项运动的运动员的眼神，也是一位永远能欣赏与正视对手强大的王者的眼神。

又是一声点冰声，寺冈隼人完成了 4lz，周数有点不足，但刃是对的，裁判给了他一个 –2 的 GOE，但这并不影响他的节目质量。

他对《仁医》的演绎，就像是将一阵幕府时代的风带到了 21 世纪，而他就是穿着质朴的衣物，穿行在时空中的那位脑科医生。如果说演员有时会和角色融为一体的话，那么此时此刻，寺冈隼人也一定已经与那位剧里的医生成了一个人。

瓦西里的《辛德勒的名单》是燃烧灵魂的表演，寺冈隼人的《仁医》同样如此，他的考斯腾并不华丽，却一点也不妨碍他在短短的四分半的自由滑中，将一个名为南方仁的角色的迷茫、思考、改变，以及他本身对历史的敬畏与向往表达出来。

他拿出了一套 5 个四周跳的自由滑节目，虽然 4lz 吃了减号，还有一组连跳的第二跳落冰打滑，但其他跳跃都完成得很好，而且寺冈隼人的滑行非常精湛，起跳和滑出时都有步法作为衔接。

这并不是一套除了跳跃就是助滑的空洞节目，毫无疑问，寺冈隼人在这场表演中奉献了满满的诚意，不管是技术还是表演，他都做到了最好。电视剧《仁医》曾创造收视奇迹，而花滑节目《仁医》，是一场足以与任何经典媲美的杰作！

张珏感受到了这一点，在节目结束的那一刻，寺冈隼人正好也看向了张珏，张珏对他竖了个大拇指，寺冈隼人顿了顿，扬起下巴露出笑容。

"我的节目已经结束了，现在轮到你了，劲敌！"

张珏接下了这份来自寺冈隼人的战书。

寺冈隼人的分数出来的时候，张珏正在准备上冰，因为出现了失误，寺冈隼人这套 5+4 配置的自由滑技术总分是 117.09 分，不如张珏上个赛季打破世界纪录的分数，但也已经是全场最高了，加上表演分 95.6 分，他的自由滑得分是212.69 分，再加上短节目的 108.15 分，总分是 320.84 分，位居第一。

这个分数哪怕是没有伤病的张珏要对付都有点悬。

张俊宝送张珏上冰时表情淡定，心里却紧张得很。他看别的徒弟比赛时都能保持平静，唯独张珏是不一样的，他在这个孩子身上灌注了太多心血，也因为张珏得到了太多。

"张珏……"

张珏打断张俊宝要说的话，回头绽开一个自信的笑："我没问题！"

张俊宝愣住了，这小子，就算需要吃着止痛药上冰，就算合乐的时候从未 clean 过节目，可是在面对寺冈隼人的挑战，还有所有人都期待着他夺冠的压力下，却是如此战意昂然。

似乎一直以来，张珏都是这样的性子，哪怕受了伤，肩上扛着重压，在看到劲敌时还是会兴奋起来。与其说他是战士，倒不如说他是天生的斗士，因为只要走上战场去迎战就已经是快活的事情，所以从此艰难险阻在他眼里不值一提。

鹿教练翘起嘴角，说："张珏全身心地爱着花样滑冰，享受着在冰上的一切。"

正是这样的性格，才让张珏获得了所有对手的尊敬。这批出色的年轻人互相欣赏又互不相让，在退役之前，他们必然还会碰撞上许多次，并奉献一场又一场伟大的比赛！

所有人都看着张珏，而且场上至少有百分之七十的观众不是张珏的铁粉也是路人粉，一半以上的观众为他而来并且期待着他的胜利。

其中就包括了他的编舞达莉娅·索林科娃，手机的摄像头开着，实时为网络另一头的父母直播张珏的比赛，而她的父母，正是曾在 1998 年冬奥会将《纪念安魂曲》送上冰舞第一神作位置的前冰舞组合。要不是那两人以 48 岁、44 岁高龄怀上了二胎，现在正在老家养胎的话，达莉娅百分百肯定他们会跑到现场观赛。

达莉娅轻声问道："你打算怎样演绎这支已经被奉上神座的曲子呢？"

是像她父亲建议的那样，展现出一位神圣而威严的天国大天使长的模样，还是别的？

张珏单膝跪在冰上，一只手扶着冰面，低着头。

在音乐响起的那一刻，他缓缓起身，抬起双眸，然后达莉娅就意识到了，张珏虽然是用了她精心设计的优雅而圣洁的动作，但他也为这个节目倾注了自己的情感。

表演者是否走心，有没有动情，都是可以用肉眼看出来的，在这位年轻的运动员身上，有一种基于自身实力的绝对自信，气韵高贵，浑身王者气场。

虽说一日不拿奥运金牌就不能算成功，但作为在索契周期就不断将老一辈拉下马的强者，张珏早就是这个项目事实上的王了，王者出征自然气魄十足，搭配悲壮盛大的音乐，便如置身花滑殿堂，看一场神之舞。

冰花溅起，自右脚踝伤势痊愈以来，一直没有被跳成的 4lo 就这么完美地呈现在所有人面前，紧接着，他又完成了在合乐时、在赛前六分钟练习时从未成功过的 4lz。他其实根本没有恢复到最佳状态，此时能完成这些动作，也是全靠肌肉记忆以及那份斗志带来的精神层面的加成。

18 岁的张珏年轻气盛、锋芒毕露，他毫不吝啬于在冰上展现自己的统治力，如同在冰上燃起的火焰，灼烧着所有人的心脏。

说到底，张珏在场下的开朗爱笑的性格只是表象，就像平静的海洋，没人看得到海面之下是什么，一旦开始比赛，他就将饱满的情感化作冷静锐利的剑锋，刺破一切通向胜利的阻碍，如同海洋被风暴卷起滔天巨浪。

王者也是可以根据气质分类的，瓦西里是看似高冷实则仁厚的仁君，而张珏，他的对手在他身上感受到的却是随心所欲、不容违逆的君王气质。

他曾过早地经历风霜的摧折，也在非常青涩的年纪就向旧王发起过挑战，一次一次的战斗使他越发意志坚定、坚不可摧，且逐渐变得战无不胜。

"不，不对，这不是单纯的君王展示气势，还有更深层次的情感。"

在君王的表象下，是一个为了追梦而奋不顾身的少年。

节目的末尾，张珏朝着前方奔去，最终双膝落地，以一个跪滑作为结尾动作，头颅高高扬起，汗水顺着额头滑落，唇色发白，双臂打开，仿佛在拥抱命运。

达莉娅被惊到了，她也相信如自己一般被震惊到的人涵盖了全场几乎所有观众。

张珏的自由滑只放了 4 个四周跳，这是他现在的身体极限，但他将这个节目从技术到情感都完整地演绎下来，难以想象，这位骨折初愈、训练时不断失误、状态并不好的男单选手，顶住重重压力 clean 了自由滑。

明眼人都知道，这下不管张珏的短节目是不是落后，但经过自由滑这一场逆风翻盘，他是绝对下不了领奖台了。

张珏喘着粗气回到场边，他戴刀套的时候，上身佝偻得很深，像是在忍耐什么。张俊宝抚摸着他的后背，然后把他架起来，扶着他走到 kiss&cry。他扯了几张纸擦汗，低声说道："我尽力了。"

鹿教练拍拍他的大腿："我们看到了，你滑得特别好。"

可以这么说，如果张珏没在短节目失误的话，在自由滑结束的那一瞬间，他就已经是冠军了，但现在他们还需要等分数。

这一刻，许多人都双手合十，虔诚地开始请求各路神仙，保佑他们拼了老命 clean 了节目的小鳄鱼可以三连冠。

张珏的短节目分数是 102.15 分，而在自由滑得分出来的时候，许多数学好的人都发出失落的叫声。他的自由滑分数 217.45 分，加上短节目的 102.15 分，总分 319.6 分，比寺冈隼人低了 1.24 分。

张珏叹了口气："还是没赢啊，这还是我第一次吃短节目分数不够高的亏呢。"

沈流拥抱了自己最心爱的弟子："阻碍你胜利的不是敌人，是伤病，傻小子，现在疼得不行了吧？真是难为你扛到现在，等回去以后就好好养伤吧。"

他们都已经对张珏的表现很满意了，这孩子用一场自由滑展现了他令人惊叹的赛场统治力。在前两个周期，麦昆赢了巅峰期的瓦西里很多次，导致俄罗斯冰迷看了他就想吐口水，而换成张珏，哪怕身体状况不佳，寺冈隼人都差点没打得过他，可见只要养好身体，张珏还会有无数场胜利。

庆子看着寺冈隼人，疑惑道："隼人？你怎么赢了金牌还是一副高兴不起来的样子啊？"

寺冈隼人回过神来，他苦笑道："没有，我只是想到了下个赛季要挑战的就是无伤状态的 tama 酱，所以觉得前途叵测而已。放心吧，我没被他吓破胆，就是压力有点大。"

明明大家都是拥有四种四周跳，张珏又是 F 跳半残，开发出第五种四周跳的希望寥寥无几，寺冈隼人还在滑行方面胜张珏一筹，但张珏就是有这种气势，没有对手能看到他还不压力山大的。只要对手露出一丝破绽，张珏就一定会抓住机会追上来，和他比赛时没人敢说自己是稳赢的，因为张珏只是看起来不在乎，实际上对追逐胜利这件事有种近乎偏执的执着，为此他可以豁出去一切和任何对手拼到底。

总觉得如果是那家伙的话，为了赢什么奇迹都创造得出来。

张珏这会儿趁着还有三个选手没上场，坐着让队医看脚，他摸着下巴念叨："我觉得还是要多练一个四周跳。"

张俊宝、沈流、鹿教练、杨志远异口同声："你先把脚养好！"

40. 清醒

张珏在波士顿丢掉了三连冠，"美梦成真"组合却在这里完成了卫冕，他们的自由舞选择了歌手 Roniit 的代表作"Falling Again"，编舞是极少挑战爱情题材的米娅女士。

仅仅是看着他们的表演，就像是看着两个沉浸于爱情之中的人拥抱着，一起在末世中沉入海底。这两人的表演风格也很独特，有冰迷总结他们的风格是"爱看看不看滚，别打扰我们的二人世界"。

目前国际上的顶级编舞几乎都是欧美人，还有几位在日本。米娅是唯一长居中国的，看到她的编舞事业如此红火，像金子瑄、徐绰这样的中国花滑运动员，都有点想要在下个赛季找那位女士编新节目了。

而张珏则和达莉娅在赛后聊了几句，询问了她一件事："你会编爱情主题的节目吗？"

达莉娅面无表情："不会。"有那么一对父母，多年来分分合合，离婚复婚多达六次，达莉娅对爱情压根没有向往，总觉得一旦恋爱就容易变成她父母那样。

她心甘情愿地单身，碰到想追自己的男人立刻跑出 10 公里远。

张珏："那我没事了。"

接着他又给弗兰斯发短信："弗兰斯，你下个赛季有空吗？"

弗兰斯："有有有！我随时可以开工！"

张珏："5 月下旬，你自己确认航班，我给你报销机票钱。记得提前和我说什么时间到，我好给你安排食宿。"

弗兰斯："OK！"

看，这就是张珏与众不同的地方，其他运动员都是求着编舞大佬给自己编一套经典节目，而到了张珏这里都是编舞追着他跑。虽然他也想找米娅女士编舞，但是一来对方现在已经要承包大半个国家队的单人滑编舞了，二来就连冰舞的赛澎赛琼兄妹也想找她编。

据说赛澎赛琼兄妹这次在比赛里深刻地发现他们的表现力还是不行，为了提高表现力和默契，他们现在连架都不打了。但没有好节目也不顶用，他们只能寄希望于国内唯一的编舞大神带他们飞。

张珏习惯了一群编舞把自己排在最先的位置，当没有预约意识的他给米娅女士发消息的时候，他才赫然发现对方手头的活已经满了，再接多余的活虽然也不是不行，但在需要编的节目过多的情况下，其他节目的质量会受影响，这是米娅女士不愿意看到的。

察罕不花站在张珏边上，他耳朵尖，听到了一点对话内容。

张珏问师弟："不花，想好下个赛季滑什么了没有？打算找谁编舞啊？"

察罕不花愣了一下："我……我要找编舞吗？"

他滑张教练给的节目不就好了吗？虽说现在越来越多的教练只带学生，编舞也跟着一把抓的全能型教练越来越少，但他的老师编舞不是一直很靠谱吗？

张珏："你都升成年组，还滑进世锦赛前十了，这和沈哥以前在役时状态不错的那个阶段的成绩都差不多，队里肯定会给你涨编舞的预算。教练的学生越来越多，他不可能一直给你找编舞的，你要提前想好找谁，我们才好帮你联系啊。对了，米娅那边联系不了，她连我的单子都不接。"

察罕不花傻眼了，小朋友被张俊宝从十一岁带到现在整整五年，从没为编舞的事情操过心啊，他不是只要滑好冰就行了吗？

张珏："教练组是能帮你管很多事，但滑什么音乐、想找什么编舞，这都是可以有想法的啊。"你连个要求都提不出来，大家怎么满足你帮助你呢？

张珏自己是一直很有主见的那种运动员，他甚至能在教练带其他人出赛的时候，帮鹿教练把其他没比赛的师弟师妹也管起来，把他当半个教练看也没有问题，加上他拥有强大的商业价值，不管是拍广告、举办商演都可以带着其他人一起，所以以往没有选队长传统的花滑国家队，硬是给他个队长的头衔以示看重。

哪怕让张珏在起码一个月的时间里没有教练带着，他自己管自己，也能保证状态不会下滑多少，这是他当年被伤病和发育关折磨到近乎退役的那段时间里学会的技能。察罕不花不需要达到他这个程度，但脑子里要有自己的想法，这是从一线走向顶级的必经之路。

冰舞之后又是双人滑的自由滑，这向来是中国的强势项目，黄莺和关临也是有奥运银牌的选手，技术与表现力都是顶级，看着他们手拉手奔赴冰场，大家都有点担忧。

马教练紧盯着赛场，和沈流念道："莺莺伤病太重，抛 4S 已经不能做了，而且俄罗斯那边的双人滑单跳难度有 3F，加拿大有一对组合的单跳是 3lz，他们的单跳难度不够了。"

黄关组合连 3S 都稳不住，这让马教练不得不找张门来提升弟子的单跳能力。

沈流仰头长叹："你给我出了个难题，他们那个状况，我根本不敢下狠手练，这怎么升难度？"

马教练："沈老弟，拜托你了，你可是跳跃教练啊。"

沈流想：张师兄执教张珏以前也是跳跃教练，你咋不找他呢？还不是怕他那粗壮的膀子，只敢来缠我？

就在此时，张珏噌一下站了起来，满脸紧张。

原来在教练们聊天的时候，关临正和黄莺做抛 3F，但是从关临把黄莺抛出去开始，张珏就发现黄莺在空中的轴歪了。

不妙不妙不妙，莺莺怕是要摔，但是出乎张珏意料，黄莺稳住了这个跳跃，她用了张珏发育时期自创的落冰技术。这技术伤膝盖，但放在需要 clean 才能赢的大赛上还真是救场绝技。

寺冈隼人以前试用过这一招，结果膝盖疼了两个赛季，现在只是 2016 年的世锦赛而已，既不是关乎冬奥会名额的 2017 年世锦赛，更不是奥运会，不用这么拼吧？好在之后黄莺和关临在抛 3S、单跳 3S 上都没有再出过类似的状况，张珏才松了口气，万一他的技术把本来成绩辉煌的双人滑一哥一姐害到提前伤退，他就万死难逃其咎了。

老一辈的双人滑组合大多退了，加拿大和俄罗斯那两对新人组合稳定性不够，在短节目都有失误，今年对黄莺关临威胁最大的是德国的一组老双人滑组合，但他们难度也不够。

在带着伤病、打着封闭硬上的情况下，黄莺与关临拿下了这一届的世锦赛金牌，正式步入了与张珏一样只差一块奥运金牌就能大满贯的候选王者行列中。

在2016年波士顿世锦赛，除了总是没有姓名的冰舞，中国队一举拿下了女单、双人滑的金牌，以及男单银牌。

遗憾的是双人滑的一哥一姐伤病越来越重，休赛季可能要进手术室，男单一哥也要去养伤，女单得金牌又有运气成分，而且最重要的是他们背后都没有特别有力的二号选手做后备力量，相当于单打独斗，本项目里也没啥特别强的后辈。

但奖牌毕竟实实在在地到手了，孙千对他们的这一届世锦赛进行了评价——面上光。他们看起来大获全胜，但消耗了运动员的身体，教练们心疼得不行。

最可怕的是，上头知道了他们获奖后，似乎有意把平昌冬奥会、京张冬奥会的指标再提一下，本来他们只希望国家队可以在花滑四项里拿下一枚个人赛金牌、两枚个人赛奖牌、一块团体铜牌就不错了，现在领导想要三块奥运金牌。

压力山大的孙指导正在努力让喜欢做梦的领导清醒过来。

醒醒，大佬，我们哪来的花滑盛世？明明除了女单一姐，其余全是伤员啊！

为了这件事，孙千特意让黄莺、关临、张珏都退出表演滑，他得用"宝贝蛋们通通伤到连表演滑都上不了"这个理由去给领导们泼冷水。

张珏的确是没法再上表演滑了，因为一个来自秦雪君的消息，让他迫不及待地想要回国。

两岁多的纱织住院了。

他从老舅手里抢过电话，急切地问道："孙指导，既然这个赛季暂时没我的事了，那我能提前回国吗？"

张珏很少用这样的语气说话，孙千立刻问道："发生什么事了？张珏，你别急，有什么事孙指导帮你。"

张珏用力地捶胸，眼眶发红，悲伤地喊道："我闺女被瓜子噎着了，我要赶回去见她最后一面！你别拦我，我现在心痛得胸口都疼了！"

孙千想：那不是你自己捶的吗？

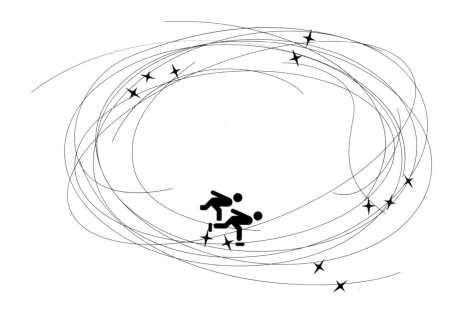

五　四周跳盛世

41. 灵感

爱心贝贝宠物医院二楼的走廊上挂着"请不要在走廊奔跑"的标语牌，牌子是浅蓝色的，上面的字也是卡通字，看起来温馨可爱。

此时却有人无视这条标语，急促的脚步声回荡在走廊中。有兽医不悦地想要开口提醒，却又因为来人过于俊美的外表，硬是将不满的话语吞了回去。

张珏推开病房，扑到一张袖珍病床前，小心翼翼地低喊："纱织，你睁眼啊，爸爸回来看你啦！"

纱织闭着眼睛，虽然小身体还在一起一伏，有着微弱的呼吸，但明显比以前虚弱了许多，连毛发都没那么有光泽了。

秦雪君红着眼眶按住张珏的肩膀："张珏，你别这样。"

他从没见过张珏如此狼狈的样子，因为时差，张珏脸上还有浓重的黑眼圈，脸上有点胡楂，头发凌乱，一看就知道张珏之前都一心赶路，完全没有整理过仪容。

张珏扒开秦雪君的手，看着纱织，开始抹眼泪："纱织啊，爸爸还没有给你种出最好吃的瓜子，论文都只开了个头，你怎么就要走了呢？难道我们的父女缘就如此浅吗？你连新上市的甜滋滋二号玉米都没尝过啊！好歹吃完再走啊！"

旁观的兽医满脸无奈，他犹豫地提醒道："其实，仓鼠能没伤没病地活到两岁多，最后被瓜子噎死，已经是喜丧中的喜丧了。"很多仓鼠因为主人照顾得不够仔细小心，连一岁都活不到，这只仓鼠两岁多了，还看着圆圆润润毛发旺盛，一看就知道享了一辈子的福，作为仓鼠，已经有资格出一本叫作《两岁半女儿最好命》的书了。

纱织在此时睁开了那双黑溜溜的眼珠子，她看着眼前的两脚兽，虚弱地吱了一声，然后永远闭上了眼睛。

张珏哭得很难受："纱织啊——"

当晚，张珏的微博小号、推特小号都挂上了纱织的黑白照。因为他之前一直只发纱织的靓照，以至于关注他微博、推特的粉丝都把他当宠物博主，并且很喜欢被饲养得乖巧可爱的纱织。此消息一出，评论区也成了眼泪的海洋。

知道这是张珏小号的人都十分无语，但还是有好心友人给张珏发了邮件，安慰他宠物总会再有的，张珏不要悲伤过度，要好好养好身体，商演的时候再见。

举办纱织葬礼的那一天，是一个大晴天，张珏穿着黑西装，大白天的举一把黑伞，十分有仪式感地将大闺女放入一个小盒子里，然后烧成了灰撒在河中。

秦雪君拍拍张珏的肩膀，对河水说道："纱织，到了鼠星好好过日子，愿你在那个世界找到你的真命天鼠。"

他们正儿八经地给仓鼠办完葬礼，张珏回家收拾东西时又难受了一场，他给纱织买了那么多玩具，还准备在休赛季给她整个新的笼子，结果这孩子就被一粒瓜子送走了，生命是多么脆弱，命运是多么无常。

秦雪君小心翼翼地询问："你下赛季还滑不滑爱情主题了？还是说你要把主题换成亲情类的？"

张珏用纸巾擦擦眼角，终于没那么沉浸在悲伤的情绪里了："还是滑爱情吧，我都把短节目的曲子写好了。"

秦雪君："你自己写的？你还真是越来越全能了，那自由滑呢？"

张珏："正赛节目就尝试一下古典乐或者音乐剧吧，但选曲没定好，因为是要放在正赛里使用的曲子，所以我还是打算给短节目写英文歌词，这对我来说是个挑战。之后还要制作小样，请歌手唱，或者我自己上，得费不少功夫呢。"

秦雪君又劝他："不着急，只要你滑得开心，什么题材的曲子都很好，我们都会追着看的！"

秦佩佳这人就这点好，张珏说什么话他都能接着，并顺着说下去，和他说话总能让张珏的心情好起来。

此时赛季才结束，张珏还在休养阶段，其他运动员也都是如此。选曲这种事，拖延症严重一点的直接拖到八月九月都是可能的，不过真拖到超过死线，B级赛就肯定参加不了了。

秦雪君从蒸笼里拿出甜滋滋二号玉米，将几颗玉米粒扒下来放在一个小碟子上，又将碟子放到摆在书柜上的一张照片前。

照片里赫然是纱织趴在黑色的绒布上的萌照，那是他们去年春游时拍的，如今记忆依然清晰，鼠却已经不在了。秦雪君想，以后如果还要养宠物的话，还是挑那种寿命长的吧，不然得多难过啊。不过现在纱织走了没几天，秦雪君也不提养新宠物的事，平时只是努力工作、好好学习，然后照顾好二红和三红，三红下蛋比大红勤快多了，和巅峰期的二红有一拼，应该会活得比较久。

他将做好的早餐放在餐盘上，端到了卧室里。张珏听到动静时睁开了眼睛，他侧躺着睁开眼睛，慵懒地唤了一声。

"雪哥，帮我剥个蛋。"

秦雪君："好。"

"雪哥，我想开车。"

秦雪君："你驾照考了吗？"

张珏："过阵子就要考了，所以现在得多练。"

秦雪君："那你去驾校练吧。"

张珏用了差不多20天来养脚和缓解失去"女儿"的难过情绪，等他恢复过来回归冰场的时候，许多人都对他的状态感到惊讶，这位易胖人士躺在家里那么久，居然都没有发胖！

张珏无奈："我根本没心情吃饭啊，而且我平时会出门去游泳散步，有氧运动做得多，胖不起来的。"

纱织的舅爷爷张俊宝扇了张珏后脑勺一下："别站着了，先去做个体测，我看看你体能下滑到什么程度。"

张珏每次结束养伤后都会出现一定程度的体能下滑，技术和竞技状态也会丢失一些，这都是教练组为他制订训练菜单时需要考虑的。

宁阿姨这时候提醒他："张珏，还记得不？你每个休赛季都要吃一段时间的素食减脂，之前看你脚没恢复好，我就没提这事，现在该开始了。"

张珏痛快点头："行，那就开始吧。"

接着孙指导也提醒张珏："张珏，你今年的商演已经定好要在七月暑假开始了，你确定今年是让弗兰斯来负责群舞吧？"

江潮升和张珏说："张珏，明天姜秀凌和洛宓就正式入队了，他们要和沈流练一段时间的单跳，还有赛澎和赛琼希望找更好的编舞提升节目质量，你有好的建议没有？"

纷杂的事务朝张珏涌来，而这就是他的日常工作了，身为一个可以被视为半个教练的张门大师兄，实力强横的一哥，总有各种各样的事情需要他去做，而张珏总是很乐意接受这些挑战。

5月，弗兰斯·米勒抵达京城，他坐在行李箱上等着张珏，然后有人拍了拍他的肩膀，他回头时吓了一跳。来人穿一身黑色，戴着口罩，这打扮，不是明星就是变态。

弗兰斯通过眼睛认出对方是张珏，他嘴角一抽："tama酱，你怎么这个打扮？"

你在国内已经有名到需要打扮成这样才能到公众场所了吗？

张珏十分淡定："换季时常见的上呼吸道感染，不想传染给你，所以戴个口罩。"

弗兰斯大大咧咧："我身体好得很，区区流感打不倒我。"

就算退役多年，身为曾经的大英男单一哥，他的身体底子也超级棒的好不好！

对呼吸道疾病十分敏感的张珏十分认真地回道："有些防护还是很有必要的。"

而且运动员一旦生病，连药都不好开，有不少干脆自己硬扛，所以一旦得了传染病是一定要重视防护的，免得出现一个人祸害一个队的情况。张珏这几天都是挑午休的时间才上冰滑一滑，尽量将自己和别人训练的时间段错开，为了尽快痊愈，他还不敢上高强度训练，只能尽量让身体状态不退化而已。

他还随身携带一个小喷瓶，时不时朝周围喷消毒喷雾，被队里不少人吐槽小题大做。

虽说白小珍和张珏说过，他现在的人气和一些准一线、二线的明星都差不多，在运动圈子里是实打实的顶流，但这一点也不耽误他领着弗兰斯坐公交和地铁。他在路上就和弗兰斯说了，有关今年的表演滑，他打算把已经编好的节目放在商演上首秀。

张珏特认真地表示："去年我就是因为和节目磨合得少了，有些地方直到最后都没做完美，这次我打算多在有人的场合表演节目，算是通过商演练兵了。"

弗兰斯惊恐道："亲爱的，你那么吹毛求疵，编一套节目能折磨我两个月，我还要给你和你师弟、师妹编舞，又要做POI的群舞编排，而且你展现节目前肯定还要先练一阵吧？那节目还得提前编好，你确定我忙得过来？"

张珏："我会加钱的。"他比了个数字。

弗兰斯立刻昂首挺胸："这事包在我身上了，你放心，这些节目我全部给你编得漂漂亮亮。"

对曾经穷到连机票都要刷信用卡才能买的弗兰斯来说，只要有钱，什么都不是问题。

张珏心想，弗兰斯这句漂漂亮亮说得真标准，居然还有点东北味。

42. 粉丝

弗兰斯一直知道张珏是个很有才华的人，但在知道这人居然还会写歌的时候，他还是惊住了，他指着张珏，手指颤抖："你……你平时那么忙，居然还有空去学写歌？"

张珏心说他现在在花滑上面花了多少心力，以前就在音乐方面花了多少心力。他双手背负于身后，做高深莫测状，用谦虚的语气回道："我也不是特别擅长写歌，就是灵感来的时候进行一下创作。"

弗兰斯满脸佩服："你的歌质量很不错。"作为英语情歌，无论是旋律还是歌词都很不错，且歌手本人的嗓音清澈而富有磁性，唱功出彩，情感真挚，真不愧是花滑男单一哥，现役表现力最强的人，这艺术细胞也是没谁能比了。

张珏显摆完自己写的歌，又开始赶人："拿好曲子去工作吧，我也要开始练舞了。"

弗兰斯咳了一声，目光在张珏的胸、肩处徘徊两秒，给他竖了个大拇指："胸肩肌肉很棒，不过我还是喜欢你在赛季时期的身材。你不减重的时候肌肉更饱满，看起来有倒三角呢。"他说完这段话就跑了。

等弗兰斯一走，张珏开了手机放音乐，跟着节奏做了些舞蹈里的基础热身动作，跳了跳，舞蹈教室外就传来说话的声音，似乎来自冰舞那几个人。

董小龙停住脚步，回头对赛澎赛琼微微一笑："虽然没有来得及给你们预约米娅女士的编舞，张教练那边也腾不出时间给你们上表演课，不过我们队里还有别的表演大师，以后每天下午两点，你们就来舞蹈教室找他，他会在练舞的时候顺便带一下你们。他说了，如果你们表现得好，可以考虑为你们编韵律舞。"

冰舞的韵律舞就相当于双人滑、单人滑的短节目，时长差不多。

赛琼好奇地问道："他是谁啊？"国家队里除了张教练和米娅女士，还有别的特别擅长教表演，还能给人编舞的大佬吗？

董小龙推开门："进来吧。"

赛家兄妹走进去，就看到一个熟悉又陌生的人站在木质地板上，仰头灌了口水，回头对他们招招手："来了？我听孙指导说过了，你们以后和我一起上舞蹈课，过来吧。"

赛澎张大嘴："队……队长？"这一刻，赛家兄妹难得在思想方面达成一致——感谢国家队。他们原本以为，能得到张教练或者米娅女士两位大佬的一点指点就不错了，结果上头直接给他们安排了一位史诗级大佬！

张珏当然是会编舞的啊！创造了自由滑世界纪录的经典节目《生命之树》、探戈风格短节目的教科书《红磨坊》可都是这位自己编的！

张珏伸了个懒腰："我的编舞可不好拿，如果你们的水平不行，我就不会浪费更多精力在你们身上了，还愣着干什么？去换舞鞋，现在开始上课。"

只是练舞的时候多带两个人而已，张珏并不觉得这件事会干扰自己的训练，如果这两个小朋友真的能因为和他一起练舞而提升表演技能，进而提升中国冰舞在国际赛场上的排名的话，张珏会很高兴的。

去年POI的巡演非常顺利，直接给张珏带来了八位数的收益，也让赞助商、参与商演的其他运动员十分满意，所以到了今年，参加商演的人数进一步提高，论表演者阵容，几乎可以和索契冬奥会结束时的花滑四项表演滑媲美，甭管是在役的还是退役的，所有人手头都有A级赛事的奖牌。

唯一让张珏遗憾的就是瓦西里已经置换了金属关节，现在顶多跳3T。他身上有磨损的地方不只是换了金属关节的部位，他的脚踝、髋骨也并不健康，如果想要将双腿行走的能力保持到六七十岁的话，医生给他的建议就是最好别上冰了，将游泳和散步作为主要运动手段就好。

于是瓦西里并没有接受张珏的商演邀请，只是在伊利亚、赛丽娜、卡捷琳娜过来的时候，托他们给张珏送了一盒酒心巧克力作为礼物。

赛丽娜和张珏说："他原本是想自己吃这个的，他超爱巧克力，但他最近有点发胖，鲍里斯说他应该控制体形，可怜的瓦先卡。"

张珏对此深有感触："我懂，减肥总是最痛苦的。"

身为易胖人士，张珏其实也偷偷担忧过自己将来退役了会不会变成XXXXXL 号。

伊利亚和张珏说："瓦先卡最近忙着带我们的小师妹拉伊莎，她才 11 岁，但跳跃天赋非常出众，力量很强，现在已经能稳定地跳出 3lz+3T 了，可惜她的 3F 用刃不对，应该是打基础的时候被启蒙教练教歪了，鲍里斯说要在她进青年组前，把刃给改过来。"

张珏好奇地问道："她能连 3lo 吗？"

伊利亚："可以，但还不够稳定，而且她的刃跳并不强，2A 水平一般，可能比较难出 3A，肢体也有点硬，表现力不够好，这也让瓦先卡发愁。"

11 岁有这个跳跃水准已经很强了，但凡滑行和旋转不太差，拉到成年组也是不错的战力了。

伊利亚感叹："她的天赋真的很好，但短板也不少，现在女单很多新人都忙着在发育关到来前出更高难度的跳跃，基础就不够稳固，各种缺陷都出来了，鲍里斯抱怨了好久。"

张珏和他聊着："毕竟女单花期短，你看庆子、我师妹珊珊，哪个不是才升组就开始出成绩？她们最辉煌的就是这段时期了。我舅舅不是新收了三个女学生吗？她们的家长也是不断地让孩子出高难度跳跃，一个个都掌握至少四种三周跳，但技术的瑕疵多得不行，鹿教练光是给她们改基础就费了老大的劲了。"

鹿教练也不容易呢，自从回归张门，老爷子天天被学生折磨得无比暴躁，后来就再也没胖过了，因为他胖起来和《灌篮高手》里的安西教练太像了，张珏偶尔还挺怀念他胖成球的样子呢。张珏完全没想过鹿教练当初执教还是胖娃娃的张小玉时比现在更暴躁，一天起码大声咆哮三次，追着熊孩子跑都成了日常惯例。

师妹们技术缺陷再多，也没张珏那么让人操心，这也是所有执教过张珏的教练再去教其他学生，都会感到游刃有余的原因。

毕竟大家已经在张珏这里见过世面了，其他小朋友再调皮，和张珏比也完全不值一提。

张门弟子变多，自然不是每个人的家长都和闵珊、察罕不花的家长一样好说话，比如秦萌的父母就非常希望女儿可以早点滑出成绩，多拿些资源，希望她能跟着师兄多去外面露脸，参加商演积累粉丝和人气。这就很让人为难了，

POI 目前很少请一线以下的运动员，不管成年组还是青年组都是如此。

好在国家队自有其管理制度，队里有一条去年才出的规定，就是青年组以下的孩子不许参加商业活动。这是为了避免孩子们在最应该打基础的年纪，过早被外面的花花世界迷了眼睛，最后忽视了训练。但这条例并不算严格，只把商业活动的年纪限制在青年组以下，国家队以外的小运动员也管不到。再加上小运动员大多还是住在宿舍里，家长们能干涉的地方也不多，督促学习、和小孩团聚并偶尔带他们出门玩可以，有别的想法的话就时间不够了。

经过一番讨论后，本次 POI 的出场还是群舞，而第一个节目让闵珊出场，接着是国内的二线女单选手陆晓蓉的退役演出，届时她的男朋友樊照瑛会陪同一起演出，张珏压轴出场。

为了配合新赛季节目风格，张珏连发型都换了，他的发尾本来有点长，这次将脸颊两侧的头发保留，后面修短，一侧鬓发拿一字夹别在耳后。要不是娃娃脸留胡子总觉得哪里怪怪的，他甚至想留点胡楂，加强自己的成熟男性魅力。

本来人就长得好，再这么一拾掇，等扶贫办又来找张珏代言甜滋滋二号玉米的时候，来人都情不自禁地夸他："小伙子越来越帅了。"

等参加商演的最后一批人，也就是美国选手亚瑟·科恩抵达京城，坐在酒店餐厅喝着果汁缓解疲劳时，电视里也正好播放了张珏新拍的广告。

只见俊美逼人的花滑一哥张珏穿着简单阳光的运动短袖和工装裤，脖子上挂着白毛巾，头戴草帽，低头闻了闻金灿灿的玉米，然后低头啃了几大口，脸颊鼓鼓的。他咀嚼着，如同一只心满意足的仓鼠。这是一个仅仅用肉眼去看，都觉得玉米肯定又香又甜的广告。

亚瑟·科恩愣了好一会儿，拍了一下坐在旁边的朋友的脸颊："嘿，你知道这个玉米在哪里才买得到吗？"

同为北美运动员的克尔森吐槽："你清醒点，亚瑟，广告语已经说明了这种玉米的糖分很高，就算你是 Jue 的粉丝，但在减重期，你也不能吃啊。"

与此同时，千叶刚士也受邀来到这里。他在进入酒店大门口时，在跟着师兄寺冈隼人去找张珏要合影签名打招呼，以及现在去和站在酒店小卖部里买水的察罕不花挑衅之间犹豫起来。他都想要。

就在此时，察罕不花回头看到了他，小白牛咧开嘴，露出白白的牙齿，友善地对这边点了下头。千叶刚士立刻下定决心，朝那边跑过去，指着察罕不花：

"察罕不花君，我下个赛季就要升组了。你等着吧，我已经准备好了新节目，到时候我一定会打败你的！"

张珏双手插兜走过来，正好看到这一幕，他叫了一声，转头对隼人和庆子说："年轻真好，可以这么直白地表达自己的进取心，哪像我啊，过了索契周期，好像就没有再追逐过谁的脚步了。"

寺冈隼人死鱼眼："是啊是啊，现在都是别人追着你跑呢。"

说话的时候，寺冈隼人和庆子总是不自觉地将目光放在张珏的身上。

这家伙今天只穿了一身黑色短袖T恤和七分裤，脚踩凉鞋，是很典型的夏季装扮，但是这也太瘦了吧？他是在减重吗？可是减成这样，肌肉也肯定会掉一些吧？作为力量型男单选手的张珏在保持这样的体形时，还能继续完成四周跳吗？

话还没出口，他们就被包围了。别误会，不是粉丝冲进了酒店，而是这次参加商演的时候，青年组的总决赛、世青赛的冠军们都被邀请了过来，他们全是张珏的粉丝，在偶像露面后，一群小朋友就冲到他身边。

庆子看得满脸疑惑："他的孩子缘居然这么好吗？"

张珏左看右看，发现这群孩子是他受伤到处旅游时逗过的那群小朋友。

"Jue，我已经开始练习第二种高级3+3连跳了！"

"tama酱，我最近养了兔子，你要不要看照片？"

"Jue，我把3A练出来了。"

小孩子们围在张珏身边，其中个子最矮的那个更是抬手，想要小鳄鱼哥哥抱着她合照，其他个子在一米五以下的小不点也激动起来，都说要抱。

他们不怕张珏没力气，毕竟小鳄鱼可是连瓦西里、伊利亚、寺冈隼人都举过的人，抱小孩绝对没问题啦！

张珏就这么被淹没在了一群未来的世界冠军中。

43. 赛程

张珏每个赛季都在换新风格，所以在看到他的新节目面世前，没人知道他会带来怎样的惊喜，也因此，他在商演上展现新赛季的短节目时，不少人都被震惊到了。

他今年的短节目选曲仅仅是听，就给人一种青春爱情电影配乐的感觉，但实际上在这天之前，除了凤鸣录音棚里的专业人员以及弗兰斯、国家队，从没有人听过这首歌。

这首名为《你为我带来新生》的情歌曲调欢快，曲子时长只有两分半，歌词也不复杂，但节奏感很强。张珏穿着一身简单的 T 恤、牛仔裤就上了冰，戴着头带、手环，从发型到神态都有着十足的青春气息。

张珏还是个年轻大男孩，所以就算演绎爱情主题的曲目，也透出十成的率真活力。然而张珏在节目中展现的跳跃难度并不高，他只跳了 3F、3A、4S+3T，而这是他在成年组第一个赛季才使用的配置。

伊利亚抱胸，评价道："休赛季减重还是影响到了他的能力，而且他的 3F 和 3A 居然都过周了，差点就要摔跤，他都多少年没在跳三周跳的时候失误过了？ 4S 也不太稳的样子。"

果然力量型男单选手少了肌肉就不行吗，还是说，这是张珏独有的跳法导致的问题？

花样滑冰运动员的技术也是分流派的，比如日系、俄系、欧系、北美系，还比如张珏的中系，只不过在张珏之前，中系没出过如此厉害的运动员，所以其他人对他们的技术研究也不深，其他四系面上互相瞧不起，暗地里却互相研究。

如今的中系花滑技术相比温哥华周期，已经经过了多次改良，其中光是四周跳的跳法，就在张珏一人身上衍生出了转速流、力量流两种跳法，还有他们独特的落冰缓冲技术、举手技术。张珏是这场技术变革的先驱，是摸着石头过河的人，在他身后，则是教练们以他探出的路为基石而建起的桥梁。

但在摸索这些技术时，张珏也需要冒着受更多伤病的风险，练 4lo 的时候伤腹肌，练 4lz 那会儿也崴了几次脚，两脚韧带都不健康，要不是张珏的 F 跳跳法诡异，怕不是中系运动员修炼五种四周跳的道路能被他一个人全蹚平了。

张珏没有在表演中摔跤，可他不完美的跳跃让人不由自主地质疑起教练组让他在休赛季减重的决定。毕竟，很多粉丝在偶像出了事的时候都不会第一个说他的不是，而是质疑他身边的人。他们大多不了解事情的真相，也没有探究专业知识的兴致，只是想要找个地方发泄不满，又舍不得将枪口对准喜欢的人。

这种发泄方式是幼稚的，也让张珏在看评论时感到无奈，他之所以开始在跳 3F 时过周，是因为他在开发新大招啊。

正式表演里的跳跃质量不行，但正经冰迷都不会对运动员在休赛季的表现有什么意见，何况张珏可是传说中在合乐时花样摔跤，上了赛场就 clean 的大赛型选手，以至于现在就算他摔了，冰迷们也只会心疼一下，但不会怕他实力下滑。

他下场的时候，老舅穿着一件单薄的黑衬衫，提醒他："你的周数控制能力下降了不少，回去以后我得给你调训练菜单。"

张珏擦了把汗："我知道，当初我练 4S 的时候，3S 的控制力也乱了一阵，等增肌结束后，控制力应该就回来了。对了，老舅，你解一下扣子。"

张俊宝："啊？我扣子扣得挺好的啊？"

张珏上去给他把领口上面的两个扣子解开："行了，就这么上场吧。"

看似 27 岁，实际上 37 岁的老舅面无表情地被大外甥推上了冰，他穿着黑色短袖衬衫和黑色长裤，手戴一副黑手套，腰上绑着黑色皮带，多余的装饰是一点没有，却正好将好身材完美体现出来。因为人气够高，一直以来，张俊宝的休赛季商演邀约都没有少过，但他接受商演邀请的次数比张珏少得多，尤其是入职国家队后，他的主职还是教孩子，目前张珏作为主角的 POI 才能请他出山客串一下。

他的节目是张珏给编的，身为亲外甥，张珏非常清楚如何突出老舅的优势。所以在张俊宝上场后，外面的尖叫声就没断过，观众席成了狂欢的海洋。

身为 POI 总导演的弗兰斯也跟着尖叫，双手捂脸。

虽然小鳄鱼也很美好，但……但这种成熟男人的魅力简直太大了。

伊利亚也看得张大嘴巴："不愧是张俊宝教练，他在冰上好有霸气啊！我们家鲍里斯教练减点肥，把脸整形成娃娃脸，再年轻个四十岁，上冰时就该是这样的气质。"

卡捷琳娜和赛丽娜不自觉地顺着伊利亚的想法想下去，不约而同地打了个冷战。

鲍里斯年轻时的确是美男没错，但是他都 70 岁了啊。

毕竟执教一群斯拉夫熊所要付出的代价是巨大的。自从鲍里斯退居二线，瓦西里接过尤比莱尼冰场总教头的位置后，瓦西里的发际线也是以每年 1 厘米的速度在后退。

冰演的最后是一群运动员聚在一起秀跳跃，张珏也不例外，其中青年组的小女单选手莫妮卡跑到他面前，申请和他一起跳 3lz+3lo，然后比比谁能连更多的 3lo。

张珏欣然点头，和小姑娘跑到冰上，最后莫妮卡连了五个 3lo 就摔了一跤，而张珏一口气连了六个。

在减重以后，他要在连跳里加 3lo 就轻松多了，等到赛季开始，他将会重新增重到 69 公斤，到时候再做 lo 跳时，腹肌的负担就会变重，但到了那时候，他对身体的控制力反而会更好。花样滑冰是一项非常精密的运动，有时候一点重心的变化，都能让运动员适应好久，好在张珏对此已经非常习惯了。

今年的休赛季，张珏没伤没病，学业方面随着甜滋滋二号玉米的培育告一段落，也进入了一段清闲期，所以他干脆巡演了六场，不仅是北上广，他还去了山城、潭州、鹏城。

商演带给他的收入还是八位数，但比去年翻了一倍，张珏将这些钱分为三份，分别捐给了全国第一所免费女高、癌症儿童救助基金会以及海洋环保项目。

知道他的决定的时候，白小珍都被他震惊到了："张……张珏，你确定要把这么大一笔钱捐出去？"

张珏一摊手："我已经捐了，只是通知你而已。"

白小珍沉默许久，对张珏竖起大拇指："牛还是你最牛，算了，反正你还年轻，还能赚，不就是几千万吗，反正这是你的钱又不是我的，随你……"经纪人嘴里念念有词，恍恍惚惚地摇摆着身体准备离开房间。

白小珍走了一半又冲回来："差点被你带偏了，我来找你是有事的！"

张珏疑惑："啥事啊？"

在白小珍手舞足蹈的讲述中，张珏这才想起一件事来，那就是下下届的冬奥会在京城、张家口举办，所以在下届平昌冬奥会的闭幕式上，下下届冬奥会的举办国是要派人去做 8 分钟的接旗仪式的。

现在这个仪式的总导演已经找好了，人家也已经开始准备，但到时候还是要带个可以上冰唱歌跳舞的人去凑个场子，所以为了选拔出这个人，以及推广花滑，这位导演要搞个综艺节目。

张珏满脑子问号："冰上综艺？这个节目是模仿俄罗斯的"Ice Age Kids"吗？我们的人才储备不够吧？"

俄罗斯的"Ice Age Kids"就是把一群年龄还不够进入青年组的花滑儿童聚集起来，由导师带着编排节目进行比拼，因为俄罗斯人才储备很深厚，花滑在国内的热度也高，所以这个节目办得红红火火，就连瓦西里家的小拉伊莎都去了，再经过海选、复选、决赛后拿了女单的冠军。

然而中国这边的花滑人才储备就单薄到有点夸张了，前阵子老舅还被上级催着收新徒弟，导致老舅不得不答应在俱乐部联赛开始后去赛场看看情况。

张俊宝也希望为增加中国花滑人才储备做贡献啊，但他就是找不到好材料有什么办法？

白小珍连连摇头："没啊，那位导演了解过国内花滑的情况，不会做这么没谱的事情，所以他说到时候准备请几个年轻点的、有过运动和舞蹈底子的明星过来，然后从省队、俱乐部那里找冰舞、双人滑的退役选手、二线运动员去做明星的导师，然后再比拼。"

张珏嘴角一抽："可是滑冰要童子功啊，如果是在综艺节目里练的话，能不扶着人自己完成燕式、跪滑、转三、双组旋转就算不错了，顶多再练个半周跳吧？"

这点动作连 5 岁的张珏都比不过，节目效果能看吗？

白小珍嘿嘿一笑："这你就不懂了吧，明星自带流量，找对了人，就不怕没有收视率，而且我刚才不是告诉你，节目组要找双人和冰舞的人了吗？他们可以带着菜鸟滑嘛，尤其是女嘉宾，他们可以被那些双人和冰舞的男伴带着做托举呀。"

这样一搞，视觉效果不就上去了吗？

张珏懂了，而白小珍告诉张珏这事，也不是让张珏去参加综艺节目，毕竟综艺节目开始录制都是 1 月份的事了，结束时应该是 4 月份，到时候张珏要忙全锦赛、四大洲锦标赛、世锦赛，怎么都不可能有空去给明星做配角。再说了，领导们也舍不得张珏这个宝贝蛋被娱乐圈那边的风雨波及，张珏的新赛季使命只有两个：一、多拿金牌，二、在世锦赛带 3 个冬奥会名额回家。其他的和他没关系。

白小珍就是来和张珏聊八卦新闻的，他说："目前那边已经确定要请元钦、莫倩、江学闻、李岚伊，还有四个没有定下来。金梦和姚岚说到时候会过去做导师，江潮升教练要去做主裁判，据说原本是定沈教练去的，但这是个容易挨骂的活，分数低一点都可能被骂眼瞎，一个不小心就要被明星的粉丝围攻，所以江教练就替他去了。"

张珏立刻摸出钱包："我记得江教练喜欢喝花雕酒的，他老婆最近还有点咳嗽。白哥，你替我买上好酒，我去药店买一盒燕窝送到他家去，那个吃了清肺。"

身为一个运动员，张珏太知道自己能有今天，教练组在其中起了多大的作用，教练们就是他的大宝贝，谁对教练好，那谁就是张珏失散多年的挚友。

收到礼物的江潮升哭笑不得。

2016年9月份，大奖赛赛程确立，今年分站赛的举小顺序是俄罗斯站、加拿大站、中国站、日本站、法国站、美国站，总决赛在日本的名古屋举行。

值得一提的是，今年大奖赛总决赛的各国名次，将决定平昌冬奥会的团体赛名额，届时各国滑联根据各国有多少人进入总决赛，以及他们的名次来计算积分，积分排名到前十名的国家才能去参加团体赛。只要张珏、黄莺和关临的身体状况可以，中国的男单和双人滑就稳进决赛，闵珊早在青年组就过完了发育关，如今正值当打之年，是奖牌的有力竞争者。

领导们并不担心中国拿不到冬奥会团体赛名额，只希望他们身体健康地过完这个赛季，明年上冬奥会拿金牌。

经过商量，张珏决定参加这个赛季的雾迪杯作为赛季初的练手，然后选择了俄罗斯站、日本站两个分站赛。申报俄罗斯站可能要提前和伊利亚打擂台，去日本站说不定要对上寺冈隼人，两位好友得知他的选站后，纷纷致电给他询问缘由。

张珏很不好意思："这两站离中国近啊，倒时差会比较轻松。选中国站当然也可以，但领导说中国站已经有好几个本国男单选手申请了，我去了有点多余。"

伊利亚："我还是去加拿大站和法国站吧。"

隼人："那我去中国站和美国站。"

大家都不是很想提前和这个怪物遇上，他们还是让让吧。

不知道为什么，张珏觉得自己被嫌弃了。

44. 完整

为了积累更多的积分提高世界排名，有些身体健康、体力充沛的运动员，就会选择多参加比赛，比如察罕不花，他今年就报名了加拿大秋季杯比赛。

他在这场比赛里撞上了大卫·卡酥莱和克尔森，惨败。

大屏幕上出现了察罕不花的分数。

技术分：88.25

表演分：79.46

自由滑得分：167.71

加上短节目，察罕不花的总分是 247.26。

这样的分数并不能说是低，起码算二线是没有问题的，可是对一个拥有四周跳的运动员来说，他的技术分没有上 90 分是不应该的。

一同过来比赛的金子瑄发挥得不错，以 267.99 分上了领奖台，上台前还忧心忡忡地看了察罕不花一眼。身为运动员，金子瑄太明白比赛失利带给选手的心理压力了。

一个上赛季才进了世锦赛前十的男单选手，连个 B 级赛的领奖台都上不了，其中固然有对手比较厉害的原因，但察罕不花摔了两组连跳，表演质量不够高也是不可忽视的因素。

陪同克尔森过来比赛的教练低声说道："是二年级综合征吧。"

二年级综合征，指的就是运动员进入成年组的第一年，还可以凭借自己的天赋、新鲜感，让裁判对他们的表演抱有好感，但在进入成年组第二年后，迟迟无法击败顶层的前辈，技术上进入瓶颈，表演风格转型不成功，还有成年组激烈的竞争氛围，都会让他们陷入一个低谷。

许多人甚至会需要好几个赛季，才能从这个低谷里爬出来，这是男单项目常见的毛病之一，天才如寺冈隼人和伊利亚也有过这样的问题，像张珏那种成年组第二个赛季就在冬奥会夺银的才是少数。

察罕不花的天赋还不如隼人和伊利亚呢，而且他还没有国籍优势，沈流和张俊宝对视一眼，都看到了对方眼中的凝重。小白牛是目前张门除张珏外，跟他们时间最长的弟子，加上他性格温和懂事，训练和学习都勤恳认真，教练组嘴上不说，其实心里很是疼爱他，休赛季特意拉着弗兰斯给他编自由滑，现在孩子进入了困难阶段，真是让他们忧心。

雾迪杯和秋季杯也就差了一周的时间，张珏调好时差上冰带了几天师弟师妹，察罕不花就蔫巴巴地回来了。看过比赛的大家都有一点想要安慰他但是又不知道怎么安慰的纠结心态，张珏从15岁开始就没有过"也许我这辈子都赢不了谁"的无力感，虽然陷入过低谷，但他一个赛季不到就爬出来了。

才在意大利伦巴第杯将全力发挥的赛丽娜拉下马的闵珊正处于春风得意的阶段，满心都是"又赢了一个厉害的"的昂扬狂喜，她在职业生涯中遇到过的挫折比张珏还少，就更没法安慰二师兄了。因为小姑娘比赛的地方离意大利最小的火山布斯卡火山比较近，她还在教练的默许下，和妈妈去那边玩了一天，只差没拿人家火山吃顿烧烤。

可怜巴巴的小白牛其实表演能力不差，他的情感细腻，滑行基础扎实，表演分在亚洲男单选手这个群体里一直都是偏高的，但问题就在于表演分和节目完成度也有关系。

察罕不花如果 clean 不了有两个四周跳的自由滑，影响了节目完成度，表演分就会降下去。正所谓表演分跟着技术分走，88分以上的表演分，向来只有那些难度顶级、稳定性也不错的一线与顶级男单选手才能享有，不稳定的运动员不配。

金子瑄的表演其实进步不小，但因为稳定性较差，表演分一直都只在78分到85分之间。察罕不花原本是能稳得住的，但在这个赛季，蒋一鸿的4T已经稳了下来，甚至开始进修4S，而4T不稳、4S修炼进度上不去，还是影响到了这个只有16岁的年轻人。

他的骨架太宽，所以空中转体时的身体轴心就比较粗，轴心一粗，控制的难度也会提高，这是他的先天劣势。接着他的身体也收得不够紧，最后还有点盘腿，也就是腿也没收紧，所以要完成四周跳对他来说就是个难题。

面对这种情况，解决的方式只有两个。

一、提升核心力量，加强运动员收紧身体的能力。

二、加强臀腿肌肉力量，让他可以蹦得更高并以此换取滞空时间。

张俊宝早就把这两项视为察罕不花训练的重中之重，但小白牛的天赋摆在那里，他注定要吃更多的苦，才能走到其他天才可以轻松抵达的地方。

最后还是鹿教练找察罕不花谈了心："茧里的蝴蝶一时之间就不要想着起飞了，现在先积蓄力量吧，再怎么样，你上头还有个高个子顶着，想要更进一步可以，但不要让焦虑影响到你的比赛心态。心态这玩意儿一崩，本来能赢的人都会赢不了。"

闵珊其实也有点转型困难的问题，因为她只会演绎活泼少女，这个赛季的短节目《假面舞会》被她演得一点古典味都没有，好在张珏帮她编的自由滑曲目，直接把她从二年级综合征的边缘拉了回来。

选曲天才张珏深知，越是性格外向进取的天才，越能演绎好那些展露野心的曲子，所以他干脆把《叶卡捷琳娜二世》这部俄罗斯剧推荐给了师妹，然后用其中的主题曲编舞，接着闵珊只要展现自己的野心就好了。别问他为啥不让这姑娘滑武则天，因为闵珊压根不擅长中式古典乐，东方古典乐大多风格偏厚重，这小姑娘把握不住。

在这里要说件事，就是青年组冰舞的赛澎、赛琼靠着拼死拼活的训练，成功在张珏这里弄到了韵律舞编舞，而张珏为他们选择的是圣桑的《骷髅之舞》。

虽然是花滑界无数人都滑过的经典曲目，但张珏的编排很独特，赛琼是萌妹子长相，所以她在这个节目里饰演一个看了故事书后陷入了噩梦的女孩，而赛澎则饰演一个逗弄戏耍女孩、刻意地恐吓她的死神。在节目末尾，赛琼恍然梦醒，以为方才的一切只是一场梦，而赛澎在她背后跳起，做张牙舞爪的模样。

女孩是不是还未梦醒，所以死神才依然存在，又或者死神是真实存在，刻意入了女孩的梦与她来了一段惊悚之舞？看完张珏的编舞后，赛家兄妹的表情就亮了起来，这个节目的故事性很强，能让冰舞选手展现表现力，只要滑好，就可以给观众、裁判留下深刻的印象。

顶级编舞可以拯救运动员在裁判那里的表演评分，这就是为什么运动员们追捧顶级编舞。

正好去年的商业活动让冰雪中心赚了不少，临近冬奥年，领导们也重视运动员，编舞和做考斯腾的预算都给得比往年多，合适的造型搭配优秀的节目，让闵珊和赛家兄妹在赛季初就走得很顺。他们的顺利，奠定了张小玉世纪神人的地位。

跳跃、滑行、旋转通通顶级，编舞顶级，选曲和做考斯腾的品味一流，除了吹毛求疵到让弗兰斯在离开中国时发际线后退1厘米以外，作为花滑选手几乎是没有缺点的。

哦，除了血条短。

这人在俄罗斯站的短节目因为太激动，外加4S不稳定，把脚给崴了，最后只拿了块银牌。捡漏夺金的克尔森十分恍惚，差点以为自己这辈子的运气都集中在这一天了，甚至还怀疑运气耗尽的自己可能出门就会被车撞死，让教练搂着好一顿安慰，他还被铜牌得主哈尔哈沙用鄙视的眼神瞅了好几次。

幸好俄罗斯站和日本站中间隔着一个月，完全够张珏休养和进行恢复训练。在此期间伊利亚成功拿了一枚加拿大分站的金牌，而加拿大的比赛环境很值得他感天谢地一番，因为各种巧合，今年的加拿大一个亚洲选手都没有。这位年轻人从青年组开始就一直被亚洲男单选手压制，成了三剑客里实绩最低的一位，虽然他有一枚冬奥会团体赛金牌，但团体赛金牌对一个运动员米说分量还不如一枚世锦赛金牌，起码世锦赛金牌是只属于个人的荣耀。

隼人在之后参加了中国站，但他因为腰伤没上难度，加上短节目失误，他只拿了一枚铜牌，夺金的大卫还好，夺银的克尔森都晕了。他，克尔森，北美一号男单选手，还在青年组时就成了加拿大一哥，本赛季居然靠运气成了第一个确定进入大奖赛决赛的人！

一时之间，在部分比较迷信的冰迷群体里开始流行拜克尔森，这人运气真的太好了！

张珏养了一周的伤，就火速回归冰面再次开始训练。五天后，他在冰上用右脚点冰，左脚呈内刃起跳。这一次，他空中转体了 4.2 周，成功落冰。

沈流鼓起掌来："漂亮，这是你在本赛季开始后最漂亮的一个 4F。"

张珏呼了口气："我为了这个跳跃，付出了 3F 和 4S 不稳定的代价，直到现在，我还是容易在这两个跳跃上过周。"他满脸无奈，为了练需要转体 4.2 周的新招 4F，张珏就请教练组用吊杆带着蹦 5S，以此提升转体能力，因为经常铆足劲转 5 周，所以他现在在跳 4S 的时候就常常过周，而在开始练 4F 后，他本来就跳法诡异的 3F 也跟着成功率下滑到五成。

没人怀疑张珏会进不了总决赛，他的下限够高，再差都不会下领奖台，而在进总决赛前，在分站拿的不管是金牌还是银牌铜牌都没关系，那对他这种级别的运动员来说从来不是赛季重头戏。

但张珏还是觉得自己在日本站要拿块金牌，因为他通过闵珊知道了一件事，那就是她、卡捷琳娜、亚瑟·科恩、哈尔哈沙、察罕不花、千叶刚士等小一辈的运动员有一个专属于他们的同期聊天室。

他们经常内部开赌局，赌些有的没的东西，比如张珏去比俄罗斯站的时候，他们就开局说克尔森一定赢不了张珏，而最后一个下注的闪珊只能押克尔森赢，因为其他人全押了张珏。

这其实是一个理论上没有开局必要的赌局，因为张珏和克尔森的确存在实力差，但花滑的剧本就是神奇到谁也猜不到结局。

在看到克尔森的分数比张珏高的时候，黑人问号脸的表情充满了整个聊天室，而闪珊赢得了一箱俄罗斯伏特加、美国队长的盾、哈萨克斯坦金币一套、一袋草原牛肉干以及日本的温泉蛋等稀奇古怪的东西，有一阵子她不停地收快递。

张珏想：不蒸馒头争口气，我不能再让闪珊天天收外国的快递了。

张珏在日本的大阪赢下了金牌，接着伊利亚又在法国站把脚给崴了，最后他只拿了铜牌。

可怜的伊柳沙，张珏敢肯定他今年状态奇佳，所以会在法国站摔跤绝不是他的错，毕竟法国冰场质量，懂的都懂。朋友们纷纷向倒霉的俄罗斯太子发出慰问，正所谓没在法国站摔过的职业生涯是不完整的，现在俄罗斯太子的职业生涯终于完整了。

伊利亚完全没被安慰到，甚至是被气了个半死，他气哼哼地放狠话："你们等着，我到了总决赛再收拾你们！"

寺冈隼人：就你？收拾我？还不知道到时候谁收拾谁呢！

张珏：就是，几瓶伏特加啊就喝成这样？

众所周知，俄罗斯人是公认的战斗民族，但在老实孩子伊利亚这里，他永远没法在言语上赢过皮皮鳄，而且就算他气到现在就想和损损鸟一起到大街上决斗，也没法短时间内跨过大洋。他只能灌下一口伏特加，痛下决心，要在总决赛展现实力。

此时伊利亚完全没有注意到，瓦西里站在他的背后，双手抱胸，蓝眼眯起，表情复杂地看着他手中空了一半的酒瓶。

45. 帅哥

12月7日，日本名古屋，2016—2017赛季的花样滑冰大奖赛总决赛正式开赛。

本次入围总决赛的男单选手有张珏、寺冈隼人、伊利亚、克尔森、亚瑟·

科恩、大卫。

其中哈尔哈沙和亚瑟·科恩的积分其实一样，只是亚瑟·科恩在分站赛拿了银牌和第四名，而哈尔哈沙有两块铜牌，理论上来说，银牌的分量比铜牌更重，所以亚瑟·科恩惊险地进入总决赛。

这是亚瑟走上花滑道路后，第一次入围成年组的总决赛，这代表着他终于跨入了一线男单的行列，哪怕他曾经也是称雄青年组，被北美媒体誉为不输给张珏的天才少年，但走到这一步，他依然付出了太多。

天赋只是让他成了青年组的幸运儿，却不能让他继续称雄成年组，从小就运动天赋过人的他在步入真正的顶级运动员的世界后，挨了现实无数顿毒打。上赛季世界前十的男单选手差不多是把他轮着赢了个遍，哪怕是有国籍优势，他依然被二年级综合征狠狠收拾了一顿。

好在这小孩在本赛季就成长了，他依然是那个跃跃欲试着想要走到鳄鱼先生面前挑战的少年，但他心里开始有数了。

他还是很想赢鳄鱼先生，但在那之前还是多练几种四周跳出来吧。

目前这位少年拥有 4T、4S 两种四周跳，高级四周跳没一个练成的。

在正式比赛开始前，亚瑟没有在冰上看到过鳄鱼先生，比赛开始的当天，才看到鳄鱼先生蹲在走廊视频通话，对面还不断传来 "I love you" 的叫声，一声又一声，但有点不清晰，结果还响起"如果感到高兴你就拍拍手"的调子。

张珏吹了几声口哨，对面也跟着吹，然后张珏又说了几句话，才心满意足地关了手机。

回头看亚瑟疑惑地看着自己，张珏不好意思地笑笑："家里养了只鹦鹉。"

那是一只脸上有两坨红的玄凤鹦鹉，只有五个月大，但很聪明，学习速度很快，而且养得好的话，能活二十五年左右。

这鸟还是秦雪君带回家的，他说二红、三红只能下蛋，但没法作为宠物互动。张珏便拍板留下了这只鸟。现在秦佩佳正在努力地纠正自家新宠物喜欢学鸡叫的毛病，还教鸟唱歌，前者没啥起色，后者成效相当不错。

亚瑟恍然大悟，他咧开一个笑："我家也养了宠物，是一只珍珠鸟，我叫它迪克。"

张珏面露震惊，为什么要给宠物取这样的名字？

亚瑟也意识到什么，他慌乱解释："不是……迪克是一个很有名的超级英雄的名字，我发誓给鸟取这个名字不是因为我有多下流。"

张珏："好的好的，我知道了，别说了。"

亚瑟立刻转移话题："对了，你的宠物叫什么？"

张珏："张鹦俊。"

亚瑟面露疑惑。

张珏："就是 handsome zhang。"

亚瑟懂了，他哈哈一笑，竖起大拇指："你是用教练的名字为鸟命名吗？好主意！"

张珏已经懒得解释这件事了，自从大家知道他给鸟取名叫鹦俊后，哪怕是老舅本人，也觉得张珏是把他的名字拿去给宠物用。

谁叫现在一到国际赛场，虽然不熟的人还是管老舅叫张教练或者 zhang，但熟点的都叫他 handsome 呢。

老舅已经把这个名字认领了，张珏也就把那句"鹦俊也可以改名叫皮卡丘"给咽了下去。

今年的冬天非同一般地冷，名古屋的气温在零摄氏度到五摄氏度之间，除了拥有光着膀子在冰天雪地里打架能力的俄罗斯人，其他人都不是很愿意在这时候去室外，花滑运动员普遍抗寒能力不弱，但张珏在热身时也是穿着三层单薄的紧身长袖运动衣跳了 500 个双摇，才终于舍得脱掉最外面一层的衣服。

杨志远穿着厚厚的羽绒服站在一边："今年夏天那么热，没想到冬天会冷成这样，幸好今年的总决赛不是放在俄罗斯，不然我们都得冻傻。"

外面响着《假面舞会》的音乐，今年入围总决赛的六名女单选手中，闵珊和卡捷琳娜都选择了《假面舞会》作为短节目音乐，也就是撞曲了。

从节目的编舞来看，她俩差不多，米娅女士和达莉娅分别是这两个姑娘在新赛季的编舞，然而比滑行和表演的话，卡捷琳娜更胜一筹，拿了短节目第二。

第一是庆子，她今年身体好好的，啥失误都没有，所以她不仅技术分赢了闵珊，表演更是把其他人压到一点脾气都没有。而本赛季在分站赛曾和庆子在表演分方面打平过的徐绰则因为技术分不够高，最终在积分排行榜上排第八，无缘总决赛。

闵珊比完赛就跑厕所里去了，虽说她表示过自己是要去卸妆和洗脸，但明眼人都知道这姑娘是去哭了，偏偏教练组全是大男人，这时候也只能让沈流在女厕所外面的走廊等着。

　　女单比赛之后紧接着就是男单比赛，亚瑟·科恩第一个登场，他的短节目是《了不起的盖茨比》，该怎么说呢，这是一个从音乐到编排都透着纸醉金迷气氛的节目，步法相当华丽，但对运动员的挑战很大。亚瑟·科恩能把这些复杂的步法好好做下来，就足以让大家对他的滑行进步程度感到惊讶了。

　　隼人摸下巴："这段步法有点意思，是丽塔·费森的手笔吧？真难得，她以前都只给冰舞和双人滑编舞的，不过要是让我或者克尔森来的话，这段步法会更漂亮。"

　　让张珏来应该也可以，他的滑行能力同样强，还有超强的肢体感染力。亚瑟·科恩没把这个节目的潜力完全挖出来，但现有的这部分已经足够他把自己的短节目表演分提高到43分以上了。

　　之后上场的大卫滑的是《飞屋环游记》，冰上风格瑰丽幽深，擅长演绎神秘哥特风格音乐的他少见地选用了童话风。有解说员评价道："大卫看起来就像一个走温情路线的'疯帽子'，身为场上年纪最大的男子单人滑选手，他的表演已经很成熟了。"

　　大卫比张珏大了4岁，今年23岁，已经是大龄男单运动员的一员了，但他是比利时男单独苗，所以只要还能滑，他就可以一直滑。这是独苗的幸运，也是独苗的悲哀，因为他们连后退的余地都没有。

　　伊利亚的短节目则是圣桑的《第三小提琴协奏曲》。圣桑是花滑乐曲大户，起码有一半花滑选手都曾滑过圣桑的曲目。在2016年4月前往星空的梁思礼先生也曾在遗嘱中写过，在自己的追悼会上别放哀乐，放圣桑的音乐，可见这位音乐大师的卓越才华。

　　优雅而活泼的古典乐被伊利亚演绎得很是生动，硬要比喻的话，就是像一只小熊在玩雪，他的考斯腾也是偏可爱诙谐风格的，虽然这是伊利亚首次挑战这种风格，但他做得很成功，从赛季开始到现在，他的新节目一直好评不断。

　　这人能在总决赛开始前放狠话说要收拾张珏和寺冈隼人，也是有底气的。

　　相比之下，寺冈隼人的《海上钢琴师》则带着忧郁的海风，他的衣领有麦克风样式的刺绣，而他在冰上的表演，如同一位沧桑的中年男子站在甲板上对着一望无际的大海唱一首回忆过去的歌。他甚至为了这个节目留了胡子，和娃娃脸的张珏不一样，他留胡子居然特别合适，整个人的帅气值噌噌上涨。

张珏将香蕉皮扔到不远处的垃圾桶里，含糊不清地说："好多人在叫啊。"

原来喜欢这种痞坏脸帅哥的人有那么多吗？

闪珊很诚实地回道："只要是帅哥，不都很讨人喜欢吗？"她全都爱啊。

面对现实吧，现在花滑男单的热度之所以能史无前例地超过女单、双人滑、冰舞，三剑客的竞争仅仅是原因之一，花滑三剑客——张珏、伊利亚、寺冈隼人的脸也是很重要的因素！

有好事冰迷甚至说过："面对长胡子的隼人，我会想要追他，可我不想和他结婚；面对伊利亚，我会想把他当作一辈子的小王子呵护；面对张珏，我会很想爱他，但我知道云端的仙人永远不会为我走到人间。"

三剑客中的两位带来的压力差点把克尔森压垮了，他瘦弱的小肩膀就像是扛着一座无形的大山，上场时神色凝重，脸色惨白。欧皇虽然运气好，但巨大的心理压力让他紧张得不行，跳跃动作摔了两个，等他滑完节目到达 kiss&cry 时，耷拉着脑袋。

张珏是最后一个出场的，他脱掉外套准备上冰的时候，观众席就像是往滚油里浇了一盆水，瞬间就沸腾到近乎炸开。张珏的考斯腾和他在商演时穿的完全一样，差不多是他到目前为止穿的最简单现代的考斯腾之一，却能最大限度地彰显他的青春活力。

在表演开始前，他斜看镜头一眼，用食指按在嘴唇上，轻轻亲了一下，凤眼里满是无辜，像个故意撩人的俏皮孩子。接着他的脸上就展露了笑容，那不是偶像们常见的表情控制满分的完美笑脸，而是笑得张大嘴露出牙齿，眼睛都笑得眯起来的笑容，真实而感染力十足。

后来有冰迷将这一场总决赛称为世纪男单大对决，比赛中的男单选手差不多全处于职业巅峰，也没有人被伤病影响，最后他们的表现力还都超凡脱俗，哪怕是跳跃摔了的克尔森，也没在表演上失误。

而在现在，看着张珏的笑容，原本在观赛时内心满是忐忑的冰迷们也被感染得一起翘起嘴角。

网友们也纷纷欢呼。

【张珏状态看起来好棒，一看就特别自信，光看精气神就知道他很有把握。】

【官方快出新海报，我已经蠢蠢欲动了！多开点预售名额，不然以我家的网速怕是抢不到。】

【虽然三剑客都很帅，但我最爱的果然还是鳄神，可高冷可青春，19岁的男孩子果然最棒了！原本还觉得他是"高岭之花"，可是看到他的笑，我突然好想和他谈恋爱！】

46. 十五

江潮升："观众朋友们，现在登场的是我国名将张珏，他今年的短节目是《你为我带来新生》，这是一首张珏自己作词作曲，然后由朱雀乐队演绎的曲子。"

赵宁："是的，张珏是一个很有才华的多面手，在近几年他自己完成编舞的次数越来越多，包括曾经打破世界纪录的《生命之树》《可爱的骨头》，他也会给认识的运动员编舞，包括今年闵珊的《叶卡捷琳娜二世》、冰舞的赛澎与赛琼的《骷髅之舞》。"

解说员这么一科普，不少冰迷才发现张珏创作出来的佳作还不少，不说全都是经典，但都很有记忆点。

陈思佳的室友张大嘴："真的假的，他连写歌都会啊？"

陈思佳抿嘴一笑，小声解释道："他的音乐底子很好，从小学开始就一直在很厉害的老师那里上课了，可以不用话筒都喊得千人大礼堂的所有人都听得到。"

虽说声乐底子好和会不会写歌是两码事，但陈思佳和室友也不是这方面的专业人士，张珏已经把能耐摆出来了，作为冰迷夸就对了。毕竟张珏也不走流量的路子，人家写歌都没有拿去卖唱片，都是自己拿来滑冰，以至于赛季开始后，冰迷们想听这首歌还得自己找资源，让无数鱼苗大喊"哥求你赚我们的唱片钱吧"。

对着这么个一整年的收入说捐就捐的人，黑子黑不动，粉丝也无奈。

张珏右手比画砰的手势，然后用食指指着自己的心口，在音乐开始的那一刻，这人就开始在冰上高速滑行。It is show time!

身为当前世界上花滑项目滑速最高的选手，张珏拥有百分之九十九的同项目运动员难以企及的冰上加速能力，就像寺冈隼人评价的那样，张珏的滑行其实非常好，还有强大的感染力助力，所以他可以轻易地将一段编排华丽的步法变成劲爆片段。

鹿教练评价："臭小子才把滑行练到顶级，就迫不及待地想要炫技。"

但是一直以来，大众对张珏的评价就是能跳、柔韧好、擅长表演，对他的滑行则是用天赋流、速度快两个词概括。这次张珏在短节目的开场就秀了一段滑行，的确是一改许多人对他的"滑行并非强项"的固有认知。这变刃的复杂程度已经看得大家眼睛都花了！

寺冈隼人看到他这个滑速："哼，我也可以滑这么快的。"

庆子给他浇冷水："但是你不敢，因为全程用这种高速的话，你的体力根本吃不消。"

只有张珏这种体力大户才可以这么浪。

还有人直接露出嫉妒的嘴脸："变刃这么快，也不怕腿打结。"

虽然有一双大长腿，但张珏还真不怕腿打结，相反，他接下来直接在没有用压步助滑的情况下起跳，蹦了个4lo。

全场立刻响起"哇"的惊叹声，纷纷鼓起掌来。正所谓内行看门道，能到现场看比赛的都对花滑有基本的认知，在起跳前助滑时间越短，对运动员能力的挑战就越大，张珏这种跳四周跳都敢不用压步助滑的，体现的是他对这个跳跃的游刃有余，绝对是大佬里的大佬才有的能耐！

运动员敢于上难度，表演精彩就是对冰迷们最大的回馈，所有冲着张珏买票的现场冰迷纷纷觉得光是看了这个跳跃就已经物有所值，而这还没完，张珏在一连串的步法后，又完成了4S+3T。

江潮升冷静地报着张珏的技术动作："难度进入燕式旋转、仰燕、甜甜圈旋转……漂亮，这是一个转速和轴心都非常亮眼的旋转动作。"

赵宁："张珏在本赛季展现出了他在旋转和滑行方面的巨大进步。"

以前大家还能拿张珏小时候有过四年没滑冰，所以基础不牢固，滑行和旋转有瑕疵来说事，但是在今年，这种声音就彻底消失了，没有人能在看到《你为我带来新生》后还质疑他基础差的！

这套节目不仅是证明张珏滑行基础好的作品，更是鹿老头为运动员打下坚实基础的铁证！

就在此时，背景歌声中传来"我的灵魂蠢蠢欲动，要从躯壳中爬出来吻你"，能跨国看比赛的粉丝大多有点英语底子，听到这儿，看着运动员的表演，心里也阵阵发甜。

就在此时，张珏也完成了最后一个跳跃，一个以内刃鲍步进入 3A。

这人完成跳跃后，连口气都来不及喘，就立刻进入了一组可以用绚丽来形容的蹲转，先是抱腿蹲转，接着变成扭转姿态，再然后是小跳、侧身蹲转……每个姿态转四圈就变，转速快得人脑子发晕，旋转的时候他的上肢也会随着音乐变化。

能把蹲转做到这一步，裁判不给 4 级都说不过去了，其中有个裁判属于打分比较公正的，直接就给这组蹲转 +3 的 GOE，最后取几个裁判给出的 GOE 的平均数，张珏这组蹲转拿了个 +2.5，可见内心想给他高分的裁判还不少。

19 岁的张珏正处于男单运动员的黄金年龄，参加总决赛前做体检时，更是被队医评价为"全队仅次于察罕不花的健康度"，甚至比师妹闵珊的身板还好，这些表现在赛场上，就是他的状态可以用如日中天来形容。

前面出场的运动员的高分不能对他造成任何压力，因为他深知自己有能力将所有人都压在王座之下！等到步法开始的时候，节目正式进入高潮阶段，编排华丽繁复到极点的步法在他脚下展开，画面看起来就像开了 1.5 倍加速。

克尔森看得目瞪口呆："这……这是滑疯了吧？"

准确地说，张珏这是彻底把状态滑出来了，而运动员一旦在场上滑出这个水准，基本就是创造个人新纪录了。

伊利亚也看得眼热，在花滑项目中，如果一个运动员在步法里总是只有双足滑行，大家都会觉得这个人在编排上偷了懒，而如果一个人能维持长时间的单足滑行，而且质量足够高的话，那就是滑行大佬的崛起。

张珏首次在步法里加入这么多的单足滑行，而且完成得非常精彩。明明步法那么快，可他的每个变刃都超级标准清晰，完全可以拿去做教科书。难以想象，这个人在几年前还被许多人抨击用刃不够深，仅有速度可看，可是看他今天的步法表演，就可以知道这人绝不是只靠天赋走到现在，他在训练时流下的汗，全部化作今日的荣耀！

节目结束的最后几秒，背景中的男声唱着"你令我焕然新生"，而张珏用双手食指在前方画了个大大的心，带着健康血色的红润嘴唇配合着做出"I love you"的口型。

最后的鼓声落下,全场观众站起来鼓掌,热烈的掌声浪潮淹没了场馆,里面还混着不少尖叫,小鳄鱼玩偶、猪猪侠玩偶如雨一般落在了冰上。

鹿教练和沈流、张俊宝握手、击掌,杨志远对老教练竖起大拇指:"张珏现在换上冰舞鞋子就可以和一线冰舞拼滑行了,您老可真是厉害!"

鹿教练也难得露出笑意,满脸都是骄傲。

张珏鞠躬挥手了好一阵,从冰上捡起一个猪猪侠帽子往脑袋上一戴,抱着一个比他还大的鳄鱼玩偶下冰,兴奋的情绪还未完全褪去,他轻轻地喘气,满身都是才激烈运动后的热气与湿汗。

小伙子乐呵呵地叫道:"教练,我滑得好吧?"

沈流用力地拍张珏的肩膀:"好,你最行了,快穿衣服。"

张珏套上外套,走到 kiss&cry,由三个教练陪着等分。

江潮升才看到自家一哥无比争气地滑出全场最亮眼的节目,心情也是大好,他用笃定的语气说道:"非常棒的短节目,张珏今天状态非常好,迄今为止的短节目世界纪录是由张珏在上个赛季用《可爱的骨头》创造的 115.9 分,不知道这次他能拿到多少分。"

这话差不多就是明示张珏即将破纪录了,他话音才落,分数就打在了大屏幕上。

技术分:67.03
表演分:49
短节目得分:116.03(WR)

中央电视台的工作人员也是很懂的那种,他在把这个分数打出来的时候,还在 WR 后头加了个"15"的数字特效,意思就是这是咱家张一哥第 15 次打破世界纪录,大家纷纷为他点赞。

赵宁用雀跃的语气说道:"116.03 分,这是张珏第 15 次打破世界纪录,而且上一个纪录也是他自己的,现在花滑史上的短节目最高分前十名中,前五名都是张珏自己的纪录了!"

不愧是短节目之王!而且所有人都看得清楚明白,那就是张珏在这个节目里还没上他理论上的最高难度配置，也就是 4lz、4lo+3T、3A，而且三个跳跃里只有一个 3A 被排在了节目后半段，这对体力大户张珏来说，就代表着其实他还有将纪录进一步提升的余地。

他还没触碰到自己的天花板！

张珏站起来，颇有王者之风地挥手，又转身对鹿教练鞠躬，双手举起，做出膜拜的动作，因为他的举动，这位 70 多岁的老教练一时之间也成了全场的视线焦点。老爷子也难掩激动，他抱住这个年轻人。

"好小子，还记得不？我在你小的时候说过，你只要好好滑，将来肯定会是这个项目的顶峰，我就知道我没看错。"

老爷子说着，摘掉老花镜抹了抹眼泪。他就知道，他真的没看错。

47. 正直

"好的，2016 年度花样滑冰大奖赛总决赛的男单短节目结束了，我国名将张珏以 116.03 分这个新的世界纪录位于当前男单短节目第一位。"

屏幕上出现了本次男单短节目的排名与分数。

张珏（中）：116.03

伊利亚·萨夫申科（俄）：111.31

寺冈隼人（日）：110.5

大卫·卡酥莱（比）：106.77

亚瑟·科恩（美）：102.18

克尔森（加）：98.45

江潮升："接下来要直播的是双人滑短节目，我国小将姜秀凌、洛宓将会第一位登场，这是他们首次进入成年组的大奖赛总决赛，能在升组第一年拿到这个成绩不容易，他们的节目是《孤独的牧羊人》，编舞达莉娅·索林科娃……"

短节目只有 2 分 30 秒（±10 秒），以前张珏滑短节目都是很轻松的，但这次他把节目编得太复杂了，于是每次演完下来他都满身大汗。比赛结束后，他立刻找了个地方喝水，又去尿检，等看完双人滑的比赛，回到酒店休息时都已经是晚上九点半了，此时离吃晚饭已经过去了三个半小时，他还经历了高强度的运动，肚子里空空如也。

张珏用清澈无辜的眼神看着他亲爱的老舅。

张俊宝："别看我了，给你弄点清蒸紫薯，再用柠檬汁拌一盘沙拉行不？"

虽然听起来很清淡，但运动员的夜宵只配吃这些，张珏捂着肚子连连点头："好啊好啊。"

张俊宝借了厨房做吃的的时候，张珏就蹲在一边，肚子时不时发出咕咕的叫声。虽然张珏没说话，但他的肚子已经清晰地传达了主人的意思。

搞快点。

张俊宝：在搞了在搞了，别催了。

张珏吃完就睡，十分满足，他的对手就压力老大了，张珏的出现对冰迷们来说是好事，对和他同时代的其他男单选手来说那简直就是大不幸了。

这人只要身体没问题，战斗力就高到离谱，很多人面对这么一头怪物，内心都很郁闷，明明在赛前合乐的时候，他一次都没有 clean 过自己的节目，为什么到了正赛上就立刻翻身了呢？

相对照的则是克尔森，他的短节目合乐一直都是 clean 的，教练还把他的状态录了视频发到了网上，结果他正赛崩了。因为合乐的英文简称是 op，所以大家纷纷为克尔森送上外号"op 王子"。

张珏没因为这事被冠上正赛之王的名号，短节目之王的名字却被喊得响亮，无数冰迷都期盼着大佬的自由滑也能稳稳当当的，因为张珏今年在分站赛还从未 clean 过自由滑。

所以他的对手们虽然慌，但内心也不是没有抱着张珏自由滑翻车，他们奋起直追的念头，大家的内心产生了同一个想法，等到自由滑的时候，哪怕是降难度，我也得 clean。

伊利亚没这样的想法，毕竟他和他的大师兄瓦西里拥有一脉相承的执着属性，信奉是男人就上四周跳，男人中的男人就得上更多四周跳的理念。

男单的比赛在第三天，第二天比冰舞韵律舞和女单自由滑。在经历了上个赛季的世锦赛失利后，庆子在今年痛定思痛，觉得自己还是要稳着点，不过好在她是在主场作战，日本的冰面质量一直很好，她还有全场的观众加油，姐姐也在现场观赛，她状态好得很。

俄罗斯的赛丽娜也痛下决心，今年要用稳妥的配置比赛，不因对手的表现影响自己，而她的师妹则被瓦西里拎着耳朵教训"绝对不许擅自降难度"。

但也是这一次，张俊宝没有带闵珊到看不到任何对手比赛的地方热身。他说："你不可能永远逃开对手们的影响，还是要学会适应她们的出色表现，扛住一切压力。"

闵珊：心态略有波动，但还算扛得住。她的短节目虽然与自身风格不合，自由滑却是大师兄一手操刀，自从搬上赛场后便好评不断，是一个很提振小姑娘信心的佳作。

张珏这个时候在训人，总决赛是青年组和成年组一起办的，下午比青年组，晚上比成年组，而在下午，赛家兄妹拿着他给的短节目，居然没能拿到第一？

张珏对此很不满，他俯视着两个晚辈："今年青年组的冰舞没什么像样的小孩，你们两个的技术不差，表演分也上来了，这本是你们最有希望拿到金牌的一届总决赛，天时地利全在你们这里，你们都抓不住吗？按道理来说，像你们这种亲兄妹组的冰舞组合应该是默契最好的，我从来都没想过，你们居然会在捻转上出岔子，这很不应该。"

赛琼低头挨训，赛澎还要反抗一下："队长，是赛琼，她昨天晚上硬说浴室的水龙头坏掉了，要用我的浴室，然后她还用我的梳子梳头发。"

"这不是你们在赛前又打架最后甚至影响到比赛的理由！早知道你们是这种不顾比赛的，还做什么运动员？干脆回家去打架，打个够！"张珏恐吓他们，"你们两个以后要是再打架，我直接上报孙指导，让他把你们两个拆队，另外找不会打架的。"他本就个子高，一身肌肉，一双凤眼笑得眯起来时又有教过两人的威严加持，这一凶不可谓不吓人。

赛琼直接被吓哭，她一把抓住亲哥的外套衣角，抽泣着回道："张队，我错了，我们都不敢了，不要拆我们啊。"

赛澎双腿发着抖，但还是坚强地挡在亲妹妹前面："队长，对不起，我们错了，我们绝不再犯了。"

张珏心想：早知今日，你们之前干吗去了。他警告道："要是你们这次没上领奖台，那我就不客气了！"

赛家兄妹连连点头，指天发誓一定不再掉链子，等鳄鱼队长走了，这两人才劫后余生一般互相靠着坐在地上。

之前他们两个也是拿着两个分站的金牌进的总决赛，因为之前中国花滑的冰舞运动员从没有过这么好的成绩，两个小朋友难免有点飘飘然，加上他们习惯拌嘴，赛前因为一点小事就吵起来。

结果在他们又一次因为内斗影响发挥后，教练居然直接把张队请了过来，而一直看起来很好说话的张珏发起脾气居然有那么可怕。不愧是13岁就能在镜头前挥拖把挥到出圈的张队啊，他这火暴脾气根本没有随着成长消失，甚至比小时候更可怕了，只是平时隐藏得好而已。

赛澎仰头望天花板："妹啊，这下自由舞不拼命都不行了。"

赛琼："是啊，可不能再失误了。"

张珏走了没几步，就看到了瓦西里靠着墙，用忍俊不禁的目光看着自己。他老脸一红，有点不好意思。亏他还特意找个没人的地方批评队内的小朋友呢，结果还是被别人看到了，这都什么事啊。

新旧两代王者走到楼梯间，一人挑了个阶梯坐着，瓦西里下意识想摸烟，看到张珏，又利索地塞了回去。

张珏挥挥手："没事，你抽，我不介意。"

瓦西里把烟盒又往口袋里压了压："还是不了，你是运动员，平时不抽烟不喝酒的，哪能让你吸危害更大的二手烟。"

张珏笑出声："你怎么知道我不抽烟不喝酒的？"

瓦西里挑眉，他还以为会背着教练偷偷喝酒的只有自己、谢尔盖和伊利亚。"看来你不是什么老实孩子。"

张珏扬扬下巴："我是叠加状态的老实孩子。"

瓦西里摇头失笑，就张珏平时在赛场上那个划船不用桨的劲，还有打定了主意连教练都管不了的固执独立，他要是算老实，这世上就没有熊孩子了。

俊美的东方青年摸着下巴，看着莫名痞气："我啊，对什么都好奇，除了绝对不能碰的东西，抽烟喝酒都偷偷试过，不过我知道那些东西不好，所以就只试了一次，而且从头至尾都没让人发现过。"

曾有人说过张珏和张俊宝的性子很像，不过老舅没张珏那种级别的天赋，被生活毒打的频率更高，自然要沉稳些，而且张珏因为从小就有个特别彪悍的妈妈镇着，也没像张俊宝一样，在训练不如意时偷偷喝酒抽烟发泄。

瓦西里有点意外，但还是很平静："虽然你似乎比看起来桀骜得多，但还是别再碰这些了，对身体不好。"

"嗯，我早就不碰了。"

沉默了一阵，瓦西里靠着墙闭上眼睛静坐了一会儿，到底是 28 岁的人了，曾经他美得让人称作焦糖玫瑰般的脸看起来没以前那么鲜嫩了，平时操心太多，眼角也有了细纹。

他们相处的时间远没有张珏和伊利亚、隼人那么多，两人也没有开过鲱鱼罐头或者是建立内部聊天室，但可能是有某些地方相似，他们两个的默契很高，就算坐在一起什么话都不说也不会觉得尴尬别扭。

过了一阵，张珏提醒他："你该去看着女孩们了，赛丽娜和卡捷琳娜都需要你。"

瓦西里起身拍拍裤子，漫不经心地应了一声，又问道："你在练 4F？"

张珏讪笑："看出来了？"

"我也练过 4F，在训练场上完成过，就是当初被伤病拖着，后来没练下去。不过练四周跳练到三周跳不稳的也不只是你，对了，你在发育前使用过的转速流跳法很不错。"

这人走了，留下张珏思索着。半晌，他一拍大腿："嘻，闪珊要遇上厉害对手了！"

根据冰迷们的情报，自从瓦西里开始执教俄罗斯队后，就已经有了要教导师妹们冲击四周跳的想法。瓦西里已经暗示得足够明显了，他刚才说起张珏曾用过的转速流跳法，正是最适合身材轻盈柔韧的女孩出四周跳的跳法！

此时女单选手即将开始六分钟练习，而卡捷琳娜脱掉外套，和瓦西里握手。

瓦西里平静地说道："在六分钟练习试一试吧，如果成功的话，可以放进正式节目里。"

卡捷琳娜咽了口唾沫，点头。

张珏站在场边，看着女孩表情凝重地在冰上助滑，过了一阵，她双足呈八字起跳，纤瘦娇小的身体在空中高速转了四周……不，离四周还差大约 20 度，但落冰很成功。

观众席一片哗然。

张珏皱起眉头，如果是亚洲女单选手的话，跳跃离足周差 90 度以上是一定会被裁判判定为跳跃降组的，但俄系女单选手总有些特权，这个跳跃有很大可能会被裁判认可吧。

　　接下来除了庆子，其他女单选手在赛场上的表现都略微紧绷，有好几个都出现了失误。之后闪珊登场，成了赛场上首个 clean 自己节目的人。是了，这个女孩跟着大师兄练 3A 时，就是采用了以吊杆 4S 来加强转体能力，最终练出 3A 的做法。四周跳再厉害，也不能把她吓破胆，庆子同样表现得很沉稳，不过这是因为她心理素质远超常人。

　　但是出乎所有人意料的是，卡捷琳娜最终没有在赛场上使用那个 4S。

　　张珏看向瓦西里，正好看到对方对他竖了个大拇指。

　　那一刻，张珏知道他再次在这位前辈身上看到了身为一个热爱花样滑冰的人的坚持。

　　教卡捷琳娜四周跳的是瓦西里，但不让卡捷琳娜用那个不足周的跳跃去混分数的，还是他。

48. 远见

　　很多顶级运动员在对自己和对手的能力有基本的认知后，都能大致预估自己的表现能不能拿奖牌，奖牌是什么颜色，而且这种预估还挺准的，除非对手突然赛场崩盘，不然很难出错。金子瑄和亚里克斯，这两个人一个拥有 4T 和 4S 两种四周跳，一个甚至连 4lz 都练出来了，结果还没干过亚瑟·科恩这个年轻人。

　　比起一直很行的张珏，这两个人都不行。

　　闪珊滑完的时候就知道自己能上领奖台，但分数应该没有庆子和卡捷琳娜高，最后会拿个铜牌。果不其然，她就是铜牌，这个结果和张珏预估的一样。国际滑联青睐的永远是那些稳定性一流，技术、表演、滑行、旋转也很厉害的综合素质强的运动员，如果还有国籍优势就最好不过了。

　　庆子除了是亚洲人，满足其他一切国际滑联喜好的运动员应有的素质。而卡捷琳娜的滑行和表演都不如庆子，3S 又因为修炼 4S 崩掉了，被庆子压一头也是没法子的事，但她要是拿出四周跳的话，情况肯定又会不一样了。

　　张俊宝看着女孩们登上领奖台的身影，低声说："女单的四周跳吗？"

　　从索契周期开始，男单就进入了井喷式的四周跳大战时代，据他预估，女单进入这个时代是迟早的，但现在的女单里最有这个可能性的庆子身负旧伤，年纪也大了，所以要到京张周期才会出现女单四周跳。

没想到啊，俄系女单居然通过对张珏的转速流跳法的钻研，硬生生培养出一个卡捷琳娜。根据女单年龄越小潜力越可怕的定律来看，瓦西里手里的其他小女单选手恐怕也会走上这条路。

张珏：师妹的敌人竟是我教出来的。

等女单的比赛结束后，张俊宝、沈流、鹿教练就通过网络，跟国内的孙指导、江潮升等国家队主要教练开了个会，会议主题就是女单四周跳的可能性。

张俊宝和沈流、鹿教练的想法一致，那就是他们都知道女单从20世纪80年代进入三周跳时代，至今为止已经有三十多年了，从出现第一个拥有3A的女单选手到现在，全世界能稳定使用3A的现役女单选手也不过两三个，所以他们都以为女单四周跳时代没那么快到来。

谁知道张珏开创的转速流跳法直接加速了这个时代的到来，而且从张珏和其他俄系选手交手时的感觉来看，俄系选手的跳跃技术就是蹦得高、跳起来很有力，但一直在A跳方面不够擅长，所以不少俄系选手都是先出四周跳，再出3A，而且3A的质量还很一般。

他们的女单选手也有不少连2A的质量都不行，据说是因为发力的问题，在转体时左手不知道往哪里搁，以至于身体轴心不稳。目前他们解决这个问题的法子也只有两个，一个是使用那种纯粹靠腿发力的A跳，一个是在跳跃时举手。

孙千："也就是说，张珏判断对俄罗斯女单选手来说，出四周跳可能会比3A容易吗？"

沈流："他是这么说的。"

张珏是中系跳跃技术改良的先锋，在跳跃方面是魔王级的人物，上头对他的专业性非常信任，也开始考虑这事。

俄系选手的国籍优势懂的都懂，瓦西里不许师妹拿周数不行的跳跃去混分，却不代表其他人有这个操守。

去年比赛的时候，有个欧系的男单选手在跳四周跳时，习惯起跳前先在冰上身体扭大半周，也就是提前转体，落冰时虽然落得稳，但其实是双足落冰。但就是这么水的3.25周，裁判居然都没给他的跳跃降组到三周跳，甚至还能给出+1的GOE，可见国籍优势有时候就是让人没法子。

如果将来有那种国籍优势很大的女单选手用这种跳跃去混四周跳的分数，中国的女单选手也必须跟着去练四周跳，而且必须是足周的四周跳，才能勉强与之抗衡吧。

孙千沉默一阵，问道："俊宝，你手下的女孩里，有能冲击四周跳的吗？"

孙指导问出这句话时，心里是觉得张俊宝吐出的名字可能会是以力量见长的孟晓蕾，不过那姑娘表演不行，滑行和旋转也问题不少。之前他们都以为下一代女单选手里综合潜力最高的是秦萌，但现在不得不为了女单四周跳可能到来这件事而转换思路了。至于闵珊的话，孙千压根就没考虑过她，女单的技术都是在十四五岁达到最高峰，接着会因为发育导致技术从 100 分下滑到 95 分或者 90 分，闵珊都 16 岁了，潜力应该见底了。

谁知道张俊宝和沈流对视一眼，不约而同地说："闵珊的 4S 在脱杆的情况下离足周还差 110 度，落冰也不稳。"卡捷琳娜的 4S 离足周还有 120 度呢，无视落冰问题的话，闵珊的数据比她还强。

孙指导沉默一阵，打出一个问号：你们在我不知道的时候，居然都开始教女孩们四周跳了吗？真不愧是张门，还真是什么事都干得出来呢。

老舅和沈教练连连摇手，别乱说，他们没有，不是他们干的。

闵珊的 4S 进度能被推进到现在的程度，全是她那个大师兄干的好事。

张珏打了个喷嚏，他从闵珊的纸盒里抽了张纸擤鼻涕，闵珊踮着脚把自己的奖牌挂到师兄脖子上，举着手机给两人自拍了一张合影，顺口说道："师兄要不要围巾？明天就是男单自由滑了，你注意保暖，不要在比赛开始前感冒。"

张珏揉揉鼻子："我明明穿得很多啊！"

拿了金牌的庆子喜气洋洋地拉着卡捷琳娜过来："珊酱，快来和我们合影啊。对了，tama 酱来站到我们身后，隼人来拍照！记得蹲着拍，这样显得我们腿长。"

张珏应了一声，站在三个女孩的背后充当一米八的人形背景，三个女孩站他前面和小孩似的，而寺冈隼人单膝跪地，举着相机。

"来，微笑。"

女孩们纷纷露出可爱的笑脸。

事后，庆子偷偷问张珏："tama 酱，你觉得我要开始练四周跳吗？"

张珏睨了她一眼："你觉得五场比赛里，只 clean 了一场有四周跳的节目在裁判那里的评分高，还是 clean 五场双 3A 配置的节目评分更高？"当然是 clean 双 3A 配置的评分更高啦，4S 的基础分是 10.5，而 3A 的基础分 8.5 比 4S 也就低 2 分，如果执行得好的话，GOE 加一加就和质量不佳的四周跳差不多了，张珏就是这样，他的 3A 能拿的分数一直和四周跳差不多。

庆子恍然，她是目前的女单大姐头，对本项目的未来发展自然有自己的想法。

平昌周期还有一个半赛季才会结束，而到这个周期结束为止，女单里能稳定拿出四周跳的人恐怕少之又少，不是庆子看不起女单选手，但以她们的情况，不从发育前就开始练四周跳的话，想要拥有稳定的高质量四周跳实在太难了。在拥有即使上了四周跳也依然稳定，表演和滑行、旋转也不拖后腿的新王出现前，她这个旧王的技术还是够用的，张珏点醒了她。

庆子拍拍胸口："被你这么一说，我就舒坦了。嗯，这下就可以用最稳定的心态去滑最后的两个赛季了。"

张珏愣了："你只滑这个周期了吗？"

庆子面露无奈："没办法，女单的花期可是很短的啊，我只比你小一岁，从青年组开始到现在伤病就没断过，所以我不能保证在本周期结束后还保持战力，不过我的后辈都不怎么争气，实力最强的那个明年才进青年组，等我完成最大的梦想后，还要为了等她们再撑几年吧。"

庆子口中的"最大的梦想"当然是指奥运金牌，那也是张珏的目标。他看着庆子的背影，又转头看着靠着教练组傻乐的师妹，默默叹了口气。

该怎么说呢，那种真正顶尖的运动员大多智商也不低，而且其中有不少会很有远见地从一开始就规划好自己的整个职业生涯，将最坏的可能性都想好，做好应对方案以及心理准备，再全力以赴地往上爬，所以无论遇到什么状况都会很从容，心理状态也因此很稳定。

张珏自己就属于此类人，庆子也是，而他粗枝大叶的师妹显然没想那么远。"珊珊啊，看看你这个拿了铜牌还笑得出来的傻样，等到了平昌冬奥会，你要怎么和准备玩命夺金的庆子抢冠军啊？"啊，鹿教练开始训师妹，给小姑娘泼冷水了，该，这种动不动就翘尾巴的丫头片子就是要多收拾几顿。

分站赛第三天有三场决战，分别是冰舞的自由舞、双人滑的自由滑，以及男单自由滑，其中男单比赛被放在最后面举行。

张珏一看比赛时间，好嘛，等他登场的时候都要晚上九点了，这可是他平时睡觉的时间！为了到时候不犯困，他只能又一次把睡袋带到了现场，不过临睡前他还是很负责任地再次警告了赛家兄妹："等我醒来的时候，你们必须让我看到青年组的冰舞金牌！"

赛家兄妹瑟瑟发抖。

49. 吃醋

晚上八点，才拿完成年组冰舞金牌的尹美晶和刘梦成两口子看到青年组的那对金牌小冰舞组合肩并肩蹲着，恭恭敬敬地把一块金牌捧到正在漱口的张珏面前："张队，这是青年组冰舞的金牌。"

张珏："嗯，好。"

有实力夺金的组合在顺风局里成功打出应有的结局是理所当然的事，张珏淡淡夸了两句，就放他们玩去了，赛家兄妹松了口气。

刘梦成吐槽："这是什么狗腿子向黑社会老大上供的场景啊？"

过了一会儿，拿了成年组双人滑金牌的关临带着黄莺过来，肩并肩蹲着，举起挂在脖子上的金牌给正在吃三明治的张珏看："张珏，我们拿了金牌，看你的了。"

张珏："嗯，好。"

喜欢看港片的尹美晶："这是白纸扇给双花红棍打气吧？"

陪老婆看港片的刘梦成："tama 酱与其说是双花红棍，不如说是香主或者说是龙头。"

无论张珏是什么角色，显然他在"美梦成真"两口子的眼里都是一个很霸道的人。

男单自由滑第一个登场的是短节目排名最后一位的克尔森，他的自由滑节目是一首节奏轻快的爵士风萨克斯曲，虽然短节目翻车，但在自由滑，克尔森又把自己的状态找了回来。

以往男单四周跳大战一直维持在大家拥有 4T 和 4S，再攻克一个高级四周跳就可以自称顶级的程度。现在隼人和伊利亚却因张珏的存在像是打了鸡血一样，技术噌噌地涨，以至于到现在三剑客和其他运动员之间已经呈现出一个明显的断崖式差距，即便如此，克尔森依然有望竞争男单项目四号选手。他的滑行优势真的太大了，那种可以单足滑行五十多米还流畅自如的本事，大众之前都只在寺冈隼人身上看到过而已。仅看步法，他就是个怪物啊，何况这小伙子还年轻，比张珏还小 1 个月，伤病比隼人少多了。

在 clean 了四个四周跳配置的自由滑后，克尔森舒了口气，对着观众席行礼，自觉算是靠自由滑翻盘了。能 clean 四个四周跳的自由滑的男单选手还很少，之前只有三剑客，寺冈隼人上过五个四周跳的，但他也没能 clean。现在克尔森一完成这套节目，地位都随之提升了。

亚瑟·科恩压力不小，他的教练站在后面低声说道："没关系，克尔森不擅长 A 跳，所以节目里只有一个 3A，你要是上三个四周跳、两个 3A 的配置，基础分就不比他差了，加上短节目优势，就不会落到最后一名的位置上。"

亚瑟小朋友面露苦涩：教练，您说的是对的，可北美的跳跃技术都是一脉相承的，克尔森 A 跳不行，我难道就行了吗？

亚瑟硬着头皮上场，总觉得自己要摔，然后他就真的在跳第二个 3A 的时候摔了一跤。

他这次的选曲很特别，在前往加拿大的科腾俱乐部进修表演的时候，在萨伦教练的建议下，亚瑟的短节目和自由滑主题都是同一个，只是用曲不同，但都来自电影《了不起的盖茨比》。这可以让他将所有表演层面的精力都投入这部电影里，找感觉更方便，演绎起来也更从容。

他在追逐一个人，那个人站在冰上，就像是浩瀚星河的所有光芒倾泻在冰上，凝聚出了这么一个奇迹。亚瑟想要击败他，却总是连他的边都摸不到，可即使无望，也不能放弃这场追逐。

他的表演很漂亮，伊利亚和瓦西里师兄嘀咕："这小子感情的表达不错，就是 A 跳的起跳方式让人不忍看下去，3lz 的用刃也有点怪怪的。"

Lz 跳也就是勾手跳，要求运动员起跳时，左脚要是看起来崴脚一般的外刃，而亚瑟的外刃压得很浅，顶多是浅外刃，在起跳的一瞬间又变成了平刃，这是一种可以被判用刃不清的跳法，但裁判不会判，因为亚瑟是美国男单选手。

寺冈隼人："这小子要是去中国比赛，非得被扒一层皮下来，起码低 5 分。"

庆子和他都是不怕去中国站脱水的选手，此时也能一脸淡定地跟着说："起码四周跳的周数还行，周数缺失在 90 度以内，比卡捷琳娜强多了。"

她的教练森树美附和道："四周跳还是要看顶级男单选手的，比如隼人的4F，张珏的 4lo 和 4S、4lz，伊利亚的 4T 和 4lz。"

三剑客的跳跃都是被很多有志于四周跳的运动员当教科书在看的。

尤其是张珏，他向全世界的花滑运动员贡献了转速流跳法、力量型跳法、滑行加成的刀跳跳法、举手调节轴心跳法、落冰缓冲等 A 级技术，通过研究他，花样滑冰的四周跳发展速度起码快了百分之三十。

亚瑟·科恩的技术是典型的北美系，但在跳 4T 时，也能看出很明显的张珏的痕迹，大卫在这方面就更明显了，因为和张珏一样是身高腿长的类型，他在跳跃时会更加依赖用举手来辅助寻找正确的轴心，以及调整自身重心。他的自由滑是哥特风的《僵尸新娘》，脸上甚至还涂了个烟熏妆，视觉效果相当震撼。他的造型，就像是一个黑白电影里搞笑的小丑，但这种诙谐的肢体语言与阴森的音乐相结合，故事性一下就出来了。

沈流就和张俊宝嘀咕："这个赛季造型最好看的除了小玉，就是大卫了，他品位真不错。"

张俊宝："可不是吗，他的私下的服装和考斯腾都没出过错。"

这种对艺术的敏锐感他们小玉也有，甚至更胜一筹，没什么好羡慕的。

前面三个出场的都各有特色，节目就没有差的，但大卫在跳 4S 时摔了一跤，亚瑟·科恩摔掉了一个 3A，而唯一 clean 的克尔森又是短节目最后一名。除非三剑客纷纷翻车，给后面的人送温暖，否则这三个已经滑完的人是不要想上领奖台了。

"他们来了。"

寺冈隼人在之前一直戴着一顶帽子，直到登场的时候才摘掉，场上瞬间变得安静，接着一片哗然——这个人居然染了一头银发！张珏以前也在滑《红磨坊》的时候染过红发，没想到隼人今天也这么玩，加上他的蓝色眼影、淡色的嘴唇，蓝白两色的和风考斯腾，他渣男颜中的"渣"味立刻被压了下去，整个人显得冷峻起来。

他的节目是姬神的"雪の女神"，随着辽阔悠远的音乐响起，古老的画卷也在隼人的节目中展开。他的表演形式带着浓烈的古典韵味，一举手、一投足，都牢牢吸引了所有人的目光，那感觉就像是站在草原上遥望一座雪山。

张珏睁大眼睛："除了《仁医》，他居然又拿出了一套可以作为代表作的节目。"

隼人好厉害。

遗憾的是，隼人摔掉了他标志性的跳跃 4F，但其他地方都已经做到完美了，在他的节目结束时，张珏无比真诚地用力鼓起掌来，还是路过的伊利亚按住他的手。伊利亚认真地说道："留点兴奋劲给我吧，小鳄鱼，我今年也会拿出职业生涯中最棒的作品。"

张珏依言放下手，鼓励他道："加油！"

赵宁看着两位运动员的互动，忍俊不禁道："萨夫申科、寺冈隼人和我国的张珏从青年组开始就一直是很好的朋友，萨夫申科还是和张珏一起打过架的交情，不过萨夫申科和寺冈隼人反而关系不是特别好，他们一直竞争得很激烈，所以就不乐意看到张珏为寺冈隼人那么高兴了。"

到底是直肠子的战斗民族，吃醋就会直接表达出来。赵宁心里摇摇头，又继续解说："萨夫申科本赛季的自由滑节目是萨拉萨蒂的代表作《西班牙舞曲》，是埃德文·马顿演绎的版本，编舞是俄罗斯花滑教母萨兰娜。"

萨兰娜和鲍里斯都是七八十岁的人了，两人在二十年前因为麾下的弟子在赛场上斗得激烈，也是王不见王、见面就互甩脸子的老对头。没想到随着鲍里斯退休，萨兰娜居然答应给他的徒弟编舞，也是一桩稀奇事。

这位曾经带出十多个奥运冠军的老太太向来以品位惊人闻名于花样滑冰这个项目，冰舞神作《纪念安魂曲》也是她曾经参与编舞的作品，如今伊利亚带着这支曲子奔赴赛场，自然备受好评。遗憾的是，他之前在分站赛时从未 clean 过这个节目，甚至还在法国站把脚给崴了，现在，他终于可以好好地发挥出自己应有的水平了。

张珏看着看着，神色凝重起来："这编舞厉害。"

好强的编舞，结构严谨、肢体动作搭配得恰到好处，最大程度地放大了他的优势，凸显他本身的性格，还展现了他的技术优势。大神出手果然不同凡响，张珏通过这个节目甚至能琢磨出自己编舞时的缺陷。

伊利亚本身的状态也很好，他的跳跃干脆有力，每一跳都从容优美，明显是跳出状态来了。等他结束自由滑，和瓦西里一起坐在 kiss&cry 等分的时候，张珏就已经预料到这会是一个惊人的分数。但真正看到那个分数面世时，张珏还是愣了两秒。

224.13 分，比张珏之前创造的自由滑世界纪录 223.96 分，要高出 0.17 分。

张珏的纪录被打破了。

50. 险胜

看到伊利亚的新纪录，俄罗斯的花滑解说员几乎集体疯了。他们的一哥终于崛起啦！

自从 20 世纪 90 年代开始，俄罗斯花滑便一直称霸国际赛场，谁知进入索契周期，亚洲花滑的崛起，一度让他们喘不过气来，女单有庆子压着，男单那边更惨，三剑客另外两个分别在表演和滑行方面压了伊利亚一头。

而总是没能从这两个人手里夺金，也成了伊利亚被本国冰迷攻击的理由。他受了不知道多少批评，有时候赛后和朋友们一起聚餐说个话都不敢发推特，就怕被人说"你在输给对手以后居然还有脸和他们一起去吃饭"。

在这种情况下，他终于争气一回，对俄罗斯冰迷们来说简直和过年一样。伊柳沙不仅在本赛季首次 clean 了节目，他还顺带着破了世界纪录呢！两个！他不仅打破了由张珏保持的自由滑纪录，还把张珏以前在总决赛创造的总分纪录 328.82 分也给破了，现在的新总分纪录是伊利亚创造的 335.44 分。那可是那个小鳄鱼的纪录！是现役无冕之王一直保持的纪录！而伊柳沙将这两个纪录夺到了自己手中！

他们的解说员大声喊道："英勇的伊柳沙拿出了一场精彩绝伦的表演！看他的跳跃多么精彩，他完全没有受到法国站崴脚的影响，真是太了不起了！这是一场得来不易的胜利！虽然强敌还未登场，我们还不能掉以轻心，但伊柳沙起码已经先战胜了自己！"

镜头转到张珏那边，搞事的媒体们向来热衷于拍摄运动员们在面对输赢时的表情，然后拿其中一些表情管理不够好的运动员偶尔露出的不快大做文章。然而一旦拿了不好的成绩，不高兴也是理所当然，实在不必扯到教养之类的层面上，而张珏更是经历过不少风雨，从不会让人抓到类似的把柄。

小鳄鱼依然很真诚地为自己的友人鼓掌，他穿着一身朱红与玫红搭配的考斯腾，脖子上围着一圈金色的叶子，身着红色却丝毫不显低俗，反而越发俊美。

不管别人认为张珏的掌声是真心还是假意，但他本人是很为伊利亚的自我突破而高兴的。

在张珏的记忆里，伊利亚在前面几届的世锦赛输多赢少，而且一直被抨击靠着国籍赢比赛，本身的实力配不上自己的表演分，从盐湖城、都灵、索契，俄罗斯男单选手拿了好几块冬奥会个人滑金牌，只有伊利亚一个人的职业生涯没有代表作。

"现在你也终于有代表作了呢，恭喜啊，伊柳沙。"

张俊宝瞥他一眼："喂，一个不小心，你今天就要银牌收场了。"

寺冈隼人的分数也不低，万一张珏摔一跤，说不定就是铜牌了。

张珏很豁达："我又不是没输过。"

鹿教练作势要打，张珏才吐吐舌头，摘了刀套上冰。

压力当然是有的啦，但还不到压垮他的程度，张珏的职业生涯也不是没有起伏，最糟糕的时候，他差点以为自己要退役了，最后不还是杀回来了吗？只要还能滑下去，一时的劣势和输赢都不能代表什么，毕竟，他又没感觉自己触碰到天花板，可见还有成长的空间。

赛场是拥有无限可能的地方，张珏也认为自己在冰上还有无限的未来。

赵宁："现在我们看到的就是索契冬奥会银牌得主、两届世锦赛冠军、曾 15 次刷新世界纪录的我国名将张珏，他的第 15 次世界纪录就是在前天的短节目比赛中刷新的，而在今天，俄罗斯名将伊利亚·萨夫申科打破了原先由他保持的自由滑世界纪录，往上刷新了 0.17 分，并且将之前由他保持的总分纪录往上刷新了 6.62 分。"

江潮升："张珏也是短节目排名第一，在短节目比赛的时候，他比伊利亚高了 4.72 分。但值得一提的是，张珏今年的状态其实一直都不算好，他在分站赛曾输给过克尔森，然后分站赛和总决赛合乐的时候也从未 clean 过自由滑。"

江教练这就是在打预防针，我们家一哥厉害归厉害，但他去年才骨折过，今年也一直状态不好，大家不要抱过高的期望，不过他在短节目发挥得还可以，所以也不用担心他今天翻车。

赵宁："是的，不过张珏的特点之一就是正赛都很稳，再怎么差都不会跌下领奖台。他是一个心理非常强大的运动员，而且在今年，他选择了古典乐作为自由滑曲目，现在他要开始了。"赵女士这就是应和江潮升的话，是的是的，一哥还是很强的，今天不管怎么样都可以带一块奖牌回家，不要担心！

鱼苗们纷纷了解了解说员没明着说出来的话，并对此表示理解，而黑粉们蠢蠢欲动，但比赛都没开始，也不能立刻唱衰，就憋着。

有冰迷称：到底是自家一哥，央视五台还是很愿意护着他的。

此时中国正是周六晚上八点，不少白领冰迷都是端着饭盒，紧紧地盯着手机屏幕中的红衣少年，而学生党则捧着饮料、零食坐在沙发上看着电视，大家都悬着一颗心。

张珏今年的自由滑音乐是意大利新古典钢琴家兼作曲家鲁多维科·艾奥迪的作品"Primavera"。这位大师创作的电影《触不可及》中的钢琴曲"Una Mattina"将会在 2017 年 9 月首映，他的音乐一直都很能打动张珏。

身为花样滑冰选手，选择自己喜爱的音乐家的曲目，不是理所当然的吗？"Primavera"的意思是春，虽然不是英语，但在阅读希腊神话的时候，张珏看到了桑德罗·波提切利在 1482 年创作的传奇名画《春》，由此认识了这个词。

听到开头的时候，很多冰迷就惊呼："是古典乐！"张珏今年也选择了古典乐！

少年静立于冰面，姿态高贵典雅，如同音乐的开头，安静而灵动，如同阳光丝丝渗透了湿冷的冰川，化解迅疾的冬风。

赵宁看着张珏的节目，说道："他的第一跳是后外结环四周跳（4lo）。"

唰啦一声，张珏在开场来了个非常漂亮的 4S。

江潮升眉头一皱："不，是后内结环四周跳，张珏临时改了配置。"

这小子怎么又改配置了？

只有教练组看出了门道，沈流摇头："他这个赛季总是在跳 4S 时摔一跤，估计是内心没把握，所以才把这个跳跃挪到体力最充沛的节目开头完成。"

按照原定计划，张珏总共要完成八组跳跃，分别是前半段的 4lo、4lz、3A、3lz+3T，以及节目后半段的 4S、3A+3T、4T+1lo+3S、3lo。

毫无疑问，这是最高难度的自由滑配置，四个四周跳，两个都是高级四周跳，另外两个放在节目后半段可以乘以 1.1。放眼国际赛场，能 clean 这么一套难度节目的，除了三剑客，也就克尔森了。

张珏的短节目分数最高，还有亚洲男单选手第一的表演能力，只要稳住，奖牌是绝对跑不掉的，但现在看来，张珏并不打算这样做。

在 4S 结束后，他以大一字滑出，姿态优雅高贵。如果说升组第一年的张珏滑的"April's Love Story"被称为四月春神的话，今年张珏滑的"Primavera"就是红色的贵公子。

到了第二跳的时候，张珏完成了原定计划中的勾手四周跳（4lz），这个跳跃因为发音的关系，被中国冰迷送上爱称"四辣子"，也是目前已经被完成的跳跃中分值最高的一个跳跃。就是在这一跳，张珏的轴心歪掉了，他俯身撑了一下冰面才站稳，场上响起一阵惊呼。

扶冰是必然会导致这一跳的 GOE 吃减号的！

果不其然，裁判相当不客气地给这位亚洲一哥来了个 –3。

许德拉手里的薯片直接落地，他抓住衣领，眼睛睁得老圆，许岩嘴里念念有词："降难度，快降难度，今天状态不好，先稳着来，把奖牌拿到手！"

张青燕更了解儿子："他不会降的。"

赛场上的张珏很沉稳，他抬脚又来了个完美的 3A，接着是 3lz+3T，全部质量极高，一时的失误完全影响不到这位出色的运动员。

有冰迷喃喃道："张珏这个大心脏绝了，从始至终都特别稳。"

旁边的人点头："而且他的肢体动作真的特别优雅，他手脚修长，在冰上舞动就特别好看，你看他旋转的时候，那个转速是随着音乐的加快在加快的。"

这是多么出色的乐感啊。

此时张珏以 butterfly 跳进燕式旋转，接着是甜甜圈，在完成这组 4 级跳跃后，他又快速进入了一组抱腿蹲转。就是这组蹲转，把不少人又惊到了，右利手的运动员在跳跃转体、旋转时都是逆时针转体，而左撇子才能做到顺时针转体，能同时向两个方向旋转的运动员，之前只有日本的白叶冢庆子！

而在此时，张珏这组蹲转居然也是顺时针，抱腿蹲转、侧身蹲转，接着运动员的旋转姿态缓缓变为直立躬身转，接着张珏抓住左脚往上一提，来了个顺时针贝尔曼旋转！也是在此时，表演精彩了起来，整片空间回归春季，春风席卷大地，雨水淅淅沥沥地落下，点点绿意无声地破开残雪重获新生。

优雅的少年在冰上滑行，就像将这份勃勃生机带到这里，他的肢体洒脱有力地挥舞着，像是优芙洛西尼在晨光中跳起欢悦之舞。

在这段表演中，运动员以单足滑行滑过了超过五十米的冰面，他没有飙高速，但滑速也没比短节目那会儿低多少。难得的是这段表演与音乐搭配得妙至毫巅，直至步法结束，张珏右足点冰，左脚冰刀呈内刃，高高跳起，在空中转体4.2周。

寺冈隼人惊讶地张大嘴。

江潮升失声叫道："后内点冰四周跳！"

张珏竟然在已经出现过失误的情况下，在应该求稳的时候大胆地攻克了他职业生涯中的第五个四周跳！而且无比成功！

在跳跃落冰的时候，张珏觉得自己好像听到了咔嚓声，那是他饱受磨难的膝盖向他发出抗议。他在心里呐喊："再撑一会儿，让我滑完这一场。"

然后就像是奇迹发生了一样，他没有再感受到疼痛，接下来的3A+3T、4T+1lo+3S张珏都顺利地完成了，而在最后一跳3lo时，张珏想：为什么我不在现在就完成一套拥有五个四周跳的节目呢？我做得到的。

于是他真的这么做了，张珏双足呈交叉姿势，轻盈地跃起，黑色的冰刀在空中留下一道残影，又落在冰上，又是咔嚓一声。张珏踉跄一下，身体很明显地歪了歪，但他还是站住了，没摔。

最后是换足组合旋转，燕式旋转、圆规转、换足蹲转、直立旋转，少年就像是一台精密的机器完成最后的动作，尤其是直立旋转的时候，他的转速达到了惊人的程度，直接将气氛推向了高潮。张珏一个旋身，双手打开，脸上带着"看，这场表演很棒吧"的得意，但又努力维持矜持和优雅的表情。

在这个所有人都认为伊利亚可以压住张珏的时候，他冒险完成了一套五个四周跳的节目，虽不够完美，却足够精彩！最重要的是，张一哥在今天正式成为"五四"青年了啊！他现在拥有五种四周跳了，其中一个还是4.2周的4F，试问还有谁能和他比跳跃储备！

观众们纷纷站起来为他鼓掌，张珏吐了口气，对着四周行礼，不少人发现这人滑完一个优雅的节目后，就连鞠躬行礼的姿态都带着一份贵族的贵气。

等这人抱着一大束红色蔷薇以及一个半人高的猪猪侠玩偶下冰的时候，教练们都乐呵呵的："你今天未必是自由滑分数最高的，但绝对是全场最帅的。"

张珏不好意思："哪里哪里，我不一直都是全场最帅的吗？"

沈流、张俊宝、鹿教练：虽然知道他说的是实话，但还是觉得说出这话的臭小子超自恋。

张珏的自由滑得分不会比伊利亚更高，这是肯定的，clean 和没 clean 的分数永远不是一回事，光节目完成度就差了一截。在紧张的氛围中，大屏幕上打出张珏的自由滑得分：223.65 分，加上他的短节目得分 116.03 分，总分达到 339.68 分。

赵宁激动起来，她用不输给之前的俄语解说员们的嗓门喊道："总分纪录再次被张珏夺回了手中，靠着短节目优势，张珏成了 2016 年花滑大奖赛总决赛的冠军！不愧是张珏，他险胜伊利亚，再次成了赢家！"

教练组一起松了口气，太好了，臭小子又赢了。

张珏看着大屏幕，用不甘心的口吻和教练们抱怨："我还以为今天可以试着完美完成一套五个四周跳的自由滑呢，结果还是失误了，看来自由滑纪录要在伊柳沙那里保留一阵子了。"

张俊宝安慰他："没事，咱们把金牌拿到手，这一趟就走得不亏。"

另一边，伊利亚也很是不甘，他和瓦西里嘀咕："原本以为今天能赢的，结果又被压住了，那小子也太难赢了。"

瓦西里拍着他的肩膀："没事，好歹你的自由滑世界纪录保住了，回去以后咱们得开始加强体能训练了，你看寺冈隼人和小鳄鱼都开始上五个四周跳了，上更多四周跳就是未来的发展趋势。"

伊利亚握拳："放心，我绝对不会被他们甩下的！"

寺冈隼人则咬着吸管："可恶，我居然是铜牌吗，可恶，下次再给他们两个好看！"等到世锦赛，他绝对不会再输了！

因为太秃干脆剃了光头的胖子教练吐槽他："你也多少注意一下自己的腿吧，再这样下去，刚士就要提前接你的班了啊。"他都已经是 65 岁的老教练了，还要成天操心这个臭小子也是很无奈的。

此时镜头正好对准三剑客，不少冰迷无语地发现，明明他们三个再次霸占了领奖台，却都和输了比赛一样不甘，完全没有奖牌即将到手的喜悦，这三个人是真的不打算给其他人活路了吗？

事实上看到三剑客的表现后，其他运动员，包括即将升组的小选手，都感到有一座，哦不，是三座大山砰的一下砸到自己肩膀上，压力山大。

冰舞项目只有一个王者级运动员，那就是冰舞项目的世界第一女伴尹美晶，而双人滑的王者也只有一个，那就是世界第一男伴关临，女单的王者只有庆子，唯有男单项目，奇怪地拥有三个王者。

不得不和这三个王者同时代的悲哀，想必大家都已经感受到了。

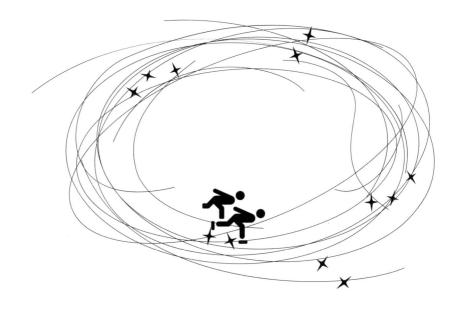

六 距离王座的一步之遥

51. 清澈

杨志远给张珏检查了膝盖，松了口气："没事，正常的磨损，回去以后多理疗就行了。"

膝盖磨损的问题，不少运动员都有，只是严重程度不同而已，至于跳跃的时候感觉有咔嚓声，那对花样滑冰运动员很常见了。

张珏挠头："我就是觉得我的血条越来越短了。"

老舅揉揉小朋友的头发："这是很正常的，是运动员的常态。"

谁的血条不是随着岁月而逐渐下滑的呢？放宽心吧，起码张珏付出了健康还能换来金牌，这世上有的是付出一切却还是一块奖牌都没有的人。

身为冠军，张珏何等风光，而在他之下的寺冈隼人、伊利亚、克尔森、大卫等运动员，却只能待在他的阴影下，有的甚至至今都没几个人认识。像克尔森，他要是和瓦西里生在同一个时代，指不定也是一代豪杰，现在却连个领奖台都上不去。

话是这么说，他们还是尽快拉着张珏去医院做检查了，这次是拍片子、核磁共振之类的手段都用上了，依然没查出需要运动员休赛的严重伤情，大家也安心了。

鹿教练说："等全国赛的时候，你就降点难度。"

低难度低损耗嘛，而且以张珏的实力，比个国内赛也的确不用上全力，三剑客都是不同国家的运动员的好处也就这一点了——他们只有在国际上的时候才会碰到一起。

张珏神色凝重："我还担心一件事，就是我每年比四大洲锦标赛的时候都特别不顺……"

明明按照硬实力来看，他比寺冈隼人强出一截，手头含金量更高的奖牌也是张珏多，但在四大洲锦标赛交手的时候，张珏反而是输多赢少。

运动圈里的人的确迷信概率偏高，不少运动员的心理状态，都可以用迷信的方式调节，沈流、张俊宝、鹿教练都有点迷信，而张珏的运气也是真的差。

不过他们还是很坚定地告诉自家小孩："不是的，你和任何比赛都不犯冲，别操心这些有的没的。"

话是这么说，张俊宝最后还是和杨志远嘀咕："还是提高小玉的理疗时间吧。"

不怕一万，就怕万一。

杨志远内心苦涩，他心想，这种运动磨损就算理疗也只是减缓磨损进程、减轻运动员的不适，只要张珏还在训练，这就是治不好的啊。显然张俊宝也了解这点，他和杨志远对视一眼，都看到了对方眼中的无奈。

第二日下午是表演滑，张珏今年的表演滑也是新编的节目，由弗兰斯编舞，用的曲子是他最爱的皮亚佐拉的代表作《自由探戈》。

表演滑的考斯腾当然也是红色的，但剪裁款式比起正赛那会儿大胆得多，肩部、背部、腰部两侧都是直接用了半透明的纱，低领设计更是把他的锁骨露了出来。这是一套非常正统的冰上探戈舞曲，展现了运动员本身出色的舞蹈功底，还有一种热情的引诱，就像是拉着一个人往爱的旋涡里奔赴。

与其说张珏表演的是一曲自由的探戈，不如说他是在冰上自由地撩人。这人虽然没在节目中上四周跳，却玩了一手双足提刀贝尔曼旋转——一般的贝尔曼旋转都是在逆时针旋转时将右足提起头顶，而张珏两只脚都可以这么提。

鹿教练看到这一幕的时候，特意问张俊宝："他在训练的时候，有柔韧退化的迹象吗？"

张俊宝："没有，他这方面的身体天赋特别好，目前做贝尔曼旋转除了会疼，除非受腰伤，否则从没出现过做不了的状况。"

不少顶级运动员都会有一点超出常人的天赋，比如张珏的柔韧和乐感，再比如察罕不花结实的身体，寺冈隼人对于小关节的灵活运用以及这份天赋带来的顶级滑行，伊利亚的爆发力等。

此时寺冈隼人也上了冰，他今年的节目也是探戈，"Tango El Caramel"。这支探戈出自黎巴嫩与法国拍摄的电影《焦糖》，电影讲了五个女性的生活以及思考。寺冈隼人滑起女性主题的曲子，出人意料地相当合适，他就像是将自己融入女性的角色中，一举一动又带着一种知人事的成熟女性面对心爱之人时的妩媚。

探戈的主题之一就是撩人，而他也在撩一个人，张珏看了一阵，像是意识到什么，顺着寺冈隼人的目光找了找，就看到了庆子的身影。

啊！

等到伊利亚上场的时候，观众席上甚至响起了一阵笑声，因为伊利亚今年的表演滑同样是探戈！他的表演曲目是"Milonga De Mis Amores"，这是曲调最轻快的一首探戈，表演者在冰上也刻意展露出诙谐的气质。

才下场的寺冈隼人哼了一声："明明有一张王子脸，最后居然选择了诙谐风。"

难怪这人之前总是找不准自己的风格定位，因为面容英俊，伊利亚的师长一直都是把他往俊美的路子上引的，和最适合他的诙谐风偏了十万八千里啊！

表演滑的高潮在末尾，会场音乐突然变成张珏的《自由探戈》，然后寺冈隼人就跑出去滑了一段，技术动作和张珏的一模一样，就是那个贝尔曼旋转没提起来，只能做做躬身转。等到诙谐的"Milonga De Mis Amores"响起时，张珏也跑出去了，而在"Tango El Caramel"时，伊利亚也上场了，三剑客居然换着节目滑！不仅如此，张珏还和主办方打手势，然后现场来了一段寺冈隼人的代表作《仁医》的步法。

现场的气氛直接就被三位超级会玩的男单大佬炒热了，接着庆子和闵珊、卡捷琳娜也上台玩了一出互换节目，大家玩出了各种花样。

教练们看得纷纷发愣，这群小崽子什么时候背着他们把对手的节目练得这么好的？

在表演滑落幕时，一群运动员聚集在一起，刘梦成努力伸长举着自拍杆的手。

"大家，微笑——"

运动员们挤成一团，仰着头对镜头露出灿烂的笑脸。

咔嚓一声，这幅画面被定格。

张珏在回国后又做了一遍检查，还是那位柴医生，他举着片子说："你这个膝盖吧，如果你不是运动员的话，我肯定就劝你短期内别运动，先把身体养好了，但如果是运动员的话，这个磨损程度又比较正常。参加全锦赛没问题，我记得这个比赛会决定你在赛季后半段的名额吧？"

张珏点头："嗯，我今年是必须参加全锦赛的。"

去年他没参加全锦赛，结果却拿了本属于柳叶明的比赛名额出国比赛，虽然最后的成绩很好，但他也有点不得劲，所以还是去参加比赛，名正言顺地把名额拿到手比较好。

柴医生："那就比吧，你只要不上损耗度特别高的高级四周跳，就没什么问题。比完全锦赛以后就歇一阵吧，磨损太严重的话，我担心又来一次应力性骨折。"

张珏挠头，可是今年的四大洲锦标赛和全锦赛只差了20天，他要是歇太久，状态没了，到了国际赛场会输的啊。唉，真愁人。

领导们知道这件事后，直接分成两派，其中一派认为张珏反正都和四大洲锦标赛犯冲，那就别去了，让柳叶明去，正好把他去年没拿到的国际赛竞技机会补给他；还有一派领导则认为国际赛场上还是张珏撑得起门面，所以他就不用参加全锦赛了，现在就开始养身体，到时候领导直接把比赛名额给他。

今年的世锦赛决定着明年冬奥会的名额，张珏身为唯一能拿3个名额的男单选手，大家都希望他能健健康康地上世锦赛。一时之间，对于能否参加比赛这件事，张珏反而成了唯一与之无关的人，他最后能上几场，还得看上头吵出来的结果如何，他捧着自己的身体报告坐在走廊里，眼露茫然。

"我原本以为你要到20岁以后才会面对这些的，没想到比预想的提早了一年。"

张珏转头，看到沈流靠着他坐下。

沈流说："我后悔了，早知道你要这么早面对这些，当初在你发育关的时候，我就要坚定点，争取给你禁赛一个赛季，让你安安稳稳地过完那一关，这样就不用落下隐患了。"他揉了揉张珏的头发："臭小子，七年不知不觉就过去了，你现在居然比我还高了，长得可真够快的。"

张珏温顺地低下头，眼中含着笑意："我从没有为自己带伤比赛而后悔过，再来一次，我还是会这么做。"为了所有人都在追逐着的荣耀，他心甘情愿地付出了这一切。

"沈哥，我觉得我赛季后半段能全勤，全锦赛、四大洲锦标赛、世锦赛，我都要上。"

沈流干脆地回道："那就上！不就是想要去比赛吗，我帮你说服上头的人，孙指导、白主任也会帮你的。张珏，你有的是后盾。"

张珏对他露出一个笑，沈流在这一刻惊讶地发现，无论时光如何流逝，这孩子的个子又长到多高，那双眼睛依然清澈如初。

52. 身材

"观众朋友们大家好，现在正在播放的是 2017 年全国花样滑冰锦标赛，现在正在进行比赛的是男子单人滑，H 省出身的国家队小将，拥有世青赛金牌的蒋一鸿已经上冰。蒋一鸿是我国著名教练张俊宝、沈流的弟子，他的大师兄就是我国男单第一名将张珏，我们可以看到张教练似乎很紧张。"

蒋一鸿今年的短节目和自由滑都是弗兰斯、张珏这样的编舞大师操刀，论编舞资源，俨然是世界顶级待遇。小朋友自己也很争气，短节目《面纱》滑得优雅，看着就莫名阴暗又瑰奇，充满哥特风。而他的自由滑《花样年华》则是直接取材于张曼玉演绎过的电影，明明自由滑的表演仅有四分钟，电影导演王家卫的风格却已经能体现出来了，如无意外的话，这套节目也将跟着他进入成年组，成为他成年组第一个赛季的节目之一。

孙千看着年轻人的表现，满脸高兴："一鸿的表现力还是可以的，他就是发挥受限于选曲，要张珏多帮衬一点。"

鹿教练仰头看天花板："张珏已经承包所有师弟师妹的新赛季选曲了。"

作为大师兄，张珏已经非常够格也非常负责任了，只要孩子们寻求帮助，他很少拒绝，也确实能带着他们提升表演分。

蒋一鸿现在的问题不是表演分，而是他的 4S 稳不住，这孩子是 7 月以后的生日，所以要到明年才升组。在现在的花滑男单项目里，没有两种以上四周跳，连冲总决赛的希望都没有，只能争取一下分站赛的奖牌，察罕不花就是如此。

张门除了张珏和闵册，其他人都是点冰跳胜过刃跳，蒋一鸿现在就卡在了这个瓶颈上。

就在此时，张珏插话道："所以我才说，直接让他跳过 4S，去练 4F 得了。"

沈流给他后脑勺上来了一巴掌："快去热身啊你！ 4T 和 4S 是基础的低级四周跳，不管怎么样都要让他练的！"

再说你小子当年不也有过发育关结束后，很长一段时间里 4S 都频繁摔的时间段吗？现在这个跳跃还不是在你伤重到无法完成高级四周跳的时候，坚强地为你撑起技术分了吗？不要因为高级四周跳多就小看低级四周跳的重要性啊！

张珏蔫巴巴地去热身，出于某些考虑，他在总决赛结束后，就把短节目考斯腾的裤子换成了皮裤，因为冰场的灯光是白的，冰面也是白的，那裤子又很光滑，就很显臀部弧度。张珏恰好是他这一辈中国男单选手里身材比例最好的，臀肌腿肌也练得很发达，体脂率又低，走在路上别提多显眼了。

就在此时，张俊宝一拍脑袋："对了，白小珍说那个综艺节目已经开始拍摄了，今天拍摄组会过来拍点素材。嘻，之前忘了告诉一鸿，让他表现得好点，说不定也能混几个镜头。"

张珏已经是花滑四项的人气王了，代言接到手软，一鸿家只是中产家庭，他父母还是希望孩子能发展得好点，这是很平常的想法，教练们也愿意在力所能及的地方帮一把。

鹿教练："你不说才是好事，那孩子抗压能力没不花和张珏强，让他知道多了几个镜头拍摄，失误率肯定又要高了。而且以我对综艺节目的了解，他们肯定还是更想拍张珏吧，之前还说想拍点张珏在赛场外的样子。"

今年的全锦赛被放在了山城举办，张珏一到地方就先跑去挖耳朵，接着还嚷嚷着要吃火锅和抄手，被教练们镇压后撒娇耍赖，用甜度百分之三百的声音哄着张教练答应在比赛后给他做小面。不是张俊宝意志不坚定，实在是张珏撒娇技术太高，换谁来都是要扛不住的。

所以拍拍比赛镜头都算了，要是把张珏在赛场以外的模样拍进去，那堆素材干脆改名叫"本国花滑一哥的黑历史集锦"。算了算了，反正也不是要让张珏上节目，随便他们拍吧，不打扰张珏比赛就好。

教练们说了几分钟的话，又陪着蒋一鸿坐到 kiss&cry，接着工作人员去整理冰面，没过多久，观众席上响起一阵尖叫。

蒋一鸿灌了口水，转头一看："那是李岚伊和宋笛？"

不关注明星的老舅满脸的莫名其妙："他们是谁啊？"

孙指导解释道："他们是参加冰上之星的明星，我记得这个节目已经拍了一个月，现在都第三期了，好像是把前后压步、转三、双足旋转、前弓步都学了，现在开始编节目对抗了。"

鹿教练皱眉："练了一个月才这点水平？"

当年还是大胖的张珏上冰一个月后，都已经跃跃欲试地去蹦 1lz 了，虽然最后摔了一跤，还连带着让站在附近的二胖磕到了下巴，但张珏的确是在学习花滑三个月后就集齐了五种一周跳。

孙指导："也不必拉这些人和张珏比，普通的成年人有这个进度算不错的了。"

张珏那个天赋放眼花滑男单的历史都是凤毛麟角，能和他比的人太少了。

导演跑过来拍摄也是出于好意，想要多给国家队的运动员们一些曝光镜头，并以此告诉国内的观众，我们国家有很强很强的花滑运动员，所以接下来的平昌冬奥会、京张冬奥会都很值得大家关注。

因为明星们的出现，观众席的秩序也乱了一阵，赛事主办方不得不临时派人把这群祖宗请到另一边坐下，那是运动员、教练员坐的地方，懂赛场礼仪的冰迷都不会过来。

元钦看了一眼冰面，轻轻哼了一声，说："都说花滑出美人，我看这群人长得也不怎么样。"

宋笛用诡异的眼神看他一眼："不是吧？这些运动员的长相不都在平均线以上吗？"

而且运动员的身材都很棒，花滑又有仪态方面的要求，所以练这个项目的运动员大多形体极好，气质上佳，其中不少人哪怕是素颜也可以打到六到七分，这不是比某些靠浓妆撑起来的飙高音歌星要好看得更实在吗？对，宋笛说的就是元钦。

李岚伊小声问另一位明星："听说原本咱们可以去京城的国家队训练场馆参观的，怎么又换地方了？"

那人解释道："时间对不上。第一期的时候，国家队在国外参赛，正好那时候节目组要给咱们做基本功的培训。第二期的时候，国家队才参加完一场大赛回来，都需要休整，他们的总教头不让拍摄组去打扰运动员。这一期才有机会看他们的现场。"

张珏才回国那会儿，国家队的领导们还在为张队参赛的事吵架呢，哪有空管一档综艺节目。

李岚伊："那咱们也可以第四期再去参观国家队啊，那样我们不是能直接和运动员近距离接触了吗？"

她的同伴心想，人家就是不想让我们接触运动员啊，之前给做培训的金梦和姚岚退役前也是奥运冠军级的运动员，只是对那个叫刘醒的明星话说得严厉一点，微博上立刻出现他们的黑料，说什么教练费特别贵，学生水平不高。

可怜见的，那对双人滑前辈退役后就专心在为增强花滑人才储备而努力，连商演都不参加，收费也是业内正常水平，只是学生年纪小才暂时没出成绩，这也能被骂，太惨了。

当着镜头，他也不好意思说国家队是舍不得队里几个奥运夺金点受偶像明星的委屈，才和导演说不让近距离拍摄。唉，亏他在进节目组前还特意在冰上苦练，就盼着能在拍摄期间，在镜头前显摆一下对花滑的热爱，运气好还能和张队接触，多点一同出镜的机会，现在这些场景也只能在梦里出现了。就在这时候，拍摄组的人提醒他们："大家可以开始直播了。"

明星们应了一声，其中一人拿出自拍杆，脸上的表情一变，成了综艺节目里阳光搞笑大哥的那种样子。"大家好，现在我们是在山城的冰雪运动中心，这里正在举行 2017 年的中国花样滑冰锦标赛，大家可以看到现场还有外国的观众，他们是特意赶过来观看我国名将张珏比赛的冰迷。"

这人张口一吐就是一串专业的花滑术语，简洁清晰地介绍了场馆、赛事以及即将观看的项目，听起来很像那么回事，李岚伊坐在旁边应着声，不说增光添彩，也没给拉后腿。

张珏站在选手通道里，一脸疑惑地听着外面的动静："今天的观众们都很热情啊。"

他的比赛上座率一直都在百分之九十八以上，热闹很正常，但有观赛礼仪在，所以在他正式出场前，外面都不会太吵。

察罕不花好奇地问道："这是怎么啦？"

沈流："没事，你们好好热身和比赛就行了，其他的都别管。张珏，上去以后先激活臀腿。"

张珏歪头，满心不解：他激活臀腿的热身动作就是燕式滑行啊，那个动作需要后抬腿，对核心力量也有要求，但因为每次做都会让冰迷很激动，所以他现在都做得少了。

沈流又继续叮嘱他："还有，你要是状态好，在六分钟练习的时候就可以开始跳跃了。"

张珏听明白了，教练今天很希望他耍帅，难道是他的短节目还不够帅，所以教练要在六分钟练习的时候找补吗？虽然不知道他到底是什么意思，但沈流的要求不费张珏什么功夫，他也就点头应了。

他对柳叶明、金子瑄、石莫生、察罕不花招手："走吧，上冰。"

在上冰的那一瞬，镁光灯的光让张珏眯眼，他抬头，就看到一个英俊的年轻人对他用力挥手，他艰难地从回忆里找到这人的名字。这好像是那个在他爸爸公司里的富二代顶流刘醒？张珏从没和这人打过交道，但他多么聪明一人啊，立马认清情况。

哦，原来是有节目组来拍摄了。

他拍了拍揉眼睛的金子瑄："专心热身，好好比赛，不要被外界干扰。"

金子瑄一愣，立刻站直："是，队长！"

自从对花滑无法自拔后，张珏就彻底放弃了进娱乐圈的心思。他淡定地该干吗干吗，热身时也顺着教练的意思做了一组绝美燕式滑行，引起一阵阵尖叫，等到比赛时，他更是毫不留情地把其他人都击败。

谁知道当晚，就有正在看综艺节目的小女孩发了他的燕式滑行的照片在微博上。

醒哥的小迷妹：今天发现了一个新偶像，是一个运动员小哥哥，是醒哥参加冰上之星的时候在直播间一闪而过的。颜值满分，在冰上的姿态超级优雅，唯一不好的地方就是身上有肌肉，太壮了，我还是更喜欢那种有少年感的纤瘦身材，他叫张珏来着。

很快，其他粉丝纷纷入坑，有人大呼没想到在花样滑冰项目还有这么一颗颜粉们没能发现的沧海遗珠。接着又有网友说，她以前在某高端手表的广告上看到过这个小哥的身影，她亲哥收集了好多对方的海报，当时看他的身高和身材还以为是什么模特呢，结果居然是运动员。在该粉丝的评论下，一群早就跳进小鳄鱼大坑数年的鱼苗们纷纷发出笑哭的表情。

【是我年纪大了吗？明明小鳄鱼在我读中学那会儿就很有名了，原来还是有小朋友不认识他啊。】

【他在索契连破世界纪录的时候不是还上了新闻联播吗？哦，忘了有些小朋友不爱看这个。】

【天哪，张队体脂率只有个位数，修长而不失力量，饱满而不笨重，国

际冰坛公认的最性感男单选手，这身材还不好？】

【运动员要是太瘦的话，哪来的力量去做四周跳啊，张队也挺努力的，这两年臀肌饱满多了，不愧是"五四"青年。恭喜张队，今年又拿了全锦赛冠军！】

【话是这么说，刘醒、元钦这批人和张队一比确实显得好弱小啊哈哈哈，那些能跳四周跳的运动员腿部力量都特别足，一脚过去就可以送人进医院。寺冈隼人上日本的谈话节目时，主持人问他觉得花滑项目里谁最能打，他脱口而出的就是张队和庆妹的名字哈哈哈。】

【啊？我还以为他会说出某个俄系运动员的名字呢，原来在寺冈隼人心里，张队比战斗民族更彪悍吗？】

【为什么庆妹也能进入这个最能打的名单里啊？发生了什么我不知道的事？】

【姐是成年人，就爱张队这个身材，而且张队和他舅舅一样是娃娃脸，明明看着很有少年感啊。脸嫩，穿衣显瘦脱衣有肉，柔韧性还好到可以做贝尔曼旋转！】

张珏被领导们保护得好好的，除了全锦赛短节目的时候被镁光灯晃过眼睛，其他时候都没被打扰过，所以他也只当这是无关紧要的插曲，他自然不知道，在这件事过去后，自己又多了多少颜粉。

在比完全锦赛的自由滑后，他回到后台，找了把椅子坐着捶打肌肉群，然后一双修长的大手将一个冰袋压在他的大腿上。高大的灰眼青年半跪在他面前，为张珏解开冰鞋的鞋带，将他的两只脚抬起，脱了袜子，用适中的力道给张珏按摩脚底的穴位。

"恭喜你，又拿了冠军。"

张珏顿了顿，秦医生的按摩让他舒服地眯起眼睛："谢谢你，好心人，作为报答，我今晚请你兜风。"

秦雪君看着张珏的脚，叹了口气："好，那我就期待了。"

作为一个能训练到脚出血的运动员，经年累月的高强度训练，早就让他的脚出现了变形，他的脚真不好看。张青燕在夏天看到儿子穿着凉拖在屋里走来走去的时候，都会心疼地捂住胸口。

张珏一定很辛苦吧。

53. 健康

因为全锦赛上的一场来自明星们的直播，使得不慎误入直播间镜头的张珏莫名其妙多出了一群粉丝，之后，这些人就开始搜集张珏的资料，了解着这位外貌出众到令人窒息的冰上美男子的信息。

接着，一条有关张珏的信息就上了热搜：张珏，男，未满 20 岁，花滑男单三座大山里年纪最小战斗力最强的男人，他还有另一个身份，那就是花滑项目有史以来收入最高的运动员。

在他之前拥有这个头衔的是已经退役的前意大利女单一姐海伦娜，她妈那边有时尚圈的人脉，加上她本人也容貌美艳，曾以年收入 770 万美元位居世界体育女星第十位，但那也是索契周期初期的事了。

花滑女单，花滑四项中的明珠，当之无愧的人气最高项目，历代收入最高的花滑运动员有五分之四都是女单的。

张珏在 2015 年的时候就打破了海伦娜的年收入纪录，之后更是一年比一年赚得多，每年都能冲进福布斯运动员收入年度百强榜单，哪怕上个赛季因为伤病没能拿下世锦赛金牌，广告商们依然挥舞着更多的钞票为提升张小玉的收入添砖加瓦。

在还没成年的时候，张珏就已经拥有花滑项目最高的人气，也因此得到了最多广告资源的倾斜。虽然花滑相对其他运动没那么热门，但张珏也算冰雪体育迷眼中的一号了不得的人物了。而在上个休赛季，张珏就接到了某大牌香水的广告，接着又成为某跑车代言人，最后还被超贵的手表广告合约精准命中，加上本来就有的手机代言，终于在福布斯运动员年度收入百强榜上，以 2900 万美元冲进了前五十名。

张珏因此成了冰雪项目运动员在该榜单上历史名次最高的人，而且他不像其他球类项目的运动员，本身薪金和比赛奖金就能占收入一半，就算把一个赛季的所有 A 级花滑比赛赢下来，他的奖金有没有一百万都不好说，张珏的收入都是商演分成、广告代言撑起来的。

这年头，人们未必会关注一个冷门项目的王牌运动员，但他们有很大的可能关注一个有钱人，未满20岁就拥有这份财富就更让他备受瞩目了，毕竟这人居然在不声不响的情况下赚得比很多粉丝的偶像还多！

张珏：光是交出去的税都够我在京城买新房了。

最惊人的是，这人捐出去的钱，超出了他的收入的一半。

张珏在很多人眼里都不是热衷慈善的样子，因为他除了训练和在大学里伺候玉米，几乎没有其他曝光的画面，极为低调，微博大号几乎不上，偶尔发条赛程表都把鱼苗乐得和什么似的。然而此人的小号却活跃度相当高，拥有三十万粉丝。

做慈善不说出去，在大部分人眼里和没做差不多，张珏不张嘴，不参与任何慈善活动，只默默地给钱，所以之前谁都不知道他干了什么好事。这人不喜欢自己开车，出门要么是秦医生接送，要么是教练们接送，穿衣服以运动服为主，吃饭以食堂为主，除了做考斯腾没啥奢侈的花钱项目，大家更加感觉不到他多么有钱。

他去训练的时候，黄莺跑过来踮着脚拍他的肩膀："我之前还以为大家的收入差距没那么大，结果我居然比你少了一个零。牛，不愧是队长。"

黄莺和张珏同年，年收入有八位数，已然是富人级别，在女性花滑选手里，收入仅次于庆子、闵珊、卡捷琳娜、赛丽娜、尹美晶。

张珏挠头："我的收入和脸也有不小的关系吧，不说钱的事了，你的脚怎么样？"

小姑娘一顿，她叹了口气："我和临哥商量了一下，还是决定不上四大洲锦标赛了，就让二胖和洛宓去磨炼一下，我们专心准备世锦赛。"

关临苦笑道："莺莺的脚伤已经好到可以上比赛的程度了，是我的右肩出了问题，昨天差点把她摔了。"

黄莺大大咧咧地双手叉腰，笑嘻嘻地安慰搭档："没事的，现在的休养是为了更好地冲击平昌冬奥会的金牌。"

今年的四大洲锦标赛在首尔，两边没什么时差，张珏这次也稀奇地没有晕机，下飞机时精神挺好。

有人喊道："tamaxi，好久不见。"

只有韩国人才会在名字后面加xi这个发音，张珏回头，就看到一个娇小的小帅哥看着他。

"正殊 xi！"张珏小跑到他面前，"你的身体好了吧？自从你退役后，我们都好久不见了，最近过得好吗？"

崔正殊神态轻松："我好得很，现在和萨伦一起在科腾俱乐部做教练，打算组个北美的教练组合，挑战张教练、沈教练这对花滑男单第一教练搭档的地位呢。"

"要赢他们可不容易。"张珏歪头，"而且作为教练，最重要的就是有好材料，北美拿得出手的男单运动员里，克尔森是跟着启蒙教练滑出来的，亚瑟·科恩的教练是美国的功勋教练，当初和他的启蒙教练抢人都够演一出大戏了，你上哪儿挖比他们还好的苗子？"

"嗯，这就要看命了，反正我大学也毕业了，以后如无意外会一直在加拿大发展。"崔正殊微笑着，"我不会变国籍，可能上了年纪以后也会回国，各类保险也都是买的国内的，但我想，北美那边的花滑环境比这边更好，而且待在那边的话，以后和美晶、梦成一起出去玩，也不用担心被本国滑联的高层穿小鞋了。"

这次来参加四大洲锦标赛的有张珏、察罕不花、金子瑄、闵珊、徐绰、姜秀凌、洛宓和另外一对小双人滑组合花泰狮、梅春果。崔正殊亲自带着他们去了酒店。哈萨克斯坦也是亚洲国家，所以"美梦成真"组合要比的也是四大洲锦标赛而非欧锦赛，虽然不少人都明白他们宁肯去欧锦赛。

张珏在分开时，小声问崔正殊："美晶和梦成他们在这边还好吗？"

崔正殊摇头，他左右看了看，叹着气回道："美晶的家人找过来了，当初他们放任美晶转籍，是因为事情闹得太大，美晶的父母嫌她丢人，干脆就舍弃了这个女儿。但自从她的收入进入女性运动员前一百名后，她家人就没停止过骚扰，不过梦成在好好护着她。两个人现在借住在当初帮助过他们的律师在首尔的公寓，饮食都只吃自己带的泡面，而且除非比赛和合乐，都是待在家里。"

即使是被冠上"有史以来最出色冰舞女伴"的尹美晶，面对这些事情时也会有无力感吧。

张珏："我带了室友腌的泡菜，你觉得美晶他们会吃吗？"

崔正殊："室友？你没和家人住一起吗？不对，既然脱离家人出来住，你是想独居吧？以你的财力根本不用和任何人合住吧？他做的泡菜是东北口味的吗？"

张珏一个个地回答他的问题："我的室友是小时候认识的医生爷爷的孙子，是位骨科医生，可以提供超高质量的复健服务，还会在我外出比赛时帮我照顾宠物，伺候阳台上的自种蔬菜，而且车技很好，会在我心情不好的时候载我出去兜风。他是中俄混血，所以做的是俄罗斯泡菜。"

崔正殊恍然大悟，与张珏合住的恐怕不是室友，而是集厨子、保洁人员、司机于一身的全能保姆吧。当晚，秦佩佳的俄罗斯泡菜征服了亚洲第一冰舞组合与韩国男单前一哥。

他们三个给出了评价：美味，张珏这个保姆找得值。

很快，张珏就发现今年四大洲锦标赛非同一般地诡异，不仅和自己犯冲，在赛前就冲掉了黄莺、关临，让美晶、梦成苦恼不已，其他的参赛运动员也状况不断。

除了"美梦成真"，北美的冰舞也不差，其中加拿大冰舞的一哥一姐因为食用酒店餐厅的酸奶食物中毒，上吐下泻，合乐的时候脚都是软的。菲律宾一位男单小哥在热身时，因为冰面湿滑摔了一跤，当场叫了救护车，之后查出是骨裂，只能回国休养。

而寺冈隼人，他在合乐的时候重现了张珏上半个赛季的合乐常态，也就是clean 次数为零，毕竟连有过应力性骨折、做过膝盖韧带手术的张珏在同层次的运动员里都算身板好了，寺冈隼人比他大，伤病只会更多。

在短节目结束后，张珏一边收拾东西，一边不着痕迹地将目光放在日本队那边。身高仅有一米六五的千叶刚士背着师兄的包，一只手扶着教练。话说那个光头胖子老爷爷似乎身体状况也不好的样子。

他忍不住感叹道："那个老爷爷都 66 岁了吧，一把年纪了，好不容易给日本带出两个不得了的男单选手，还亲自带学生出国比赛，也怪不容易的。"

沈流应道："可不是吗，那个老爷子当年也是著名的亚洲男单第一美男子，现在被岁月摧残成了一个胖爷爷。"

他们瞄了鹿教练一眼，又一眼，70 多岁高龄但依然精神矍铄，手拿拐杖不是用来扶而是用来抽学生屁股的鹿教练瞪着他们两个，嗓门洪亮："干什么？"

杨志远这时幽幽来了一句："没什么，就是觉得您老自从减肥后就健康了不少，果然生命在于运动，老来瘦是福啊。"

当晚，寺冈隼人因为教练心脏病发作而宣布退赛，据说要不是路过的崔正殊给老爷子做了 CPR，差点就出人命了。张珏就这样拿到了他职业生涯中赢得最轻松的一块四大洲锦标赛金牌，但是他一点也不高兴。

值得一提的是，千叶刚士并未退赛，这个突逢变故的少年坚守在赛场上，上场前陪他的是庆子的教练森树美，滑完自由滑后他独自坐到 kiss&cry，然后他拿了自己的第一枚成年组 A 级赛事奖牌——四大洲锦标赛铜牌。

高飘远的 4T 和 4S，日系花滑选手特有的流畅滑行，转速高轴心稳的优秀旋转，出色的乐感，一夜之间就变得坚强起来的心理素质，让千叶刚士压过了经验更加丰富的亚瑟·科恩、金子瑄，以及还没稳住 4S 的察罕不花与蒋一鸿。

54. 二姐

在花滑界，有个冰迷常说的词语，叫"换组"，也就是运动员决定换到另一个教练组训练的意思。比如俄罗斯，他们的水晶俱乐部（国家出资的一个俱乐部）就属于官方的组织，但也不是说没有别的地方可以训练，比如圣彼得堡的鲍里斯一系，还有其他的俱乐部也不乏能带出人才的。

而俄罗斯花滑人才又多，有时候运动员在这个教练手底下混不出头，觉得自己在组里得到的资源不够，就会转投其他教练门下。有些天赋高的运动员属于教练们也会抢的类型，旧教练舍不得这么个强将投向对头，新教练满心欢喜地为此和旧教练争论，而运动员又普遍年轻气盛，总之也上演了不少好戏供各国冰迷围观。

日本的花滑也分派系，比如名古屋系、九州系之类的，但有趣的是，目前带出白冢姐妹的森树美教练、带出寺冈隼人和千叶刚士的教练都不属于日冰协的派系，而是陪着运动员从启蒙开始一路走到现在的小地方冰场的教练。

他们在役时都是水准不错的运动员，即使与冰协官员扯不上关系，执教能力却都很强。

在胖教练的身体无法继续执教后，寺冈隼人也舍不得让恩师继续为了自己操劳，找个新教练就成了势在必行的事情，以往连运动员出门比赛都未必会派队医的日本冰协这次也展现出了惊人的存在感。

在四大洲锦标赛结束以后的半个月，张珏通过互联网，同全世界关注寺冈隼人的冰迷、业内人士一起围观了日冰协各派系教练为了抢寺冈隼人而上演的新戏。

互相攻讦是他们最常用的手段。

今天名古屋系的 x 教练指责关东系的 y 教练曾逛牛郎俱乐部。

围观群众：啊？！

明天，九州系的 o 教练指责名古屋系的 x 教练曾和运动员在酒会上亲嘴。

备注：x 教练是个 53 岁的阿姨，她亲的那个运动员只有 25 岁。

围观群众：哇！

后天，寺冈隼人宣布带着师弟加入森树美教练麾下。

围观群众：隼人干得好。

身为运动员，这个时候就不该掺和那些乱七八糟的派系斗争，带着师弟去能专心教学的教练麾下训练才是正经事。森树美的冰场虽然小了点，但教练人好，有妆子给编舞和后勤支援，庆子也是个靠谱的好队友。

在这种所有人都抢着要把这个被视为夺牌点乃至夺金点的运动员纳入麾下，摘胖教练的桃子的时候，森树美教练作为日本女单夺金点的教练，接纳寺冈隼人可谓除了给自己增加工作量外没有任何好处。教得好是应该，一旦隼人和庆子哪一个成绩不好，大家都要骂她，但实际上隼人和庆子都是伤病大户，谁也不知道他们能撑到什么时候。

所以她愿意在这个时候接下隼人和千叶刚士两人，真就是出于情分了，懂内幕的都给这位女教练竖起大拇指，觉得她比日冰协的其他派系让人放心。世界各地的"吃瓜群众"心满意足地摸摸被瓜填满的肚子，该干吗干吗去了。

在三剑客内部聊天室，张珏还是好好关心了好友一番。

鳄鱼 -crocodile：在福冈训练得还习惯吗？

隼人回了个竖大拇指的表情，表示自己一切顺利。

鳥 -bird：我没问题啦，不过刚士对森树美教练的指导不太适应，他之前习惯教练把一切都安排好，选曲和表演都需要教练带着分析，森树美教练却习惯让运动员自己决定这些。

медведь-bear：毕竟他还年轻，处于需要人引导的成长期啊，你和庆子都已经是接近究极体的完全体了。

鳄鱼 -crocodile：伊柳沙，你看《数码宝贝》吗？

медведь-bear：你怎么知道？

因为成长期、完全体、究极体明显是《数码宝贝》里的专用术语啊！

张珏：我好像又知道了什么。

一般运动员都是在休赛季换教练，即便如此也能闹出一堆新闻，甚至直接影响他在新赛季的状态，在赛季过半这种紧要关头换教练，对运动员的影响就更大了。

孙指导后来偷偷和鹿教练嘀咕："幸好当初张珏在省队的时候，我拦着国家队其他教练，不许他们摘张俊宝的桃子，你看俊宝现在把小玉带得多好。胡乱摘桃子，搞来搞去，只会让项目发展越来越差。"

鹿教练冷哼道："现在俊宝去下面选材时，也有人说他是摘别人桃子呢。"

孙指导跳脚："谁说的？俊宝是国内最好的单人滑教练，小孩子跟他训练才有更长远的未来！"

且不说张珏，就徐绰、蒋一鸿、闵珊、察罕不花这批人，谁不是跟了张教练以后才起飞的？孟晓蕾、秦萌、陆秋这三个小姑娘，也是进了张门后才把3+3连跳稳下来，并将滑行、旋转的毛病通通改掉。

不行，孙指导得去查清楚这件事，他年纪大了，也没精力去亲自带运动员训练，但至少他还能把后勤工作做好，不让自家教练在为了学生操劳到需要吃护肝药之后，还要遭受流言蜚语的攻击。孙指导干了啥没人知道，但在他找白小珍聊了一阵后，张珏再去逛微博的时候，发现自家老舅的微博下少了许多乱七八糟的言论。

2017年花滑世锦赛的举办地，是芬兰的赫尔辛基。

3月27日，哈特瓦尔体育馆的副馆之中，男单选手们正在进行合乐练习，此时场上正播放着《西班牙舞曲》。由于水平相当，张珏和伊利亚在合乐的时候也经常凑到一组，他站在场边喝着一瓶老舅亲手制作的牛油果牛奶，和瓦西里聊天："伊柳沙本赛季的合乐 clean 次数很高啊。"

瓦西里呵呵一笑："合乐的时候能 clean 有什么用？上了赛场也能 clean 才好。"

张珏本赛季合乐 clean 次数为零，可他上了赛场能拿金牌，这难道不是更好吗？不过张珏在 17 岁那年也是合乐 clean 概率特别高的类型，现在伤病积累，才导致稳定性下降。

就在此时，寺冈隼人摔了一跤，在冰上摔跤是常态，他们这个水平的运动员都掌握了减低伤病率的摔跤姿势。他也没摔出大毛病，就是胳膊蹭掉了一块皮，下场时伤口血淋淋的，也没有队医可以治疗。日本人都是不喜欢麻烦别人的性格，但庆子最后还是不得不过来借了杨志远去帮忙处理伤口。

张珏感叹："隼人虽然是日本一哥，年收入在 500 万美元以上，但他也不容易啊。"

张珏当年崛起的时候，领导们可都把他当宝贝，即使是在他还没有进成年组的时候，上头也已经开始让杨志远跟着他到处跑了。相比之下，日冰协对自家一哥一姐的态度就让人看不懂了。

3 月 29 日，世锦赛正式开赛，第一天要先举办开幕式，之后就是女单、双人滑的短节目。到第二天，男单才上场比短节目，在他们之后是双人滑的自由滑。第三天，比冰舞韵律舞，女单自由滑。第四天，比男单自由滑，冰舞自由舞。

来年各国参加冬奥会花滑项目时有多少名额，就全看这些运动员的最终排名如何了！

赛前，张俊宝接到来自孙指导的电话，在他关了手机后，张珏和沈流问他："怎么样？"

张俊宝摇头："还是老样子，男单、女单、双人滑的指标都是 3 个名额，冰舞那边保一个就行，但如果可以的话，上头也希望他们可以冲进前 12 名拿到两个名额。"

冰舞的存在感太低，领导下指标时有时候都会遗忘他们，这有时候也挺让人羡慕的。

男单这边，张珏有很强的信心为师弟们拿下 3 个名额，察罕不花也表示他会努力冲击前八名，这样哪怕师兄跌下领奖台，只拿了第四名，他们两个的名次加起来不超过 13，也可以拿 3 个名额。

张珏："臭小子，你有给我减压的心意是好事，但我的膝盖还没差到要你操心。"

关临和黄莺今年缺席了四大洲锦标赛专注养伤，精神状态相当不错，而姜秀凌和洛宓那对小双人滑组合在四大洲锦标赛也是上了领奖台的，算得上争气，他们压力也不大，唯有女单的问题比较大——闪珊在练习 4S 的时候受伤了。

教练组和张珏都认为闪珊不用着急现在就把四周跳拼出来，因为在平昌周期，稳定的双 3A 自由滑配置，价值比不稳定的四周跳更高，但是就在前阵子，网络上有某些男性冰迷掀起了论战的风波，他们在所有能进去的花滑社区散布"女人的先天素质太差，不可能有人练出足周的四周跳"的言论。

该咋说，卡捷琳娜的四周跳不足周是事实，人家的教练也没让她用这个跳跃混分，业内人士都佩服瓦西里的决定，并期待着第一个足周的女单四周跳诞生，但有这群人搅浑水，话题莫名其妙就被扯到了男女对立的层面。

这事最后甚至闹到了推特上，有一批脑残粉到卡捷琳娜、瓦西里的社交账号下面骂人。

天地良心，明明目前这批努力攻克新技术的一线女单选手都是努力训练、十分低调的性格，却在某天打开手机后，发现评论区一群人在骂自己技术不够好，那真是满心不解又委屈。

闵珊今年满17岁，平时又要滑冰，又要忙高中的课业，每周只能用手机上网两小时，但她和卡捷琳娜的交情很不错，而张珏和瓦西里也是朋友，大家都不希望他们的友情受网络上的舆论影响。

在这个时候，闵珊认为解决这个问题的唯一方式，就是有一个女单选手站出来完成足周的四周跳，这样那些人才会闭嘴。她主动要求提高四周跳的训练量，并成功在四大洲锦标赛结束两周后，跳成了一个周数充裕、经得起慢放的4S，将之发到了社交网络上，附上一句话。

闵珊－张门一枝花：女单选手可以完成足周的四周跳。

她用行动证明，女单选手也很行，四周跳从来不是男人的专利。

在这个视频出现后，张珏第一个转发，接着其他一线的花滑运动员也纷纷转发，将这场风波平息了下来，卡捷琳娜的推特底下也终于没有人闹腾了。

而在完成了这个四周跳后，闵珊信心大增，但此时她的四周跳落冰成功率还只有百分之三十，为了能将这个跳跃带到世锦赛上使用，她更加拼命地训练，最后导致右脚踝韧带拉伤。

闵珊并不是一个能忽视舆论的人，而且即使不参与网络骂战，她也不是愿意看到那些"女人就是差劲，就是不如男人"的言论的性格，她要用实际行动来证明女单选手也能在赛场上跳出完美的四周跳。作为一姐，她有义务在2017年世锦赛拼出好名次，将更多的同国女单选手带到冬奥会的赛场上！在责任感的驱使下，小姑娘提出打封闭上场的要求，那表情和当年一边过发育关一边为了索契冬奥会名额拼搏的张珏简直如出一辙。教练组经过商议，又给闵珊的父母打了电话，最终还是答应了她。

唉，他们怎么尽碰上倔脾气的孩子。

杨志远的打封闭技术还是那样，被他来了一针后，痛是不痛了，但是打封闭的部位感官也麻了。女单短节目赛事开始前，闵珊十分努力地在热身室适应着，比她更早出场的徐绰系好鞋带，神情坚毅起来。

她的教练明嘉调侃着："怎么，打算在这里拼命了？"

徐绰露出一个明亮自信的笑："是，教练，我这次必须冲进前八，并尽可能地拿到更高的名次，减轻闵珊的压力，毕竟她才是有希望站上平昌冬奥会领奖台的人，我不能让她在这里消耗太多，身为同国、同项目的前辈，我得为她做些什么，所以到了自由滑的时候，我也要来一针封闭了。"

闵珊并不是擅长比短节目的类型，她经常是在短节目落后，然后又在自由滑追回来。一直以来她总是败给庆子的原因，就是短节目不稳定。

第一天的比赛结束时，闵珊以 73.5 分位于短节目第四，而徐绰拿到了女单短节目第七。比赛结束后，徐绰安静地坐在明嘉教练找来的椅子上，自己揉捏着膝盖，一只白皙修长的手捧着膏药，出现在她的视野里。

小姑娘抬头，看到微笑着的张珏。"今天滑得不错，那组 3F+3T 的质量把我都惊到了。"

徐绰怔了怔，捧着膏药骄傲地点头："当然啦，我可是点冰跳达人呢。"

张珏俯视着身高一米七的小姑娘，温和地鼓励道："自由滑的时候也要加油啊，希望在平昌的时候，我们还能继续并肩作战。"

55. 撞击

和女单的艰难赛程比起来，赛前因为一哥一姐伤病传闻而普遍不被看好的双人滑项目，反而成绩相当不错。黄莺和关临伤后复出第一战，便漂亮地夺下了短节目第一的位置，而姜秀凌与洛宓成功地在节目中完成了 3F 的单跳，位居短节目第四。

看到那个 3F 时，马教练高兴地跳起来，比赛还没结束呢，他就满怀感激地与张俊宝、沈流、鹿教练握手，感谢他们对自家小组合的照顾。

黄莺的力量不够强，跳不高，能完成的最高难度的单跳就是 3S，想再提难度的话，她的脚也受不了了。但是目前双人滑项目的单跳难度也在不断攀升，加拿大有能单跳 3lz 的双人滑组合，俄罗斯更是有一群因为单人滑竞争太激烈，改练双人滑的，单跳基础强得很。

唯有中国的双人滑单跳技术一直上不去，姜秀凌可以完成3lo，洛宓的水平却跟不上，这次马教练死马当活马医地请张门帮忙，没想到他们还真把这一对的单跳能力练出来了，只要这两对组合在自由滑不崩盘，3个名额绝对稳稳的。

而在第二天，男单短节目开始，许多直播花滑世锦赛的电视台都发现收视率一下高了至少1个百分点。

"不愧是花滑四项里竞争最激烈的项目啊。"一位导播这么说着，对身后的同事比了个ok的手势，解说员熟练地说道："观众朋友们大家好，现在为您直播的是2017年花样滑冰世界锦标赛，现在男单第一组已经开始上冰做六分钟练习了。"

赵宁从七年前开始就一直关注着张珏，看着他从十几岁的小将成现在近乎天下无敌的名将，内心不是不欣慰，而她也被鱼苗们称为官方鱼苗第一人。

江潮升今天没有到现场，因为他的学生赛澎、赛琼正在备战最后一届的世青赛，等到明年的冬奥会赛季，那对兄妹就要升成年组了。新人们正在成长，现在的三剑客也处于当打之年，中国花滑俨然一副繁荣景象，但事实真的如此吗？

想起三剑客从这个赛季开始就没有断过的伤病传闻，赵宁内心悬了起来。谁也不知道这次世锦赛，是不是最后一届三剑客都处于巅峰期的世锦赛，在花滑项目，20岁就退役可从来都不是稀奇事啊。

当天的短节目赛事结束后，张珏靠着一如既往的稳定发挥拿下了第一名，但他之前在总决赛创造的短节目世界纪录的分数已然到了现今打分系统的顶端，换句话说，除非他能攻克4A，否则再次刷新纪录就成了不可能的事情。

他的实力太强，滑联不敢明着打压这位人气极高的王者，但即使很努力地提升其他欧美男单选手的表演分待遇，也没有其他人可以将张珏压下去，旧王成了打分系统的bug，新王未生，这种境况简直让人头疼。

而对中国的冰迷来说，张珏上场就能赢简直太爽了，花滑低迷多年，好不容易崛起，就有了张珏这么一个决不让人失望的大神，看他的比赛，永远不用担心他会发挥失常。

张珏看完分数，走到后台休息，瓦西里坐到他身边："大概平昌冬奥会过后，国际滑联就要再次修改男单赛事规则了，你要做好心理准备。"

"我知道。"有关规则即将被修改这件事，张珏比瓦西里还要清楚。

张珏用毛巾擦着汗，头脑清醒。国际滑联将会在平昌冬奥会后推出 cop2.0 打分系统，将 GOE±3 改成 GOE±5，并将男单自由滑的时间从四分半减为四分钟，大幅度削弱四周跳的基础分值。

说白了，GOE 的加减是裁判定的，这种规则的修改就是为了提高裁判对赛事的掌控力，也是他们压制过于强劲的选手，让旧王灭亡，推出更多欧美国籍的新王的有力手段。毕竟有些人技术太标准，想抓他们的用刃、周数等技术瑕疵都抓不到，只能换招了。

张珏还未满 20 周岁，可他是个亚洲人，而且他的分数到顶了，所以他在那些裁判眼里，已经非常老了。

"我从没想过太强也能是原罪，不愧是你。"瓦西里说完这些话就走了。

张珏又坐着缓了一会儿，才给自己捏脚。他想，瓦西里说错了一点，那就是太强不是原罪，身为亚洲运动员却太强才是原罪，如果他是欧美国籍的话，即使他和同国的运动员强大到让领奖台上升起三面相同的国旗，裁判们也不会觉得哪里不对。

不知道是不是膝盖伤病和脚踝伤病带来了心理压力，张珏总觉得这次比完以后，他比以前疲劳了很多，他捂着胸口深呼吸："虽说运动员的体能会随着年龄下滑，但我的下滑时间是不是来得太早了点？还是说我和芬兰犯冲，水土不服，所以身体状态不够好？"

算了，能导致运动员状态不佳的因素太多了。张珏慢悠悠地起身去领小奖牌。

世锦赛第三天，冰舞韵律舞，"美梦成真"组合史无前例地出现了失误，排名跌落到第六名。

哈尔哈沙低声说道："他们的状态在四大洲锦标赛后就一直不好了。"

哈萨克斯坦的总教练阿雅拉含着戒烟糖，含糊不清地回道："美晶是这个组合的精神支柱，她的状态如何决定着梦成的发挥，而她故国的人民在她转籍后就没有停止过对她的攻击，她的家人也是那样，就算是铁打的人，也会有难受的时候。"

这个时候就看梦成能不能反过来支撑妻子了，不过如果是他们的话，总是能走出来的，毕竟要论过往的黑暗悲伤，"美梦成真"这对组合，几乎是冰舞之冠了，他们经历了足够多的风雨，也因此更加坚强。

女单自由滑的竞争同样激烈无比，中国女单一姐闵珊带着封闭在自由滑完成了足周 4S，却在节目后半程因伤失误，总分低于庆子与卡捷琳娜，位居第三，但因为徐绰这次非常争气地拿到了第七名，两人的名次相加后为十，中国女单成功拿到了 3 个平昌冬奥会名额，完成了本届世锦赛的指标。

拥有一个四周跳的自由滑节目最终输给了双 3A 配置，完成度更重要还是高难度的四周跳更重要的问题再次被摆在台面上，光是业余冰迷都盖了两千多层楼，"珊妹牛 ×"的楼也盖了一千多层。无论如何，自家的小姑娘能成为世界上第一个在赛场上跳出裁判认可的四周跳的女单选手，冰迷们与有荣焉。

张珏看着师妹的身影感叹："这傻姑娘自从进入成年组后，几乎没有拿过国内赛、分站赛以外赛事的金牌啊，去年的世锦赛金牌还是靠运气拿下的。"

四大洲锦标赛和世锦赛都会撞上庆子，而她的表演、滑行都不如庆子，稳定性和抗压能力也不够，总觉得她这个样子到了平昌冬奥会，也会是万年老二的命啊。

沈流轻笑一声："奥运金牌是最看命的奖牌，你在索契冬奥会连破世界纪录，强得所有人都不得不看着你，最后还不是以毫厘之差成了老二？"

索契冬奥会的男单银牌得主，总分只差了金牌得主 1 分，其中银牌得主的自由滑表演明明是神级质量，最终表演分却被压到连 95 分都不到，也被称为著名的花滑打分冤案。

成为运动员，走上国际赛场后，就注定要面对这些东西了，闵珊性子倔强，作为师长，张俊宝他们只能尽可能给予她多的支援，撑着她去更高处，但路终归要她自己走。

第四天，男单自由滑开始。

金子瑄非常难得地 clean 了自由滑，在倒数两组没有出场的情况下史无前例地冲到了第一名的位置，倒数第二组出场的察罕不花也同样给力，他以 4 分的分差压过金子瑄成了总分第一。但是很快，亚里克斯就以一个个人职业生涯最高分成为新的第一，而且直到最后一组出场前，他都没有从这个位置上下去，连大卫都没能压过他，24 岁的法国一哥今年又崛起了！

已经成为他的主教练的前一哥马丁和编舞麦昆对了一拳，两人都很高兴地鼓着掌。

沈流看着："麦昆今年居然也开始进军编舞了？亚里克斯的节目看起来不

错啊。"

因为家里就有张珏这个只要一通电话，全世界的编舞都能随便预约到的神人存在，所以每次看到新的优秀编舞出现时，国家队都会将其纳入来年队员约节目时可以考虑合作的范围。

反正张队总有办法约到他们。

男单的赛事足够激烈，冰迷们看着也开心，直到万众瞩目的最后一组的比赛即将开始，张珏、寺冈隼人、伊利亚、克尔森、亚瑟·科恩纷纷上冰开始六分钟练习。

滑了一阵，张珏回到挡板边喝水，张俊宝按住他的手背："我知道你有点水土不服，不花最差是第八名，压力不要太大，实在不舒服的话就不要硬上难度了，这时候受伤不值得。"

张珏对他露出个笑："嗯，我心里有数。"

就在此时，观众席传来惊呼声，张俊宝也脸色一变。张珏回头，正好看到寺冈隼人和亚瑟·科恩撞到了一起。

亚瑟·科恩身高一米七四，体重67公斤，寺冈隼人一米七七，体重70公斤，两个人在男单选手里都不算小个子，撞到一起的动静不小，他们同时被撞飞，然后重重地倒在冰上。

庆子瞳孔一缩，她下意识地捂住嘴："天哪。"

两个正在滑行的人，甚至是正在跳跃的人在冰上发生撞击一直不是稀奇的事情，只不过顶级选手大多经验丰富，滑行时也会注意周围，所以出事的概率比较小，但不是完全没有。

寺冈隼人和亚瑟·科恩静静地趴在冰上，没有动静。伊利亚立刻滑到隼人身边，跪在冰上大声喊着他的名字，克尔森也滑到亚瑟身边，想碰又不敢碰，万一亚瑟内脏出血，或者是肋骨被撞断的话，这时候动亚瑟反而会进一步加重伤势。

大卫出声提醒他们："伊利亚，克尔森，立刻下冰，让工作人员上冰帮助受伤的人。"

美国队队医已经在场边待命，而日本那边没有队医随行。

张珏对杨志远喊道："杨哥！"

杨志远提起医药箱："了解。"

寺冈隼人失去意识大约2分钟，然后在伊利亚的呼喊中清醒过来。这家伙的声音连同其他杂乱的人声涌入大脑，让他头疼得不行，也让他觉得非常苦恼。

很快，穿着制服的工作人员上冰，询问他的情况："寺冈选手，你还好吗？可以自己起来吗？"

寺冈隼人：麻烦说日语啊，我现在没法分神分辨母语以外的语言啊。

最后他还是挣扎着靠自己爬了起来，在观众们鼓励的掌声中下冰。亚瑟·科恩也是靠自己下冰，然后被队医带到选手通道里治疗去了。隼人在下冰时趔趄了一下，栽进了一个温暖的怀抱里，身体被稳稳地扶住。

小鳄鱼熟悉的声音传入耳中："还能自己走吗？"

隼人苦笑起来："你觉得呢？"

千叶刚士过来扶住他："前辈，我扶你吧。"

张珏沉默一阵，叹着气，转身蹲下："上来吧。"

隼人靠着师弟，疑惑地看着他："你认真的？"

张珏："当然是认真的啊，上来吧，我一米八三，背一个你还是没问题的。"

在这种时候，这个老是满口"我真的只有一米八"的家伙终于肯说出自己的真实身高了。隼人翘起嘴角，被这位老对手背进后台，已经是熟人的杨队医过来为他诊断伤势。

隼人想，自己这个赛季真的是状况不断，每一步都走得艰难无比，好像命运在故意和他作对似的。好在天无绝人之路，每次遇到困难，总是有人对他伸出援手。

森树美教练顶着巨大的压力收留了他和刚士，而张珏都已借了他两次队医，如果可以，他真的不想麻烦他们，但是在被他们帮助的时候，他心里也忍不住生出温暖之意。

"请不要打扰医生和运动员，请离开这里，谢谢合作。"张俊宝一脸平静的表情，跟沈流一起将跟过来的记者、摄影师都赶了出去。

庆子和森树美教练站在一边，视野一直都是模糊的。一张纸巾被递到两位女士面前，庆子抬头，就看到 tama 酱那双温柔得如同被雪水冲洗过的黑珍珠般的眼睛。

"擦一下，然后去关心一下他吧，听到你的声音，他会比现在精神一点的。"

毕竟庆子是隼人最喜欢的人嘛。

56. 一步

张门像张珏、闵珊这种敢于挑战高难度动作的傻大胆不少，所以杨志远处理运动损伤的经验也相当丰富了。他很快诊断出寺冈隼人的情况："有轻微的脑震荡，身上多处软组织挫伤，胳膊上那块伤口又裂开了，而且就算当时给你进行了消毒，但因为你坚持不肯吃消炎药，所以有点发炎。站在医生的角度，我不建议你继续参赛，立刻进医院处理伤势，然后躺着休息几天，两周以内都不要走动会比较好。"

千叶刚士急切地说道："前辈，退赛吧，我已经进前十二名了，我们已经有两个名额了！"

反正日本也没有他们两个以外的能上得了台面的男单选手，放弃接下来的比赛也可以，留着体力到冬奥用吧！

隼人立刻彪悍地一拍桌子："都这个时候了，你让我怎么退啊！"

且不说森树美教练顶着多大的压力接手了他们两个，现在国内的日冰协又是如何迫不及待地要把他们打入深渊，就隼人本身的性格来说，他也是不可能退赛的。开玩笑，不管他们拿到几个名额，日本运动员参加冬奥会的名额，一般都是由日冰协决定的啊！一旦上头的官员执意搞鬼，真的黑掉他上冬奥会的机会也不是不可能的。

这点伊利亚就很能理解，俄冰协也可以决定冬奥会、世锦赛的出赛名额归属，或者说是进行一定程度的干涉，除非是那种强横到稳拿国内一哥一姐位置，而且稳定性也很好，众望所归到冰协也不敢随意动手脚的类型，否则被黑走名额也不是意外的事情。

隼人的伤病已经够多了，如果他自己不能表现出强硬的"老子就算死也不会退赛"的态度，谁知道之后会被怎么整？

另一边，大概是运气的关系，亚瑟·科恩出乎意料地没有受太严重的伤，缓了一会儿就可以跑了，是字面意义上的跑。寺冈隼人只能坐着喊疼的时候，小伙子能跑到寺冈隼人面前道歉。亚瑟深深地朝寺冈隼人鞠躬："我非常抱歉，寺冈先生，我今天的压力太大了，我太怕滑得很差，然后掉出前十二，最后没法带两个名额回家，所以在练习步法的时候没有注意到身后。"

小伙子吐出一长串话，却不敢起身看寺冈隼人的表情。他知道这次撞击的过错方是自己，而寺冈隼人伤病不断，这次撞击事故说不定会进一步缩短寺冈隼人的职业生涯。到底是才 17 岁半的小伙子，他根本不知道如何面对这种情况，能鼓起勇气来道歉，已经是他的极限了。

直到对方说"抬起头吧，我不怪你"，亚瑟才忐忑不安地抬起头，看着寺冈隼人。这位前辈正温和地看着他。三剑客从青年组时期开始，就因为超强的实力、决不放弃胜利的要强性格、超出大部分男单选手的身高被冰迷们公认为"最爷们的三个人"，但其实隼人是个脾气挺好的人。

他不是张珏那种调皮到让教练瘦三圈的性格，也不是会偷拿医务室酒精泡水果的战斗民族，原来的教练年纪大了，寺冈隼人带师弟的时间也不少，因此被磨炼出了相当好的耐性，也乐于看到出色的后辈崛起，和瓦西里有点像。若给花滑王座上的王们以性格分类，隼人和瓦西里都是对挑战者友善的仁君，张珏就是看到挑战王座的小崽子们露出狞笑的君王。

即使现在遭受无妄之灾，他也没有苛责眼前这个蔫巴巴的少年，反而好好安慰了对方，让对方出去好好准备自由滑，哪怕他也只比亚瑟大了四岁半。

不过既然亚瑟确定要参赛，隼人就更不能退了，不然大家都发生了撞击，凭什么别的国家的选手能硬上，就你寺冈隼人不行？键盘侠哪个国家都有，隼人才不会赌人性的善恶，但是他也明白自己今年的世锦赛怕是上不了领奖台了。

他对张珏和伊利亚说道："抱歉啊，这次没法和你们拼到尽兴了，咱们下赛季再全力以赴地对抗吧。"

张珏和伊利亚对视一眼，上前和他对拳："没事的，你好好养伤就行了。"

伊利亚干巴巴地说道："祝你早日恢复。"

熊与鸟做了多年对头，软话是说不出口的，只能这样客气一下，但隼人难得没给他甩脸子，在他受伤的时候，就是伊利亚焦急的声音把他唤醒的，隼人记着对方的好。这么想着，他接过张珏给的止痛药粉和水。

张珏："我平时都吃这个牌子的，能过药检的安全药品，而且止痛效果也很好，见效很快，唯一的缺点就是药粉的味道比药片差很多。

六分钟练习重新开始，庆子蹲着给隼人系好鞋带："这个松紧度可以吗？要不要系得再紧一点？还是松一点？"

隼人苍白的脸上浮现一抹红晕："这……这个就很好，谢谢你，庆子酱。"

庆子又想去搀扶他起身，刚刚一米六的女孩扶着一米七七的隼人一用力，没扶起来。实际身高一米八三的中国一哥打了个哈欠，单手将日本一哥提了起来，他将隼人的一只手搭在自己肩膀上，直接将隼人架出了后台。

寺冈隼人这一刻觉得自己超级弱小可怜又无助，鹿教练看着这一幕则满意地点头，俊宝给小玉做的力量训练成效果然很好，看他这能轻易搬动一个大男人的力量，是多么威武雄壮啊。

张珏和好友说道："其实吧，以我体力和体型方面的优势，用公主抱带你上场也没问题。"

隼人面露惊恐："请你一定不要那么做！"

庆子还看着呢！

而看到隼人和亚瑟两位选手重回赛场，场上又响起一阵掌声。亚瑟除了一边脸破了皮，被贴上了纱布，其他都好，受的基本都是皮外伤，而隼人额头绑着绷带，明显虚弱了不少。

他们在场上的反应也不同，亚瑟该干吗干吗，隼人则观察着冰场，重新确认跳跃的位置并默默修改自己的跳跃配置，心想自己要降难度到什么程度才能保证名次不难看，又不会严重加剧伤势。

临场换技术构成的应变能力可不是张珏专属，能到他们这个层次的男单选手大多都会一点，他是短节目第二，早就有112分在手，除伊利亚外，其他运动员都差了隼人至少10分，这也是优势。

今年的亚瑟·科恩表现非常好，在自由滑的时候，他不仅完成了4T和4S，甚至跳了个落冰有点狼狈的4F，裁判立刻激动地为他送上+2的GOE。鉴于GOE取的是平均分，保守估计，恐怕有裁判给这个4F打了+3的GOE。

张珏觉得亚瑟这次难得用刃不错，作为一个没有童子功的小孩，能把4F练出来也不容易，所以他随大溜地鼓了鼓掌，但沈流看着这个分数直皱眉头："裁判的亲儿子也不过是这个待遇了吧？"

鹿教练："什么亲儿子的待遇？那是滑联亲爹的待遇！"

张俊宝和张珏对视一眼，心想这两个人嘴巴还挺毒。

之后上场的克尔森同样待遇很好，他只有两种低级四周跳，但接续步直接GOE加满，他也是继寺冈隼人之后第二个步法GOE+3的男单选手。仅看打分，还真是一副花滑盛世的景象，但其下的暗潮汹涌，以及水面下的黑暗，就只有内行才体会得最深刻了。

只有冰迷们的反应永远最诚实，直到伊利亚出场，冰迷们的态度才热情了起来，他们大声地鼓掌，呼喊着伊利亚的名字，举着手里的应援横幅和小熊玩偶。

一曲《西班牙舞曲》典雅而快乐，他的跳跃非常有力，起跳干脆而坚决，仅仅看着便是一种享受。在经历了一整个赛季的打磨后，伊利亚与节目的契合度已经达到了百分之百。

赵宁对伊利亚也不吝惜赞扬："萨夫申科不愧是世界上跳跃质量最高的运动员之一，我们可以看到他的每个跳跃都踩在了点上，从起跳到落冰一气呵成，非常利落。"

与她搭配的解说员应道："是的，他的冰刀落冰的时候发出的声音，都是很清晰的，从头到尾都显得游刃有余。"

张珏靠在挡板边叹了口气，沈流问他："怎么，你没有信心赢对方吗？"

张珏愣了一下，他自觉情绪没有问题，刚才之所以叹气，纯粹是觉得气短，胸口憋而已，说白了就是水土不服导致的疲惫还没缓过来，所以呼吸也没以往那么正常。

老舅感觉到了什么，他在张珏的后背上一下一下地顺着抚下来："深呼吸，状态起伏是正常的，先把呼吸调好，回忆一下你跑半马时用的呼吸节奏。"

相比伊利亚，在他之后上场的寺冈隼人就显得狼狈很多，这或许是他在进入成年组后摔得最惨的一次比赛。自由滑的八组跳跃，他摔了六组，但不管摔得多惨，他的每个跳跃都是足周的，用刃也标准得不能再标准。

宁摔不空，这就保证了跳跃不降组，哪怕GOE-3再加一分摔倒的分数，他也能保留基础分，这是策略，也是运动员不愿对任何挫折低头的倔强。在节目结束的那一刻，寺冈隼人觉得自己整个人都是蒙的，他跪在冰上大口喘气，冷汗顺着额头一滴滴滑落，不知从何时起，掌声如浪潮一般响彻整座场馆。

寺冈隼人不是这一天表现最好的选手，但他是一个意志坚定的运动员，有着不愿服输的心气，大家愿意用掌声表达对他的尊敬。

"隼人！"

在掌声之中，他听到了庆子的喊声，隼人抬头，就看到少女对他用力地挥手，他咧开一个笑，朝着冰场的出口迫不及待地滑去。两个年轻人在万众瞩目中抱在一起，庆子过于娇小，最后是已经比完的伊利亚把隼人架去了kiss&cry等分，离开前，隼人对正在摘刀套的张珏竖了个大拇指。

"加油，tama 酱。"

张珏对他咧开一个灿烂的笑："知道啦。"

咔嚓一声，小村记者将伊利亚架着寺冈隼人，寺冈隼人竖大拇指而张珏眨眼的一幕拍了下来。

这一天，伊利亚靠在自由滑的完美发挥拿下了世锦赛金牌，而张珏因为后半程的失误屈居银牌，他们都成功为自己的国家带回 3 个冬奥会名额。

克尔森拿了铜牌，亚瑟·科恩是第四名，隼人的世锦赛名次则是第十三名。不过他也不算特别亏，毕竟他终于看到了"嫁"给庆子的希望曙光。

他当着镜头和庆子拥抱，而在日本国内看电视的妆子吓得直接一口奶茶喷出去，立刻就去翻棒球棍，准备好好收拾这个要追她妹妹的臭小子。

意外不断的 2016—2017 赛季结束了，下个赛季，就是四年一度的冬奥年！

在回程的路上，张珏看着手里的银牌，嘴角微微翘起。

闵珊靠在师兄边上问道："师兄，你是还差一枚奥运金牌就大满贯了吧？"

张珏将奖牌收起来："是啊，就差那一块了。"

57. 惊吓

2017 年的 4 月到 8 月，张珏简直要忙死了，毕竟，他已经是一个大三下学期的学生了。如果是那种和师长交情挺好，自己水平也过硬的人的话，这会儿已经在老师的介绍下找到实习单位了，张珏不用找实习单位，他从几年前开始就已经是国家队的人了，津贴、保险、户口都已经齐全。

与此同时，他的专业成绩也挺好，虽然老是出国比赛，但期末考试从不挂科，成绩还总是排在全系前二十名，老师与同学们都觉得张珏脑瓜子很好使。

教授把张珏的名字也加在甜滋滋二号的开发人员名单上，并让他写一篇论文出来，如果写得好，那么三号的开发也会继续带上张珏，保研名额也稳了。写论文多费劲大家都知道，何况张珏还要举办商演，参加商业活动，那真是忙忙碌碌没个停歇。

好消息是在回国养了几天后，他的身体就恢复过来了，为了这件事，教练组都暗自庆幸即将到来的平昌冬奥会是在亚洲土地上举办的比赛，而张珏去平昌是不会水土不服的。

这小子心态稳，身体却非常挑剔，需要倒时差的比赛地点他不适应，芬兰的水土也和他不合，法国站更是……这个除了法国本土选手大概谁也适应不了。

现在大家就祈祷平昌的冰面不要像索契一样湿滑，让他们一哥安安稳稳地达成大满贯成就。

张珏上个休赛季赚了太多，今年有不少人都将目光投到了花滑商演市场。众所周知，论吸金能力，向来是球类运动为冠，篮球、足球、网球还有排球、乒乓球，哪个不比冰雪项目赚钱？以往国内排个年度收入最高运动员的排行榜，前十名一水地出自球类运动。

结果自从张珏横空出世，这两年他就一直蹲在第一名的位置上没下去过，理智上大家都知道张珏的收入和人气跟他的脸分不开，情感上大家对花滑的市场也有了眼红之意，几场商演办下来，光卖票都能赚到八位数，这还不包括赞助。

理所当然地，张珏需要搬家，再在原来的小区住下去，光记者就够他烦的了。他烦倒没事，但如果打扰到秦雪君的话，张珏会很生气，所以他把那套房子卖了，又将手头的现金理了理，最后在一个安保严密的小区里购入了一套六室三厅的大平层，顶楼就是游泳池。

提着鸡笼，跟着张珏与张骜俊一起搬进新家的雪哥满心疑惑。

张珏对他露出羞涩的笑，双臂打开："surprise，雪哥，这就是我们的新地盘！"

秦雪君："这房子不会很贵吗？"

张珏："可是它除了贵没有其他毛病了啊。没事的，我是全款买的，经济方面没什么负担。"

那一刻，明明两人是正经的朋友关系，但秦雪君就是莫名其妙有一种自己傍上大款的错觉。

然后在第二天，大款蹲在阳台上，用从学校里带出来的粪便调配出一盆好肥料，浇进了更大的阳台菜园中。他连口罩都没戴，居然面不改色，让秦雪君内心涌起敬佩之意，直到10分钟后他才知道张珏犯了换季鼻炎，短期内什么味道都闻不到。

忙于学业和赚钱之际，张珏还顺手联系好了今年的编舞，甚至替队里其他人也把编舞找好了。然而就在这个时候，又有事情闹起来了，这次的问题出在国家队众位一哥一姐的选曲上。

领导敲着桌子："为什么这么多运动员，一个选中国风曲目的人都没有？"

张珏捧着保温杯，回道："表演滑不是有好几个都选了中国风吗？闵珊的表演滑是水袖，黄莺、关临的表演滑玩折扇，察罕不花这次的短节目是蒙古舞，这不也是中国风吗？"

正所谓五十六个民族是一家，蒙古舞也是中国风的一部分，没毛病。

领导语塞，张珏是国家队队长，又是队里首席摇钱树，所以开这种会议时，他也会被拉过来，甚至拥有重要的发言权。其他人一般也不会反驳他，已经成为"地中海"的领导只能语重心长地劝诫。

"可这是冬奥会啊，你们作为运动员，就是我们国家在冬奥会上的脸面，到了赛场上怎么也要滑点自家的东西，别和我说什么裁判无法欣赏中国风，那金梦和姚岚在役的时候演绎了《图兰朵》不也被奉为经典吗？正好黄莺和关临也能滑这个，算是对前辈致敬一下，混点情怀分。"

张珏抬抬眼皮："黄莺和关临的风格偏现代，《图兰朵》是歌剧，和他们不搭。"

别的不说，黄莺的身高只有一米五出头，她想要用那小身板去演绎《图兰朵》这种恢弘的曲子只能靠气场强撑，但这是冬奥会，此时不让运动员选最适合自己的曲风，而是硬去滑不适合自己的曲子，这不是和金牌过不去吗？别说混情怀分了，如果《图兰朵》适合黄莺和关临，张珏二话不说就会给他们安排，但问题是他们不适合啊！

张珏："而且我要纠正一点，那就是如果是我的话，通常只会致敬死人，金姐和姚哥都活着，现在致敬他们还早了点。"

最后还是孙千出来打了圆场："让黄莺他们自己选曲会比我们插手更好，张珏从青年组开始就自己选曲了，现在他在国际赛场的表演分可是我国运动员里最高的，去年他给闵珊和赛澎、赛琼选的曲子也特别适合他们。"

所以与其寄希望于情怀，还不如多听听张珏这个专业人士的建议，起码张珏真能提高一个运动员的表演分，信他总比让外行瞎指挥强。

一场会开下来，领导和孙千都身心俱疲，张珏却和没事人一样，又抱着他的杯子如同一个老干部晃悠回去了。

孙千对领导拱手："小张就这脾气，多亏您没和他计较。"

领导戴上帽子，小心翼翼地遮住发际线，叹了口气："唉，其实我也不想干涉他们，主要是我也有压力，不过张珏有句话说得好，察罕不花的蒙古舞也是中国风嘛，之后我就拿这个反驳我上司去。不过张珏这脾气真是，和隔壁速滑那个做了教练的小王差不多，一样的耿直，要有人护着才好。"

孙千苦笑："可能姓张的人都性格嚣张吧，张珏还算好，鹿教练压得住他，平时基本不闯祸，就是爱气人，但他还是有为上头考虑的，这次大家选表演滑的曲目时，他就说让大家都朝中国风靠呢。"

正赛用的曲子肯定要用自己擅长的风格，而风格这玩意儿是自带的，运动员其实也没的选，表演滑就随意了。

领导："运动员太有个性就是这点不好，张珏挺不好管的吧？"

领导本人只是"地中海"，孙千却是直接剃了光头。要说张珏这人也是奇怪，当年带他的宋教练剃了光头，如今孙千也没避过这一遭。孙千顶着领导同情的目光，一时竟无语凝噎，他想，张珏岂止是不好管，那是压根就没人管得了，只有鹿教练的拐杖还有点威慑力。

直到领导离开，他转身走到冰场，就发现关临带着黄莺给张珏道谢，孙指导那叫一个气啊，他过去扇了张珏后脑勺一下："我不是和你说了，万一上头要问选曲的事，你就闭嘴让我来解释吗？不顶嘴你会死啊？"

张珏张张嘴，还没来得及说话，关临先对孙千鞠躬，讨好地笑："孙指导，这次也是多亏了您，要没您帮忙说话，我和莺莺就不能滑《西班牙浪漫曲》和《忧愁河上的金桥》了。"

张珏："还有我呢，我也给你们说话了啊，弗兰斯也是我给你们约的。"

黄莺双手合十对他拜了拜："多谢张队，张队的大恩大德我和临哥没齿难忘。"

孙千把他们三个训了一顿才挥手赶他们去训练。

奥运年，编一个能拿高分的好节目是重中之重。黄莺和关临适合现代和抒情风，选的曲子也是能最大限度展现他们表现力的，除了双人滑的一哥一姐，女单一姐闵珊从她最爱的动画电影里挑出了自己的新赛季节目。

她的短节目曲目来自《勇敢传说》，自由滑曲目来自《海底总动员》。

他们的选曲大多是早早就公布了的，在由编舞完成了节目后，运动员们纷纷将节目带到商演里表演，再不断地改进完善，从即将开始的 B 级赛到赛季末，他们的节目将会经历无数次打磨，最终在冬奥会绽放出最耀眼的光芒。

这次国家队的选曲是大家事先就做好预选项目，然后开会决定出来的。张玨是会议主持者，提了不少有用的建议，因此在赛季开始后，中国队的新节目普遍得到好评。

唯有张玨的节目，自编排完成至今从未在公众面前露面过，原本冰迷们以为在 B 级赛的时候可以见识一下了，结果张玨居然因为发烧而放弃参加 B 级赛了，一时之间，所有人的心都被勾得痒痒的，不知道这家伙今年又给他们带来了什么惊喜。

唯有知情人擦着额头的冷汗，心说张玨的短节目还好，自由滑的选曲那叫一个大胆，在他把曲名报上来后，明白那首曲子过往历史的人都感到了头痛。

晚一点出场也好，大家晚点受惊吓。

58. 共识

微博超话。

【啊，我好想知道张队今年的选曲啊，瞒到现在都不让人知道，简直让人百爪挠心！】

【可不是吗，听说他今年短节目的编舞是弗兰斯，自由滑的编舞是米娅奶奶，但选曲、音乐剪辑、造型全是他自己一手操办，而且是奥运年，感觉肯定要出经典。】

【如果是和巴黎的火焰、雨一个水准的话，今年的男单肯定又是修罗场了，俄罗斯太子和日本太子的节目都在 B 级赛亮相，全是出自大师级编舞的上乘之作。这几年男单不得了。】

【咱鳄神别的不说，创作节目的本事一向是可以的，论节目质量，他永远不输！】

【只有我一个人好奇鳄神今年的考斯腾到底长啥样吗？他去年的短节目考斯腾太炫目了……】

对啊，张队不仅没公布节目选曲，他连考斯腾都没让人看过。

躺在病床上享受秦医生"服侍"的张玨看到这条微博，眨眨眼，瞥了秦雪君一眼，朝他勾勾手指："雪哥，说起来，你还没看过我今年的考斯腾吧？"

秦雪君将被张珏吃光的果盘叉子收好："你之前提回家的那几件不就是吗？"

张珏："可是我又没穿过。"

秦雪君多了解张珏啊，张珏一说话，他立刻就懂张珏意思了。秦医生瞥张珏一眼，露出"放马过来"的表情。他保证不管张珏接下来干什么，自己都会面无表情，省得张珏又一副尾巴翘上天的样子。

张珏扬起下巴："那你就瞧好了。"

当晚，张珏的大号难得地更新动态，发了两张照片出来。

第一张照片的他穿着假两件套，里面是深天蓝的衬衫，亮钻装饰，外部则是一件紫蓝色的燕尾服，下面是大部分男单选手常见的黑色裤子，整体形象优雅而潇洒，加上材质偏轻盈，使他就像是吹拂着地中海微风的王子。

第二张的张珏穿得就成熟多了，那是一件黑色的连体衣，上半身的设计非常独特，左半边还算是老老实实地用了黑色布料将身体裹了起来，右半边则是使用了黑色半透明材质，还有刺绣缝的金线花纹缠绕在半透明的部分，腰部用了一根金色的绳子凸显腰身。

这种设计能最大程度地展现运动员的身材，不是张珏这种完美比例、体脂率只有个位数的身材，穿上这件衣服是和自己过不去。

平时基本不在微博上和人互动的人难得发一次动态，就是这种王炸级别的视觉享受，冰迷们纷纷转发张队的美图，如果这就是张珏今年的赛用造型的话，他们绝对会竭尽所能地追着看对方的每一场比赛的！

帮张珏拍好照后，相识多年的默契让他们同时出手，张珏果断一戳秦雪君的腰，秦雪君不甘示弱，反手去挠张珏的腋下。挠痒痒大战，开始！这场大战打得天昏地暗、日月无光，最后他们倒在沙发上一起哈哈大笑。就在此时，张鹦俊唱起了"如果感到幸福你就拍拍手"。

在鹦鹉悠扬的歌声中，张珏缓缓说道："雪哥，我思忖着，等我在平昌夺金后，咱们可以在家里弄个烤肉，邀请亲朋好友一起来开心一下。"

秦雪君颔首："甚好。"

现在上头是乐于见到花滑的热度越来越高的，毕竟这也相当于在给2022的京张冬奥会拉人气，因此等张珏放出考斯腾照片，又吸了一拨粉丝后，从领导到教练员都乐见其成。孙千为此夸了张珏两句，说他穿考斯腾的样子特别精神，谁知隔了不到一天，这人就搞事了。

9月初，花滑男单三剑客张珏、寺冈隼人、伊利亚开了个直播，比赛吃汉堡，而在教练们知道这件事的时候，张珏已经吃到第五个了！

这简直是花滑男单项目有史以来最让人目瞪口呆的比赛。

作为解说员的俄罗斯一姐卡捷琳娜举着麦克风大喊："不愧是 tama 酱，他已经吃到第四个了！寺冈才吃到第二个而已，伊利亚现在已经吃完第三个……不对，你喝什么伏特加啊？液体也占肚子啊！既然要比谁吃得多就不要喝酒了啊！"

寺冈隼人背后，庆子头戴写着加油的带子，身穿黑色大衣，戴着墨镜，举着荧光牌，牌子上是龙飞凤舞的字体——庆子是大美女。话说美女和吃汉堡比赛又有什么关系？

而张珏一边吃，旁边还有一只脸上有两坨红的玄凤鹦鹉用十分像大爷的姿势站着，鸟嘴不断唱出哆啦 A 梦的主题曲，唱完了又发出诡异的狂笑声，场面十分热闹！

玩手机时看到直播的沈流一口豆浆喷了出去，拔腿就往外冲，一边冲一边给张俊宝打电话，鹿教练也提着拐杖腿脚利索地冲上沈流的车子。

遗憾的是因为京城比较大，等教练们从各自的住处赶到张珏家的时候，比赛早就结束了。张珏以十一个汉堡的绝对优势夺下了冠军，寺冈隼人居然也吃了八个，而伊利亚在吃到第七个的时候就倒下了，因为他一边吃汉堡，一边喝了一瓶 800 毫升的伏特加，要是不喝酒的话，他未必会输给隼人。

根据赌约，吃汉堡最少的那个今年要去法国站，所以伊利亚今年必须再去法国站走一遭，而跟着这场直播一起火起来的，还有张珏那张深渊巨口。明明看起来嘴巴不大，结果好嘛，一个汉堡五口以内解决，嚼东西时嘴巴动得贼快，真是他不赢谁赢。

后来寺冈隼人和伊利亚都认为张珏之所以提出要用吃汉堡比赛来决定谁去法国站，完全是早有预谋的。

张珏：嘿嘿，你们是对的。

不过伊利亚和寺冈隼人也吃爽了，做了这么多年花滑运动员，像这样敞开肚皮吃汉堡吃到饱的美事，好几年都遇不上一遭，真是意犹未尽。这场大胃王直播给观众们带来数不清的快乐，只有参与演出的三剑客事后都下场凄惨，他们不仅被各自的教练抽了一顿，还连吃了一个月的减肥餐，脸都吃绿了。

大获全胜的张珏则带着得意的表情，申请了第一站俄罗斯站、第四站日本站，又一次把他的两位老对头从他们自己的国家里赶了出去。

10月20日，莫斯科，张珏提着冰鞋走入场馆，察罕不花、姜秀凌、洛宓、赛澎和赛琼都跟在他身后。

他捧着笔记本："这一站厉害的男单选手有本土的波波夫，不过他也是老将了，还有克尔森，西班牙的罗哈斯。不花，你的体能优势很大，只要4S不翻车，上领奖台是有机会的。

"二胖，你和小宓的对手还是俄罗斯本土的那一对王牌选手，也不用感到压力大，以目前的局势来看，他们最大的对手是关临和黄莺，和你们同辈的那几对厉害的运动员要明年才升组，这次就抱着挑战的心态吧。

"赛澎，赛琼，第一次参加成年组的大奖赛，我对你们的要求只有一个，发挥出自己应有的水准，赛前赛后都不许吵架打架。"

看着他训话的样子，沈流小声对鹿教练说道："这小子比以前成熟多了。"

能进国家队的运动员，哪个不是青春年少就击败过无数同龄人的天才？而天才又大多有点脾气，但张珏就是能让大家老老实实听话。

比赛那天，现场的观众席坐满了人，在冰舞的韵律舞结束后，男单短节目开始，并陆陆续续比完了三组。

特意追到俄罗斯看比赛的一位中国冰迷举着手机，激动地说道："兄弟姐妹们，张队马上就要登场了，他的短节目也要展露真容了！大家可以下注了啊，张队六分钟练习的时候穿的是那件王子燕尾服，我押他今年短节目走古典风格！他以前滑过好多钢琴曲，所以可能是钢琴协奏曲，但也有可能是歌剧！"

在休赛季的商演、B级赛时，寺冈隼人和伊利亚的节目都已经在观众面前展示过了。隼人的短节目是"A Day Without Rain"，自由滑为舒伯特的《降G大调即兴曲》，伊利亚的短节目是贝多芬的《命运》，自由滑是肖邦的《华丽大圆舞曲》，只有张珏全程保密，硬是拖到现在才把节目带到大家的视野中。

此时，场上响起英语："Representing China, Jue Zhang."

冰迷连忙坐正："来了来了，张队要上了！"

张珏扎着马尾，穿着那件假两件的王子风燕尾服上冰，他和沈流击掌，对鹿教练点点头，朝着冰面中心滑去，一缕鬓发垂在颊侧。他侧立于冰上，眼眸低垂，一阵吉他声响起，这熟悉的前奏让许多人不由得睁大眼睛。

这是由西班牙的盲人作曲家华金·罗德里戈创作的不朽名作《阿兰胡埃斯协奏曲》。

张珏在开场便轻盈地旋身起跳，完成了一组 4lo+3T。

《阿兰胡埃斯协奏曲》还有另一个名字——《阿兰胡埃斯之恋》，是华金在拥有了与妻子的甜蜜爱情，又经历了战争后，才创作出的不朽名作，这是为爱而生的曲子，是战火中开出的花。

张珏当然也是在冬奥年施展全力的一员，所以哪怕只是赛季初战，他的表演也称得上精彩至极。在节目结束的时候，全场一片寂静，张珏从容地行礼，回到冰下，掌声才逐渐响起。

沈流将刀套递过去："虽然没上最高难度的跳跃配置，不过表演和技术动作搭配得浑然一体，我就说弗兰斯最喜欢的还是你，这节目质量没谁能比了。"

张珏笑笑，一边穿外套一边走向 kiss&cry，直到他们坐下，掌声依然没有结束。

那位来自国内的冰迷双手颤抖着："张队今年牛 × 坏了，这节目好强，真的好强！这表演分要是能低于 48 分，我现在就把手机给吞下去！"

对于张珏的新节目，所有观看者俱是一致好评，事实证明，群众的目光是雪亮的，这次俄罗斯分站赛的男单比赛，从短节目开始，张珏就以 12 分分差甩下了后面一群人。

等到自由滑结束时，他与第二名的分差已经达到了惊人的 39 分！

他的短节目和自由滑虽出自两位不同的编舞，但都结构严谨，有新颖的巧思，艺术性极高，加上张珏演绎得精彩，两个节目的表演分俱是离满分差了不到 2 分的程度，他以绝对优势摘下了自己赛季初的第一枚金牌！

与此同时，张珏的自由滑选曲也震了一众冰迷，在自由滑开始之后不到一分钟，就有冰迷在网上发出疑问。

【张队今年的节目艺术性已经满到爆表了，这个男人竟然带着两个经典之作出场，太可怕了，但不知道是不是我记错了，张队今年的自由滑曲目，是《卡尼古拉》吧？】

【是啊，楼上没记错，是脱胎自罗马帝国历史上的皇帝卡尼古拉的那段历史，而且芭蕾和戏剧的痕迹很明显，他今年的自由滑是编舞是米娅啊，米

老太太编芭蕾，没毛病。】

【可是张队把这首曲子滑得太性感了啊！他今年的选曲太大胆了。】

不管冰迷们如何激烈探讨，张珏的领导与教练们都安静如鸡。

在知道张珏的自由滑选曲时，也不是没人发现不对，并劝了张珏几句，结果这家伙两手一摊：节目已经编好了，要不各位先看我滑一遍再说？

领导们不明所以，但还是坐下来看了，等看完以后，哪怕是不懂花滑的门外汉，都情不自禁地感到这个节目除了题材比较出格，简直一点缺陷都挑不出来！它实在太过完美，一看就知道是要去冲击奥运金牌的，而金牌肯定比啥都重要，所以大家干脆就默认了。

59. 后辈

在连续拿了两年的世锦赛银牌后，冰迷们虽然依然相信张队的战斗力，而他也依然是目前世界上破世界纪录次数最多的运动员，但他的状态也让许多人为之忧心。

张珏的心理素质非常好，哪怕身体状态再差都能拿出不错的表现，而且临场应变能力极强，赛季没开始就会模拟各种可能出现的意外状况，并事先练好几套跳跃方案，在关键的时候进行替换。但重点也在这里，本人心理素质再好，身体跟不上也是白瞎，他已经因为伤病失去了两枚世锦赛金牌了，哪怕打败他的只有寺冈隼人和伊利亚这个层次的运动员，但大家显然都不想再让悲剧于冬奥会上重演。

"想当年美国的 guan 厉害吧？美籍华裔花滑选手的开山鼻祖，美国梦的典范，芭比娃娃都以她为原型出了新产品，世锦赛六金，结果 1994 年冬奥会发育，1998 年冬奥会自己伤病又撞上天才少女升组，2002 年心理压力太大自由滑翻车，最后硬是离大满贯只差那么一块奥运金牌。"

在一场训练后，杨志远给张珏进行理疗，嘴里念叨着："这种职业生涯想想都惨。"

张珏："不是每个人都能拥有一个完美无缺的职业生涯的，按你这么说，麦昆当年也是差一块奥运金牌就能满贯，结果他在温哥华冬奥会失误错失领奖台，索契又碰上了我和瓦西里，最后只捞了一块奥运铜牌。"

"所以你绝对不能和他们一样，现在盼着你拿金牌的人多着呢！"杨志远左右看了看，小声和张珏说："你也知道上头对冬季项目这块抓得比以前严多了，尤其是花滑在这个周期上升明显，国家队可能要接到起码四块奖牌的指标，其中男单、女单、双人都坐二望一，而你是最大的夺金点。"

张珏数了数，四块奖牌的指标的话，冰舞这个项目指望不上，那……

"第四块是团体赛奖牌？"

杨志远沉痛地点头。

张珏：完了，团体赛是看综合实力的，自己和闵珊、关临、黄莺都有伤病，不可能在全勤团体赛的短节目和自由滑以后，又在个人赛发挥完美，到时候他们顶多上短节目和自由滑其中之一。冰舞那边还指望不上，这块团体的奖牌怕不是四个指标里最难完成的。

同样躺在旁边做理疗的花泰狮、赛澎闻言都露出悲伤的表情。

"队长，你要相信我们不会拖你们后腿的啊。"

"就是就是，我们去年在科腾俱乐部还是有练出成果来的，你之前不是还夸我们的滑行进步很大吗？"

张珏："不好意思，在我这里，不能稳进世界前六的运动员都算不上厉害，不是你们没用，主要是我眼光太高了。"

众人：不愧是张队，永远自信放光芒。

张珏申请的日本站，是这次六站分站赛中的第四站，在张珏的比赛到来前，伊利亚和寺冈隼人也分别拿到了自己大奖赛初战的金牌，发挥都相当稳定，只有寺冈隼人在和克尔森交手时出了点岔子，赢是赢了，但两人的分差只有 4 分。

在这场比赛开始时，张珏拉着难得没加班的秦雪君躺在沙发上看完了比赛。他眉头紧皱："这一场打分明显有问题，克尔森的跳跃质量不足以拿和隼人一个水平的 GOE。"

而且两人的滑行水平分明相当，但克尔森的步法 GOE 明显高于寺冈隼人，这就是问题所在。与他们同场作战的还有亚瑟·科恩，这个年轻人在今年的节目里破天荒地放进了六个四周跳，他甚至差一点就 clean 了。

不过在内行看来，这个节目可谓空洞至极，除了必须有的步法，其他时间都是在助滑、跳跃中度过的，节目内容几乎没有，但仗着国籍优势也能拿不错的表演分，属于那种为了更好的成绩而做的功利性很强的编排。花样滑冰是带有艺术表演成分的竞技运动，不过在他这套节目里显然只有技术，没有艺术。

相比之下，女单三巨头，庆子、闵珊、卡捷琳娜的表现就亮眼得多，她们同样没有在分站赛就碰面，庆子从 B 级赛开始便一直保持不败战绩，闵珊差不多，唯有卡捷琳娜在俄罗斯站因为 4S 摔跤而败给了同国的赛丽娜，但她还是成功冲进了总决赛。

"女单这边已经是半只脚进入了四周跳时代。瓦西里手底下有个小选手，叫拉伊莎，今年进的青年组，在第一个分站赛就完成了一个 4T。女单的跳跃大多在青年组完成，现在练四周跳的小姑娘不少，等她们升组，闵珊要面对的竞争就更多了。"

关临顺口说道："女单两年就算一个辈分的了，孟晓蕾、秦萌和拉伊莎是同龄，她们才算一辈的呢。"

张珏苦笑："别提了，现在沈哥和我都有带她们练四周跳，秦萌才刚刚做到足周呢，结果就脚踝骨裂，现在还在治疗，不知道能不能回来，孟晓蕾也可以，但她表演不行。"

孟师妹的表演比广播体操还僵硬，教练组和张珏都不知道拿她怎么办才好，最后干脆心一横，给小姑娘的新赛季节目采用了男单编排。

杨志远拍拍张珏："换个姿势躺着。"

张珏依言照做，手指还在划拉手机，看着推特上新出的青年组女单选手四周跳集锦，其中除了拉伊莎，其他人的四周跳都有点问题。有的人明明是在跳 4T，但在用足尖的刀齿点冰这个部分出了大问题，不是点冰起跳，而是整个人都在冰上跺了一下，这就是踩刃起跳。还有的人在起跳前，先在冰上转了大半圈，也就是提前转体，简称偷周，最厉害的是踩刃、偷周一起来的，那跳跃真叫一个满是瑕疵。

张珏叹了口气："男单这边有这些毛病的也不少。"就像四周跳技术由男单选手先行开发一样，偷周技术也是他们这边开始的，张珏比了多少年花滑，就被折磨了多少年，比如上个周期一度爬上俄罗斯三号选手位置，去年退役的瓦季姆，就是偷周的典范。

杨志远："所以高质量的四周跳还得看一线水准以上的男单选手，还有你和瓦西里的同门女孩，其他人的四周跳也不是没有好的，但想走歪路的也太多了。"

在那之前，与其操心些有的没的，不如先比好自己的大奖赛。在日本站，张珏依然是气势如虹地夺下冠军，而总决赛将会在名古屋举行，在六站分站赛结束后，确定能和张珏一起去名古屋的同国运动员有闵珊、关临、黄莺。

孟晓蕾也以积分第六名的成绩，闯进了青年组女单的总决赛，和张珏一起登上了前往日本的飞机。为了照顾她，她的姐姐也跟了过来。

那是一个才毕业不到半年的大学生，看着青春靓丽，待人接物都热情大方，算是师弟师妹的家长团体里比较好相处的类型。张俊宝对小姑娘印象不错，张珏则只是和她淡淡打了招呼，就靠着座椅昏昏欲睡。沈流给他盖毯子，张珏哼两声，呼吸很快便均匀起来。

孟晓桑手指以令人眼花缭乱的速度在手机屏幕上飞速敲着。

【桑哥：啊！感谢妹妹，她的努力让我终于有了可以近距离观看张队盛世美颜的机会！】

【羡慕群主，张队现在是素颜吗？】

【桑哥：他除了比赛和表演滑，其他时间都是素颜啊！接受央视采访的时候都这样，真人巨好看！而且超级高，花滑这边一群矮子，他站在里面就是生动演绎了啥叫鹤立鸡群！而且他好友善！见面时主动和我握手啦！】
…………

名古屋是日本花滑的重要派系名古屋系的发源地，在之前抢夺寺冈隼人的闹剧中，名古屋系的存在感相当强，而隼人选择了森树美教练，更是让他吸引了不少人的仇恨。虽然他到名古屋，还不至于像尹美晶、刘梦成到韩国比赛一样连门都没法出，但他也得不到什么友善的目光。

张珏下飞机的时候，正好看到寺冈隼人和庆子的身影，他惊喜地挥挥手："嘿，你们来接我的机啦？不是说不用接了吗？"

隼人对他翻了个白眼："别多想，我们不是来接你的。"

张珏歪头："不接我？那你还能接……哦，刚士也到了吗？"

庆子点头："是啊，刚士的飞机三分钟后到呢。"

之前说过，森树美教练的冰场并不大，而且她主要带女单，手里还有其他小女孩，所以隼人到森树美教练那里后，更多地是靠自己在训练，教练只要辅助他就好。但已经很成熟的隼人可以这么做，他的师弟千叶刚士不行，所以在经过慎重考虑后，在休赛季，千叶刚士踏上了前往加拿大的飞机，进入科腾俱乐部，成了萨伦与崔正殊的学生。

作为教练，那两个人并不是名声最大的那种，萨伦在役时人气很高，但那也是接近 20 年前的事了。千叶刚士去那里进修，本来是很多人都不看好的事情，但是在新赛季开始后，这个孩子便势如破竹，最终压过了大卫，成了本赛季第六位入围成年组男单总决赛的运动员。

张珏坐在行李箱上啃苹果，过了一阵子，千叶刚士和教练们的身影便进入了他的视野，孤身一人在人生地不熟的异国他乡学习是一场磨砺，让这个年轻人的眼神较之以往锋利了许多。

千叶刚士，一个 16 岁的小将，在成年组的第二个赛季崭露头角，向顶级男单选手们露出了獠牙。

张俊宝赞叹："就算欧美那群人说下个周期的男单王者可能是亚瑟·科恩，但他少了千叶刚士这鼓劲。"

张珏单手托腮，满脸无所畏惧："他们要崛起，也要等我退了再说。"

"那你什么时候退？"

"起码等 2022 年冬奥会结束以后吧。"

6Ⅱ. 建议

12 月 9 日，孟晓桑扛着大包同妹妹站在场边，等待成年组男单的合乐结束后，就带妹妹上去做合乐。六名世界上最出色的男单选手待在冰上，他们分别是张珏、寺冈隼人、伊利亚、克尔森、千叶刚士、亚瑟·科恩。

此时正好是张珏在进行的合乐，他在冰上滑着《卡尼古拉》，到底不是正赛，运动员不一定要完整地将整套动作做完，只要把关键动作完成，适应冰面就好。在张珏结束后，男单合乐结束，他回到冰下擦拭额头的汗水，有人走到他身旁。

张珏回头，看到亚瑟的脸，亚瑟不算特别英俊的那种，有点小雀斑，在欧美里是少年感很强的类型，他问道："什么事？"

"能聊聊吗？"

张珏将加了止痛药粉的水壶放回去，和教练组打了个招呼，很自然地搂着年轻人的肩膀去了楼梯间，正打算坐在阶梯上，亚瑟拦住他，从口袋里摸出一张日本本地的女仆咖啡厅的宣传单铺在上面，对张珏做了个请的姿势。

张珏坐下，亚瑟欲言又止，别扭地说："我今年的节目……是教练做的决定，他认为我应该在年轻的时候最大限度地发挥自己的优势。"

张珏点点头："嗯，很好。"

亚瑟犹豫地看着他："你也觉得我的节目不够好，对吧？我也觉得不算好，但我真的很想上平昌冬奥会的领奖台……"

这个年轻人是因为对张珏的向往才走上运动员的道路的，他从不掩饰自己对这位年轻王者的崇拜和敬仰，一直以来，亚瑟也被称为北美版本的张珏，大家都夸他跳跃天赋上佳，表演也很有灵气。表演出色是张珏最大的特征，可是现在亚瑟却不得不放弃表演，这让他受到了许多冰迷的批评，认为他抛弃了艺术性。他自己也觉得离张珏越来越远，可是作为美国最拿得出手的男单选手，在冬奥会赛季，他也要肩负起自己的责任来。

张珏沉默一阵，反问："你知道我在青年组的第一个赛季开始的时候，其实恢复训练不到一年吧？"

亚瑟愣了一下，连连点头："是的，我是从那时候就开始观看你的比赛的，你的天赋真的令人惊叹！"

张珏吐槽："我那时候的技术满是缺陷，现在回首过去，我自己都觉得不忍看，你就不用吹了。而且我那时候也很清楚自己的缺陷是什么，所以就选择了将大部分跳跃压在节目后半段的方式来获得更高的分数，当时也被人骂过，说是我的节目前半程太空，后半段的跳跃太密集，但大部分新人崛起都是靠技术的，我当年也走过这条路。"

他起身，拍了拍亚瑟的肩膀："不过那样的策略我也只用了一个赛季，从第二个赛季开始，我就把节目的观赏性、艺术性放在了更重要的位置上。我想你也不是会放弃进步的人，只要你自己愿意努力的话，总有一天也会成为艺术和技术都很出色的选手，加油吧！"

离开楼梯间的时候，张珏突然想起瓦西里和麦昆，他们看着自己的时候，是不是和自己现在看着亚瑟是一样的心情呢？嗯——应该不可能吧，毕竟他作为后辈，对前辈的威胁性和冲击力明显比亚瑟大多了啊！他可是最强的！

孟晓桑看着张珏双手插兜，回到场边看完了自家妹妹的合乐，然后毫不留情地训了她一顿。张珏训人的时候不会刻意地说脏话，也算不上言语如刀，但也不会为了给人留面子就用词委婉，反正对方有什么缺点他就说什么，然后再给出改良的建议。

好面子的人可能受不了他这个作风，但孟晓蕾恰好是不要面子的那种姑娘。她的好胜心非常强，只要能让她更加接近金牌，她什么苦都肯吃，加上体质和察罕不花一样结实，但骨架更加瘦，所以她才能在青年组第一个赛季就开始挑战四周跳。要不是肢体太僵，表演时美感不足，其实这个小姑娘才是三个新进入张门的女孩里进步最大的。

"4T起跳前还可以果断一点，不要犹豫，干脆地点冰，相信自己的身体可以维持好跳跃轴心。"张珏指着冰场，"再跳一组4T，跳完才许下冰。"

孟晓蕾站直："是！"

同样来合乐的俄罗斯青年组一姐拉伊莎看着那边："她的动作很标准。"

瓦西里应道："你的动作也很标准，而且你的舞蹈基础更好。"拉伊莎的舞蹈基础来自俄罗斯舞中的踢踏舞和头巾舞，而不是花滑选手中常见的芭蕾，但比张珏的师妹要强了。

这天的合乐让不少青年组的运动员第一次看到成年组选手的现场，也借此接触到了同龄的对手。如果他们之中没有人被发育关和伤病干掉（虽然这是不可能的），在之后的起码一个周期内，他们都会是对手。

孟晓蕾自觉收获颇大，但让她吃惊的是，自己那手机不离手的姐姐，在进入场馆后居然就关机了，她小声问姐姐："你是不是话费不够了？要不要喊家里人充一下？我这里也有钱，对了，你充电宝里还有电吗？"小姑娘在休赛季上了两次商演，手头也有点钱。

孟晓桑嘴角一抽："我已经开始工作，连老爸老妈的钱都不要，更不可能花你的钱。还有，我不是手机没话费没电才关机的，只是进入场馆以后我得盯着你，给你提衣服、看水壶，和杨哥一起搜集碎冰给你们冷敷，你没发现你们今天的冰袋特别鼓吗？"

她如此殷勤地照顾包括妹妹在内的所有运动员，就是希望大家能多关照一下自己的妹妹："而且运动员在冰上运动的时候，身为铁杆冰迷，哪怕坐在观众席进行拍摄，我也会调静音，关闪光灯，就算老姐我喜欢张队多年，但我也有基本的道德！"

自从得知自己将有幸与妹妹一起来到名古屋，孟晓桑可是一直规规矩矩，和朋友们分享美照前都去询问了张队能不能拍摄和发图的。孟晓蕾问这些话，让孟晓桑觉得好像只要自己是粉丝，就要低谁一等似的。

然而孟晓桑明明是担心傻妹妹首次出国比赛不适应，才特意跟着过来的，国家队只报销运动员的出行费用，她是自费，工作以来攒下的存款全部投到这次行程里了！要不是为了亲妹妹，谁会这么大手大脚啊！

孟晓蕾讪讪一笑："那不是最近一些人的做法越来越让人心里发怵吗？闹得我都忘记无论任何圈子都有理智派了。"

孟晓桑叹了口气，搂着妹妹上了大巴，她现在的确没剩多少钱了，幸好国家队包了车接送运动员，可以让她蹭个车，晚饭吃泡面好了，不然回国以后要吃大半个月的土。

就在这时，沈流提着袋子给所有教练、队医、运动员的家长们分热果汁："大家辛苦了，喝点东西暖暖身子。"

大巴没有朝着酒店驶去，孟家姐妹不明所以，然后张俊宝解释道："附近有一家不错的日本料理店，材料很安全，味道也很好，以前吃过，所以今天的晚饭在那里吃，张珏请客。"

张珏提起嗓门问："大家有没有忌口？和我说一下。"

车上的所有人都不挑食，事情就这么定了。

就在此时，张珏接到了一条信息，来自才和他交换过联系方式的亚瑟·科恩。虽然以前张珏也给过他自己的联系方式，但那个属于工作邮箱，现在这个才是私人的。

【Arthur：Jue，真的非常感谢你的鼓励，我真的能和你聊天对吗？】

【Jue：可以。】

【Arthur：Oh，good，但我现在太激动了，我不知道该和你聊什么。】

【Jue：随便，什么都可以，滑冰、读书、电影，或者分享八卦消息。】

亚瑟·科恩从善如流地分享自己最近看的书……

亚瑟·科恩是今天第一个上场比赛的运动员，他的短节目是澳大利亚歌手特洛耶·希文的"Wild"。

张俊宝说："他这个英语歌舞不错，不过我还是觉得不花的自由滑更精彩。"

张珏："毕竟他的自由滑选曲是迈克尔·杰克逊的作品啊。""In the Closet"这种从演绎者到 mv 女主角、mv 导演都是大神的作品，只要编舞争点气，运动员的表现力也不差的话，节目效果总不会太差的。

张珏觉得亚瑟的短节目曲子应该是自己决定的，证据就是虽然编排还是有点空，但感情还算到位，节目也算是能入眼。果然选曲这种事，还是要让运动员自己来啊，只有他们自己才知道自己最喜欢和适合什么。

身为目前新生代中最被看好的男单选手之一，亚瑟在结束了短节目后，获得了热烈的掌声。年轻人喘了口气，满脸兴奋，最后得到的分数也很漂亮，他拿到了 108.7 分。

三剑客都震惊了，好家伙，当年他们为了将短节目的世界纪录从两位数推到三位数，之后又不断将纪录提高到接近 120 分，付出的是无数伤病，无论是编排节目还是自身的训练都投入了无数心血。结果现在人家如此轻松地拿到了一百零几分，真是让他们深刻地体会到了国际滑联希望旧王们快点退役，让出身北美的新王赶紧上位的心情。

张珏：我就不下去。

寺冈隼人：就是，有本事让他自己上来!

伊利亚：干他!

不过还没轮到他们三个动手呢，千叶刚士就把亚瑟给干下去了。千叶刚士的短节目是《拉拉》，音乐选自电影《日瓦戈医生》，电影的原作书籍拿过诺贝尔奖，文学价值相当足。

论跳跃难度，千叶刚士丝毫不输亚瑟，论滑行、表现力、体力，他都更强，而且他还能把所有跳跃压到节目后半段，这个年轻人最终拿到了 109 分。张珏眨眨眼，并没有什么压力，对张珏来说，这两个年轻人都太嫩了，他们很出色，却差了那么一点劲。

克尔森又快被压力压倒了，他在跳 3A 摔了一跤，令无数冰迷直摇头，唉，加拿大一哥一紧张就会摔 3A 的毛病又犯了。

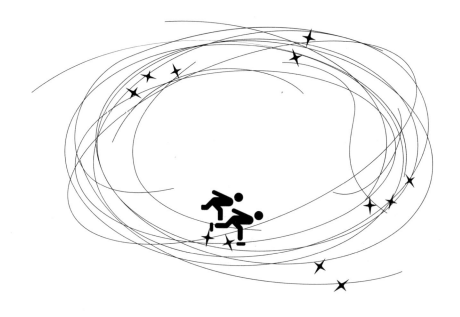

七　奧林匹克女神的微笑

61. 七年

"刚士，滑得不错。"崔正殊为下冰的学生递上刀套，千叶刚士喘着气："谢谢。"

在加拿大训练的日子很艰难，最开始他听不懂语速快一些的句子，自己口语也不好，和教练组的沟通也不够顺畅，而且他是独身一人在加拿大，这是他第一次离开故土、家人那么久，好在一切都是值得的。

在度过了最为艰难的磨合期后，千叶刚士的进步就快了起来。他的基础很好，跳跃规范，用刃清晰，滑行也不错，而萨伦教练为他补上了最重要的短板——表演，崔正殊则异常重视他的健康，并且从心理方面给予了他许多帮助。

在本赛季开始后，千叶刚士的自我感受是越滑越顺，用崔正殊的话说，他在很多方面和张珏相似，同样是在成年组的第二个赛季碰到奥运年，同样要面对强势的前辈，同样想要从他们那里夺取胜利。

而三剑客里最强势的张珏，却比曾经的瓦西里要年轻健康得多，那种独特的落冰缓冲技术，以及规范的技术，让他的职业寿命有可能延长到京张周期。

"瓦西里当年年纪大了，伤病也多，所以他和张珏交手的次数有限，而你和张珏之间，注定是一场拉锯战。"

他们没有提三剑客另外两个人的名字，因为他们的血条显然没有张珏厚，千叶刚士并不觉得他们是遥不可及的存在，唯有张珏，强悍得令人生畏。

千叶刚士的短节目刷新了他的职业生涯最高分，但他并没有感到轻松。说白了，花滑的打分是世界纪录难以突破，但只要有一个人冲到了全新的层次，哪怕是为了所谓的平衡，裁判也会在面对其他运动员时适当松手，这样仅看打分的话，就会显得这个层次的运动员人数不少，俨然是裁判塑造的群雄争霸局面。

但身为先行者，张珏依然是千叶刚士需要仰望的人。

看着克尔森失误的身影，千叶刚士喃喃道："我现在还没法真正地超越他。"

萨伦用优雅低沉的声音说："不，是他们。"

在伊利亚登场后，现场的气氛就变了，座右铭为"世上岂有做一辈子太子的"的俄罗斯太子今年选择了小提琴家埃德文·马顿版本的《命运》作为短节目，去年才开发并与诙谐风格融为一体的他，在本赛季又成功地演绎了贝多芬的作品。他穿着宝蓝色考斯腾，肢体动作幅度很大，慷慨激昂得如同一位斗牛士。

鹿教练："他这个动作怎么有点眼熟呢？"

张珏解释道："有几个动作是冰球特有的，据伊利亚说，他这个节目的灵感来自去年的冰球欧锦赛，俄罗斯队在落后的情况下，在后半场奋起直追，这份精神感动了他。"

他这么说，鹿教练就懂了："就是球迷在观众席打起来，打得比场上还精彩的那一场吗？"

张珏："就是那一场。"

相比之下，寺冈隼人的节目就要安静舒缓得多，毕竟选曲就是 enya 的音乐，听着听着就觉得一颗心跟着静了下来。隼人今年的考斯腾是由水蓝色的"天女的羽衣"制作的，再把胡子一刮，他特有的飘逸清新就出来了。

他们三个今年的短节目考斯腾都是蓝色，看来奥运年要穿蓝色的迷信思想已经扩散到比大家想象中更广的程度了，最初这个思想还是沈流带到张门的，张珏也吐槽过，不过现在已经认命了。

然而就在张珏踩上冰面的时候，已经很熟悉他的杨志远察觉到了什么。张珏的情绪很好，是他一贯会有的自信与确定自己绝对能赢到最后的沉稳，身上带着碰到强敌时的跃跃欲试，但一个人的精气神也是和身体挂钩的，张珏并没有以前那种精神焕发的感觉。

这么一想，这两天张珏的确一直不怎么活跃的样子，也没有像以往一样跑出去和朋友们聚餐玩游戏，之前以为是他没有接到邀请，现在看来，说不定是张珏自己推掉了一切邀约，好躲在酒店里睡觉吧。

队医紧皱眉头："张队还没从体能训练的变动里缓过来吗？"

张珏的腿部伤病太多，老是长跑的话也会脚疼，所以队里就将他的大部分体能训练从陆地挪到了水里。

而且在这个休赛季，张珏的训练量也不轻，他总是不放弃往更高的层次进发，集齐五种四周跳后，又开始挑战更高级别的跳跃，算起来身体负荷没比以前小。

虽然在冬奥赛季还是以稳为主，张珏应该不会在赛场上去做那个跳跃，但他的 A 跳的确受到了影响，跳法都和以前有点不一样了，张俊宝严肃地看着张珏。

张珏的短节目第一跳是 4lz+3T，清脆的点冰声响起，他完成了一组质量非常高的连跳，沈流低呼一声"漂亮"，不紧不慢地鼓着掌，而张珏的第二跳就是 3A，发现他的 3A 在本赛季出现变化的人，不只有教练组，还有他的冰迷与对手们，所有人都紧紧盯着他。

穿着蓝色燕尾服，如同王子一样的少年双臂向后一摆，接着往前甩动，整个身体在高速滑行中高高跃起。以往张珏 3A 的跳法非常依赖滑速，是典型的超远距离跳法，一个跳跃能横跨 3.5 米以上，高度则是 55 厘米。

这一次他的跳跃远度仅有 2.8 米左右，高度却达到了 73 厘米！这种高度对很多男单选手来说，只要转速不差，拿来跳四周跳都绰绰有余了，而张珏拿来跳 3A。

在张珏没改跳法时，55 厘米的高度刚好够他从容地转完三周半，而这一次，他的三周半已经转完了，人还在空中没下来呢，这也就代表他的转体能力还有富余。但跳得更高，落冰时冲击力也更大，张珏以往都是能 55 厘米跳完 3A，就不会再蹦得更高了，这是减少损耗，也是省体力。

在他的 3A 高度变了以后，所有人心里都在猜测着，张珏是失去了对跳跃高度的精确掌控力了吗？还是说他在改跳法？他是研究出什么新的跳跃技术了吗？唯有几个比较了解他的人隐约猜出了一点——张珏现在的情况，和很多因为练了 4T，进而导致 3T 不再稳定的人十分相似。

落冰的一瞬间，张珏打滑了一下，但好在他对 3A 已经很熟了，所以既没扶冰，也没摔倒，凭着感觉硬是将重心调整回来，顶多落冰姿势有点不好看，但不至于让 GOE 吃减号。

而在之后的 4lo 单跳就质量上佳了，加上整个节目也被他演绎得流淌着一股平和优雅的甜蜜，所以张珏最后也拿到了一个相当不错的高分。

111.35 分，他排在了短节目第三位，低伊利亚 3 分，低隼人 1.8 分。

对于这个分数，没有人是满意的，张珏坐在 kiss&cry 擦着汗，呼吸声略粗重，脸颊泛着红，浑身冒着剧烈运动后的热气："我在自由滑会把分数追回来的。"

张俊宝没有像以往一样回"我等着"，而是拍着他的肩膀："别有压力。"

张珏很蒙："啊？我没有压力啊！"他是天生抗压能力强的那种人，暂时落后对他来说不算什么，老舅不是很清楚这点吗？

张俊宝轻咳一声："我知道，我的意思是你不要太惦记着追回来这件事，回去还是要好好休息，这不是快冬奥会了吗？你可一点差池都不能有。"

张珏反过来安慰老舅："你别担心我啊，我好得很呢，能吃能睡，之前队里体检的时候，报告不都显示我除了腿脚没两年前那么利索，其他地方都十分健康吗？"

沈流摇摇头："你不会因为暂时落后心里不爽就好。"

对张珏的教练们来说，关心手底下运动员的成绩当然重要，但张小玉到底不仅是他们的学生，更是他们亲眼看着从小小一个长到现今王者之姿的孩子，是他们人生的转折点，遇到这个小孩以后，他们的事业才走向辉煌。

在大家都不成熟的时候，是张珏跟着教练们不够完善的训练计划去摸索四周跳的道路，在张门逐渐壮大后，张珏更是帮教练们一起带师弟师妹，张珏比其他师弟师妹多了一重自家调皮捣蛋但就是很宝贝的小孩的身份。在他偶尔失利时，教练们比他自己还担心他因为此难受，好在事实证明他们只是白操心了。

在短节目结束后有小奖牌颁奖仪式以及短暂的记者采访，主办方搬了个小颁奖台过来，三剑客就坐在上面拿着话筒聊天。这是在他们青年组时期也发生过的场景，彼时张珏还是个小不点，和其他运动员一起领奖时，能呈现一个"凹"字。

三剑客们互相看着，发现彼此都想起了这段少年往事。

隼人立刻从记者之中找到了小村记者："小村君，麻烦您再给我们拍张合影好吗？"

张珏双手托腮露出灿烂的笑："又合影？那我们要搂住对方吗？"

因为他坐在最低那一阶，两条大长腿都不知道往哪儿放。而伊利亚坐在最高的地方，要搂两边的人的话，就要努力伸长手臂，姿势看起来有点滑稽，张珏瞥他一眼，体贴地往那边靠了靠。

小村记者举起相机，咔嚓一声。

当晚，三剑客青年组时期和成年组时期坐在领奖台上的照片就被发到了网上，这时许多人才发现，原来距离这三个人成为对手与朋友，已经过去了整整七年。

62. 美人

成熟的男性低喘起来，气息都是很粗重的，张珏不喜欢那样喘气，总觉得很狼狈，所以会在运动时刻意地拉长呼吸。他靠着墙倒立着，视野中的世界也跟着倒转过来，过了一阵，张珏恢复站立的姿势，身体晃了晃，他拍拍自己的脑袋。

"自由滑一定要赢回来！"他念了两句，又坐在地毯上，将自己调整成瑜伽里的鸽子式。

每次出国比赛的时间长了，张珏就会情不自禁地想起雪君用二红、三红下的蛋给他做的番茄炒蛋，想起二红，他又情不自禁地想起已经变成鸡汤的大红。

临睡前，他给秦雪君发了条短信。

【小玉：想喝鸡汤。】

【雪哥：那我把二红安排上？】

【小玉：甚好，记得买四红和五红回来，三红一只鸡下的蛋不够吃。】

做完瑜伽，张珏在床上滚了滚，念叨着："妈妈，小玉想吃梨子。"

然而名古屋没有妈妈，床头柜有梨子，但张珏既不想自己洗，更不想自己削，而且除了香蕉，他只吃被切好的水果，算了，还是睡觉吧，已经被惯坏的张珏在床头有梨子的情况下，带着对梨子的思念闭眼睡觉。

如果张珏独自一人时是什么德行的画面公布出去的话，想必会有无数人滤镜碎裂呢。

第二天的比赛是冰舞的韵律舞、女单自由滑，张珏跑到现场观赛。

赛澎和赛琼今年升了成年组，在分站赛的时候积分排到第十位，没能来到名古屋，而在下午举办的青年组女单自由滑比赛，瓦西里的徒弟拉伊莎轻轻松松地就把张珏的师妹孟晓蕾干翻了。

因为拉伊莎有 3A，而孟晓蕾没有，女单的短节目不允许使用四周跳，所以拉伊莎在短节目就拉开了分差，等到了自由滑的时候，为了追回短节目的分数，孟晓蕾冒险上了两个四周跳，最终没能打过只上了一个四周跳但发挥稳定的拉伊莎。

何况人家拉伊莎的滑行、旋转也都是 3 级有余、发挥得好可以冲击 4 级的水准，表演说不上成熟，灵气是有的。孟晓蕾投注了太多精力在四周跳上，滑行和旋转只是勉强在 2 级和 3 级之间，表演就……算了不说了。

张珏评价自己的师妹的表演："技术规范，不走歪路，但因为过于专注跳跃而偏科，而且表演很僵，明显放不开，情绪不到位。"

张俊宝捏了捏鼻梁，长叹一口气："之前我们光顾着给晓蕾把四周跳稳下来，忽视了表演的部分，我会找她谈一谈，争取在下个赛季之前把表演磨得像样点。"

按照以往的惯例，在师弟师妹们训练出错时，张珏或者教练组会随便出一个人，去把小家伙训一顿，但在孟晓蕾捧着银牌回来的时候，大家却都没有苛责她。

"银牌不错了。"张珏揉揉小姑娘的脑袋，"我第一次参加青年组总决赛的时候只拿了一块铜牌呢。"

孟晓蕾满脸不甘："拉伊莎真的好厉害，师兄，我以后绝对要赢她！"

张珏："加油。"

该咋说，一个能在某项目拥有统治力的运动员必须兼具技术上的天赋与表演上的灵气，综合能力不强就会被别人压下去。要论张珏见过的天赋最好的女单选手的话，妆子算一个，没发育的徐绰也算一个，但她们都因为各种各样的原因倒下了。现在统治女单的庆子和闵珊其实都差那么一点，孟晓蕾只会差更远，而拉伊莎则隐隐有些俄版妆子的感觉。张珏滑了这么多年的冰，下个时代会属于哪个天赋出众的后辈这种事，他自认也是看得准的。

话是这么说，张珏心里也是愿意看到自家女单崛起的，毕竟从徐绰、闵珊到孟晓蕾，张门培养出来的这三个女单选手，分别被庆子、拉伊莎压制住，一直只能拿银牌，想想都好忧伤。

相比之下，冰舞那边的更有看头。"美梦成真"组合今年的韵律舞是牛仔舞，看他们在冰上蹦跶的样子，就好像冰面烫脚。不过这个节目的确是活力十足、赏心悦目，美晶看起来比去年精神多了，看来梦成有好好地支撑起她呢，这两个人的表现力真是太棒了。

闵珊特别喜欢这个节目的风格，她拉着张珏的袖子扯了扯："师兄，美晶姐他们今年的编舞是谁？"

张珏在编舞这个行业里人气极高，所以好多消息不用打听都会主动上门，有什么编舞方面的问题问他准没错。大师兄想了想，果然给出了答案："他们今年的短节目编舞是找达莉娅做的，自由滑编舞是女 G。"

女 G？见师妹面露疑惑，张珏解释道："在 1985 年至 1995 年有一对很活跃的双人滑组合，他们的姓氏首字母都是 G，所以被称为 GG，女 G 就是 GG 组合的女伴啊。"

闵珊恍然大悟："是那一对啊，就是感情特别好，而且因为颜值高，所以被冰迷们奉为上世纪花滑第一真船的组合吗？男 G 后来是因为心脏病猝死在冰上了吧？"

张珏点头："就是那对明明是真爱但也没驶向终点的船，女 G 现在主要做商演方面的工作，很少编舞，我也没想到美晶会找上她。"而且他们的自由舞还是《我心永恒》，他们合力搞出个泰坦尼克号的故事真的好吗？

等到成年组女单比赛开始，大家都认为哪怕庆子一身伤病，还是她赢下成年组女单自由滑的概率最高，然而在比赛开始前，她就宣布退赛了，这让许多观众都露出不解的神情。

"庆子为什么要退赛？"

"她是身体不舒服吗？"

大家窃窃私语，寺冈隼人跑到后台，张珏也跟了过去。

庆子面对男友和友人的关怀露出苦笑："抱歉，我在热身的时候抻了一下，有点难受，硬上也不是不行，但是我想将更多的健康带到冬奥会，所以现在要先退了。"

闵珊摇了摇头："没事的，我本来也不急于现在就和你交手，你走了我还轻松一点呢。"

庆子对她做出鼓励的姿势："加油！"

隼人将她背走了，闵珊抿着嘴看着她的背影，眼中有着强烈的失落，张珏按住她的肩膀："好好发挥吧，就算庆子退赛，卡捷琳娜和赛丽娜也不是好惹的。"

闵珊问张珏:"师兄,庆子冬奥会以后就要退役了吧?"

张珏:"我不知道,但就算她退役,我想她对花滑的热爱也不会消退的,如果有一天有熟悉的人离开赛场,也不要太难受,祝福对方开启新的人生就好。"

不过根据张珏的判断,庆子应该是在做贝尔曼旋转的时候伤到的,随着年龄的增长,身体柔韧性下降也是没法子的事情,看来在今天以后,庆子的贝尔曼旋转也要成绝唱了。

一位重量级女单选手的退赛让比赛蒙上了一层阴影,张珏养足精神,在第三天拿出了最好的状态。他是男单自由滑第四位登场的,克尔森、亚瑟、千叶刚士结束表演,就轮到张珏上场。

自由滑的 clean 难度非常大,前面三个年轻人都有不同程度的失误,亚瑟摔了三个四周单跳,全靠克尔森摔得更惨,如同做慈善一般把自己硬生生钉在了最后一名的位置上,亚瑟的名次才不至于太难看。

千叶刚士的一组旋转轴心直接扭成了麻花,最后只评了个 2 级,除此以外他还摔了一组连跳,年轻人的不稳定在他们三个人身上展现得淋漓尽致。

张珏上冰的时候踩了踩:"冰的质量很好啊,那三个都是心理问题导致的失误吧"。张珏这么想着,将外套一脱,往舅舅怀里一抛,潇洒地转身滑开,乌黑的发丝在空中显出健康的光泽。在花滑圈有一件公认的事情,那就是在三剑客之中,张珏是唯一可以自然而然地演绎性感风格的人。

寺冈隼人去年的节目都不算,他那个挥洒魅力的模样只能叫"渣男"风,性感程度绝对不能和张珏比,而且大家光看他在社交账号上发的烹饪小视频,就知道这人骨子里还是个居家好男人,相比之下,张珏就更敢释放自己的吸引力。

此时此刻,镜头中张珏的眉眼带着一丝厌世情绪,紧身的黑金色连体衣包裹着他倒三角的上身、比例出色的腰臀,以及长腿。他的发尾和两鬓的头发都被烫得卷曲,男单王者站在冰面中央,让所有人都移不开眼。

孟晓桑默默举起手机,内心发出尖叫,二十岁的张队是活脱脱的大帅哥啊!明明撩得人受不了但又觉得他遥不可及,只能看着,冷淡的表情里透着万种风情,绝了!

63. 体能

张珏以《卡尼古拉》作为自由滑主题，但为了更好地展现性感，他每次上场前都会把贾老板的"SexyBack"听两遍找找情绪。这个角色是立体的，所以演绎起来难度颇高。

中性风是一种很依赖颜值的风格，要做到雌雄莫辨又不显怪异，反而透出十足的美感，张珏也是仗着颜值高才能这么玩。而对观众来说，张珏为他们奉上的是一场令人惊艳的视觉盛宴，这人行动间的每一帧画面不用修图，便是值得收藏的美图，张扬又矜持，妖冶而高贵，光看这份美丽都值回票价了。

为了穿上这身连体衣考斯滕，张珏在赛季开始前便努力瘦身，哪怕来了一场吃汉堡大赛胖了一些，也很快就通过调节饮食瘦了回去。他腰臀比例也好，换上这身衣服便越发惹眼。

这个男人穿着这一身往场上一站，就像蛊惑人心的妖魔一样！

就在此时，有冰迷忍不住惊呼出声，原来在跳 3A 时，张珏再次出现失误，落冰轴心倾斜，整个人原地转了一圈才终于将重心调整好，孟晓桑轻声叫道："哎呀，怎么又在这个地方失误了？"明明在这个赛季之前，3A 都是张队最稳定的跳跃，除非伤病发作，否则绝不失误，比钢板还扎实，可他今年失误了好几回！

有冰迷疑惑："他分明比以前跳得高，怎么又失误了呢？"

唯有一些眼尖的发觉了不对劲之处。

寻常运动员完成一个跳跃时，都是在落冰的一瞬间刚好转足需要的周数，周数少了或者过了都会影响落冰质量。像张珏这种能精密控制四周跳跳跃高度的人，本是控制力最强的那一批，所以他的跳跃稳定性也极高，而在这个赛季，他的 3A 不是跳得太高，就是周数转过头了。

这是选手转体能力失控的表现，通常发生在他们挑战更高难度的同种类跳跃的时候。

莫非他是在挑战 4A，所以导致 3A 不稳定吗？年事已高，难得跟到现场观赛的鲍里斯老教练紧皱眉头。如果是寻常选手，他肯定不会这么猜测，因为在最紧要的奥运赛季挑战新技术以至于现有技术出现瑕疵这种冒险的事情，正常人都不会干，但如果是张珏，这事还真有不小的可能。谁叫这人的风格就是浪。

而张珏在原地转了一圈以后也没有慌乱，而是利索地接了个1lo，然后又接3S，做了个夹心跳，算是把刚才那个过周的动作给盖过去了。

这场过于魅惑人心以至于显得妖冶的节目终于结束了，鳄鱼与猪猪侠玩偶如雨般落下，托张珏的福，《猪猪侠》也算是走出国门奔向世界了，许多冰迷都知道了世界上还有《猪猪侠》这么一部动画片。张珏俯身对观众们鞠躬、行礼，抱着玩偶下冰，对教练组不好意思地道歉："抱歉，我失误了。"

张俊宝给他披外套："没事，你尽力了。"

对很多运动员来说，整个职业生涯有一次clean都算不错了，像这种整场自由滑只有一个跳跃过周的情况，已然可以被列入"在大赛里很争气"的行列，也就是张珏一向对自己要求高，才会为一个不算严重的失误向教练们道歉。

这人啊，也就是靠着强大的抗压能力才显得在赛场上很轻松，实际上他对自己的要求一直严得可怕。

孟晓桑站在边上听了他们的对话，心里默默想着，张队也是个隐藏的完美主义者，不仅在创作节目的时候让编舞们接近崩溃，对自己比对别人更加苛刻。

如今的自由滑世界纪录还是伊利亚在上赛季世锦赛滑出的224.13分，而张珏没能clean节目，夺回纪录的事情又一次宣告失败。好在裁判们这次没有太过分，而是给了张珏一个221.67分，算是很漂亮的分数了，总分333.02分。

伊利亚摇头："小鳄鱼就算不爆发，也从来不会大崩。"

不愧是稳定性世界第一的男人啊，指望他在大赛失误然后捡便宜果然是不可能的事情，对抗张珏唯一的法子就是表现得比对方更好，拼命clean，才有一线获胜的希望。

寺冈隼人甩了甩膀子，深呼吸一下，也上了冰，他的自由滑节目是舒伯特的《降G大调即兴曲》，一首优雅舒缓的钢琴曲。

今年的隼人不仅短节目是仙男风，自由滑也同样如此。他穿着一件白色为底、缝了星星点点的蓝色亮钻的考斯腾，比短节目那会儿少了梦幻之意，却更添一份飘逸出尘，加上他选择的《降G大调即兴曲》是20世纪最伟大的古典钢琴家布伦德尔演奏的版本，造型与曲子都是上乘，艺术分绝不会低。

已经比完的张珏暂列总分第一，这会儿坐在选手休息区静静观看着隼人的表演。隼人不愧是被誉为21世纪最擅长演绎古典乐的花样滑冰运动员，这种如水般柔顺的滑行，配上这首曲子，美感完全不输给他的《卡尼古拉》，只是风格不同而已。

张珏在演绎《卡尼古拉》时翻了不少表演类的书籍，并重点参考了法国美人阿佳妮在电影《着魔》中那种疯狂又神经质的表现，又毫不客气地放入了性感元素在节目里，视觉刺激绝对足够。而在吃过他这道比山城火锅还刺激的大菜后，隼人这个节目就像是清爽宜人的凉茶，温度恰好是温热，喝下去却沁人心脾，毫无疑问，在奥运赛季，隼人也动了真格，拿出了一套可以被称为经典的作品！

千叶刚士坐在张珏身边，和他说道："tama 前辈，好像每次到了奥运年，就更容易出现经典之作呢，你在索契冬奥赛季与瓦西里前辈的自由滑都是足以铭刻在花滑史上的作品，今年又是如此，不过与你对抗的人比那时候更多，经典作品也出得更多了。"

亚瑟赞同道："可不是吗，四年前冰迷们评选 21 世纪最经典的十大花滑节目时就争论不绝，好多网友差点线下约架，现在要是再评十大经典花滑节目，他们肯定又要开打了。"

一个项目的王者越多，经典节目就越多，然后喜欢给各种各样的事物排名的网友也会因此吵起来。

坐在休息区的都是已经比完赛的，除了已经确定倒数第一位置的克尔森情绪低落，另外三个人都放松下来观看比赛，聊得也不错。隼人也是五个四周跳的配置，不过他同样没能 clean，毕竟他的体力还不如张珏呢，后半段出现失误完全是意料之中的事情。

他也很淡定，等分数出来以后，总分 332.90 分，以微小差距的分数落在张珏后头。

这下不管短节目排名第一的伊利亚爆不爆发，张珏和寺冈隼人也上定领奖台了。亚瑟、千叶刚士、克尔森和两位前辈握手，感叹着："你们果然很难对付，虽然这次我们可能又上不了领奖台，但我们是不会放弃挑战你们的。"两位前辈微微一笑，带着友善的表情回答道："放心，前辈们还会坚挺很久，你们还有很多挑战我们的机会。"

后辈们：……

这时候，唯一没上场的伊利亚就成了压力最大的那个。

瓦西里看着伊利亚："怎么样？"

伊利亚沉稳地整理了下袖口："原来这就是 Jue 以往常常体会到的滋味。"

以前拿短节目第一的总是张珏，自由滑最后一个出场的也总是他。那个时候其他人都比完了，人家比得坏了，张珏就更要稳定发挥，免得丢掉难得的胜利，如果别人滑得好了，作为短节目第一更不能表现太差让别人捡便宜。

这是一个需要大心脏才顶得住的出场位置，尤其是奥运年的大奖赛总决赛，也被视作奥运风向标，谁赢了这一场，谁就会在之后的比赛中被视为奥运冠军的最有力竞争者。伊利亚不想输，幸好现在的他也在一场场大赛中磨炼出了出色的心态，不会再因为压力过大而翻车了。

他深呼吸一下，今年他的自由滑音乐灵感来自《猫和老鼠》的第一集，在那一集中，汤姆猫曾飞到天上追逐杰瑞，而那一段的配乐就是他的自由滑选曲——肖邦的《华丽大圆舞曲》。

本来这就是很轻快的曲调，加上曾给猫和老鼠做配乐，这首曲子自带诙谐幽默的背景，但又不失古典乐的雅致，已经找到自身擅长风格的伊利亚与这首曲子的契合度已经达到了百分之一百二。

他深吸一口气，与张珏、隼人一样完成了五个四周跳的节目配置，可惜他也在节目后半段失误了一下，最后拿到了 220.25 分，由于短节目比张珏高了 3分，成功在总分上微弱地压过张珏一头。

张珏："哎呀，今年是银色的牌子啊，看来摸 A 级赛事的金牌还是要等到冬奥会了。"

这句话引来旁边人的侧目，包括寺冈隼人的死亡凝视。这家伙明明才因为3A 的失误丢掉了金牌，居然还是一副冬奥会金牌绝对归他的自信模样，也是够让人佩服他的心态了。

大家都习惯了张珏这副模样，隼人最后也只是无奈一叹："你啊，别先放大话，到了奥运赛场咱们再见真章吧。"

张珏和他对了一拳："在那之前，你和庆子都要好好的，可别在最重要的比赛到来前把血条磨没了。"他意有所指地看了一眼隼人的手臂，在休赛季，寺冈隼人也传出了练 4lz 而导致手臂脱臼的消息，据说在理疗时吃了很多苦头。

寺冈隼人："比起我，你还是先担心自己吧。"

他看了一眼张珏的脸："你的体能没以前那么好了，别人都是年纪上去了，体能才下降的，你才 20 岁就已经开始老了吗？"

两个前辈在休息区斗起嘴来，亚瑟、千叶刚士、克尔森三个晚辈不敢插嘴。

千辛万苦拿了次金牌，伊利亚都没来得及高兴，就盯着这边，转头问瓦西里："他们在说什么啊？为什么不把我叫过去一起聊？"

瓦西里和鲍里斯一起露出无语的表情："伊利亚，你是那种因为朋友没带你玩然后失落的小学生吗？"

64. 等待

等回国以后，张珏又发烧了一回，这次烧到 40 摄氏度，吓得教练们赶紧把他送到医院，偏偏好多药也没法用，折腾了一晚上才好。

张珏本人还挺淡定，躺了两天就嚷着要出院，在医院门口还撞上一个雕塑脸的老帅哥和兰润。在他的记忆里，那个老帅哥应该是篮球队的兰琨教练，也是兰润的亲爸爸，但奇怪的是，兰润却管那人叫大伯。

大伯？张珏迷茫地看着对方。

站在他边上的张俊宝沉默一阵，脱了鞋子冲上去："姓兰的，受死！"

场面一时大乱，没过一阵，张青燕和许岩也来接儿子出院，看到那个老帅哥越发激动，许岩就地抄起一个拖把冲过去，场面更加混乱。

直到张青燕一声怒吼："都给老娘停下来！"

张珏捂着耳朵蹲在一边，迷惑地看着这一切，才反应过来，原来兰润的爸爸的双胞胎哥哥就是他的爸爸啊。这事整的，张珏连才错失金牌的悲伤都消失了，整个人晕乎乎地接受了自己见到生父，还和兰润是堂兄弟的事实，连带着找到了自己发育关格外难过的原因——他生父一米九几，得到生父遗传的他在发育期拼命长高也理所当然。

虽然只拿了银牌，但张珏是以毫厘之差输给了伊利亚，双方差距不大，但凡张珏短节目发挥好点，局势都能逆转，所以大家的压力也不是很大，顶多觉得遗憾。但赛场就是这样，什么事都可能发生，这时候保持一颗平常心，将目光放在前方，争取下次比赛拿出更好的表现。

不过这次参加总决赛的中国选手还是都被冰迷们吐槽了，张珏是银牌，闵珊没滑过卡捷琳娜，最后也拿了块银牌，黄莺、关临是银牌，青年组的孟晓蕾还是银牌！这群人今年是命系银牌不成？尤其是张珏，与金牌的分差连 3 分都没有，就是以毫厘之差输的，那叫一个意难平。再这样下去，瓦西里给的那个未来的 GOAT、无冕之王的名号也不要了吧，还是老老实实还给这次夺金的伊利亚比较好！

张珏十分无奈，这赛场瞬息万变的，他也做不到稳赢啊。但做运动员就是这样，哪怕拿了世界第二，只要不是第一，就依然会有人骂。

张珏以前夺冠的时候也会挨骂，因为没有 clean 比赛，还有人说他赢了比赛后高傲得意瞧不起人，脾气暴躁对周围人没礼貌，然后把这个职业生涯极少缺席领奖台、技术标准、没有任何丑闻的运动员从头到脚数落一通。他破世界纪录的时候还是会被骂，因为他太帅了，大家都说张珏的表演分那么高是靠脸，一般来说，此类辱骂言论后面还会有人接着对裁判表示不满，认为他们不能给小白脸那么多分数。

张珏不是钱，没法讨所有人的喜欢，而且这世上有人甚至连钱都不喜欢，真正的万人迷从来都不存在。所以张珏每次偷偷上网看关于自己的评论时，都能看到一些比较过份的话，好在他脸皮够厚，对此类言论不当回事，表现得比周围所有人都心宽。

毕竟有时间在网络上对一个人吹毛求疵的，一般都是现实里没什么事要忙的人，要么没工作要么不学习，和这种人计较就太掉价了。

"小玉，别看了。"张珏抬起头，看到老舅充满关怀的眼神，笑了笑，将手机收了起来，他长叹一声："唉，现在伊利亚才是冬奥会夺冠热门了吧？"

短节目和总分纪录还在他这里，张珏上赛季也不是没有 A 级赛金牌，大众普遍认为张珏还能打，而且国内男单除了张珏没别的顶级选手，大众对于队里在他身上倾注太多的资源倒也没什么意见。

有意见也没用，领导们深知张珏对国内花滑的意义，只要张珏还能继续战斗下去，他们就不会把张珏换掉，就算有人认为张珏赚那么多钱是德不配位，仗着脸才赚那么多，不能和不败的王牌项目媲美，不能和科学家媲美什么的，张珏只当自己没看过这些评论。

他靠自己的本事赚钱吃饭，无愧于心，而且他还很努力地给慈善事业提供帮助，一年的收入能捐掉一半以上，对社会的贡献肯定也比键盘侠们强。

张俊宝看这小孩的表情，就知道他还是被影响到心情了，便转移话题："晓蕾的表演滑可是你编的，待会儿你可得好好看看。"

提起这姑娘的表演，舅甥俩心里都愁，张珏点头："好。"

孟晓蕾是一个没有太多业余时间的女孩子，平时除了滑冰和学习，就是偶尔看看小说和电影，连剧都不追，据说是因为电视剧太长，没空看。在征询过师妹的想法后，张珏就用"007"系列电影的主题曲给她编了个节目，同样是中性风，表演者穿着黑色的西装，提着道具枪在冰上耍帅，不需要什么表演技巧，帅就完事了。

他们抵达场边的时候，孟晓蕾已经上场了，沈流评价道："该怎么说呢，一鸿特别擅长演绎纠结复杂的角色，自己也喜欢这类故事，晓蕾却是越简单越好的类型。"还真是从选曲就能看出两个孩子的性格不同之处了。

相比之下，从小就能演绎各种风格，对古典乐也能驾驭自如的张珏，性格就不好琢磨得多，而他也恰好是看起来开朗，实则心思很重的类型，仅从他人缘上佳，认识那么多性格不同的朋友，还能在相处时从不踩雷来看，他的确具备善于观察、协调团队人际关系的能力。

沈流低声和张珏说："如果你将来退役了，队里可能不会选下一个队长，毕竟到目前为止，我们都没有找到下一个好苗子。"

在孟晓蕾的节目即将结束时，张珏脱下外套开始上冰。

他的表演滑音乐来自央视大型文物探索节目《国家宝藏》中的经典曲目——《水龙吟》。

这套节目搭配的则是蚕丝做的蓝白相间的考斯腾，张珏提着道具琵琶上去跳舞，之所以搞这么个节目出来，不只是为了完成领导们给的中国风节目要求，还算他本人为央视这个节目创作的衍生作品。就算是国家花滑队队长，也是会看节目并用自己的方式表达喜爱的。

一场总决赛结束，大团队班师回朝，该训练的训练，该疗养的疗养。这场比赛结束后差不多20天，他们就要比全锦赛了，到时候全锦赛男单前三名将会得到前往平昌参加冬奥会的机会。

哪怕张珏不去比全锦赛，领导们也一定会给他塞一个冬奥会名额，但该去还是要去，身为一哥，他自然有自己需要背负的压力。这就像当年瓦西里在温哥华只拿了块银牌回家，此后几年又是伤病又是面对后辈的冲击，到索契的时候一边背着来自国民的压力，一边抵抗伤病，那叫一个难。

张珏的夺冠希望大，偏偏网上别的不多，就黑子多，这会儿是压力快要爆表的状态。在全锦赛前一周，终于无法忍受冰场紧绷氛围的张珏毫不犹豫地递上了请假条。

"我要放假！"

接到宝贝蛋的假期申请，虽然孙千明白在奥运年这个节骨眼不该放运动员脱离掌控，何况张珏还有过心情不好，直接跑出国去散心的不良记录，但这时候老舅出面说了话："让他去吧，再不找个地方躲一下，他上了冬奥会也不会有好状态的，我给他作保，让他去歇会儿。"

这小子这次只请了3天的假，让他去歇会儿，应该没问题吧？

孙千和鹿教练对视一眼，最后还是硬着头皮给张珏批了假，得到假期的张珏想了想，念及雪哥这会儿正加班到连二红都没空宰杀炖汤，干脆打电话给了二德，然后坐在训练场馆后门的楼梯上等人。过了一会儿，许德拉就跑过来接张珏了，他身后还跟着兰润，路边停了辆路虎，显然是兰润送他过来的，也不知这哥俩啥时候混熟了。

张珏看着兰润，兰润讪讪一笑："弟弟。"

二德跑到张珏面前："哥，怎么了这是？"

张珏伸手，做出一个要抱的姿势，二德哪里遭得住这个啊，他立刻蹲着抱过去。

"二德啊，备战冬奥会好累，我想回家，吃爸妈做的饭菜。"身为哥哥，张珏十分自然地向自己的弟弟撒娇。

许德拉连忙挽着累得直打哈欠的亲哥上车，兰润透过后视镜看到二德给他哥系安全带的模样，内心暗暗感叹：和自己那个天天坑兄弟的大伯比起来，二德和小玉这才是亲兄弟的样子。

兰润问道："是回叔叔阿姨家，对吧？"

许德拉应了一声。

张珏是被人照顾惯了的，他回家以后直接趴在卧室的床上，连外套都没脱，全靠许德拉给他脱外套、鞋子、袜子。人家亲兄弟在里面忙碌，兰润就捧着一罐许德拉递过来的饮料坐在客厅里等着，过了一阵，收到张俊宝短信的张女士跑回家，就看到前夫的侄子坐在自家沙发上。

她顿了顿："是小润啊，辛苦你接小玉了，要吃点啥不？阿姨正好买了糕饼回来。"

兰润连忙坐起，对她礼貌地打招呼："阿姨好，糕点就不必了，我送小玉也是应该的，大家是自家兄弟。"

张女士的表情立刻和善了起来，她客客气气地招待这个小伙子，兰润也识趣地告辞，离开前，他站在门口回头看了一眼，就看到那位父亲与伯父口中性格坚强勇敢又令人恨不起来的传说中的女士，很温柔地给自己睡着的大儿子整理鬓发。

兰润走了，张青燕给张珏盖好被子，许德拉问："妈妈，哥哥怎么突然回家了？"

张青燕拍拍小儿子的头："你哥没事，就是想放松一下。他即将参加冬奥会，现在所有人都盼着他能赢，他既想赢，又不敢不赢。还好，这次他没跑出国度假，不然又要写检讨了。"这小子挂着拐杖都能满世界跑，号称花滑项目第一跑图高手，大家都毫不怀疑他的浪劲和跑路速度。

张珏这边恢复极快，他呼呼大睡了近18个小时，睡到头都发疼了才肯起来，接着吃完许岩做的爱心早餐，就提着一罐用家里的瓦罐炖的老鸭汤跑出门。他早就考了驾照，这会儿借了亲妈的车，一路行驶到秦雪君工作的医院，到了骨科诊疗室，正好瞧见雪哥在给一个骨折的小朋友做诊断。

张珏看了一会儿，见秦雪君专心致志地工作，完全没注意到自己，就抱着保温罐坐在走廊安静地等着。墙上挂着时钟，里面的指针不紧不慢地走着，窗外的阳光逐渐变得昏黄。天色渐晚，医院里的病人却完全不见变少，短针也从2走到了7，他耐心地等待着，一点不耐烦也没有。

秦雪君忙了大半天，才终于空出时间，准备掰一根香蕉充饥再接着干，结果一抬头，就看到门边探出一张俊美的脸。

那人用口型问他："忙不忙？"

那一瞬，室内分明没有花，而且现在是冬天，但秦雪君觉得如春暖花开般温暖。

65. 排兵

秦雪君是个乐于坐急诊室的人，他认为这样可以接触到更多患者，增长临床经验，而且不趁着年轻多值夜班，等年纪上去以后，他也未必熬得动。这种心理让他成了同辈的医生里医术提升最快的那一批，也深得师长们的看重。

就是平时特别累，而且没空管家里的爷爷奶奶，难免心中愧疚，幸好张珏愿意搭把手，不光照顾了米娅和秦老大夫，还有空来照顾他。等下班的时候已是晚上8点，两个人一起在休息室里用微波炉热了汤，用纸杯装好。

张珏打趣道："我今天在外面看秦医生忙了一天，才发现做骨科医生特别费力气，以后我可不敢再在您跟前夸自己体力好了。"

秦雪君文质彬彬地抱拳作揖："要论体力还是您更好，我可跑不了马拉松，半马就差不多了。"

张珏："我听路过的护士姐姐说，最近有一个同科的医生老和你别苗头，她们似乎都不喜欢那个人，怎么回事？"

秦雪君对张珏这走到哪儿都能听到八卦新闻的能力默默叹服，脸上还是波澜不惊："没事，小人罢了。"

秦医生是个正人君子，轻易不得罪人，加上他总是能很好地关怀患者，让他们情绪好些，所以他连办公室里的锦旗都比别人多那么几面。这次惹上小人，其实还和男女之间那点事有关。

他条件好，待人又礼貌，许多女性即使对他没那方面的意思，也愿意给他个笑脸。有位林护士有次摔伤时被秦雪君顺路开车送回了家，为了报答这份人情，她就在午休时买了奶茶做礼物，结果被一直追求林护士却被拒绝了好几次的一个医生看到了，两人就这么结了梁子。

张珏听着听着就想起来了："哦，是这事啊。我记得，你以前和我说过。"

他俩经常凑到一起分享各自身边发生的小事。

据说那位林护士最开始是打算接受陆医生的追求的，只是后来他们一交换微信，小林护士就发现陆医生在朋友圈里发了各种对女性不友好的言论，性别优越感很强。陆医生直言女人结婚后就要在家里多生儿子。她是个正经姑娘，看到这种人，第一反应就是跑路保平安。

这是人之常情，科里其他人知道了以后都觉得林护士没问题，不少男医生也这么想，结果那陆医生还不放弃，问林护士是不是他给的彩礼不够，又骂她贪财。林护士百口莫辩，觉得对方疯了，只能果断辞职，年后去别的地方上班。

至于秦雪君，也早就准备随导师跳槽了，同样是年后换单位。

张珏好奇："换单位？"

秦雪君言简意赅："导师去年在骨肿瘤方面有了突破，想去 703 那边和一位老同学一起做研究，争取评院士，我和他一起过去。"

张珏："听起来都觉得好牛的样子，不对……雪哥以后不在这儿干了吗？你……你真舍得离开这里啊？"

秦雪君："我知道，我待在这里的确学了不少东西，但现在换单位的话，那边说是可以给更高的职位。"

张珏松了口气："也是，能和导师一起朝更高的领域发起冲击，换就换，就算这趟不成功，也是次难得的尝试。"

秦雪君还没正式跳槽呢，他先把失败的预想做好了。秦医生哭笑不得，只能用力薅他头发，张珏捂着头嚷嚷："别薅！别薅！不然发际线会后退的！"

三天假期，张珏在爸妈家里躺了两天，又和雪哥一起玩了一天，等回归冰场时，已然变回了那个神采奕奕的张小玉。简言之，张珏的精神头回来了，他又可以傲视世界上除伊利亚和寺冈隼人以外的一切男单选手了。

在接下来的全锦赛中，张珏滑出了 330 分的总分，稳稳拿下一个冬奥会名额，而察罕不花、蒋一鸿、柳叶明、金子瑄这另外四个国家队男单选手，则围绕剩下的两个名额开始争夺。

其实比赛开始前，这四个人就知道，他们之中必定有两个人会去不了冬奥会。一番激烈的争夺后，金子瑄险胜柳叶明和蒋一鸿，摘下了一个珍贵的比赛名额，而察罕不花则以稳定的发挥拿到了另一个。

与此同时，双人滑的黄莺、关临、姜秀凌、洛宓，以及来自 L 省省队的一组双人滑组合拿下名额。女单那边，闵珊、徐绰分别拿了第一和第二，第三名则由陈竹手下一个女单选手拿了，虽然那人最高难度的跳跃只是 3lo+3T，不过稳定性不错。冰舞本就只有两个名额，最终由花泰狮、梅春果、赛澎、赛琼拿下。

以上这些人将是中国花样滑冰项目征战冬奥会的全部人员，之后他们将一起出发前往云南进行高原训练。

在出发前大家还要开个会，张珏作为队长，拿着一个笔记本和保温杯进了会议室，孙千对他招手："嘿，这儿。"人到齐了就开始开会，商谈如何在冬奥会排兵布阵，张珏给出的建议将是领导们做决定的重要依据。

张珏很直白地告诉诸位："我、闵珊、黄莺和关临都有不同程度的伤病，如果要我们全勤团体赛的短节目自由滑、个人赛短节目自由滑的话，个人赛的奖牌就不要想了。我们的身体没那么结实，尤其是黄莺，她的脚踝早在总决赛就出了毛病，只是现在做手术的话，没法赶在冬奥会前恢复，所以才一直拖着没治疗，让他们只比个人赛会比较好。"

领导翻着本子，在上面写了几笔，又捏了捏鼻梁："你们都年纪不大，怎么伤病就重成这样？"搞体育的最怕的就是手底下厉害的运动员被伤病击垮，黄莺现在就在快要倒下的边缘了。

张珏也直言他只能上团体赛的短节目，闵珊那边要问问她的想法。

沈流接话道："我们也实话实说，闵珊的表演分比不过白叶冢庆子，加上伤病，能上的四周跳数量也低于卡捷琳娜，如果她不全勤团体赛，全力备战个人赛的话，保二争一应该是可以的。如果全勤团体赛的话，那我们上团体领奖台的概率就会增大，但她自己的个人赛胜率就会下降，事实上她也是国家队一线选手里，唯一一个健康状态还撑得起全勤的人。"

领导们说不出话。

从20世纪到如今的平昌周期，中国的花滑终于逐渐兴盛起来，四个小项里有三个都有顶级的选手，男单那边更是有全世界独一无二的张珏，中国冰迷们玩《地球花滑online》这个游戏时也终于品尝到了赢的乐趣。谁知道还没爽上几年，几个人的伤病就多了起来。

孙千叹气："行了，你们的体检结果我也看过，这个提议不错，下一个问题也来了，既然你们不打算全勤，团体自由滑就让其他人上吧，你觉得哪个人合适？"

张珏吐出一串名字，把花滑四项里适合的人都报出来了，并点评了他们各自的优劣之处。比如金子瑄实力更强，但察罕不花稳定性更高，再比如徐缘，虽说她的身体也有损耗，但如果让她去上团体女单自由滑的话，以放弃个人赛状态为代价全力爆发之下，收拾除俄系、日系以外的女单选手还是没有问题的。

既然要出门训练，一时半会儿就不能回家了。张珏舍不得爸爸妈妈、许德拉、雪哥、鹦鹉和三只鸡，靠在厨房门边唉声叹气："我这回是封闭训练，出来后就要直接去平昌了，跟你们会很久不能再见面，鸡汤也不能天天喝了。"

秦雪君耳朵一动，转身举着一个红彤彤的辣椒，用尖的那一端对着张珏，如同握着一把剑："你可以在外面和人打牌，玩真心话大冒险，直播大胃王比赛甚至是炸粪坑，但不许乱吃东西。要是药检阳性，别说你了，张教练他们也要跟着倒霉。"

张珏举双手发誓："我保证，我在外都老老实实，从不外食。"

秦雪君满意了，他舀了一碗二红牌鸡汤捧到餐桌上，张鹦俊应景地唱起《啊朋友再见》。都说鹦鹉随着年岁的增长会越来越像人，张珏现在也觉得自家的张鹦俊有时候机灵得过了头，可惜纱织走的时候张鹦俊还没出生，最后也没能让它给姐姐唱首歌再走。

1月中旬，张珏抵达云南的高原集训基地，在这里，他不仅见识到了冰上项目的其他运动员，也和雪上项目的各位打了招呼。

短道速滑是本届冬奥会除花滑外最大的夺牌点聚集地，其中有老将有小将，个个都比花滑这边个子高大，而且普遍肌肉极为发达。这一天，张珏去器材室训练，在老舅的注视下，他扛起相当于自重1.5倍的器材做了两组哈克深蹲，流了点汗后才下来，被拉着问膝盖的感觉如何。

就在此时，隔壁短道速滑的王教练拉着一个大个子过来："俊宝啊，我这儿有个娃儿老说腰部发力时容易疲惫，你帮我瞅瞅。"

张俊宝一边念叨着"你找队医了没？"，一边走过去给那人做了个检查。

张珏喝着白开水，眨巴眼睛，哟，这不是当年差点在短道速滑夺金，结果被对手直接推出赛道的那位吗？

沈流感叹："这种高原集训基地里聚集的世界冠军比全锦赛还多。那人是短道速滑的夺金点呢。"短道速滑的夺金压力不比花滑小。

张珏随口说道："那他们得防着点对手的阴招了，花滑赛场上说到底只有我们自己存在，不会和敌人发生近距离接触，他们可比我们危险得多。"

接着他又听张珏说道："美晶和梦成哥在申请入境的时候被卡了吗？要不是这一届冬奥会是他们最后一届有希望夺冠的冬奥会，我想他们也不会硬着头皮去平昌。还有俄罗斯那边的运动员不能代表自己的国家出战，就算赢了也不能放他们的国歌。"

张珏还补充道："这次冬奥会肯定会出很多的意外，我得叮嘱小的们，到了那儿要好好比赛，不比赛的时候不许乱跑。"

沈流：好嘛，什么话都让你给说了。不知道张珏有没有意识到，当他称呼队里其他人为"小的们"的时候，真的很像一个山大王。

就在这会儿，沈流听到张珏呛着的声音，连忙给孩子拍背："你多大的人了，喝水还能呛着自己啊？"

张珏苦笑："对不起，我以后再也不在没喘匀气的时候就喝水了。"

说完这句，他又揉了揉胸口，不知为何，他胸闷的次数越来越多了。

66. 出发

关注这一批运动员的人不少，张珏是其中最闪亮的一颗星，一般只要是和冬奥会集训基地有关的新闻，都会有他的镜头。有时张珏是新闻中的路人，有时他就是新闻中的主角，镜头中的他高高跳起完成一组 4lz+3T，然后视频上就飘过密密麻麻的"张队牛气"的弹幕。

说来好笑，张珏当年破了十多次世界纪录，突破历代花滑运动员破纪录次数的上限时虽然人气大涨，但真正让他的知名度涨到现在这个程度的，却是他的收入被曝光这件事。现在大家都说张珏"也许不是国内所有运动员里成绩最好的，但绝对是钱赚得最多的"。

不管张珏破多少次纪录，拿多少金牌，只要他没有奥运金牌，就是会被批评差了一口气，和羽毛球、乒乓球那些奥运金牌得主没的比。

虽然内行人都明白，张珏那枚银牌拿得冤，但黑子要骂人的时候，哪里顾得上事实呢？好在这会儿张珏的心态也调整过来了，他这次适应高原训练的时间比四年前慢了点，但也算是同批运动员里进入状态偏快的那一个了。

就像当年他才过完发育关恢复训练后，最开始四周跳并不稳定，直到进入高原训练后才把跳跃稳下来一样，这次他同样是通过高原训练，将自己的跳跃能力进一步强化，在完成了一组跳跃练习后，沈流鼓掌："现在这个跳跃的成功率已经有五成了，预计下个赛季或者下下个赛季就能投入赛场使用了。"

张珏拿着毛巾胡乱擦汗："我现在不能用吗？"

鹿教练、沈流异口同声地说："不行！"

训练时的跳跃成功率和赛场上的成功率不是一回事，假如一个人四周跳的成功率有百分之六十，到了赛场上有百分之五十都算不错了。奥运赛场十分关键，在这种时候肯定还是求稳更重要。

就在此时，闵珊那边又摔了一跤，张俊宝道："珊珊的 4T 还是不行。"

沈流摇头："她不是力量型选手，要完成点冰跳没那么容易。"

这姑娘能出足周的 4S，都是张俊宝带着她练了好几年力量的结果了。

现在的问题也在这里，闵珊的力量不足以支撑她在跳完四周单跳后再接个 2T，在无法完成连跳的情况下，她只能增加会的四周跳数量。但在经过一番尝试后，大家发现她真的不适合点冰跳，4S 俨然已经触及这个女孩的天赋天花板了。

鹿教练评价："如果是不足周的 4T，她能跳，但那样的跳跃拿出去既丢人又丢分。"

若徐绰没废，出四周跳应该会比闵珊轻松许多。她和张珏一样在发育时被急速生长的身高折磨得不轻，但现在也算过完了发育关，而且是天生的力量型选手，长肌肉的速度都比别的女孩子快，这是纯粹的身体天赋优势，可惜肌肉长得快，骨头不结实也没用。

思及此，沈流看向在另一块冰上练 3A 的徐绰。小姑娘有着傲视女单选手的身高，跳跃非常有力，四肢修长，滑行顺畅，舞蹈动作漂亮。她的 3A 在重伤后就丢了，这次为了在团体赛拼下奖牌，也咬着牙开始把这个跳跃捡回来。

艰苦的训练持续了一个月左右，在此期间，张珏再次推掉四大洲锦标赛，全身心备战冬奥会，寺冈隼人同样没参赛，最后拿到这块金牌的是克尔森。这家伙号称北美滑行之神，表演也不拉胯，只要不对上三剑客，心理状态也不错，和亚瑟·科恩是五五开。

2 月 5 日，张珏随中国代表团上了前往平昌的航班，大家都穿着中国代表团的队服。上飞机前，张珏还在打电话："美晶，我现在要出发去平昌了，即将上飞机……是吗？恭喜你们顺利入境……嗯！平昌见。"

老舅笑着问："怎么样？放心了吧？"

张珏乐呵呵的："是啊，松了口气，我差点以为没法在这届冬奥会看到他们了。走吧，去平昌。"

花样滑冰国家队的其他人跟在队长身后，踏上了登机的舷梯。

与此同时，俄罗斯圣彼得堡，瓦西里带着伊利亚、卡捷琳娜、赛丽娜上了去莫斯科的火车，他们将在那边和俄罗斯的冬奥会代表团集合，再一起出发。

日本东京，寺冈隼人提着自己和庆子的行李，和庆子手挽手地站在代表团中。千叶刚士捏着晕机药深呼吸着，他的教练崔正殊踮着脚摸孩子的头："睡一觉就到奥运场地了。"

哈萨克斯坦，阿雅拉教练点着名："哈尔哈沙、艾米娜、美晶、梦成……都到齐了，准备出发！"

法国，亚里克斯兴奋地深呼吸，雀跃地对马丁说："我们又要去冬奥会了！"

加拿大，克尔森因为紧张，蹲在机场的卫生间里拉肚子。

美国，亚瑟·科恩喝着果汁，着急地抖腿："飞机怎么还没到？晚点了吗？我们要早点抵达平昌，提早适应场地才行啊！"

北美和东亚之间的时差不小，他要适应的地方可多了呢。

世界上冬季项目最出色的运动员们，即将在平昌会聚一堂。

相比索契那会儿，张珏现在的名气可大得多，证据就是从下飞机开始，就有不少其他国家的运动员和他打招呼，而张珏压根不认识他们。他平时只关注冰上项目，让他叫出速滑、短道速滑、冰球项目的明星运动员的名字没有问题，托鹿教练的福，他甚至能精准评价哪个冰球运动员打架最厉害。

不过队里规矩严，他不仅管好了自己，还顺带着警告了一同前来的其他运动员：交朋友可以，但不许和那些可疑的人出去玩。

好在队里的双人项目都是两人互相监督，而单人滑这边未成年的有教练组盯着，成年的都懂事了，一个个摩拳擦掌准备在团体赛拼了，管起来并不难。大家适应了两天环境，就手拉手出门买纪念品去了。

这届冬奥会有两个奥运村，冰上项目在江陵奥运村，雪上项目在平昌奥运村。张珏就住在江陵这边，没比赛和训练时也到处闲逛，结果稀里糊涂就被拉去打斯诺克，在连赢十盘后唱着"无敌是多么寂寞"溜达着回去。

直到 2 月 7 日，张珏才在合乐场馆看到了熟悉的朋友。

他惊喜地叫着："伊利亚！隼人！"

小鳄鱼跑过去，将两个人都举了举："你们参加明天的团体赛吗？"

伊利亚站稳，淡定点头："我参加团体赛短节目，自由滑交给其他人。"

隼人咳了一声，无奈摊手："我参加不了，只能都交给刚士了。"

张珏挠头："哎呀，我也是只参加短节目。"

千叶刚士对张珏和伊利亚乖巧鞠躬："前辈们好，短节目的时候还请多多指教。"

三剑客对视一眼，他们三人之中，伊利亚所属的俄罗斯综合实力最强，是夺金希望最大的，而日本的双人滑和冰舞存在感不高，中国这边的冰舞实力不强。

张珏用拳头敲手掌："说起来，加拿大的综合实力也强，他们应该也会在团体赛拼一把，还有哈萨克斯坦也是。"

时间很快就到了2月9日，根据赛程安排，今天将会在江陵冰上运动场举办团体赛的男子短节目、双人滑短节目，晚上将会举办冬奥会开幕式。

再次担任团体赛队长的张珏穿着考斯腾做了几个拉伸的动作，回头看着自己的队友们，正色道："我知道，能走到这个赛场的人，都曾经在冰上流过无数汗水和泪水，你们都想赢，想上领奖台，我也是这样的。"

"尤其是徐绰、金子瑄，我说句不好听的，以你们的年纪和伤病，这可能就是你们的最后一届冬奥会了。"他很不客气地说完实话，神色又温和起来："所以我不会在这里留力气，作为队长，我会将团体赛男单短节目第一的位置带回来，之后能不能上领奖台，就看你们自己的了。"

张珏伸出手掌，队员们互相对视，纷纷过来将手按在他的手上。

"中国队，必胜！"

"加油！"

67. 期待

从张珏进入场馆开始，他就发现这里的人多得惊人。

有戴着猪猪侠帽子的女孩喊得破音了："中国队加油！"

还有的女孩举着画有鳄鱼的横幅。虽说是在平昌举办的比赛，但到韩国旅游的花费，对很多国内的冰迷来说也不是不能接受，所以很多冰迷都追了过来，观众席上甚至不乏明星。

这片寒冷的赛场上承载了太多的期待与热情，张珏敬畏这种场面，他知道这些不远千里来到这里的人是多么期待着中国队的胜利，在他之前，亚瑟·科恩已经完成了自己的比赛，他拿到了111.35分，这是一个非常高的分数，足以证明裁判有多么爱他。

小伙子下场时却并不愉快，他的表情甚至称得上沉重，和张珏擦肩而过时才勉强露出笑脸。

鹿教练看人很准，他说："那个美国小子觉得这样的高分不值得高兴。"

张珏："有这样的心态说明他有更进一步的余地，好事。"

鹿教练心想，对手能更进一步的话，对你来说就不是好事了吧？不过他这个徒弟永远不是那种怕对手强大起来的人，所以老爷子安静地注视着张珏奔赴赛场的背影，满心期待。

鹿照升复出教导张珏的时候就已经71岁了，一直以来他以擅长打捞因发育沉湖的运动员而出名，现在75岁，全场没有比他年纪更大的教练。

弗兰斯也坐在观众席上，旁边是发际线危险到极点的一个金丝边眼镜精英绅士，绅士眼含期待："这就是你给缪斯编的节目？"

弗兰斯回道："是啊，Jue 是个很优秀的选手，除了性格太直几乎完美无缺，我最期待的就是他的比赛了。"

正如张珏在赛前说的，他会在团体赛动真格，随着一阵带着浓烈西班牙风情的吉他声响起，清脆的点冰声回荡在冰上，张珏在开场就来了一组 4lz+3T，这一跳看得无数人目瞪口呆。

日本解说员当场激动起来："这……这就是世界上质量最高的勾手四周跳，而且 tama 酱在连跳时接第二跳会特别果决，因此连跳节奏号称世界第一棒！太强了！"

第二跳 3A 虽然还是高，但落冰也挺稳的，这让这个赛季一看张珏蹦 3A 就心里咯噔一下的人内心都松了口气。

冰上的少年跳接蹲转、侧身蹲转，接着直接来了个单手提刀贝尔曼旋转，场上响起一阵惊叹声。贝尔曼旋转依赖柔韧性，单手更是如此，许多年纪大了的女单选手为了让身体状态下滑慢一点，都会自觉放弃贝尔曼旋转，作为一个 20 岁以上的男单选手，张珏在冬奥会赛场上这个动作也是拼了。

而且他也不是单纯为了加难度才加上贝尔曼旋转，不论是跳跃还是旋转、步法，他的每个动作都契合着音乐。

《阿兰胡埃斯协奏曲》本就是创作者华金结合自己的人生经历创作的曲子，虽然是盲人，但他有一个非常深爱的妻子，那便是李斯特的嫡传弟子，名为维多利亚。他们在音乐学院相识，彼时华金还不是音乐大师时，维多利亚却毅然与这位盲人相爱、结婚，婚后，他们一起乘坐列车到了位于西班牙中部的阿兰胡埃斯度蜜月，那是见证他们爱情的地方。

后来战火燃起，他们一起度过了非常困苦的日子，华金也开始了《阿兰胡埃斯协奏曲》的创作。然而在 1939 年，维多利亚怀着孩子生了重病，医生告诉华金，大人小孩可能都保不住。为了给妻子治病已经一贫如洗的华金沉默着回到家里，写下了《阿兰胡埃斯协奏曲》第二乐章的开头部分。后来华金卖掉了钢琴，维多利亚也挣扎着从病痛中活了下来，那个腹中的胎儿却再也没有来到这个世界的机会。

直到 1940 年的 12 月，《阿兰胡埃斯协奏曲》在加泰罗尼亚宫进行了首演，这首不朽的名曲一经面世，便震动了世界，华金的命运也从此改变。这个看不见光的人的命运终于被阳光照耀，而他的太阳维多利亚，也会一直陪着他。

同一首曲子，一百个人去听也会有一百种不同的感受，而张珏透过这首曲子感受到的是爱。《阿兰胡埃斯协奏曲》是因爱而生的曲子，就算有一天岁月已近黄昏，他们的生命随时间化成灰，只要想到曾与爱的人一同感受过时光流逝，那么死亡似乎也不再可怕。

国内，秦雪君才做完一台 10 个小时的手术，坐在休息室的地板上喘气，手里拿着手机，里面是张珏滑冰的身影。

旁边的副手疑惑道："秦医生，您眼睛不舒服吗？"

秦雪君笑起来，他低头擦了擦眼睛："没有，只是看到了足以打动人心的好节目。"

其他人闻言都围过来。

"是什么节目啊？音乐会吗？"

"听起来是古典乐啊，《阿兰胡埃斯协奏曲》对不对？"

秦雪君满脸骄傲地说道："是花样滑冰，我看的是世界上最优秀的花样滑冰运动员，我们花滑国家队的队长张珏在平昌冬奥会赛场上的节目。他滑得可好了。"

医生里也不乏冰迷，其中一人就惊喜道："啊，是张队啊！我之前实习的时候跟的是柴主任，他说张队训练量大，关节磨损也不轻，我还担心呢，看来他这次状态不错！"

在表演结束时，所有人都确定，今天的短节目第一，一定会属于张珏！

张珏下场，喘着气穿衣服，戴刀套，用毛巾擦汗，走到属于中国队的休息区，队友们纷纷举着国旗为他欢呼。徐绰这种注定上不了个人赛领奖台，只能拼一拼团体赛的运动员更是明白张珏为他们付出了什么。

她对张珏露出灿烂的笑："队长，谢谢你！"

张珏："接下来就交给你们了，我会好好给你们加油的。"说话间，他的分数出来了。

115.88分。这是无限接近于张珏自己的短节目世界纪录116.03的高分，张珏在这个节目中完成了质量非常高的表演。

这位当之无愧的花滑无冕之王自上个赛季开始，就因为各种各样的原因丢了世锦赛金牌，这赛季又丢了总决赛金牌，这也让他一度背负了"明明是国内赚得最多的运动员但成绩并不辉煌"的批评，在网络上被各种人狠狠地抨击，连带着反击不实言论的鱼苗都被打入"脑残粉"的行列。

但在奥运赛季，张珏又把状态给找回来了，短节目的出色发挥直接把之前唱衰"我国男单今年肯定也拿不了金牌"的黑子的嘴给暂时堵了起来，同时让许多昂首以待的领导、冰迷看到了拿到团体赛奖牌的曙光。作为队长，他打了一场漂亮的初战！

孙千乐呵呵地和一位领导说道："我们张队虽然总是和四大洲锦标赛犯冲，但和冬奥会还是很合的嘛，甭管他在大奖赛那会儿怎么失误，一到冬奥会上就没事了，3A都稳回来了。"

领导连连点头："是啊，其他的比赛失误都算了，反正他该拿的都拿了，冬奥会稳住就好，不愧是张队。"张队，靠谱！

黄莺与关临血条比张珏更短，想强行上场都做不到，更没法耗自己的体力去成全队友，所以姜秀凌与洛宓就担起了团体赛双人滑的任务。但别看他们升组没两年，这两个人也是能滑进成年组总决赛的水平，也就是世界前六！

在这一天的团体大战结束后，中国队的积分奇迹般地排到了第一位，虽然大家心里都明白这只是暂时的，毕竟男单、双人滑、女单派出强将，就是为了保证即使冰舞那一组拖后腿，他们也能挺进决赛。等到自由滑的时候，张珏、徐绰都不会上场，那排名还有掉的空间呢。

冰舞的两对对视一眼，俱是压力山大。

68. 魄力

网上此时欢呼声一片。

【大家看了开幕式没有？珏哥又被好多国家的电视台采访了，这个国家的电视台有他的镜头，那个国家的电视台也有，不愧是冰雪项目人气王。狗头.jpg】

【有关张队在冬季项目的人气这事吧，不打狗头也没事啦，不过张队今年状态真的好，团体赛那个表现把我都看愣了。】

【这两年他滑爱情主题的曲子越来越顺啊，去年是阳光美少年冰上蹦迪表达热烈的喜爱，今年就是优雅又感人的燕尾服王子了。】

【我爱张队，超爱！去年看他的短节目就想和他谈恋爱，今年看只想和他过一辈子啊！】

2月9日后，由于张珏在短节目的出色发挥，不少冰迷在高兴于张珏状态大好的同时，也纷纷开始猜测张珏是不是恋爱了。他们可不是瞎猜，讲道理，就他们张队那个条件，加上他都成年两年了，恋爱也正常。只是正因为这家伙太过优秀了，许多人也在疑惑，能让张队看上的对象到底该优秀到什么地步？

但张珏的过往太干净了，他仿佛一直沉迷于训练、学习，偶尔有点空闲就是被拉去参加商业活动，办商演、拍广告什么的，其余时间就是个不爱出门的宅男，真正做到了零绯闻。

花滑队管得严是出了名的，大部分人出门都需要报备，连吃饭都要小心再小心，但在某些方面又没有其他项目那么严。

许多项目都会要求运动员不要随随便便谈恋爱，或者是别让感情占据太多时间影响训练，花滑则不同，领导们从不阻碍运动员谈恋爱，如果双人滑和冰舞的哪对组合准备发展成情侣的话，全队上至领导、下至其余队员一起嗑CP都是常有的事。

毕竟对这种男女搭配的项目来说，恋爱关系能增进他们的表现力和默契，自古以来，双人滑和冰舞项目都是最容易出夫妻档的地方，也是最容易"沉船"的地方。

双人和冰舞都这样了，单人滑那边也不算严，甚至有的教练会很机灵地安排正在恋爱的运动员尝试爱情主题的曲目，看看能不能借恋爱的状态增加表现力。

如果换了别人把一首爱情主题的曲子滑成张珏这个水平的话，恋爱的传闻早就飞得满天都是了，但因为是张珏，所以此类传言反而只是小范围流通。毕竟张队是花样滑冰项目的表演大师，哪怕是最苛刻的冰迷，也不得不对张珏的表现力竖起大拇指，认同他从青年组开始到现在的每个节目都是精品以上的高水准作品。

张珏从编出这个节目开始，就暗暗做好了被人询问"你小子是不是恋爱了"的心理准备，但是硬是没人来问他，他内心很有点郁闷。

一想到这里，他就好羡慕隔壁的隼人和庆子，虽然这两个家伙组成了本届冬奥会花滑项目最大的伤病CP，但是两口子一起上冬奥会什么的，想想都美。

2月10日，这一天没有花样滑冰的比赛，江陵体育场要进行短道速滑的女子500米、女子3000米接力的资格赛。短道速滑的男子1500米将会在这一天就把资格赛、半决赛、决赛统统比完，一天出结果。

赛程安排十分紧凑，但张俊宝在集训的时候就和那边建立了良好的关系，并在王教练的邀请下带着小的们一起赶赴现场观赛，接着他们被气了个饱。

除了张珏，其他人都看着冰场目瞪口呆，怎么也没想到在经历了多场花滑打分黑幕后，还能在短道速滑看到如此多的"极品"行为，简直连三观都要被颠覆了。

别说中国观众们不断发出不雅的问候语，隔壁的外国观众们也纷纷说出不友好的话，一时之间除了本土观众，现场的其他观众都觉得自己很不好。

短道速滑其实算中国冰上项目的传统强项，他们强悍的历史比近年才崛起的花滑还长，现在在短道速滑队里任职的王教练在役时也是赫赫有名的大魔王级选手，赛场统治力不比张珏在花滑这边的低。

原本大伙也是信心满满地来，领导们也给他们安排了好几个夺牌指标，结果看到现场的比赛，领导先打电话给下面的人："让运动员在争取胜利的同时注意好保护自己，别忘了我们在四年后还有京张冬奥会。"

留得青山在，不愁没柴烧，能被培养到参加冬奥会的运动员都是本人是天才，身上也被投注了无数资源的宝贵存在，都珍贵着呢，可不能折在赛场黑手上。

像尹美晶、刘梦成这样转籍的运动员压根就没来现场，他们连开幕式都不参加，除了上冰合乐备赛，就是一起在房间里写论文，也算是为了安全着想吧。张珏很能理解他们，毕竟这两位在韩国花滑的圈子里都受过不小的伤害，身心饱受折磨，而韩国运动员在赛场上的表现，也让人需要给这帮家伙的人品打个问号，还不如一开始就做好防备措施。

何况他们确实挺忙，美晶就读于哈萨克斯坦的阿里 – 法拉比国立大学，念教育与心理学，该大学在全世界排名 220 名，她的成绩相当可以，最近在准备考研。刘梦成已经在读护理系的博士，不过他算是半工半读，据说现在已经开始在训练时帮阿雅拉教练带青年组的冰舞组合。从他们选择的专业来看，如无意外，他们将来会为哈萨克斯坦的花滑发展奉献终生。

张珏想起自己的论文，又是一阵头痛，他也是踩在毕业的门槛上的人，之前和同组的学长学姐一起做实验，然后用自己伺候甜滋滋二号时拿到的数据写论文。但平时忙于训练，他一年里能在大学里待的时间有限，实验资料也不如其他人多，再这样下去的话，论文质量可能达不到预期。

要不带点种子回家搞算了，反正泳池旁边就有小花园，在家里搞个温室大棚，种试验作物也不是不可以，这也是他咬牙换大房子的原因之一。

2 月 11 日，江陵冰上体育场又一次开启了花滑团体赛，这一次比的是冰舞韵律舞、女单短节目以及双人滑自由滑，其他国家都是教练做赛前动员，但中国队这边，即将上场的冰舞运动员面对的却是张队。

张珏凤眼微眯，看起来格外威严："老花，小梅，一直以来都是你们扛起中国的冰舞，去年也是辛苦你们拿到两个冰舞名额，老实说，这是一个很大的惊喜，接下来只要发挥出你们应有的水准就好。"

这话听着似乎挺温柔的，但张队的死亡凝视分明表达着"敢把名次拖得太难看你们就完了"。花泰狮和梅春果对视一眼，都做好了今天拼命的觉悟，他们本就是没有资格去竞争个人赛领奖台的，如果说还有什么在冬奥会拿奖牌的希望的话，就只有团体赛了，此时不拼更待何时！要知道今年为了让冰舞的成绩好看一点，冰舞的总教练可是厚着脸皮找到张队，请他来为他们编了韵律舞啊！他们的短节目是 muse 的 "Exogenesis: Symphony Part 3"。

早在赛季开始前，队里就已经提前定下了两个冰舞组合的团体赛出战顺序，大的这对发挥稳定一些，可以出场比韵律舞，而赛澎、赛琼虽然年纪小，却上限更高，所以被确定比自由舞。张珏编完大的这对的韵律舞，还给赛家兄妹编了一套"Soldier"。

接着女单赛事开启。庆子今年同样血条不够，干脆让她的一位师妹出战团体赛，小姑娘年纪不大，却已经可以输出3A这样的高难度跳跃，除了稳定性还不够，其他都好。卡捷琳娜和赛丽娜血条还行，同样参加了团体赛。说来也是奇怪，明明庆子没有四周跳，可是闵珊在赛场上最怕对上的是庆子，对上卡捷琳娜时她反而还比较淡定。

运动员一旦心态稳住了，超水平发挥的概率就很高，闵珊便是如此。女单的短节目虽然还不允许上四周跳，但她硬是凭着举手3A把卡捷琳娜压了下去，牢牢霸占女单短节目第一的位置，中国队的决赛名额稳了！

在短节目的比赛告一段落后，张队捧着名单起身，根据赛事规则，作为队长的他要在短时间内确定决赛的出战人员，并将之提交给工作人员。

他在上面快速地写写画画，和教练们商量了一下。

"那么现在宣布决赛出战名单，男单自由滑——金子瑄，女单自由滑——徐绰，双人滑——姜秀凌、洛宓，冰舞——赛澎、赛琼。"

金子瑄愣住了，他以为团体赛没自己的份的，毕竟他的稳定性一直不好，而察罕不花就算没练成4S，可是他稳啊，这就已经胜过一切了，不是吗？张珏宣布完名单后转身就走，金子瑄叫住了他。

"队长！"

张珏转身，似是知道他要说什么，抬手示意自己先说："听着，我本来不想和你说这个，但既然你不得到答案就会于心不安的话，我就告诉你，我为了让大家可以拿到一块团体赛奖牌，决定在你身上赌一把。不花的天花板摆在那里，就算他能clean，但根据现在的情况，中国队很可能只能排第四，除非其他队有人失误，我们才能上领奖台。

"而你有两个四周跳，发挥得好的话，三个四周跳的自由滑配置是可以完成的。这也是你最后在冬奥会拿到奖牌的机会。金子瑄，这时候我就直白地告诉你，能不能上领奖台的压力，有你一份，一旦我受你的连累没拿到团体赛奖牌的话……你懂的。"

张珏利索地威胁完队里最"玻璃心"的人，潇洒地离开，留下金子瑄呆立在原地。过了一阵，察罕不花搂住他，金子瑄转头，就见小白牛咧开一口白牙，对他握拳打气。

"金哥，为了不被摁在厕所里用拖把洗头，加油啊！"

这一刻，本该压力山大到冲进厕所拉肚子的金子瑄莫名平静了下来，他只是突然想起一件事——认识这么多年以来，无论自己平时再怎么翻车，再怎么被他人否定，张珏似乎从没有觉得他是弱者，也不会轻视他。因为他在张珏眼里不是弱者，所以到了比赛的时候，张珏不会刻意温柔地安慰和鼓舞他，只是作为对手给他尊重，该放狠话的时候放狠话，而到了这种紧要关头，张珏也会自然而然地将责任交给他，他一直是被认可的。

名单提交上去不久，双人滑自由滑就开战了，姜秀凌和洛宓没有辜负大家的期待，用一曲《倾城之恋》守住了中国队的排名。

2月12日，花样滑冰团体赛的男单自由滑、女单自由滑、冰舞自由舞开战。

张珏坐在观众席上，一直紧盯着赛场，神情专注而认真，侧脸也染上一抹锋利。队员表现得好，当金子瑄奇迹般地 clean 了自由滑下场时，他会露出高兴的笑，当徐绰用两个 3A 配置的自由滑硬生生拿到女单第二名，仅输给赛丽娜时，他亲自递了条毛巾："干得好。"

徐绰还没从表演的情感中完全脱离，眼眶微红，她抱了张珏一下，又抱了抱张俊宝。"谢谢。"女孩低声说着，坐回到自己的位置上，对镜头露出甜美的笑容。

直到冰舞自由舞结束的那一刻，大家算着积分，发现中国队赫然排在了第三位，在他们上面，是俄罗斯和加拿大。

"赢了！"张珏一挥拳，起身和教练们握手。

一位领导不停地夸他："还是张队有魄力，要不是你扛着压力硬把金子瑄派上去，咱们这回就要输给法国队了。"

张珏谦虚道："哪里哪里，这是大家一起努力的结果，也谢谢您支持我。"

张队这边说着官话，另一边，金子瑄、徐绰、花泰狮、梅春果、赛澎、赛琼、姜秀凌、洛宓怔怔地看着电子板上的数字，不是激动地一把将队友抱起来，就是原地跳了好几下。他们要上领奖台了！他们也要拥有奥运奖牌了！

作为运动员，奥运会是最高层次的赛场，他们本以为领奖台永远是那些站在项目顶端的王者才有资格触碰的地方，但人生总有奇迹，当他们抵挡住外界的攻讦、对自己能力的质疑，硬着头皮坚持到这里的时候，奥林匹克女神也对他们露出了微笑。

徐绰擦了擦眼泪，对镜头挥挥手。虽然拿的不是她踏上花滑道路之初最想得到的个人赛金牌，但团体赛铜牌也不错了，她对花滑念念不忘，而花滑也回馈了她。

69. 皇冠

团体赛结束后、个人赛开始前的时光，大家又是在张珏无尽的骂人声中度过，这不能怪张珏不淡定，实在是有些赛场黑幕看了就让人气到饱。鹿教练多么健康一个老头子啊，自从看了某些比赛，吃降压药的次数都多了。

有一次亚瑟·科恩捧着果汁战战兢兢地蹭到张珏边上坐着，想要和他搭话，结果话还没说完，亚瑟自己就瞪着冰面蹦出一句骂人的话，刚才他们美国队的运动员也被推了一下！

等亚瑟反应过来自己在偶像面前说了什么话之后，他满脸慌乱，脸颊通红。

张珏忍不住调侃了一句："你小子挺野的啊。"

亚瑟脑子里轰的一声，直接捂着脸跑了。

寺冈隼人在后面戳张珏："喂，你把小孩子吓跑了。"

张珏回头反驳："我哪有？我对他明明超级友好！是他自己不知道怎么回事跑掉了啊，我才被吓到了呢！"谁知道这个人如此不经逗。

张珏这时又看到徐绰在吃自己带的红薯片，毫不客气地朝她伸出手："分我一点。"

徐绰分出一半给他，善意地提醒道："少吃点，这个吃多了放屁。"

几天比赛看下来，中国队一枚金牌都没拿到手，好几个夺金点纷纷倒在了黑哨与黑手之下，真是不吃红薯片也能让人攒一肚子的气。

然后花滑队这边突然发现自己的压力好像变得很大很大，因为2月14日和2月15日是双人滑的比赛，而2月16日和2月17日是男单的比赛。

张珏，索契冬奥会银牌得主，平昌冬奥会男单夺金热门。

黄莺和关临，索契冬奥会银牌得主，平昌冬奥双人滑夺金热门。

两个夺金点的比赛都集中在这四天，最重要的是，花滑赛场是没有黑手可以下的，韩国在花滑项目中也没有捧得起来的选手，黑也黑不出什么好成绩，所以这是张珏他们最有希望拿到的金牌。而这也是黄莺和关临职业生涯中最重要的一战，如果这一届冬奥会还不能夺冠的话，拖到下一届的时候，黄莺都24岁了，即使双人滑选手的职业寿命长于单人滑选手，这两个人也是伤病满身，真扛到京张周期，黄莺下半辈子得坐轮椅度日。

何况这两人的师弟师妹姜秀凌和洛宓虽然表演分暂时没他们高，技术却更强。这两个人有3F的单跳，还能抛四周捻转、抛3F，只要他们成长起来，京张周期会属于他们，黄莺、关临再不赢就没机会了。

在这种压力大到足以把人压崩溃的时刻，黄莺和关临两个在平昌周期饱受伤病折磨的人反而淡定下来了。苦吃得多的唯一好处，就是心会强壮起来。

黄莺的短节目考斯腾以紫红色的天鹅绒刺绣抹胸内衬为主，外面有一件云雾般通透的外套罩住肩背，裙摆上有优美的褶皱与蕾丝，胸口和裙摆处都有波浪纹路，整套衣服设计感极强。关临则穿着纯黑的考斯腾，仅有肩背处的刺绣与黄莺身上的是一样的，两人站在一起相得益彰。

今年花滑队的考斯腾，都是闵珊那已经快进化成国内第一个考斯腾设计工作室老板的亲爹闵小帅花钱找的国际知名设计师做的，而双人滑一哥一姐的衣服，则是同一个裁缝阿姨亲自带人做的，极为精美，造价高昂。

也是奥运年，上头给的预算充足，大家才能做这么一身，如果硬要挑哪里不好的话，就是黄莺关临的考斯腾里没有蓝色元素，这让马教练念叨了许久："奥运会就是要穿蓝啊，穿蓝拿冠军啊！"

孙千："穿紫色也可以啊，平昌的赛场挡板都是紫色的，你看莺莺这一身和赛场多搭啊。"

马教练嘀咕一阵，还是认了。

关临是公认的双人滑排名第一开朗的男伴，他的体形在双人滑男伴里称得上娇小，但他气质儒雅，性格沉稳，头脑敏捷，应变能力极强，且擅长配合女伴。黄莺虽然单跳天赋弱一点，却性格外放，表现力极强，是国际公认的双人滑女伴中最为热烈美丽的冰上女舞者。他们也是罕见地得到了各国解说员喜爱的亚洲双人滑组合，其现代、抒情、热烈的表演风格获得业内一致好评。

鹿教练："法国那一对的实力不错，那个女伴的失误率很低，加拿大那一对有 3lz 的单跳难度，俄罗斯那一对才升组，选曲保守，但抛跳难度不低。"

马教练自信地回道："在整个平昌周期，唯一击败过小临、莺莺的只有伤病，他们会赢的。"

黄莺迈着霸气的步伐走出选手通道，关临在她身后面带微笑，两人气势明显强于场上其他运动员，光看他们现在的神情，谁能想得到两人都是打了两针封闭才上场的？他们的短节目《西班牙浪漫曲》，同样以吉他的《爱的罗曼史》为开头。

两位运动员如同优雅的天鹅翩翩起舞，脚下滑行的动作沉稳且清晰，上肢动作都极为优雅，目光交换间是只有他们彼此才能读懂的情愫。

唰！冰花在他们的足边溅开，两个人以百分百的同步率完成了一个 3S 单跳。

有解说员惊呼："这位女伴两只脚的韧带都已经断了，她相当于一个没有脚踝的人，在这种情况下还能完成这么稳的单跳，显然是依靠非常强的肌肉力量。当然了，他们的国家本就拥有国际花滑赛场上最出色的肌肉训练大师。"

单跳是黄莺崩得最多的地方，但这次她没崩，甚至超水平发挥，一看到这个跳跃，大家就明白，这场稳了。在之后的表演中，这两个牵手十来年、恋爱两年的搭档成功向双人滑的后辈们展现了什么才是表演，什么才是默契，什么才是 CP 感，什么才是抛跳。

一场教科书级别的短节目比完，张珏第一个站起来鼓掌。不过在比完以后，黄莺就说脚不舒服，队医连忙找了冰袋过来冰敷，关临蹲在旁边揉着她的膝盖。

"疼痛指数 1 到 10，你现在是多少？"

黄莺咧嘴："5，没到不能上场的程度，就是明天还得挨一针。临哥，你肩膀还好不好？"

关临："还行，明天能做抛四周捻转。"

见女伴忧心忡忡，他拍拍女孩的膝盖："不怕的，临哥陪着你呢，咱们在一起，什么都不怕。"

黄莺这才露出笑脸："嗯！"

旁观的张珏捂住鼻子，不想再闻这恋爱的酸臭味。

两个人第二天又来了一针。上场前关临对张珏说："一直以来都是你顶着最大的压力往前走，这次轮到我们了。"

张珏和他、黄莺击掌："加油！"

他们和张珏是同辈运动员，从青年组开始就并肩作战，一起闯过一场又一场大赛，在曾经的索契，年轻的黄关组合在前辈伤退后，毅然决然地以在成年组中称得上青涩的年纪，为中国花滑取下了一枚奥运银牌。在之后的平昌周期，他们一边与伤病纠缠，一边拿下了总决赛、四大洲锦标赛、世锦赛的金牌，他们和张珏一样，是离大满贯只有一块奥运金牌的选手。

现在，他们更是肩负了为中国代表团拿下平昌第一枚金牌的重任，如果他们不能成功，明天就要开始比赛的张珏势必会压力大到难以喘息。这对了不起的组合带到平昌的自由滑节目是《忧愁河上的金桥》，又一首契合他们风格的曲子，编舞也是找了从 20 世纪 90 年代开始就非常有名的编舞，节目质量极高。

相比短节目考斯腾浪漫主义色彩浓厚的设计，他们的自由滑考斯腾就要简洁修身些，唯有女伴的裙摆上有浅浅的水波纹样，优雅而干练。

弗兰斯跑到张珏边上问道："那个服装设计师现在是不是生意特别好？"

张珏："那个设计师生意一直特别好，他是去年米兰时装周最红的新秀，一个俄罗斯女设计师。"

弗兰斯恍然大悟："原来是俄罗斯人，那没事了，俄罗斯人的艺术天赋是被上帝亲吻过的，可惜他们近年来的节目编排都不怎么用心，音乐剪成三段式，为了塞更多衔接动作进节目，很多动作做起来都特别仓促。"

双人滑的竞争强度其实也不比其他项目低多少，除了中国派出的黄莺、关临，法国、加拿大、俄罗斯、德国都有强劲的组合。尤其是德国那一对的节目编排之经典，完全不比《忧愁河上的金桥》差多少，其女伴更是从都灵冬奥会周期滑到了现在，是花滑著名的祖母级老将，比赛经验丰富，表现力超强。

简言之，这群顶级双人滑选手在冬奥会的赛场上杀疯了。

观赛的冰迷们大气都不敢喘，张珏捧着他的水杯凝重地看着赛场，旁边的察罕不花在看到一半的时候，听到耳边咔嚓一声，转头一看，发现大师兄居然把杯子都捏出了裂痕。小白牛咽了下口水，而张珏这时也察觉到有水落到手上，他眼珠子都不转一下，随手将杯子往包里一塞，任由水将包里的纸巾、毛巾、巧克力、香蕉浸湿。

经过激烈的竞争，德国那一对 clean 了自由滑节目，而黄莺、关临却在 3S 单跳出现了失误。比赛结束后，张珏看着计分板，神情放松下来，虽然自由滑略逊一筹，但他们是短节目第一啊。

马教练这时也激动得跳起来，一把搂住自己的两个弟子哭了起来。

赢了！他们赢了啊！

总分排在第六位的姜秀凌和洛宓对视一眼，都看到对方眼中的失落，在抛捻转时，姜秀凌没能接稳女伴，螺旋线、旋转的评级也不高。

洛宓擦了擦眼角，努力让自己看起来不太难过："师兄师姐他们终于如愿了，真好。"

姜秀凌微微俯身，将女孩的一缕鬓发捋到耳后："小宓，我们还有下一个四年。"

他们还有京张冬奥会。

姜秀凌对女伴发誓："我向你保证，以后我会更加努力，每次都稳稳接住你，再也不让你受伤。"

2月16日，早上9点，江陵冰上运动场，现场满是喧嚣的人声。张珏拖着箱子走入比赛场地。

上午10点，男子单人滑短节目正式开赛！

做了四年的"无冕之王"，现在，张珏要来摘取属于他的皇冠了。

70. 命运

"中央电视台，中央电视台，这里是2018年平昌冬奥会花样滑冰的比赛现场，现在正在进行的是男子单人滑短节目比赛，第二组的比赛已经结束，目前排名第一的是我国小将察罕不花，他的自由滑节目"In the Closet"自本赛季开始，便得到了广大冰迷的喜爱。"

张俊宝要带察罕不花坐到kiss&cry，这会儿和沈流都在外面。杨志远抱着瑜伽垫进了热身室铺好，让张珏可以在上面做拉伸。鹿教练坐在一个瑜伽球上，专注地看着自家小孩的动作。

谁都没有再说话，教练们早在来到平昌前便做了他们能做的一切，剩下的就要交给运动员了。

一个又一个运动员走上赛场，直至倒数第二组的比赛结束，短节目第一的位置由比利时一哥大卫夺下，这也是他的最后一次冬奥会，当他的比赛结束时，他的伴侣抱着他们的孩子在观众席上对他抛飞吻。

张珏此时已经热身得差不多了，他看着那一幕，对鹿教练乐呵呵地说道："大卫结婚时还是我当伴郎呢，他比我大不少，没想到也坚持到平昌了。"

大卫今年25岁，是不折不扣的老将了，而在张珏认识他的时候，他还是只有十七八岁的小将，正努力冲击着欧系一哥的位置。

鹿教练拍着他的肩膀："那你也努努力，坚持到京张呗，那时候你也才25岁，扛得住的！"

张珏："正合我意。"

就算教练们不说，张珏自己也是想尽可能滑得久一点的。

随着广播一个个报出登场运动员的名字，最后一组的男单选手纷纷上冰进行六分钟练习，气氛从这一刻开始便火热起来。

张珏这次抽到的出场位次特别好，倒数第一组第二位出场，不是第一个出场就不用压分，不是最后一个出场，所以冰上也没有其他人跳跃、滑行搞出来的那么多坑。也许孙千说得对，张珏真的和冬奥会八字相合，所以一到这里就什么都顺利了。

男单短节目最后一组的出场次序是伊利亚（俄）、张珏（中）、千叶刚士（日）、亚瑟·科恩（美）、克尔森（加）、寺冈隼人（日）。而在倒数第二组，还有大卫、亚里克斯、金子瑄、罗哈斯这样的一线选手，每个人都拥有至少两种四周跳，有三种四周跳的也不在少数，仅看花滑男单赛事运动员的技术强度，这一场已然算得上历届冬奥会之最。因为竞争过于激烈，所以平昌的花滑赛场也被戏称为冬季项目修罗场，男单则是修罗场中心。

张珏在六分钟练习试跳了一个4F，感觉还行，等伊利亚上场时，央视的直播间已经满是弹幕，评论区也炸开了锅。

目前最高赞的评论来自一名网名为"举高高万年长"的网友。

【男单修罗场1号选手，熊门大师兄伊利亚·萨夫申科，22岁，站在他边上的就是索契冬奥会冠军，他们后头那个秃胖老头就是熊门开山鼻祖鲍老头，万一伊利亚赢了这一把，鲍老头门下的奥运金牌数量就正式突破两位数了。】

金发美男伊利亚，短节目为贝多芬的《命运》，这是一首曲调中带着浓烈的反抗色彩的交响曲，在构思这支曲子的时候，贝多芬的耳聋已经彻底没有了治愈的可能，加上心爱的人与他分手，贝多芬的人生彻底陷入灰暗。但如果在面对命运给予的挫折时会选择低头认输的话，贝多芬也就不会成为后世最知名的伟大音乐家了。

选择在短节目演绎这支曲子是伊利亚自己的想法，他或许最适合诙谐风格，但他也是一名在职业生涯中起起伏伏的运动员，他经历过伤病、失败、质疑，所以在最重要的这一战，他想用一个节目来回首自己过往的人生。

他其实也不是什么大富大贵之家的孩子，父母在他上小学前就离异了。母亲是个坚强的女人，是一家饭店的主厨，平时努力工作养家，照顾伊利亚的则是外婆。生活比上不足比下有余，但那个时候伊利亚上的兴趣班是画画的，而不是滑冰的，因为冰鞋太贵了。

彼时的伊利亚只能看着其他孩子穿着冰鞋在冰上摔来摔去，眼中带着羡慕，他们在冰上滑得好快，那感觉一定和飞一样吧？

直到某天，邻居家的姐姐抱着冰鞋与父母去参加一位教练的选材测试，又哭着回来，将冰鞋丢到了垃圾堆里。伊利亚捡起了那双冰鞋，又带着那双冰鞋去了结冰的湖上练习，他只摔了两次，就摸索出了运用内刃和外刃的变化稳定滑行和加速的技术。

再后来，5岁的伊利亚自己练了3个月，就在冰上完成了两种一周跳，母亲发现了他的天赋，咬牙拿出家里所有的存款，将他送到了鲍里斯那里。即使后来碰上了张珏这种天赋比自己还强的怪物，伊利亚也依然坚信，自己是生来就要滑冰的，从第一次看到冰面开始，他就与这项运动结下了不解之缘。

他属于冰面，他的命运与滑冰相连，他注定要在这里流泪流汗甚至是流血，注定要在这里尝尽酸甜苦辣，然后为了最高的王座拼尽一切。伊利亚·萨夫申科将花样滑冰视为生命的一部分，就算为之断掉韧带、折断骨头，要在医院接受痛苦的治疗也没有丝毫怨言。而在编《命运》这个节目时，他主动向编舞提出参与创作，他要将自己的人生放入这个节目里。

看着师弟在冰上跳跃、滑行的身影，瓦西里眼神温和下来，初次见面时这人还是个小娃娃，现在已经成长为不输给自己的选手了。伊柳沙，你正在冰上发光，如此耀眼夺目。

他完成了一场非常了不起的表演，伊利亚一边喘气一边坐到 kiss&cry，笑得龇牙咧嘴的。他的膝盖伤势也不轻，这次是吃止痛药上场的。瓦西里陪他坐着，两人都专心地看着大屏幕。

技术分：67.5

表演分：49.21

短节目得分：116.71（WR）

这个分数比张珏之前创造的短节目世界纪录 116.03 分要高出 0.68 分，是一个新的世界纪录！

伊利亚狠狠松了口气，他激动地用力抱了瓦西里一下，接着才反应过来，怀里的是他那凶残不讲理的大师兄，小伙子吓了一跳，差点蹦开，谁知瓦西里却在他的金发上摸了一把，完全没有生气的样子："做得好，伊柳沙，就该这么滑。"

伊利亚怔了怔，顶着美男脸露出一个憨笑："是。"

与此同时，张珏也已经上冰，在正式比赛开始前的 30 秒准备时间里，他冷静地在心里数着数，并再次确认了冰面状况。他看起来脸色苍白，但张珏没在意这个，他天生冷白皮，尤其现在脚下是冰面，头顶是高功率大灯，只要上场便能原地白三分，何况他这次也吃了止痛药，不然胯骨疼得他都不想动了，这种情况下脸色能好才怪。

论表现力，张珏不输任何人，他在团体赛的出众表现让所有人都对他抱有极高的期待，张珏本人也相当自信。就在此时，张俊宝接到了一个电话，他看着来电显示，疑惑了一下。"姐姐？"

《阿兰胡埃斯协奏曲》拥有吉他曲里最令人心醉神迷的旋律，而张珏，便是花滑男单这个项目里最令人心醉神迷的王者，这是他的示爱之曲，是他对命运的祈祷，张珏享受滑这个节目的感觉。

在节目中段，一阵心悸让他的落冰出现轻微的打滑，这让关注着他的所有人都紧张起来。张珏迅速调整呼吸，干脆闭上了眼睛。

说出去别人可能不信，但张珏的确曾在某个夜晚偷偷溜进一座冰场，然后在没有灯光的黑暗中练习这个节目，他对这个节目的熟悉程度早就到了闭着眼睛也能滑的程度。

当有人发现张珏闭着眼睛演绎完接续步的时候，有解说员惊呼起来："他难道是花滑之神对人间的恩赐吗？"

这个节目被张珏演绎得如同一瓶朗姆酒，带着酒香，值得细细品味，即使音乐略带忧伤，他的表达也是华丽的。在节目结束的那一刻，张珏扶着膝盖喘了几口气，直起身，对镜头比爱心。他的短节目得分是 114.25 分，3A 落冰的那点瑕疵让他的分数略低于伊利亚，但这也是足以傲视群雄的分数了。

之后千叶刚士、亚瑟、克尔森、隼人纷纷登场，经过激烈的角逐，短节目排名如下。

伊利亚 116.71

张珏 114.25

寺冈隼人 113.9

克尔森 110.82

千叶刚士 108.4

亚瑟·科恩 105.39

张珏没能在短节目中建立优势。

他擦了把汗："自由滑又是一场硬仗，这群人也太难对付了吧。"

没能拿到短节目第一的话，还不知道网上那群黑子要怎么说他呢。张珏决定在比赛结束前都不上网了。原本比完赛以后，他是要回奥运村休息的，但张俊宝却要带张珏去医务室。

张珏："舅舅，我没受伤。"

张俊宝定定地看着他，半晌才缓缓说道："我知道你没受伤，就查一下。"

71. 天命

自从到了京城后，张青燕就知道她重新和兰瑾处于同一座城市，只是以她的性子，已经成为过去的一个男人没有资格牵动她的心，现在能让她牵肠挂肚的只有许岩和儿子，所以她就像许多人一样，把前任当死人，愉快地过着日子。

谁知有朝一日，那个王八蛋居然主动找过来了。

门铃响起来，张青燕去开了门，就看到一张熟悉的脸。和分不清兰琨、兰瑾的其他人不同，张青燕一眼就认出这是当年打过她的混蛋！

一米五八的张女士下意识踹了对方膝盖一脚，兰瑾就抱着膝盖蹲了下去，接着张青燕又用手肘对着他的脸来了一下，三秒不到，兰瑾倒下了。

闻声而来的许岩疑惑道："燕姐，谁来啦？"

同样一眼认出情敌的许岩陷入沉默，他的大脑在这一刻飞速运转，盘算着自己是要和燕姐同仇敌忾地把对方揍一顿，还是风度翩翩地和对方友好交流，狠狠地嘲讽对方一番。

张青燕双手抱胸，冷冷地看着躺在地上装死的前夫："你再不起来，我就把茶几砸你头上。"

兰瑾愁眉苦脸地爬了起来："那什么，我来这里没别的意思，就问问我儿子的身体还好不好。"他们家的人有家族性的特发性室性心动过速，表现症状为头晕、胸闷、心悸、心跳过快，这种毛病对普通人来说没什么大事，对需要进行高强度训练的运动员来说却可能危及生命，因为这种病的并发症包括心脏扩大、心力衰竭、心源性休克，有一个算一个，都足以整死一个运动员。

兰琨原本看张珏和他妈妈一样体能过人，比个自由滑都能把所有跳跃压在后半段，还以为张青燕的基因已经给力到把他们家族遗传的毛病都过滤掉了，谁知兰润在和许德拉聊天时，无意中得知张珏最近体能有点下滑，可能是换了有氧训练方式导致的，正在调整，所以训练时非常辛苦。

这话别人听了也只会觉得张队不容易，兰润却是已经查出有心脏问题，并且知道张珏和他们家有血缘关系的。脑子里咯噔一声，他立刻打了电话给兰琨。兰琨想了许久，觉得这事还是要和张珏的父母打招呼，但他本人胆量有限，不敢和张青燕面对面地说话，便干脆把这事丢到了张珏亲爹的头上。

你儿子的事，你自己处理，兰瑾再浪，内心对张珏也不是没有愧疚的，在做好了被暴揍一顿的心理准备后，他便硬着头皮上门了。在经过交谈后，张青燕黑着脸去阳台上给张俊宝打电话，许岩坐在沙发上沉默着，过了一阵子，他才像是反应过来，给兰瑾倒了杯茶。

他缓缓说道："小玉喜欢滑冰喜欢得不得了，当初发育关那会儿，大家都觉得他要熬不下去了，结果他打着封闭也要去比赛。以为自己要退役的时候，他才比完赛就哭了起来。那孩子正在奥运赛场，这是你在役的时候都没能去成的地方，甭管他这次能不能把金牌赢回来，一旦知道你带来的这个消息，他还不知道要多难过呢。"

兰瑾闷闷地回道："那你去安慰他。"

许岩哼了一声："不是我还能是你吗？"

张青燕在阳台上，许岩便肆无忌惮地对兰瑾露出了"就是看你不顺眼"的嘴脸，于是等张青燕打完电话回来的时候，她发现这两个男人扭打在一起。这两人一个退役多年酗酒度日，战斗力下滑严重，还有一个武旦出身，至今坚持天天练功，虽有体形差异，一时之间也战了个旗鼓相当。今天的张家注定一片混乱。

张珏乖乖地被检查了身体，还以为是又有哪个家伙吃了兴奋剂，连累了他也要来做检查。张俊宝也没说别的，就让张珏继续误解着，等做完检查，就毫不客气地把他赶了回去。做检查的医生是和中国代表团一起过来的，他看着心电图，表情很难看："心电图的 P 波异常。"

要说百分百确诊的话，还需要进行更多的检查，但张珏明天就要比自由滑了，如果现在告诉他"你心脏有问题"的话，绝对会极大程度地影响他的心理状态。张珏是夺金点，这个时候决不能有闪失。

张俊宝沉默一阵："我再去和他妈妈商量一下。"

商量的结果是和张珏说实话。

张珏端正地坐在椅子上，听舅舅将事情的前因后果清清楚楚地说给自己听，他点点头，看起来并不是很惊讶的模样。

张俊宝凝神观察了这小子的脸一阵，硬是没看出慌张、不敢置信、难过等情绪，不由得问道："你不觉得惊讶吗？"

张珏："我很惊讶啊，我那个爹二十年都没有存在感，一出来准没好事，所以听你提起他的时候，我就有点心理准备了。"

因为有过不好的经历，所以张珏才会想要练体育，强身健体，延长寿命，现在听老舅说了原委，他才知道祸根在父系的血脉上。原来他身体的变化不是意外，而是基因带来的缺陷。张珏并不慌乱，甚至有点迷惑了这么久的问题终于被解开的轻松感。知道了缘由后，他反而觉得心中的大石终于落下了。太好了，正所谓看不到实体的怪物最让人恐惧，一旦看到了实体，反而能鼓起勇气去对抗，既然是病的话，只要去治就好了吧？反正也不是什么绝症。

张珏说："请队医他们在我比赛的时候，在场边多关注一下吧，等比完赛，我们再回国检查。"这就是他的决定了。他并不觉得这个病一时半会儿就能把自己拖进鬼门关，那么与其担心还未发生的事情，不如先把自己渴望了许久的奥运金牌拼到手。

张珏："教练，既然已经到队医这儿了，我就顺便申请打个封闭吧，这儿，这儿，都要打。"他指着自己的左腿比目鱼肌还有胯部。

张俊宝看着他，叹了长长的一口气："你啊，青年组那会儿老是偷溜出去踢足球，我天天头疼，觉得你对滑冰不上心，现在你对滑冰上心了，我居然还头疼。"

张珏按住他的肩膀，吊儿郎当地回道："养儿长忧九十九，张俊宝同志，想开点，还有60多年的操心岁月等着你呢。"

他在舅舅的额上摁了摁，想要抹平对方皱眉皱出来的川字纹。

张珏曾经无比珍视却终究失去的一切正在他的手中，这使他坚信他的命运也把握在自己的手里，他走过黑夜，蹚过忘川，自死而生，此时此刻，天命在他，他已没有什么难关不敢闯，也绝不会在任何挫折前退却。

张珏，20岁，中国花样滑冰国家队队长，男子单人滑的No.1，预备役GOAT，站在第23届冬季奥运会的举办地上，内心斗志昂扬。这一届冬奥会的花滑男单的金牌，是冬奥会历史上的第1000块金牌，张珏想得到它，已经想了四年了，为此，他将战无不胜。

看着这个孩子的神情，张俊宝愣住了，多奇怪啊，这一刻他们分明站在水泥地上，可他耳边仿佛能听见无数的欢呼声，还有冰刀滑过冰面的声音，高速滑行时掠过耳边的风声。

还有广播声。

"Representing China……"

是的，那正是他曾无数次听过的声音，从在役听到退役，而为心爱的祖国带回一枚花滑男单的金牌的美梦，他也已经做过无数次，如今这个梦想已触手可及，如此清晰地呈现于他面前的青年身上。

可能他也是疯了吧，这个时候居然没有再拉着张珏念叨什么"你要注意身体"之类的话，因为他知道说了张珏也不会听，还不如直接在明天比赛的时候抱着急救药箱在场边等着更实在。

他真是带了一个全世界最麻烦的天才，这个小伙子年轻任性，才华横溢，想要什么就一定要拿到手，某种意义上也可以说是野心勃勃，而且永远自信满满。

好在两个人一起走过那么长的时光，张俊宝也已经目睹张珏创造了太多次奇迹，他习惯为张珏操心，为他处理各种烂摊子，以及在张珏决心赌上身体拼一把的时候做他的后盾，毕竟他可是张珏的老舅啊，他不挺张珏谁挺？

"张珏，队长，答应我，你会好好地把健康的自己还有金牌从赛场上带回来的。"

张珏自信地回道："我答应你，教练。"

72. 知己

2018 年 2 月 17 日，上午 10 点。

赵宁坐在江陵冰上运动场的解说席上，熟练地说道："观众朋友们大家好，这里是平昌冬奥会花样滑冰男子单人滑的自由滑比赛现场，我是解说员赵宁。"

在她旁边，陈竹沉着地说道："我是解说员陈竹。"

她们将会一起解说这场花滑男单的巅峰对决。

"昨日的短节目比赛，我国运动员张珏排名第二位，察罕不花位列第十，金子瑄位列第十一，今日的决赛将会决定他们在这场比赛的最终排名。"

张珏是个做好决定以后就行动力超强的类型，恰好他老舅也是这样，不如说张珏在这方面和他老舅挺像的，总之他们利索地做完了体检，第二天清早起来打封闭，等张珏歇息好了，他就直接像雷一样来到了比赛场馆。

如果说黄莺、关临出场时，气场足以把其他选手都压得暗淡无光的话，张珏的气场就是明亮到比太阳更耀眼。作为无数镜头与众人目光的焦点，他看起来状态好得不可思议，虽然没人知道这家伙到了赛场上到底能发挥到什么程度，但可以确定一件事，那就是张珏本人信心十足。话说他好像没有过信心不足的时候。

张俊宝经过昨夜以后算是彻底想通了，他现在保持着一种在常人看来不可理喻的心态，那就是谁都赢不了他这个随时能上天的大外甥。

主教练已经被外甥哄得失了智，其他人的理智却还在，虽然作为带队比赛经验丰富的老教头，鹿教练也能通过张珏的热身状态确定张珏今天能滑出超凡的水准，但是冰上有无限的可能，而且是好可能与坏可能兼备。

张珏的对手们也都强得不行，好几个人都是单拎出去足以称雄一个时代的王者级运动员，这群人凑到一个时代也不知道是幸还是不幸，但观众们今天注定是要享受一场花滑盛宴了。数遍历代奥运会，像这种一群综合能力极强、技术与表演都很厉害的运动员聚集在一起的场面并不多。

张珏是无冕之王，伊利亚是俄罗斯太子，隼人是日本太子，千叶刚士外号太孙，克尔森和亚瑟因为有过输了比赛以后哭鼻子的场面，所以外号北美大公主与二公主，这场比赛就相当于这群人抢同一个王座，只看最后成功拿着奥运金牌登基的到底是谁。

张珏：那肯定是我小鳄鱼啦！

察罕不花和金子瑄都已经结束了他们的比赛，总分都不低，目前等最后一组比完以后，金子瑄应该能拿到第九名，而初次参加冬奥会的小将察罕不花应该是第十五名。

察罕不花对这个成绩当然心有不甘，小白牛暗下决心，回去以后绝对要拼死将 4S 练出来，并尽快将第三种四周跳的练习提上日程！

能走到世界前六的运动员都是有点心气的，亚瑟和千叶刚士、克尔森都是如此。三剑客固然强，但他们也很想在这三个人状态还行的时候赢一场，不然真在这三个人面前跪到二十多岁，等三剑客因伤病和时光退役，他们才拿到金牌，那样得来的王座也是名不正言不顺。

是爷们就要像小鳄鱼一样，十五六岁就去挑战瓦西里、麦昆这些前代王者！前辈再牛，他们也不能尿啊！抱着这样的想法，年轻人们都决定和上头那三座大山拼了！

亚瑟·科恩在自由滑连上六个四周跳，摔了五个，下场时整个人恍恍惚惚，他教练在旁边问他。

"亚瑟，你还好吗？"

亚瑟回道："谁是亚瑟，哈哈哈哈哈……"

千叶刚士立刻吃了教训，只上了五个四周跳的配置，其中三个都是 4T、4S 这样的基础四周跳，两个高级四周跳摔了一个，落冰打滑一个，崩了组连跳，大体上看着还成，放在两三年前，这样的表现足够上 A 级赛的领奖台了，新人上重要比赛总是更容易出问题。

明明和亚瑟·科恩有的一拼，但总是在重要赛事紧张到拉肚子，并且经常崩 3A 的克尔森这次反而没有失误。他只上了四个四周跳，成功 clean 不说，节目编排也合理，里面塞了满满的衔接动作，表演也不差，一时间他居然爬到了总分第一的位置。

作为新生代男单三巨头里年纪最大的那个，他这回居然稳住了！就是小伙子比完下场的时候走路姿势有点瘸，杨志远偷偷和张珏嘀咕："他是打了封闭上的。"

张珏："我看出来了。"

这届冬奥会最后一组的男单选手里，除了千叶刚士和亚瑟两个小年轻，其他四个都是打着封闭上的，谁叫克尔森理论上和亚瑟、千叶一辈，实际上只比张珏小一个月呢？

接下来登场的是寺冈隼人，他的自由滑是舒伯特的《降 G 大调即兴曲》。这是一首非常温柔的曲子，搭配隼人今年的考斯腾，仅仅站在冰上，便有一股柔和如水的质感。

从第一次在现场看到隼人的滑行开始，张珏就知道，他和舒伯特的曲子很搭。

舒伯特的一生并不长，留下的经典作品却很多，鉴于他从十几岁开始就能产出成熟的作品，说他是天才一点也不为过，所以舒伯特创作的作品中永远充满了天才的灵感，天然、流畅、一气呵成。

最重要的是，这位音乐家一生贫困交加，同时终生未婚，这样的人生在许多人看来称不上成功如意，但他的作品，自始至终都充斥着一种温柔的情怀。

张珏："隼人和舒伯特，其实有点像。"

"像？你见过舒伯特吗？"沈流满脸愕然，不知道张珏此话何来。

张珏挠头："我也不知道，就是舒伯特的音乐里有一种感觉，和隼人一样。"这话听起来，就像是说寺冈隼人是个如同舒伯特的音乐一般的男人，虽然很抽象，但绝对是在赞美对方了。

寺冈隼人比张珏大两岁，在 20 世纪 90 年代出生于日本神奈川，父亲是商社老板，母亲是家庭主妇，父母感情一般，父亲在外野花无数，但只要能拿生活费回家，母亲就会当不知道，继续当贤妻良母。因为她没有工作，所以即使丈夫不忠，她也没有反抗这段婚姻的能力。父母的不和，最终让隼人下定决心，他将来绝对不会像父亲那样用冷硬的表情伤害自己的妻子，也不会为了工作忽视自己的孩子。

他想做一个温柔的好人，并一直为此努力，所以他会参加很多慈善商演，也愿意为了满足启蒙教练的期待，努力朝着最高处前进，最终在追梦的过程中他爱上了花样滑冰。

是的，他和张珏走上花滑道路的原因其实很像，最初他们都没打算一直滑冰，张珏原本想当偶像歌手，而隼人希望将来做一个音乐老师，但他们滑着滑着就离不开这项运动了。

他知道自己的伤病很重，三剑客里，他是伤病最重的那个，才进成年组那几年一直因为伤病而无法冲进顶尖选手的行列，后来难得赢张珏一两回，但伤病也越来越重。他不知道自己还能滑多久，所以他要珍视自己的每次出场机会，用自己的心灵去诠释深爱的古典乐。

而舒伯特是他最爱的音乐家，这位比他早了一百多年的奥地利人，不管经历什么，都保持了一颗温柔的心。听多了舒伯特的作品，他仿佛也借此与对方产生了交流，那一定是个善良且才华横溢的人，在少年时代，寺冈隼人就有了这样的想法，所以这一次，他要用滑冰，再次去触碰舒伯特的灵魂。

由于伤病的拖累，寺冈隼人的极限就是 clean 五个四周跳的自由滑，再多他也不行了。在节目结束的那一刻，他跪在冰上大口喘气，汗水一滴一滴地落在冰面，他低着头，发现自己的手掌下就是奥运五环。

隼人庄重地摸了摸其中的红环，擦了擦眼睛，站起来对观众席鞠躬，他完成了自己理想中的作品，无论这场比赛的结果如何，他已经无憾了。

当前的自由滑世界纪录是由俄罗斯选手伊利亚保持的 224.13 分，而在分数出来后，全场一片哗然，因为隼人打破了伊利亚的纪录。他拿到了 224.66 分！加上短节目的 113.9 分，他的总分是 338.56 分，距离张珏保持的总分纪录 339.68 分也只差了 1.12 分。

如此高的分数，让寺冈隼人立刻站在了足以争夺冠军的位置上。他满头大汗，不断地对森树美教练、对镜头鞠躬，嘴里说着谢谢。能够走到今天，真的非常感谢教练的指导，还有冰迷的支持，隼人是个知道感恩的人，他感激着所有人。

与此同时，张珏也踏上了冰面，他的左小腿和右边的胯骨都因为注射封闭而麻木了，但没有了伤病带来的疼痛感，加上比赛开始前吃下的止痛药，他觉得自己现在已经进入了伪满血状态。他穿着黑色的连体考斯腾，金线绣成的玫瑰纹路包裹着他，使他看起来华丽而极具攻击性，霸气得无法言说，青年熟练地转身，背对着舅舅，张俊宝和沈流对视一眼，各自伸出一只手在他背上一推。

去吧，孩子，为了你想要的王座拼上一切。

广播声在这一刻报出张珏的国籍与名字。

"Representing China，Jue Zhang。"

下一刻，世界各国的花滑解说员纷纷开始工作。

"观众朋友们，现在登场的是索契冬奥会银牌得主，Jue，他是当前总分纪录的创造者。"

"寺冈完成了一场无懈可击的演出，但 Jue 是个好强的年轻人，他只有 20 岁多一点，却已经在很多场大赛中创造了奇迹。"

"我想这会是本届冬奥会最值得观赏的表演之一，让我们拭目以待。"

"各位，21 世纪最出色的冰上舞者，即将开始他的表演！"

73. 第一千块金牌

"张珏的自由滑节目是《卡尼古拉》，我们可以看到，这个节目的编舞米娅·罗西巴耶娃女士也正坐在观众席的前排，很专注地看着张珏。"

镜头之中，米娅女士举着手机，给远在中国的孙子秦雪君直播张小玉的自由滑。

这是最关键的一战！

张珏滑到冰场中间，周围是鼎沸的人声，而他站立其中，环视周围，闭上眼睛深呼吸，再次睁眼时，他的神态中多出了一份脆弱感，他左手轻轻掐住自己的脖子，中指处有作为装饰的金色戒指，上面镶嵌着细碎的红宝石。他抬起双眼直视前方，眉眼间带着诱惑与喜悦，就像是他面前站着一个引动他所有爱情与欲望的人。音乐的最初是和缓的，甚至如清晨的山林一般，而张珏在冰上滑行，脚下的刃柔滑地掠过冰面。

解说员说道："漂亮的勾手四周跳接后外三周连跳。"

第一跳，4lz+3T。张珏流利地右足点冰，双手高举完成了第一跳，落冰后完全没有停顿，就立刻接上了第二跳。和有些在做连跳的第二跳时会出现明显二次发力的人不同，张珏的连跳节奏非常流畅，即使是做难度最高的连跳，他也能一气呵成。

4lz+3T
BV（基础分）：16.9　GOE（执行分）+2.45
CURRENT（当前选手技术分）：19.35【中】
LEADER（目前领先技术分）：131.66【日】

这还没有结束，他的第二跳是4lo，这一次，他在起跳前做了一段弓箭步，姿态宛若求爱，接着他就双足呈交叉姿势起跳，墨黑的冰刀在空中变成一段残影，他再次完美地落冰。

解说员："后外结环四周跳（4lo），前所未有的进入难度。"

而裁判们看着这一跳似乎也都傻了眼，最后给出了相同的GOE+3，这种级别的4lo不给+3已经说不过去了，他们实在找不出任何扣分项。

之后的4F虽然没有前两跳那么令人惊艳，但运动员的动作从容又精准，所以也拿到了1.86的GOE加分，接着又是一组4S+1lo+3F，这差不多是全世界难度最高的夹心跳组合，张珏同样完成得漂亮，而现场的观众们已经全部进入了目瞪口呆的状态。

张珏在节目的前半段利落地完成了四个非常漂亮的四周跳，而现在他是在争夺奥运冠军的位置，他在后半段绝对还会继续跳四周跳，在节目的最初，这个人就开始挑战花样滑冰这项运动的极限了。

至此，节目的气氛还勉强算得上愉快。直到音乐一个转折，张珏的脸上浮现出失去重要之人的悲伤，还有一份疯狂在他的身上展现。在完成了一组4级的跳接燕式旋转后，张珏进入接续步，此时背景乐中有嘈杂声，那是张珏搜寻到的外国团队复原的古罗马音乐，充斥着压抑感。

他开始在这段音乐中跳舞，并做出拍打手鼓的姿势，如同身处古罗马人为他们伟大的母神举行的狂欢祭典上。这套接续步是米娅女士思考了两个月，搜寻了无数资料才为张珏编出来的，其中甚至加入了她想象中的古罗马人特有的拟剧舞蹈。

而这段步法也是整个节目的最大亮点之一，从面世以来便备受关注，人们评价这段步法是古典与现代相结合，充分参考了古罗马的历史，十分符合古罗马享乐主义的风格。

俄罗斯的花滑教母萨兰娜曾说过："Jue 与他的编舞米娅通过这个节目突破了人们对于竞技运动的想象，并将之带到了艺术的层面。"

虽然选择的音乐与表演主题称得上大胆叛逆，但这个节目绝对是经典之作，不逊于花滑历史上的任何一个节目了，张珏在节目中活泼俏皮又不失霸气，可他越跳，越能让人感受到他的疯狂。

节目在此时进入后半段，张珏还有四组跳跃没有完成，而它们都将获得基础分乘以 1.1 倍的加成。

步法结束后，张珏助滑了几秒，接着一个转三，抬腿准备做 A 跳，许多人凝神看着他，这是 3A 吗？不！这是 4A！

青年坚定地起跳，以快得令人瞠目结舌的速度转完了四周半，又啪的一声落在冰上，冰刀在冰上画出一道月牙般的圆弧。

有人尖叫出声："啊——"

也是从这时候开始，张珏彻底滑疯了，完成了最难的跳跃后，他彻底放开了自己，肢体的挥舞越发洒脱肆意。他的眼睛明亮得不可思议，就像是悬挂在夜空的星星，在他的眼中，人们可以看到他对胜利的志在必得，也可以看到一个君王的野心。

他本就是花滑项目期待已久的世纪巨星。

就在此时，解说员们轻呼一声，在完成 4A 后，张珏又跳了一个 4S 单跳，而他在这一跳的落冰并不完美。

事实上张珏是要在这里做一组 4S+3T 连跳的，结果接不上第二跳了，但失误了也不能让他失去理性，张珏的理智和应变能力依然在，他本能地知道如何控制自己的身体去做出更完美的动作。

是的，他再次进入了那种必胜的状态。此时此刻，他甚至觉得自己在冰上已经无所不能，他的灵魂与冰面融为一体，展现的步法分明已经繁复到可怕的地步，可他就是能轻松地完成。他进入燕式旋转，接着是跳接侧身蹲转，然后是躬身转、单手提刀贝尔曼旋转。

很快，他又抬腿完成了一个 3A，并在 3A 后接了 3T，完成了自己在这个节目中的所有连跳。不知何时，所有人看着他的眼中已经带上了敬畏，寺冈隼人倒吸一口凉气，隐隐感觉到金牌正在离自己远去，而伊利亚看着这一幕，已经失去了言语。

他们竟然就是和这么一头怪物斗了那么多年，未满 21 周岁的张珏，身体还没下滑得太狠，技术已经达到了巅峰，加上那颗为了胜利可以不顾一切的决心，他的表演已经抓住了场上所有人的心。

他孤身一人，在洁白的冰上做出了气势恢宏的表演，用疯狂演绎了一段内核为悲剧的历史。在表演的末尾，他双膝跪在冰上，高高举起左拳，中指处象征着权力的金戒指依然熠熠生辉。

我赢了。

张珏跪在冰上，看着场馆的上方，大口地喘着气，心跳如鼓敲打着胸腔，汗湿的一缕头发贴着他的脸颊。在完成最后一个跳跃的时候，他就知道他赢了。他赢了，张珏低头亲吻了冰面，站起来露出快乐的笑容。他对四周行礼，然后带着那孩子般的神情朝着出口快速滑去。

在那里，张俊宝对他张开怀抱，接住了扑过来的他，潮水般的掌声涌入耳中。沈流的眼圈已经红了，他和鹿教练一起过来抱住张珏，这孩子已经满身是汗，脸色苍白，带着遮不住的疲惫。

镜头紧紧地对着他们，张俊宝扶着张珏的胳膊，借了点力，带着他坐到 kiss&cry。

这一次裁判们打分的速度很快，大屏幕上很快出现了张珏的最终得分。

技术分：137.71

表演分：99.15

自由滑得分：236.86（WR）

加上短节目的 114.25 分，张珏的总分是 351.11 分，他成功在自由滑中上了六个四周跳，而且表演也达到了完美的层次。

别说他们这些专业人士了，就连冰迷们都明白，最后一个出场的伊利亚这次赢不了了。

张珏看着这个分数，嘴角翘起，他这时终于喘过了气，转头看着张俊宝。

他轻柔地叫道："老舅。"

张俊宝回头，脸上带着喜悦："嗯？怎么了？"

张珏扬起下巴，分明已经是大人模样，但无论何时，只要看到他此时的神态，人们就会不自觉想起那个最初懵懵懂懂闯入花滑赛场的天才小鳄鱼。

"我说过，我会带你来奥林匹克的赛场，会为你摘好多好多的金牌，你看，我做到了，你现在是不是很为我骄傲啊？"

张俊宝眨眨眼，也露出一个灿烂的笑，他是娃娃脸，这么一笑就像是小太阳。他肯定地点头："是，你做到了。还有，你早就是我的骄傲了。"

张珏其实还有好多话要和舅舅说，他想告诉舅舅："这个梦想是你给我的，谢谢你把我带回冰上，让我走上现在的道路，以后我还想和你继续在这条路上走下去。"

但是伊利亚的节目开始了，虽然张珏滑出了一个高得离谱的分数，但伊利亚依然没有放弃，他同样上了六个四周跳，但摔了其中两个，即便如此他的表演依然精彩无比，让张珏忍不住为之喝彩。

冠军带来的荣耀很快淹没了他们，记者的采访、镜头的追随以及即将开始的颁奖典礼，都预示着他们接下来有的忙了。

冬奥会的第一千块金牌最终被挂在了张珏的脖子上，而鲜艳的红旗因他的努力在平昌的赛场上升起。

夙愿一朝达成，即使是张珏，也有种不真实感，过往的痛苦在这一刻已经远去，而可以预见的是，他今后的人生将会与花滑一起，成为一个全新的、很好的故事。

颁奖典礼结束10分钟后，张珏将金牌挂在鹿教练脖子上，转头想去翻自己的包，找条巧克力出来填肚子，谁知听到有人在喊他的名字。

"张珏，恭喜你成为奥运冠军。"

张珏回头，看到一双灰色的眼眸。

他来了。

小冠军发出欢快的叫声，小跑几步，和秦雪君来了个温暖的拥抱。

张珏正准备说些什么表达自己的激动之情，就听到啪嚓一声，两人一起转头，就看到伊利亚从地上捡起自己的小熊水壶，铜牌在他的脖子上一晃一晃。

伊利亚面无表情地捂住胸口，觉得心口被捅了一剑："我也过来了，可是小鳄鱼不抱我，抱一个陌生人。"

张珏："雪君可不是陌生人。"

庆子这时也跑过来："tama 酱，我也要抱抱！"

一群人拥了过来，大家都要和张珏拥抱。

花滑运动员们抱在一起，老舅看着他们挤成一堆的模样，忍俊不禁地举起手机。

咔嚓一声，这美好的一幕被永久保留，其中有竞争，有友谊，有快乐，有泪水。

这是他们宝贵的青春，也是永恒的回忆。

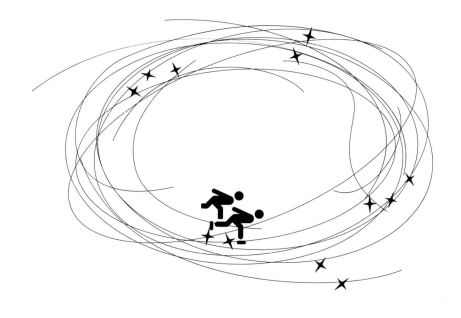

番外　重逢于最高处

番外 1　拿完金牌之后

张珏终于夺冠，成为中国男子单人滑，乃至整个亚洲第一个男单大满贯得主之后，众人俱欢天喜地。和他同国的大家当然高兴，输给张珏的选手也心服口服，冰上君王的实力太强了，不服也没用。这时候张珏也是什么都有了，十多次世界纪录，金牌大满贯，财富、名望，人生赢家不过如此。

就在这时，张珏接了个视频对话，手机屏幕里是他亲爱的爸爸妈妈，而张珏挠头，问了一句话："爸爸，你的脸怎么回事啊？青青紫紫的。"

许岩的脸一僵："这……这个是摔的。"

张珏："我天天摔来摔去，也没见摔成这样啊。"经验丰富的张珏心想，这很明显是打架打出来的吧？

许岩的眼神也跟着飘忽起来，张青燕瞥他一眼，伸手摸了摸丈夫发青的眼角："他和你生父打了一架。"

那一瞬间，张珏险些以为自己的人生要从热血竞技风走向家长里短风，并即将展开一系列与亲戚的扯皮故事，结果除了这句话，张青燕再也没有提任何和张珏生父有关的话，似乎是打定主意要自己把这件事处理好，不让大儿子操一点心。她总是这样，尽量不给孩子添麻烦，并给予孩子最大程度的支持。

这场谈话到了最后，家长把孩子赶到一边，自顾自地聊起张珏的身体健康问题，而张珏则无聊地带着秦医生在奥运村里乱逛。

张珏带着秦雪君和大家介绍："这是我以前在省队的队医秦医生的孙子，他也是骨科医生，医术非常棒，我有时候膝盖疼，全靠他按摩理疗帮忙缓解。"

寺冈隼人凑过来搂住张珏的肩膀："我们都知道伤病的痛，看到有人治疗你，我和庆子也能安心点，等我们结婚的时候，我要你做我的伴郎。"

庆子兴奋地拉住张珏的手："没错，而且你还要给我们礼物！"

张珏："庆子你什么时候要和隼人结婚？"

庆子对他抛了个媚眼："我和隼人本来就是以结婚为前提在交往啊，将来我们肯定会结婚的！"

听她这么说，这两个人应该还没有经历求婚和订婚，张珏眨眨眼，看着庆子的表情，总觉得自己明白了什么。

2月19日与2月20日，尹美晶与刘梦成在平昌的赛场上，顶着巨大的压力，为哈萨克斯坦代表团拼下了唯一一块金牌，达成了职业生涯大满贯的成就。

2月21日，女单短节目正式开赛，卡捷琳娜在短节目的3A失败，庆子因此获得了短节目第一的位置，闵珊则落到了第六名。2月22日，女单自由滑，闵珊靠着双4S配置追回比分，而卡捷琳娜失误，总分低了闵珊2分。

就在此时，庆子拿出了她职业生涯最强的一套节目。她的自由滑音乐来自《产科医鸿鸟》，开场便是一个4S，之后她又完成了两次3A，整套节目不说全场难度最大，技术和表演那是浑然一体，无懈可击。

在节目结束的那一刻，张珏听到鹿教练说："这是女单项目历史性的一刻。"

白叶冢庆子，这个以稳定的3A称霸赛场多年的女单王者，明明可以只用双3A配置拿下平昌冬奥会的冠军，可她选择了拿出四周跳，这也是女单第一个用四周跳赢下的奥运金牌，说是创造历史绝不为过，这就和张珏在男单决赛拼出4A一样，足以令所有冰迷铭记。

漫天的玩偶落在冰上，庆子听到有人喊她的名字。

"庆子！滑得好！你最棒啦！"

庆子回首，就看到了隼人站在场边，眼眶红红的，看起来比她自己还要高兴。女孩笑起来，朝着场边跑去，扑到隼人怀里，仰头给了他一个吻："隼人，我用奥运金牌做求婚礼物，和我结婚吧！"

两个年轻运动员的热吻让观众们都沸腾了起来，全场都是起哄声和口哨声，还有人一边笑一边鼓掌。

等到了颁奖典礼，张珏摸出一束玫瑰花就准备朝庆子那边扔。

关临在旁边大喊："我臂力大，让我来扔！"

姜秀凌也跟着蹦跶："让我来！我准头好！"

张珏大声笑着，自己将花束抛了出去，花束精准地落在庆子怀里。庆子还没来得及对他挥手，然后跑去向隼人求婚，伊利亚、妆子、千叶刚士抛出的花束就到了，砸了她满头满脸。

这一幕真是太过可爱和好笑了，看到直播的解说员们也纷纷忍俊不禁地调侃道:"哦,看来朋友太多也对求婚不利呢。"

不管怎样,隼人一边哭一边答应了庆子的求婚。小村记者整理着本国一哥捧着玫瑰花大哭的照片,叹了口气。隼人君的黑历史又多了一条呢,不过这次的黑历史是幸福的黑历史。

然而在欢闹过后,张珏走到无人处,捂着胸口又难受起来。

他想,他是不是要退役了呢? 可是滑冰如此快乐,他还不想离开。

番外2　治疗心脏

每次冬奥会过后都是一波退役浪潮,比如伤重到早就应该退役的庆子,她在退役后选择进入日本冰协做一名官员,并开始考裁判证,看样子是打算成为魔鬼裁判天团的一员。

以她冬奥会冠军的资历,不管是做商演还是当冰协官员,想必以后的人生都会一片坦途。对女单选手来说,庆子的职业生涯也算得上圆满了,她是用有四周跳的节目赢的,底气十足,所有人都很服气,在职业生涯末期还能拼出四周跳,也充分说明这位女单选手要不是有太多伤病,上限本来还要再高一点。

接着梦成和美晶也退役了,他们同样是一身的伤,加上美晶觉得自己也该要个娃儿了,所以在退役后就让梦成火速解除结扎,并开始备孕,孩子还没出生呢,张珏就被通知做好当干爹的准备。

与此同时,徐绰、金子瑄、花泰狮、梅春果、柳叶明这批老将也都退了。前四人都是拿了奥运团体赛铜牌退的,之后该读大学的读大学,有的准备去做教练。柳叶明虽然没有上冬奥会,但他的学习成绩不错,打算以后像杨志远一样,从退役运动员转型成队医。

很多人都在冬奥会后开始走向新的道路,而在很多人看来,虽然张珏伤病满身,但在平昌过后,伤病比他更重、年纪比他更大的伊利亚和寺冈隼人都选择了在役,那么张珏再扛一个周期似乎也很合理。

总之张珏在役似乎是件没什么疑问的事情,在平昌冬奥会结束后两个月,虽然张珏说是身体不适推掉了3月份的世锦赛,但只要他没发退役声明,粉丝们就都挺安心的。

而在平昌冬奥会过后,国际滑联也发出了消息,表示他们要更改花样滑冰的规则，GOE±3 分制度改成了 ±5 分，这样裁判的话语权更大，而男单自由滑的节目时间缩短为四分钟，跳跃减少到 7 组，四周跳的分值也被降了不少。

既然新规则出来了，伊利亚的短节目纪录，张珏的自由滑、总分纪录也随着旧规则一起封存。

此消息一经发布，花滑圈议论纷纷，大家琢磨着如何适应新的规则，接着又讨论运动员能否适应新规则，还有滑联是不是打算开始削弱旧三王了，才达成大满贯成就的张珏能不能在京张周期继续纵横赛场。

除此以外，还有的冰迷兴奋地表示，既然新规则发布，那就意味着新的创造世界纪录的机会也来了，尤其是第一个赛季，世界纪录还没有到离谱的地步，只要某位冰上王者能 clean 一次，他打破世界纪录的次数就会继续增加。

说不定张珏在退役前，可以破二十多次纪录呢！

直到 6 月，众多选手纷纷参加各种商演，并开始公布自己的新赛季选曲的时候，张珏依然没有任何动静。他在休赛季只开了一场商演，主要是在 4 月给即将退役的朋友们捧场，商业活动意思意思参加了几个，也没见签新的品牌。

这个人该不会在拿遍所有金牌，觉得自己已经赚够了，打算开启退役种田模式了吧？某个冰迷怯生生地提出这个猜测，立刻被其他人痛批一通，接着大家又将张珏的社交账号以及官方号翻了个遍，确认张队没有要退役的意思，才终于松了口气。

直到 7 月，国际滑联下达通知，今年的大奖赛要新开一个芬兰站作为新分站，希望人气最高的张珏能去这一站，给新的分站赛撑撑人气，张珏才终于出了声。

他做了射频消融手术，接下来起码得歇半年，在 2019 年前都不打算参加任何比赛了。

射频消融手术——治疗心动过速的最有效方法，直到这个时候，大家才知道张珏的心脏居然有问题。

【我惊了！他居然是带着心脏病在平昌冬奥会赢下了金牌！】

张珏在平昌的那一场自由滑一直被许多冰迷称作神迹降临人间，六个四周跳的配置，4A 的现世，还有被拉高了十几分的世界纪录，都让张珏成了所有人仰望的当世传奇。但无论是比赛开始前还是结束后，张珏从未和任何人说过他身上的伤病有多么严重，心脏问题带来的体能下滑又让他难受了多久。

他什么都没说，不给自己任何认输的借口，也不给自己后退的理由，就那么上了赛场去拼命。比赛的时候，代表团好几个队医都在场边候着，生怕他出大事，明明是个年轻人，张珏的勇气与坚韧，还有为了花滑可以付出一切的精神，震撼了所有人。

也有冰迷在得知这个消息后哇的一声哭出来，都做心脏手术了，咱张队恐怕真的要退役了，大家在短短五分钟内盖了六百多层楼，接着专业人士出来安慰这群哭得稀里哗啦的鱼苗。

【不，张队得的是特发性室性心动过速，如果只是普通人得这个病的话，其实没事，只要日常注意些就好，张队特意去做手术应该是想根治，这恰恰说明他并不打算退役，还想继续滑。】

专业人士才说完，鱼苗们又哭了，张队不退役当然好啦，可是做完手术，调理好身体回来的话，张队的技术会不会下滑啊？而且他的身体都这么不好了，还强撑着滑下去，他们好心疼啊！

鱼苗们这会儿都不开心了，被担忧的张珏却十分淡定地躺在医院里，滑动着鼠标剪辑自己的新节目音乐。秦雪君趁着午休到病房探望他，这会儿正拿着一根剥好皮的香蕉，递到张珏嘴边，方便张珏在忙碌的时候咬上一口。

"千叶刚士在本赛季刷新了两次世界纪录，大家都说他会成为京张周期的新霸主。"

张珏含含糊糊地回道："嗯，毕竟隼人的血条已经变短了，伊柳沙大概还能挺一阵子吧，刚士这小子有当年的我的风范，还是得等我下个赛季亲自出山，才治得了他。"这话说得真是厚脸皮，但他是小鳄鱼嘛，所以就算他如此臭美，看起来还是好可爱。

2019 年的春节，张珏在练习花滑多年后，终于得以在家里过了个年，这次家里有爸爸、妈妈、弟弟、秦堂爷爷、米娅奶奶，还有秦雪君，大家围着大圆桌坐着，桌上是热腾腾的饭菜。一群人最关注的还是刚手术完的张珏，这个人给他剥了虾，那个人给他夹块鱼。

最可怜的老舅这会儿和沈流都要带学生去比四大洲锦标赛，显然是没法和两个外甥一起体会这满桌的美味了。

3月，张珏正式恢复训练，因为在休养期间也偶尔会上冰滑一滑，张珏的动作不仅没有变形，旋转和滑行反而越发精进，三周跳也都很流畅，恢复训练进行了三周，就把4T、4S都捡了回来，进展如此可喜，教练们自然高兴。

孙千悄悄和鹿教练说："都说运动员是越老越精，旋转、滑行和表演随着运动生涯的延长只会越来越好，张珏现在就有这么点意思在里面。"

现在的单人滑项目最重要的还是跳跃，张珏捡其他跳跃的速度都快，但费腰的4lo、需要转体4.2周的4F，还有转体四周半的4A显然是没那么快恢复的，好在现在也没张珏以外的运动员在正式比赛里完成4A，甚至于大部分人连五种四周跳都没练全，张珏的竞争力应该可以保持到京张冬奥会以后。

节目备好了，恢复训练也做了，2019—2020赛季即将开始，张珏跃跃欲试，商演和各种商业活动也陆续恢复，复出已然成了板上钉钉的事情。

张珏的新赛季短节目是 Nine Pound Shadow 演唱的英文歌曲 "Bridges"，自由滑则是《拉赫玛尼诺夫第二钢琴协奏曲》，这是妆子退役前曾滑过的曲子，也是同国女单陈竹在役时滑过的曲子，张珏亲自编了舞，做了考斯腾，快活地奔回赛场。

他张小玉又回来啦！

然而就在比完第一场分站赛，胜过千叶刚士拿下这一站的金牌后，张珏在表演滑进行到一半的时候捂着胸口，眼前一黑，倒了下去。等醒过来，听医生讲解完病情，张珏眨眨眼，发现有些命运自己怕是真躲不过去，甭管是舞台还是冰场，他总要当着那么多人倒下去一回。

他想了想，和冲进病房的张俊宝说："既然上一次手术不成功，那就再做一次吧。"

张俊宝站在原地，沉默一阵子，深呼吸，尽量好声好气地劝道："小玉，算了吧，你这次挺险的，要不是杨志远恰好在场，你可能就没了。"

张珏："可我还想比京张冬奥会，2022年2月我也才24岁多，我怎么能连家门口的奥运会都不参加？"他低声哀求着："舅舅，我参加完京张就退役，让我做完手术继续滑吧。"

以往张珏这么软着说话时，舅舅会答应他的一切要求，谁知这次张俊宝却发了火："张珏，现在不是你固执的时候，你知不知道心脏有了问题，对一个运动员来说多致命！我是你舅舅，我把你当儿子养，你让我如何忍心看着你这么拼命？万一你倒下了，我怎么和你的父母交代？"

舅甥俩都是倔强的性格，两人吵了一架，等张俊宝气冲冲地离开房间，张珏攥着被套，满心的委屈都要溢出来了。他攥着背面，视野逐渐模糊，这时，一只手摸了摸他的眼角，擦掉了眼泪。

张珏抬头，十分委屈："我让舅舅担心了，可我不想放弃，怎么办？"

秦雪君安抚道："你别和他硬杠，等到晚上给他打电话道个歉，我再去心内科那边和医生问问你的情况，想想怎么帮你劝他，好不好？"

张珏怔了怔："你不反对我继续比赛吗？"

秦雪君轻笑一声："你都能为了这事和你舅舅吵架了，我已经很深刻地感受到你的决心了，放心，我站你这边。"他哄着小祖宗躺下休息，看着张珏闭上眼睛睡觉，才走出病房。

这位总是冷静而理性的天才骨科医生叹了口气。这个时候张珏一定很无助，他一定要让张珏恢复健康，让那个孩子能安心地去做自己想做的事情。

但这次真是太吓人了，知道张珏倒在冰上的时候，他差点以为张珏会死。

幸好，张珏还在。

番外3　伊利亚的意外收获

冰天雪地论坛 - 张队表演滑直播间，一堆弹幕填满了屏幕。

【天哪！张队突然摔倒了！】

【他没有爬起来，像是失去意识了！】

【刚士冲过去了，他在给张队做心肺复苏，张队该不会没有心跳了吧？】

【张队不会有事吧？】

【呸呸呸！张队才不会有事呢！】

每次大赛的表演滑末尾都会有一段运动员们的群舞，千叶刚士在排练的时候，就被编导安排到了离张珏不远的地方，作为新生代里年纪最轻，也最被看好的男单选手，千叶刚士知道现在大众称自己是"小张珏"，因为张珏当年崛起的时候也是三剑客里最小但战绩最辉煌的那个。

　　他并不讨厌这样的称号，因为迟早有一天，他会让世人知道，他就是他，千叶刚士。而且他心里还挺喜欢张珏的。作为前辈，张珏的性格强势又有趣，和张珏做朋友非常愉快，张珏也不吝啬于给予后辈一些指点和帮助。

　　千叶刚士读书的时候见惯了那些仗着自己年长几岁就嚣张得不行的家伙，像张珏、隼人、庆子、妆子这样对他友善亲切到可爱的地步的前辈，他格外珍惜。何况就算不提他们作为前辈给了自己多少帮助，仅仅是站在观看运动员的角度去看他们，这群人的技术、品行都没得挑，足够千叶刚士将他们视为榜样了。

　　他现在是萨伦和崔正殊的弟子，崔正殊对张珏推崇备至，刚士也知道 tama 前辈在青年组时期曾经在尹美晶、刘梦成被教练欺负的事件发生时给予了他们很大的帮助，而崔正殊作为见证者，不可能不敬佩这样的人。

　　虽然在排练表演滑群舞的时候，被张珏开玩笑地举起来，然后崔正殊教练还在旁边哈哈大笑着拍照其实挺让人恼火的，但千叶小朋友还是觉得和 tama 前辈一起滑冰很开心。

　　所以看到张珏倒下的时候，千叶刚士是第一个反应过来的，张珏有心脏问题不是秘密，之前做手术歇了大半个赛季，好不容易才回归赛场，而且在回归第一战就拿出了可怕的状态。正是因为张珏表现得太好，张珏倒下的一幕才让大家都慌了神。

　　千叶刚士连滚带爬地冲到张珏身边，检查张珏的状态，而张珏的队医杨志远也快速冲上冰面，观众席一片哗然。他们拼命地挽救着张珏的生命，坚持到了救护车抵达。

　　现场一片混乱，千叶刚士站在通道旁，被冬日的寒风吹得一激灵，身边的平昌冬奥会女单银牌得主闵珊前辈递给他一张纸巾，千叶刚士才意识到自己原来哭了，他是被那一幕吓哭的。

　　千叶刚士擦干净眼泪，暗暗想着，神明大人在上，我这一生最爱的就是花样滑冰，而 tama 前辈是花滑之神给予人间的恩赐，请不要这么快就收回他，我还想要继续和他一起在赛场上滑冰，想要打败他。

　　我以后还可以在赛场上再看到 tama 前辈吗？我还能再次看到那传奇的身影出现在冰上吗？

　　这个疑问在很多花样滑冰相关的社交空间也存在着，千叶刚士看了很多层楼，都是祈祷张珏没有事的，但没有人认为张珏会继续坚持比赛，毕竟张珏已经把该拿的荣誉拿遍了，再坚持下去还会有生命危险，他何必这么赌命呢？

但如果是 tama 前辈这个曾在重伤时拄着拐杖到处溜达，坐在商场一角用愉快的眼神看着在商业冰场里滑行的孩子们的人，千叶刚士认为，他不一定会就此放弃，这位传奇一定还想继续滑下去，所以他能回归一次，就能回归第二次！

"谢谢你。"千叶刚士一顿，转头，就看到闪珊前辈也是眼眶红红的，但她的目光坚定，此时正礼貌又温柔地对他鞠躬道谢。她把腰弯得很低，姿态谦卑，黑色的长发垂落。

"不，不要谢我，我和您一样，不希望 tama 前辈离开我们。"千叶刚士扶起对方，用肯定的语气说道："前辈一定不会有事的，现在我们进去吧，外面很冷，现在还是赛季，生病就不好了。"

闪珊应了一声："是啊，我该进去了。"

师兄的倒下让观众们都吓到了，她得进去安抚大家，这是作为张门大师姐的责任，少女转身，面色坚毅。千叶刚士看着她的背影，心里涌出特别的情感。尽管不合时宜，但他对这个坚强美丽的女孩心动了。

2019 年下半年的比赛泡了汤，张珏便干脆安心养病，他也不做什么现在赶紧养好身体，赶上明年的四大洲锦标赛和世锦赛的美梦。首先，四大洲锦标赛和他犯冲，张珏确认自己要么赶不上，要么赶上了也是发挥不好，还不如在这段时间继续养病；其次，他知道，2020 年上半年的世锦赛绝对办不成。2019 年底，张珏做完第二次手术，手术结束，张珏睁开眼睛，左手背埋着输液的针，有一双手温柔地拂过他的额头。

庆子圆润了许多的脸出现在他眼前："tama 酱，感觉好点了吗？"

张珏抿抿嘴："好多了，庆子，我干女儿还好吗？"

庆子挺起自己的大肚子："好着呢，六个月大的小东西，天天在我肚子里蹦跶，活泼得不得了。找医生检查过了，说她身体很健康，我看就是健康过头了！"

作为这夫妻俩的好朋友，隼人和庆子一检查出孩子的性别，就立刻找张珏汇报了。

而庆子在结婚后也没有改姓，日本法律规定两人结婚后必须有一方改姓，所以隼人选择自己改，不过他俩商量好了，以后生两个孩子，第一个和隼人姓，第二个和庆子姓，他们在各个方面都很想平等对待对方。

尹美晶倒了杯热水过来："你干儿子也好着呢。"

刘梦成抱着一个穿着小马连体衣的婴儿，微笑着看着他。

张珏被扶着坐起来喝了口水，念叨着："年底是流行病多发期，你们不是怀着孩子就是带着孩子，以后可别来医院看我了，也不要乱跑。"

庆子笑嘻嘻地看着他："别误会，我是因为隼人刚好来你们国家的山城比赛，就顺道过来瞧瞧你而已。"

尹美晶点头："我现在是冰舞的教练，也要带小的们来这里比赛，所以来看看你啊。"

庆子话多，坐在旁边就数落张珏一通："你知不知道你在之前的分站赛突然倒下，把刚士都吓了一跳啊？那孩子一边哭一边给你做心肺复苏，幸好你的队医给力，救护车也到得快，不然你就真的没了。真是的，我滑了这么多年的冰，就数你这次最吓人了。"

她当时是通过电视看到那一幕的，但回想起来也觉得心惊肉跳，全场的观众一片哗然，幸好张珏没事。不过他这么一倒，也不知道将来再复出的时候，他的领导、教练、家人会不会允许，庆子知道张珏还想继续参加京张冬奥会，可他这个病对运动员来说太危险了。

张珏："替我谢谢刚士，算了，我之后打电话和他说谢谢，再和他道歉，我也不想吓到他的。"接着他的语气振奋起来："医生说我这次的手术很成功，只要好好养着，我还是可以回去的，别看我这次倒下有点吓人，其实我们国家之前有一位女排队长也有这样的毛病，可她后来也拿了里约奥运会的金牌呢！"

来探望张珏的都是恰好来中国站比赛的运动员及其家属，张珏抿抿嘴，叮嘱他们："小孩子身体弱，孕妇也要注意，所以你们出行的时候要记得带擦手的酒精片、口罩，还有免冲洗的洗手液。"

他叮嘱了一堆，尹美晶轻笑一声，骄傲地抬起下巴："你以为我们需要你提醒吗？梦成早就为我们家阿米尔备齐了所有安全出行的装备！"他们的儿子在2019年5月出生，取名为阿米尔，一个很典型的哈萨克斯坦名字。

而张珏也是此时才知道刘梦成每次出远门的时候，都会给妻儿备齐所有装备，包括但不限于张珏提及的卫生防护装备。

相比之下，庆子就大大咧咧得多，她不喜欢带太多东西出门，所以在她离开前，张珏硬是往她手里塞了一包口罩。庆子接过口罩时满脸无奈，有点拿他没办法才不得不收下的感觉。

她对秦雪君挥挥手："好啦,我自己会坐车回去的,彼得你还是留下照顾tama 酱吧。"

秦雪君十分礼貌地送别了他们,秦雪君的俄文名是彼得,彼得的昵称则是佩佳,而其他人和雪君不熟,所以都是管他叫彼得,像佩佳这种亲昵的叫法都是亲近的人才会叫的。

等出院以后,张珏就开始了居家的日子,他已经是研究生了,家里就有试验田,种着他宝贝得不行的甜滋滋试验种子。培育新的玉米品种是他专攻的方向,而他的导师在攻克了超甜的玉米、超糯的玉米后,决定开发生存力超强的玉米。

生存力超强?张珏眨巴眼睛,在这段闲暇时间开始查阅各类期刊与资料,疯狂吸入知识,运用他机灵的脑瓜子努力在研究生这个时期干出成绩来。导师对张珏的工作能力十分满意,也很愿意给更多的指点,唯一遗憾的就是张珏身体还没养好,导师不敢把更多的工作交给他。

而在侍弄玉米之外,张珏也会在家里的健身房健身,但要他出门锻炼就算了。

2019 年底,随着一场病毒席卷全球,全民居家抗疫的日子正式开启。张珏老早就因为自己的身体不好,免疫力下降买了好几箱子口罩、酒精等防护用品囤在家里。

在作为医生的秦雪君看来,张珏的免疫力是真的不行,说句不夸张的,张珏近半年一直没彻头彻尾地舒坦过,平时不是鼻咽炎犯了,就是睡眠质量不佳。家里一直让他好吃好喝养着,才慢慢养回来,一场手术做完,情况就又差回去了,术后发了两场烧,吓人得不行。

而疫情暴发,大家都窝在家里,秦雪君虽然是骨科的,但这个时候也不能闲下来,张珏只能躲在家里,只有张鹦俊和几只鸡,以及田里的玉米陪着,张女士那边的饭店也不能开了,许德拉也不能外出演出,大家都躲在自己的家里。

因为实在是太闲了,在这个所有人都很闲的日子里,张珏终于忍不住了。

于是他干脆和伊利亚、隼人开了直播,三个人先是隔空比街舞,等街舞不能满足这三个人的时候,他们又开始跳芭蕾,最后他们干脆一起跳特别性感的舞,要不是庆子路过,让隼人一个激灵的话,恐怕场面会在三剑客谁也不服谁的斗舞中走向限制级。

舞是不敢再跳了,他们又一起打起了电脑端的线上 MOBA 游戏,半小时后，伊利亚作为猪队友被张珏和隼人隔空骂了个狗血淋头。又过了半小时，隼人说要给怀孕的庆子做营养晚餐，随后下线了。

这件事对张珏、隼人和很多冰迷来说，都是一件再普通不过的搞事而已，但后续发展出乎所有人的意料。

伊利亚·萨夫申科选手，在两位队友纷纷下线后依然在打游戏，并锲而不舍地拖着所有人的后腿，最后抱上了一位大神的大腿。大神的网名叫"北冰洋暖流"，脾气很好，辅助和主攻都可以，战术思维十分清晰，属于特别有灵性的队友，带了伊利亚两盘后让伊利亚满眼小星星，一口一个"暖流先生"叫着。

两盘游戏后，对面发起了语音邀请，伊利亚打开语音频道，就听到一声偏中性的女声，语气很无奈。

"西伯利亚蜂蜜罐先生，能请您别再叫我先生了吗？"

听到这迷人的声音，伊利亚捂住心口，这个西伯利亚蜂蜜罐觉得自己要恋爱了。

番外 4　沈流的回忆（上）

居家抗疫意味着什么呢？即使大家现在都不用出门工作、学习和比赛了，但在年节时也不允许互相走动，再比如今年的春运人流量骤减。

沈流今年就没法回东北老家过年，只能和他的师兄两个大男人一起在四室两厅的大房子里住着。

他们附近就是奥林匹克公园，还有鸟巢、水立方、科技馆，京张冬奥会的速滑场地、滑雪场都会建在附近，对两个身处体育系统的教练来说，这种居住环境简直不能再好了，当初张珏花 1260 万买下的房产，现在再拿出去卖的话，价格说不定能翻一番。

但现在大家都不能出门，于是张俊宝也只能在家里玩玩哑铃，上跑步机跑一下，再靠在落地窗边眼巴巴地看着外面的公园。他特想下去围着公园跑几圈，室内跑步怎么能和户外跑比呢？神啊，这疫情什么时候才能结束？

其实在国家队待了几年后，张俊宝也长了点脑子，知道张珏当初买这套房产就是为了自己，他把张珏当儿子养，张珏应该也把他当爹看吧。这么一想，张俊宝内心有点安慰。

张珏有自己的父母，可他愿意在孝敬父母之余惦记着自己这个老舅，说明他这么多年没白对张珏掏心掏肺，可惜这小子太倔了，明明差点在冰上倒下，还是不肯放弃继续比赛。张俊宝想，如果张珏真的因此出事的话，他恐怕也没有勇气再继续做花滑教练了。

张珏走上花滑赛场是因为他，如果张珏死在赛场上，张俊宝会觉得自己是杀死最心爱的孩子的凶手。

沈流把水和护肝药放在边上："来吧，吃药，你外甥刚才给我打电话了，说一定要让你按时吃药，按时休息。"

张俊宝嘀咕着："就他最爱操心，隔得老远还要管我。"

话是这么说，他还是乖乖地将药吃了下去，可见心里是愿意被这个外甥管的。

过了一阵，张俊宝的父母发来视频通话请求，他坐在阳台上和父母聊了一阵。

"嗯，我身体好着呢，前阵子走出去还有人说我看起来不到30岁，真是的，我都40岁的人了，那些人的眼睛也不知道怎么长的，爸妈你们也别轻易出门……嗯？小玉去年给你们寄了种子……嘻，种出来的东西好吃就行，不用和他说谢……"

沈流泡了一壶茶，钻进被炉里，舒坦地呼了口气。这被炉也是张珏买的，说是方便他们过冬。鉴于张珏在养病的时候不是买这个，就是买那个，亲朋好友屋里都有一堆他送的东西，可以推测出，这小子躺在医院里的时候，就是拿网络购物在打发时间呢。

疫情一来，张珏买的东西全派上了用场，别的不说，光是他给自己老舅买的一箱子网红自助火锅（据说张珏是买了以后才想起自己作为运动员不能吃才塞给了张俊宝，而这箱火锅还带着可以做拌饭的消毒鸡蛋、蛋黄酱、螺蛳粉、酸辣粉、果干、蝴蝶酥、椰奶糕、腊肉、香肠）都极大地丰富了他们的伙食。

那些香肠据说是张珏的一个教授亲自带学生灌的，原本准备作为新的农产品送到一些贫困区，张珏长得好看，嘴巴也甜，就蹭了好几斤回来。香肠用的都是扎实的黑猪肉，有肥有瘦，咬一口就流油。腊肉则是张珏一位考研考到川省农大的师兄寄过来的，还附有一瓶笋干酱，吃着喷喷香。

打完电话的张俊宝回到客厅，就看到沈流开了电视，眼神却飘飘忽忽，不知道在想些什么。他伸手在沈流眼前晃了晃："嘿，你想什么呢？"

沈流下意识回道："我在想，如果是十几岁那会儿，我肯定料不到自己有朝一日会和张师兄在同一个屋檐下生活。"

从张珏考上大学进入国家队以后，他就和张师兄一起住到了这里，起因是张师兄查出有肝病，张珏拜托他盯着张俊宝照顾好自己，但是不知不觉地，五六年就这么过去了。

张俊宝也钻进被炉，单手撑着下巴，歪头看他："是啊，不知不觉，你也退役十年了。"

沈流22岁退役，之后开始做张珏的跳跃教练，现在已经32岁了。

他们已经重逢十年。

沈流和张俊宝的初次见面发生在鹿教练的冰场上，是的，就是那个大胖张珏、二胖姜秀凌的启蒙冰场，那也是张俊宝和沈流的启蒙冰场，仔细想来，也是20世纪90年代的事了，现在想来简直令人恍如隔世。

张俊宝是1980年生人，沈流是1988年，他们相差8岁，在1993年，也就是沈流五岁的时候，因为自幼体弱，经常生病，他的父母决定送他去学滑冰，用体育强身健体。

彼时还是个胆小鬼的他被牵到看起来就超级严肃的鹿教练面前，只觉得满心忐忑，才到冰场边上，就开始哭着拉妈妈的手嚷着要回家。

就在此时，冰上有一个很漂亮的少年跳了个3T。漂亮少年穿着蓝色毛衣和厚厚的运动裤，身材纤瘦，所以衣服挂在他身上也显得松松垮垮的，面庞因为运动而显得红扑扑的，如同盛开的江南芙蓉。于是沈流不哭了，他呆呆地看着那个人，最后稀里糊涂地被妈妈拉去换了冰鞋。

鹿教练看出了什么，朝冰上的少年招了招手："俊宝，到下午6点了，下冰来写作业，你姐姐7点会来接你。"

张俊宝回道："知道啦。"

顺便一提，张俊宝那会儿13岁，正在变声，一开口就是公鸭嗓，吓了沈流小朋友一跳。

年轻时期的张俊宝和他的大外甥张珏一样，因为幼态而秀丽的五官、雪白细腻的皮肤、娇小纤细的身材常被认为是女孩。张珏好歹有亲爹留下来的更加深邃的面部轮廓，以及高挺笔直的鼻梁，张俊宝的五官却是和他的姐姐张青燕如出一辙地带着南方水乡的柔润。

过于漂亮的脸给张俊宝带来过不少麻烦，沈流才到冰场学了一个月，张俊宝就因为被人叫娘娘腔而跟人打了六场架，场场获胜。有时事情闹得大了，他那正在读高中的堂姐张青燕就会替他向人道歉，但有时候燕姐也会提着板凳发火，让那些嘲笑张俊宝的孩子噤若寒蝉，又因为张青燕过于美丽的容貌，忍不住地偷偷看她。

沈流也是偷看他们的人中的一员，他们都是很美的人，后世网络上一群人抱着张珏的照片大喊"张队是冰上美神"，其实张珏的母亲、老舅在年轻时也都好看得不得了。

他们在年纪大了以后也依然很好看，不过张家姐弟的颜值巅峰期是在 14 岁到 26 岁之间，但他们的风华正茂最终还是随着时光一起变成了回忆，只留下几张老照片。

而张珏那孩子的美丽更加抢眼，加上他在国际赛场上留下的那些影像，可以预计的是，他的美会在时光中长存。

在沈流还没上小学那会儿，教练们一提起张俊宝，都会说："俊宝的天赋很高，爆发力强，协调性好，滑行天赋也不错，表演放得开，是个好苗子，就是性格火暴了点。"

在很长一段时间里，张俊宝是沈流在现实里接触到的唯一可以完成三周跳的男单选手，所以他觉得对方很厉害。

张俊宝也确实厉害，而且他对小孩子很照顾，有时候沈流摔得重了，他就会背着沈流去医务室，沈流匍匐在张师兄单薄的背上，有点害羞，但也窃喜，小孩子总是喜欢和那些厉害的哥哥姐姐玩，不是吗？

直到张俊宝被查出有先天性髋关节缺陷，之后无论张俊宝的表现力多么出色，他本人又多么喜欢滑冰，上限也只有那样了。

鹿教练本来是要把张俊宝推荐到省队里，让他跟着宋教练走上运动员之路的，但现在只能询问他是否要退出这条路，专心去读书。张俊宝的成绩很好，一直稳拿全年级前二十名，认真读的话，将来肯定能上不错的大学，而在 20 世纪 90 年代，大学生还是很金贵的。

张俊宝说，他要进省队做运动员，现在想来，那也是沈流第一次明白，一个人能热爱一项运动到什么程度，而张师兄的选择，也间接促使沈流在后来选择做一名花滑运动员。

后来张俊宝也陆陆续续参加过一些比赛，比如青年组的分站赛，但没有一次进过决赛，虽然也去过一次世青赛，但只拿了第七名。

他的职业生涯和柳叶明很像，永远是那些水平更高的运动员的替补，只有在上头的一哥受伤时才能代对方出赛，如果对方养好伤了，或者决定打封闭硬上，张俊宝就只能退出，听起来似乎很委屈，但这已经算是同类运动里不错的了，大部分运动员到退役，都未必能捞到一个国际比赛的出场位次。

不是每个人都能如张珏一般光芒万丈的，如果张俊宝的髋关节没有先天缺陷，以他的意志力和表现力，或许能冲击一把世界前十，但天命如此，他只能认了。

沈流那会儿还意识不到竞技运动的残酷，他的跳跃天赋非常好，所以在12岁那年，他被招入了省队，他很高兴，满心喜悦地准备和张师兄重逢。

结果进了省队后，他却没有看到人，过了许久，他才知道张师兄本来准备去参加四大洲锦标赛，但因为一哥伤势养好了可以继续出赛，张师兄又退了回来，所以这会儿心情不好。教练让他去休息了。

沈流怔了一会儿，做完第一天的训练后，他在省队到处找人，最后在某条林荫路上，看到一棵树的枝叶间飘出一缕缕白烟。

少年沈流走过去，就看到一个美少年靠在枝叶的阴影中，白白的修长手指夹着烟，嘴一吐便是一片烟云，那张美丽的脸藏在烟云后，模模糊糊看不清楚。

20岁的张俊宝，是整个省队的女孩提起来都会脸红心跳的那种人。

沈流忐忑又不敢置信地叫道："张师兄？"

张俊宝低下头，挑了挑眉，神情轻佻，语气听起来还算友好："你是谁家的孩子？"

番外5　沈流的回忆（下）

单人滑运动员嘛，教练们选材的时候就会盯着那些体形偏瘦小、不容易葬送于发育关的，所以像沈流、张俊宝在成年后身高都没过一米七五。

教练们的眼光都毒着呢，测骨龄的手段也很好用，所以像张珏那样小时候娇小玲珑，谁都以为他长不大，最后却变成比双人滑一哥关临、二哥姜秀凌还高的大个子的情况还是比较少见的。

12岁的沈流也是个娇小的萌娃，加上他的骨相周正，五官精致，可以预测的是成年以后他会是个很俊朗的小伙子。顺带一提，他成年以后比张俊宝还是高了那么 4 厘米的，但成年以后的身高优势，不妨碍他小时候一直仰着头看张俊宝，因为张俊宝会爬树。

在表明自己的身份后，张师兄眉头紧锁，终于从记忆里找出一个笑容可掬的怯生生的小男孩。不过那孩子脾气似乎挺大的，有时候练着练着就开始哭，然后被鹿教练骂，之后哭声会更大，吵得人耳朵疼，就这么个小东西，现在居然也进省队了，鹿老头的教学能力还真是够厉害的。

时隔七年，他们重逢在 21 世纪初，2000 年的 1 月。

12 岁的沈流可以指天发誓，那时候喜欢张俊宝的人是真的多啊。张俊宝出于好奇曾经和一个女孩子出去约会，大概就是一起吃顿饭看个电影，了解一下，如果觉得可以就试着交往一下，但张俊宝是那种很尊重女性的人，这大概和他的姐姐有关系。

张青燕女士在四年前结婚，三年前生了个小男孩，结果才生完孩子没几个月就遭受家暴，最后那段婚姻以离婚收场。对待一段感情要慎重，想必燕姐的婚姻不幸，给张俊宝带来的感情方面的感悟就是这个了。

那个向张俊宝表白的女孩子很漂亮，身材娇小玲珑，说话做事爽快大气，在沈流看来是个无可挑剔的好女孩。可惜后来张俊宝和那个女孩的关系不了了之，原因是在约会时，对方提起打算退役去国外留学，而张俊宝明明眼见着滑不出头，却还不肯退出这个项目，他们对未来的设想是不一样的。张俊宝是个会为了梦想撞得头破血流甚至付出所有的人，那个女孩不是，谁也没错，他们只是不合适。

第一段感情失败的张俊宝拿着一罐啤酒，在沈流房间里看武侠小说，而沈流搬了个折凳坐在门口给他望风，之后他还会帮张师兄处理酒罐子。在教练们的眼里，沈流是个老实孩子，年纪也小，谁也想不到他房间里会有酒，所以这里是张俊宝放松的地方。

"沈流，你以后会放弃滑冰吗？"

沈流双手托腮，回道："我应该会滑到伤退为止吧，教练们说过，我已经快学会五种三周跳了，以后可以尝试四周跳。"他天赋好嘛，加上内心也有一个金牌梦，所以打算好好滑下去。

张俊宝淡淡地回了个"哦"，又不说话了。

他们最初就是这样的关系，各自都想更长久地滑冰，滑出好节目，为国家带回好成绩，他们不曾将夺得金牌的期待放在对方身上，因为他们都还年轻，觉得那些成绩自己去取就好了，再说，除了他们，其他人难道就能拿到冠军吗？论跳跃天赋，沈流自觉国内没人比他强，论表现力和滑行，张俊宝也算是国内独一份的，好歹他也是当时的二哥呢。

沈流也继续在省队跟着宋教练，他比了不少青年组的比赛，上过领奖台，但表现力不行，所以表演分总是不高，到了重要的总决赛、世青赛的时候，就会被那些天赋更高的人压制。

而且也是这时候沈流才发现，比那些稳赢的国内赛还好，但一旦到了需要对抗强敌的场合，他很容易紧张，接着就是拉肚子，拉完肚子腿发软，表现就好不起来。

每次因为心态发挥失常的时候，沈流都会想，如果张师兄能拥有自己的健康，或者自己拥有张师兄的大心脏的话，或许中国男单的现状就会得到极大的改善，但那也只是想想罢了，除非将来出现奇迹，一个结合了张师兄的大心脏以及超强跳跃天赋的人降世，否则一切都是虚的。

接着就出了件事，这件事影响了沈流的性格，让他觉醒了一种"我可以为张师兄打架"的属性。

沈流有一位表哥，说是表哥，其实血缘关系也没那么近。对方出生于西南地区某个全国知名的毒村，当时是 21 世纪初，国内治安还没那么好，有些地方也没清理干净，表哥在父母的帮助下离开了那里跑到东北，身上只剩十块钱，想求姨父姨母收留两天，他找到打工的地方就立刻搬走，但沈流的父亲和母亲很坚决地把对方赶了出去。

父亲说的话，沈流后来一直记得，他说："小鹏，不是姨父姨母不想帮你，但我们真的不敢帮，你爸妈都给那些卖白粉的帮过手，有案底的，我们也不知道你有没有碰过那些东西，你还有哮喘。这十来年没见面，你突然出现就要我们收留你，我们家里还有小流这个孩子呢。"

那位表哥不断地保证自己没有碰过那些东西，但最后还是被赶走了，走的时候眼中带着无助，沈流只能从窗户将自己的存钱罐扔下去，却不知道对他说什么。

然后表哥对沈流挥挥手，转身要走，沈流心里难受得不行，转头打电话给了张俊宝，本来他只是想表达一下内心的难受，谁知张俊宝问了他家的小区地址，直接就过来了。

后来那位表哥被张俊宝带回了老家，在他父母经营的果园里当帮手。小伙子勤快肯干，脑子灵活，知道感恩，后来在张家父母的撮合下娶了个朴实的姑娘，在那个小镇安了家，有了全新的人生。从那时候开始，沈流知道，他将会尊敬张师兄一生。

这世上追梦人不少，看不惯一些事的人也不少，但是真的能在他人艰难时伸出手的古道热肠之人，碰上一个算一个，全是人生中的福分。

这大概也是沈流后来为什么那么喜欢张珏吧，因为那孩子和他舅舅一样，看到不公时，会在力所能及的范围内伸手去帮助他人。这是他们的人格魅力，他们的教养、道德比外貌更加迷人，哪怕他们打架，沈流还是觉得他们好可爱。

在某个青年组的小孩和别人一样管张俊宝叫娘娘腔的时候，沈流直接就把那人给打进了医务室，用的是吃饭的盒子，盒盖都被他打歪了，吓得他父母立刻冲过来把他骂了一顿。要不是张俊宝后来被招进国家队去了京城，沈流的父母差点就要逼着孩子退出省队了。

他们认为是张俊宝把自家的乖孩子带坏的，而张俊宝总是冷着脸，用叛逆和反抗整个世界的桀骜眼神看待一切，对于沈家父母这种希望孩子规规矩矩过日子的人也采取了不招惹不理会的漠视态度，自然，他也不会主动去澄清那些误会。

后来沈流的父母隔一阵就要念一句"你别和那些不好的人玩"，沈流听了几次，满心不耐烦："你们为什么会觉得我是张师兄带坏的？我揍那个人是因为他讨嫌，所以我想揍就揍！和他人无关！"

沈流知道考上名牌大学、考公务员、做品学兼优得让人骄傲的孩子都会让父母脸上有光，可他们年轻的时候也没能做到这些事，沈流咬着牙去做了这些事，他们又总是能用"我们是为你好"这句话开头，然后说出更多的期待。

现在他们连他的交友都要干涉了，是不是过分了点？

张师兄明明从来不会主动招惹别人，都是别人先招惹他，他才反抗的。他一直反抗着很多事情，包括先天的髋关节缺陷，咬着牙忍受被一哥摁在阴影里只能做替补的日子，等待着可以上场去比赛的机会。

他明明是个很好的人，可那么多人只看得到张师兄的外貌精致得像个女孩，还有他会打架，就断定他是个坏孩子，沈流不喜欢这样。

因为那场架，他们又分开了几年，等到15岁，沈流听到自己可以升入国家队的时候，他满心欢喜地用积攒的零花钱买了去京城的车票，跑到北体大打听张俊宝的所在。张师兄是校草,所以沈流很轻松地找到了对方的所在,等好不容易见到人,他却得知张俊宝即将退役。

沈流不敢置信:"你要退役?为什么?"

张俊宝摸了摸自己的髋骨:"伤病太重了,再不退役养着,可能要把这一块关节换成金属的人造关节。"他也不想退,可是他敌不过伤病,他只能就这么黯然地离开自己深爱的赛场。

那就是他们的第二次相逢,在 2003 年的 4 月,此后七年,他们再没有见过面。

2010 年,张师兄的大外甥张珏出现了,这孩子 12 岁,据说小时候是个贪吃的胖子,在鹿教练那里学过四年滑冰,长大后抽条成小美男。

这孩子会用甜度百分之两百的声音叫着"老舅",蹦豆一样跳到舅舅怀里求抱抱,撒娇功力一流,也能让曾经是叛逆少年的张师兄提着水壶、毛巾追着他跑,而当年的美少年张师兄,在七年以后变成了有强壮肌肉的健美男性。

沈流第一次看到张珏的时候,就知道那孩子拥有奇迹般的天赋,而且拥有勇敢、大心脏等珍贵的运动员特质,这个孩子若是能在花滑的道路上走下去,未来将不可限量。

又过了几个月,沈流因意外伤退并回到了 H 省,他和张俊宝得以第三次相逢。这一次,他们大概会一起相处很久了,因为沈流决心和张师兄一样,将他们的金牌梦寄托在张珏身上,他要做张珏的跳跃教练。

"所……所以,我们要一起执教张珏。"沈流结结巴巴地说完这句话。

虽然知道张师兄是由于家传的易胖体质才努力健身,最后变成这副样子的,但健身给人带来的变化也太大了吧……

之后的故事,大家就都知道了,小蹦豆张珏在花滑赛场上经历了许多,有起有伏,有沉湖有出湖,有伤病有挣扎,也让沈流真正开了眼界。原本他以为张师兄在役时已经算是比较叛逆难管的类型了,谁知到了张珏这里,叛逆指数不高,难管指数却呈指数级增长!

张珏不仅和他的妈妈、舅舅一样擅长使用板砖、折凳等战斗工具,脑瓜子还特别灵活,鬼主意一堆一堆地往外冒。在因经历发育关变得更成熟之前,天天变着法子展现"熊孩子让师长脱发的一百种技巧"。

张师兄只上树，张珏却是要上天！沈流原本也是个发量浓密的美男子，但在执教张珏后，他不得不开始研究防脱洗发水的品牌、成分……

而沈流天天和张师兄一起工作，后来还同处一个屋檐下，在张师兄数次相亲失败，最终自暴自弃偷偷躲在家里喝酒，觉得自己要孤寡一辈子的时候，沈流蹲在他身后，戳了戳他的背。

张俊宝恶声恶气："干吗？"

沈流忍不住喷笑，觉得师兄这个样子和张小玉真是一个模子里刻出来的，血缘真是奇妙的东西，不是吗？

张俊宝听到他的笑声，翻了个白眼："笑什么？你表哥的二胎都能打酱油了，我相亲失败 12 次，眼看着要孤寡终老，还不许我喝个酒啊？"

沈流忍不住大笑起来："师兄，你不会孤寡终老的，唯有这点，我可以向你保证，因为你和张珏一样，都是我见过的最可爱的人！喜欢你们的人一定比天上的星星还多！"

张俊宝嘀咕："一听你这话就知道没文化，那星星的数量是人类能比的吗？地球上如今总共也就六七十亿人。"

番外白　张队，欢迎回来！

2020 年下半年，小蹦豆张珏恢复训练。

在张珏休养的时候，他的师弟察罕不花与蒋一鸿一起撑起了中国男单。

察罕不花的优点是稳定，在攻克了 4S 后，他每次比世锦赛都可以冲到前十名以内，偶尔还能杀到第七名。蒋一鸿虽然没二师兄那么稳，但上限更高，他攻克了 4T、4S 和 4F，是新生代中国男单选手里，唯一一个可以每年打入大奖赛总决赛的人，虽然他每次进总决赛都是踩着第六位的名次，很有点运气好的成分。

与此同时，他们的师妹也有了各自的发展。闵珊的伤病越来越重，在庆子退役后拿了一块世锦赛金牌，也不知道还能不能撑到京张冬奥会，但俄罗斯有卡捷琳娜以及拉伊莎这样的后起之秀，她的压力会很大。

之前因为骨折伤势一度差点退役，连三周跳都丢掉的秦萌在上赛季杀回赛场，并一举练出了 4lz。但这姑娘有个问题，那就是她只能跳 4T 和 4lz，其他的她都跳不出来，而且落冰看运气，大概是受伤后遗症的关系，她的旋转轴心也容易偏移。

孟晓蕾则是老问题，她很能跳，除4lo以外的其他四周跳都能陆续攻克，看这姑娘的架势，是打算趁着年轻健康，用高质量的四周跳冲击2022年冬奥会了，然而她表演能力太弱。

这两个女孩子都会在2021—2022赛季升组，是国内最被看好的在京张冬奥会为中国女单撑起门面的小将。年纪最小的陆秋则是因为太小了，赶不上京张冬奥会，是2026年冬奥会的预备军。

而对闵珊、察罕不花、蒋一鸿这三个年龄大的张门成员来说，2020—2021赛季至关重要，因为这决定着他们将有多少名额去冬奥会。

已经成长为冰舞一哥一姐的赛澎、赛琼，双人滑一哥一姐姜秀凌、洛宓也是如此。随着中国花滑的崛起，进入这个项目的人才也多起来，他们下面也有出彩的新人，但那些小孩一时半会儿派不上用场，这个赛季还是要他们自己去拼名额，偏偏因为疫情，大家现在都状态不佳，这可咋整！

蒋一鸿训练了几天，怎么都没法在训练时稳定跳出四周跳，不是这里站不稳，就是那里轴心不对，他偷偷和察罕不花说："我知道有这种想法不对，但还是忍不住想，要是师兄还在就好了，他在的话，我们上场的时候一点压力也不会有，训练的时候也会很努力。"

因为张珏足够强大和强势，所以他会在赛场上顶住一切拿名额、冲决赛什么的压力，他一个人就能担负起所有人的期待，也会在训练时用严厉的眼神盯得师弟师妹们拼命表现，每次想要懈怠的时候，只要张队一个眼神飘过去，大家就立刻汗毛倒竖，训练效果也上去了。

其实大家一开始也不明白为什么他们这么怕张珏，后来还是姜秀凌道破了真相："你们不觉得张珏就是典型的老虎一样的凶悍野兽，而我们和他一比就是兔子吗？"

无论是个性里含有的攻击性，还是头脑、气场，张珏都远胜他们，平时会管着他们但也会罩着他们，自然也就在小孩中间拥有了权威性。

察罕不花温和一笑："师兄是很厉害，但他也不是铁打的，就让他好好休息吧，名额由我们自己来争取。"师兄再厉害，他们也不能依靠师兄一辈子啊，不管做人还是做运动员，还是要自己强大起来才行。

蒋一鸿用力点头，觉得动力又回来了。

2020年下半年的9月到12月是花滑赛季的前半段，但大奖赛分站赛和总决赛都没有顺利举行，只能各国内部比一比，热热身，而且举办比赛的时候，场馆里一个观众都没有，赛场前所未有地冷清。

俄罗斯那边还好，花滑是他们的热门运动，人才储备又雄厚，国内的女单比赛比国际比赛还能更激烈，所以看头十足，中国花滑这边就是另一副模样。

10月，张俊宝去新疆观看一个国内青年组的俱乐部联赛比赛，顺便做做裁判。他是国内知名的教头，看下面的比赛总有点选材的意思。比赛开始前一天，赛事主办方特意派专车去接他，谁知却接到了两个人。

除了那位明明已经四十来岁，看起来却像没满三十岁的张教练，还有一个货真价实的二十多岁的帅哥。此帅哥背着背包，戴一副酷酷的墨镜与N95口罩，但熟悉花滑赛事的人还是认出了他。

接机的女孩子惊呼："张队！"

张珏抬起墨镜，对女孩眨眨眼睛："我一个高中同学在这里工作，最近要结婚，我就来参加一下婚礼，所以和老舅坐同一班飞机过来，待会儿我就走了，你们不用理我。"

张俊宝叮嘱他："你参加完陈思佳的婚礼就回我这边来，顺便看看下面小孩的表现。"

张珏比了个OK的手势，脚步轻快地走了。

工作人员瞪大眼睛，过了一会儿，一个年轻人小声问张俊宝："张教练，张队他的身体……"张队身体养好了没有啊？他还没有发布退役声明，是不是不打算退？他们还可以在冬奥会赛场上看到张队出战吗？

张俊宝一看这些孩子的表情，就知道他们有什么心思，他微微一笑："张珏这次手术做得很成功，上个月我陪他跑了次马拉松，他心率不正常的问题没有复发。"

而且张珏花钱在他住的小区附近建了个小冰场，大约是赛用冰场的三分之二大小，平时会开放给附近的小朋友玩，晚上张珏则会去那里锻炼，现在已经把4A以外的四周跳都练回来了。

不过这时张珏即将二次复出还是个秘密，张俊宝也没有多说，几个年轻人听完他的话后眼睛都明亮了起来。有时候作为粉丝，他们对崇拜的偶像的要求也不怎么高，尤其是张珏已经把所有的荣誉都拿遍了，所以粉丝们也只希望他能身体健康，以后能快乐滑冰就好了。

过了半天，他们看到张队带着大包小包回到酒店，张教练问："你回来就回来，干吗买这么多东西啊？"

张队回道："这不是我买的，是新郎新娘送的。"

现在去参加婚礼都要给礼金，张珏也是如此，他打了个8888的现金红包，结果对方觉得他给的太多了，想退钱吧，没张珏的支付宝和微信，只能塞了许多好吃好喝的回来，张珏还在愁怎么寄回去呢，反正要他亲自背回去是不可能的。

张俊宝沉默一阵，想起这人以前去国外参加相熟的花滑运动员的婚礼，最后也是拿着别人送的一堆特产回来。参加婚礼还要连吃带拿，不愧是他的大外甥。

这场青年组的比赛水准不高，最厉害的男单运动员的难度也不过是3S+3T，以现在的男单竞争强度，要在青年组夺冠，必然要有一个四周跳，张俊宝看了一阵子，没发现什么特别出众的苗子，就打算打道回府。旁观的人眼中都带着一抹失望，今年张教练也没有瞧得上眼的吗？

谁知此时，那个跳出3S+3T的孩子跑到了他们面前，这孩子怀里还抱着一束颁奖典礼时给冠军的花束，里面是漂亮的满天星。他是个典型的维吾尔族男孩，叫伊拉勒，14岁，黑发黑眼，五官立体，但五种三周跳里的3lo一直练不出来，据孙千说，这是马教练比较看好的一个双人滑苗子。

伊拉勒将花送到张俊宝面前："张……张教练，我会在今后的比赛中更加努力，争取拿到国家队的试训机会，那个时候能请您指导我吗？"在哪个教练手底下试训，一旦通过，就会是哪个教练的徒弟。这个孩子想进张门，张俊宝在他的眼中看到了野心，不，换个更合适的说法，应该是为了梦想能够拼上一切的决心。

张俊宝喜欢大胆和有上进心的运动员，因为张珏就是这样的性子，张珏想要成为世界冠军，想要奥运金牌，所以他会自己去争取。

老舅沉默一阵，收下了这束花，认真地问道："你的教练和父母在哪里？"

他和伊拉勒的教练、父母聊了一阵，敲定了伊拉勒去国家队试训的事情。试训时间三个月，只要这孩子在三个月内五种三周跳学全，并完成一个高级连跳，他就会进入张门，这是张俊宝给这孩子的机会。

张珏在外面等了一阵，没看到老舅进来，干脆自己进场馆找人，伊拉勒乖巧地站在父母身边，看他们和张教练谈论自己前往京城的试训事宜，然后有人从他身后走来。

这个人身材高挑修长，步伐稳健。他和张教练小声说了几句话，回头看着伊拉勒："你叫伊拉勒，是吗？"

伊拉勒认出了他，局促起来，脸颊发热："是，张队，我叫伊拉勒。"

是张珏！花滑男单的当世传奇，他也来这里看比赛了！这个人比伊拉勒在电视里见过的更加俊美，站在那里就让人移不开眼。

张珏友好地点头："伊拉勒是新月的意思吧？你的名字真好。"

老舅看到张珏，也不再浪费时间，干脆利落地敲定一切，拉着张珏回去了。而等到伊拉勒跟着父母抵达国家队的训练场馆，到张教练的办公室报到时，张珏就坐在一边打游戏。

他们办了手续，放了东西，张俊宝对伊拉勒说："走吧，去冰场。"

张珏也跟着起身，伊拉勒跟在他们身后，心中有激动，也有忐忑，他即将在国家队训练了，张队也在这里，张队会和他们一起训练吗？他有机会得到对方的指导吗？思考间，他们已经到了地方。

张俊宝拍拍手："都上冰滑一下，我看看你们的状态怎么样，张珏，你去找鹿教练。"

张珏哦了一声，伊拉勒发现自从他们进入场馆后，冰上除了音乐，没有其他声音，所有人都呆呆地看着他们。少年忍不住想，发生什么事情了？难道他身上有什么不对的地方吗？

直到张珏摘刀套上冰，女单一姐，平昌冬奥会女单银牌得主，两届世锦赛金牌得主闵册尖叫着朝着这边冲过来："师兄！你回来训练啦！"

张珏接住女孩，大大咧咧地跟大家挥手："嗯，我回来了，对了，这小朋友是伊拉勒，来试训的青年组男单运动员，来打个招呼啊。"

接着，整座冰场的人朝他们拥了过来。

"张队！你可回来啦！"

"师兄，我想死你啦！"

"张队，欢迎回来！"

番外 7　太阳终将升起

如果说张珏回归国家队训练只是让内部人员欢欣雀跃的话，等知道他要在全锦赛出赛的时候，全世界的冰迷都惊讶了。

张珏，冰上奇男子。

当年他发育沉湖的时候，人们说张珏回不来了。他骨折的时候，人们又说这位王者要陨落了。他做手术的时候，人们还说他是挂着在役的名头捞最后一次钱才会舍得退役。等他复出又倒在表演滑现场的时候，人们都说完了，这人真的要永远离开花滑赛场了。但是每一次，当大家以为张珏要离开的时候，他总是会重振旗鼓，将种种挫折磨难踩在脚下杀回来，简直就是冰上的"小强"，只有少年漫画的男主角才能有他这种死都不放弃的意志和生命力。

而对国家队成员来说，张队这人还是一如既往地厉害，回归训练第一天就能跳四周跳，一问才发现，原来他给自己建了座私人冰场，方便他随时训练。有钱真的很了不起。

这座冰场的存在让张珏能够更加方便地训练，疫情期间，他只要出门下楼往东走不到三百米就可以训练，这成功让他成了疫情结束后全队状态保持得最好的人。

这下教练们骂人都有理由了："你们看看张队！他做完心脏病手术都还有这个状态，你们再瞧瞧自己滑的是什么东西，还好意思不努力？"

其他人：可是这个有钱人有自己的冰场啊！普通玩家哪能和人家比啊？

像姜秀凌、洛宓这一对，在疫情期间只能待在东北老家，每天的训练全靠自觉，还只能做陆地训练。好不容易疫情缓和一点，终于能回归国家队的时候，还要先隔离，他们能有现在的状态已经是奇迹啦！

甭管怎么说，冰迷们在全锦赛出赛名单里看到张珏的名字时都激动得不行，他们奔走相告，大喊"张队回归赛场"啦。

担忧张珏的人也不少，就算女排那边的惠队也是做完手术回归赛场夺得奥运金牌，但花滑这边20世纪90年代就已经有因为心脏病死在冰上的先例了，张珏回来是不是不顾性命地逞强呢？还有的冰迷更是破口大骂，认为是上头不顾运动员死活，为了京张冬奥会的成绩，硬是把快要退役的张队拉回赛场。

有关这一点，领导们真的挺冤枉的，他们之中也有不少人并不赞同张珏回归，毕竟要是真让张珏在冰上出个什么事，人命关天的，谁担得起啊？张珏活着才是传奇，死了只会是麻烦。

所以即便完成冬奥会名额、奖牌指标很重要，领导们也没有强迫张珏回归，甚至在张珏想要回来的时候考验了好几轮，要求张珏必须出具他已经完全康复的检查单，而且要证明他的状态足够好。

这也是张珏前阵子和张俊宝一起去跑马拉松比赛的原因，他需要向大家证明，他的身体已经恢复到很好的程度了，不用担心他在剧烈运动后猝死，他真的好了。可以这么说，张珏能回到国家队，固然让所有小队员拥有了定海神针，欢欣雀跃得连训练状态都变好了，但他的回归之路却非常艰难，只是他没说而已。

当教练组、领导们被误解时，张珏没有说别的，直接亮出体检单，表示自己真的很健康，可以出赛，不用担心，然而等全锦赛开始时，张珏发现杨志远居然带了急救设备。

他无奈道："我真的不需要这个啊。"

杨志远："可是你跑马拉松的时候，我也带着这个在附近待命啊，有备无患嘛。"

算了，他开心就好，张珏叹了口气，提着包进热身室热身。

许久没有进行比赛，就连商演都参加得少，张珏再怎么自认为状态良好，内心也不是不忐忑。但他抗压能力好，也不会将心里的情绪展现在脸上，在外人看来，他还是挺沉稳的，连带着同样在热身室里的其他人都安定了下来。

他做了几个陆地跳跃，动作依然干脆有力，带着让小选手们可望不可即的力量感。参加完青年组比赛的伊拉勒看着张珏的身影，眼中闪过一丝羡慕。他只拿下了这次青年组的铜牌，很多人都指着他窃窃私语，说是这么弱的小孩进入张门简直不可思议，张队好像是第一次参加国内测试赛，就在恢复训练不到一年的情况下把所有的青年组选手都打败了。这个人从小时候开始就没有离开过领奖台。

张珏活动了一阵，感觉身体微微发热，就停了下来，掰了根香蕉吃着，嘴里嘀咕着："我想喝牛油果牛奶。"

"那个热量太高了，比完赛再喝吧。"沈流表情慈爱。

接近 80 岁高龄的鹿教练训斥道："你现在的体脂率是百分之九，要争取在世锦赛前压到百分之七以下才行。"

张珏拉长了声音回道："是——"

之前一直在休赛养身体，加上去年的短节目"Bridges"和自由滑"拉二"也只用过一次，他这个赛季就干脆不编新节目了。

姜秀凌和洛苾那边也是这样，疫情期间，国外的知名编舞都不方便跨国过来给他们现场编舞，通过网络编舞到底效果不好，何况编了也没时间练，还不如干脆用原来那一套。

张珏在回归的第一战就赢得漂亮，察罕不花和蒋一鸿在他面前弱小得像个孩子，更别提其他人了，等比赛结束，一群人就将他围了起来。

姜秀凌和张珏抱怨："老节目用多了会影响裁判的印象，表演分也会出现下滑，到了明年冬奥会的时候必须有新节目，你能帮我们联系一下卢卡斯吗？"卢卡斯是著名的双人滑编舞，手头出过好几个经典节目。

赛澎、赛琼则希望张队能再出手给他们编个节目，闵珊在他边上，表想要和弗兰斯再合作一次。简直就是众星捧月。

鹿教练看着那边，心想，他的人生也曾有过如张珏那样众星捧月的机会，只是他放弃了。

今年已经 79 岁的鹿教练生于 1942 年，童年在一个南洋商人家庭中度过，虽然是混血儿，也没有生在炎黄大地上，他的母语却是汉语。

他的父亲是个看起来斯斯文文的男人，做的是香料生意，母亲是美国来的容貌美艳的混血女郎，有一半华人血统。他母亲穿着时尚，在那个女性拥有参政权不到 30 年的年代，经营着家里的香料加工厂，是一个典型的女强人。

他们性格互补，事业相合，即使肤色不同，也是一对神仙眷侣，直到长大以后，鹿照升才察觉到了这段幸福婚姻下的阴影。自从和父亲在一起后，母亲再也没回过家，她的家人痛恨着这个放弃嫁给白人精英的女儿，连带着鹿照升也从未见过母亲那边的亲人。

但他的童年依然是快乐的，父亲温文尔雅，母亲活泼开朗，而他聪明又健康，直到 1949 年的 10 月，他的父亲在那天蹲在录音机旁守了好久，录音机里传来湖南话，父亲听着听着，就落下泪来，又拉着母亲在客厅里跳舞，又哭又笑。

"太好了，丽莎，我的祖国站起来了！"

从那一天起，鹿照升意识到自己的来处，他知道自己是炎黄子孙，是中国的孩子，父辈是 H 省出来的东北爷们，而他自己在某一天应该回那里去看看。

再后来他就在母亲的安排下去了美国读书，这是理所当然的，因为那时候美国的大学聚集了一批了不起的科学家，而鹿照升的学习不错，去美国名校拿到毕业证书，会让他往后的人生道路更加顺利。

于是年轻的鹿照升告别父母，背着行李上了前往美国的大船。他的外貌很像母亲，虽然是混血儿，其实五官很西方化，皮肤也白，所以进了学校学习时，从未像其他肤色的同学一样被排斥，而且他擅长运动，个性开朗，一度是校内年轻男女们追慕的对象。

可是那个时候，他只关注到了一个黄皮肤的女孩，那就是他后来的妻子玉蓉，一个说着闽南味十足的普通话的女孩。她成绩好，是家中独女，父母是香港商人，做得一手好吃的鸡蛋糕，学习也很优秀。她崇拜着南丁格尔，希望将来也通过护理手段帮助到更多人。

汉语是连接他们的桥梁，相同的语言让两个年轻人走近对方，又在天长日久的相处中产生爱慕之情。但在那所大学，爱上一个被许多人瞧不起的黄皮肤女孩，无疑深深刺痛了另一位追求着鹿照升的白人女孩的心。于是在鹿照升参加至关重要的跳台滑雪比赛时，他的滑板被做了手脚，最终一场骨折让本有希望冲击顶级赛事的他退出了这个项目。

他在医院疗养时，那个白人女孩的爱慕者过来探望他，说是探望，其实是用居高临下的态度鄙夷了他几句："一个有猴子血统的人，本有希望得到白天鹅的垂青，可你就是要和其他猴子混在一起，这大概就是狗改不了吃屎吧？"

鹿照升就这么看到了灯塔下的阴影，他无法和远在南洋的父母倾诉自己的遭遇，作为一个要强的年轻人，他不愿让他们担心，所以鹿照升将苦水吞进肚子里，又在另一位好友的邀请下去打冰球。

毕竟大学学费是很贵的，而做运动员可以得到奖学金，这能让他的经济宽裕些，也让玉蓉轻松一点。再后来，鹿照升带着玉蓉回了南洋，见过双方父母，成了婚，又继续打冰球。没过几年，父亲去世，而父亲的遗愿，是有朝一日返乡，将自己的骨灰撒在故土上。

鹿照升点头，选择退役，卖了南洋的祖产，带着妻子回国，做了一个冰雪竞技运动的教练，然而人才的匮乏，以及还未发展起来的经济，让这些运动都发展不起来。

他郁郁不得志，等到了退休的年纪时还在想，自己这劳劳碌碌一生，却还是没能看到中国的冰上运动崛起，是不是太失败了？他的女儿琪琪听着父亲的嘀咕，忍不住笑起来："也没那么失败吧？俊宝哥和小流不都是很优秀的选手吗？"

是啊，他们是很优秀，但他们都没有拿过 A 级赛事的奖牌，放在整个花样滑冰的历史中也终究只能落个寂寂无闻的下场。

直到某一天，张俊宝和他的姐姐张青燕抱着一个漂亮的小胖子走进了他的冰场。

张珏来了。

虽然这个小胖子进入鹿照升手下第一天，就从他老婆那里用沾了蜜的小嘴坑走了一盒子鸡蛋糕，但他还是认为这个小孩拥有可怕的天赋，所以他对这个孩子抱有极高的期待，对小胖子也严厉了些。谁知这一严厉，小胖子就跑了，好在后来张俊宝又把这小胖子哄回了冰场，而在经过赛场的磨炼后，小胖子也成长为一名真正的运动员。

时来运转，鹿照升带了张珏几年，以七十多岁的高龄成了奥运功勋教练，亲眼看着自己的弟子跨过重重磨难，摘下一枚又一枚金牌，不断地创造奇迹，现在，那孩子又一次回到了赛场。

全国赛一结束，接下来就要决定去世锦赛的人员了，今年的世锦赛是在瑞典斯德哥尔摩举行，同时也是冬奥会资格赛，但那里的疫情……作为想去冬奥会的运动员，这时候也只能硬着头皮过去了。除此以外，今年的所有大赛的领奖台都是把奖牌放在领奖台上，选手过去自己拿起来戴好，没有颁奖人员，kiss&cry 的座位也都是隔得远远的，免得大家碰上，可是还是有运动员感染了。

不是中国的，而是俄罗斯的。

闵珊："我记得俄罗斯那边的赛丽娜就染了病毒，在医院里住了好久，肺部功能受损，现在只能退役了，也是可惜了。"

张珏叹气："俄罗斯啊，我记得他们今年的国内分站赛观众还挺多的。"

疫情还没完，就那么多人群聚，想想也挺危险的，还不如学学日本，在观众席上放人形纸板呢。

张俊宝这会儿则在劝鹿教练："老爷子，你就不要跟着去瑞典了，太危险了。"

鹿教练哼了一声："不用你说我也不会去的。"这两年折在新冠上的老人还少吗？鹿教练还想过他的八十大寿呢，自然不会这时候去冒险。

张珏跑过来，笑嘻嘻地说道："等您过八十岁的生日的时候，我们专门举办个冰演为您庆祝，毕竟您可是我们的祖师爷呢。"

鹿教练环视周围，张俊宝、沈流、张珏、姜秀凌还有察罕不花、闵珊、蒋一鸿，以及下面的孟晓蕾、秦萌、陆秋、伊拉勒，这群未来可期的年轻人，算一算不是他的徒弟就是他的徒孙，是在他的人生进入暮年后走入花滑赛场，在他和一众教练的帮助下绽放光芒的孩子。

他微微一笑："行了，别围着我了，该干什么干什么去。"

张珏眨眨眼，将自己的金牌挂在老爷子脖子上。

番外日　京张冬奥赛季开始前

秦医生近期和张珏分享了自己工作时从同事那里听到的八卦消息，别以为医生就不爱传八卦消息，正因为身处医院这样的工作环境，他们知道的八卦消息才多呢。

"我之前在的骨科最近出了医闹事故，有个骨肉瘤患儿的家属用刀把一个医生的脸划伤了，幸好主任拉了一把，不然眼睛都瞎了。"

张珏露出庆幸的表情："幸好你不在那儿。"

他把脚搭在秦雪君大腿上，那双黄金之手为他按着脚上的穴位，舒服得张珏眼睛都眯了起来："佩佳啊，你以后出门工作也要注意，碰上那看着神情不对，即将动手的家长就避远点，不要以为自己有个大块头就什么都不怕了。我和你说，疯子发起疯来的杀伤力能超出你的想象。"

秦医生温和地回道："知道了。"

就算张珏不说，他也会谨慎小心的，毕竟家里还有爷爷奶奶、鹦鹉、鸡、菜地等着他回家侍弄，他可舍不得在外头出事。

然而张珏今天明显兴致并不高，这也可以理解，因为他在瑞典花滑世锦赛只拿了一枚银牌。张珏不是没有败绩，滑了这么多年，他也丢过不少金牌，唯独这次，他本打算在自由滑上六个四周跳，结果节目前半段一直没找到表演状态，还失误了一次，最终为了求稳只上了五个四周跳，以4分的分差输给了千叶刚士。

那种感觉太奇怪了，以前他一直都是挑战者，或者和其他人平等竞争，但在面对千叶刚士的时候，张珏是守擂者，是前辈，好不容易复出比赛，结果却输给了后辈。虽然大家都夸他说做了两次手术还能恢复到这个程度不可思议，奥运夺牌点稳稳有他一个，但张珏要的不是这样的评价。

他要赢金牌，他要做夺金点，而不是一个众人眼中"虽然正在下滑但底子厚实还没有跌出顶级水准的老将",他想证明自己仍然是王。

话是这么说,在察罕不花难得一见地出现失误,蒋一鸿摔惨了的情况下,张珏扛住压力夺下三个名额,就已经是稳稳的定海神针了,夺不夺金什么的都无所谓了。张珏对自己的要求高,但对冰迷们来说,做了两次心脏手术的张队能够稳稳当当比完大赛就已经很让他们满足了。

即使是最苛刻的只要运动员没夺金就开骂的某些黑子,对张珏也不能提更高的要求,还有人说,他们看比赛的时候,都不怕张队有失误,因为疫情过后状态好的运动员实在不多,他们怕的是张队又滑着滑着就倒下了。

这一年的世锦赛男单项目,也是老将们发光发热的一年。加拿大也不是没有出色的小将,但最终还是已然成了老将的克尔森拿下两个名额,法国、俄罗斯同样如此,大家都被疫情折腾得够呛,这时候稳定性更高的老将才是顶梁柱。

而千叶刚士作为这届世锦赛男单唯一发挥出色 clean 节目的小将,终于赢下张珏,也让他的新王名号越发响亮。不是没有鱼苗感到不甘,但竞技体育就是这样,张珏已经快 24 岁了,还满身的伤病,他已经不是那个十几岁时肆意挥洒天赋的少年。

最不甘的人是张珏,这一年张珏差不多是世锦赛一结束就开始准备下个赛季的节目了,秦雪君看着他忙碌的背影,心想,不同于平昌冬奥会,面对京张冬奥会的时候,张珏是真的把自己的一切都押上了。

在发觉王座不稳后,张珏迅速地将自己放到挑战者的位置,拖着 24 岁"高龄"以及满身伤病,踌躇满志地要再一次去挑战极限。

张珏的好胜心总是能成功压过他内心的傲慢与懈怠,推着他往更高的地方奔去,他开始想尽办法找回自己的 4A。

秦雪君的滑冰水平仅限于在冰上靠自己滑行,会两种一周跳的程度,在业余爱好者里算不错了,但在张珏拼命练习的时候,他也只能站在旁边看,即使已经是赛场上的老将,比赛和训练的经验都丰富到不行了,张珏也还是会有状态低迷和情绪低落的时候。

有时候好几天状态不佳,为了防止这家伙再次因为心情不好而离家出走,教练组会主动给他放假,而张珏放了假也不去别的地方,就在自己的私人冰场里继续练习。跳跃是危险动作,秦雪君就坐在一边盯着,张珏有时候摔了,就干脆坐在冰上叹气。

他磕磕绊绊地准备着自己的节目，这一次，张珏选择了两个节目都由自己做编舞。

短节目，肖邦的《E小调圆舞曲》，优雅而美丽。

自由滑，威廉·约瑟夫的《激情》，热情而不羁。

秦雪君是他的每个节目的第一位观众，他亲眼看着张珏思考了许久搭建起节目的框架，又用满满的灵气填充细节，看着这两个节目一点点完善。这会是张珏的谢幕之作，也会是两个伟大的作品，唯有这点秦雪君充满了信心。

然而在6月，寺冈隼人宣布了退役，据说是因为跳跃时伤到了脊椎，为了下半辈子不坐轮椅，只能去做手术，然后离开冰面。

张珏匆忙赶去那边探望了友人，看着寺冈隼人被推进手术室，给他帮了忙。庆子抱着大女儿白叶冢玉子和张珏嘀咕："这个家伙一直很逞强，说是想和你们在京张冬奥会再战一次，这次不得不退出，他心里不甘死了，所以他干脆把自己的自由滑节目送给伊柳沙了。"

张珏嘴角一抽："送给伊柳沙？"

庆子点点头："是啊，伊柳沙的短节目用莫扎特的《土耳其进行曲》，但自由滑一直没有想好滑什么，正好隼人的自由滑是《蝙蝠序曲》，就是汤姆猫曾在动画里演绎的那首曲子，意外地很适合他。"

"也就是说，这次你在冬奥会不仅要对付厉害的后辈们，还要对付和隼人合体的伊柳沙。"庆子对他握拳，"要加把劲了啊，tama酱，不然你会被他们一起打败的。"

那一刻，张珏的脑海里飘过《龙珠》里的合体，将之套到伊柳沙和隼人身上的话……不行了，辣眼睛，他得赶紧找个地方洗洗脑子。

谁知庆子这时候又说道："对了，伊柳沙昨天还在视频通话里和我们炫耀他家总裁姐姐的产检单呢，大概这次又要找你做干爹吧。"

张珏沉默一阵，还是决定回家洗自己的脑子。天哪，伊利亚那个憨憨熊居然都有孩子了。

于是等秦雪君听到门铃声去开门的时候，就看到张珏嘤嘤嘤的，说什么要洗脑子。

张珏露出悲伤的表情，吱哇乱叫："我又要当干爹了，为什么这群人进展都那么快？搞得我好无能！"

秦雪君安慰他："越聪明的人越容易单身，你的学历是这一代花滑选手里最高的。"

张珏一愣，被安抚好了，全然不知秦雪君哄他的语气和对付 5 岁小孩差不多。

总之托一群人照顾的福，张珏在京张冬奥赛季开始前的训练状态很不错。等冬奥赛季开始前几天，张珏的考斯滕到货，他迫不及待地拉着雪哥到自家冰场，打开场内的灯光，换上考斯滕。

秦雪君站在场边，在张珏站在冰场中心的那一刻按下音响的按钮，钢琴声流淌而出。

而冰上的人睁开眼睛，对他露出一个自信的笑，这一天 4A 回到了张珏的身边。

虽然世人都预测张珏在京张冬奥会大概是以银牌落幕，但是看到他的节目，秦雪君内心却生出无穷的信心，如果是这两个节目，是现在的张珏的话，无论什么奇迹他都可以创造得出来。

张珏还是很能跳，他的滑行和旋转更加精妙，他的表现力依然有无尽的生命力与勇气，而他对花滑的热爱，时至今日，依然可以打动观众。

秦雪君有个小秘密，那就是张珏在他心里，是个永远不老的少年，他无比敬仰和尊敬对方。是的，这就是他对张珏的感情。而在往后的时光中，他还会继续怀揣着这份尊敬，看着张珏创造更多花滑的奇迹。

番外Ⅻ　京张冬奥的男单大战

京张冬奥会开始后，张珏随队员们入驻冬奥村，过上了幸福快乐的生活，没过几天，就连教练们都看不下去他的作风了。

他的流程是这样的。每天早上起来，经过扫码、测体温等各种流程，跑到餐厅去吃东西。晨训结束后继续吃。下午的训练结束后持续吃。时不时还去看个同国运动员的比赛，在观众席上摇旗呐喊，蹦得比闪珊还高。

冬奥村的美食实在太多了，要不是鹿教练盯着，张珏差点跑去和其他国家的运动员比谁吃饺子更多更快。身为花滑运动员，这么吃，体脂率还控不控制了？比赛还想不想赢了？张俊宝把张珏带回房间骂了一顿，张珏坐在床上享受高科技床的摇晃，露出惬意的笑。

他感叹:"我知道这样不好,可是在自家比赛真的好舒服啊。"

张俊宝:"别躺了,起来给我做波比跳!"

良好的环境带来良好的心态,张珏本来就是大心脏,挨完骂后爬起来一边写论文,一边拍了个 vlog 发出去做粉丝福利,他训练时的状态也越来越好,这时教练们才意识到,张珏恐怕压力还是不小,所以他使用了各种方式来解压。

等到比赛开始的那天,在万众瞩目之下,他回头对教练组竖大拇指:"放心,我一定赢给你们看。"

教练组:你的压力已经很大了,就不要再说这种话给自己继续加压了啊。

国内知名花滑论坛冰天雪地也纷纷开始比赛直播。

【hot】啊啊啊!张队快要上场了!紧张!

1L

今年的男单真是好一个修罗场,虽然日本大太子退了,二太子战斗力却更强,只差一枚奥运金牌了。

2L

张队今年状态也奇佳啊,总决赛那一场和二太子只差了 1 分,可惜他一直没上 4A,估计是伤势太重了吧,听说今年一直依赖封闭,呜呜呜——心疼,他连团体赛都没上,还是珊妹做的队长。

3L

作为老将,张队和伊利亚今年都不容易,不过我还是对他们抱有希望,想当年张队参加平昌冬奥会之前也输给了伊利亚,结果一到冬奥会立刻就爆发了,这人哪,命中带奥运金牌。另外热烈庆贺中国队今年又拿了团体赛铜牌,好家伙,都连续三届铜牌了。

4L

可是那时候珏神才 20 岁多一点啊,他今年都 24 岁多了,虽然我也希望他今年重演平昌周期的剧本,其他比赛输了没关系,赢了冬奥会就好,但是年龄摆在那里。

5L

不是,为什么看你们的谈话,我总觉得 24 就已经很老了?

6L

34岁的飘过，我可是一直觉得自己还年轻呢，24岁绝对是嫩得出水的年纪好吧？

7L

张队：虽然我24岁了，但我依然嫩得出水，随时能把挑战王座的小朋友们捶进地里。

张队不一直是这个王者风格吗，咱们要对他有信心。

8L

遥想当年，冰上第一大萌神小鳄鱼横空出世，圈内大佬纷纷对他露出慈爱的微笑，各种抱抱举高高，结果大萌神自己却是个"暴君"哈哈哈。

9L

看看瓦西里哥哥当年瞅张队的温柔眼神，再看看张队无论瞅谁都满是战意和杀气的目光，啧啧啧。

10L

两代王者作风完全不同哈哈哈哈，瓦西里对同门也超级温柔，虽然脾气上来了会和克里米亚动物园的园长一样脱鞋子去抽人，但他带孩子真有一套，拉伊莎妹妹现在也五种四周跳了，表演更是棒棒的。

11L

不知道千叶以后对后辈咋样。

12L

他对后辈也很慈爱，前几天还被媒体拍到背着扭了脚的师妹，凶残到让队里的后辈汗毛倒立的只有我们张队。

13L

话是这么说，我们的小孩们难道不是在健康地成长吗，而且我们国家队的花滑少男少女成绩都很不错，珊妹还说张队有时候会给他们补课，我们晓蕾和秦萌也都是四周跳少女啊！

14L

他对师弟师妹是很好啊，只是看着凶而已，不花当年高中毕业时说想走体大特别录取的路线，结果被他硬逼着去考了个一本，平时他也会给同队队友编节目，赛家兄妹的好几个经典节目都是他给的。

15L

论带孩子的功力，张队还是可以的，目前队里好几个一线都被他带过，据已经退役的金子瑄说，张队其实人很好，就是气场太足，让人下意识地心生畏惧，如同兔子见了猛兽。

16L

啊！六分钟练习开始了！

17L

张队加油！

…………

98L

超神了！超神了！

99L

看得我眼泪都下来了，谁能想到拿出这种水准的是个24岁还做过心脏手术的老运动员啊，可惜4F单跳落冰不好，但看到4A重新现世，我满足了，真的满足了。

100L

够了，真的够了，张队已经很了不起了，这世上除了他还有谁能跳4A！

101L

可惜了，4F不出问题的话，他肯定就破纪录了，结果这次短节目只排到第三。

102L

毕竟这次请过来做裁判的都是卢金老爷子之类的魔鬼裁判啊，张队失误了就要吃减号，避不开的。反正别的人失误也是一样的待遇，这已经算不错啦。

张珏新赛季的短节目考斯腾是冰蓝色与白色交织，头发也被打理得清爽帅气，滑的节目也是典型的古典优雅风格，而他亲自出手编排的节目，质量自然也是过硬的。他太想赢了，短节目就直接上了4A，却忽视了4A对这具满是伤病的身体的损耗，看来在自由滑之前又要来两针封闭了。

已经80岁的鹿教练在他结束短节目下场时，摸着他的头安抚道："张珏，冷静下来，你现在对金牌的渴望太强，这已经干扰到你的心态了。把稳定性重新找回来，否则到了自由滑，你也会继续失误的。"

张珏闭上眼睛："是！"

比赛场地就在祖国的土地上，现场满满的都是自家人，张珏的求胜心头一次压过了一切。

大概也是因为他自己的年纪上来了，而敌人年轻又强大，他甚至产生了被逼入绝境的感觉。除了发育关那会儿，张珏再没有过这样的感受了。因为短节目失误，现在教练们把他的手机没收了，生怕他看到网络上有人骂他。

可是他真的没有失落，恰恰相反，他感到心里有什么烧起来了。

困境不会让我死亡，只会让我更加强大

斗志从来都不会没有缘由地燃起，必须对手足够强大才行，张珏之前只要能状态完好地 clean 节目就一定能赢，除去伤病，他从不怀疑自己是赛场上最有统治力的选手，现在，他要证明自己依然是统治赛场的那个人。

接下来的时间，张珏把自己封闭在冬奥村的房间里，再没有和别人说话，大家都觉得他可能是因为短节目失误而情绪不好，也不敢去打扰他。包括与他一起参赛的察罕不花、蒋一鸿，大家再次见到张珏的时候，已经是自由滑的时候了。

然后所有人都被张珏吓了一跳，只是一会儿没见，这家伙居然把自己的头发又剪短了！

张珏还挺得意，他晃了晃头，竖起大拇指："怎么样？我短发的样子也还是很帅对不对？"

当再次看到他的时候，许多人都忍不住发出惊呼，不是他短发的样子不帅，而是没想过还有人能在短节目和自由滑的间隙来一场形象大改造！这家伙现在彻底变成一个清爽的帅哥了啊！

为他剪头发的弗兰斯吹了声口哨："那么，我就把这个把心态找回来的帅哥还给你们了，比赛加油。"

察罕不花对弗兰斯点头致意，他的新赛季自由滑就是找弗兰斯编的，两人合作过多次，现在也算老朋友了。

既然得失心会影响比赛状态，那现在他就什么都不去想了，张珏不看任何人的比赛，只专注于自己，全身心投入热身之中。

在他上场前，其他选手有好几个都 clean 了自由滑，其中有两个在节目里放了五个四周跳，而在张珏上场前，解说员还说着他在京张周期的磨难。

"曾经纵横索契周期与平昌周期的张珏在整个京张周期都没有好好地比过赛，他曾经做过心脏手术，髋骨磨损以及膝盖韧带的伤势也让他饱受折磨，但他始终没有放弃，无论今天张珏拿出怎样的表现，我们都相信他已经拼尽了全力。"

说白了，解说员也觉得张珏这次很悬，所以努力为大家打预防针，表示张队不容易，就算没夺金也麻烦理解包容一下自家老将。毕竟国内的小将们潜力有限，一直只能在一线徘徊，冲不上一线，才导致张队以 24 岁高龄继续征战赛场，虽然熟悉张珏的人都明白这家伙杀回来纯粹是因为他自己想要这枚金牌，但有些话也不一定要说出口。

而在张珏出场时，差不多所有解说员都失语了一瞬，张珏和张俊宝一样是娃娃脸，换发型以后，少年感立刻就明显起来，那种清爽帅气，简直令现场所有冰迷都把持不住。

他的眼睛明亮，面带自信的微笑，解说员提前打的预防针在这一刻无效了，因为只要看到张珏的神态，就知道他一定是来拿金牌的，短节目第三而已，也不是追不回来了，不是吗？不要在比赛开始前就认定他赢不了啊，明明他以前已经在很多次大家认为输定了的时候赢过了。

张珏这么想着，深呼吸，抬着下巴目视前方，却莫名令解说员赵宁回想起当年第一次看到张珏时的场景。那个时候张珏还只是青年组的孩子，却已经是这副"今天我小鳄鱼就是来拿金牌的"嚣张模样。

他在开场再次跳了 4A，一个无比成功的 4A，从起跳时机到空中转速、轴心、落冰都超级棒，而这一跳，也将所有人的期待值拉了回来。

张珏还没有放弃夺冠，这是所有人都意识到了的事情。

节目开头的吉他扫弦倜傥潇洒，带着浓烈的西班牙风情，接着张珏又来了一组 3A+4T。

这是什么前所未有的神仙连跳！

本赛季总共挨了六针封闭的张珏在奥运赛场上正式宣告，他张小玉的弹簧腿和黄金膝盖又回来啦！张珏突破伤病，在冬奥会回春啦！

他的表演总是带有蓬勃的生命力，而且和俊美到令人惊讶的外貌不同，他很擅长展现自己作为男性的阳刚气概。他是目前在役男单选手里表演风格最阳刚的一位，只是和风格单一到只能滑阳刚风的哈尔哈沙、察罕不花不同，他向来是可霸气可柔美可中性的。

而现在的张珏在冰上是如此快乐，如同一只飞鸟回到了天空，展翅尽情翱翔，即使这位王者在京张周期吃尽伤病的苦头，可是现在，他的翅膀再次打开，他依然有力并充满冲击更高处的勇气。

张珏编出这个名为《激情》的节目时，就是打算将其作为自己在赛场上的最后一个节目，所以他将自己的一切都放在了里面。最初，他也不过是一个牵着老舅的手懵懵懂懂闯进赛场的孩子，可是现在他是如此深爱花样滑冰，并由衷地感激着花样滑冰为他带来的一切。

张珏心想："我为花样滑冰而生的一切激情，现在、全部、立即展现给你们看！给我看好了！"从这一刻开始，张珏的自由滑一路高能，四周跳一个接一个，每个都精准地踩在音乐的节奏上，天生表现力强大的优势被发挥得淋漓尽致。

就连比完赛后坐在休息区的伊利亚这时也站了起来，目瞪口呆地看着张珏的表演，他知道了，全场所有追着看张珏的比赛，看着他从青年组走到现在的人都知道了，这一刻，张珏找回了最初的自己，却比最初的自己更加强大。

千叶刚士也紧紧盯着张珏的每个动作，这就是他从小一直追逐的张珏的动作。

王者重现冰面，节目进行到这一步，很多鱼苗的眼前已是一片模糊，他们一边抹着眼泪一边看比赛，有的人妆都花了。这一场真正证明了一件事，那就是哪怕满身伤病，在花样滑冰这个领域，张珏依然是天下第一！

在节目末尾的舞蹈步法，张珏做了一个 Hydroblading，并亲吻了冰面，然后他起身，跳接燕式旋转，接着是侧身蹲转、躬身转，最后，他双手提着冰刀往头顶一拉。一个腰上挨了两针封闭的高龄运动员，在他职业生涯的末尾，再次为他喜爱的观众们奉上了一个贝尔曼旋转。

这场自由滑终于结束了，张珏知道，自己辉煌的职业生涯将多出一块金牌，他露出一个释然的笑，单膝跪在冰上，拍了拍冰面。

老伙计，多年以来，谢谢你的陪伴，我在这里经历过了重回少年时代最初的迷茫，也在这里找到了梦想，我从你这里得到了很多，但是以后，我要离开你了。

现在，我要去迎接新的人生了。

2022年京张冬奥会，张珏取得了自己的第二枚奥运金牌，成了时隔70年的又一位冬奥男单连冠选手，让自己传奇般的运动生涯有了一个完美的落幕，让红旗在祖国举办的冬奥会因自己升起。

张珏在京张冬奥会夺金这事吧，虽然事先大家都觉得不可能，毕竟他伤病太多了，而且心脏做过手术，但等他真的赢了，似乎也不是那么令人意外。

毕竟他上限高啊，要知道4A这个跳跃直到2022年还是张珏的专属跳跃呢，全世界除了他，别人都没能跳出来，加上现场的裁判团名声在外，全是运动员看了就想绕道走的魔鬼，所以张珏在打分公正无比的情况下连破自由滑、总分两个纪录拿下金牌，也就成了无可争议的事情。

他就是有那么牛，其他人就是滑不过他！对手输得心服口服，观众们更是心满意足。

赛后表演滑，张珏选择了玛利亚·凯莉的"Fly Like a Bird"，而搭配这个节目的考斯腾则是一件白紫相间的飘逸纱质外套以及黑色的裤子。在节目末尾，音乐一变，从动听的女声变成了令人热血沸腾的声音，听过这首曲子的人已经面露疑惑。

这……这不是《航海王》的第一首主题曲的前奏吗？听到这一段，他们的脑子里自动响起"想要我的财宝吗"的旁白！

场馆的灯在这一刻全部黑了，几秒后，扒掉外套穿着红背心、牛仔裤，头戴一顶草帽，还在眼下画了道疤的张珏蹦了出来！

接着，张珏表演滑的特邀嘉宾山治·伊利亚，索隆·隼人同样穿着cosplay的衣服蹦出来，如同三只憋了好久的哈士奇在冰上翻腾起来，观众们也莫名地被他们带得欢乐了起来。

张珏是花滑中心的宝贝蛋，又才拿下金牌立下汗马功劳，而全世界的冰迷都知道三剑客是同期运动员，而且感情很好。这次隼人因为脊椎伤病遗憾退役，无缘参加京张冬奥会，张珏就直接把他带上了京张的表演滑。

三剑客的退役表演就这么在观众们的笑声中欢乐地结束了，而这就是他们三个人的心愿。

一直以来，谢谢冰迷们的陪伴与支持，现在他们几个要走了，也请大家不要感到遗憾，因为以后在商演的时候冰迷还可以继续看到他们，就算不能再比赛，他们也不会放弃花滑，而是以其他的方式活跃在这个项目里。

所以，请笑着看我们退役吧。张珏离开冰面的时候没有流泪，他笑着来到花样滑冰的赛场上，最终也笑着，没有任何遗憾地离开。

背着行李离开奥运村的那天，老舅问张珏："小玉，这次满足了吗？"

张珏用力地点头："嗯，足够了。"

新增番外 1　凤凰涅槃

倒在冰上的那一刻，张珏的脑子里什么都没有，除了痛苦和恐惧。

许多人叫着他的名字，队医冲过来为他查看伤情，而张珏蜷缩在冰上，姿势像个虾米，抱着腿流着泪，眼前一片模糊。

医生诊断说是应力性骨折的时候，他没有太过惊讶，以他的训练量，没有伤病是侥幸，如今骨折也是身体不堪重负。为了胜利他已付出太多，他有了面对一切挫折的心理准备。

他本来是这样想的，但当他看到师弟师妹们手拉手去训练，而他只能躺在病床上的时候，他感觉心里空落落的。他在冰上待了太久，离开了冰场，一时间竟不知道要做什么了，所以他逃了，逃到没人认识自己的地方调节心情。

听张珏说完才受伤时的心态，刘梦成失笑："难怪我总觉得重逢后你明明总是笑着，可我还是觉得你不开心。"

张珏抱怨："除了你，谁能看出来我的心理变化啊？我都没想到你这么敏锐。"

刘梦成垂下眼睑，温和地回道："美晶也抱怨过，她说我对很多东西都太敏感了，她偶尔会觉得在我面前没有秘密。"

"可她还是爱你，哪怕你让她觉得自己没有秘密。"

在张珏的记忆里，尹美晶是个很有边界感的人，她注重与他人的距离。比如张珏本人，虽然他很讨喜，走到哪里都有朋友，但他从不会轻易和尹美晶有握手以外的肢体接触，除非她主动在他赛后来拥抱他，祝贺他，只因他尊重尹美晶的边界感。

这样一个女孩，能接受一个过于敏感的男孩走进自己的心里，她一定是很爱这个男孩的。

刘梦成的嘴角有了甜蜜的弧度："是，其实我一直觉得，在现在的时代，人们吝啬说爱，所以爱成了勇者的专属。美晶是我见过的最勇敢的女孩子，我很庆幸遇到她。"

张珏："哦。所以你们的表演总是那么情感充沛，好像从认识到现在，你们是我见过的唯一一对从未出现灵感枯竭情况的花滑选手。"

刘梦成回道："是，美晶就是我的灵感之源。"

张珏陷入了沉思，非常遗憾的是，一向以表演闻名赛场的他在上赛季一度出现过灵感枯竭的问题。

《可爱的骨头》和《纪念安魂曲》在外备受好评，可张珏知道这两个节目他滑得没以前顺畅，甚至不如《胡桃夹子》那样与他合拍，光是磨合节目就让他很辛苦了，情绪也因此受到了影响。

他对自己的表现不满意，不管教练和冰迷们如何劝慰，他就是不满意。

意识到这件事的时候，张珏认为自己需要蜕变，如同蛇蜕皮一样，扒开旧皮，以新生的姿态出现，这也促使他拄着拐杖，在休养期跑出国到处旅行。

跑到比利时的时候，大卫照顾了张珏一阵，在充斥着荷兰语、法语、德语的环境中，张珏觉得一切都很陌生。这里没什么人认识张珏，即使不戴口罩站在大街上，大家看张珏的原因也不外乎他外貌过于出众，和他在花滑赛场的辉煌战绩无关。

大卫受伤不能上冰，张珏也不能，于是他在比利时的时候，一次冰场都没去过。张珏一如既往地买了些工艺品寄回去，又去位于首都布鲁塞尔区域的滑铁卢古战场，拿破仑在这里失败，从此所有人都将惯于成功的人的失败称为滑铁卢。

张珏明白，如果他再不能解决自己的问题，很快也将遭遇自己的滑铁卢。

幸好他的手机还能联网，这让张珏收到了一条有趣的微博私信。

他是不回陌生人信息的，但偶尔会看一下私信，其中有辱骂和斥责，问他为何不在冬奥会夺金，问他为何能觍着脸和赛场上的敌人做朋友，甚至有的人直接问候了他的父母，对于这些人，张珏一律选择无视。

还有些信息则是好的，比如他现在看到的这个，一个名为新月的孩子，用明显稚嫩的语句，对他述说着自己练习花滑的感触，还有对他的喜爱。

新月絮絮叨叨，他应该出生于新疆，因为他数次提到自己的妈妈做的羊肉抓饭很好吃，放在饭里的葡萄干和坚果都是哥哥亲手制作的，但他不敢多吃，不然体重会暴增。而且小伙子提过老家的冰场原先不算好，很小，而且开启的时间不长，但在索契冬奥会过后，张珏捐了一大笔钱用于一些城市的冰场修缮，让新月老家的冰场变得比以前好了很多。

教练说新月作为男单运动员力量不足，所以他才会卡在三周跳这个瓶颈，很多自幼练习花滑的运动员就是因为迟迟无法将跳跃能力从两周跳突破到三周跳，最终遗憾地认知到自己天赋不足，从此只能坐在观众席看其他人冲击更高的王座。

新月不甘心停在赛场外，便天天对着张珏青年组的比赛视频练习，最后通过张珏的转速流跳法，成功在最近攻克了 3S，但成功率不够，他会继续努力。

"希望有朝一日能与你在赛场见面。"

这是新月私信中的最后一句话。

张珏转头就去搜了国内青少年赛事观看，这些孩子的技术在他眼里真是十分青涩，大部分只有 2+2 的连跳，旋转不精，滑行无力，表演也粗糙，但纯真而富有灵气。

新疆的选手很好认，他们高鼻深目，容貌俊丽，张珏拿着手机，将新疆名字的意思挑出来，和汉语的意思一个个对照，很快发现其中一个叫伊拉勒的小选手的名字翻译过来就是新月。

之后就是着重观察这孩子的赛场表现了。他的比赛视频只有两场，各排了两个三周跳，最高难度仅有 3S。小孩眼神坚定，在赛场上摔倒了也会立刻爬起来，看起来是个求胜欲很强的孩子。

张珏看着伊拉勒的比赛，最后在新月的私信里回了两个字——加油。

这孩子的比赛让张珏明白了一件事，就是他现在的心态并非伤后的失落和低郁，而是想要比赛，想要胜利。他不甘心只看别人比赛，他想赢，想得几乎要发疯，所以他看到其他人比赛的时候，内心的挫败和痛苦满得几乎要溢出来。

张珏不喜欢展露自己的负面情绪，大多时候他都是自己消化，完事了还是一副没事人的样子，大大咧咧地过自己的生活。

现在他却不想忍耐内心的冲动，在国外晃荡也没什么意义了，他想尽快回到自己的冰场去训练。

张珏火速回国，努力养伤复健、恢复训练。

一开始自然是不顺的，挂了好久拐杖，走路都成问题，上冰打滑，跳跃不稳，时不时就摔一跤，他不自觉回想起骨折的那一天。已经康复的伤处也总是传来一阵隐痛，让张珏分不清到底是骨头它老人家打算再折一次呢，还是他本人的心理阴影作祟。

舅舅和鹿教练都很担心他的状态，这时反倒是沈流给了张珏不少支持："运动员走到最后都是满身伤病，你自己做好心理准备，就继续朝前冲呗，以你的潜力，努力冲的话还能到更高的层次。"

应对伤病本就是运动员的必修课，放平心态就是。

张俊宝还是不放心，后来找时间拖着沈流去角落里吵了一架："你在这儿瞎鼓什么劲？张珏才好，还不能承受大强度训练，而你一给他鼓劲，他就开始偷偷给自己加训了！"

沈流十分冷静："不然呢？师兄，张珏和我们是完全不一样的性格，他的求胜心强得我都无法理解，让现在的他放弃训练、比赛和让他死了差不多，他已经被这种心态逼得逃出国一次了，所以我们都没有选择，除了支持他。"

沈流说的话，张俊宝又何尝不懂，沈流整理着衣领："师兄，你得去看看张珏训练的样子，他内心是有把握的，我有感觉，他正在蜕变。"

张俊宝沉默，接着便转身朝张珏目前所在的地方——舞蹈教室跑去。

他的确不放心让张珏一个人练。

随着离舞蹈室越来越近，张俊宝隐隐约约听到了乐声，那是张珏本赛季自由滑《纪念安魂曲》的调子，悲壮的节奏让人的心跳都跟着发紧，而张俊宝放缓脚步，轻轻走到门口，顺着门缝看舞蹈室内。

张珏站在原地，没有做舞蹈里高难度的大跳等动作，只是手臂随着音乐挥舞，舞蹈室里只有他一人，除了音乐再也没有其他的声音。

而张珏就那样站着，仰着头，闭着眼睛，紧皱眉头，专注地舞蹈，直到自己与音乐融为一体，打开的双手则如同凤凰的羽翼，乘着乐声，带着他朝向往的赛场飞去。

那一年的世锦赛，张珏最终以微小的分差惜败寺冈隼人，拿到了银牌，不过包括张珏在内的所有人都对这个结果很满意。

张俊宝在赛后笑呵呵地跟张珏说："看来你和忧郁类、悲壮类的音乐已经磨合得差不多了，下赛季要不要再选这种曲子？我发现你小子悲壮起来还挺有气势的。"

张珏果断拒绝："不，我已经决定好下个赛季要滑什么主题了。"

"主题？"张俊宝疑惑。

张珏点头："嗯，我这个赛季滑的《可爱的骨头》和《纪念安魂曲》都有死亡的意味，就像草木逐渐凋零的秋季，下个赛季我想滑和春天相关的主题，最好活泼一点，代表着新生和爱情之类的，可以让冰迷们只要看着就觉得雀跃。"

他已经连到时候用什么曲子都想好了。

不远处，刘梦成看着张珏明亮的眼睛，微笑："看来他已经调整好自己了。"

尹美晶不解地看着他："小鳄鱼怎么了？"

刘梦成笑着摇头："没什么。"

每个运动员都会有迷茫的时候，当伤病袭来，当训练抵达瓶颈，感觉自己无法再进步，发现自己无法再去赛场……种种磨难压在他们心头，有的人会因此止步，还有的人宁肯扒掉自己一层皮也要冲过难关。

刘梦成很高兴看到张珏选择突破自我，他在心里说："下个赛季见，朋友。"

几年后，张俊宝开始去青少年组的赛事选材，为张门补充新的好苗子。找了好几处后，他选择了一个名为伊拉勒的少年，决心培养这个新弟子，帮他前往更广阔的赛场。

张珏看到伊拉勒，下意识地对这孩子释放了善意："伊拉勒是新月的意思吧？你的名字真好。"

此时小新月伊拉勒还不知道，他的大师兄已经将他的微博小号彻底看穿了。

新增番外 2　他们如何应对霸凌

大约是 2018 年前后，网上发起了一场反对霸凌行为的活动，校园霸凌、职场霸凌、网络霸凌都算，活动的主导者逛了一圈微博超话，发现被霸凌过的人居然有那么多。

活动发展到最后，许多人都以一种"我就随口一提"的口吻，将自己遇到过的霸凌事件说了出来，有些还好，因为当事人本身够坚强，挺一挺也就过去了，有的人却因为被霸凌遭受了很多痛苦。

有一位因遭遇霸凌而畏惧去学校，最后高中辍学的网友无奈地说道："人这一生总会遇到那么几个霸凌者，他们觉得理所当然的事却对他人造成了巨大的伤害。很遗憾的是，好像除了少数幸运儿，大多数人都会卷入其中，要么是霸凌的加害者，要么是霸凌的被害人。"

看舆论氛围，还真是无人幸免。

就在此时，主导活动的另一个大姐提议："我们要不为这件事拍一个纪录片

384

好了。”

群里其他人纷纷惊讶道："怎么做啊？我们又不会拍摄、剪辑，也不知道上哪里找采访者，现在发声的大多是网友，我们总不能顺着网线爬过去请求他们接受采访吧。"

这位大姐："我可以出资雇拍摄组。"

后来大家才知道这位大姐是国家队花滑女单一姐闵珊的亲妈，东三省纺织行业的女企业家，一位热衷于公益事业，为人十分正直的东北大姐。

在闵珊妈妈的牵线下，拍摄组迅速到位。他们在网上一个个私信网友，找到了几个具有代表性的，对他们进行了线下采访，拍了片子重现他们遭遇霸凌的场景，再由受害者口述自己如何面对被霸凌后的人生。

为了让这个纪录片被更多人看到，闵珊妈妈最后决定等纪录片制作完成后，版权全渠道免费，大家都可以看到，她还联系了一些学校，说是希望可以让孩子们看到这部纪录片。

事情发展到这里，其实和花滑选手们还没啥关系，但闵珊是有 instagram 并和许多交好的花滑选手建了小群的。她将这事一说，群里的人再往外一传，短短三天不到，整个花滑圈的人都知道得差不多了。

大家你一言我一语。

"说起来，我也被霸凌过呢。"

"我见过朋友被霸凌，我带着她去找了老师和家长。"

"啊？你们国家也有霸凌问题吗？"

闵珊看得无语："怎么全世界都有霸凌事件啊？"

张珏吃着蛋白棒，说："本来就是常见情况吧？我念初中的时候上的是重点中学，那隔壁班还有男生围着班里最胖的女孩骂她是肥猪、胖婆子呢，那姑娘都哭了，最后还是我看不下去，跨班级收拾了他们一顿。"

为了这事，他还被请了家长，不过他爸爸妈妈不仅没为这事生气，还给他整了一桌好吃的，胖女孩的家人还提了一箱牛奶送给他家。

闵珊的妈妈听女儿说起这事时，一拍大腿："那花滑选手们介意参加纪录片的拍摄吗？我想将他们对霸凌的想法也放进纪录片里！"

闵珊眨眨眼，又转头去找张珏，张珏几十通电话打出去，这事便成了。有些运动员会自己录好视频转发给拍摄组，还有的则接受现场拍摄。闵珊妈妈批了充足的预算，让他们可以出国拍摄。

于是在这一年的大奖赛总决赛结束后，成年组、青年组的选手们纷纷落座。

闵珊："开始了吗？"

摄影师举手竖大拇指："OK，可以了。"

第一个上场的是伊利亚，他坐在拍摄棚里的折叠椅上，露出一个憨憨的笑："我遇到过两次霸凌，那是在小时候，当时我才开始上冰，个子很矮，很瘦，而且小时候的我有点像女孩子，然后同一个更衣室的男孩们总是嘲笑我，他们为我取外号，很难听，比如雌鸟、傻妞。"

说到这里，伊利亚耸肩："第二次，他们把教练的裙子塞到我的衣柜里，强迫我穿上给他们看，然后我和他们打了起来。不过他们人太多了，我没赢，后来是教练过来，抓着他们训斥了一通。我觉得很丢脸，因为我那时候很要面子，我不希望别人知道我被欺凌。"

"但是，现在我希望以我自己的经历告诫大家，如果遇到这件事，不要沉默，你们应该告诉师长和家长，尤其是你自己一个人的力量无法对抗他们的时候。在遭遇霸凌时，选择沉默是最糟糕的应对方法。"

说完这句话，伊利亚比了个爱心，笑得露出俩酒窝："希望看到这部纪录片的恰好遇到霸凌的你知道，被霸凌不是你的错，你很好，真的，如果我们在现实里认识，我会很喜欢你的。"

憨憨熊走开，第二个上场的是寺冈隼人。

他捂着脸，先叹了口气："我原本不想再提起这件事，你们懂吧？就是被霸凌的回忆对当事人来说一点也不美好，有时候别人提起我都觉得很痛苦。"

隼人别开眼不看镜头，沉默几秒，才抬手指自己的脸："我遭遇过的霸凌是语言类的，和我的脸有关。先说好，我讨厌那种伤害女人的男人，好男人是不会伤害女人的，但我长得就不像好人，我知道有很多人说我长得就是一副'渣男'样，然后在我读高中的时候，有人说我睡了十几个同校的女生，可真相是我连恋爱都没谈过！"

说到这里，寺冈隼人哽咽了："我的时间全部交给了学习和花滑训练，唯一拉过手的女孩只有我姐姐，可在那群人眼里，我就是个很放荡的人，他们甚至传谣说有女孩为我堕过胎。有人觉得我很轻佻，就随意地摸我的脸和屁股，我一点也不喜欢那样，我在他们的语言中变成了与自己截然相反的人。"

"后来我就转学了，我知道逃避很可耻，但有用就好。幸运的是我的妈妈、教练都对我的这一决定很支持，而且临走前，我教练亲自到学校里，站在礼堂的讲台上，为我澄清了一切。他告诉大家，我的业余时间交给了花滑，我是一个无比纯粹的花滑选手，我为此感激我的教练，他就像我的第二个父亲，拯救了陷于谣言中的我，也拯救了我的人生。"

说完自己的经历，隼人对镜头比了个爱心："如果你也是遭遇霸凌而且选择逃走的人，我想告诉你们，我也逃过，逃跑一点也不可耻，至少你们有勇气选择离开熟悉的环境，去陌生的地方寻求新生。"

第三个登场的是已经退役多年的白叶家妆子，她大步跨进镜头中，大大咧咧地一坐，眉眼一挑，气势强得像从没被霸凌过的人，但她也是被语言霸凌过的。

"我没生病的时候喜欢各种运动，比如扔铅球、打棒球，我的力气比同龄人大很多，在健身房里锻炼的时候，周围人都会惊讶地看着我。所以我有个外号，叫野猪，形容我力气大，冲起来和猪一样猛。

"我不知道其他文化对一个人被比喻为猪是什么看法，但我不爽极了，我不是猪，我是人，所以我用棒球棍来回应那些叫我野猪的人，我妹妹在冰场里被小男孩欺负，我也提着棍子冲过去。我家有遗传的白血病，不知道什么时候人就没了，我珍惜我和我妹妹的生命，所以我会用我的力量告诉所有人，别来欺负我们，你们没资格让我们的人生更加灰暗。"

妆子对镜头比爱心："如果你也是用暴力回应霸凌的人，我想告诉你，回击不是错，但要自己把握好尺度，最重要的是，当你发现自己很强大时，你要用这份力量去保护他人，而不是成为霸凌者的一分子，那会很丑陋的。"

一个又一个运动员出场，他们有的诉说自己如何对抗霸凌，有的讲述自己如何在遭遇霸凌后治愈自己，还有的告诉大家如何不与霸凌者同流合污，守住自己的道德底线。

他们都比了爱心，鼓励着即将看到这个纪录片的人。

有些人可以伤害你，但他们不配毁掉你，因为世界很大，很美好，能容纳每个人站着去享受人生。当然，如果你想，你也可以坐着、躺着享受，只要不跪着便怎样都好。

这部纪录片最后被制作成多语言版本，免费发布于互联网上，谁都可以来看，只要能给正在被霸凌的人带去一丝力量，大家就觉得自己没有白费力气。

不过让大家感到惊讶的是，这部纪录片里出镜的不仅有网友、花滑选手们，居然还有各国的名校教授、学生，以及医护人员。

当一部分观众提及这个问题时，闵珊为他们解答了疑问。

"是师兄帮我们联系的人，他的朋友圈可大了，他的室友就是名校毕业的医生，对于高校内还有医护人员遭遇的霸凌，他的室友提供了很多有用的信息，而花滑选手内部也有不少名校学生，比如已经退役的意大利一姐海伦娜，还有美国前一姐，她们分别是米兰理工学院和耶鲁大学的毕业生。"

在纪录片拍摄过程中，这些接受采访的人也不愿只让闵珊的妈妈独自承担拍摄成本，就各自凑了凑，给拍摄组打了钱。由于他们打的钱太多，多余的也不知道怎么退，闵珊妈妈便将钱捐给了帮助被霸凌的人的基金会，并将这些钱之后如何使用都列了清单，放在纪录片最后的鸣谢名单里。

什么？张珏有没有在纪录片里出镜？

他当然是出镜了的，这位即将参加平昌冬奥会，并且被视为男单夺金点的运动员坐在镜头前，语调温柔。

"我知道被霸凌是什么滋味，但在这场活动前，我没有意识到经历过这些的人有那么多，也许很多人都习惯将痛苦埋在心里自己消化吧，但我想，我应该感激愿意在此刻站出来的大家。"

他比了个爱心，对镜头露出灿烂的笑："谢谢你们，经历那么多事情后，还有如此温暖的心，love you。"

新增番外3　花滑运动员们的大学生活

张珏当初选择农学，纯粹是出于对袁爷爷的崇敬，真的，他小学写作文都是写的袁爷爷，对一个从小就胃口好的孩子来说，袁爷爷这样喂饱了不知道多少人的人，就是神。

虽然在中国，饥饿问题已不再严重，但张珏在高中时就开始按时捐钱，参与那种"为山区儿童提供营养午餐"的活动，还举着海报在大街上站过，最后自己也考了农大，朋友们戏称他"追星追到自己迟早也成为明星"。

张珏：我是真的想成为那样的明星，承大家吉言了。

但等真进入农学院后，许多人都要经历一段适应期，幸好张珏早就有了农学院生存经验，很快就成了同级里混得最好的人，这也让他的互联网账号风格，与其他花滑选手截然不同。

某年某日，寺冈隼人发了条 instagram 动态，炫耀自己学会了给胡萝卜雕花，还被同样喜欢厨艺的大学教授夸了，接着还与教授一起开了直播，讲述了一些生活小技巧，结束后他去了某宝妈论坛，学习怎么做饭可以既健康又美味，准备之后给庆子做便当，然后他又顺手看了看其他好友的号。

千叶刚士的大学专业是医疗方向，他发了一篇论文在网上，而且是中日英三语版本，并在动态里提到了中国女孩闵珊，感谢对方在他写中文论文时给予的帮助，希望以后可以去中国留学，他会请闵珊吃他亲手做的饭。

寺冈隼人总觉得这小子对闵珊的态度，和他对庆子的态度有点像。

白叶家姐妹的大学生活则很努力了，她们都是坚信"知识是财富，提高智慧有利于人生"的人，时不时会发读书感想，妆子会推荐自己喜欢的书，如今已经是网上知名的推书博主，而庆子看得更多的是专业书，她希望自己将来至少能获得硕士学位。

美国的亚瑟·科恩发了个短视频，视频内容是如何教鹦鹉做十以内的加减法，并带着鹦鹉在大学里晃悠。鹦鹉见到女孩就喊"女孩，你今天看起来很好"，见到男孩则喊"帅哥，祝你今天愉快"。

被鹦鹉打招呼的人也很给面子，大多都笑着回一句，热情些的则喂点零食，到最后大家也不知道亚瑟到底是什么专业，只知道他是大学啦啦队里唯一的男性成员，而且创建了一个专门照顾小动物的社团，休赛季会和野生动物纪录片的摄制组一起去非洲。

和亚瑟同国但已经退役的美国前一姐的 instagram 风格就犀利一些，她是耶鲁商学院的博士生，最近进入了华尔街实习，每天深夜准时发"今天又加班了"这句话，让寺冈隼人感受到了浓浓的上班族气息，在他认识的人里，也就中国选手关临可以与之媲美。

关临虽然读了大学，他的女伴黄莺却还在高中挣扎，为了帮助"学渣"女伴考上好的大学，关临读大学之余还要将高中课本不断重新翻阅，并整理其中的重点，再带着他觉着不错的复习资料，和黄莺一起复习。

所以关临的动态看着就像老父亲，今天夸"莺莺的模拟考又进步了"，明天发"莺莺的数学还要再努力一下，我相信你可以的"。

寺冈隼人怀疑关临自己高考的时候，都没有帮黄莺高考时费这么多心血。

伊利亚和瓦西里、谢尔盖则很少发大学的日常动态，只说他们三个一起去野外露营，还开了直播，直播间背景的森林中隐隐约约有熊，而伊利亚回头一看，露出憨实的笑："哦，这孩子的脸真像仓鼠，西伯利亚大仓鼠。"

还是瓦西里单手持枪，拽着他后退："伊柳沙，这地方不能待了，我们得撤！"

伊利亚还发蒙："撤什么啊？我老家机场附近就有一群飞行员养熊，我有和这群大可爱打交道的经验。"

谢尔盖崩溃道："笨蛋！家养熊和野生熊不是一回事！"

之后他们回到了自己的大学。谢尔盖读的是体育大学，只发视频表示虽然自己露营了一趟，回家也不忘训练，贴了一张跑步软件上的十公里慢跑截图。瓦西里是文科生，就专门写了一篇短文，标题是《遇熊》。

《遇熊》里的熊有两个，一个是真的熊，另一个就是憨熊伊利亚。瓦西里在文中狠狠吐槽了伊利亚的行为对他造成的困扰，第二日收到了伊利亚送给他的赔礼——一盒紫皮糖。

伊利亚本人笑得像个小熊软糖："瓦先卡，谢谢你这些年对我的照顾，以后还要继续麻烦你了。"

听伊利亚前半句时，瓦西里有点感动，甚至自省自己专门写文吐槽伊利亚有点过分了。听到后半句，他就面无表情，原来这小子知道给自己添了麻烦，还不打算改吗？

除开寺冈隼人、亚瑟·科恩、伊利亚，其他花滑选手就正常很多，大多是发些训练动态，还有的则是发参加其他冰雪类运动的动态，有的人趁着假期去滑雪，有的人去看冰球比赛，还有的学会了新跳跃。

不过一般来说，花滑选手们只要看到张珏这位花滑之王的 instagram 时，都会露出迷惑的表情。

Jue-Zhang

我在参加母校的土豆文化节，大家感兴趣的话可以来亲口尝尝我做的健康烤土豆条、天然鸡汁土豆泥，不比肯×基、麦×劳差。

顺带一提，种土豆的是我们家教授，浇的肥料绝对健康环保无污染，放心吃，我家土豆可香甜了，清水煮着都好吃。

评论区一群人评价。

【今天我们家 Jue 依然不干正事。】

【为什么好好一个花滑选手发的动态总是在种田。】

【上次还说农学不是种田学，但 Jue 分明是个种田高手嘛。】

【啊？Jue 不是种玉米的吗？什么时候又和土豆做朋友了？】

事情发展到最后，还冒出一群海外农学学子，用英语、法语、德语在评论区分享开农用拖拉机、给植物除草驱虫的心得。

第二天张珏就发了个自己开农用拖拉机的视频，为了证明自己不是无证驾驶，他还将驾驶证截图一并发了出来，最后他告诉大家，其实他会修农用拖拉机，顺带一提，如果有什么家电坏了，他也可以自己维修。

后来他家里的电视和冰箱都可以一用十几年不换，就是靠了张珏这门手艺，但此时大家看到张珏这条发言时，还只觉得他是在吹牛，不过没关系，时间会证明一切的。

张珏本人逛互联网的频率不是很高，发动态也是稀罕事，他这两条动态被冰迷们品了又品，最后和张珏最初发的玉米图并列为花滑圈与农业圈梦幻联动的证明。

张珏发玉米图的时候还给那株玉米配字"介绍一下，这是我家姑娘"，大家一开始还以为他当玉米是女朋友，后来张珏解释了一下，大家才闹明白"姑娘"是东北人对自家闺女的称呼，与"我家丫头"差不多。

张珏开始发农学相关动态的时间点是在 2015 年，也就是他进入农大开始。其实此时人们也只是觉得张珏高考未发挥好，才误入了农大，以他在花滑方面的成就，大概率退役后还是会继续在花滑领域干下去。哪怕张珏再怎么发动态，也没真觉得他会做一辈子农学人。

谁知张珏这人还挺执着，只要不是在赛季，互联网账号的动态有 90% 都是农学相关的。

2016 年，他发了自己去畜牧系讨肥料，结果稀里糊涂和校友们一起抓逃出猪圈的猪仔们的视频，此事后来还上了热搜。只见视频中，一群穿着白大褂的年轻学子怒吼着，大叫着，在雨中追着猪狂奔，有机灵点的女孩举着猪食吼：

"来吃啊！回来吃啊！"

张珏成功帮忙抓住了3头猪，从此被畜牧系尊为上宾，讨肥料效率进一步提升，双方结下了深厚的友谊。

2017年，张珏又发了动态，这次的内容却是自家玉米姑娘差点被隔壁畜牧系学长的"毕业论文"一头猪给踩踏吃掉，他是不得不为了守卫玉米姑娘与猪大战三百回合，赢了以后将猪送了回去。

网友评价：因猪开始的友谊，差点又因猪消逝。

还有些网友直接在评论区分享了作为农学学子，自己的"毕业论文"因暴风雨导致的大棚倒塌而消逝，以及作为畜牧业学子，自己养的"毕业论文"一只鸡不幸感染鸡瘟去世等悲惨事件。

当然了，最惨的还是某大学的天文系博士，他观察了一颗小行星，并决定以其为主题写自己的毕业论文，谁知道论文快好了，小行星炸了……

我们永远不知道那些大佬的毕业论文是以什么形式报销的

2018年，张珏在休赛季去了国内其他农业大学交流学习，品尝了橘子炖排骨、菠萝肉、草莓馅饺子后，十分痛苦，再次发了动态。

网友评价：这是中国人能做出的菜？

就这么年复一年，张珏年年休赛季发农大日常生活，研究生时期发甜滋滋四号的诞生，博士生时期发五号。

他27岁那年发了恭喜某科研专用太空空间站的落成的动态，又发了隔壁兽医系大佬养的兔子上了太空，成为太空兔的动态。

此时大家还没有发觉不对。

等又过两年，张珏发动态：近期出差，动态更新停止。

网友评价："没关系，反正平时你也不爱发这些，我们已经习惯见不着你了。"

张珏回复："呃，其实等我出差以后，大家要见到我还是可以的，因为接下来我要去空间站，农大希望我可以在天上为大家做农学小知识科普。"

网友："啊？"

总之，张珏就这么成了花滑选手里第一个登上太空的人，虽然他是靠自己在农学领域的科研能力上的天，但冰迷们提起来也与有荣焉。

只是后来新入坑的冰迷听到这段故事时，都会忍不住满脑子疑惑。

图书在版编目（CIP）数据

花滑. 完结篇 / 菌行著 . -- 长沙：湖南文艺出版
社，2022.8
ISBN 978-7-5726-0763-9

Ⅰ. ①花… Ⅱ. ①菌… Ⅲ. ①长篇小说－中国－当代
Ⅳ. ① I247.5

中国版本图书馆 CIP 数据核字（2022）第 121300 号

上架建议：畅销·青春文学

HUA HUA. WANJIE PIAN
花滑. 完结篇

著　　者：菌　行
出 版 人：曾赛丰
责任编辑：刘雪琳
监　　制：邢越超
策划编辑：郭妙霞
特约编辑：万江寒
营销支持：文刀刀　周　茜
封面设计：商块三
版式设计：潘雪琴
插图绘制：凌家阿空　微　观　诺北nor　yellow
内文排版：百朗文化
出　　版：湖南文艺出版社
　　　　　（长沙市雨花区东二环一段 508 号　邮编：410014）
网　　址：www.hnwy.net
印　　刷：北京中科印刷有限公司
经　　销：新华书店
开　　本：680mm×955mm　1/16
字　　数：410 千字
印　　张：25
版　　次：2022 年 8 月第 1 版
印　　次：2022 年 8 月第 1 次印刷
书　　号：ISBN 978-7-5726-0763-9
定　　价：52.80 元

若有质量问题，请致电质量监督电话：010-59096394
团购电话：010-59320018